U0432016

李天綱 主編
浦東歷代要籍選刊編纂委員會 編

海曲詩鈔

［清］馮金伯 ［近代］黄協塤 輯
陳旭東 整理

復旦大學出版社

浦東歷代要籍選刊　編纂委員會

主　任　吴泉國

副主任　秦泉林　張　堅　柴志光　費美榮　楊　雋

委　員　丁麗華　朱峻峰　李志英　吴昊蕻　吴艷芳　吴憶福　杜　禕　沈樂平

金達輝　孟　淵　邵　薇　唐正觀　莊　崚　馬春雷　許　芳　陳長華

陳偉忠　張劍容　張建明　張澤賢　賈曉陽　梁大慶　景亞南　喬　漪

温愛珍　趙鴻剛　盧　嵐　龍鴻彬

上海市浦東新區地方志辦公室
上海市浦東新區政協學習和文史委員會　**編**

主　編　李天綱

副主編　柴志光　陳長華　金達輝　許　芳　張劍容

總序

葛劍雄

改革開放以來，浦東以新區的設立和其日新月異的發展面貌聞名於世，而此前還只是一個附屬於上海的地名。但這並不等於浦東的歷史是從二十世紀九十年代纔開始的，更不意味着此前的浦東没有自己的文化積累。

由於今上海市一帶至遲在西元十世紀已將河流稱之爲「浦」，如使上海得名的那條河即爲上海浦，一條河的東面就能被稱之爲「浦東」。因而「浦東」可以不止一個，但只有其中依託於比較大的、重要的「浦」而得名的「浦東」，方能成爲一個專用地名，並且能長期使用和流傳。這個「浦」自然非黄浦莫屬。

廣義的浦東是指黄浦江以東的地域，自然得名于黄浦江形成之後，但在兩千多年前的秦漢時期已經開始成陸，此後不斷擴大。黄浦這一名稱始見於南宋紹興二十八年（一一五八），是指吴淞江南岸的一條曾被稱爲東江的支流。此後河面漸寬，到明初已被稱爲大黄浦。永樂年間經夏元吉疏浚，黄浦水道折向西北，在今吴淞口流入長江。正德十六年（一五二一），經疏浚後的吴淞江下游河道流入黄浦，此後，原在黄浦以東的吴淞江故道逐漸堙没，吴淞江成爲黄浦的支流，而黄浦成了上海地區最大河流。

南宋以降，相當於此後黄浦以東地屬兩浙路華亭縣。元至元二十九年（一二九二）析華亭縣置上海縣，此地大部改屬上海縣，南部仍屬華亭縣，北部一小塊自南宋嘉定十五年（一二二二）起屬嘉定縣。在明代黄浦下游河道形成後，黄浦以東地的隸屬關係並無變化。清雍正三年（一七二五）寶山縣設立，黄浦東原屬嘉定縣的北端改屬寶山。雍正四年，黄浦以東地的大部分設置了奉賢縣和南匯縣。嘉慶十五年（一八一〇），以上海縣東部濱海和南匯北部置川沙撫民廳（簡稱川沙廳），民國元年（一九一二）建川沙縣。但上海縣的轄境始終有一塊在黄浦之東，寶山縣也有一小塊轄境處於高橋以西至黄浦以東，故狹義的浦東往往專指這兩處。

一八四三年上海開埠後，租界與華界逐漸連成一片，形成大都市。一九二七年上海設特别市，至一九三〇年改上海市，其轄境均包括黄浦江以東部分，一般所稱浦東即此。一九五八年至一九六一年一度設縣，即以浦東爲名。川沙、南匯二縣雖屬江蘇，但與上海市區關係密切，故仍被視爲浦東，或稱浦東川沙、浦東南匯。一九五八年二縣由江蘇劃歸上海市後更是如此。

改革開放後，浦東新區於一九九二年成立，轄有南市、黄浦、楊浦三區黄浦江以東地、上海縣三林鄉，川沙縣撤銷後全部併入。至二〇〇九年五月，南匯區也撤銷併入浦東新區，則浦東已臻名實相符。

故浦東雖仍有上海市域最年輕的土地，且每年續有增加，但其歷史文化仍可追溯一千多年。特別是上海建鎮、設縣以後，浦東地屬江南富裕地區，經濟發達，文教昌隆，自宋至清產生進士一百多名以及衆多舉人、貢生和秀才，留下大量著作和詩文。上海開埠和設市後，浦東作爲都市近鄰，頗得風氣之先，出現了具有全國影響的人物和著作。

據專家調查，浦東地區一九三七年前的人物傳世著作共有一千三百八十九種，其中收入四庫全書者十二種，列入四庫全書存目者十餘種，在小説、詩文、經學和醫學中均不乏一流作品。但其中部分已成孤本秘笈，本地久無收藏。大多問世後迄未再版，有失傳之虞。由於長期未進行搜集匯總，專業研究人員也難窺全貌，公衆不易查閱瞭解，外界更鮮爲人知。

浦東新區政府珍惜本地歷史文化，重視文化建設，滿足公衆精神需求，支持政協委員提案，決定由新區政協文史資料委員會和地方志辦公室聯合編纂浦東歷代要籍選刊。計劃以至少三年時間，選取整理宋代至民國初年浦東人著作一百種，近千萬字，分數十册出版。此舉不僅使浦東鄉邦文獻得以永續傳承，也使新老浦東人得以瞭解本地歷史和傳統文化，並使世人更全面認識浦東新區，理解浦東實施改革開放的內因和前景。

長期以來，流傳着西方人的到來使上海從一個小漁村變成了大都會的錯誤説法，完全掩蓋了此前上海由一聚落而成大鎮、由鎮而縣、由縣而設置國家江海關的歷史。這固然是外人蓄意誤導的結果，也是本地人對自己的歷史和文化瞭解不夠、傳播更少所致。浦東自改革開放以來，外界也往往只見其高新技術產品密集於昔日農舍田疇，巨型建築崛起於荒野灘塗，而忽視了此前已存在的千年歷史和鬱鬱人文。況新浦東人不少來自外地和海外，又多科研、理工、財經、企管、行政專業人士，使他們全面深入瞭解浦東的歷史文化，更具現實和長遠的意義。

我自浦西移居浦東十餘年，目睹發展巨變，享受優美環境，今又躬逢浦東歷代要籍選刊編纂出版之盛事，曷其幸哉！是爲序。

二〇一四年六月於浦東康橋寓所

主編序

李天綱

地名：浦東之淵源

「浦東」，現在作爲一個「開發區」的概念，留在世人的印象中。一九九〇年代，「浦東」是國内外媒體上出現頻率最高的詞之一。一九九三年一月成立上海市政府直屬地方銀行，以「浦東發展銀行」命名，可見當代「浦東」之於上海的重要性。一九九二年十月，上海市政府執行國家「浦東開發」戰略，以川沙縣全境爲主體，將上海縣位於浦東的三林鄉，當年曾劃歸楊浦、黄浦、南市等市區管理的「浦東」部分合併，設立「浦東新區」。二〇〇九年，上海市政府又決定將地處黄浦江以東的南匯區（縣）全境劃入，成爲一個轄境一千四百二十九點六七平方公里的副省級行政單位，高於上海的一般區縣。「浦東」，作爲一個獨立的行政區劃概念，以强勢的面貌，出現於當代，爲世界矚目。

「浦東」一詞出現得晚，但絶不是没有來歷。浦東和古老的上海、松江以及江南一起發展，已經有了上千年的歷史。固然，浦東新區全境都在三千年前形成的古岡身帶以東，所有陸地都是由長江、錢塘江攜帶的泥沙，與東海海潮的沖頂推湧，在唐代以後才形成的。上海博物館的考古隊，没有在浦東地區找到明以前的豪華墓葬。但是，這裏的土地、人物和歷史，與上海縣、松江府和江蘇省相聯繫，是江南地區吴越文明的繁衍與延伸。經過唐、宋時期的墾殖、開發和耕耘，浦東地區的經濟、社會和文化在明、清兩代登峰造極。川沙、周浦、横沔、新場這樣的鄉鎮日臻發達，絶非舊時的一句「斥鹵之地」所能輕視。

浦東新區由原屬上海市位於黄浦江東部的數縣，包括了川沙、南匯和上海縣部分鄉鎮重組而成。從行政統屬來看，浦東新區原屬各縣設立較晚。清代雍正四年（一七二六），從上海縣析出長人鄉，設立南匯縣；嘉慶十五年（一八一〇），由上海縣析出高昌鄉，南匯縣析出長人鄉，加上八、九兩團，合併設立川沙撫民廳，簡稱川沙廳。開埠以後，租界及鄰近地區合併發展，迅速成爲「大上海」，上海、寶山、川沙等縣份受「洋場」影響，捲入到現代都市圈。南匯縣則因爲離市區較遠，和川沙仍皆隸屬於江蘇省松江府。一九一一年，中華民國建立後，廢除州、府、廳建制，南匯縣歸江蘇省管轄，川沙廳改稱川沙縣，亦直屬江蘇省。一九二八年，國民政府在上海設立特別市，浦東地區原屬寶山、川沙縣的鄉鎮高橋、高行、陸行、洋涇、塘橋、楊思等劃入市區。一九三七年以後，日僞建立上海市大道政府、上海特別市政府，將川沙、南匯從江蘇省劃出，隸於「大上海市」。一九四五年抗戰勝利以後，國民政府恢復一九一一年建置，川沙、南匯仍然隸於江蘇省。一九五〇年，中華人民共和國公布省、市建置，以上海、寶山兩縣舊境設立上海直轄市。浦東地區的川沙、南匯兩縣，歸由江蘇省松江專員行政公署管轄。一九五八年十月，中華人民共和國國務院將浦東的川沙、南匯兩縣，及江蘇省所轄松江、青浦、奉賢、金山、崇明等五縣一起，併入上海市直轄市。此前，一九五八年一月，江蘇省嘉定縣已先期劃歸上海市管理。

「浦東新區」之前，已經有過用「浦東」命名的行政區劃，此即一九五八年到一九六一年設置的「浦東縣」。一九五八年，爲「大躍進」發展的需要，上海市政府在原川沙縣西北臨近黃浦江地區，設立「浦東縣」，躍躍欲試地要跨江發展，開發浦東。「浦東縣」政府設在浦東南路，轄高橋、洋涇、楊思三個鎮，共十一個公社，六個街道。一九六一年一月，因工業化遭遇重大挫折，上海市政府在「三年自然災害」中撤銷了「浦東縣」，把東部農業型「東郊」區域的洋涇、楊思、高橋等鄉鎮，劃歸到川沙縣管理。沿黃浦江的「東昌」狹長工業地帶，則由對岸的老市區楊浦區、黃浦區、南市區接手管轄。「浦東縣」在上海歷史上雖然只存在了三年，卻顯示了上海人的一貫志向。即使在一九五〇年代的極端困難條件下，仍然懷揣著「開發浦東」的百年夢想，只要有機會，就想幹一下。

現代的「大上海」，原來是從上海、寶山兩縣的土地上生長起來的。明代以前，上海、寶山仍以吴淞江（後稱「蘇州河」）劃界。吴淞江以北的「淞北」，屬寶山縣；吴淞江以南的「淞南」，屬上海縣。吴淞江是松江府之源，「松江」，原名就是「淞江」，「府因以名」。按明正德松江府志的説法，「吴淞江，後以水災，去水從松，亦曰松陵江」。水克火，木生火，「淞江」去「水」，從「木」爲「松江」，上海果然「火」了。清代以前，上海士人寫的方志、筆記、小説，以及他們的堂號室名，都用「吴淞」、「淞南」作爲郡望。一六〇七年，徐光啓和利瑪竇合譯幾何原本，在北京刊刻，便是署名「泰西利瑪竇口譯，吴淞徐光啓筆受」，自稱「吴淞」人。另外，清嘉慶年間上海南匯人楊光輔編淞南樂府，光緒年間南匯人黄式權編淞南夢影録，昆山寓滬文人王韜（一八二八—一八九七）作淞隱漫録、淞濱瑣話，採用「淞南」、「吴淞」之名説上海，可見明、清文人學士，都用吴淞江作爲上海的標誌。吴淞江是上海的母親河，而「黄浦江是母親河」，只是一九八〇年代以後冒出的無知説法。

明、清時期的黄浦是一條大河，卻不是首要的幹流。方志裏的「水道圖」，都把「吴淞江」置於「黄浦」之前。「黄浦」，一説「黄歇浦」的簡稱，僅是一「浦」，並不稱「江」。在上海方言中，「浦」大於河，小於江，如周浦、桃浦、月浦、上海浦、下海浦……黄浦流經太湖流域，水流較清，經閔行、烏泥涇、龍華等鎮，匯入吴淞江。吴淞江受到長江泥沙的影響，水流較濁，淤泥沉澱，元代以後逐漸堰塞。於是，原來較爲窄小的黃浦不斷受流，成爲松江府「南境巨川」。明代永樂元年（一四〇三），上海人葉宗行建議開鑿范家浜，引黃浦水入吴淞江，共赴長江。從此，江浦合流，黃浦佔用了吴淞江下游河道。黃浦江的受水量和徑流量，大約在明代已經超過吴淞江了。但是在人們的觀念中，黃浦江仍然没有吴淞江重要，經濟、交通和人文價值還不及後者。康熙上海縣志的「水道圖」，仍然把吴淞江和黃浦畫得一樣寬大。從地名遺跡來看，地處吴淞江下游的「江灣」，並非黃浦之灣，而是吴淞江之灣。同理，今天黃浦江的入口，並不稱爲「黃浦口」，依然是「吴淞口」。

黃浦江以東地區在唐代成陸，大規模的土地開發則是在宋代開始，於明代興盛。宋、元兩代，浦東地區産業以鹽田爲主，是屬華亭縣的「下砂鹽場」。從南匯的杭州灣，到川沙的長江口，「大團」到「九團」一字排開，團中間還有各「竈」的開設。聯繫各「竈」，設立爲「場」，爲當年的曬鹽場，「大團」、「六竈」、「新場」的地名沿用至今。隨著海水不斷退卻，海岸不斷東移，鹽業衰落，明代以後浦東地區便繼之以大規模的圍海造田，農業墾殖。早期的浦東開發，在泥濘中築堤、圍墾、挖河、開渠、種植，異常艱辛。爲了鼓勵浦東開發，元代至元年間的松江知府張之翰向中央申請減税，他描寫浦東人的苦惱，詩曰：「黃浦春風正怒號，扁舟一葉渡驚濤；諸君來問民間苦，何用潮頭幾丈高。」算是一位瞭解民間疾苦，懂得讓利培本的地方官。

隨著浦東的早期開發，以及浦東人的財富積累，「浦東」以獨特的形象登上了歷史舞臺。「黄浦江」的概念在清末變得重要起來，上海人的地理觀念由此也經歷了從「淞南—淞北」到「浦東—浦西」的轉變。至晚在明中葉，「浦東」一詞已經在上海人的日常生活中使用。萬曆上海縣志載：「由閘江而下，若鹽鐵塘、沈家莊，若周浦，若三林塘，若楊淄樓，此爲浦東之水也。」「閘江」，即後之「閘港」，在南匯境内；「鹽鐵塘」、「沈家莊」，今天已不傳，地域在南匯、川沙交界處；「周浦」、「三林塘」在川沙境内；「楊淄樓」在今「楊家渡」附近。「浦東」，顧名思義是東海之内、黄浦以東的廣大地區，是泛稱，非確指。明清時，因爲黄浦到楊樹浦、周家嘴匯入吴淞江，故「浦東」只指南匯、川沙地區，還没有包括當時在吴淞江對岸、屬寶山縣的高橋地區。歷史上的「浦東」一詞，只是方位，並非地名。同治上海縣志卷首「上海縣南境水道圖」中解釋：「是圖南起黄浦中界蒲匯塘，而浦東、西之支水在南境者並屬焉。」這裏的「浦東」，仍然僅僅是指示方位。通觀清代文獻，「浦東」一詞並没有作爲地名，在自然地理、行政地理的敍述中使用。

時至清末，「黄浦」的重要性終於超過「吴淞江」，同治上海縣志説：「（松江）一郡之要害在上海，上海之要害在黄浦，黄浦之要害在吴淞所。」黄浦取得了地理上的重要性，主要是它成爲中外貿易的要道，近代上海是從黄浦江上崛起的。一八四三年，上海開埠以後，華界的南市（十六鋪）和英租界（外灘）、法租界（洋涇浜）、美租界（虹口）連爲一體，在幾十年間迅速崛起，這一段河道，只屬於黄浦，不屬於吴淞江。更致命的是，一八四八年上海道臺麟桂和英國領事阿禮國修訂上海租地章程的時候，英語中把「吴淞江」翻譯成了「蘇州河」（Soo Choo River），作爲英租界的北界。「蘇州河」以外灘爲終點，從此以後，吴淞江下游包括提籃橋、楊樹浦、軍工路、吴淞鎮的岸線，在現代上海人的心目中就專屬「黄浦」，「黄浦」由此升格爲「黄浦江」。囊括上海、寶山、川沙三縣的「大上海」，也正式地分爲「浦東」和「浦西」。「後殖民理論」的批評者，可以指責英國殖民者用「蘇州河」取代「吴淞江」，還揑造出一條「黄浦江」。但是，我們的解釋原理是既尊重歷史，也承認現實。從自然地理來看，原來用東西向的吴淞江，把上海分爲「淞南」、「淞北」，是一個局促的概念，確實不及用南北向的黄浦江分爲「浦西」、「浦東」更爲大氣與合理。地理上的重新區分，順應了上海的空間發展，以及上海人的觀念演化，更反映了上海的「近代化」。

認同：浦東之人文

浦東的地理，順著吴淞江、黄浦江東擴；浦東的人文，自然也是上海、寶山地區生活方式的延續與傳承。「開發浦東」是長江三角洲移民運動的結果。明清時期的上海，已經是一個移民導入地區，北方人、南方人來此營生的比比皆是。但是，當時的「浦東開發」，基本上是上海人民的自主行爲，具有主體性。四百多年前，歷史上最爲傑出的上海人徐光啓，就是浦東開發的先驅。徐光啓是上海城裏人，中國天主教會領袖，編農政全書，號召國人農墾。話説有一位姓張的北京人，是帝都裏最早的天主教徒，他「由利瑪竇手領洗，後來徐光啓領他到上海，在徐宅服務。不久，即在黄浦江邊墾種新漲出之地，因而居留焉」。京城的張姓移民，在徐光啓的幫助下站住脚跟，歸化爲上海人。徐光啓後裔徐宗澤在中國天主教傳教史概論中説，這塊灘地，就是現在浦東的「張家樓」。

元代黄巖人陶宗儀，因家鄉動亂，移民上海，「避兵三吴間，有田一廛，家於淞南，作勞之暇，每以筆墨自隨」，遂作南村輟耕録。松江府華亭（上海）一帶果然是逃避戰亂、修生養息、耕讀傳家的好地方。上海的一個神奇之處，就在於這一片魚米之鄉，還總有灘地從江邊、海邊生長出來，而且平坦肥沃，風調雨順，易於開墾。願意吃苦的本地人、外地人，都很容易在浦東獲得更多的土地，過上好日子。子孫繁衍，數代之後就成爲佔據了整村、整鎮的大家族。「朱、張、顧、陸」，史稱江東大族，浦東的衆姓分佈也是如此。南匯縣周浦鎮朱氏，以萬曆年間朱永泰一族的事跡最堪稱道。徐光啓没有及第之前，永泰曾請他來浦東教授自家私塾。徐光啓位居相位之後，召他兒子入京辦事，永泰居然婉拒。直到順治十六年，永泰的孫子朱錦在南京一舉考取南榜「會元」，選爲庶吉士。朱錦秉承家風，「決意仕途，優游林下」（閲世編），淡泊利禄，不久就致仕回浦東，讀書自怡，專心著述。浦東士人，因爲生活優裕，方能富而好禮。

浦東張氏，舉新場鎮張元始家族爲例。張元始爲崇禎元年進士，曾爲户部侍郎。滿洲入侵的關頭，他回到松江、蘇州地區爲支用短缺的崇禎皇帝籌集軍餉，調運大批錢糧，北上抗清。東林黨争，他「彈劾不避權貴」（閲世編），「性方嚴，不妄交游，留心經濟」（光緒南匯縣志）。浦東籍的士人，多有耿直性格。浦東顧氏，舉合慶鎮顧彰爲例。江南顧氏，傳説是西漢封王顧余侯之後，川沙顧氏則是明代弘治十八年狀元顧鼎臣家族傳人。顧鼎臣（一四七三—一五四〇），昆山人，位居禮部尚書，任武英殿大學士，明中葉以後家族繁衍，散佈在昆山、嘉定、寶山、川沙一帶。太平天國戰亂之後，江南經濟恢復，川沙人顧彰在村裏開設一家店鋪，額爲「顧合慶」。生意成功，周圍店家不斷開設，數年之内，幡招林立，成了市鎮，人稱「合慶鎮」。顧彰「開發浦東」有功，兩江總督端方請朝廷賞了顧彰的長子懿淵一個五品頭銜，顧彰的孫子占魁也被録取爲縣庠生。浦東陸氏，我們更可以舉出富有傳奇的陸深家族爲例。陸深（一四七七—一五四四），松江府上海縣人，高祖陸餘慶以上世居馬橋鎮，元季喪亂，曾祖德衡遷居到黄浦岸邊的洋涇鎮。這樣一户普通的陸姓人家，累三世之耕讀，到陸深時已經成爲浦東的文教之家。弘治十四年（一五〇一），陸家院内的一棵從不開花的牡丹，忽然開出百朵鮮花，當年陸深在南京鄉試中便一舉奪得「解元」。後來大名鼎鼎的昆山「狀元」顧鼎臣和陸深同榜，這次卻被他壓在下面。陸深點了翰林，做過國子監祭酒，也給嘉靖皇帝做過經筵講官，但接下來的官運卻遠遠不及顧鼎臣，只在山西、浙江、四川外放了幾次布政使。陸深去世後，嘉靖皇帝懷念上課時的快樂時光，也只給他加贈了一個「禮部侍郎」的副部級頭銜。不過，陸深給上海留下了一個大名頭：陸家宅邸、園林和墳塋地塊，在黄浦江和吴淞江的交界處，尖尖的一喙，清代以後，人稱「陸家嘴」。

浦東地區的南匯、川沙，原屬上海縣，這裏和江南的其他地區一樣，物産豐富，人物鼎盛，文教繁榮，産生了許許多多的世家大族。「朱、張、顧、陸」的繁衍，是浦東本地著名大姓的例子。事實上，外來移民只要肯融入上海，即使孤身一人，也能在浦東成家立業，樹立自己的家族。無錫華氏家族，元代末年有一位華嶽（字太行），因戰亂離散，來到上海，在浦東横沔鎮蘇家入贅。按本地習俗，人稱爲「招女婿」，近似於「打工仔」。然而，華嶽一表人才，並不見外，奮身於鄉里，他「風姿英爽，遇事周詳，一鄉倚以爲重」（轉引自吴仁安明清時期上海地區著姓望族）。這位「引進人才」在蘇家積極工作，耕地開店，帶領全村發家致富，族人居然允許他自立門户，用華氏名義傳宗接代。乾隆初年，華氏子孫「增建市房，廛舍相望」（南匯縣志・疆域・邑鎮），這就是浦東名鎮「横沔鎮」的起源。管窺蠡測，我們在浦東横沔鎮華氏家族的復興故事中，看到了明、清時期上海社會接納外來移民的良性模式。寄居浦東，入籍上海，認同江南，融入本土社會，這是外來者成功的關鍵。「海納百川」，是上海本地人的博大胸襟；「融入本土」，則更應該是外來移民的必要自覺。浦東人講:「吃哪里啥飯,做哪里啥事體,講哪里啥閒話。」熱愛鄉土,服務當地民衆福祉,維護地方文化認同,如天經地義一般重要。

南匯、川沙原來都屬於上海縣,清代雍正、嘉慶年間剛剛分别設邑,爲什麽會在清末就有一個和上海「浦西」相對應的「浦東人」的認同發生? 這是值得思考的問題。「浦東人」,就是明、清時期的「上海人」,他們在近代歷史上形成了一個子認同(sub-identity)。二十世紀開始,「浦東人」和黄浦江對岸的「大上海」既有聯繫,又有分别,大致可以用文化理論中的「子認同」來描述。十九、二十世紀中,浦東的地方語言,和上海市區方言差距拉大;浦東的農耕生活,和市區的大工業、大商業有些不同。儘管朱其昂、張文虎、賈步緯、楊斯盛、陶桂松、李平書、黄炎培、葉惠鈞、穆藕初、杜月笙等一大批川沙、南匯籍人士活躍於上海,但是「浦東」是他們口中念念的家鄉,「上海」是他們心中一個異樣的「洋場」,因爲「大上海」的文化認同更加寬泛。

清末民初時期,占人口約百分之十的上海本地人,接納了約百分之九十的外地人、外國人,這裏熔鑄出一種新型的文化。「華洋雜居,五方雜處」,現代上海人的認同要素中,不但包括了蘇州、寧波、蘇北、廣東、福建、南京、杭州、安徽、山東人帶來的文化因數,還有很多英國、法國、美國、德國、日本的文化因數。「阿拉上海人」,是一個較大範圍的城市文化認同(identity);「我伲浦東人」則是一個區域性的自我身份(status)。熟悉上海歷史的人都知道,兩者之間確有一些微妙的差異。但是，這種不同，互相補充，互爲激蕩，屬於同一個文化整體。這種差異性，正說明上海文化的内部，自身也充滿了各種「多樣性」(diversity)，並非一個專制體。文化，是拿來欣賞的，不是用作統治的。上海的「新文化」，有過一種文化上的均勢，曾經對「五方」、「華洋」的不同文化加以欣賞。在這個過程中，浦東地區保存的本土傳統生活方式，是「大上海」的母體文化，支撑了一種新文明。無論浦東文化是如何迅速地變異和動盪，變得不像過去那樣傳統，但它卻真的曾以「壁立千仞，海納百川」的胸襟，接納過世界各地來的移民。它是上海近代文化(俗所謂「海派文化」)的淵源，我們應該加倍地尊重和珍視纔是。

傳承：浦東之著述

直到明、清，以及中華民國的初期，江南士人的身份意識仍然是按照鄉、鎮、縣、府、省的單位，一級一級，自然而然，由下往上地漸次建立起來的。日常生活中，江南士人都主動或被動以自己的地望作爲身份，如「徐上海」、「錢常熟」、「顧崑山」地交際應酬，不會只用一個「中國人」的表面身份來隱藏自己。只有當公車顛沛，到了「帝都魏闕」，或厠身擠進了「午門大閱」，沾上些許皇帝的虛驕，纔會偶爾感到自己是個「中國人」。儒家推崇由近及遠，由裏而外，漸次推廣的傳統人際關係,有相當的合理性。在此過程中,不同地域的人羣學會了尊重各自的方言、禮節、習俗、飲食和價值觀念,在一個「多樣性」的社會下生存。今天,「多元文化觀」在「國家主義」盛行的二十世紀,以及「全球化」横掃的二十一世紀,面臨著巨大的困窘。如何在當今社會發掘傳統,面對危機,重建認同,是一件很重要的事情。

二十世紀中,在現代化「大上海」的崛起中,上海地區的學者和出版家,一直努力將江南學術的優秀傳統,匯入「國際大都市」的文化建設,出版地方性的文獻叢書便是一種做法。一九三六年,負責編寫上海通志的上海通社整理刊刻了上海掌故叢書第一集十四種,後因「抗戰」、「内戰」發生,没有延續。一九八七年,華東師範大學出版社編輯影印了上海文獻叢書,共五種。一九八九年,上海古籍出版社標點排印了上海灘與上海人叢書,共二十三種。縣區一級的文獻叢書,有松江文獻系列叢書(上海社會科學院出版社,二〇〇〇年),共十二種;嘉定歷史文獻叢書(中華書局,二〇〇六年),線裝,二輯。在基層文化遺産保護前景堪憂的大局勢下,地方傳統文獻的整理出版工作倒是在各地區有識之士的堅持下,努力從事。上海浦東新區地方志辦公室的同仁們,亟願爲浦東文化留下一份遺産,編輯一套浦東歷代要籍選刊。復旦大學出版社憑藉獨有的學術組織能力和編輯實力,積極參與這一出版使命。這樣的工作,對開掘浦東的傳統内涵,維護當地的生活方式,發展自己的文化認同,都具有重要意義,無疑應該各盡其力,加以支持。

編纂浦東歷代要籍選刊，首要問題是如何釐定作者的本籍，將上海地區的「浦東人」作者挑選出來。清代中葉之前，現在浦東新區範圍内的土地和人民並不自立，當時並没有「浦東人」。但是，明、清時期江南地區的鄉鎮社會異常發達，大部分讀書人的籍貫，往往可以追究到鎮一級。爲此，我們在確定明、清時期的浦東籍作者時，都以鎮屬爲依據。那些或出生，或原居，或移居，或寓居在現在浦東地區鄉鎮的作者，儘管著述都以「上海縣」、「華亭縣」、「嘉定縣」標署，但隨著清代初年「南匯縣」、「川沙縣」，以及後來「浦東縣」、「浦東新區」的設立，理應歸入「浦東」籍。

例如：高橋籍舉人孫元化（一五八一—一六三二）追隨徐光啓，有著作幾何體用、幾何演算法、泰西算要等傳世。當時的高橋鎮在黄浦東岸，屬嘉定縣，孫元化的籍貫當然是嘉定。清代雍正二年（一七二四），嘉定縣析出寶山縣，孫元化曾被視爲寶山人。一九二八年，高橋鎮劃入上海特別市的浦東部分，從此孫元化可以被認定爲「浦東人」，陸深的浦東籍貫身份，也可以如此確定。明史本傳稱：「陸深，字子淵，上海人。」按葉夢珠閱世編·門祚記載，陸深科舉成功後曾移居上海城裏，居東門，稱「東門陸氏」。然而，陸深的祖居地及其墳塋，均在浦東陸家嘴，理當被視爲「浦東人」。相對於原本就出生在浦東地區的陸深、孫元化而言，黄體仁自陳「黄氏世爲上海人」(曾大父汝洪公曾大母任氏行實，收入黄體仁集)，進士及第爲官後，即在城裏南門内擴建宅邸，黄家里巷命名爲黄家弄(黄家路)。另外，黄體仁的父母去世後，也安葬在西門外周涇(西藏南路)的黄家祖塋(參見先考中山府君先妣瞿孺人繼妣沈孺人行實)，是地地道道的上海人。黄體仁之所以被認定爲浦東人，是因爲他在九歲的時候，爲躲避倭寇劫掠，曾隨祖母和母親在浦東避難，並佔用金山衛學的學額，考取秀才，進而中舉、及第。科場得意以後，他才回到上海城裏，終老於斯。明代之浦東，屬於上海縣，他甚至不能算是「流寓」川沙。然而，從黄體仁的曲折經歷，以及後來的行政劃分來看，他在川沙居住很久，確實也可以被劃爲「浦東人」。

選擇什麽樣的作者，將哪一些的著述列入出版，這是編纂浦東歷代要籍選刊的第二個難點。唐宋以前，浦東地區尚未開發，撰人和著述很少，可以不論。到了明、清時期，浦東地區開發有年，文教大族紛紛湧現，人才輩出，著述繁盛，堪稱「海濱鄒魯」，絶非中原學人所謂「斥鹵之地」可以藐視。按復旦大學古籍整理研究所近年來數篇博士論文的收集和研究，明、清時期上海浦東地區的著者人數，不亞於松江府、蘇州府其他各縣。據初步研究統計，清代中前期有著作存世的松江府作者人數共五百二十五人，其中華亭縣(府城)一百四十七人，上海縣一百二十三人，婁縣六十五人，青浦縣六十人，金山縣五十一人，南匯縣三十一人，奉賢縣二十二人，川沙縣二人，未詳二人。這其中，南匯、川沙屬於今天浦東新區，都是剛剛從上海縣劃分出來。以南匯縣本籍作者三十一人爲例，加上列在上海縣的不少浦東籍作者，這個新建邑城境内的文風一點不比其他縣份遜色。此項統計，可參見杜怡順復旦大學博士論文上海清代中前期著述研究。

明代天啓、崇禎年間，以松江地區爲中心，有「復社」、「幾社」的建立。那幾年，江南士人的文章風流和人物氣節，盡在蘇、松、太一帶。經歷了清代順治、康熙年間的高壓窒息，到乾隆、嘉慶年間，上海地區的文風又有恢復。順應蘇州、松江地區的「樸學」發展，「家家許鄭，人人賈馬」，這裏做考據學問的人也越來越多。因此，浦東學者也和其他江南學者一樣，在經、史、子、集的研究上下過功夫。易、書、詩、禮、樂、春秋的「經學」，二十四史之「史學」，天文、地理、曆算、農、醫、兵、雜、小説，詩文詞曲，釋、道教，「三教九流」的學問都有人做。在這樣豐富的人物著述中，挑選和編輯浦東歷代要籍選刊，是綽綽有餘，裕付自如。

浦東地區設縣（南匯、川沙）之後的二百年間，各類學者層出不窮。以清末學者爲例，周浦鎮人張文虎（一八〇八—一八八五）以諸生出生，專研經學，學力深厚，卓然成家。道光年間，他幫助金山縣藏書家錢熙祚校刻守山閣叢書，一舉成名。一八七一年，張文虎受邀進入曾國藩幕府，破格録用，負責「同光中興」中的文教事業。他刊刻船山遺書，管理江南官書局，最後還擔任南菁書院山長。張文虎學貫四部，天文、算學、經學、音韻學，樣樣精通。按當代南匯縣志的統計，他著有舒藝室雜著、鼠壤餘蔬、周初朔望考、懷舊雜記、索笑詞、舒藝室隨筆、古今樂律考、春秋朔閏考、駁義餘編、湖樓校書記和詩存、詩續存、尺牘偶存等著作，實在是清末「西學」普及之前少見的「經世」型學者。

一八四三年，上海開埠以後，浦東地區的學者得風氣之先，來上海學習「西學」，成爲中國最早的一批精通西方學術的學者。李杕（一八四〇—一九一一），名浩然，字問漁，幼年在川沙鎮從鎮人莊松樓經師學習儒家經學。一八五一年，李杕來上海，入徐家匯依納爵公學，學習法文、文學和科學。一八六二年加入耶穌會，一八七二年按立爲神父，一九〇六年繼馬相伯之後，擔任震旦學院哲學教授和教務長。李杕創辦和主編益聞報、格致彙報、聖心報等現代刊物，傳播西方科學、哲學和神學，著有理窟、古文拾級、新經譯義、宗徒大事録等，還編輯有徐文定公集、墨井集等。這樣一位貫通中西的複合型學者，在清末只有他的同班同學馬相伯等寥寥數人堪與之比。如果説明、清時期的浦東士人還是在追步江南，與蘇、松、太、杭、嘉、湖學風「和其光，同其塵」的話，那開埠以後的浦東學者在「西學」方面確是脱穎而出，顯山露水。

「且頑老人」李平書（一八五一—一九二七）是高橋鎮人，父親爲寶山縣諸生，太平天國佔領江蘇時以難民身份逃到上海。十七八歲時，纔獲得本邑學生資格，進入龍門書院學習。這位浦東學子聰明好學，進步神速，不久就擔任字林報、滬報主筆，在城廂内外宣導「改良」，開設自來水廠。一八八五年，經清廷考試，破格録用他爲知縣，在廣東、臺灣、湖北等地爲張之洞辦理洋務，樣樣「事體」做得出色，且一心維護清朝利益。李鴻章遇見他後，酸溜溜地説「君從上海來，不像上海人」，算是對他的肯定與表揚。李平書確是少見的洋務人才，他奉行「中體西用」，一手創建了上海城廂工程局、警察局、救火會、醫院、陳列所等。最後，他還從張之洞手中要到了「地方自治權」，擔任上海自治公所的總董（市長）。李平書在一九一一年辛亥革命高潮中轉而支持革命黨，可見「且頑老人」是一位深明大義的上海人——浦東人。在仍然提倡士宦合一、知行合一的清末，李平書也有重要著述，他的新加坡風土記、且頑老人七十自述、上海自治志都是上海社會變革的佐證。

浦東地區的文人士大夫，經歷了明清易代，又看到了清朝覆滅，還親手創建了中華民國，所謂「歷代」，愈來愈精彩，浦東人參與的歷史也愈來愈重要。孫元化、陳于階（康橋鎮百曲村）等浦東人，爲抗禦清朝獻出生命；李平書、黃炎培、穆湘玥一代浦東人，參與締造了中華民國；黃自、傅雷這樣的浦東人，爲中國的現代藝術做出了獨特貢獻；還有像張聞天、宋慶齡這樣的浦東人，厠身於中國的共産主義運動。這些浦東人都有著述存世，品類繁多，卷帙浩瀚，選擇起來頗費斟酌。我們以爲，刊印浦東歷代要籍選刊應該本著「厚古薄今」的原則，對那些本來數量不多，且又較少流傳的古籍，包括在上海圖書館、復旦大學圖書館收藏的刻本、稿本和鈔本，盡可能地借此機會搶救和印製出來，以饗讀者。至於在民國期間，直到現在經常用平裝書、精裝書形式大量出版的近現代浦東人的著作，則選擇性收入。

出版一部完善的地方文獻叢書，還會遇到很多諸如資金、體例、版式、字體、設計等人力、物力方面的問題。好在有浦東新區政協文史委員會和地方志辦公室的鼎力支持，復旦大學出版社的精心組織，加上全國和復旦大學歷年畢業的學者，以及相關專業的博士後、博士生的積極參與，浦東歷代要籍選刊一定能圓滿完成。受浦東新區政協文史委員會和地方志辦公室，以及復旦大學出版社的邀請，由我擔任本叢書主編，感到榮幸的同時，也覺得有不少責任。因教學、研究事務繁鉅，不能從事更多工作，但一定會承擔相應的策劃、遴選、審讀、校看和復核任務，做出一部能夠流傳、方便使用的文獻集刊，傳承浦東精神，接續上海文化。

二〇一四年八月十五日

暑假，於上海徐匯陽光新景寓所

浦東歷代要籍選刊　編纂凡例

一、地域範圍。選刊所稱之浦東，其地域範圍爲今黄浦江以東浦東新區和閔行區浦江鎮所屬區域。

二、人物界定。祖籍浦東並居住在浦東的人物，祖籍浦東但寓居於外地（包括今上海其他地區）的人物，長期寓居於浦東的外地籍（包括今上海其他地區）人物，其撰寫的著作均在選刊範圍之內。清初浦東地區行政設置前，人物籍貫以浦東地區鄉鎮爲準。

三、年代時限。所選著作的形成時間範圍，爲南宋至國民政府時期（一一二七—一九四九）。

四、選録標準。南宋至清嘉慶時期（一一二七—一八二〇）浦東人物所撰寫的著作原則上均予刊録；清道光至民國末年（一八二一—一九四九）浦東人物所撰寫的著作擇要選刊。本籍人士所撰經、史、子、集四部著作，或日記、年譜、回憶録等近代著述，不分軒輊，擇其影響重大者刊印。

五、編纂方式。依據古籍整理的通行規則，刊印文獻均用新式標點，直排繁體。選擇較早的底本，參照各本，並撰寫整理説明，編輯附録。除附書影外，凡有人物像和手跡者亦附録。尊重原著標題、卷次及文字，以存原始。

六、版本來源。所選各底本，力求原始。底本多據上海圖書館、復旦大學圖書館藏本，絕大多數著作爲首次整理和刊佈。

墨香居原本

湖西詩鈔

靜園黃樹仁題

墨香居原本

海山詩鈔三集

靜園黃樹仁題

海曲詩鈔 整理説明

《海曲詩鈔》十六卷、《補遺》一卷、《二集》六卷，清馮金伯輯；《三集》十二卷附《香光樓同人唱和詩》一卷，近人黄協塤輯。

馮金伯（一七三八—一八一〇），字冶堂，一字墨香，號岑南，又號墨香居士、華陽外史。南匯縣周浦（今屬上海市浦東）人。清乾隆間貢生，官句容訓導。嘗師事葉鳳毛。鳳毛能詩，善書畫，金伯親得指授。乾隆三十八年至四十八年（一七七三—一七八三）游楚期間，金伯與王宸、張敔時相往還，益深畫理。歸里後，又時出游武林、嘉禾及袁浦、維揚間，交道愈廣。《墨林今話》評其書畫曰：「書法學米襄陽，畫宗北苑、巨然、梅道人，尤得其鄉董文敏墨趣。」亦工詩詞。嘗輯《國朝畫識》十七卷、《詞苑萃編》二十四卷、《熙朝詠物雅詞》十二卷及《峯泖煙雲》《五茸遺話》《海曲詞鈔》《海曲文鈔》等，又著有《墨香居畫識》十卷、《墨香居詩鈔》十二卷及《南村詞略》《墨香居詩話》等。詳見「浦東歷代要籍選刊」所收《馮氏畫識二種》之整理説明。

黄協塤（一八五三—一九二四），字式權，號夢畹，別號畹香留夢室主、鶴巢村人等。家本南匯川沙，以川沙分屬上海，遂占上海籍。工詩文，尤善漢隸。曾主上海《申報》筆政二十年〔一〕。清光緒三十三年（一九〇七）就震旦學校學監，清宣統二年（一九一〇）改就南匯第三公學校長。民國十二年（一九二三），與纂《南匯縣續志》。著有《鋤經書舍零墨》四卷、《淞南夢影録》、《粉墨叢談》二卷附録一卷、《鶴巢村人初稿》一卷、《賓紅閣豔體詩》一卷、《鶴巢村人詩稿》八卷等，又輯有《同声集》二卷。詳見《（民國）上海縣志》卷十五本傳等。

《海曲詩鈔》三集，是南匯歷代詩歌總集。南匯設縣於清雍正四年（一七二六），所轄幾爲今浦東全境。南匯因瀕臨東海，東南部曲突入海，故稱「南匯嘴」。明代陸深（一四七七—一五四四）曾言：「南匯者，海之一曲也。」馮金伯編選輯南匯詩人詩作，因以「海曲」名集，黄協塤承襲之。

馮金伯《海曲詩鈔》之編纂，始於乾隆五十七年（一七九二）受聘與纂《南匯縣志》期間。其自序言：「乾隆壬子，邑侯胡公聘修邑志。采訪諸君以詩文稿投局者，摘付小胥録之，積成數巨冊。」至乾隆六十年，馮金伯官句容縣訓導，遂將書稿攜至任所，「重爲抉擇，且細加考訂」，終成

〔一〕《（民國）上海縣志》未載其主筆《申報》起迄年份。楊磬《現代化都市的文人和知識份子的社會責任——試論〈申報〉主編上海黄協塤》一文載，一九〇五年，黄協塤「已爲申報館工作了二十年，當主編也有十年了」。詳見張仲禮主編《中國近代城市企業・社會・空間》，上海社會科學院出版社，一九九八年一月第一版，第二七七頁。

十六卷。集中收録自北宋儲泳、儲游兄弟至清嘉慶間詩人二百九十五家，詩作一千二十九篇一千二百三十二首，又閨秀十八家六十八篇八十一首，方外五家十八篇十八首，共詩人三百一十八家，詩作一千一百十五篇一千三百三十一首。集刻於清嘉慶十二年（一八〇七）三月，至十二月竣工，歷時十個月。又有《補編》一卷，補入明代朱正中一家二篇四首；其餘均爲清代詩人，凡四十家，詩作九十篇一百〇九首。馮金伯《海曲詩鈔序》未言補編事，或爲刊刻時所增補，序言寫就而刻未成，故不及之與？

《海曲詩鈔二集》之編纂，則明言：「予編次《海曲詩鈔》將竣，諸相好又各以詩稿寄示，計得七十餘家。……乃纂爲《二集》。」今《二集》六卷，收録清詩人凡九十三家，詩作三百八十七篇五百一十七首，其中收録閨秀六家，詩作二十六篇四十四首。馮氏序言「七十餘家」，與九十餘家相去甚遠，或如《補編》，蓋序言寫就而仍增録不止耶？序末署「嘉慶戊辰孟夏上澣」，即嘉慶十三年（一八〇八）四月。《二集》之刊行，距乾隆五十七年（一七九二）與纂《南滙縣志》時編纂之始，前後已歷時十六載。

馮金伯之後，邑人火文煥、丁宜福、上海秦秉如等曾有續選之作，然終未刊行。百餘年間，「中更喪亂」，「兵燹頻經，故家零落」。民國初年，黄協塤與纂《南滙縣續志》，擬倣馮金伯例，編纂《海曲詩鈔三集》。黄報廷、謝其璋、唐志陶主事采訪，「函約同志，博采旁搜，上自搢紳，下逮隱逸、方外、閨秀及游寓諸名公，得二百餘家」。黄協塤則主持選政。後又益以火文煥《續輯海曲詩》八十家，丁宜福《海曲詩話》十一卷，秦秉如《續海曲詩鈔》四十餘家，多爲嘉慶至咸豐朝南匯詩人詩作，故此百年間「承接無間」。

《三集》之編纂始於民國二年（一九一三）夏四月，至民國六年（一九一七）夏六月編竣，遂舉馮金伯編纂之初、二集同交付國光書局鉛印，成於民國七年（一九一八）冬〔一〕，共歷時五年餘。集凡十二卷，卷一至九收録明清兩代邑詩人詩作，明代三家七篇七首，清代二百八十三家一千三百三十六篇一千七百五十六首，其中閨秀二十二家一百三十二篇一百六十首，方外五家十篇十一首；卷十名宦，十九家七十篇一百四十首；卷十一、十二寓公，五十四家二百三十篇三百七十二首，附閨秀二家八篇九首。凡三百六十一家，各體詩一千六百五十一篇二千二百八十五首。

〔一〕諸家記載略有不同。黄協塤《還曲詩鈔三集序》言：「是役也，經始於乙卯孟夏，告蕆於丁巳仲冬。」其在《例言》又言「不佞乙卯三月始，迄丁巳仲冬，晨硯宵鐙，三復十讀」云云。黄報廷《還曲詩鈔三集序》則言：「是編始於乙卯四年夏，成於戊午七年冬。」顧忠宣《香光樓祭南邑詩人記》：「丁巳季夏之望，黄子夢畹選《海曲詩鈔三集》既蕆事，爲位於邑城香光樓祭邑先輩之以詩鳴者，蓋告成也。」始於民國二年乙卯三四月間，黄協塤、黄報廷所言相符。《三集》書成，當在民國六年丁巳季夏，故有「祭詩會」以告其成。黄協塤言「告蕆於丁巳仲冬」，此半年間，或將全集重校一過也。黄報廷言「成於戊午七年冬」，則指刊成，并不牴牾。

黃協塤編選《三集》蒇事，遂於邑城香光樓祭祀南匯歷代詩人，時民國六年（一九一七）夏六月十五日。與會者凡三十一人，除黃協塤外，有黃報廷、胡世楨、胡祥清、秦始基、倪繩中、謝其璋、王榮黻、胡洪湛、費毓麟、徐守清、葉壽祺、朱家讓、宋家鉢、嚴惟式、顧憲融、陳檄、陶元斗、唐斯盛、王紹祥、徐素娥、徐耐冰等名流。或撫琴吹簫，或垂釣對弈，或歌詩填詞，或潑墨作畫，各獻其藝，洵爲一時之盛會。黃協塤輯諸人所作詩詞曲爲《香光樓同人唱和詩》一卷，收録二十八家三十篇六十五首，附於集後。

《海曲詩鈔》凡三集之編纂體例，馮金伯、黃協塤均各於姓氏里居下，節録序跋題詞，或撰詩話以表張之，間附考證以辨析之。馮金伯「以詩存人者居多，以人存詩者亦間有之」；黃協塤亦言，「義固在以詩存人，然其中以人存詩者，亦所不免」，故此集不僅以南匯一邑之詩歌總集觀，亦當以南匯詩家傳記觀。即此集不獨存詩，亦存人也。

《海曲詩鈔》所收，一以南匯縣詩人詩作爲準的。馮金伯自言，曾「細加考訂，毋令借材異地」。《初集》卷八杜世祺後有馮金伯案語言：「宗原名顯，洪武時官禮科給事中。其所居在青龍江，爲今青浦縣地。……余輯是編，詳查《杜氏家乘》，凡居青龍及由杜行、石皮衡而他徙者，蓋不闌入。宗原誤載舊志，今已於重修時訂正，故其詩亦不載。」即爲此例。然終不免偶有誤收，如黃協塤指出，「明之王光承昆季（華亭人），清之沈璧璉（上海人），凡鄰邑之作寓公者，不免羼入一二」。因而黃協塤稍變馮氏體例，别爲名宦一卷、寓公二卷附焉。

至於該書之價值，則毋庸贅述。三集共收録浦東歷史上北宋至清末詩人八百一十三家，詩作四千二百四十六首（含名宦、流寓七十五家五百二十一首，又無名氏數人），尤其是名不見經傳之詩家詩作藉此得以保存，不僅可考察一邑文藝之盛況，更是研究浦東歷代文學、歷史、社會等學科之珍貴史材，重要性不言而喻。

此次整理，以民國七年國光書局鉛印本爲底本，并參校相關書籍。原書有目無文者删之，如《初集》卷十三閔圭下原有閔維垣，然正文未載，則删去；有文無目者據正文補入，如《初集》卷六毛有信，卷七杜如期，卷十三桂玉清，卷十五唐鴻、朱心緝、談汝玉，《補編》金棠；目録與正文次序不合者依正文調整一致。《初集》《二集》原各卷前均署「同邑馮金伯墨香編次」，《三集》署「上海黃協塤式權編次」，《香光樓同人唱和詩》署「上海黃協塤夢畹編輯」，依例均删去。《補編》後原有《海曲詩鈔參訂助梓姓氏》，全書末有《助貲同人姓氏》，現均同附書後，不没其實。書後原有《校勘記》，正文據此改正者不出校，其餘若有校改，一一於校注中說明。

因部帙浩繁，時間倉促，整理者水平有限，舛誤在所難免，敬請讀者批評指正。

陳旭東

海曲詩鈔總目

海曲詩鈔

海曲詩鈔序

上海固瀕海地，雍正丙午復割東南境，設南匯，真瀕海一隅之地也。宋時儲泳偕弟游隱於周浦，以能詩名，元則有王泳、朱仲雲，至明而盛，至國朝而極盛，不特通顯者鼓吹休明，凡士流韋布輒喜肄雅歌風，吟詠之聲洋溢於里閈間。乾隆壬子，邑侯胡公聘修邑志，采訪諸君以詩文稟投局者，摘付小胥録之，積成數巨册。乙卯，攜至句容，蕭齋無事，重爲抉擇，且細加考訂，毋令偕材異地，自宋迄今幾及二百家，附以閨秀、方外，釐爲一十六卷。嘉慶丙寅，小假歸里，質之四峰、璧堂、秋山三君，俱蒙獎借。親友聞有此選，亦皆踴躍解囊，慫恿付梓。遂於丁卯三月開雕，至臘月而工竣。其中以詩存人者居多，以人存詩者亦間有之，不敢謂搜羅既盡、取去悉當，聊葺一隅之詩以備輶軒之采爾。陸文裕嘗云：「南匯者，海之一曲也。」故即名爲《海曲詩鈔》云。

周浦馮金伯識於句容西序之自在舟。

海曲詩鈔目次

海曲詩鈔卷一

宋

儲泳，字文卿，號華谷，居周浦，有詩名。

《松江府志》：儲泳精於陰陽五行，通儒元理。又：泳雜著甚多，有《祛疑説》行於世。《墨香居詩話》：華谷，南宋時詩人。弟游，字晴谷，亦能詩。予家向西數十武，爲匯龍橋。過橋折而西又數十武，有墓北向，俗稱爲木魚墳者，即華谷葬處也。穴場頗寬，漸爲樵牧所侵占。乾隆丁丑，同里王君澤深等訴諸邑宰，爲丈地立界石。王君有詩紀事，予亦有和作，惜皆散失矣。

遊東皋園登漣漪閣

傑閣枕平川，秋光澹遠煙。窗開園外景，影占水中天。野色歸吟事，征帆過客船。危欄人倚徙，縹緲十洲仙。

光風霽月亭呂九山家

一段風流出自然，中和氣候嫩涼天。百年心事無人會，付與茅亭伴呂仙。

題胡琴窗方徑

詩窮推不去，終有惡圓心。樓倚風煙外，琴横星斗沈。行看花四面，坐對竹千尋。卻笑陶彭澤，歸來荒徑深。

清閟軒

萬竹中央住，清心自愛持。不除傷砌筍，慵洗宿禽枝。影落翻經處，聲敲入定時。重泥新雪壁，留待客題詩。

送春

送春歸去後，身卻在天涯。有夢忘爲客，見書如到家。樓空初入燕，柳暗欲藏鴉。故苑新桃李，閒開一度花。

聞采石分司芝隱訃

忽聞千里訃，涕淚已交横。遽奪英雄去，不教功業成。人疑藏六甲，天使共長庚。惆悵青山夢，分明坐兩楹。

小園

墾葦栽花柳，園林小小成。旋分黄菊本，新扁草堂名。池水通湖活，江風過竹清。不期車馬到，足自稱幽情。

亭下

亭下冷泉清，松深地絶塵。細看門外樹，幾换寺中人。别嶂孤猿曉，幽花百鳥春。坐來危石上，疑是比邱身。

思歸

客樓高處望，獨立對斜暉。負郭有田在，故山何日歸？秋深楊柳薄，水闊鷺鶿飛。風景正蕭索，何堪聞擣衣。

送人遊邊

邊風吹雁至，君卻向邊遊。正立功名日，去防關塞秋。看鵰因撚箭，調馬試呈毬。奏凱歸時節，應須萬户侯。

送兄潮舉護嫂喪歸於温陵

老來偏惜别，此别更關情。水陸三千里，舟車一月程。雁聲鄉里遠，鸞影旅魂驚。楊柳彫零盡，無枝可贈行。

寄兄玉老 時隨兄秀老往守雷陽

雷陽路迢遞，回首亦關心。重別因輕諾，遠行多近吟。客懷秋色早，歸夢嶺雲深。莫以書無益，人來惜萬金。

澱山寺

無路接塵寰，中流擁翠鬟。望中疑有寺，遊處若無山。過雨行雲溼，衝風釣艇還。谿邊舊鷗鷺，心事頗相關。

悼古鏡果佛慧法師

霜毛垂半頂，説法國王前。定裏脩千劫，佛中添一員。謚尊終後賜，真諦在時傳。講下諸徒弟，焚香石塔邊。

送陳雲厓

出門即遠道，君去有誰令。詩價侯門賤，時情客路輕。晚雲歸獨樹，寒雨暗荒城。此地適相別，誰能不動情。

送盧萍齋

當春雁北飛，之子獨南歸。寒暑本無定，去來應有機。柳煙迷客棹，花露溼征衣。明月人千里，相思消息稀。

紅藥

紅藥階前半吐葩，露枝已入貴人家。不如庭下無名草，一度春風一度花。

涵虚閣

菊秋梅臘百花春，過眼年華醉夢身。今日不因登此閣，不知人世是紅塵。

春日郊行

東風吹著便成花，裝點園林賣酒家。田野可栽閒草木，十分春色在桑麻。

東藏一

靈竺山前滿徑苔，遊春車馬可曾來。共君便欲攜尊去，一樹海棠花正開。

胡定齋惠墨求詩

萬杵元霜玉兔魂，刀圭鍊就許平分。流珠輕滴銀蟾露，化作催詩一片雲。

春晝

庭院深深春晝長，度窗蜂影去來忙。自從野菜花開後，一月熏爐不炷香。

送人

昨日含愁始送春，今朝又復送行人。江頭楊柳不須折，那與愁眉替得顰。

覺來

西風吹夢過錢塘，獨上孤山叩冷香。紙帳四垂鐙影薄，覺來疑是夜昏黄。

墨香按：華谷詩無專集，前二首從《松江顧志》鈔出，後二十二首從陸大理耳山、紀尚書曉嵐《江湖後集》録出。

元

王泳，字季孫，宋進士，日輝曾孫，鏞子，有隱操。

《府志》：泳性樂易，自號静習。或問：「静何習？」輒對曰：「習不由静，未嘗學也。」父殁，悉舉田宅畀弟，而自處卑隘，緼袍素食，晏如也。

營壽藏成喜而作歌

鼃何物兮？繭是室兮。吾其願畢兮，抑亦二三子之力兮。

朱仲雲，一作士雲，元末避張士誠之亂，隱居石筍里。

元日登上方山

萬象開新景色饒，辛盤椒酒醉芳朝。絶無凍雪欺梅蕊，祇有和風上柳條。古廟衣冠爭日月，上方鐘鼓出雲霄。未能隨俗輕投刺，豈肯逢人便折腰。

子昂碑永寧寺有鐵佛，趙孟頫書記勒石。

片石崚嶒幾百秋，臨池宗室昔曾遊。斷碑不解興亡事，冷落寒煙土一邱。

石筍灘

不見沙頭洗玉缾，閒移小艇弔江靈。豪華銷歇今非古，依舊春風岸草青。

海曲詩鈔卷二

明

朱木，字楚材，號静翁，仲雲孫。明太祖以驛馬聘用，多運籌功。永樂時，上安邊十策，深見嘉獎。

早行

晨雞未喔客先起，冒霧衝風不自由。獨怪野花殊得意，一叢枳棘掛牽牛。

黄翰，字汝申，居南一竈。永樂壬辰進士，官至山東按察使。

《松江陳志》：黄汝申幼時嘗以事干郡守，不聽，拂衣出，曰：「水上打一棒。」守怒，遂以此句爲題，令作詩。黄曰：「誰把長竿杖碧流，一聲分破楚天秋。幾層雲浪開還合，數顆銀珠散復收。鷗鷺驚飛紅蓼岸，鴛鴦催起白蘋洲。料應此處難垂釣，急急收綸别下鉤。」

渡華亭谷與泖塔僧夜話

鳳凰暾朝曦，天馬嘶春風。登高既已適，長水遥相通。睠兹蒼茫閒，湧出蛟龍宫。飛帆向孤嶼，色界凌虚空。半夕無生話，諸天不染中。相對轉法華，何如逐轉蓬。

廬山

松風瑟瑟馬頻嘶，偶得乘閒到虎谿。空谷斷厓無鹿過，落花芳草有鶯啼。飛流帶雨泉聲急，絶頂盤空鳥路迷。俱是灑然幽絶景，不知何處合留題。

焦山望海門

一氣中分造化均，凌波雙峙玉嶙峋。遥連海上神仙宅，不著人間市井塵。月白天空涵兔影，風恬浪細蹙龍鱗。渾疑咫尺銀河近，便欲乘槎一問津。

金山寺

一室雲間半虚白，數峰江上盡含清。舟從翡翠屏邊過，人在丹青畫裏行。東谷笑談西谷應，上方風雨下方晴。尋芝野鶴歸來晚，松頂長鳴三四聲。

鶴背欲冰仙袂冷，夜凉如雨鳳笙寒。兩邊城郭參差見，一帶江山表裏看。明月溯光涵巨浪，紫雲拖影落虚壇。仰觀俯察添清思，長笑一聲天地寬。

湘簾捲日清輝滿，水閣臨風爽氣生。下界路從塵外斷，上方僧在鏡中行。雲封洞口禪心定，露滴松梢鶴夢清。幾度游人歸去晚，滿船空載月華明。

附《書史會要》：黄翰善隸書，尤工章草，筆力雄健而有則，與宋仲温相彷彿。

《松風餘韻》：讀楊文敏公《送黄汝申序》，頗稱其有善政。而剛猛太過，鄉人皆惡之。其卒也，至豬其官。

《菽園雜記》：張節之見人收蓄黄廉使翰墨，即令裂去，云：「好人家卻收此人筆蹟，何怨毒之甚至此也。」縱或傳聞之過，亦可爲前輩殷鑒。

李伯璵，字君美，號養菴，居所城。宣德丙午舉人，官教諭，陞淮府右長史。

《松風餘韻》：七世孫雯曰：「先相國名德茂學作傳：『親藩裨益賢王，有賈董之誼。所作近體詩，凝渾不苟。生於何李之前，而能不沿元調，惜未有表章之者。予小子於遺集中搜出，以誌一家淵源，不敢比工部之宗。』審言也。」

春日侍讌淮王登樓晚眺應教

黄髮先朝一老臣，春來移瑟向朱門。親嘗楚國諸生醴，不似梁園雪後尊。南浦歸帆迴夕漲，西山落日繞飛鴉。深慚侍從無聲夜，桂樹雄篇敢獨論。

杜愊，字季誠，號友松，居杜行，著有《南浦散民雜詠》。

南浦書懷

側身望東海，蓬壺近咫尺。一氣混鴻濛，奔流沸晨夕。湯湯渺無涯，鳴雷撼几席。曉霧暗茅楹，潮平四望白。修竹覆短垣，清陰蔽阡陌。寄傲羲皇前，探奇窮典籍。放眼傾緑樽，醉來頻岸幘。此意足千古，散髮聊自適。何須揖松喬，餐霞弄白石。

村居

地僻成高隱，桑麻十畝間。桃紅深隔水，柳緑遠藏山。日色柴門静，琴聲草閣閒。春風披拂處，時聽鳥關關。

附《杜氏譜》：友松係禧孫，濛次子。耕織起家，遂爲巨富。孝友睦姻，宗黨咸知。晚年大興土木，一日而建七宅，以六與子，以一自居，亦稱罕見。

朱元振，字士誠，號壽梅，居新場，著有《壽梅集》。

文徵明《壽梅詩序》略：壽梅詩清新爾雅，緣情寫事，隨物賦形，命意鑄詞，無一冗語。蓋生在宣德、正統間，隱居求志，外無兵戈之擾，而居有邱樊之樂，文酒燕游，親戚情話，發而爲詞，紆回沖遠，無有吁咈，真鳴盛之作也。

江村偶成

緑楊柳風清晝長，幽人放棹來尋芳。遥岑一碧雨初歇，水波不動含天光。沙鷗洲鳥自翔集，汀蘭岸芷飄春香。頡頏紫燕拂雲舞，落花飛絮隨悠揚。斫鱗煮酒縱爲樂，泠泠鼓枻歌滄浪。醉來坐觀天宇闊，此身如在蓬瀛鄉。神怡心曠總無礙，紛紛寵辱俱相忘。人生此樂能有幾，雙輪瞥電成奔忙。

寄錢學士

白髮飄蕭雪亂飛，老懷岑寂壯心違。涼生小簟辭紈扇，病起虚堂怯苧衣。葉落林間秋欲盡，苔生門外客來稀。仙郎池上春如海，猶問盟鷗舊釣磯。

鶴坡煙樹送友歸吴門

前坡鶴去已多年，古樹凝輝尚藹然。清唳不聞秋夜月，緑陰空鎖晚隄煙。霜餘赤葉明朱頂，夢斷遺音隔遠天。對此不堪君又别，相思先寄暮雲邊。

月波樓

樓瞰滄江月映空，澄波倒浸廣寒宫。粼粼地縮金盤裏，皎皎人遊玉鏡中。風露無聲秋浩渺，山河有影夜空濛。畫闌十二閒憑遍，知在層霄第幾重。

夜泊烏江渡

舟轉西流似急梭，江風入夜捲層波。千年伯氣消磨盡，百戰山河感慨多。斷礎殘碑遺古廟，落花啼鳥付悲歌。漁郎不解英雄恨，獨醉蒼苔卧釣蓑。

過嶲磯廟

英氣千年化紫霓，獨留殘廟枕江西。樹高巖畔煙常鎖，花落祠前鳥自啼。夢斷吴宫秋月冷，魂歸蜀國暮雲低。往來水際孤舟泊，夜静猶聞動鼓鼙。

谿山草堂

幽人結屋傍巖阿，鎮日雲山擁翠螺。門徑晚來緣客掃，春風無奈落花多。

題畫

萬里遥天雨乍收，水雲鄉裏著扁舟。酒闌坐看南飛雁，影落澄河數點秋。

李清，字希憲，長史伯璵子，景泰甲戌舉人。

送荆州趙太守攜家之任

雨歇石頭城，春潮向晚平。一麾遲楚塞，千里挾秦箏。橘暗龍州近，舟浮夏口輕。清風如可頌，杜若滿江城。

李深，字希達，伯璵第八子。少有儁才，讀書通音律。淮王愛之，具疏納爲儀賓。太后特召入京，賜婚，厚賚。中外榮之。

王慎中《碧梧軒詩序》略：希達託婚宗室，綺黼膴腆，狗馬、子女之養畢給。而獨深沈寂寞，蓄其氣，苦其思，以托於煙雲、水石、蟲魚、鳥獸、草木之間，極其雕鏤之力，與寒士爭尺寸如恐不及。是其心必大有所不釋於富貴之養，憤懣鬱積，決焉而肆於此也。其詩雖不怨，蓋其怨之所存者深矣。其子博士榕刻之。

静菴

境寂心俱寂，塵清夢亦清。翛閒羨魚鳥，羈縛愧簪纓。春暖花含笑，宵深酒漫傾。琅函堆滿架，對此未忘情。

談倫，字本彝，號野翁，居鶴坡里。天順丁丑進士，官至工部右侍郎。卒謚恭簡。

《談氏宗譜》：侍郎公楷書極工，而懶爲詩。或信口吟成，作家不及。若《睡起》云「三杯水酒尋常醉，一榻山風自在眠」，《寫懷》云「公論定時吾老矣，天將閒福報先生」之類是已。

《墨香居詩話》：談野翁自記云：「武宗南游時，王梅妍以容色自懼，隱於城南尼寺。予嘗私訪焉。中有名善清號秋月者，欲返俗。予戲爲詩，代其自敘，中有『蓄髮易成臨寶鏡，脱身依舊著紅裾』之句。數年後，善清已嫁周千岳，生子且五歲矣，囑其夫託梅妍謝詩扇之贈。予追憶其詩，再次韻自和二首。詩雖鄙俗，垂之家乘，使天下後世父母毋陷其女於先王禮法之外也。」按，此係翁少年遊戲作，不足存。今於《金陵詠懷古蹟》殘册中，見翁兄弟五律二首，急爲采録，亦庶幾吉光片羽云爾。

同杜南坡登報恩寺塔

長干聊散步，古塔與雲齊。壯麗看誰比，崚嶒望欲迷。迎風羣鐸亂，逗雨晚煙低。足力猶稱健，還登最上梯。

談詔，字朝宣，倫弟。成化辛丑進士，官至山東副使。

《上海志》：詔善吟詠，剛明有識，所在多風績。

附《名宦録》：相國邱濬愛侍郎談倫俊才。濬嘗奏事，倫隨之。上遂問數事，倫隨事條答，無有壅塞。一日濬獨對，上問曰：「談倫可拜爲相乎？」濬曰：「倫有才無福，不足當也。」上默然。後二公宴於郊外萬柳村中，言及此事，濬賦一詩以慰之，倫亦答一詩，言「大貴有命，不可强求」。後倫竟坐事廢，乃歎曰：「邱先生當今聖人，何知人知事之徹也。某當日若幸拜爲相，今日無死所矣。」

和兄本彛同杜南坡登報恩寺塔作

寶刹先朝建，繁華六代齊。凌空一塔立，憑眺夕陽低。川壑形如抱，風雲路不迷。問誰能努力，踏遍九層梯。

朱佑，字民吉，居新場。景泰庚午舉人，官南昌府同知。

按，佑罷官後始移居吴淞江之華漕，植葵萬本，號曰「葵軒」。錢溥爲之記。

古意

夫君從遠戍，妾獨住邯鄲。相送去時淚，至今猶暗彈。玉關春尚雪，鐵騎晝生寒。縱有還家夢，迢迢到亦難。

題沈儀甫城市鄉村卷

我無負郭田，君有負郭廬。風煙雜城市，花竹乃幽居。頗無車馬聒，而有琴書娱。忽聞有客至，聊復整襟裾。悠然遂竟日，高懷亦相舒。生事既已足，何必從菑畬。

夷門行

大梁侯嬴人未識，頭白猶爲抱關客。信陵公子真好賢，持車自謁夷門前。一時觀者動顔色，載歸上坐皆茫然。諸侯力戰殊未已，趙壓秦軍在洹水。信陵忽得平原書，遂盗兵符椎殺鄙。

毛公薛公亦博徒，兩人昔日何爲乎？邯鄲之危在旦夕，不向平原獻奇策。吁嗟！侯生之智真絶奇，一朝自刎令人悲，一朝自刎令人悲！

郁文博見過

委巷經過斷，故人今杖藜。竹西谿水合，鳥外凍雲低。劇飲歌驄馬，雄談縱碧雞。不知天已雪，門外路俱迷。

與王景明喬師召過顧孟育草堂

並轡相過日，江城三月春。馬循常去路，燕識慣來人。句就題歌扇，杯翻污舞裀。酒酣還感慨，猶是未閒身。

一雲寺同盛允高程原伊

春日試躋攀，飛花點鬢斑。客愁同草蔓，僧意與雲閒。紺殿齊高鳥，白雲連斷山。同游有佳士，日暮竟忘還。

三月十二日訪顧廷美歸途值風雨有作

一葉乘流過浦南，故人相見得高談。歌殘酒散夜將半，花落春歸月又三。美憶嘉魚來丙穴，愁生芳草遍江潭。可憐興盡即歸去，風雨河橋更不堪。

隱者

谿頭獨坐對青山，一片閒雲任往還。帝子有書招不得，松間長日聽潺湲。

趙松，字天挺，居陳村。弘治癸丑進士，官至太常寺卿。

送都諫張時行使交趾便道覲省

日轂巍巍開帝座，天書冉冉動鑾林。花明丹闕傳雙錦，草媚春暉護寸心。赤縣旌旗南斗近，繡衣光景北堂深。未須重譯通周貢，早報垂貂聽雨箴。

儲昱，字麗中，號芋西，居芋谿。泳六世孫。正德丁丑進士，翰林院庶吉士，遷禮科給事中。

唐錦《墓志》略：公生有俊質，穎敏絶人。甫就外傅，日誦數千言，過目不忘。賦詩輒有奇句，見者嗟異。

《西林雜志》：儲少參園在芋涇，臨水多竹，擅亭館之勝。陸文裕嘗乘月夜泛舟，賦詩云：「峰巒巖壑俯中流，何處三山與十洲。新雨不妨泥滑滑，好風先送水悠悠。鷗無機事迎人下，客有高懷盡日留。向晚星河迷上下，笙歌鐙火木蘭舟。」

園居即事

遂初既得請，寄蹟在芋涇。傍竹通幽徑，臨谿搆小亭。鶴來新結伴，鷗至舊忘形。塵埃知難染，茶煙滿一汀。

朱曜，字叔暘，號玉洲，居新場。正德初歲貢生，官清江鹽課提舉。以子豹貴，封御史。著有《玉洲集》。

錢武子云：封君詩取自娱，不事敦琢，然如「翠竹呼鳩婦，青畬長稻孫」，不可謂非佳句也。

雨夜

夜半雨聲急，顛風布密雲。天瓢傾地響，雷鼓隔山聞。池水高三尺，花容瘦十分。客窗驚不寐，火冷一鑪芸。

月軒

一室蕭然臨水曲，短吟正喜月當窗。星移漢影聽金柝，風領天香送玉缸。江白野航猶蕩槳，夜深漁笛自成腔。闌干徙倚憑誰伴，添得飛來鶴一雙。

輓楊宗淵長史

旅櫬遥遥萬里程，嶺猿江鳥助哀鳴。梁王未改生前失，賈傅空遺死後名。黄葉滿山皆客路，白楊何處是佳城？相知尚有延陵劍，樹杪空懸此日情。

喜雨

一犁春雨潤新田，小犢還宫老牸眠。笑摘園蔬漉村釀，夜鐙兒女説豐年。

贈鄒九峰

驥足曾驅萬里遥，相逢誰是九方皋？只今衰草燕臺路，浪説千金價最高。

小餞虚堂摘曉蔬，爲君猶自貯清酤。不知翦韭挑鐙夜，還許吟航過此無？

題畫

卸卻蓑衣宿雨收，西風吹冷白蘋洲。不應酣睡孤篷底，月白江清可下鈎。

張穀，字濟民，號謙齋，十七保人。監察御史測孫。成化乙未進士，官至湖廣參議。

題畫

爽氣來天末，清暉浣客顔。停車看楓葉，日暮未知還。

附顧文僖《張參議墓志》略：予訪公於私第，問處己接人之要。公以誠教之，曰：「某迂拙不知其他，生平所守惟此。」公薄於榮利，嘗曰：「仕宦如雕籠畜鳥耳。」故雖官禁近，歷華要，而山林之志終未嘗忘。其引疾歸日，騷人文士與之相應和。既起，與纂修，凡同事者皆進官，而公止加俸，處之裕如。其參荆藩，近宋人所謂奉祠者。公方樂之，而遂以告終矣。

杜禋，字子明，號東谿，偪孫。

喜甥艾德徵登進士嘉靖壬戌科艾可久也。

憶昔茅堂下榻時，清狂爾汝共銜卮。十年綵筆干霄漢，一旦青雲起鳳池。帝里春風鳴玉珮，燕山芳草度金羈。承明指日親臨問，更折瓊林第一枝。

杜祓，字子祈，號南坡，偪孫。

春隄曲

小樓幾日東風暖，曉起凝妝簾半捲。長隄一片柳如絲，春色無言鶯睍睆。隄邊走馬誰家郎，獨自停鞭大道旁。旗亭酒醉忽不見，滿路飛花芳草香。

同友人夜登燕子磯

壁立玲瓏撼碧空，依微漁火徹江紅。坐聽萬壑松濤怒，并入雄心此夜中。

杜秦，字子瀛，號懷松，愊孫，鄉飲賓。

送壻朱允若司訓太平

文星璀璨映天門，太平府有天門山。羨爾鱣堂道自尊。莫謂一官聊吏隱，願培多士答皇恩。春風桃李葳蕤發，時雨菁莪化育繁。塵鞅不親清似水，端居足傲簿書煩。

朱豹，字子文，曜子。正德丁丑進士。知奉化、餘姚二縣，擢監察御史，出知福州府。有《朱福州集》。

按，豹自貴後始從新場移居上海城内。

秋日遣懷

雲物蕭條僧舍荒，砌封蒼蘚半迴廊。坐來草樹俱摇落，望入關山更渺茫。憂國淚邊秋色老，思家夢裏雨聲長。臨風卻羨天涯鶴，去啄江南晚稻香。

寄程以道

隴梅隄柳又春風，客子光陰似轉蓬。此日天涯千里隔，昔年花底一尊同。西川蹤蹟孤雲外，南浦離愁細雨中。早晚瞿塘新水發，雙魚煩爾下巴東。

杜讚，字思萊，號晚峰，有《晚峰堂集》。

按《杜氏宗譜》：翁喜吟詠，年踰九十，猶與姪浪穹、黄縣二令尹相倡和。

春懷東虚江姪

晴郊芳草覆長隄，樹樹濃陰鳥亂啼。白髮青春須自惜，醉看花柳瀼東西。

杜詩，字子言，號友蔡，霆子。官中城兵馬司指揮。

餞同僚霍指揮

一尊相對醉今宵，明日銜恩萬里遥。地入窮荒横朔氣，天臨絶域徧涼飆。長纓自昔能如請，銅柱於今羡復標。此去功名歸上將，佇看麟閣繼嫖姚。

談田，字舜于，號東石。秩次子，繼倫後。與弟西石自相師友，以文學名郡中。有《朋壽山百詠》。

送寶之姪北上

厚發有秋期，小試之春官。造物肯玉汝，作成良不難。三才永無斁，五典常不刊。壯懷各仗劍，怒氣同衝冠。科場行且近，我將謝詩壇。中熱抵烈火，内奮生羽翰。願啖紅綾餅，匪羞齒牙殘。喜汝正英妙，髪漆顔如丹。渡江當好春，逢人報平安。歸途或炎暑，爲客須加餐。我兄念汝游，時向飛雲看。十年讀書力，國光果得觀。别思未足苦，離情還復歡。西石非常秀，清歌激微湍。東石老大才，天留障狂瀾。千里江上舟，九日灘頭竿。所幸歲年長，更賴胸次寛。功名物交物，世事端復端。壟斷笑螳臂，市井慚鼠肝。汝宜高彌仰，汝宜堅彌鑽，汝宜親玉樹，汝宜友金蘭。行行清節奏，步步鳴和鑾。雲閒三鳳起，天上諸星攢。豪吟作佳話，醉墨何時乾。已入丈夫行，寧屑兒女歎。聚合在南雍，候汝揚子干。掉頭顧衣袂，不復前日寒。

朋壽山

吾翁壽如山，山峰真老友。交情非世俗，静與澹同久。

流芳澗

松晚翠欲流，谿深不知處。髣髴古桃源，天與詩人住。

白石灘

白石白於玉，一灘渡流水。吾翁杖藜立，高峰在灘觜。

丹砂島

有島在山下，有砂出島中。可以煮成丹，壽此朋壽翁。

忘鶴竈

鶴老去復還，茶煙不知避。人鶴兩相忘，榕閒有餘地。

湛然巢

天光一上下，雲影四周闊。小巢名湛然，意思多活潑。

出海鯨

塊石如長鯨，雲連出海勢。安得謫仙人，騎上碧天去。

壽昌里

名洞小華陽，扁曰壽昌里。仙人長往來，拾得青鸞尾。

小淇澳

種竹可百竿，亭亭如美玉。豈其足入詩，人稱小淇澳。

睡於菟

一石狀如虎，耽睡不能視。雄心不可轉，無勞卞莊刺。

附陸文裕深《與談東石書》：晉陽息肩，已及一月，病暑病溼，未能修謁故舊，寤寐爲勞。薦已上，公勉一出爲望。江東文藻，自漢末來已盛，有志之士尚尠，中閒惟吾家宣公差强人意。近日郡彦如徐子升可望，吾東石復補此一科，於山川尤有生氣。比元輔至，屬風雨拮据之餘，不曾拈此義。

秀卿作謁，揮汗附此。又《東石壽序》云：今之知東石者，不過曰富而好禮，貴以下人，瀟灑絶塵之姿，超然形骸之外，居深養晦，山園池館之勝甲於天下，賓從交游極一時之彦，左圖右史，大篇短什，樽俎琴奕之樂如神仙然，以是窮年而閲歲，有不知老之將至云爾。此固東石也。乃若東石孝友之行孚於神明，謙謹之風若在寒素，與時推遷以盛飾爲戒，往往斂其未試之才以爲有餘之具。嘗過京師，有權貴當軸處中、其氣力足以移變國是者，欲禮而用之，東石拂袖南歸，雖十不遇於科場，無悔也。是豈他人所易及哉，而人未之知也。

談壽，字舜年，號西石，太學生。

陸文裕深云：君器宇脩偉，而談吐條鬯，有古策士之風。爲文章淵博，詩歌清麗，筆札在晋唐之間。

送寶之姪北上

吾氏出郯子，仲尼嘗問官。沿流深且遠，探本何其艱。葉葉榮與悴，稽諸青史刊。所以百世下，猶存古衣冠。大明統寰宇，海内多詞壇。肆我司空公，振奮衝天翰。立志屏羣小，不虞中姦殘。壯猷雖未究，方寸猶存丹。一笑歸田野，欣然遺以安。遺之以何物？朝饔與夕餐。莫若去聲色，與之經史看。莫若輕勢利，與之聖賢觀。東西二石子，領教等承歡。東石豈絶壁，西石豈激湍？屢戰殿英鋒，不如古井瀾。卧病海山角，猶手釣鼇竿。鄉人或笑之，自信還自寬。猶子寶之者，特起青雲端。二石日以老，珍愛如肺肝。衣鉢屬之子，夜讀火屢鑽。汝宜斷荆棘，汝宜種芝蘭。一飛天上去，名姓登金鑾。乃翁樂矣哉，大放眉頭攢。風順海門潮，百壺酒未乾。飲此潭潭酒，誰爲游子歎？賓興亦近矣，會合古長干。大家須努力，同秋入廣寒。

按：田與壽，皆倫弟，秩子。田居次，繼倫後；壽乃秩三子。觀《送寶之北上》詩，田云：「西石非常秀，清歌激微湍。東石老大才，天留障狂瀾。」壽詩云：「東西二石子，領教等承歡。」其次序昭然。乃《松風餘韻》誤以西石爲兄、東石爲弟，今照《談氏宗乘》訂正。

海曲詩鈔卷三

明

諸傑，字子輿，號篁山，居横沔。嘉靖丙戌進士，官尚寶司少卿。

中泖有塔過此偶題

乘流汎秋灝，披寫一登臨。瞰彼蛟龍窟，會此江湖心。九峰何參差，羣浦清且深。樂意自相關，鴟夷不可尋。

李昭祥，字元韶，居竹岡。嘉靖乙未進士，授蘭谿知縣，遷工部郎中。有《棲雲館集》。崇祀鄉賢。

《松風餘韻》：余閲詩家鈔選之集，從未遇李水部之名，及讀《棲雲館集》，而知先生之善於詩也。又因詩而及其人，而知先生之優於才也。當瑯琊樹幟詞壇之日，海内操觚者從風而靡，先生爲同年生，獨超然聲氣之外，宜其寂寂也。雖然，人貴自立，安取溝澮之盈以見哂大雅乎？

對月分韻得水字

片月流中庭，長空浄如水。懷人悵三更，行子渺千里。淒淒蟋蟀吟，肅肅鳴雁羽。悲哉宋玉情，臨觴獨無語。

玉岑山宿蒼上人精舍

路入南屏杳，憐君掃榻留。遠峰延落照，危石咽奔流。洞以煙霞古，林因鐘磬幽。他年勞夢想，風雨虎谿頭。

賦贈夏西州

谷陽城外水雲鄉，背郭堂開遡夕陽。爲愛飛花頻命酒，每因留客不懸牀。月明静夜聞漁笛，霜冷閒門繫釣航。鴻蹟偶來洲上宿，爲君乘興賦滄浪。

村居

懶性來由厭市廛，卻尋村舍便朝眠。山中久謝催租吏，柳外時留問字船。樵父漁夫皆酒伴，春花秋月總詩緣。野禽不解幽人意，啼破門前緑樹煙。

題畫

落葉蕭蕭鳥不飛，同雲匝地釀寒威。前谿一點孤舟入，知是鄰翁罷釣歸。

附《雲間雜志》：張東海有一友居東土。東海至，留酌，相陪者鄉人李檜庭。東海曰：「此君南人北相，子孫必昌。」竟日談論，均依名理。東海甚敬之，約爲婚姻，以女字其子恒軒。李氏世居竹岡，惟事耕織。張氏所生子始讀書，爲二尹。今遂爲巨族，屯田南湄。大參約齋、憲副易齋，皆其後也。可見前輩眼力之妙。

《雲間志略》：《李水部傳》：李氏自恒軒公娶東海女，生子龍浦公塾、雲浦公序，而雲浦生公，龍浦乃撫爲嗣云。公生有岐嶷之質，初授章句，穎甚。已習制舉家言，文譽籍甚。弱冠補郡弟子員，就試於督學蘄水馮公，裒然舉首。賓興例有餞筵，有司欲代以帑鏹，公謂爲非禮，率諸生謝卻之，蓋爲青衿時而意氣已自卓犖矣。

蔡懋昭，字允德，號溟陽，居周浦塘南。嘉靖庚子舉人。由嘉善教諭歷官肇慶同知、趙州知州，陞思州府知府，所至有惠政。卒年九十，崇祀鄉賢。

《雲間志略》：公歷官三十年，以冰蘗自持，常俸之外不受片香寸幣，歸家行李蕭然，真所謂清白吏也。郡邑聞其名，干旄過之，不見；金帛贈之，亦不受。非特廉吏，亦高人矣。公居恒，與弟石農山人懋孝自相倡和，詩自有一種氣骨。惜其家貧，未登棃棗。

思陽八景

案横都哨轉龍菴，晚渡歸人映碧潭。崒葎一山屏擁翠，縈迴二水帶拖藍。管鳴白鶴聞清唳，鼎建元宫倚翠嵐。耀武牧場金鼓壯，前谿星石瑞光涵。

附《南吴舊話録》：允德守思州，州苦無水，涓滴取自三十里外。公乃擇吉告天地，四門各穿一井，至二丈餘，乾燥如故。吏胥皆謂不可力争。公曰：「吾尤自信者，天無不感格。」七日復齋沐，露處，集衆舉鍤四井，水忽涌沸。民稱爲蔡公井。

《雲間志略》：溟陽知思州，既致仕歸里，民肖像而祀之，每月祭以菜一束、雞一頭。公覺腹飽、鼻有異香，乃其饗祀之辰也。前後居官，以冰蘖自矢。晚年貧益甚，存田四畝，饔飧不給。嘗種萱花，採之入腐中，累月不知肉味。

蔡懋孝，字幼公，自號石户山農。懋昭弟。

《松風餘韻》：石户山農，思州守溟陽先生從弟也。布衣嗜學，雅負吟情。與先生唱和，先生既清操絶俗，山農亦澹泊自甘。章水部、陳徵君雅重之。與馮孝廉咸甫尤善，尋訪名勝，笠屐必偕。《詩雋》云：「幼公髯而多酒態。」其風致殆可想見。

游天目

萬峰歷盡路紆回，一徑遥從天上開。瀑布重重來法界，白雲冉冉出經臺。煙嵐遞日乾坤變，草木先秋雪霰催。閶闔可通吾欲問，酒星何日謫三台？

杜時登，字庸之，號虚江。嘉靖壬子舉人，授瑞安縣知縣，遷浪穹縣知縣。

《雲閒志略》：公居恒慷慨盛氣，高視闊步，意不可一世，而時以其憤世忤俗、醜佞嫉邪之意，寄之乎詩與文。詩不漢魏、盛唐不談，文不秦漢不染指，故其詩簡古沈細，而其文品亦礌砢多奇。吾鄉陳子有太常、馮元成學憲，皆負一世人望，慎許可，而獨推轂公。

寺前鼓樃柬具如上人

江上晴游似鏡中，澹煙輕靄静浮空。岸迴舟自谿橋入，塔迥雲從殿閣通。聽法魚龍時隱見，忘機鷗鳥亦西東。鳴橈更泛桃花水，不辨叢林返照紅。

寄袁左史太沖

十載飄零一逐臣，即今骯髒老彌親。諸侯賓客誰争長，七子文章爾獨新。匣有雙龍含紫氣，門無駟馬絶紅塵。從他歧路休相詑，輪長江湖得幾人。

附《雲閒志略》：虚江擢浪穹令，人言：「此善地，盍稍稍自潤爲三徑資？」公笑：「曰雞肋味短，鱸魚味長。吾終不能爲柴桑令耶？」即投劾，歸臥浦上，下楗拚關，不涉交際。乙酉，仲子龍璠與鄉薦，意益自安。嘗語人曰：「好古者不必綠字赤文，而第取適吾意；養生者不必黄冠緇服，而第取延吾年。苟架上有書，牀頭有酒，户外有佳客，膝前有賢子孫，尚復何慕哉！」

杜時騰，字仲之，號孺懷。嘉靖戊午舉人，選石埭教諭。萬曆乙酉，仲子宗彝、從子龍璠、長孫士全，凡南北中式者三人。丙戌春，時騰同入禮闈，復下第。擢山東黄縣知縣，未幾告歸。

《雲間志略》：公生而聰穎，絶不類羣兒。方五歲時，在塾師所有人奴學書者，紙尾署某生，公奪其筆以某童易之。塾師驚起，謂其父樂川公曰：「是兒也奇。」一日隨樂川公戲竹林中，偶占「風擺竹梢颺鳳尾」之句，公即以「日臨花頂曬雞冠」應聲對之。樂川亦驚喜曰：「是兒也果大奇。」

留别黄縣父老

三年休養力，一旦别離情。税事須先足，苗田宜早耕。身家忍處保，衣食儉中盈。回憶雲山隔，飄然兩袖輕。

石英中，字子珍，十六保人。嘉靖癸未進士，官刑部主事。

《雲間雜記》：子珍負才放誕，卓犖不羣，千萬言援筆立就。古樂府《紀夢》、《擬七宣》等作，隱諷似鄒、枚，而綺麗風雅直逼司馬相如。

題宛公壁

話舊雨初收，尋歡良有以。非爲道路遥，主人向遷徙。薜錢掛石腰，蛛網織簷嘴。昔日談經處，今讓麴部倚。因歎主人賢，捨彼寧取此。蘭棹我到遲，不及春風裏。猶喜牡丹花，紛紛紅與紫。麗人何從來，妙舞嬌聲起。玉盤落歌珠，蓮瓣鮮步底。金樽竹葉浮，不醉那能止。共道酒腸寬，約法兵十指。筆勢亦如之，觸物得妙旨。句喝抗前賢，吾狂其甚矣。十日漫流連，天真得自使。雨淫歸未能，家中念游子。

附《志略》：石主事既下獄，夏文愍愛其才，欲出之。會世廟命賦《明妃詩》，夏使石代賦以進。末有「漢宫水泠泠，流出明妃心」之句，特蒙御賞。文愍徐言：「此石主事代作。」上頷之，然卒不可救。

秦嘉楫，字少説[一]，號鳳樓，居裏秦。嘉靖己未進士，官監察御史。

游興爲雨所阻

辜負尋秋約，蕭蕭雨意濃。幾聲敲客夢，數點澹秋容。殘柳蟲書潤，蒼苔屐齒融。濁醪成

[一]「少説」，原脱，據清陳方瀛修、清俞樾纂川沙廳志卷十本傳補，清光緒五年刻本。

獨醉，愓悵隔林鐘。

葺丹鳳樓成志喜

丹鳳樓傾付劫灰，誰知翩翩又飛回。無邊煙景檐前繞，不盡風帆海外來。壯麗自應雄滬瀆，蒼茫直擬接蓬萊。克承先志殊欣慰，只少登高作賦才。自注：先御史欲重建而未果。

附《松江郡志》：秦鳳樓先生手鈔書甚多。常見《吴冢志》三卷，楷法學趙吴興，卷末八分小字二行尤工。宋懋澄題其後，曰：「此秦侍御手書，蓋先輩之惓惓於文獻者。按所書年月『隆慶壬申』，是入御史臺後筆也。」

《五茸志逸》：秦鳳樓官御史，甚嚴厲。罷歸，家奴有犯者，亦用嚴刑。後子孫凌替，所居宅第售於喬春元海宇。一日喬偶扶乩，乩上書七律一章，中一聯云：「早知後嗣皆豚犬，安用當年作馬牛。」詢其名，乃鳳樓也。喬因此時祀之。

艾可久，字德徵，號恒所，十七保人。嘉靖壬戌進士，官至通政司使。

登第後舅氏賜詩慰賀賦此敬酬

金丹换骨非初意，只恐公車歎滯淫。不負劬勞母教遠，得蒙樂育帝恩深。鴻名端藉詩書力，素抱曾無温飽心。詩滿瑶箋盥手誦，渭陽何以答嘉音。

附《雲間志略》：公少而岐嶷，慷慨有大志。封公小峰嘗與胡氏鬨，公從旁呵之。胡叱：「孺子，而他日能貴耶？吾願蒲伏出胯下。」公立應聲曰：「貴我所自有，寧須爾曹蒲伏爲！」聞者驚歎，以爲艾氏千里駒也。又，弱冠即爲名諸生，時島夷内寇，防海使者議城川沙，以封公董畚鍤之役，公謁防使，請代父爲之。使者目慴儒生，試以七藝。公揮毫，工若宿搆。使者擊節歎賞，竟罷之。又，公廉潔自守，歷官三十年，所至冰蘗有聲，無不肖像設祠者。

喬木，字伯梁，號元洲，八團人。嘉靖戊辰進士。官至井陘兵備道，爲慶、曆間名臣。崇祀鄉賢。

禦倭口占

一城斗大計難施，變起倉黄勢莫支。兵法守陴防不備，書生摩壘致偏師。鏗砰礮石從天下，震慴幺魔向海馳。憑藉皇威各努力，庶教萬姓免瘡痍。

附馮時可《喬憲副傳》略：倭難起，公以諸生守陴。時賊衆擁而東，人皆東守，公獨策之曰：「是且綴吾虛。」益堅西備。夜半，賊果從西梯入陴。礮石發，殪死甚衆。以是奪氣圍解，一邑尸祝之。又，公出守吉安州，州故有税，公悉捐不復徵，凡供億日用，悉取諸家餘。不溪中吴艘入州治者，捆載纍纍，迨其歸也，空帆飛渡耳。

諸鐈，傑從子，嘉靖戊午舉人，安縣知縣。

靈芝《磁州志》：萬曆七年，城隍廟大梁産芝數莖，莖如白玉，葉如紫金，叩之有聲。詩以紀瑞。

明明帝德光累葉，股肱良哉賛謨烈。鹽梅盡屬調元手，位育功成天下悦。中原瑞應得春先，濬發芝祥太和洩。麟文鳳彩自天懸，燦燦霞章華藻棁。昭回古棟萬目驚，不藉土膏瑞自呈。或者感召固宜爾，無乃獨萃陽之精。紛紛桃李不足數，直與松柏比堅貞。漢唐之世僅一見，名房名殿表嘉楨。河朔靈葩邁今古，守臣未敢獻神京。鬱葱佳氣聯紫極，巍巍蕩蕩難爲名。唐虞盛際無遺老，皓歌不向商山鳴。君子滿朝絶佞倖，屈軼之草何須生。

杜時中，字宜之，號來岡。年八十九，授七品官。

長谷忽欲言别不能爲懷賦贈三首

憶昔逢君時，冰雪淒路側。閉户傷遲暮，煢煢渺儔匹。美人惠錦衾，予亦贈瑶瑟。一顧遂目成，歲寒誓不易。之子無遠心，世路多荆棘。風急無安棲，遽歎分飛翼。

分飛將安適？故鄉未可期。春光盈繡陌，悲風生路歧。丈夫苦匏繫，蹤蹟輕别離。啓篋理前詠，感愴安能持。馳車向吴越，前路多新知。回首離羣者，何以慰相思？

相思復何言，感徂各努力。風塵滿天地，昏翳有時白。羞曳王門裾，豈炫懷中璧。吾黨二三子，成言在疇昔。氣誼託永世，綢繆在今夕。自愛且加餐，故人憂填臆。

杜時達，字兼之，號逸山。官紹興府知事。有《紀游詩草》。

謁漂母祠

功蓋蕭曹族且夷，漢家宮闕總離離。不忘一飯千金報，猶有城邊漂母祠。

倪甫英，字華月，桂林別駕邦彦子。隆慶丁卯順天舉人，官象山縣知縣。

泖塔次林太僕韻

高閣淩虚天際浮，陰陰草樹午生秋。直窺赤鳳三江下，倒掛青螺一鏡收。漢影微茫銜澤國，禪鐙縹渺隱漁舟。勝遊况是神仙侶，空倚山城望斗牛。

諸慶源，字君餘，隆慶庚午舉人，河南推官。

本一院有雙松堂趙孟僩伯仲寓室也宋趙希遠畫雙松於壁因賦

畫松畫雙蒼滿壁，墨瀋淋灕掃無蹟。縑素霞箋總屈伸，此壁何曾受促迫。北堂之西鬱鬱寒，不雨不風自朝夕。鐵幹盤拏煙翠滴，千尋聳壑在咫尺。咄哉希遠筆神全，一夢虬龍繞五百。堂裏高人松下居，飲冰嚼雪真連璧。團焦穩坐説偈時，松應點頭如點石。我聞羅漢有七星，腹圍匹絹猶嫌窄。骨枯皮蜕號望年，日費遊者幾兩屐。何如虚室自生白，起息無端保容澤。只今星斗半垂空，終疑地上照琥珀。

李伯春，字文卿，號約齋，昭祥姪。隆慶辛未進士，官至湖廣參政。

《郭志》：公副浙臬時，不爲煩苛，而蠹弊無匿。暇則進多士而校其行藝。嘗偕僚友觴詠於兩峰、三竺間，修白香山、蘇端明故事。

牡丹

八寶妝成彩色新，好施錦幄護花神。淑真幽豔超凡卉，管領人間第一春。烴煙漸散七香來，鳳蠟斜紅入酒杯。銀箭未殘歡正洽，誰家玉笛紫雲迴。

李仲春，字茂卿，伯春弟。萬曆己丑進士，官至按察司副使。

牡丹

一春花事等閒拋，集翠縈煙分外嬌。猶憶崇霞臺上舞，冰肌透出水精綃。

共誇新句落雲煙，寫向蠻谿十樣箋。平樂觀中方賜綵，歸來兩袖盡金鈿。

高洪謨，字皋父，號九畹。萬曆壬午順天鄉試第一人。官太平府教授，陞穀城縣知縣。

甲辰二月九日銓郡奉檄還楚感懷寄黄長卿

年年此日上公車，今日迴車鳧舄飛。剖竹門生甘墨綬，提衡座主自朱衣。眼前實事求芻牧，局外閒觀戰棘闈。昨日文華傳敕諭，有司何計振民饑。

顧允貞，字秋宇，號竹屏，居黑橋。萬曆壬午舉人，七中明通。就銓南陽府通判，遷工部員外郎。崇禎庚午，以閣臣薦授禮科給事中，再擢工部郎中，皆稱疾不就。著有《綏禄堂集》《聽松軒吟稿》。

翁元益《傳》略：公致仕後，製竹屏，搆草堂，園池花木，鳴琴弄鶴，聊以自娛。尚書董其昌、太僕寺卿陳所藴、徵君陳繼儒，咸與交，倡和無間。

竹屏

本是凌雲姿，今爲樊圃用。短長隨所施，束縛不教縱。羅羅方罫張，肅肅堅城控。設防杜邪趨，留徑挹二仲。映花既玲瓏，款月亦空洞。瓜瓞漫沿緣，藤蘿互嘲弄。吾自愛吾屏，屏閒時抱甕。

喬拱璧，字穀俟，副使木子。萬曆丁未進士，官湖廣僉事。

晏鵲峰雙壽

鳳凰池，清且泚；仙女峰，峥且嶸：佳山佳水自天成。木公金母儲其精，太翁垂髫補諸生。雞壇牛耳揚芳聲，孟光齊眉樂布荊。力贊夫子成令名，有子不欲遺滿籯。縹緗萬卷三尺檠，天人策就獻承明。寖寖通顯致三旌，萬鍾之禄足代耕。皇降七十慶同庚，龍章璀璨下神京。曈曈旭日扶桑明，千秋萬春蘭玉盈。

李先春，字復菴，伯春從弟。邑庠生。以子時榮，歷太僕寺少卿，贈如其官。

懷李元融客閩

去年期爾賞芙蓉，何事行旌滯客中？日月殊方同晝夜，風雲千里恨西東。豈耽山水武夷勝，不記音書谷水通。念汝往來常入夢，秋江搔首歎飛蓬。

李可教，字受甫，邑諸生。伯璵四世孫。有《晚香堂集》。

題笏谿草堂

此堂未易言卜築，寒士三年搆一屋。砌石栽花見遠情，板橋曲沼成幽谷。從古豪門鬬麗華，只今何事從薖軸？愛我城西半畝宫，歲歲春風醉醽醁。

杜宗彝，字孝若，號淳臺，時騰子。萬曆乙酉順天舉人。歷崇陽知縣，彝陵知州，俱有惠政。

楚中攜歸雙鶴轉送俞兵憲因爲詠别

千里攜琴伴爾歸，凌霄玉質倍光輝。休依舊主棲林莽，且向新知振羽衣。柏府有臺從起舞，柳營任地可翻飛。夜深莫悵荆南遠，猶記雙雙唳故扉。

杜獻璠，字公魯，時登子。萬曆乙酉順天舉人。漳州府同知，陞刑部員外郎，致仕。

送陸孝廉司訓靖江

誰道青氈是薄遊，平原文學舊封侯。山連雉堞干雲出，江繞鱣堂帶雨流。撲酒梅花飛玉笛，送人柳色暗津樓。長楊好向閒中就，日晚徵車漢主求。

和陳子有太僕園亭雜詠四首

竹素堂

萬卷羅片心，千秋懸五指。試看起草時，靈氣山山紫。

過雲峰

似遺巨靈手，嵯峨插青漢。雲來山更重，雲去山疑斷。

東皋亭

杜康故有祠，東皋復有亭。王無功自號東皋子，曾爲祠祀杜康。千秋一杯酒，願醉不願醒。

君子林

修篁臨曲池，徙倚衣裳緑。竹枝歌美人，婉轉敲寒玉。

杜獻璋，字稚珪，號南城，時登子。官光禄署丞。

《破夢瑣言》：悟幻道人詩，如「雲谷垂野闊，柳色傍春多」；「角悽城帶月，鐘斷寺含霜」；「影抱孤鐙瘦，宵憐獨醒長」；「漁艇夕陽斜繫柳，畫橋微月半含波」，品致高潔，不異幽谷芳蘭也。又，杜城南吟詩成帙，不以示人，曰：「吾以抒吾性靈耳，安用媚人耳目。」爲詩極工鍊。中書承其家學，風流文采重一時。

石屋

雲竇敞百尺，曜靈互昏曉。淅瀝瓊漿鳴，葳蕤玉芝繞。藤蘿罥蒼虬，煙栱宿青鳥。壁捫霞欲滴，澗窺碧未了。荆扉晝不開，叩之聲悄悄。惟見白雲飛，欲覓仙蹤杳。

浦行

春水浮春楫，柔風挾浪和。雲容垂野闊，柳色傍村多。鄉縣分衣帶，滄浪起棹歌。鑑湖何用乞，隨意狎煙波。

贈陳仲醇

壯心抛卻爲親闈，日擁羣書坐翠微。絳帳半收天下士，清齋自飽北山薇。從他夭矯紛裘馬，輸爾嶔崎一布衣。真訣近從仙客授，關門紫氣頓驚飛。

杜宗範，字公圍，號閬風，時達子。有《燕山草》。

同道執姪解任南歸極跋涉之苦作苦寒行

孟冬天氣肅，道路阻且長。出門如轉蓬，萬里欲翱翔。渡江聞落葉，涉河難葦杭。寒水日枯涸，陰雲日飛揚。一夜北風勁，天空地滿霜。層波凝萬壑，大地無汪洋。迎暄如負冰，重裘等羅裳。未暇惜顔色，寒威能斷腸。未暇歎路歧，坦道如龍荒。少年輕離别，有志在四方。今朝道路苦，方知憶家鄉。安得陽春調，解此苦寒行。

道中遇雪有懷兒姪

寒風烈烈黄塵飛，同雲一色日光微。凍雪紛紛滿空下，行人絶蹟飛鳥稀。千門萬户寒凝素，一色瓊瑶不知暮。遠客看山驚白頭，夢魂迷卻歸來路。家住江南雲水鄉，雪中思憶幾迴腸。兒童競解烹殘雪，不道關山路更長。

道上月

長河夜静水悠悠，銀漢無聲霧靄收。素影獨瞻秦地月，清光曾照漢宫秋。短篷此夕頻移枕，長笛誰家尚倚樓？同是冰輪千里色，偏將離恨付扁舟。

杜宗玠，字真時，嘉子。著有《西園倡和集》。

同顧孝廉叔復登君山

振衣直上翠微巔，萬里江流思渺然。紫氣虚沈滄海日，蒼煙遥接白雲天。風翻半壁松濤怒，巖隱空庭石徑偏。三十三山原並列，諸峰誰得似君傳？

杜宗端，字君權，時騰子。

園居四詠爲内翰姪賦

鷃詠齋

鷃斯詠亦斯，我以安我拙。鷃不必青州，詠乃凌白雪。

宜暑亭

清虚日以來，一榻閒堪據。安用踏層冰，松風飛四處。

片雲石

移來石數拳，雨過偏生白。莫謂石似雲，還應雲出石。

百花居

卜築近城隈，栽成花滿屋。不必羡河陽，恍如入春谷。

杜宗恂，字恂如，號蘅皋，時達子。

同銓部姪夜泊聞鄰舟笛聲

扁舟斜泊水煙灘，切切悲聲客淚彈。三弄曲終天未曉，梅花一夜滿江干。

倪邦彦，字伯獻，號靄寰，淑子。居新場。官桂林別駕。

天門

巖頂天門似劈開，環看聳極應三台。簾垂飛瀑珍珠瀉，鑪送薰風紫絳來。絶壁松樛雲影散，晴林鶴舞月光迴。玉屏春麗明仙掌，蓬閬金花點碧臺。

泛泖

南來澤國水連天，夾岸風微瀉碧漣。九點螺鬟晴歷歷，數重煙樹晝芊芊。漁歌縹緲雲中度，塔影孤清鏡裏懸。爲憶蓴鱸歸計早，臨流差不愧前賢。

海曲詩鈔卷四

明

杜開美，字象南，號袁度，獻璋子。官文華殿中書舍人，以母老乞歸終養。著有《秋水》《遠游》《叩舷》《貂裘》《潤州》《白門》《敝帚》《行藥》《蝸甲》《閒居》諸草。

《五茸餘話》：杜内翰開美詩，五言如「别久語無次，漏移情不闌」；「雲低疑日落，衣溼覺寒生」；「片雲千里白，暮雨一帆孤」；「一水界雙鏡，層巒補斷雲」；「短笛消紅燭，疎鐘度緑蕪」；七言如「逐世卅年猶落魄，誤人雙鬢是浮名」；「松聲晴送諸天雨，竹影寒生半嶺秋」；「自來宇内稱才子，晚向江東號步兵」；「拾將瑶草尋吟侣，開徧山花送客程」，直入紫微妙處。

朱家法曰：袁度詩，高不踰格，頫不墮凡，綺不傷靡，質不近俚。

種竹戲作

桃李斷腸花，楊柳傷心樹。縱多兒女情，攀折委中路。路旁綺態可憐春，直節何如對此君。

拖煙籠雨千竿立，孤標不肯隨風塵。我欲呼爲素心友，庭畔移來盟共久。竹素千秋借汝垂，竹葉千觴快我口。箬笠裁成勝進賢，漁竿恰稱滄浪叟。以此周旋交最深，竹帛勳名愧未有。明年雷雨長龍孫，野水寒雲應不負。

秋日同王百穀陳眉公遊虎邱

虎邱山色秋偏好，紅樹朱宫射蒼昊。苧袍猶染越州煙，餘興還能事幽討。生公已去石不言，劍化池空白浩浩。千人坐看青天平，千疊雲同黄葉掃。二八吴姬盡錦襦，遊閒公子紛吴縞。錦襦吴縞互夷猶，邀笛彈筝不解愁。相逢競説登臨樂，莫問吴宫成土邱。嗟余夙願耽邱壑，松徑解衣縱盤礴。會心便作濠濮想，況復羣峰天外削。仰天大笑莽蒼蒼，枕流漱石塵相忘。安得盡回俗士駕，常令耳目生清涼。

與從叔公圍夜坐因懷幼白弟

暮雲仍作雪，竹葉入杯寒。别久語無次，漏移情不闌。因君思遁世，令我薄微官。小謝遥相憶，池塘句未看。

七月十五夜許孟新王叔朗小集口占

玉露淒團扇，高城片月來。故人今夜集，尊酒草堂開。桂影含秋溼，蟲聲抱葉哀。明年誰共此，把臂重徘徊？

園居

看山纔脱屐，息鞅復閒居。愁或杯中寄，交因病後疎。爲園半畝竹，樂志一牀書。卻笑文園令，干人薦子虚。

訪劉子威先生

先朝賢執法，門似遠村閒。自昔辭驄馬，於今卧小山。千秋徵白簡，二酉老紅顔。愧我雕蟲技，頻教繡斧删。

喜從弟道執甫擢銓部旋轉諫垣

數載鳴絃化理均，湘江越水澤猶新。曾令大冶、海鹽兩縣。方承天部真仙吏，旋簡薇垣作近臣。要地持衡堪補衮，讜言簪筆羨批鱗。從今直上匡時略，頻看封章進紫宸。

寄王百穀徵君

徵君龍卧闔閭城，不羡長卿入漢京。麈尾婆娑聊玩世，禪鐙幽寂借藏名。蒼山半壁遊仙畫，青眼千秋國士情。知爾賣文堪貰酒，欲移單舸聽流鶯。

從嘉定抵郡即發不及走訪孫允執陳眉公李士强施叔顯俞伯揆卻賦

百里煙波送夕曛，帆前山色故鄉雲。江城容易經年别，襟袖還憐咫尺分。愁向柳絲縈繾綣，欲憑鶯語報殷勤。不成見戴空乘興，首搔聊爲詠五君。

秋日同孫君聖喬若序過叔祖澹圃園林索飲

秋老林容荏荏黄，山家隱約浣花莊。入門不問能投轄，選地狂呼促舉觴。橘柚未霜含野趣，芙蓉吐豔怯新妝。寒蛩落照催人散，餘興還拚典鷫鸘。

贈殷比部無美

拂袖歸田賦早成，五湖何必減承明。自來宇内稱才子，晚向江東號步兵。塞馬不妨供悟幻，海鷗翻喜得尋盟。雄心緑酒銷堪盡，肯以蒼生起宦情。

茅山抵家有作

青雀西飛千里行，春江兩岸聽鶯鳴。拾將瑶草尋仙侣，開徧山花送客程。偶去暫違黄浦月，歸來仍傍赤烏耕。入門把臂紛相問，爲説煙霞橐裏盈。

秋日同陸濟卿劉次舒陸公及遊煙雨樓

高閣孤懸俯緑波，千家碪杵隔谿多。湖平遠帶寒煙合，雲暗翻疑細雨過。烏外帆檣連雉堞，曲中欸乃雜笙歌。登臨笑指錢塘路，萬頃晴川一葉梭。

客途偶賦

壯心挾策上明時，醉裏無端賦别離。馬骨漸高愁道遠，鶯聲欲碎怨春遲。柳絲緑映青油幕，幢影紅翻碧瓦祠。遥憶江南行樂地，冶遊争唱踏歌詞。

送從弟道執大冶

河梁獨立渺愁予，賴有池塘夢不虚。縱念雁行題尺素，也知不寄武昌魚。

郡西小泊王伯元叔浪追送飲別

布帆欲掛客還過，唤取春醪話別多。不是離筵忍成醉，醒時愁聽渭城歌。

送陳郡博秋宇擢關中保安令

墨綬新膺换絳紗，暫歸莫戀佛來霞。長寧有佛來山。好攜桃李葳蕤色，散作河陽滿縣花。

杜士全，字完三，時騰孫。萬曆乙未進士，歷官至工部尚書。

《松風餘韻》：先生與先刺史儆我公爲同年生，又係姻婭，後同先大司寇曳履留都，交誼亦渥，故《春星堂集》中與二公贈答之篇頗多，詞意藹和，多吉祥善氣，殆仁人之言歟。眉道人序其稿云：「讀其詩如元紫芝，鄙吝盡消；又如見魯仲連、李太白，不敢談名利事。」傾倒於先生至矣。

何兵部半莪招同張宗伯侗初錢學士機山飲於李氏山園

城隅小山伴矮屋，天與幽人賦薖軸。碧流繞徑響潺湲，梅花當窗香馥郁。新柳欲催黄鳥啼，短牆許借南鄰竹。豈隨闤市溷京塵，翛然野趣同空谷。老夫褊性愛幽棲，安得此中成小築。兩度尋春趁酒來，盤有新蔬兼旨蓄。玉缸到手漫徘徊，泉聲泠泠花簇簇。忽然林下香風起，簾前花片飛相逐。谿邊桃李笑將開，可待重來宜信宿。

過唐嗣宗山房

築室青山裏，開門緑水邊。小窗窺遠岫，高閣俯平田。徑欲來羊仲，圖堪入輞川。據梧還策杖，朝暮領雲煙。

懷袁度兄

風雅袁宗舊，吾兄早亢聞。函開武庫卷，帶拂草堂雲。捉麈同揮俗，銜杯但論文。楚江秋雁過，南望憶離羣。

九月初三日閲視外城游弘濟寺

高閣臨流鎖白雲，渚邊秋色莽紛紜。洲横蘆荻迷芳草，風送帆檣趁夕曛。岸葉飄蕭江欲冷，雁聲嘹嚦客先聞。茱萸已熟重陽近，望斷天涯落帽羣。

秦淮漁唱 受方山疏鑿之水通入大江，因秦皇所開，故名秦淮。

王氣衝霄鑿尚存，縈洄一水浸城根。流波暗咽秦時雨，邀笛争開晋代樽。風送笙歌藏密柳，月移欸乃近前村。皇都春靄桃源在，何必滄江隔世喧。

棲霞勝概 藥草可以攝生，故名攝山。大江週迴，雲光映帶，以棲霞名。

宛轉江流抱攝山，徐徐高步遠人寰。即巖爲佛開靈境，採藥成丹足駐顔。雲護珠林垂燦爛，樹藏煙壑瀉潺湲。晚來更有悠然趣，月色波光共一灣。

清涼環翠山頂有翠微亭，南唐所建。又有暑風亭，乃李後主避暑殿故址。

矯舄淩空躡翠微，羣峰羅列儼重圍。吟風臺榭消長夏，印月蒲團冷夕暉。竹嶼暗藏飛鳥路，僧家清供北山薇。市廛不遠紅塵隔，一任雲中錫杖飛。

星岡飲興一名落星墩。唐李太白以紫綺裘换酒爲歡，即此地也。

抱郭横岡送市塵，黄公壚上治城春。星精散落餘卷石，雪浪高翻接漢津。沈醉百篇終玩世，獨醒千載見何人？自來文酒兼豪舉，典卻衣裘興亦新。

杜士基，字彦恭，號筏成，士全弟。萬曆甲午舉人。官吏部主事，南京兵部郎中。著有仍閣詩集。

雲閒遺事：杜筏成先生士基，有雋才，博雅嗜古，善楷書。手抄二十一史全本，精好絶倫，雖隆冬盛暑，每日必寫一二版，未嘗暫輟。前輩勤而有恒如此。

畫眉詞

躑躅樊中鳥，致之自遠方。毛羽未豐美，朝夕養華堂。飼爾以香稻，飲爾以瓊漿。恩深豈不感，胡爲遽分翔？去去何時還？主人徒徬徨。好音不復懷，熠熠遥相望。金丸深可虞，羅綱亦密張。弗因投林喜，反爲弋者傷。

送從兄袁度内翰北上

尺五名高閶闔旁，彩毫沾得紫泥香。彈冠色借風雲潤，瞻衮親依日月光。執戟東方容大隱，題橋司馬好爲郎。拾遺舊事猶堪數，三賦懸知蚤擅場。

立秋日旅泊吴門馮五玉招同張子念朱文季蔣益之施叔顯周鳴之讌集舟中即事

乍轉金風欲薦涼，蘭橈容與綺筵張。清尊漫引堪尋勝，《白苧》新翻獨擅場。燭影遥隨星影亂，棹聲還接漏聲長。不緣地主能投轄，高會那期水一方。

黄體仁，字長卿，居北蔡。萬曆甲辰進士，官登州府知府。

三月三日同朱叔行渡浦訪趙繩之索飲

黄浦潮方長，梵宫煙半封。野香隨處發，春色晚來濃。宿雨垂新葉，微風度遠鐘。投閒纔半日，莫惜酒千鍾。

彭城道中送李味石歸廬州

相依正好又相别，客裏那堪送客行。君望舒城佳氣近，余瞻春浦白雲生。秋風秋月渾無賴，江北江南總繫情。落落晨星何處合？燕臺攜手弔荆卿。

宫怨

纖月斜懸暮靄收，雙星偏照玉搔頭。齊紈製得新團扇，一夜西風又火流。
銀屏倚偏帶圍寬，遥望楓林玉露溥。碧海青天誰最恨，姮娥不耐九秋寒。

獨坐

一鉤新月半窺堂，四面輕風送晚涼。自飲自斟還自醉，不知燭短五更長。

朱國盛，字敬韜，居南一竈。萬曆庚戌進士。授工部主事，歷員外郎，南旺分司郎中，漕儲參政，山東右布政使，以漕河功陞太常寺卿。

壬申秋末黄淮大漲阻漕艦四千漕使者爲啓通濟閘月壩諸隄皆動摇時露宿隄上感而有作

無端屏翳號白晝，怒濤秋合黄淮鬬。督漕使者憂形色，防河小臣面如垢。隄心露宿膽不寒，身死頓欲隨奔湍。昔人無龍若蝘蜓，臨難肯令强禦干。輸粟舳艫四千舫，畏浪砰訇不能上。促召衆夫發月壩，蹫河舟楫平如掌。漕無滯艦心始舒，咫尺更慮三城魚。何當盡地作保障，集澤歸鴻皆燕如。

淮上石隄成志感

長川繚繞一隄成，使者非魴尾亦赬。斂衽截流河伯退，握香盈市郡人迎。九重敢謂涓埃答，三載常隨畚鍤行。天子倘於都水問，爲魚非復舊淮城。

甲子秋大觀樓迎練侍御任鴻

兩度登樓江水長，天門一柱立中央。千檣風燕語吴越，萬疊雲巒寫晋唐。秋盡玉浮瑶海碧，月生金點紫峰霜。隔窗隱隱聞歌吹，遥望星槎下古塘。

葉有聲，字君實，號震隱，居新場。萬曆乙卯應天解元，丙辰進士。官至左副都御史。著有《緑天館詩文疏議》四卷。

仙舟巖

藏壑難將不繫同，白雲深處瑞煙籠。非關春雨天邊坐，恰似星槎海上通。弱水三千五嶺度，長風萬里一帆空。茫茫圓嶠知何處，掉破青山翠靄中。

雲窩

夾道松陰隱故廬，雙扉晝掩駐遊車。人歸何處鳥空度，樓枕山前雲自舒。半壁青苔迷舊字，滿牀黄葉襯殘書。曉猿夜月時相傍，寂寞秋聲問子虚。

江南樂

桔槔聲歇晝眠涼，野風吹雨稻花香。東村沽得西村酒，閒話桑麻到夕陽。

輿中遥望武夷

山翠重重杳靄通，玉華遥接武夷宫。一麾闤闠五雲外，贏得仙山在部中。

李逢申，字延之，可教子。萬曆己未進士，官至工部郎中。甲申殉節。

《府志》：逢申登第後，授浙江慈谿縣知縣，以事忤閹黨，降爲丞。尋丁母憂。服闋，補上林苑監丞，陞工部主事。彈韓爌論成基命，又劾兵部尚書梁廷棟誤國，不報。會驗試火器，礮炸廷棟，歸咎逢申，遂論戍。子雯走京師訟寃，雯弟又伏闕上書。事白召還，授刑部主事，遷工部郎中。時流寇奄有晋秦，逢申請結義旅，以空名告身，與廷臣分募三輔豪傑衛京師，廷議不從。賊陷京師，被執，身受五毒，自經死。

題森秀菴延青閣

高閣諸天外，懸厓一線通。雨來青嶂後，身入翠微中。截水流逾響，乘谿路轉空。憑闌看下界，花樹正濛濛。

石臺

誰將一片石，疊作數層臺？柱迴玲瓏立，門虚曠遠來。仙蹤時有印，靈壁不生苔，天地留名勝，清遊得幾回。

高廷楝，字仲驤，洪謨第二子。萬曆甲子舉人。早卒。

都門辭家大人南還

俄躋長安道，辭親趣去程。連宵蝴蝶夢，轉入鳳凰城。李廣寧奇數，終軍未請纓。可堪心戀闕，凄斷此時情。

倪家允，字元錫，甫英子。萬曆甲午順天舉人。

題泖塔

三吳到處稱佳麗，選勝無如此地雄。水接長天疑欲墮，岸依巨浸望還空。茫茫煙樹迷歸鳥，曲曲沙隄護晚風。況有樓臺銜蜃氣，舟人指點是仙宫。

杜士重，字彦宏，號青虯，宗彝長子。邑諸生。

立春後二日登樓觀雪

嵯峨高閣迥臨谿，極目紛紛思欲迷。柳絮恰隨春色至，梅梢先傍月華低。天迴玉壘羣峰並，地接銀河衆壑齊。誰似郢中開絶唱，灞橋驢背有新題。

杜士領，字叔揚，號禹門。授七品散官。

西林上人

招提煙郭外，境轉識禪扉。宫殿浮蒼靄，藤蘿繞翠微。水清魚入定，林静鳥忘機。坐對高僧話，空庭花雨飛。

丹鳳樓

丹鳳危樓海上城，朱闌碧瓦映波明。江含秋氣濤聲壯，雲滿滄州樹影平。香稻未登租賦急，羽書稍歇陣煙清。春申舊蹟惟流水，珠履猶傳愛客情。

杜士望，字子厚，宗彝仲子。邑諸生。

齋中小集賦贈孫繼甫

寒色衡門迥，開尊夜未央。交從貧轉密，興到語尤長。屢舞吾忘醉，清歌爾獨狂。相看多意氣，江左有孫郎。

秋郊散步

松柏驟吟風，羣鳥争噪樹。落日澹無光，飛雲自來去。

杜士益，字叔謙，號平谷，宗振子。太學生。

與侗初兄游南雍會彦恭兄北上京口送別步韻

向夕斜陽映水濆，天涯翻喜雁成羣。晴江此夜帆前月，芳草明晨馬上雲。振轡燕臺看市駿，曳裾虎觀愧論文。行藏是處嗟歧路，握手銜杯不忍分。

杜士冠，字儀景，號文台。邑諸生。

秋夜

吟成獨自倒秋缸，露白天高雁幾雙。莫使金猊香篆冷，好延明月到西窗。

杜士雅，字幼白，宗翹第六子。有《陔華堂詩》。

空庭驟雨

雲際連天碧，桐陰遶徑幽。一飛南浦雨，萬樹盡生秋。

山中訪眉道人

絶壁疑無路，深山忽有煙。白雲迷古洞，人似上皇前。

李之楠，字仙植，號燀諸，伯春從孫。天啓辛酉舉人。有《李燀諸詩稾》。

端陽

初炎鬱不歡，家人識陽五。雄黄擣作沙，細膾菖蒲縷。鄰農輟蒔歸，爆竹一聲午。微風拂檐來，雞鳴渡虛浦。滄矣堂中人，持杯非酒侶。未醉首低迷，圍碁不堪睹。坐念少年場，朱顔暖玉照。紒袍觸暑征，三閭不遑弔。摩肩觀水嬉，旌麾約龍跳。飛櫂歌採蓮，金鳴太鼉叫。暝黑滄浪歸，裙袴汗如漂。一夢三十年，西望舒長嘯。

寒香廬

卻嫌桃李豔，別室寵寒香。雪滿平林月，風疎碧瓦霜。揚州頻寄詠，庾嶺共飛觴。爲問鄰家笛，年來幾斷腸。

泊緑葭村

輕舠拖荇藻，流鑒淨溶溶。禾性緣谿喜，人煙借樹濃。平田安曲月，隔屋相前峰。兩邑鴻溝畫，逢迎此地衝。

七月望後一日夜坐

蒹葭煙起散羣鷗，摇曳榆梢掛斗牛。無價買涼三日雨，有情邀月一輪秋。坐深孤影疑黄面，櫛罷清光愧白頭。静院已聞微葉墮，那堪幽笛又高樓。

悼亡婢雪兒

攬衣猶摺舊時痕，拭罷薰鑪手馥存。夢斷五更言笑遠，半簾斜月倚歸魂。

朝朝時節日紅初，窺鏡斜眸秋水如。人别紙窗鏡别面，清光冷徹玉蟾蜍。

蔡文瀛，字季海，後改名樅，字季直。紹襄子。

悲歌

身都卿相此何時，帝遺行邊有賜詩。劍出上方旋齒劍，荆南流血至今悲。

薦舉何如制舉尊，秋風槐市立逡巡。無金可買《長門賦》，才子終推石季倫。

施紹莘，字子野，居施家行。大諫子。工詩詞樂府。後築丙舍於西佘，又構别業於南泖，因自號峰泖浪仙。

《松風餘韻》：浪仙詩稾不傳，其刻入《雲閒詩雋》者，亦無從見也。所著《花影集》，全載樂府詩餘，久令歌者譜傳紅豆、聽者淚落青衫矣。余於自製小序跋語中，搜得斷律四首，撫今思昔，未免有情，其能終讀乎？若其零句云「但能痛飲便名士，解得惜花真丈夫」；又「從來江海淚花成，自古乾坤情字裏」，欲使天下才人豪士，悉歸酒國花叢仙乎仙乎？其殆欲挾五色筆，上補離恨天，而誤落風流隊者乎？抑將從萬花谷，歷盡温柔鄉，而仍歸清虛府者乎？

灌園

蒼生久已無霖雨，三徑何曾有旱荒。筋力未嘗無用處，要消花福爲花忙。

花前感舊

余作金索掛梧桐樂府三闋檇李顧彦容潛録適游西湖因口授一歌姬再夕即歌之段家橋風流俊逸坐客銷魂余自問何緣消此奇福且花事已休芳心灰冷名傳樂部空屬可憐耳姬姓顔行一

二十年前一夢空，依稀猶記夢花紅。而今短髮侵尋白，閒話風流落照中。

夢破揚州事有無，近來只合叩維摩。誰知猶有空多在，卻被人偷譜豔歌。

而今非復舊情癡，誰遣新聲似昔時？好比仙人天上去，人間留得步虚詞。

李待問，字存我，延申子。崇禎癸未進士，官中書舍人。乙酉八月，保松城，中流矢死。

《松風餘韻》：李舍人存我，性嗜臨池，一遇筆墨，無論精觕，輒爲濡染。親朋争以箋素置几案間，縱横大小，頃刻一空。下至僮隸，無不厭所欲者。聲價與董文敏埒。尤善榜書，名藍古刹尚多遺蹟。

卧子招飲卧龍山蓬萊閣

故人留牘少，酒坐亦從容。俯視湖一曲，不知花幾重。澄煙天鏡水，哀壑禹陵松。身在蓬萊閣，千巖第一峰。

廣陵同鄭超宗諸子郊外宴集之一

並轡出春城，春山帶郭明。穿林游屐亂，隔水麗人行。有酒聊隨俗，無營且樂生。眼看車馬盡，邱壑幾關情。

附《南吴舊話録》：李舍人當松江將失守，百户某挽之曰：「聞君讀爛《四書》，今日將安之？」舍人笑曰：「臣死忠，古人常事。第下城與家人一訣，稍盡其私。」百户曰：「君能如此，我先斷頭待之泉下。」即拔刀自刎死。舍人憑屍而哭。倉卒抵家，少妾挽衣涕泗，衆爭勸之逃，舍人曰：「若一旦苟活，後來即不與陳夏同傳，夢寐中何以對此老兵？」引繩自縊，氣未絶而追者至，遂遇害。

包爾庚，字長明，居包家宅。崇禎丁丑進士，官羅定州知州。

《松風餘韻》：宜壑先生不以詩鳴，而所著《直木居詩集》雖不多，而一往清氣逼人。

授官嶺南别同年揭潛銘時潛銘亦出爲福寧守

遥聞明主意，珍重簡方州。拜命同槐夏，之官共薦秋。事容車蓋盛，地接鼓旗優。莫爲辭京國，徘徊動客愁。

附《上海縣志》：爾庚守羅定州，有善政。行取入都，遭祖喪，不赴。隱居清谿之曲，自號宜壑居士，閉户著書。入國朝，詔舉山林隱逸，當事强起之，以母老力辭。一日，端坐高吟曰：「千秋大業今家計，萬里清風昔宦游。」遂合掌瞑目而逝。

王觀光，字公覲，號繼陽，居川沙。官長蘆分司，陞寧波通判〔一〕，又擢王府長史。

周廣菴曰：先生擢長史時，春秋鼎盛，乃以朝政多闕，歎曰：「避世金馬門，孰若高卧羲皇枕哉？」遂解組歸，葺南有園自娛，日與名輩相陶詠。爲詩文絶時蹊，復多樹藝，尤善畫。

自題閬谿仙舫圖

不須帆艤費心機，一葉凌雲到閬谿。寫出仙蹤縹緲處，三山浮動海天低。

《墨香居畫緣》：王繼陽先生設色《閬谿仙舫圖》，冷金箋本，長三尺二寸，闊一尺四寸，有自題絶句一首云云。

〔一〕「波」原脱，據清金福曾等修、清張文虎纂、《南匯縣志》卷十三《王偕春傳》補，清光緒五年刻本。

顧章甫，字魯斐，允貞第四子，歲貢生。

張所珍云：先生詩格高古，近躋老鐵，遠逼少陵。

春杪雜詩

舞裙有意欲留仙，枉把春心托杜鵑。六尺珊瑚籠絳雪，相招重和紫霞篇。

春濃翠幕懶晨妝，教婢迴鍼細較量。小劈霞絲成朵朵，玉樓常帶指痕香。

墨香按，張所珍撰《魯斐先生傳》略云：先生既貢入成均，授職縣丞，見明季天下多故，雅不欲以升斗取榮。退居海濱，以造就後學、敦厲風教爲務，及門士多致通顯。史可法言於朝，將薦入國子監，固辭。足不入城市，諸達官徒步至門，有所請，則盡所欲言，無忌諱。我朝景命聿新，詔舉山林隱逸，省臣檄府徵聘，不赴。某宗伯見其著作，雅慕之，期一見，不可得。時以先生爲東南隱士之冠焉。予修邑乘時，未及爲先生立傳，今録其詩，並摘録是傳，以補前缺略之愆。

海曲詩鈔卷五

明

王光承，字玠右。福王時被徵，知事不可爲，佯墮驢傷足，歸與弟烈偕隱石笥里，屏迹城市以終。著有《鎌山堂集》。

吴日千曰：吾友王子玠右，隱居十年，孝友惇摯，鄉黨化之。斯其人之卓立千古，固已無待於詩，而詩又爲一時之絶，氣骨高峙，聲采閎麗，俊於北地而雄於信陽。

朱朗詣曰：玠右詩清空俊拔，超然獨上。

金天石曰：玠右忠愛出於天懷，和平本諸自然，即不爲詩，亦必擅風人之稱。況其尊人君謨先生，高蹈如龐公，以詩唱於前；弟名世，同志如仲雍，以詩繼於後，聚順之樂古無與儔，風雅之道或推或挽，玠右即欲不極其能事而不可得也。

黄唐堂曰：先生生萬曆丙午。幼誦書，日盡紙厚一寸。壯入幾社，狎主文事，爲文高駝秦漢，詩非漢魏、初盛不以觸其穎。

雜詩

秋蘭何冉冉，結根湘水濱。驚飆忽已至，吹我燕山陰。燕山非故鄉，獨行常畏人。沈沈白日暮，歌鐘起四鄰。侯家良宴會，簫管浮春雲。笙歌日以好，天地日以老。悲風西北來，蕭蕭寒百草。棄置何足傷，所傷在遠道。

長歌曲變音，久客人變心。越鳥巢北山，悠悠忘故林。青樓多好女，顧盼輕千金。飛觴沈白晝，歌舞一何深。我有鴛鴦綺，裁爲合歡被。萬里寄君前，棄之如敝屣。聚散各有時，悲泣亦何爲？願君長歡樂，享此黄髪期。

西山有仙童，玉醴自斟酌。念我耕稼苦，予我一丸藥。服食不崇朝，身輕如燕雀。乘風上天門，天門張錦幕。上帝方高會，羣真相蒱博。姮娥揮玉杯，宓妃亦善謔。我從草野來，不知此閒樂。拜起常畏疑，欲前還復卻。上帝按劍怒，執我加束縛。斥逐歸下土，裸身仍力作。

秋風動木葉，千里起朝涼。念我同心人，乃在天一方。盈盈白玉姿，凜凜當嚴霜。依欂還採葍，飛鴻集高木。金盡一身多，況乃僮與僕。白袷苦無袪，野宿苦無廬。仰天見明月，明月照單車。宛洛多貴游，駑馬獨趦趄。兒童前谿來，釣得雙鯉魚。欣然剖鯉魚，其中無素書。平安不可問，垂涕滿長裾。

方壺既靈府，圓嶠亦天都。宮闕遥相望，羣仙羅四隅。築室一何高，植基一何疎。戴之以巨鼇，浮沈與之俱。金玉盈萬仞，安危托一魚。上帝以爲巧，毋乃成大愚。一朝釣鼇去，兩山皆淪胥。敗户猶有樞，朽木猶有株。如何龍鳳闕，萬里寄空虚。

長安小家子，十五入宮門。君王假顔色，富貴若平生。中宵出片言，封侯及六親。婕好謝病去，皇后亦路人。白晝望西宮，但見風與雲。一顧使人好，一怒使人老。君恩如流光，豈得長相照。得寵且莫驕，掖庭多年少。

會稽山

《禹貢》揚州域，當年集萬方。旌旗傳下國，鹵簿畫虚堂。江海東南合，衣冠日月光。至今耕隴上，猶拾古珪璋。

秦望山山有李斯《頌德碑》。

五十秦皇帝，憑高望故疆。有司除輦道，丞相治文章。山鬼華陰出，神仙海路長。壯遊心已倦，回首亦思鄉。

夜坐懷何次張

何子棲南浦，村人不識名。大山雲外立，小艇月中行。鳥宿侵花氣，鐘疎度雨聲。知君嘗夜味，秋思一江清。

土城村《吴越春秋》：「越王得西施，三年學服而獻吴王。」即此也。今在五雲門外。

新築西施館，名倡教鼓琴。關山馳白羽，閨閣費黄金。賤妾三年舞，君王一片心。時危憑女子，花露土城深。

同羣帥飲台州使君山亭

文武皆邦憲，銜杯共此亭。山花迎畫戟，野鳥下公庭。露冕行春草，横刀看落星。不知縫掖賤，高唱數峰青。

家君掛冠避地董村剡東之僻者也侍行二首

解綬離官舍，驅馳叢棘中。懸崖一以斷，星漢不相通。木魅谿前火，山神馬後風。從人多戰栗，偶語怨而翁。

此地稱奇僻，緣崖上碧空。弟兄千里外，父子萬山中。野店龍王井，深林虎倀風。家君偏嘯傲，不肯泣途窮。

山中夜坐憶屺生姪

孤客憑高坐，疎鐘落塞鴻。四山人語静，一月照虚空。天地同寒水，鄉關共遠風。仲容三百里，知在雁聲中。

席上贈王將軍

緑幘少年裝，還家髮半黄。寶刀忘歲月，戰馬死疆場。殘夜明孤燭，雄心盡一觴。錦袍今百結，猶裹舊時瘡。

慷慨辭軍幕，蕭條返故鄉。金戈秋月冷，大樹暮雲長。部曲皆豪貴，妻孥半死喪。國家求舊將，寶劍尚光芒。

登北固山二首

吴山從此盡，楚水到今長。日月懸高樹，星河帶遠荒。樓船時聚散，戰馬亦玄黄。欲問孫劉事，平沙幾夕陽。

朱方前古地，斗嶺鬱岧嶤。霸氣南徐盡，龍旗北府遥。殘秋通楚漢，宿雁下金焦。一望皆江水，何由辨六朝。

送友還郴州

公車不得志，桂水自揚舲。天闊懸巴嶺，風高隔洞庭。蘇仙山正緑，義帝冢猶青。此去多憑弔，新詩好共聽。

賦贈吴日千

吾黨諸兄弟，雄高數日千。自言淪落後，四海一焦先。策杖山當户，悲歌月滿天。友朋深愛我，爲秘《上林篇》。

玉梁觀漢武帝時祈雨處也，在玉笥山。

石簣臨平野，朱宫接大荒。四山新伏臘，兩漢舊壇場。赤帝留金殿，青天下玉梁。虹霓時聚散，星斗半蒼茫。左掖通軒后，南楹揖始皇。江聲開幔近，海色上樓黄。屏翳扶丹轂，蜚廉傍繡裳。鸞旗回霧合，鴟尾帶雲翔。龍氣旋高嶺，神風出古牆。斷碑豐草裏，前代有文章。

詠史四首

南國花光上紫霄，芙蓉水殿白雲遥。貢琛使者新乘傳，按舞中宫舊賜貂。千斛葡萄浮夜月，六宫簫鼓動春潮。君王不信毛延壽，親駕朱龍選孟姚。

齊梁江水舊潺湲，車馬春遊雜紫煙。玉殿仙人長倚瑟，金吾騎士解調絃。新亭草緑供杯酒，瓜步雲深繫畫船。正是太平風日好，公卿高會已經年。

建業山河變古今，東南春草望中深。輕車短隊遊原廟，大駕長旄宿上林。百二秦關皆白羽，三千漢吏盡黄金。薰風解愠吾王事，舜日迢迢自鼓琴。

曲部新歌夜未闌，何來風物似長安？衮衣甲第頻開墅，錦纜春江議築壇。三輔軍聲雲外迴，六朝山色雨中寒。旄頭夜夜明如月，多少閨人夢裏看。

江樓遠望

待詔金門且未迴，憑高此日自銜杯。人横短笛吹吴市，天曲長江遶漢臺。虎豹久閒春草長，魚龍欲動晚潮來。蒼茫世事今如許，飄泊誰憐祖逖才？

沛上懷古

離離白月照遺宫，泗水南流薛水通。馳道千年秦帝樹，高臺百尺漢王風。父兄供帳羅城下，子弟歌聲滿沛中。今日黄雲都散盡，四鄉衰草正蒙戎。

寄題友一南園

韓康採藥歎途窮，歸築谿山一畝宫。太室花光朝暮見，少微星氣有無中。文章今古誰争道，泉石東南自鑿空。知爾近裁《招隱賦》，月明叢桂起秋風。

江上憶閔山紆

高樓徙倚暮雲平，極目中原愧此行。齊魯春風新草色，梁陳明月舊江聲。頻年赤羽悲王粲，幾度青尊憶馬卿。賦就上林應自笑，文章天地一書生。

禹廟

南服稽山近斗魁，前朝宫廟此中開。星光夜覆秦王石，劍氣朝連越女臺。古屋風生羣后至，高壇月出萬神來。卻憐陵墓無人辨，碑碣文章滿緑苔。

晚泊錢塘

客路維舟酒半醺，長林暮靄自氤氲。四山鐙火移歸馬，兩岸笙歌蕩晚雲。月色欲留王内史，濤聲猶見伍將軍。夜深人散看星斗，天語高高似可聞。

送友人從軍

慷慨投書學荷戈，今朝行李定如何？磧聲夜静城邊落，木葉秋高塞上多。家在垂楊朱雀渡，人行衰草白狼河。鍾山舊友能相憶，此地從來有雁過。

同錢符尹宿京口道觀

閒館焚香夜未分，故人清嘯碧天聞。月升海嶠懸鴟尾，潮入江皋起雁羣。玉殿龍鱗飛作雨，金庭丹火結爲雲。莫言世事增華髮，且叩虚皇讀秘文。

送友人之廣南

並馬銜杯日未曛，羊城山水正愁君。秋聲已入庭前樹，客路猶懸嶺外雲。溟海上連辰極動，星河南去越天分。年來莫問流人狀，知有清猿不可聞。

懷唐歐冶

十載傳經心事違，天涯抱膝送斜暉。家懸宗測新圖障，山近嚴陵舊釣磯。京洛雲深花正發，柴桑秋老葉初飛。悠悠榮悴真難問，辛苦先生一布衣。

種秧又冉至

五月新田學種秧，故人單騎向山莊。方呼王霸耕南畝，又與侯芭坐北牀。春去玉門邊月暗，星橫珠浦陣雲長。閒愁卻誤農家事，卧看西鄰食稻粱。

金陵謝女郎倚玉別去六年偶同李別駕恭如於虔州靈山小閣憶之有愴然之感

湖亭小酌一逡巡，滿眼繁華入望新。雙袂煙波雲外雁，六朝金粉夢中人。白門楊柳烏棲曲，庾嶺梅花子夜春。尚想帳前臨別地，疎鐙細雨各沾巾。

對酒

撫劍對尊酒，低頭無一言。三年大梁客，辜負信陵恩。

贈嚴將軍

金鞍白鼻騧，萬死戰龍沙。天子不召見，橫刀入酒家。

昭君怨

一曲琵琶塞外彈，君王歌舞夢中看。宮人不識邊庭苦，猶說長門月影寒。

王烈，字名世，光承弟。

春日即席送友之楚

東風飄絮滿河橋，公子華筵早見招。聯句縱横纔昨夜，看花次第到今朝。長洲草緑聞吴詠，黄鶴春深動楚謡。此去如過王粲井，相思重泛木蘭橈。

送客入楚

大江南去雪紛紛，回首荒臺盡白雲。夢澤天寒争夜獵，何人鼓瑟弔湘君？

秋日家兄移居

樽前執手淚沾衣，蘆荻蕭蕭木葉稀。卻恨不如湘浦雁，江南江北一行飛。

吴騏，字日千，十六保吴家角人。前諸生。著有《顑頷集》。

王玠右曰：日千工詩，出於天性。小時有所諷詠，出入開元、大曆間。年至三十，悲歌慷慨，百感積中，其詩益上。

吴六益曰：日千詩，法隨意轉。

朱竹垞曰：日千力追正始，其詩沈厚而不佻。

送別陳皇士王雙白

西風吹孤雁，嗷嗷多哀音。張鐙對離觴，愁思故難任。與君雖異縣，纏綿結中心。願採芙蓉花，爲君製衣襟。願琢荆山玉，爲君備華簪。願折若木枝，爲君斵鳴琴。微誠苦未致，驪駒何駸駸。疎星燦河漢，殘月下北林。攜手立斯須，厚意比兼金。相思各自喻，滄海未云深。哲人重名節，歲寒心所欽。高義良不渝，在遠匪難諶。

寄許子山

望爾歸吴下，仍聞到洛陽。多才應自惜，信美豈吾鄉。北望雲千疊，南來雁數行。客衣殊可念，昨夜有微霜。

田園詩

澗户生寒早，幽人絶往還。日斜桑柘影，雁滅水雲間。地迥聞秋葉，林疎見遠山。東籬採菊罷，吟卧掩蘿關。

南菴晤則上人

遠公一握手，秋色滿禪扉。舊雨遥相憶，孤雲何處歸？獨行詩掛錫，趺坐日侵衣。好結廬山社，風塵隔翠微。

閒居

草屩秋風裏，茅檐落木間。開軒臨碧渚，捲幔得青山。宿鷺渺然去，鳴琴相與閒。滄浪有漁父，鼓棹不知還。

題友人小築

卜築對江城，江流抱檻清。幔開風蝶近，門掩雨鳩鳴。獨坐書盈榻，高談酒滿觥。憑軒春水闊，點點白鷗輕。

塞下曲

固原城郭控西秦，遠戍今經二十春。家在洛陽城下住，經年不見洛陽人。

四牡騑騑出玉門，詔持繒帛賜烏孫。爲言侍子今無恙，初在京師讀《魯論》。

少年行

下馬同傾酒一尊，侍兒七首劃蒸豚。生平不著黄金甲，醉袒貂裘數箭痕。

和張昊東秋圃閒吟

暮雲收盡楚天青，銀漢高寒玉露零。誰伴孤臣雙淚落，夜深殘葉下空庭。

遊仙詩

明月空山獨鼓琴，景珠馳輦夜相尋。山腰十丈秦時雪，印得麒麟足蹟深。

玉樓新就帝臨軒，八素三山共舉樽。天上佳文本無數，偶然一召李王孫。

李延昰，字辰山，居所城，有《放鷴亭集》。

《静志居詩話》：辰山生長士族，人不知其門閥；策名仕籍，人不知其官資；博綜圖籍，人不知其儲藏；潔治酒肴，人不知其庖爨。所撰《崇禎甲申録》、《南吴舊話録》，足以裨國史之採録。及疾革，平居玩好，一瓢一笠，一琴一硯，悉分贈友朋，而以儲書二千五百卷畀予。予誦其詩，知其爲徐孝廉闇公之弟子，然其出處本末，終莫得而詳也。詩亦伯仲幾社。

《佚史》曰：君姓李，諱彦貞，字我生，後更名延昰，改字辰山。又曰：寒村世居南匯，習岐黄術於季父士材。年二十，聞道走桂林，名書仕版。娶伍氏、殷氏、鞠氏，生子九人，悉夭。乃客居平湖西宫道士之樓，以醫藥自給，而羣從皆學官弟子。士材撰方書一十七部，君補撰《藥品化義》、《醫藥口訣》、《脈訣彙辨》、《痘疹全書》。延之治疾，數百里必往。疾愈不責報，得酬輒買書，積三十櫝。客過，無分出處貴賤，怡顔相對，飲饌必豐。歲丁亥，病革。時朱太史竹垞往問，出所著《南吴舊話録》、所撰詩古文曰《放鷴亭集》，并儲書二千五百卷，悉付之。遺命弟子用浮居法盛屍於龕，焚其骨，瘞之塔。後卒，年七十。朱太史爲撰《高士李君塔銘》。

城西舊圃

新霽豁川原，披襟坐茅屋。數畝雖就荒，猶可媚幽獨。垂楊夾清流，高下集羣鶩。鐘聲渡前谿，寒雲隱喬木。離市雖不遠，溝渠亦迴複。優游念江湖，采掇尋杞菊。黽勉事耕鋤，庶幾備饘粥。出處各有爲，惻惻保初服。

歸家作

吾生困行役，星鬢還自嗤。今始得暫歸，勞歌難重思。灑掃憐老屋，風雨猶蔽之。布席聊宴坐，高吟古人詩。鼠飲期滿腹，鳥棲擇高枝。獲遂邱壑情，吾道庶在兹。富貴非不欲，貧賤安所辭。顧彼閒雲游，自得山野姿。

弱冠以後所著南征稾六十餘卷屢遭禍患凡有字畫悉爲家人焚燬丙寅冬忽於郡城市中見舊本百餘紙皆詩文目録細視之乃余舊稾也用三十錢買歸因之追憶少作猶可得十之一二屈指相與往還諸公無一人存者矣老淚如絲痛徹心髓譬之夢中憶夢乍笑乍啼因題百餘字

年少氣何豪，捷筆鬬風雨。服膺太史公，蒙莊互吞吐。髯蘇雖後時，屈指亦在數。偶然得佳題，咄哉如脱兔。至今《南征稾》，疑得鬼神護。蹉跎醜顔面，人見相噦嘔。在理或有之，於我當自固。晦冥獨閉門，一讀再迴顧。雷霆助聲響，川岳駭奔赴。老境轉蕭條，語默成謬誤。頗承故人哀，難回薄俗怒。此卷久零落，一日委行路。披閲似夢中，頻拭眼猶瞀。歎息復歎息，坐看白日暮。後來豈無人，感慨識其故。

緣谿行

瘦笻不老芒鞵輕，青錢三百隨我行。谿橋數折入人境，日落更喜羣山青。酒壚遥對菊花好，東籬豈有陶淵明。

留鬘持

君莫行，朔風號。經月走冰雪，能使馬骨高。桑梓情親應不少，歌呼豈必他鄉好。投竿方覺河瀰寬，開卷更知天地小。余齒日已暮，余交日已稀。眼前賴吾子，議論相因依。彈琴擊筑樂事多，漏殘更進金叵羅。男兒肝腸自有素，世上紛紜皮相何！

郡城送翊堂從姪歸南匯

我下浙西路，君來滄溟東。相見傾斗酒，言去何悤悤。家居瀰一曲，陸文裕公云：「南匯者，瀰之一曲。」烏啼麥苗緑。雅意學荷鋤，書將乘暇讀。丈夫寂寞須自甘，上下千古寧負慙。吾宗子弟盡可數，幾人自足持門户。歸歟謹守先人廬，莫恃才高賦鸚鵡。

永安湖送戴集之歸婺州

一片滄浪水，南湖與北湖。柴扉明落日，漁艇暗春蒲。聚散當佳節，悲歡屬老夫。戴公棲隱處，風物滿長塗。

慰孝先

東湖一片水，喜汝暫停舟。既有故人在，能無十日留。殘花仍滴露，新漲正浮鷗。生計安垂白，從人笑直鉤。

送邵漢旬歸蘭谿

屈指蘭谿路，乘風四日程。江聲敧枕急，山色滿船輕。汝自謀行止，人誰解送迎。金華仙洞裏，瑶草石臺生。

上海

萬里朝宗水，喧豗滬壘東。稽天新漲碧，浴日曉雲紅。地控三吴盡，潮分兩浙通。春申遺廟在，社鼓賽村翁。

羊叔子墓

叔子名垂久，荒碑夕照多。功還存俎豆，意不在干戈。煙火三家市，魚龍九曲河。我來搔白首，何事亦悲歌？

次項東井韻

相逢皆老大，還指硯爲田。白社歸支遁，青氈憶鄭虔。詩成供輭語，酒醉稱孤眠。不是嵇康懶，生平少俗緣。

渼陂小築

卜築城西路，谿流面面通。但教鷗鷺滿，不畏稻粱空。浄埽延虚白，閒窺落小紅。閉關良醖足，便可傲無功。

袁兄方初宿老而仍授經吾鄉

東來更授經，薄俗眼誰青？萬卷苟如此，一生甘獨醒。鶴沙江水潔，龍窟海風腥。余鄉爲江海合流處。華亭鶴出下沙，蓋鶴從海外飛集，足方而有緑毛，與淮鶴絶不同。余鄉正下沙一場地。登覽應長嘯，孤懷托杳冥。息影能終隱，年年但索居。繇人用卿法，顧自愛吾廬。春老游茶市，囊空避麴車。坐看頭白盡，無意待吹噓。

觀海

野色淩空斷，春潮正急流。孤營雲捲旆，荒井月沈鉤。健翮驚黄鵠，潛蹤羨白鷗。羣山争蹈海，何處是神州？

有懷濦廬上海

江城我出君初到，異地相思恨轉重。老去爲儒雙鬢白，興來尋友一編從。魚龍夜嘯潮聲合，桃李春寒雨色濃。歸路倘經黄歇浦，茅堂如畫白雲封。

岐升從叔夜話

相從寂寞款柴門，身世真難仔細論。何處旗亭將進酒？此時帶水欲招魂。閒看薇蕨貧堪戀，慢數雞豚趣自存。若向竹林尋舊事，仲容差可擬諸昆。

同仲來登南城遠眺下至福泉寺謁方相國遺像感賦

荒城是處可張羅，拉伴尋春奈樂何。碧海迴瀾喧落照，青旻鷩隼下平坡。人多隱德輕操翰，地入邊防重荷戈。從小平津曾伏謁，掃廳無復但悲歌。

寄兒子天石寶摩

異地經時聽鳥鳴，花深孤館倍關情。吾爲癡叔無長策，汝是難兄有令名。浦口布帆春雨重，山蹊蠟屐野雲輕。最憐歸思頻相憶，極目菰蘆野色平。

鄉人至

入門不必通家刺，問訊居然故里音。老去鬚眉羞對客，窮來衣食敢違心。五湖魚鳥閒相狎，十畝桑麻興自深。去去若逢羣從輩，釣竿留待曲谿陰。

東歸

東歸寂寞遂餘生，不向漁樵負夙盟。十畝低田勞築岸，半間破屋待支楹。編籬設棘爲多事，貯月藏雲本至情。幸比蝸廬成就易，嘉賓雅意莫經營。時浙中諸君子，有欲爲余謀買山資者，曾力辭之。

古意

千金買緑綺，一彈不再彈。借問此何意，欲言良獨難。

半山聞鶯

一路籃輿穩，山行日欲西。藤花開未盡，隨處有黄鸝。

言别

夜值芭蕉雨，待當鄠杜秋。悤悤無一語，相視上孤舟。

大報恩寺别張南村

垂柳絲絲掛夕陽，百花春映遶迴塘。他鄉杯酒前朝寺，一曲相看各斷腸。

最憶

年年作客不歸家，緑遍平蕪一望賒。最憶竹堂西畔坐，茶煙吹過紫藤花。

陳曼，字長倩，居陳家行，邑庠生。

《墨香居詩話》：長倩工詩，善畫，爲幾社遺老。惜其稾散佚不傳。

簡沈二成

林中分手處，落葉定依然。遥憶黄花下，秋來幾醉眠。思深寒雨夜，人遠白蘋天。空谷無聲蹟，憑誰附寸箋？

莫秉清，字紫仙，莫家宅人。著有《采隱草》。

吴徵棐曰：紫仙詩，如孤梅鐵幹，猗蘭幽芳，雪谿風高，與俗庭徑。

曹敬三曰：紫仙先生詩品卓絶，閒遠幽邃，致在事外，味餘言中。

《墨香居詩話》：予嘗得莫紫仙先生手抄詩一小册，詩既清幽，書亦妍媚可愛。其集名「采隱」者，蓋取唐人「采山仍采隱」之句也。上海曹氏嘗刻其集，以附莫廷韓《石秀齋集》後。

烏夜啼

東鄰少婦能織錦，每到烏啼猶未寢。烏因霜冷飛上屋，屋下鐙光照獨宿。誰能停梭不悵然，夫壻從軍妾盛年。

春柳

酬唱陽關有曲傳，只今猶似渭城年。翠分眉黛三春恨，緑暗江皋二月天。畫舫乍歸疑帶雨，遠山雖淺共爲煙。殷勤正是懷人候，幾被東風一縷牽。

新晴

梅子初青穀雨天，卷簾添得落花煙。春山忽憶尋香徑，看到荼蘼又一年。

題畫

暗香亭下濕殘紅，有客攜琴叩隱翁。更向西樓看雨色，春山多在亂煙中。

谿上漫興

東風催雨亂鶯啼，茅屋垂楊隔岸低。春水漁舟何處泊，亂紅流到小橋西。

送客還白下

重綿久已換春衫，一道晴煙燕子銜。别後思君何處是，落花疎雨伴輕帆。

襄左見過即别渡浦送之二絶

一片荒林一片雲，暫時相見即相分。荒江冷落潮初上，細雨孤舟獨送君。

秋鐙相對兩年前，此日迴思倍黯然。莫話存亡添别淚，含情且共立蒼煙。

飛絮

隨風原不恨東西，纔脱柔條路已迷。記得春來曾送客，畫橋披拂數枝低。

傅廷彝，字禹敘，居六竃，前諸生。

入山

月出春山空，沙明寒泉落。何處動清聲，雲閒有孤鶴。

海曲詩鈔卷六

清

李雯，字舒章，逢申子。前諸生，國朝薦授弘文院中書。與同郡陳子龍、宋轅文齊名，有《雲閒三子詩》。

《竹嘯軒詩話》：雲閒六子，彝仲、卧子外，便推舒章。吴日千書其詩卷後云：「庾信文章真健筆，可憐江北望江南。」蓋悲其遇也。

蕭史曲

秦樓望若雲，渭水平如縠。當時吹簫女，弄影秦州曲。峩峩月照臺，澹澹宫花開。仙人蕭史至，鳳凰隨之來。鳳凰既銜裾，紫鸞復承翼。雙飛翠户中，並作升天客。天上何茫茫，玉簫吹未央。誰云兒女意，更入碧雲長。

横江詞

江鳴牛渚磯，浪打三山曲。何處最傷心，春水平帆緑。平帆遠落生暮霞，東風自吹桃李花。思君不見望江閣，夜夜江潮向妾家。

當壚曲

長安三月春風多，葡萄酒清明素波。門前日繫青絲騎，樓上微聞碧玉歌。歌聲欲繞垂楊裏，君醉妾家眠不起。燕語碧桃花霧深，香車日暮如流水。留君寶劍白玉環，銀釭清淺浮夜闌。城頭已見烏啼去，明月照樓羅帳寒。

擣衣篇

閨閣佳人字莫愁，年年紅粉對青樓。乍知玉腕羅衣薄，早識金風紫塞秋。紫塞秋風那可度，思君更遠交河去。難從明月望刀環，且向機頭拂紈素。紅袖初憐金翦寒，青碪還近石牀安。誰家横笛清商動？賤妾虚桐響夜闌。夜闌顧影常微歎，一輕一重隨風亂。緩振鳴環雜夜蛩，急迴玉節陵飛雁。鳴環玉節動金波，素錦迴紋幽怨多。此夜清霜侵蕙帶，此時朔雪照銀戈。庭槐月落碪聲歇，斗帳微紅心斷絶。量揣君身尺幅詳，還加妾意裁縫密。昨聞移戍向龍城，萬里黄雲愁不行。空閨用盡三秋力，寄到軍前春草生。

詠史

昔日燕太子，仰日憂秦氛。願言出奇計，一往立國勳。太傅薦田光，乃以荆卿聞。匕首未深入，國士先軀分。惜哉秦武陽，枉殺樊將軍。

淮陰城下作

憶昔淮陰侯，功名有所待。龍鍾楚漢間，七尺付時宰。飢餓生侯王，侯王生誅醢。獨有漂母祠，猶對川流在。一日識英雄，千秋動光彩。淮水祠下深，楚雲城上靉。我欲奠椒漿，自惜無芳茝。

送存我兄

朔風邁征旆，朗月明寒潮。馳心寄宗哲，曠然越遠郊。盛年美嘉譽，良辰應見招。奇服麗璠璵，清思激中宵。駕言游紫庭，雙闕何嶕嶢。帝綱振八紘，升者賢與豪。披香發良翰，視草羅金貂。黄裳在中美，服義貞久要。蒼蒼歲寒姿，自昔同根條。

毛晋旭招遊南岳山吴氏園亭

吴家亭子南岳山，長林修竹風珊珊。不逢毛子佳興發，安能策足煙蘿間。一谿已度迴層巒，半壑空翠延松關。朱實離披碧澗水，白衣隱曜青琅玕。中林對酒忘清晝，鳴珮虚泉下巖竇。咫尺如聞若士吟，逍遥欲把洪厓袖。蒼苔細路行人稀，樵子高歌啼竹雞。此生每作窮途哭，猶恨雲中未拂衣。

經東阿懷曹子建

昔時曹子建，封邑在東阿。曠代無祠廟，空山對女蘿。角弓愁勢險，玉食恨才多。小雅詩人志，因風發浩歌。

祁奕遠招遊寓山園亭

風静蒹葭渚，寒深蘿薜衣。紅亭高曲澗，碧磴俯重扉。竹定鼪鼯落，池空屬玉歸。諸山煙翠薄，攜手夕陽微。

長安早春

西望重山紫氣深，雕雲欲傍帝城陰。濯龍夜雨垂朱實，飲馬秋風動玉磌。苑柳初寒三殿月，齋宫微誦百官箴。金門路遠真霄漢，何日承恩賦上林？

送江谷尚歸長沙

長沙才子拂征衣，淪落京華客漸稀。楚玉深懷人不見，江雲高卷雁同飛。霜流湘浦蒹葭薄，月冷昭潭橘柚肥。只爲君家傳別賦，銷魂尤在送將歸。

太平寺聞子規

谿山月出滿青林，杜宇千聲怨碧岑。越國何年來蜀魄，離人此夜發吴吟。君爲花鳥羈愁主，余有江湖浩蕩心。同在天涯一相遇，太平鐘鼓晚沈沈。

浣紗女

欲採紅霞染絳紗，碧流春洗露桃花。無聊獨向谿邊立，山色青青近若耶。

舟次聞歌

一曲吴歌子夜新，玉簫低度畫樓春。湘簾不捲清霜月，愁殺江南摇落人。

朱紹鳳，字儀聖，號蒿菴，居新場。順治己丑進士，官給事中，降福建建寧府司獄。

《墨香居詩話》：蒿菴先生居諫垣者四載，彈章數十上，鯁直之名滿天下。然所條陳，皆關綱紀、風俗之大，而又本於篤棐，出以剴切，故奏輒報可。至順治戊戌八月，因論周亮工「保閩有功，案宜速結」等事，忤旨降謫，而先生遂有閩海之行矣。計存奏疏二十六篇，魏崑林、龔芝麓、馮易齋三公序而行之。披讀一過，猶覺凛凛有生氣。惜此外並無著作。今丙寅秋，假歸過石筍里，閔君春浦以先生庚子詩一册見示。是年正在遷謫流離之候，宜多慷慨不平之鳴，乃如「龍鍾兩袖憂時淚，飄泊孤舟去國心」；「自信從龍原有命，肯教諫獵遂無人」；「官辭左掖恩逾重，身到長沙淚尚新」；「百折生還猶賸舌，九重夢斷豈忘恩」諸聯，覺忠愛之忱溢於紙上，於以知先生之抱藴深矣，惜其一蹶不振也。

東門行

陽烏回柳陌，春水漲流澌。笑謝東都門，揚帆信所之。棹歌慨以慷，日醉酒一卮。離憂未可極，呼僮理素絲。一彈復三唱，半是長相思。鬱紆溯中流，欻然逢故知。停舟一問訊，意急語反遲。去年聚京洛，今在天一涯。相顧淚横臆，欲離不忍離。寄語青雲客，皇塗多坦夷。代馬嘶北風，越鳥鳴南枝。物情各有託，無爲泣路歧。

三月三日舟次遇宋尚木出示上巳篇有感卻贈

去年上巳魚藻池，今年上巳滄洲渡。春色依稀芳草遍，離情黯澹斜陽暮。知己相逢話舊遊，蘭亭何處水悠悠。隨風柳絮迷青眼，帶雨桃花笑白頭。白頭相望淚沾巾，南北東西去住身。我且投竿釣滄海，君當躍馬渡河津。行矣風波須自惜，津門浪白燕雲碧。帝鄉佳氣應忘歸，惆悵東山一片石。

春盡感懷適見蔣慎齋年例之報悽然成詠

春去腸應斷，徘徊建水濱。絮飛鶯語滑，花落燕泥新。遷客蹁南徼，歸鴻近北辰。不堪迴首望，又見别離人。

風雨摇殘夜，春歸人亦歸。薊門花共泣，陽羡茗初肥。雙劍連雲合，孤帆帶月飛。聖朝崇吏治，不惜諫書稀。

次高念東少宰贈别原韻

故人策杖訪元居，西子湖頭落照餘。謝傅名高偏卧病，賈生淚盡欲焚書。乾坤偶合雙龍劍，身世空歸一草廬。釣罷滄江夢秋水，天門遥見碧雲車。

仙霞嶺

千山迴合萬峰連，曲徑斜分一綫懸。夾道風雷泉赴壑，數聲絃管鳥啼煙。乾坤到此疑無地，身世於今别有天。遥望武夷應不遠，幔亭何處可長眠？

入閩即景

襆被閒關赴七閩，幔亭風雨鬱嶙峋。杜鵑滿地含新淚，蟋蟀先秋嘯暮春。醉去獨眠千里月，愁來頻看百年身。邊城角沸烽煙黑，堪使純鉤老劍津。

茉莉

疎星點點簇芳叢，素質含香玉露中。抱影自憐今夜月，承恩不向蕊珠宫。

施維翰，字及甫，號研山，居閘港。順治己丑進士，官至浙江總督，調福建總督。卒謚清惠，崇祀鄉賢。

按，汪堯峰琬曾爲公作傳，載公宦績甚詳。惜其詩不多見。又我朝初制，浙閩各設一總督，後添設巡撫，始合總督爲一。世祖以兩浙内地易治，惟福建險遠，久攖兵燹，故特調公爲福建總督，誠重其任也。惜公未抵會垣而病革矣。他刻混稱公爲浙閩總督，蓋未經細考故也。

城眺諸山

列嶂何修聳，三江在大荒。女牆苔暗緑，戍壘火昏黄。蛟卧金仙宅，龍歸玉女房。振衣天際想，落日古臺旁。

附《柳南隨筆》：施硯山維翰《河東凶亦然篇》，中股出比云「河東吾股肱郡」，用《季布傳》語也。對股云「河東自古帝王州」，坊選疑其無出，遂句讀之。按《史記》《魏世家》云：「任西門豹守鄴，而河内稱治。」《正義》曰：「古帝王之都，多在河東，故呼河北爲河内，河南爲河外。」此作者所本，蓋以《史記註》對《史記》也。顔之推曰：「讀天下書未徧，不得妄下雌黄。」信哉！

朱錦，字天襄，號岵思，居周浦。順治己亥進士第一，官翰林院庶吉士。著有《藜照堂詩稾》。

吴梅村曰：予讀岵思詩，其《在朝》、《扈從》諸詩，無異於詠鸑鷟、歌鳳鳥也；《家居》、《彩輿》以娱親，則有得於《屺岵》、《蓼莪》諸什；至於《懷人》、《寄遠》，乃是風雨雞鳴矣，可以移風俗、正人心，不特爲芸閣添香、粉闈增色而已也。

王玠右曰：岵思樂府、五古揖鮑、謝於兩楹間，五言律左右崔、孟，七言律酬酢高、岑而馳驅何、李，絶句把袂龍標，短篇詞簡而勢有餘，長篇累百言而意不盡。

江南曲

妾釣畫橋陰，郎騎青山曲。荷花兩岸紅，楊柳一隄緑。輭玉鞭前雉兔飛，輕蘭橈上鴛鴦浴。門倚晚霞開，路與春風觸。煙中深淺暮歸船，珠簾明月漾前川。吹起羅衫伸皓腕，可憐昨夜枕郎眠。

燕歌行

郊原漠漠垂雲黄，飢烏永夜啼欃槍。徬徨四顧草木荒，思君不來心孔傷。翩翩飛燕歸故鄉，君獨何爲久朔方？朱顔憔悴不可當，妝前寶鏡無輝光。織成紈素歲月長，欲往拭之增斷腸。援琴嗚咽聲未揚，一彈再彈發清商。含悲擊節淚沾裳，秋風蕭瑟凝空房。

園居偶述

靄靄南山夕，採芝坐煙浦。流水林間來，飛禽不勝數。抱瑟吐芳音，開樽集靈雨。髣髴上皇人，永言薄簪組。

午月十日集厓秋齋以詩稾相示屬余弁言爲賦四首

欲補午日詩，不作《離騷》句。《離騷》激楚音，悲歎起煙霧。我吟太古詞，山丹花自吐。醉爾金屈卮，高天月微暮。高天月微暮，四野正蒼茫。鳴蛙雜吹籟，響答疑宫商。酒行香駝穩，燭刻盤螭張。孰謂無先達，竹林呼阮郎。竹林呼阮郎，我狂亦散髮。出語未驚人，書空徒咄咄。惠我一編詩，一字一明月。愧無青玉案，酬此紅靺鞨。酬此紅靺鞨，囊中聞素琴。峩峩君自賞，泠泠予知心。白眼千秋在，丹崖百歲深。何當飛鶴馭，遼海共抽簪。

黄浦阻風歌

浦流西來東復徙，北行走海二百里。三江之内稱東江，二江泯没惟存此。浦邊原田勤桔槔，浦裏漁舟候晚潮。有時晴波漾明月，有時濁浪排靈鼉。來往河干歲幾度，屢值驚濤行色忤。江花野草無心看，長年最能終日坐。風聲入樹益叫號，蛟龍作吼馮夷怒。吾欲因之訴帝閽，渺渺煙波截水滸。人生遇合如此夫，崇朝失利擊唾壺。祖生有志乘長風，瞥眼日出扶桑東。

懷荆州刺史李雨商同年

褰帷臨大國，並馬憶當年。雄楚多新賦，依劉弔往賢。定懸高士榻，難覓孝廉船。一病成余懶，相思意渺然。

劍池

幽寒一劍水，終日轆轤聲。下有闔閭墓，上騰金虎精。野花攲峭壁，危石走飛鼪。夜半月明裏，璆然環珮鳴。

懷周緋林祠部

公瑾推雄略，春卿古秩宗。論詩卑屈宋，典禮憶夔龍。上苑啼鶯早，西山積翠濃。郎潛君莫歎，騎馬日從容。

送青瑂粵東使還入都

嶺表還轅疾，明光視草勤。絲綸三殿日，衣袂五谿雲。陸賈能持節，張衡善屬文。太平需潤色，給札久遲君。

細林山過乾一別業

細林峰色雨中看，自古神仙此鍊丹。鳥啄紫苔銘石爛，鶴鳴深隖閣松寒。箕山曾不離堯地，茅氏偏能棄漢官。羡爾宦情如脱屣，園林今日亦仙壇。

寄潮州守宋尚木

粉署曾同洛下塵，梅花今隔嶺頭春。炎方萬里分符竹，瘴海千山拱畫輪。重望應驅荒水鱷，不才空戀故鄉蒓。祗憑尺素瀧流去，莫笑江干有釣緡。

細林山懷古

細林孤聳出雲間，縹緲仙蹤洞壑閒。何處疎鐘花外度，常時舞鶴夜深還。金篦直欲參初地，玉輦曾聞駐此山。向夕籃輿貪濟勝，岧嶤極望果難攀。

題雪田弟畫

山中秋色坐來深，巖際無人水自吟。獨向板橋尋曲徑，月明落葉滿疎林。

贈蘇崑生崑生曾爲左帥揖客。

襄陽往事莫重提，帳下歌傳楚水西。一自羊公碑墮淚，秋風愁唱《白銅鞮》。

又崑生，河南汝寧府人。

王粲宅邊鄰笛過，白公城畔暮猿多。故鄉無限傷心事，盡入貞元曲裏歌。

葉映榴，字丙霞，號蒼巖，有聲子。順治辛丑進士，官至湖廣糧儲道。殉裁兵夏包子難，贈工部右侍郎，謚忠節。

《池北偶談》：葉忠節由庶吉士改部曹，出視陜西學政，稍遷湖北督糧參議。戊辰，武昌兵變，從容拜疏，自刎死。丙霞，故刑部侍郎有聲子，弱不勝衣。在部曹，嘗以《虔州圍城詩》二百餘篇屬予序論，竟未及報。乃甫脱贛圍，復遭楚難，大節凜然。贈官易名，定不朽矣。

《蠶尾文》：往予在郎署，識上海葉忠節公，恂恂自下如處子，及爲歌詩則沈鬱頓挫。其歸自贛右也，出其《圍城詩》，音節尤近子美前後《出塞》。李君協萬，自翰林出爲儀曹，孤潔自好，所與遊祇吾輩數人，尤與忠節交莫逆。嘗合撰其詩刻之，世稱李葉，比於唐王孟、錢郎之流。

朱竹垞序云：蒼巖先生有詩如干篇，曩與李梅崖先生合刻，予既序而行之。既而先生官湖廣布政參議，督糧以死。事聞，天子軫惜，贈工部右侍郎，賜謚忠節，廕其一子。又二年，子寅來除知荆門州事，將行，手一編泣曰：「我父以死勤事，天下莫不聞。先生尤知我父者，嘗爲序其詩矣。今遺文在，乞仍爲序之。」方武昌之告變也，始於創殘飢餓之卒，上官處置失宜，因以生亂。當其時，城中文武大吏，或被繫縶，或踰牆垣爭先去以爲民望。而公無師旅之寄，獨蹈白刃，爲城捍禦；至不得，乃捐其身報天子。其光明磊落之概，從容慷慨之義，可不謂偉歟？悲夫！公之節不待此區區之文以傳。而其子痛其先公之没也，謀欲刻之與其詩並傳於世，可不謂孝乎？

黄粱祠

若黔若皙丫髻郎，懷鉛揖讓升書堂。或啼或笑誦黄卷，皆欲置身登廟廊。偶得一官志未遂，緑衣墨綬羞卑位。長吁終日手書空，問何所求惟富貴。可憐富貴不易求，眼前瞋笑從君侯。埽門三月竟誰見，追送百里徒汗流。搥胸擢筋嘔心血，十囊五囊事要結。花底秦宫幸見憐，閤前宜禄因通謁。入門長跪捧衣襟，義兒無物將丹心。北珠瓔珞裝冠子，鈿合蒲桃綴粟金。在天爲翁作秋鶴，在地爲翁營兔窟。不愧中書笑拂鬚，翻使蛾眉羡無骨。明廷一旦宣白麻，北門仍許坐南牙。公卿伏地曹郎怖，印纍綬若鄉黨誇。朱雀桁開八騶擁，每嗤鄧禹無光寵。後房珠玉夜生輝，門外金銀氣成汞。猶恐人間留有餘，凌軋老生如豎儒。口蜜腹刀曰余智，人愁鬼瞰何其愚。嗟嗟！如此讀書不足重，今年歌管他年慟。不信功名不到頭，請看一榻黄粱夢。

由朝邑署同馬玉坡冒雪策馬渡渭水午餘至華陰止西嶽廟

披襟含雪意，薄酒定朝寒。驕馬風開鬣，方舟纜渡灘。樹迎官道立，山礙白雲盤。日暮棲金宇，仙壇仰面看。

萬壽閣閣三層高可四百尺明神宗建中列明祖夢遊華嶽記屏并圖朱碧燦爛左右轉輪殿藏所賜道經

高閣盤迴上，龍蛇畫棟新。層檐争二華，一顧小三秦。雪色明宸翰，玄言付轉輪。藥師無賴甚，何似夢遊人。

雲臺觀在華山下去里許即白谷考縣志云華岳山高谷空風甚緊非爲屏其口縣城當之矣因建是觀

不識雲臺觀，垂鞭信馬蹄。殿門當白谷，仙掌出青霓。獨受山風冷，全遮縣郭低。玉泉看漸近，此地即丹梯。

希夷峽爲圖南高卧處奇峰百丈劃然中開如綫中有龍泉泉清且醴周遭石壁千仞礱鑿名人題字深可二寸許大亦二三丈如中天積雪孤雲野鶴等字積雪填嵌宛如飛白至洞玄石室皆大布大篆真奇觀也

路轉希夷峽，龍泉百丈懸。天心開一綫，雲卧醒千年。舞雪成飛白，游仙想洞玄。捫蘿忘足繭，吾意自翩翩。

行十里至娑羅坪坪以娑羅樹得名今樹已槁猶珍護弗衰也令具酒脯酌已羽人出筆索詩

到坪宜小憩，御道隔煙霞。琥珀今朝酒，娑羅舊日花。雲光生竹几，山勢觸窗紗。誰有驚人句，能書羽士家。

由坪而上不可以輿步三里至小上方有亭亭在絶壁即玉皇洞也壁如削垂鐵鎖數十丈石上計步鑿罅受趾欲登者援之而上上即水簾洞壁刻鴻濛二大字

石湧孤亭出，如看海市樓。人行鐵鎖上，簾捲玉池頭。浩劫諸天寂，鴻濛一壁收。雲山時换眼，疑向夢中遊。

五六里至青柯坪坪在十八盤上有青柯公署故名回顧向所登最高處又平麓矣絶頂猿猱仰視如豆緣崖超壁如怖人者昔漢武帝登嶽見衛叔卿雲車白鹿從天而降志都載之予未敢信思賈勇再上而夕陽積雪如拒予者悵惘而下至今忽忽若有所失

十里青柯署，回看大麓平。歸樵隨木葉，山犺畏人聲。好事張公子，荒唐衛叔卿。蓮花殘雪裏，悵望隔蓬瀛。

次湯陰謁鄂王廟廟爲岳忠武王故宅

天意終亡宋，公生與檜逢。有心歸二帝，無計悟高宗。蓮幕陰持議，龍沙自舉烽。功灰三字裏，碧血淬芙蓉。

摩雲嶺二首

一上不可止，煙巒破杳冥。大河衣帶白，遠樹草痕青。輕舉疑無地，空花時見星。泠然御風善，揮手謝山靈。

盤紆高欲盡，曲曲護煙蘿。候吏雲根立，軺車鳥道過。險從千仞下，遠甚百程多。足穩一回顧，雲山相蕩磨。

呈謝吴大宗伯

敢同嚴助厭承明，九死圍城博一生。夢裏松楸遊子淚，堂前菽水故園情。狂貪詩酒緣多病，貧不交遊失盛名。只讀父書三四卷，漫勞乞火到公卿。

如公直道繫人思，一代斯文已在兹。手洗甲兵雲漢裏，身勤吐握太平時。科名原忝門生後，涕淚真因知己垂。辜負品題雖自棄，百年終感魏無知。

重經渭南

貧緣生世結秦州，舊句重看感昔遊。山截大河仍北向，心隨清渭欲東流。奇文未逐風煙燼，巧宦知難筆墨求。殘雪破窗期一醉，但澆壘塊不澆愁。

别李天生

憶辭建禮入秦關，悽絶龍沙鳥道間。穿棧百盤臨漢水，披裘六月過天山。不知馬首行何託，但著征衫破未還。試唱古來《邊塞曲》，有誰聽罷獨開顔？

庚申夏至日自武威至張掖

武帝功成吏守邊，傷心天末是居延。人家板屋風聲裏，思婦寒衣淚眼前。目斷燕支愁見月，槎浮銀漢渡經年。憐余不作征西將，藥裹書囊信一鞭。

次和宋聲求念切昆仲雙林禪院觀荷

僧院通融作醉鄉，風流敢效謫仙狂。貧窺積玉飢能飽，老愧愁蛾畫不長。但略形骸如鄴下，便無簫管亦山塘。輸君一艇衝波去，煙水低迷見雁行。

長安憶别

君因請急暫還鄉，迎送津亭共一觴。自古冷官惟博士，如今拙宦是中郎。貧憐子女遲婚嫁，醉數行藏互短長。雙燭淚珠通夜雨，心花滴破杜鵑香。舍姪芥舟，爲高淳廣文請假歸送，雨夜談心達旦。

重開祖帳試新歌，情到汪倫十倍多。楊柳小詞空舊雨，牡丹香夢殢春波。一牀珠串誰能和，兩岸雲裳不忍過。二月山塘好風景，酒醒無奈別離何。余姻家汪允升，數日前已張筵餞別，是日復餞山塘舫齋，演《牡丹亭》。

深柳堂感賦 堂在道署之西偏

葳蕤魚鑰鎖重扉，樓上晴光靄翠微。但見印硃汙毳服，有誰刀尺翦春衣？潛身敢羨蜘蛛隱，中飽頻愁鼠雀肥。那得癡兒公事了，手持官版送斜暉。

雀尾香鑪手自熏，蠅頭箋牒杳難分。丁年蕭颯驚青鬢，子舍迢遥望白雲。花事一春忙處過，江聲萬里枕邊聞。懸魚已久嫌腥食，野鶴空羈鸞鳳羣。

出固關和王阮亭韻

徑轉沙迴只此山，陰晴倏換白雲間。回頭欲與恒州別，一路題詩出固關。

獲鹿道中望積雪

百里人煙斷續閒，斜陽積雪水潺湲。興來欲借關仝筆，寫盡今朝劈斧山。

連雲棧道中

大散關頭怪石橫，不因路險斷人行。輭輿細馬爭先後，誰聽春林杜宇聲？

山根細路曲隨谿，身上前峰後嶺低。閣道三千三百級，當年何處著雲梯？

閔峻，字山紆，居新場。順治甲午選貢生，官兵部主事。

王玠右曰：山紆詩，諸體俱備，大約以庾、鮑之俊爽，而濟之以王、李之温醇；時涉高、孟，輒復移標；出入杜陵，遂難别識。如山紆者，真詩人也。

張友鴻曰：山紆詩，如大將建旗鼓，威儀赫弈；又如天孫製錦，精彩異常。

金天石曰：山紆五言律，格調既高，神采亦俊，可以方駕王、孟，塤篪何、李。

友人召飲别業

隴雁入江鄉，迎寒過草堂。月歸簾影細，露滴竹枝涼。落寞非詩瘦，飄零尚酒狂。與君暫舒嘯，人自擬山陽。

潞河

薄著盧龍績，除爲司馬官。停驂留古薊，整策望長安。落寞思家苦，飢疲作客難。還憑鄉國夢，午夜有餘歡。

隴西行

劉生壯志滿關河，安得朝廷議止戈。海甸秋來芳草盡，畫樓人去落花多。征衣不及西江浣，隴樹曾無越鳥過。鞅掌沙場思鳳轄，問君裘馬竟如何。

草菴夜泊在海上閘谿

秋風策策暮江空，獨坐漁舟有釣翁。香樹參差鐙影外，靈花開落鳥聲中。心如皓月傳杯渡，身似浮雲賀遠公。蓮社未招元亮入，至今寂寞虎谿東。

王懀，字士悦，居下沙。順治庚子舉人，榜姓朱。著有《尊鼎堂詩鈔》。

弔元秦行省墓

山河故國重欷歔，萬里逃名海畔居。新主屢裁五色詔，逋臣不受兩朝糈。心馳塞北行臺久，身老河南待制餘。今古玉埋龍浦上，柏翳里後孰旌閭？

過二陸讀書處

二俊才華千載名，我來憑弔不勝情。薜蘿何處藏書洞？吟嘯惟餘落雁聲。故國河山吴地最，南朝宫闕晋家更。至今谷水瀠洄處，猶説平原好弟兄。

送來雍姪出宰泰寧

分符遥隸會稽南，閩嶠煙雲好駕驂。城枕露巖飛翠瀑，林棲威鳳繞晴嵐。縣中璀璨花應滿，車下滂沱雨自酣。倘得吾家飛舄術，不愁千里隔纓簪。

沈沐，字雨臣，居周浦，順治庚子副貢生。

寄懷吴梅村太史

獵場春盡雨蕭蕭，夢想高風尺素遥。世外勳名惟著述，樽前人物半漁樵。澄湖玩月蘭橈轉，小閣攤書樺燭燒。讀罷江南新樂府，時梅村新詞有《江南好》諸闋。六朝花柳盡魂銷。

吴定，字澹菴，居北蔡。順治辛卯拔貢，澄城縣知縣，内遷至刑部郎中。

咸陽道中

策馬咸陽道，巖疆不易行。亂雲吞日過，遠樹插天生。地闊春花少，山空朔吹鳴。風塵多鞅掌，不敢滯王程。

王薇，字紫素，號梅臯，居下沙，附監生。

王農山云：梅臯爲繩臺仲子，天資穎悟，多聞强記，而終不利於場屋。時丁明季，棟宇盡遭兵燹，遂居郡城舊業，日擴葺習園於鶴沙故里，藏蘭亭遺蹟於寶帖齋中，疊石爲山，依水爲閣，松桂竹梅叢植其間。公東歸之時，日與嘉賓讌游於斯，或賦詩花前，或敲棋麓下，利禄莫勞其形，威武不奪其志，以故士大夫莫不樂從之遊。

酬李素心唐興公錢葆芬諸吟侶送予東歸之作

分攜殊悵悵，歸興奈匆匆。落葉三秋候，荒園十畝中。鶴雛初振翼，松老漸吟風。修禊先期約，褰裳過浦東。

葉有馨，字宇聞，居新場，邑諸生。

飛雲渡

百折安陽水，奔流大壑開。鮫人潛古渡，海鳥下空臺。日落風雲動，潮生天地迴。求仙秦博士，曾否到蓬萊？

吴徵侃，字蹇宿，居八團。

送蕭子羽歸嘐城

一歲忽雲暮，送君歸故山。片帆乘月去，百里信潮還。城郭兵餘曠，門庭稅後閒。當今蕭正字，高弟滿江關。

毛有信，字四如，號拙菴，居川沙，諸生。

中秋懷白下諸友

壯心猶在髮先秋，千里雲山起暮愁。有恨難消香撲鼻，懷人況遇月當頭。半簾露氣涼生袂，一片蛩聲晚入樓。獨坐不堪寥落意，尊前常自拂吴鈎。

海曲詩鈔卷七

清

傅銘，字丹箴，居川沙。

喬汝雨曰：丹箴爲朱岵思家西席，明歲將易宋師，臨別《詠梅》中有一聯云：「調羹此日辭巖穴，作賦來朝重廣平。」切貼巧妙。

獨坐

獨坐危樓暑氣圍，難尋仙境脱塵鞿。要知静者心多妙，拄頰西山詠翠微。

附《南窗隨筆》：傅山人有《銷夏詩敘》，新俊可愛。詞曰：「余避暑草堂堂後雙桂繁陰，暇輒吟哦其下，覺清風徐來，氣爲之爽，作《納涼詩》。詩成，剖瓜嘗之，冷甜如蜜，作《浮瓜詩》。細草蕪縟，長即芟去，階前清曠，作《薙草詩》。牆下種菊，新枝蔓甚，革冗絛就約束，作《縛菊詩》。菊旁雜卉，彌旬乏雨，小杓分江而浸潤之，作《澆花詩》。花邊弄舌，酒後傳情，乃籠中白頭翁也，呼童取飛蟲餧之，作《飼鳥詩》。體困懶，散步池上，羣魚游衍活潑，作《觀魚詩》。觀魚處，紅蓮舒英，翠蓋披秀，放舟流連，隨波上下，作《採蓮詩》。採採不已，漣漪洗滌，作《濯足詩》。時而夕陽掛樹，蟬韻疎引，臨風聽之，輒憶駱、王諸詠，作《聽蟬詩》。晚晴獨立，奇峰插天，作《看雲詩》。日之夕矣，流螢數點，光映空庭，可囊以校書，作《撲螢詩》。夫蘭亭修禊，誇少長之流觴；籬下自娛，笑閒居之顧影。喧寂雖分，賞心一致。銘孤村謝客，三徑觀頤，觸景成章，因時賦物，聊求無愧古人云爾。」

王慶生，字雲子，號懶雲，居周浦，前諸生，著有《春及堂詩稾》。

朱拂鐘曰：太白仙才，長吉鬼才，我以雲子爲兼才。

程非璧曰：雲子七古最爲古奥。

苦夜吟

十月築場未登穀，凍雲迷離癡雨續。恥作折腰博升斗，三日五炊四乃粥。東鄰酒家何好事，一壺易我詩一幅。抽籬添火得半温，接暖煙屯驅殘牘。魚遊釜中虚語耳，良夜無肴箸頭秃。因歎種竹徒自瘦，坡老食肉寧便俗。涼風相妒窗紙飛，睡魔欲來酒聖蹙。仰天喜卜明日晴，疎星如棋戰酣局。

篆籀篇贈姚青邱

鬼因一畫哭不休，混沌已死人心浮。虎觽龍雕競奇秘，蟲書鳥迹飛銀鉤。秦漢璽籀多紛錯，近代石鼓不可求。崔許庶接中郎派，直入元奥姚青邱。青邱古樸不偶世，生平恥作繞指柔。家徒四壁意氣在，守望日月鬚眉留。大家隱忍螻蟻側，推壁搥胸莫杞憂。有時我作登封頌，泰山頂石煩君鏤。

贈聖功鍊師扇

葛洪昔日瑯琊裔，我家子喬亦堪記。玉室丹臺姓氏香，由來好道非迢遞。歎我溺於塵垢囊，鑿地得甕亦茫茫。俛首牧豕上林苑，看君叱石俱成羊。持扇索我詩一首，招我跳入葫蘆口。芙蓉城裏共翱翔，燕坐不畏柳生肘。寧隨蟪蛄語春秋，鶴糞燒金作酒籌。我聞鐵笛裂破洞庭雲，此扇亦能劃斷大江之横流。

壽雲川上人

長明熒熒照古殿，鐙光不因歲久變。中有鷲嶺無垢人，定慧寧隨法華轉。坐閱世界七十春，湛然獨識本來面。恒河性體故依然，誰問微陽添一綫。蟻鬥蝸觸自紛紜，等之不聞與不見。所以手提諸佛子，雲山舊衲無容换。昔人萬里一日回，昔人披毳歌姬院。謂俗不染即染俗，玉帶錦袍亦戀戀。飲冰嚼月師自了，何曾縫海以絮片。但見蓬萊又清淺，低眉不敢留一盼。我逢山裂拾青泥，鳥銜衆果同爲饌。囊中復有棗如拳，試憶同德寺中之繾綣。

贈含章

荒草緑於煙，何秋不可憐。寒花簪短鬢，癡蚪踞殘編。名以儒冠誤，詩緣酒盞妍。馬蹄秋水句，與子樂餘年。

九月八日坐雨臨别軒

擁書小閣裏，風雨石粼粼。劈竹支清溜，投花養瘦鱗。翻飛樹有恨，失意鳥如人。明日登臨處，龍山草色新。

雨阻子曉臨碧軒和九升韻

欲鼓尋春棹，濛濛雨乍零。梅删千片玉，草逞一簾青。鐺破荒茶譜，詩盟締水萍。山房高詠罷，小鳥隔窗聽。

懷人

倚偏闌干有所思，竹窗月灑夜深時。歡絃乍理琴聲澀，香縷斜迴篆影攲。琢就相思鐫白玉，結成方勝繫烏絲。一雙鳧化知何日，十二峰頭與夢期。

題畫

幾點雲林幀裏畫，暗摹摩詰數行詩。誰家壓折出牆竹，驚起灘頭白鷺鷥。

孔蘅，字厓秋，居周浦，著有《半野堂詩鈔》。

上元後一日春藻堂讌集分韻得輝字

千門列炬轉霏微，綺席高張玉漏稀。兩地人文矜夕秀，三江風月動春輝。不妨道廣推陳實，安問才多歎陸機。慷慨樽前腰鼓急，壯懷我欲誦《無衣》。

贈閔山紆先生

望繫蒼生歲月長，東山絲竹自相羊。詩源四始今宗匠，官領中樞古職方。繞膝宮袍誇並麗，駐顏法酒湛餘香。龍門此日容叨御，敢學禰衡漫刺狂。

秋日過雪田齋漫賦

移舟城北訪雲亭，錦樹幽篁映翠屏。到日空山無鶴怨，當時阿閣有鸞停。煙霞盡入長康畫，金石猶傳子政經。投轄敢忘賢主意，卻愁碪杵客中聽。

寄懷葉蒼巖參藩荆楚

幕府旌麾控上游，楚天輸輓借前籌。高懸使節谿山外，獨詠官梅簿領秋。蕭相功成由轉粟，庾公興劇自登樓。即今揆席駸駸待，早築沙隄尚黑頭。

漢廷才子舊仙郎，憲節巍然建武昌。山擁樽前開二鄂，雲浮檻外接三湘。文章一變秦風競，曾視學關中。杼軸頻籌楚國荒。未得追陪依儉府，相思徒切衮衣旁。

早春同諸子飯永定禪院

遲日相將禮梵宫，循蘭梅放覺春融。伊蒲漫薦齋厨饌，貝葉徐參寶座風。握麈未能誇許掾，攢眉幾欲笑陶公。坐深更躡香臺望，迴合諸天縹緲中。

早春入永定禪院見屧庵和尚案頭新詠次韻爲贈

不爲安禪叩祖庭，到來聊枕白雲屏。縷衣久喜傳迦葉，皁帽今還識管寧。竹徑有僧參玉版，山厨何客辨茶經？望衡衹隔牛鳴地，從此羸驂一再停。

春日感懷

山檻平臨緑樹前，昵人春色倍暄妍。風吹花影飄簾幕，鳥解歌聲韻管絃。亦有閒情抒窈窕，豈無香草托纏綿。流光暗送朱顔老，辜負衾裯二十年。

過袁將軍崧墓

將軍墓碣枕荒村，虎氣雄堪壓海門。最是蕭蕭風雨夜，如聞傳箭擣孫恩。

唐廷球，字簣山，後名存晋，居北一竈之花園，前諸生，有《雲藻堂稾》。

朱東村曰：先生師事王徵君玠右，性躭歌詠，凡有所感觸，皆寓之於詩，上溯漢魏，下沿宋元，不沾沾以時代區雅鄭。

唐柴谿曰：伯父枕經葄史，坐擁書城，縱轡騷人之壇，漁獵百家之籍，擷腴漱潤，取精用宏，不規摹於漢魏六朝而神與古會，不畛域於初盛中晚，聲出而律自從也。

《墨香居詩話》：柴谿師有《雲藻堂集跋》云：「乾隆甲戌，自池陽歸田，從孫麗中捧《雲藻堂集》屬予校訂，以付剞劂。」又云：「全集篇什甚多，擇其尤先梓流播，發幽光以資鼓吹。」據此，想《雲藻堂集》已有刻本，乃甲戌以來，年歲未久，搜尋已不可得，故只鈔存《曹選》數首。

集陶

少無適俗韻，懷此貞秀姿。泠風送餘善，縱心復何疑。揮杯勸孤影，園蔬有餘滋。寢迹衡門下，力耕不吾欺。

丈夫志四海，逝將理舟輿。有志不獲騁，息駕歸閒居。開荒南野際，吾亦愛吾廬。耕種有時息，委懷在琴書。

良辰入奇懷，鳥弄歡新節。懸崖斂餘暉，青松冠巖列。斗酒散襟懷，簞瓢謝屢設。且還讀我書，量力守故轍。

詩書敦夙好，彌縫使其淳。趨舍邈異境，行者無問津。撫己有深懷，銜觴念幽人。斂襟獨閒謠，興言在茲春。

金陵懷古二首

遺恨强扶建北藩，忽驚飛燕啄皇孫。紛更未免諸儒誤，名教終因烈士存。江海飄零餘老佛，丹青圖畫有沙門。秋風木末亭邊路，不散千秋擊簒魂。

禠衣氈笠蹈神京，半壁江山又石城。仗鉞師臣誇定策，横金閫帥擅强兵。朝廷已錫曹彬劍，黨禁猶鉤張儉名。江左風流誰似此，酒杯明月笑無情。

吴蓮徵，字瑞玉，號改翁，明太醫院御醫殉難泰之子，居陳郙，有《研廬後草》。

瞿筠沖云：改翁常遊燕齊，歷閩楚，徘徊憑弔，慷慨賦詩，雖時有累句而無累神，蓋忠孝之氣有以扶之耳。

新居

卜居曲水畔，宛在萬山中。獨寐清無夢，孤吟調未工。樹緣坡上下，谿繞屋西東。正值春深日，鶯啼花發紅。

雨窗

一陽復後雨瀟瀟，索處衡門意寂寥。寒月不來幽鳥散，玉樓人遠卧吹簫。

王大綬，字聖佩，居下沙，有《寫心集》。

吴霞度曰：聖佩詩如雲端新月，簾下美人，聲光流而不露。

過二陸讀書處

九峰秀色甲名州，中有平原花萼樓。兄弟昔時惟把卷，亭臺今日已成邱。百年風雨猿吟夜，千古文章鶴唳秋。多少經過天下士，鶯啼草緑倍添愁。

莫芳弈，字韻方，秉清子。

夜泊

天空斷雁氣蕭森，寒柝聲中雜暮碪。客路曉行猶夜月，歸舟人語即鄉心。遥看衰柳藏茅屋，漸聽疎鐘過别林。從此相思皆遠夢，蒹葭花白晚潮深。

李迪，字驤武，居周浦，邑庠生，有《墨萍草》。

淮南王

淮南王，好神仙。招八公，賦詩篇。燒丹鼎，作兵器。厭爲王，慕爲帝。帝謀洩，帝吏下。

淮南王，立尸解。

寄懷臧臣

忽見東山月，孤光出海門。遐哉夫子意，難與世人言。道氣流霜鬢，清時坐槿園。我行不得意，相憶更消魂。

憶徐方曹

當時與爾共聞雞，突兀相看意氣齊。百里風煙勞夢寐，十年冠劍各東西。滄江日落清碪晚，草閣雲深白雁低。遥憶仲宣樓上客，何時縮地更同棲？

閨怨

曉閣妝成望遠隄，薰風吹樹赤雲低。征夫愛向邊城去，不爲炎天惜馬蹄。

鮑歷，字思遠，居八團，邑諸生，著有《鴻雪居詩》。

送鄗曠思行軍入閩

壯懷夙昔喜談兵，此日從戎賦遠征。一劍殊方消瘴癘，孤忠萬里任干城。花隨畫戟催春早，草映征袍夾道迎。對酒豈無離别思，知君王事獨關情。

春日感懷

湖上春山獨自尋，韶光春向客中沈。平原煙草縈愁遠，故國鶯花入夢深。萬里風塵慚一劍，十年心事付孤琴。試看燕子歸來後，雨雨風風直到今。

贈陳長倩

布袍無恙任悠悠，杖履蕭然隱者流。傲骨不隨青鬢改，幽蹤常爲白雲留。調中山水供清賞，筆底峰巒足卧遊。滿眼滄桑正多感，徵輪未許到林邱。

贈符連城連城名完璧，洛陽人，能以指頭作畫，凡山水、人物、花卉俱佳，至寫真亦用此法，其技傾動一時。

疑是含毫點染成，誰知都向指頭生。知君此指非凡骨，劃破鴻濛真宰驚。

葉永年，字丹書，原名尋源，居新場，歲貢生，選贛榆縣訓導。

虎邱山樓即目

闔閭城南桑滿枝，闔閭城西柳絲絲。一百五日雨過候，二十四番風信時。花妥真孃曾入夢，月明山鬼亦題詩。何妨索取銀缾酒，一醉前山短簿祠。

題太平莊

五里居民總業耕，山莊獨擅太平名。太平真象原無象，只聽家家打稻聲。

社肉分餘社鼓鳴，金錢不用散優伶。誰將樂部新翻曲，換得茅檐笑語聲？

朱錚，字拂鐘，錦弟，邑諸生，有《二仲居詩稾》。

張宏軒曰：拂鐘蹈厲駿發，英氣逼人。其文非先秦兩漢不讀，而於詩無刻意嗜好。上薄建安，下驅寶曆，就其所詣，莫不變蕩風雲，噌吰商徵，駸駸乎升宋景之堂，而入高岑之室矣。

二仲居

避囂塵境外，消夏北窗前。攲卧如眠柳，狂吟雜亂蟬。無家思作佛，有酒即成仙。盡日忘衫履，披裘愧昔賢。

夜泊龍華憶舊

曾停煙寺夕陽舟，獨樹疎星理舊遊。日色晝偏移石竈，潮聲暝欲上鐘樓。夢回僧定三更月，杖底風生萬壑秋。愧我十年空訪道，敢將心事問堂頭。

訪友

幾回登岸訪漁樵，芳樹無言記鵲巢。遥指白雲深處屋，酒船楊柳舊停橈。

施埏寶，字綬宜，號珍公，居閘港，官直隸任縣知縣。

吴門舟次

又别高堂去，迢迢湘水濱。三年仍薄宦，萬里惜孤臣。雨色横窗暗，濤聲拍岸頻。楚南烽火後，何計慰斯民？

杜元凱，字舜舉，士全第二子，廩貢生。

潮頭

坐向清江欲盡頭，何人排擁海門秋？羣龍有戰方憑怒，野馬無心不慣愁。兩岸雪濤千里色，百年身世片帆遊。少陵詞句傾三峽，浪逐波臣恨轉悠。

杜元楚，字子村，士全第三子。

過蕭寺

散步涉林邱，鐘聲到客舟。吴雲山不斷，漢月水空流。香滿胡牀飯，寒生白紵裘。常思清浄理，此地可淹留。

杜元培，字天植，士全第五子，候選内閣中書。

送漢來姪爰諏姪孫北上

緑槐結重陰，薫風動繡陌。驊騮本空羣，相顧渺儔匹。丈夫志四方，豈歎分飛翼。鳴鞭向帝京，各挾干時策。仲容青雲姿，步兵人中璧。賦成見天子，姓名光史册。莫曳侯門裾，清時須努力。

杜元杰，字若凡，宗彝孫，士望嗣子。

燭花四首

綺席宵分燭影横，酒卮花映倍含情。不勝急鼓催初放，卻倚清歌緩自生。風細故延春色麗，月斜偏鬬夜珠明。西園公子能留客，好續芳菲到五更。賓筵

賦就凌雲意自雄，墨花飛映燭花紅。吹嘘不借春風力，爛漫疑分造化功。文采舊應占蠟鳳，光華豈合競雕蟲。中天奎璧還相照，知爾驪珠在握中。文場

寶炬熒熒繡佛前，春枝幻出總依然。色參浄土原無樹，火到空門亦種蓮。隨頂豈應沾實相，破顔倘亦悟真傳。由來炎窟煎熬者，開落難消一指禪。禪房

寂寂花時獨愴神，無端燭影解撩人。丹英黯黯知無主，繡幕陰陰别有春。膏擁絳圍疑閣淚，煙霏青燄對含顰。夜深更著紗籠護，想到蕭關信已真。空閨

杜元良，字起侯，士臺子，著有《閒居草》。

登君山

層巖開晚色，野望極滄溟。樹帶江雲白，天連嶂霧青。鳥啼飛澗斷，龍蟄暮潮腥。山路風煙渺，歸來月滿庭。

詠柳

春郊柳色接平隄，樹樹驚看嫩葉齊。漁艇横披野岸曲，酒帘斜拂畫橋低。輕風古道留鶯語，細雨津亭送馬蹄。卻憶玉窗幽夢醒，幾回長笛翠樓西。

杜元馨，字明惟，號懷庵，獻球孫，士綱子，著有《申浦放民詩草》。

五旬自述

浮生半百卧林邱，避迹甘爲麋鹿儔。知己詩篇聊唱和，弟兄樽酒共綢繆。庭餘緑草看生色，壁繪青山當遠遊。自醉自歌還自放，蕭然世外一輕鷗。

秋夜張君聘邀飲適鉼有海棠坐有美人賦贈

陶情莫放酒杯空，況復名花到眼中。檀板漫須歌折柳，王孫原不怨秋風。

杜元鑣，字天馭，號逋庵士，肩子，著有《醉吟草》《念先齋詩集》。

送天植五兄入都

聖人時恢八紘網，辟雍鐘鼓鈞天響。臨軒策對慶都俞，石渠虎觀詎能兩。簪纓世澤良非私，清白遥承允在兹。驊騮一鳴伯樂顧，空羣絶影天衢馳。鶯花爛漫游仙侣，揚帆早達明河渚。玉鑪香繞珮聲回，承恩夜賜金蓮炬。江東季弟猶布衣，抱琴空歎知音稀。滿谿桃李芳菲早，翹首青雲晝錦歸。

春暮同念陶姪麗初壻遊佘山

久負登臨志，逶迤春暮行。兩山濃不斷，一水静無聲。荷鍤尋殘筍，攜尊坐落英。煙霞如可惜，十畝足躬耕。

阻風燕子磯同德公康侯兩姪登眺竟日

怪石穿空倚怒潮，松聲萬壑正秋驕。徐看煙火林邊細，笑指雲帆檻外遥。千古河山供壘塊，幾朝事業付漁樵。漫將杯酒酬江月，澆盡雄心未肯消。

霞城表兄村居落成兼有弄璋之慶

東山久矣任雲眠，卜築初開小有天。柳岸黄鸝喧午榻，桃谿新雨漲春泉。門懸泖水帆千點，牖過佘峰雪一拳。更羡鳳雛怡掌上，藍田香靄玉生煙。

寄施研山司李江右

帶潮新雨漲扁舟，此日郵筒問遠游。鶴影一簾花霧合，麟符萬里海雲收。故人猶是高陽客，芳草空懷下里謳。爲道相思縈夢寐，吴山楚水共悠悠。

杜元臣，字亮工，號省庵。

春日登金山

片石空江立，樓臺面面浮。天高霜雁寂，塔迥海雲收。帆影隨煙盡，潮聲帶雪流。紅塵從此隔，身世一虚舟。

京口觀水操

北府軍容盛，南徐萬舶屯。艦争飛鳥疾，聲入怒濤奔。兵氣連瓜步，煙光閉海門。安危諸將在，仗策復何論。

水月庵側驗禎橋昔曾傾頹伯祖伯武鳩工重葺迄今年遠日圮與以介姪孫力倡復搆工竣題紀

偃月危梁俯碧川，百年舊蹟頓荒煙。忍看白日褰裳涉，重見蒼龍跨水懸。隔岸磬傳秋色裏，凌波人渡夕陽邊。富平勝概吾家事，此日經營愧昔賢。

春曉登石林庵玄極閣

高閣白雲連，鐘聲破曉天。杜陵一回首，春樹萬家煙。

杜如期，字孟符，號符公，士領長子，庠生，著有《存笥稾》。

同王懷宇登釣臺

頻年身是客，幾度釣臺攀。釣罷臺猶在，臺空人不還。牛羊古道上，松柏夕陽間。試問風塵侶，何如此地閒。

登洞巖山一名靈洞，在蘭谿東。

捫蘿登峭壁，乘興任夷猶。嶂翠非關雨，林丹轉覺秋。插天惟鳥道，吟壑即龍湫。莫怪征衣冷，寒松萬疊幽。

同李士節錢四如沈元貞登余峰

片鷁西飛刺野塘，偶因同調共飛觴。林深雨暗留鶯話，梅綻風清入酒香。説劍自憐無白眼，名花相倚勝紅妝。可人佳會催詩句，攜手層巒半夕陽。

丹陽夜泊

弱雲狼籍晚風清，最是關心兒女情。今夜鐙前應笑語，征人曾否到金陵？

蘇隄同陸夢鶴夜泊

常憶西湖柳色新，桃花如笑不勝春。獨憐聊落看將盡，猶得當年載酒人。

杜元期，字孟猷，號貞起，士領三子，庠生。

晚宿山房

石壁含秋氣，涼颸吹短衣。澹雲將月曉，孤鶴帶星飛。露濯松身溼，天清竹影微。捫蘿臨絶頂，蒼翠欲相依。

蘇臺懷古

蘇臺寥落錦帆賒，緑水緣城映晚霞。劍客酬恩仍有冢，美人去國已無家。煙消香徑菱歌歇，月上靈巖響屧斜。七十二峰空設險，臨風惆悵暮雲遮。

劍池

龍劍雙潛水滿池，波光暗澹影參差。苔封絶壁餘前蹟，花落蒼藤異昔時。山日欲含雲氣合，松風不斷雨聲遲。由來神物常難近，未許漁翁下釣絲。

帝城楊柳枝

晝漏沈沈紫閣偏，幾重新緑結晴煙。東風祇候鑾輿過，吹得長條似玉鞭。

杜忠期，字仲修，士賓仲子。

贈太乙上人

皓月落松陰，山房此夜深。鐘聲驚客夢，鐙影定禪心。半偈空天地，三生悟古今。遠公忘色相，静對欲開襟。

從弟君命君超君正同年六十作此志喜

茅堂偕隱白雲幽，甲子俄看共一周。竹馬當年原並轡，霞觴今日復同酬。東西瀼下三星聚，尺五天邊羣鶴游。爲道臨雍倘問老，徵車應向杜陵求。

施是程，字暘谷，清惠公季子，邑諸生。

金陵歸暫留郡城

到郡還留滯，秋光漸漸深。只因爲客少，不解動鄉心。

海曲詩鈔卷八

清

閔瑋，字介中，居新場。康熙乙卯舉人，官中書舍人。

送春

相逢殊緩緩，惜别太悤悤。況有清明雨，兼之料峭風。紅稀鶯舌冷，香斷蝶魂空。安得長繩掛，淹留伴老翁。

讀書齋小集次韻

傳模自古重丹青，曲觀收藏筆墨精。水涣山連俱易理，花飛鳥啄總詩情。窺從雪後神逾爽，玩到鐙殘倦不生。席上詞人争歎羡，隔簾如聽誦吟聲。

歲暮憶輪鈺兩兒

草草衣裾種種顛，客情半爲兩兒牽。戰殘冰雪歲將暮，目斷江關書未傳。幾點玉蟲寒榻畔，數聲乾鵲凍檐前。焚香兀坐捫心曲，不信人緣只信天。

金舜白，字虞球，號愚菴，十九保人。諸生，保舉京山教習，授汶西知縣。

客感

正是輕寒欲暖天，故園風味最堪憐。晴看柳浪漁灣樹，雨泛梅谿鴨嘴船。貰酒日尋修禊事，買旛時費護花錢。子城留滯君知否，辜負韶光又幾年。

紅蓼花開紫蠏肥，秋風一夜冷絺衣。心懸刀尺沈魚影，眼望鄉關妒雁飛。儘有愁堪煩玉賦，況無人與愬臣饑。黄橙緑橘江南路，不待今年憶釣磯。

王末央，字赤城，居航頭，歲貢生。

報恩寺浮圖

長干名勝地，天柱此孤標。帝座通呼吸，人煙共泬寥。山圍吴市小，江入楚雲遥。北望皇圖壯，偏安笑六朝。

顧棨，字臨洲，號欽公，居北六竈。歲貢生，選英山縣訓導。

有感

種樹莫種垂楊枝，結交莫結輕薄兒。楊枝不耐秋風吹，輕薄易結還易離。君不見昨日書來兩相憶，今日相逢不相識。不如楊枝猶可久，一度春風一回首。

張中永，字月豐，居浦東。康熙丁卯舉人，太倉州學正。

落花

緑楊影畔子規啼，澹澹東風日又西。春色不留行客住，故教紅雨逐征蹄。

施惟訥，字子憲，清惠公從子。康熙庚辰進士，官大同府知府。

仙霞關

雄關虎豹踞高寒，閩越分疆控百蠻。天地爲人留險阨，煙霞容客恣盤桓。神戈欲埽欃槍盡，驛路新培雨露寬。明日下灘憑紙鐵，崎嶇莫道路行難。

葉森，字司直，居新場。歲貢生，官六合縣教諭。

庭桂盛開和虞臯

小院人稀客自留，兩叢丹桂碧山頭。月移疎影露初下，風汎虛窗香不收。款款離情承輭語，蕭蕭華髮對深秋。淮南招隱同君賦，浩蕩襟期一破愁。

劉貞吉，字正凝，居所城。康熙庚午舉人，官長洲縣教諭。

開山廟

濟河南望阻重關，大闢蒙茸任往還。岱色遠分青漠漠，汶流旁出響潺潺。車輪雷動驚巖谷，馬足風馳過市闤。當日五丁誰假手，至今遺廟號開山。

王鎬，字王在，居周浦。康熙丙戌進士，官中書舍人。

肥城道中口占

怪底秋宵易向明，布衾薄酒煖難成。不知一夜千巖白，又逐輪蹄破雪行。

蔡湘，字竹濤，居周浦，有《竹濤遺稾》。

陸耳山曰：國朝當康熙初，文教大興。一二宗工宿老，以風雅倡導於上，於是海内鴻儒碩士，懷瑰抱璧，咸集於京師。時則有若秀水朱竹垞、嘉興李武曾、吴江潘稼堂諸公，以沈博絶麗之才雄視壇坫，文場酒社交唱迭和，翰墨流傳，極一時之盛。而我里竹濤蔡先生，以年少走京師，一旦出其詩與諸公角，諸公莫不折節卑下之。當是時，蔡先生之名藉甚。其後竹垞、稼堂以博學宏詞徵，天子親試之體仁閣下，自布衣擢入翰林，皆得出其才以摛雅研頌，黼黻太平，而先生則已不幸短命死矣。然先生之詩，以晦而復顯，如鳳毛麟角，尤爲學者所珍異而愛惜，其必能與數公之詩並傳無疑。

曹北居曰：竹濤少游京師，盡交當世名士。龔芝麓集同人聽柳敬亭説隋唐故事，竹濤以齒少居末座，詩先成。時有山人負才自詡，南面首坐，歎曰：「崔詩在上矣。」由是竹濤名愈盛。客死交城，年甫二十餘。王阮亭嘗於程湟溱席上送之太原詩曰：「濯濯蔡騎曹，清姿映冰玉。胸中萬卷書，縱横破邊幅。能爲青白眼，未屑朱丹轂。」

《墨香居詩話》：竹濤先生年十九，偕同塾兩人應童子試，獨未售，遂棄舉子業，刻意吟詠。明年游京師，蓋康熙戊申年也。至壬子卒於交城，年纔二十有四。臨没，潘稼堂許刻遺稾，未果。至乾隆壬子，元孫士英、士秀承父志付梓，既請序於陸大理耳山，而以編次校讎之役屬予。予爲之參互考訂，乃知聖祖朝四方碩彦羣集燕臺，於庚戌、辛亥兩年爲最盛，而先生詩亦於此二年獨多，己酉以前存詩無幾，壬子兩篇遂成絶筆。於是即向所傳鈔、經大理所選定者，合之朱君南田所藏，共得詩百有餘首，分爲四卷，而以同人投贈、哀輓之作附焉。先生遺稾多硃墨點竄，或自爲增損，或係朱、李諸君酙定，均未可知。其謂先生師董君節所改者，恐不然也。

感懷二首

昨夢崑崙山，層城接蒼昊。仙人駕玉虬，一一顔色好。謂余多艱辛，遠遊善自保。世路慎所嬰，陽離恐枯槁。余時涕泗横，問訊苦不早。嗟哉稻粱謀，容易人間老。誓將凌長風，春山拾瑶草。

江海雖遥深，迺向歸墟注。安知天地外，遂乏探奇路。十日麗堯天，齊拂扶桑樹。宗布落其九，蹲烏紛解羽。所以近代人，年華易遲暮。物理洵難測，人生貴遠趣。羡爾冗裳禽，雲中自來去。

同人集程周量海日堂醉後與陳緯雲留宿分得東字

涼雨歇高館，秋氣如山中。卷簾望寥廓，目斷南飛鴻。苦憶故山好，零露溼蘭叢。主人具雞黍，邀看殘陽紅。歷落湖海士，遠近紛相從。新知雜舊侶，歡讌開心胸。半醉出門去，握别仍悤悤。深夜衝路黑，車騎遥西東。有客留前除，岸幘聽鳴蛩。爲言燕市酒，彼此艱相逢。遲回伴幽獨，焚香聆曉鐘。鐙花落棊局，門外蕭蕭風。

秘魔崖題石

山水亦復佳，惜近長安路。草荒帝子陵，樹老中官墓。過客每悽愴，滿眼驕狐兔。俯仰寡奇懷，歸愁落日暮。路盡逢危崖，寒僧立煙霧。我行足苦辛，暫息岡頭步。入寺撫殘碑，蝌蚪蒼然露。始知古洞旁，昔有蛟龍聚。力挽滄海波，百里春田注。靈窟竟揚塵，陰霾激餘怒。遺像儼相向，夜寒山鬼懼。當是古洞天，深松日回互。長揖最高峰，茲游良不誤。

送潘次耕游太原

吾鄉青鬢客，佻達成薄俗。耒也洵逸材，退藏德若谷。千里尋其師，牛角掛書讀。澹泊心所甘，頻年實其腹。湘本放浪人，遇爾城南曲。一讀過江吟，鏗然戛金玉。頗怪杯酒閒，飛揚氣不足。及夫游西山，朱李共追逐。突兀中官墳，荒涼寢園木。余輩但悵惘，至性君乃獨。醉坐千丈峰，狂來自歌哭。奮筆詩十篇，慷慨漸離筑。譬如濫觴流，清淺如可掬。灩澦激風濤，奇肆駭心目。始愧淺丈夫，未窺奇人躅。與子方日親，分攜何迅速。太原古并州，雁代相環屬。關門萬里沙，戰骨千年鏃。君到籌邊樓，西征賦應續。倘念舊游人，幽夢香山麓。

周雪客秋水軒同徐方虎王古直杜湘草暨汪蛟門舍人分韻得杯字

谿水何活活，日午窗扉開。吾子發高詠，故人乘興來。坐久微涼動，嘉肴間深杯。須臾各頹唐，落照懸城隈。賢主不可作，過客瞻荒臺。干謁恥厚顔，屢見窮途哀。逢人説懷抱，徒爲此輩猜。吁嗟乎壯士，安得鳴風雷！ 爾吾且快意，毋令雄心灰。 英雋時未遇，自昔沈草萊。

送周計百太守之官太原

君家蘇門山，能作鸞鳳嘯。雖爲一官羈，瀟灑無俗調。窮冬飛舄來寒垣，有足不到金張門。日攜酒人踏殘雪，醉尋梅蕊香山村。五馬新除太守去，熊旛摇摇夾城路。素箏濁酒送者誰？江東詞客如雲聚。雁門三關天下雄，節俠多有古人風。使君求士此中足，下車先過閔仲叔。

七月十五夜偕彭古晋飲程周量小齋分韻

秋夜欲長街柝静，割蔬煖酒張薄筵。主人飲客不盡醉，笑指明月高槐巔。高槐屈曲高數丈，明月行空如不前。烏鵲低飛聽人語，南枝未穩驚復遷。上方鼓鐘宣貝葉，鬼鐙半採湖中蓮。街頭孀婦吞聲哭，三秋化作清明天。閉户彈棋復言笑，憂樂相去何相懸。願同白髮坐吟詠，朗然星斗聞此言。

聞兒疾愈口占

生來不識父，問母爾應知。大抵頻年事，貪吟五字詩。關河驚雨雪，歲月逼驅馳。報道兒無恙，悲歡屬此時。

有家歸未得，辛苦獨游燕。我事無一就，汝生忽四年。少曾長者愛，今但故人憐。書不教兒讀，從知陶令賢。

贈宋荔裳觀察

誰負當時望，中朝耳目真。艱難存我道，齊魯見斯人。旅館明鐙雪，江梅隔歲春。比來有懷抱，相對一披陳。

柯翰舟再招集柯將軍園亭偕諸子分韻

將軍新卜築，四壁劍光寒。櫪馬嘶風雨，飢鷹振羽翰。吾徒正摇落，相對感無端。試唱伊涼曲，斜陽下藥闌。

此地曾相送，歸時憶歲寒。再來芳樹滿，握手更長歎。出塞煙塵阻，游梁道路難。前曾留平南世子幕中，後出居庸，不果。爲君説行邁，雙淚不曾乾。

立秋日書懷

故園此日西窗下，弱妹山妻數落梧。定語客程何處是，況當歸信幾年無。清霜小圃臨秋漲，苦雨平田近海蕪。惆悵不如南去雁，曉風成字到三吴。

贈紀伯紫

不堪白盡他鄉髮，罷舞鄰雞歎五更。東晋舊人惟栗里，信陵老友一侯生。書堂謝客經年閉，藥嶼臨秋到眼明。共説家山歸計好，夢中猿鳥更含情。

七夕飲程周量海日堂分韻

夜分殘燭照空屏，風動槐花落廣庭。客在異鄉憐獨醉，天教微雨暗雙星。歸心薊北書中錦，秋草江南夢裏青。不有署郎能授簡，商歌叩角若爲聽。

憶家

落葉山山野望迷，柴桑應在海雲西。蓴鱸別墅當秋熟，粳稻平田拂户低。兩世祖孫空八口，幾年父子不同棲。天涯濩落情何限，腸斷宵鐘更曉雞。

親栽楊柳釣魚磯，别後陰森更幾圍。應有杜鵑來此宿，定呼游子不如歸。人離南浦音書絶，秋返龍堆苜蓿肥。爲報山妻莫相待，遠行心事畏牛衣。

龔芝麓席上聽柳敬亭談隋唐遺事限韻

晋陽龍起説興唐，鐵馬金戈舊事長。草昧君臣私結納，亂離豪傑走關梁。聽來野史風雲驟，貌出淩煙劍佩莊。側耳良宵俱上客，明鐙高映六街霜。

自阮家村入退谷

舊游驄馬緑蕪平，躡屐今過講院晴。十里村墟沽酒近，數峰雞犬接天鳴。頽垣碧樹前朝種，春草斜陽老衲耕。入夜更尋明月去，銅龍聽不到神京。

送譚舟石舍人之官延安郡丞

西行一路下寒霜，車騎凌晨攬大荒。風俗舊凋秦二世，邊庭今奉漢三章。原田賦薄農桑穩，榆柳秋深士馬强。才子到官惟坐嘯，只愁清夢戀明光。

送李武曾游武夷

南國佳人摇落盡，比來青鬢屬吾徒。兩年客寄煙沙共，一日君歸雨雪孤。驛樹遠程連堠火，春江别思見蘼蕪。凄凉況憶同游處，月白空山數夜烏。

贈友十首次李子鵠韻

斷雲歸雁去長天，與爾悲歌古寺前。海上風波當日蹈，秦時男女幾人還？青春易得思鄉夢，白首重談躍馬年。自息干戈生計穩，扶犁耕盡隴頭煙。

朝登百雉望春華，落日垂鞭立岸沙。向住漢皇湯沐邑，近來燕市狗屠家。劫灰半化夷陵土，逐客全凋楚水涯。老去名成猶感慨，況余勞苦滯鹽車。

他鄉尊酒憐遲暮，舊事傷心付死灰。避世黄花陶令種，入關阜帽管寧回。高臺禮數招名士，禁旅文章舉茂才。爲報安危今昔異，江南詞客莫興哀。

露苗煙甲杖藜求，從此栖遲老故邱。玉樹罷吹南内月，金莖虚指茂陵秋。仙人已覺三山遠，壯士曾驚十日搜。莫道徵書今鄭重，肯教鵷鷺比鳧鷗。

離離白髮尚身輕，蹤蹟他年史氏評。每愛兩生潛魯地，曾將一矢下齊城。槐根蟻破春來夢，海内人争亂後名。談笑且沽鄰市酒，桃花春水濯吾纓。

三山五岳望中殘，萬里瀟湘落木寒。何處幽人栖紫蓋，幾年澤畔紉紅蘭。新詩遠贈雲邊錦，逸調堪衝髮上冠。易酒一杯吟一過，問天哀郢淚無端。

朝跨疲驢踏緑蕪，暮歸明燭叫梟盧。書生未肯馴龍性，宛馬何曾入駿圖。萬里尋仙師未遇，一春荷鍤酒爲徒。世間狂客如君少，君見狂生似我無？

雄飛雌伏兩蹉跎，每眺蒼山發浩歌。落日牛羊峰頂散，寢園風雨夜來多。商歌叩角終無賴，長笛尋聲且奈何。羡爾飛揚猶在眼，腰鐮三尺爲誰磨？

海内人文揺落盡，誰堪把臂話斜暉？因人豎子争彈鋏，失路儒生半采薇。薑桂十年容爾傲，波濤千頃及春歸。芙蓉留得秋裳在，莫笑風前短後衣。

酒壚眠醒是他鄉，鉛筑聲中舊恨長。磊魂可能消阮籍，波瀾隨處有瞿塘。茹芝谷口饒新雨，晞髮松根促夕陽。側耳倘能尋郢曲，布帆明發下三湘。

井陘道中

羣峰削立太行東，谷口關門一徑通。智將山川無定地，奇謀草木與分功。沈吟過馬逢清世，歎息看山是病中。日暮短吟愁絶處，野烏高下白楊風。

題譚天水小照時譚有閩海之行。

長安霜雪馬蹄艱，羡爾南荒去掩關。十丈黃塵衣不染，春風人在武夷山。

秋月上人精舍

空林人静暮鐘寒，村酒園蔬進客餐。此去國門三十里，老僧不解問長安。

講臺百尺俯篔簹，露白風清碧瓦涼。身在亂山明月下，斷橋春草暗聞香。

自香山入洪光寺

寺下石門春蘚重，數盤斜矗青芙蓉。晚風吹墮一黃鶴，栖在月明何處松？

碧雲寺時有野燒延及寺後，故及之。

中官墳墓碧雲齊，樵客東風飲恨啼。故向黃茅遺爨火，亂山燒過夕陽西。

儲才，字藴珍，居芋涇。

偶題

竹實霜催老鳳飢，雛鶯試羽撲人衣。年年碧緑王孫草，頭白筠谿一布衣。

杜啓文，字景韓，號樵隱士。頤孫，人龍子。著有《九峰山人集》。

秋燕

一天秋色澹晴谿，燕子重來覓舊棲。故壘踏殘香粉薄，隔樓飛傍玉釵低。風凄漢殿人何往，月冷烏衣路不迷。記得年年春社後，幾回深柳伴鶯啼。

杜啓徵，字以謙，號念哉，士領孫，如期子。

雨中過法相寺

登臨常得雨，南北兩三峰。清共一泓水，寒分九里松。茶煙因竹出，酒力近花濃。吾意原無住，隨機任適從。

宿松楠山房聽雨

藍筍崎嶇到梵宮，蒼茫樹色暮煙中。夢來零雨諸緣浄，悟後流泉萬劫空。一盞禪鐙明丈室，數聲山鳥咽疎風。明朝雙屐峰頭路，指點谿橋叩遠公。

静攝松風館

兼旬風雨暗孤村，檢罷殘編獨舉樽。寂寂海棠人不到，爲憐新燕一開門。

杜啓旭，字馭初，士賓孫，昌期子，邑庠生。

送董有仲舅氏開府兩浙

清秋銜命出蓬萊，繡斧聲名重外臺。地擁吴山煙樹合，江盤越水浪雲開。談兵賓佐梁園客，判牒文章鄴下才。最是渭陽情更切，瞻依時合望三台。

杜啓慶，字錫餘，士領孫，元期子。

晚渡

避潮恒繫纜，傍晚卻開船。落日摇津樹，歸帆帶暮煙。天寒紅葉下，江闊白雲連。誰説罟師苦，蘆花醉獨眠。

春日

春曉啼鶯怯更長，花枝冉冉拂東牆。衹憐昨夜無情雨，催落殘紅一片香。

杜啓晋，字康侯，號素菴，士賓孫，逢期子。

初月

日暮煙消景欲浮，清輝初發未盈眸。銀河不没雲間影，玉笛微傳塞外秋。作賦未堪游桂苑，懷人空自上西樓。升沈從古天難問，朏魄先開此夕愁。

寄懷爰陬姪

何事因人學浪游，客裝蕭瑟向皇州。世情每重綈袍贈，吾道應無肉食謀。上國花明巖桂月，吴江楓冷客心秋。浮雲悵望長安道，極目時憑十二樓。

沈昇，字扶遠，居周浦，庠生。

謁子房宫

重重石磴有雲封，許我披雲到上重。汴泗水交環列岫，帝王師祀值中峰。報韓志切逢黄石，事漢功成訪赤松。失路白頭何所托，載瞻遺像想高蹤。

吴開封，字受之，居北蔡，官雲南大理府同知。

獨鶴

緱山歸未得，我亦共傷心。何處容高潔，因之戀舊林。空江秋月冷，平野暮煙沈。不有九皋唳，誰聞天際音。

富懋賢，字吉士，居航頭。

秋閨

四壁寒蛩鳴不歇，燈花欲墜半明滅。深閨寂寂夜初長，獨捲珠簾望秋月。

趙相如，字哲人，周浦人，有《哲人遺草》。

送朱旦評選拔入都

斜日照行旌，離筵酒復傾。寒煙流晚翠，野草落秋英。江曲游人意，山深送客情。草蟲知怨別，悽斷不成聲。

送王文木南旋

薊門風雪逼殘年，送客還家倍黯然。未脱浮雲身外累，且留明月夢中圓。到來春草他鄉緑，歸去寒梅故國妍。我正羈留君又別，忍看征馬向吴天。

送吴振青之肇昌

燕山積雪晃斜曛，郊外踟躕手未分。千點歸鴉思伴我，一行旅雁欲隨君。途窮薊北無青翰，日暮江南有白雲。此去秦川若相憶，故人天際悵離羣。

受周顧先生以江華令左遷東萊參軍賦贈

海闊天空夢境寬，宦情久已似張翰。只今魚鳥尊遷客，自古文章重謫官。苔翠沿階春上壁，蟹螯佐酒夜堆盤。應知官閣優游日，白雪吟成興未闌。

懷故園

故園南望雁書稀，京國飄零計已非。楊柳有情終怨別，杜鵑無語亦思歸。誰教琴劍違鄉井，自惹風塵上客衣。時序遞更頻檢點，月明幾夜夢庭幃。

天津舟次

寒雲斜帶雁行新，客路清碪向晚頻。人在海門秋色裏，一帆煙雨過天津。

棉花

甘向西疇老歲華，不將香豔鬥凡葩。請看四海秋風起，衣被蒼生是此花。

白鷴

翩翩雪羽破雲根，雙翼輕沾宿雨痕。卻羡畫橋流水外，一行飛入杏花村。

鵓鴣

忽然逐婦忽然呼，喜怒無常類薄夫。不管春山山色裏，有人長歎采蘼蕪。

朱源，字九來，錦長子，貢生。

永定寺社集

爲惜春光暮，同過説法臺。論心茶早熟，聽偈鳥初迴。閣迥留雲住，廊空愛月來。今朝蓮社彦，彷彿永和才。

朱淇，字戢山，號漪園，錦次子，貢生，有《聽雪廬詩稾》。

旅夜有感

已覺秋風老，還看木葉稀。天涯明月夜，客路白雲飛。異地悲霜角，鄉心重釣磯。終宵不成寐，忍聽擣寒衣。

肴陵道中早發

十里聞雞唱，星河影漸微。行沙侵馬足，林色動鴉飛。水近人臨谷，山空月就衣。二陵何處是，城郭尚依稀。

中秋泛月兼登寺樓

爲愛清光好，同乘一葉舟。緑波煙際合，紅樹鏡中浮。忽起千秋思，來登百尺樓。倚窗遥望處，髩鬁廣寒遊。

冬夜聽隱鷗上人鼓琴

月白霜清冷竹林，上人心静理瑶琴。凄清漫擬《求凰曲》，哀怨如聞别鶴音。聲轉閒庭寒露咽，風吹遺響入雲深。慚予雅負鍾期賞，流水高山自古今。

詩人儲泳墓

一抔哀草野煙横，千古猶傳儲泳名。憶昔詞壇尊笠澤，至今風雅遍江城。蟬吟楓葉秋雲薄，露濯寒螿夜月明。憑弔不堪回首處，隔谿蕭寺晚鐘清。

墨香按：《海上詩鈔》選《漪園》二首，《肴陵早發》尚存一兩句，至《弔儲泳墓》則與原作一字不同，韻脚亦異。予從本集另録，以存其真面目焉。

杜爾詔，字欽生，號浣岫。士昂孫，愈期子。著有《澹園草》。

九日即事

遥天不斷碧雲飛，佳氣龍山興未違。黄菊初開遲客到，丹楓欲染恰秋歸。數莖短髮羞吹帽，一夜凄風想授衣。醉裏茱萸還獨把，傷心愁數雁行稀。

杜爾强，字白公，士顯孫，賡期子。

友人誕辰喜蘭開並蒂

懸弧此日值秋深，恰喜幽蘭拂座陰。一本迎風徵合德，雙莖挹露見同心。旋開空谷吟成操，欲采沅湘寫入琴。羡爾栖遲甘晚節，不妨明月照華簪。

王允成，字健園，大綬子，從父遷華亭之陸家樓。有《山窗雜詠》。

趙蕁客曰：健園詩，絶無規摹沿襲之患，而有高曠清真之致。

吴霞度曰：健園詩，如獨鶴横空，駿馬下坂，昂首矯翼，頃刻千里。

送客

有客歸吴會，輕帆傍午開。灘聲潮正上，山色雨初來。到日庭幃樂，何時尺素裁？風波方萬里，珍重逸羣才。

輓吴日千先生

夫子誠真隱，高風已莫攀。著書消歲月，攜杖看雲山。儒服無更改，朱輪斷往還。生平不下淚，今日爲君潸。

寄張爾培

聞君曾到北山岑，便道緣何不一臨？隴上梅花虚驛使，雪中蘭棹阻江潯。凄凉客況憐同調，爛漫詩才羨獨吟。春水近來添幾尺，相思情味較還深。

汪斌，字霍公，居北蔡。

行經太行山

策馬太行道，高空豁遠眸。煙開紅日曉，雲捲碧山秋。晋豫當衝道，關城控上游。雄哉真絶險，萬里望中收。

朱彬，字周尚，居周浦。

春暮即事

落盡桃花春水香，柳塘寬處種魚秧。還分己食爲魚食，待長鱗鬐尺半長。

杜世祺，字以介，士修曾孫，啓勳子，邑庠生。

同賡虞登茅峰絶頂

山勢出重霄，憑虚凌縹緲。置身絶壁間，但覺天地小。仙宫隱翠微，香霧晝繚繞。大江從東來，奔流何浩浩。南顧皆遠黛，嵐氣青未了。風疾起松濤，雲開散高鳥。共道心目寬，那識塵情擾。日暮攜笻歸，夕陽澹林表。

贈莫松嵐先生

托蹟南浦濱，學道無窮已。卓識契前修，高情樂圖史。寡營澹榮華，嘉遯甘没齒。所以古良士，長貧不爲耻。

春暮放歌

春風揺蕩欺桃李，滿地芳菲鬬紅紫。鶯老花殘春欲歸，愁心卻傍花枝起。頻年病肺知交疎，酒盡牀頭還自沽。可憐四十不得志，短褐茅檐只著書。

錢塘舟中

爲憐春日好，擊楫賦歸歟。舊熟《吴都賦》，新傳《越絶書》。山盤雲氣合，江折水聲紆。南北頻回首，扁舟意自如。

秋柳

參差猶是帶餘妍，揺落西風起復眠。澹日晴雲啼野鳥，輕陰疎雨咽寒蟬。披來月色花忘妒，斜向樓頭影自憐。一片春心何處寄，漫隨衰草伴蒼煙。

吴懋謙《杜詩序》略：吾友杜子以介與其弟尹受，所居浦東，讀書孝友，采林釣水，蕭然如退僧逋客。性嗜酒，詩歌日益豪。時與予飲輒數斗，未嘗不歡然恨晚也。一日，持其先世遺集若干卷問序於余，因知明初自宗原公以下，文采風流後先媲美，洋洋乎洵藝林之鉅觀，而風雅之極致也。以介且校且讎，且諷且誦，慨慕咨嗟祖宗不得見。見祖宗之軼事詩歌，如見祖宗焉，則豈非木豐者流沛哉。他日太史採風潤飾宏業，所以原人倫、美風俗，端在是矣。

墨香案：宗原名隰，洪武時官禮科給事中。其所居在青龍江，爲今青浦縣地。其別支居浦東，有名愊字季誠者，家業豐盈，六宅並建。以後族盛丁繁，簪纓不絶，今所謂東西兩杜行及石皮衖者是也。以介昆仲仍居此地，所輯《杜詩》六卷，乃統一族而選之，計九十餘人，詩六百餘首，亦云盛矣。余輯是編，詳查《杜氏家乘》，凡居青龍及由杜行、石皮衖而他徙者，概不闌入。宗原誤載舊志，今已於重修時訂正，故其詩亦不載。

杜世祉，字尹受，士修曾孫，啓功子。

招隱

夕憩北山石，朝採南山芝。澗水何潺潺，青松潔其姿。麋鹿自去來，鳴禽聲參差。中有長年人，春風緑鬢絲。石牀長瑶草，古洞雲相窺。洪崖不可見，高蹤恒在兹。萬物固有託，千古祇自知。長揖巖谷士，深山賦樂飢。

江上遇賀仲儆于扶九與月仙同泛

一棹輕於葉，悠然秋水湄。伊人天際想，彼美月中期。邂逅偶相值，悲歡各自知。落霞連晚照，掩映遠山眉。

海曲詩鈔卷九

清

蔡嵩，字宣問，號中峰。康熙癸巳恩科進士，官至宗人府府丞。

《墨香居詩話》：中峰先生，爲予節孝曾祖妣之從弟。曾祖妣建坊入祠，先生貽以詩，至今藏之。先生入詞垣後，以文行受知憲廟，既命纂修《聖祖實録》，旋命上書房行走，又總裁《八旗志書》，不數年而由編修洊歷宗卿，恩殊渥矣。惟先生督學雲南，任滿復命，忽被萋菲之謗，遂有明珠薏苡之疑。查抄嚴密，囊橐翛然，不旋踵而雷收雨霽，反若爲先生表精白之忱矣。先是，同邑顧孝廉良哉與先生相契，所著有《金管集》，屬先生作序，序未成而事起。抄呈御覽，編首有聖祖仁皇帝輓詩六章，憲廟見之，謂微臣而有忠孝之心，遂得召見，賜第，官至侍講，遇亦奇矣。先生手抄詩一册，皆奉使時作，長於近體，而七絶尤佳，亟選數首入《海曲詩鈔》而并識之。

趙州店中和壁間韻

何處晨炊好，野塘一逗留。柳榆風葉曉，禾黍露花秋。倦羽早思息，征車未放休。閒吟題壁句，羡殺水中鷗。

内邱曉行

曉發内邱縣，泬寥天宇清。沙經宿雨浄，露入早秋明。青嶂凌雲出，紅霞傍日生。洗腸何處水，浪説佛圖名。

王正五日皇上御乾清宫賜千叟宴臣年六十三得叨聖恩恭紀

景運門邊黼黻聯，鱗排魚貫到宫前。琳珉左墄行高下，綷縩重茵坐後先。捧出天廚綺席燦，分來御饌錦鱗鮮。引年聞道宜春酒，法醖宫壺内使傳。

次第綸言出石經，直從踐阼溯於今。已安已治黄農業，由溺由飢舜禹心。勝國謟風供鑒戒，上言：「明朝宫人及内侍多至五千餘人，今總計不過五百人。」先儒理學贊高深。上言：「一部《性理》便有無窮學問。」修身養性延年術，不向神山海外尋。上言：「《性理》上言誠、言敬、言克己，便是養身法子。」

暖入觚稜日影高，鑪煙細細透宫袍。話長共喜天行健，聽久偏憐臣坐勞。長此高梧棲鳳羽，不教鳴鶴戀江皋。臨出閣門，上又云：「汝等切勿以年老辭官。」親聞天語丁寧再，敢説詞臣已二毛。

王正二日早起見大雪

昨朝微霰點鴛行，今日清輝滿畫堂。應爲聖朝籌積貯，特教瑞雪兆豐穰。天開玉宇瓊樓界，地獻隨珠趙璧光。霽後漸看風日好，餘寒消盡見春芳。

過彰德府

前燕後趙古名城，賢守風流出送迎。我欲停車登北嶺，摩挲片石弔韓陵。

經河濱決口

盡付波臣北岸村，萬家能有幾家存？可憐殘喘歸來日，一片黄沙壅蓽門。

宵旰憂勞飢溺多，星馳使節數臨河。田疇沙漠人魚鼈，何日聽傳《瓠子歌》？

荆門道中

重岡如帶亦如環，林立諸峰左右閒。百丈丹梯今日上，荆州門户虎牙關。

荆門南下盡平岡，萬頃田疇蔓草荒。不似東南尺寸地，半栽禾黍半栽桑。

響水洞

横披得意大癡筆，細雨濃雲著色鮮。恰是我來點綴好，輕帆一幅小鰍船。

所見兩峰一半壁臨谿一層巒屹立皆奇石也因賦一絶

劈開絶壁三千丈，俯瞰清谿萬里流。南去隨風北隨水，幾人曾爲好山留。

重過陸涼州

籃輿又復過江皋，出水新秧漸次高。白鷺自來還自立，停眸閒看使君勞。

包爾純，字愚谷，居十六保，康熙四十一年舉人。

夢中句

夢中得句佳，醒來苦不記。一笑姑置之，再夢還須至。虛窗夜聲繁，蚊潛入帳刺。往事有常期，五更紛我思。達曙竟披衣，吟魂不得試。

多雨

昔爲無雨憂，今爲雨多苦。陰雨日數回，陣陣多難數。昨日際新秋，家家迓田祖。田祖豈無神，不恤我禾黍。一丐女媧皇，神功爲天補。

泛泖

鳥起仍依渚，潮回但信風。笑歌淩浩渺，身世入虛空。塔自微茫出，山歸圖畫中。浩然胸次闊，高卧看漁翁。

夏夜獨坐

微風自東來，斜月向西落。坐久寂無聲，流螢度高閣。

弱女

貧家衆口憂難給，老去偏憐弱女癡。閒卻一鐙停夜作，背人偷寫阿翁詩。

張果浚，字環瀛，居新場。聖祖南巡，布衣獻詩，直武英殿官，直隸廣宗縣知縣。

銅雀臺遺址

雲臺鴛瓦驚飛歇，烈燄翔空洛陽闕。炎劉六百啓當塗，銅雀高嗛鄴隝血。鞭徒役卒訖神工，繡户珠罘縹緲中。鴟吻魚鱗聳殿角，碧闌干曲隱房櫳。蝦鬚半卷通雛燕，風度微聞響金釧。當歌對酒阿瞞豪，鵲枝紅雨桃花面。回風赤壁裂璇杓，帶水江東失二喬。不惜堅城傾一顧，周郎羽扇颯星飆。七十二冢空煙樹，杜鵑噩夢西陵曙。無多碎語惜分香，魂隨漳水東流去。硯焚腸斷瘦腰人，通天臺下涕沾巾。卧碑剔蘚尋遺履，腥刃殘脂無轉輪。

朱鑑，字日平，號泖君，居周浦。雍正癸卯恩科進士，官寧國府教授。有《静觀樓存稾》。

《墨香居詩話》：吾里朱、王兩先生，文場校藝，並駕齊驅。而朱文尤超拔雋永，孫學士勷嘗稱爲寒碧後一人。至其詩，句澀而語晦，詰屈聱牙，幾於不能卒讀。獨《西湖懷古》三律，議論平允，格調兼美，大異前後諸什。選而録之，庶幾乎美竹露、奇石出矣。

錢武肅王廟

富貴尋人不自由，小名猶憶唤婆留。平提江左三千騎，坐斷淮南十四州。自翦錦衣封大樹，親擎鐵弩退潮頭。只今剩有新聲在，陌上花開無限愁。

岳武穆王墓

蓋代奇勳唾手時，一朝憤惋竟班師。君今已許臣和矣，敵不能當自殺之。十載戰塵空朔漠，千秋遺恨托南枝。卻憐父子猶同墓，五國雙骸更可悲。

于忠肅公祠

不急求君始得君，一腔熱血沸宵分。禁中玉册空加罪，市上金刀當策勳。聖主既歸無所恨，勞臣願死更何云。荒祠瞻拜斜陽裏，彷彿靈旂捲暮雲。

王鑄，字范之，號虛亭，鎬弟，歲貢生。

舟行

野塘春水碧於天，漁唱聲聲手拍舷。驚起風標兩公子，避人直上白雲邊。

姚熊，字克隱，居新場，府庠生，著有《養浩齋詩文集》。

秋日和潘牧園原韻

一隖清風度竹籬，當軒正是納涼時。每於客坐聞新語，又向鐙前理舊詩。暑退短衫猶未補，興來長笛任相隨。征鴻昨夜檐前過，鎩羽飄摇只自知。

高廷亮，字日采，號介巖，居周浦。康熙辛卯舉人，榜姓奚。有《復林吟稾》。

孫松坪曰：日采績學砥行，以古大儒自期，不屑屑以風雲月露與騷人墨客争字句之長。然偶爾寄託，其胸中自得之趣，輒流露於筆墨間。

張漢瞻曰：高子日采《越宿草》一編，感念師友，惻惻乎肝膈吐露，又文質兼美者也。

辛未季冬乘六兄訪余復林講舍次日同歸隨送入浙

日色明右舍，執講倦猶未。谽谺雙扉開，翩翻吾友至。入門方吐詞，欻然俯向地。浮湛二十年，此禮余所愧。余首蒙楮冠，君衣盛文罽。笑謂服色殊，答以勿猜忌。上聖有綦組，名賢亦連騎。咄嗟菰蘆人，前言或遊戲。拂座遠風塵，開襟話前事。三月在鹿城，蹤蹟從頭記。蕭寺夜聽鐘，芳郊曉連蓺。黯澹香火情，凄涼虀粥味。書卷頻校讎，藥裹並縈繫。相顧念衰親，贈言及弱妹。一舸歸青谿，颼飀判兩袂。今夕復何夕，袁應成高會。吾徒𢍰鞠前，樽斝甚疊遞。謂以在甥留飲。十載東西身，是宴非容易。座有臘月梅，寒香殊静細。同臭憶早年，砥節戒晚歲。苦茗滌酒腸，樺燭照無寐。明日板橋霜，葛屨共疲曳。匍伏丈人峰，嗚咽知己淚。先丈爲君之中表兄。是日歸送葬。罣網多世緣，茸牗盡家計。更堪七十翁，生涯竟飄寄。蹇蹇不肖軀，枉爲虚願累。不如東鄰兒，耕傭養弗替。鍥薄非君交，忠孝責我輩。悠悠行路心，那得知斯義。樂生本辭燕，毛公反重魏。只君武塘來，鄉風但涼吹。誰云衿正新，卻訝裘猶敝。倘挾千金裝，觀者便如蝟。盃酒酹松陵，歸航正雪霽。申江聞棹謳，夜半發清唱。熟思貴身名，豈得鶩勢利。去去青楓涇，行李卸於背。山妻進羹湯，稚子牽衣帔。市小客常稀，江空門早閉。三更讀書聲，清訝鉼笙沸。仲卿昔才人，牛衣暫垂涕。謝公更良相，不免捉鼻對。春明登越臺，松柏留濃翠。匝地布陽和，大塊收噫氣。故人同出山，徐控長征轡。生平篤君親，他日觀措置。友生結想高，眷口聞言慰。不信視此詩，情真語自摯。

秋江舟次

豁豁天風曉渡江，中流意氣自無雙。遥看雲影晴猶舞，俯聽濤聲怒未降。六幅蒲帆遮竹篷，一汀木葉打篷窗。高懷正是逢秋甚，豈肯蓴鱸老此邦。

朱霞，字更芳，號初晴，居新場。華亭學歲貢生，官訓導。

莫輕棄詩四首

退筆寫蘭亭，遂爲絶世珍。秃筆寫驊騮，老杜歎其神。當其退且秃，寧復冀見伸。偶然遇聖手，指使見天真。豈無新好者，自謂軼等倫。及其奏殊勳，悵焉拜下塵。神奇與臭腐，變化同

轉輪。世無用才者，好少彼何人。退筆

巧匠琢山骨，鴝眼與羅紋。貯以琉璃匣，封之即墨君。一日三摩挲，藹藹生春雲。尤物天所忌，缺落圭璧皸。玉德寧破碎，三日終難焚。但留一角在，猶足張我軍。行缺不可補，硯缺何足云。猶勝銅臺瓦，瓦全俗所珍。缺硯

右軍十萬庫，流傳難至今。彩雲一以散，尺寸千黃金。想當揮灑時，點畫如球琛。時或有餘興，意到隨所任。我書既無似，蛇蚓時不禁。殘箋雖短狹，惜之同衣襟。箋短意苦長，終焉飽魚蟫。摒擋收篋笥，何必皆澄心。殘箋

墨之能磨人，人苦不自知。入手方研磨，暗沁入心脾。點畫與波磔，妙語與妍詞。雖由墨寫出，實以意爲之。意苦神亦疲，墨應笑人癡。惜墨當如金，斯言真良規。此生所用墨，豈敢擲銖錙。來者雖可惜，往者不可追。賸墨

屈三閭

漢廣詩湮五百春，天留哀怨啓斯人。不逢尼父收遺逸，甘與彭咸作後身。落日沅湘餘涕淚，秋風蘭菊見精神。悠悠景宋何爲者，亦擬同扶大雅輪。

杜文孫，字亹聞，一字東傳，慶源孫。

清明踏春歌

清明三月柳條稀，斑鳩不鳴紫燕飛。村原一望蘼蕪碧，共道踏青向南陌。青鞖徐度林塘幽，落花芳草縈如織。陌頭游女何輕盈，把袂牽衣笑語聲。自憐少小惜顔色，卻傍桃花深處行。

金陵九日

隱隱青山郭外斜，荒村掃徑問黄花。柳蒲拂岸零秋早，風雨催詩得句賒。偶踏芒鞖穿翠嶂，堪依皁帽岸流霞。臺城幾代荒煙斷，遥見參差數點鴉。

盛晋，字晋人，居芧溼。

墨香按：張長林《西林雜志》作「盛晋」，曹北居《海上詩鈔》作「盛存晋」，未知是一人否。玩其詩意，大約寄居芧溼，非土著也。姑存之以俟考。

芧溼消夏

芧溼名久晦，偏欲乞新銘。畫入王維室，王丹思狀元爲余作《芧溼漁舍圖》。玄非揚子亭。廉泉遜高潔，瀼水挹清泠。好約東西住，應占聚五星。

芋涇漁舍

問我居停在芋涇，蓬茅擬築一星星。虚無南浦鱸魚雪，遥想西山螺子青。蕭寺晚鐘和雨打，鄰船漁笛帶霜聽。閒來跂脚渾無事，若箇招邀共醉醒。

鐙花次服尹韻

鐙花忽報短長檠，恐犯書城每自驚。意外不知何所喜，秋邊先減一分明。敲棋夜久依枰落，入夢春來傍筆生。知爾壯心灰不盡，金蓮枝上報雙成。

王睿章，字貞六，號曾麓，未央子，邑諸生。

曹北居曰：曾麓工詩，精大小篆。其摹印精工渾厚，足繼何雪漁、蘇嘯民之後。年至九十八歲。

賦得他鄉逢七夕

酒慣因人熱，愁偏逐我侵。一鉤今夜月，千里故園心。未乞天孫巧，徒穿少婦鍼。微凉生短葛，抱膝且長吟。

張泌，字長源，居新場，邑諸生。

謁比干墓

萬古初開敢諫風，逆鱗攖處肯相容。心存愷惻何妨剖，仁並微箕獨就凶。片石尚留宣聖筆，若堂還憶武王封。如何後世逢君輩，唯諾逡巡號靖共。

黄素，字采受，號璞菴，居黄家閣，貢生，有《煙霞閣詩集》。

臧大受曰：璞菴之詩若文，其氣厚，其格高，其音節噌吰鞺鞳，雖牢騷困頓中，光芒炎爍如豐城劍氣，逼漢衝星而不可抑。

李存素曰：黄子璞菴凡歌行引曲，動以成帙，時而清新流麗，時而排奡崩豁，時而風發韻流，頓挫獨出。

苦熱行

游雲似畏熱，不肯停當空。涼風亦有私，不入卑室中。大地真鑪炭，萬物皆爲銅。生人日銷鑠，朱顏成老翁。側聞有高山，峰嶺摩青空。盛夏餘積雪，泠然生清風。古樹皆百尺，戛擊如鏞鐘。吾欲自兹去，追躡漁樵蹤。解衣坐磐礴，搴裳採芙蓉。誰言嚴陵蹟，不如雲臺功。

留侯

結念在報韓，博浪非妄擊。當時滄海君，定非世間客。何疑圯上遊，納履逢黄石。只今徐泗間，猶説高人蹟。

昭烈

昔有漢王孫，輔之彪虎將。轉戰徐邳間，孤雲無所傍。側身吕與袁，隨風成跌宕。舊蹟餘山河，覽古爲惆悵。

袁術

井水蛙自多，不知海所蓄。公路家中人，閉門建黄屋。局促成亡猿，蒼茫笑逐鹿。江浦蒙清名，爲公浣餘辱。

雲間九峰歌

雲間之勝數九峰，峰峰秀削青芙蓉。含蒼翳碧無定容，風雲迴薄奇無窮。乃有鳳嶺摩青穹，矯首延頸欲飛沖。碧天煙草爲梧桐，一卷旁崎名厙公。傳有異寶藏其中，似扳鳳翼相遨從。雙佘蜿蜒如游龍，下有清泉清心容。高崖叫落天月空，辰山靈氣遥蔥蔥。白石礙雲雲屯峰，高仙驂鸞集虬松。游人躡屐吟春風，玉屏澹削攙雲中。何年薛老留高蹤，於今人去蒼山空。機山山名因衡龍，幽人夜讀和霜鐘。當時出處誠蒙蒙，林巒千載生悲風。我曾陟彼心悽忡，横雲秀立攀無從。旁有幽洞龍爲宫，時時出入風雨重。無乃底與滄溟通，干山傲岸勢不同。嬌如天馬奔空濛，昔人於此鑄霜鋒。精金百鍊光熊熊，崑山殿處煙波東。影落泖水驚魚龍，將軍墓古斜陽封。凡此諸峰峰峰雄，其餘鍾盧俯而從，煙霞萬古青濛濛。我欲騎鳳凰，策天馬，佩崑玉，揖厙公，引機雲佘薛，會神人於留仙之峰。湯賓巖曰：此仿老杜《飲中八仙歌》例，内分九章，故用韻不妨重複。首尾二章，則總作起束，以聯一篇之勢，亦自我作古耳。

幽居

築室傍煙霞，幽居玩物華。綠敧風到竹，紅撼鳥銜花。遇目本無禁，賞心疑過奢。不容安我懶，努力事桑麻。

啼鶯

春鳥譜春聲，枝頭歷亂鳴。若爲催夢破，好似和詩成。舌脆新音接，啼酣變態生。恣他終日鬧，不礙耳根清。

金陵歸黄婆墩晚眺

瑟瑟涼風解鬱蒸，夕陽西去暮雲横。客緣境好欣登眺，僧爲賓多倦送迎。一望晴嵐連野碧，四圍秋水接天平。曲廊繞遍塵心絶，側耳遥聞梵唄聲。

閔模，字楷士，號蓉谿，居新場，貢生，有《小渭川詩》。

列子御風遺世

栖神鄭圃樂幽情，好爵長辭薄世榮。塵境不堪久駐足，泠然時作御風行。

黄野人嘗丹得道

曾傳仙子侍瑶壇，柱下親嘗寸寸丹。叱虎偏能如叱犬，一聲長嘯碧天寒。

句容山夜聞擣藥鳥

句曲峰西一徑平，仙翁於此鍊丹成。臼中餘粒鳥銜食，静夜猶聞玉杵鳴。

李仙姑受封靈照

靈妃小妹住東宫，方丈遥臨弱水中。朱館沈沈忘歲月，閒調緑綺記殘紅。

吕洞賓黄鶴留名

適因下第出塵寰，三劍成時獲大還。屢過岳陽聊玩世，空留黄鶴杳難攀。

謝自然師事承禎

屏居抱道隱台山，名隸丹臺玉闕班。指點尋師不在遠，蓬萊何必去人間。

閔望，字夏聲，號蓬嶼，模弟。康熙癸巳舉人，官富陽縣知縣。

余忠宣公墓

堂堂大節震乾坤，獨奠椒漿拜墓門。七載干戈悲血戰，一家妻子盡忠魂。敵人尚識詩書帥，烽火誰將戎馬援？清水池塘愁日暮，英風來往怒濤翻。

葉棠，字召南，居新場，康熙甲午舉人。

憶歸

君歸我亦布帆西，湖上垂楊鳥亂啼。曾是玉人經過處，賸將愁緒滿芳隄。

施玉立，字蒼佩，清惠公孫，官四川忠州知州。

箬帽

青箬編來密復勻，隴頭帶雨寄閒身。而今交道渾非昔，莫向車前揖故人。

周龍光，字采上，居新場。邑增生，入國學，考受縣丞，未仕。有《南旋倡和集》。

贈沈岱恒

高才適邂逅，傾蓋楚江濱。氣誼一言合，文章千古新。青萍貽壯士，白露近伊人。握手情方切，蒼茫更問津。

武城

愛人學道誦髫齡，垂老驅車過武城。試問於今爲宰者，絃歌可有昔時聲？

唐思義，字可士，居張江栅。

春朝遠眺

朝朝黄鳥語緡蠻，唤得行人去復還。柳綫碧垂舟欲繫，花枝紅褪蝶方閒。天涯芳草濃於畫，林表煙光澹似山。臨眺徘徊無限意，白雲深處是鄉關。

游太平菴

古刹蕭條已有年，我來尋訪屬秋天。齋廚有鉢僧顔瘦，蓮座無金佛像偏。一徑蒼松懸落日，數竿苦竹立荒煙。盛衰每每興人感，感到金仙倍惘然。

秋柳

花外微黄拂散絲，江潭摇落已如斯。行人解識相憐意，猶有風流似昔時。

葉其臻，字杏林，居川沙。

和王素菴訪友不遇

白雲靄靄護雙扉，采藥山人去未歸。籬落周遭雞犬静，春風開徧野薔薇。

華尚絅，字冠宮，居金匯塘，監生。

贈張曉山

江干堪小隱，卜宅近茶村。掃徑花迎客，裁詩月到門。谿光呑竹影，檐溜破苔痕。幸結羊求侶，時時共酒樽。

蔡嵋，字眉山，居川沙。

過法華禪院

萬籟此中寂，到來心地清。樹交難辨色，鳥過不知名。雲氣生禪榻，秋光冷佛鐙。無勞談妙理，我已悟無生。

喬瓏，字汝雨，居川沙。

和秋日山居

小隱樂岑寂，桂山秋正妍。金風聲淅瀝，銀漢影嬋娟。望遠江迷樹，吟悲露冷蟬。相邀掛瓢子，重與話長年。

聽松秋壑裏，蠟屐豈辭勞。雲磬飛元圃，仙笙度洛皋。金衣燦橘柚，珠帳落葡萄。聞道鱸魚美，聊思借膾刀。

陸秉炎，字炬光，居坦直橋，庠生。

游西寺

何處最難忘？斜陽在上方。亂峰孤杖入，一榻萬松涼。木落高秋鳥，鐘寒野寺霜。行吟此際好，楓赤又花黄。

閒居

此地絶塵囂，忘機坐寂寥。雨多秋易近，林密暑先消。日色辭庭樹，簫聲度石橋。莫愁少賡和，煙外半漁樵。

葉汝封，字體含，居新場。

秋雲

虹際收殘雨，江皋斂夕霏。薄雲從嶺出，踈影帶霞飛。不得變蒼狗，至今猶白衣。倘憐遲暮者，且爲駐巖扉。

施允中，字式其，居鬧港，官廣東花縣知縣。

送友

揚子津頭散雨聲，鳳凰臺外遠山晴。春風十里桃花水，愁殺江南送別情。

海曲詩鈔卷十

清

顧成天，字良哉，號小厓，居邑城。康熙丁酉舉人。世宗見《聖祖輓辭》，召入，即命上書房行走。明年會試，榜後賜進士，授翰林院編修。乾隆二年乞休，加侍講銜。年八十二。有《東浦草堂》《金管》《花語山房》等集。

曹濟寰《花語山房集序》：是編爲吾友小厓庚辛筆墨，即不獲覽其全，然遭際之盛，忠愛之忱，詞采典則而高華，學識清明而純粹，海内賢士大夫見之，必油然生慕肅然起敬。

蔡中峰《金管集序》：生平愛誦小厓文，微獨其詩也。顧詩之衣被詞人者，《甲午和同年王未巖卧龍松》及《紫玉硯歌和前輩周寒谿詠雪用聚星堂韻》，聲振紅蘭白玉間。辛丑，客凌榆山邸舍，倡和最多，若《浴象行》諸作，遒上實逼少陵。猶憶其《喜晴詩》「朝暉曖曖天宇浄，宿露澤澤庭風清」之句，誦之不能去口。癸酉，奉使滇南，邀之同往，道遠不獲。丁未公車後，復得交手京華，投示詩草二千餘首，予無能甲乙。昔梁元帝遇聖賢忠孝懿行，以金管書之。因擇其中顯助風教者，録爲一帙，題之曰《金管集》，爲篇四十五，爲章八十二。塾中弟子有事吟詠，諸體備矣。

姚鴻緒跋曰：小厓秉耿介之姿，負卓犖之才，其詩文皆發攄性靈，扶質立幹，視世之尋聲逐色，爭巧競捷，蔑如也。又曰：《金管集》盡掃風雲月露之形，純乎明倫復性之旨。

《隨園詩話》：松江顧小厓先生，康熙丁酉舉人。世宗簿録某大臣家，得其哭聖祖詩，有「已增虞舜巡方歲，竟少唐堯在位年」之句，遂欽賜編修，上書房行走，亦詩人異數也。

聖祖仁皇帝輓辭壬寅客蔚州，十一月十八日始得升遐信，草莽銜哀，恭成六絶句。

脈脈盈盈人與水，織縑曾付蹇修通。可憐垂老茅閨女，哭到蒼天頰暈紅。

血氣尊親頸盡延，容真如地蓋如天。已增虞舜巡方歲，竟少唐堯在位年。

踐食虛過五十餘，太平無事擁詩書。只今麤識詩書味，不把犁鋤恩便殊。

何人不解君臣義，罕喻君臣一綫情。深淺豈真關貴賤，冷窗摇筆淚縱横。

鑾輿六度接窮檐，日角天顔愓仰瞻。此日鼎湖龍已去，空教昂首望龍髯。

京國遊蹤出塞垣，九重猶想對臨軒。悲魂恍惚驚魂定，聞道新皇已改元。

葉忠節公祠二首

詞臣投筆典兵曹，凜凜丹心仗節旄。徹土蚤爲籌未雨，揭竿猶是欲屯膏。池塘有徑黄沙暗，闐闔無門白日高。上將中丞輕舍義，從容獨引鸊鵜刀。

一從學舞拜華堂，此後音容竟渺茫。今日始逢顏面目，當年曾薄晉文章。公詩有「羞説機雲同郡人」之句。魂歸緱里蘋蘩潔，血染公衙几案香。瞻仰兩楹悲手澤，先君聯於祠柱曰：「本朝吾郡三謚典，前文恪後清惠，何如忠節流芳；南天間氣一人豪，始慷慨既從容，直與靈均比烈。」千秋祠畔柏蒼蒼。

哭李先生

先生諱玠瑩，字存素，世居南匯。少孤。至性端恪，淹貫書史，不以能上人。爲諸生十餘年，即不赴科舉，安貧樂道，超然自得，亦欿然不自高。其中絶介，其貌絶和，不知者夷於等倫而已。成天自六齡至十三從遊者八年，未嘗見先生有疾言、遽色、慢容也。飲食起居皆有常度，不爽分寸。老子曰：「明道若昧，夷道若纇，進道若退。」先生有焉。客中聞訃，既爲位以哭之。越日，成句用志心喪。

八載春風坐卧深，講堂回憶思欽欽。性情授我文章柄，眉宇消人名利心。豈謂崇朝頓千古，卻看白日作重陰。殘編檢得郵鴻語，痛不成聲淚滿襟。

萊城懷古

崇禎五年，叛將李九成、孔有德等，據陷登黄圍萊者七月。巡撫徐從冶以礮死，巡撫謝璉誘至登州死，太守朱萬年城下罵賊死，城中文武暨紳士竭力固守。關東兵至，卻之。

不聽主聽唤難膺，累卵孤城九死憑。即鹿委身一太守，鳴蟬蜕質兩中丞。激揚氣節孱俱奮，振肅風威挫更興。粒我生民惟此信，當年兵食竟何曾！

輓秦烈婦

婦爲新場鎮葉氏僕，徐天福妻，孀居十餘年，不窺户牖。有謀奪其志者，氏知勢不可禦，從容祭其夫曰：「今日非葉忠節公殉難日耶？」遂闔户自經。事不上聞，旌表莫及，可慨也。

芳遺千載後，人在二南中。不數康成婢，相嘲詠《國風》。

墨香按：小厓先生於召見後，即命上書房行走。至賜進士，改翰林，乃踰年會榜後事也。純皇帝《東浦草堂集序》敘次甚明。隨園則誤以賜編修在命上書房行走之前矣。

葉芳，字靄園，新場人，忠節公映榴次子。廩貢生。雍正庚戌，世宗召見忠臣後裔，授蔚州知州，改員外郎，即假歸。著有《硜小齋偶吟》。

題黃秋圃鈔刻欠山閣主人詩後

君不見潁川伯子欠山閣，閣外扶疎莳花藥。閣中主人樂幽栖，作畫哦詩恣盤礴。筆牀茶竈位置精，不教俗客窺魚鑰。主人遊岱閣仍存，偶一經過時企脚。琴樽卷軸悵飄零，粉壁文窗還約略。誰知誤信青烏言，一旦平夷蹟如削。荆榛狐鼠認劫灰，詞客有靈哭冥漠。可憐婦孺太無知，不念遼城可返鶴。幸然詩卷留人間，未隨秦火同燔灼。江夏高人雅好事，攟摭遺文徧巖壑。

斷紈零墨藉流傳，下慰重泉應笑噱。閣毁一時詩千古，亭榭何須炫丹雘。高情勝事真無雙，不朽名山欣有託。

秋容

莫訝蕭疎甚，還堪作畫圖。綺舒霜徑葉，雪點野灘蘆。樹老頭多秃，山童骨半癯。荆關漫摹寫，此景讓倪迂。

秋思

葭菼柴門外，蒼茫獨立時。清風來故友，皓月結新知。戢影看歸燕，辭榮悟墜枝。且呼澹蕩侣，樽酒蝌螯持。

悦上人禪房小坐

崧臺游覽罷，旋入贊公房。徑草呈幽趣，天花落妙香。茶烹雲頂逸，文讀古碑長。崧臺前有周天球《平蠻碑記》。老樹婆娑影，清風滿曲廊。

秋日漫興

零落知交歎索居，歲寒結契未全疎。清才寄託韓康市，名宿栖遲仲叔廬。作勢共敲月下句，苦心分校案頭書。足音喜聽跫然至，三徑呼童爲掃除。三、四指半亭、東邨。

插架圖書日討尋，更餘陶令一張琴。療飢幾食神仙字，破寂誰參太古音？宦興甘同山色澹，人情難似水源深。晚來徙倚闌干曲，斷續蛩聲和短吟。

江行雜詩

風雨春江路，煙雲隔舊年。重爲異方客，又上小篷船。

朝看谷口雲，暮宿江邊樹。樹裏寂無人，雲深卻可住。

風細檣帆穩，船輕灘石低。沙邊鷗鷺狎，飛立任東西。

題文季姪薔薇畫扇

嬌黄新綻壓柔枝，畫出江南初夏時。記得故園花似錦，碧闌干外醉題詩。

葉子房，字沛臣，忠節公季子，邑諸生，早卒。

癸未仲春重至武昌瞻拜先大人遺像誌感

楚山依舊繞江城，牢落風塵歲幾更。難得春秋光俎豆，何如旦夕進藜羹。入門痛哭遺容在，掩卷恩慈入夢清。最苦撫摩諄囑語，我年如爾已成名。

張朱梅，字培珊，號鋤圃，居新埸。監生。雍正四年薦舉引見，授浙江永康縣，調永嘉縣，以耳疾引退。

題閔篔谷聽泉圖照

四面松濤兩部蛙，德璋宏景漫相誇。何如石罅淙淙響，冷韻清商總莫加。

數年來往越山頭，見慣緣崖百丈流。今日披圖心獨喜，巖腰澗角恍重遊。

此聲最與静相宜，年少貪聽卻是奇。可信神仙真有骨，尋源探本不曾離。

朱良裘，字治子，號補園，鑑子。雍正甲辰進士，官至詹事府少詹事。

聖駕南苑大閲恭紀

乘時閲狩簡車徒，法駕轔轔敞九衢。析羽旌門昭聖武，擁麾幄殿肅皇圖。千官鵠立霜戈耀，萬騎雷轟玉甲趨。繼述自應遵典禮，覲光揚烈節相符。

風和雪霽動輕寒，犀甲成行矗豹冠。德耀兩階光舜日，典昭九伐懍周官。熊羆霧集干城寄，鵝鸛雲屯列陣看。共仰天威臨咫尺，呼嵩舞抃奉宸歡。

旌旗雲物麗光天，甲士歡呼逐狩田。虎革彎弓懸皎月，金鞍賜馬踏連錢。堪皋大宛傳歌頌，漫説岐陽播管絃。自是經文兼緯武，太平天子履堯年。

貔貅霆震盡鷹揚，佩鍔盤纓浴日光。鐵騎星流青羽箭，珠幡雲繞緑沈槍。已歌文德超三古，更頌皇威亘八荒。深愧小臣忝珥筆，彤墀肅穆仰垂裳。

唐班，字晚野，號荆巖。居一團，遷南四竈。雍正甲辰進士，授山東鄒平縣，母老呈改教職，選鳳陽府教授。

題閔箕谷聽泉圖

退老荒村泉石難，愛將圖畫静中看。危巒曲澗君遊處，流水恍疑弦上彈。

非關採藥入雲深，爲愛山閒漱玉音。直沁心脾幽意愜，芒鞵不受俗塵侵。

葉承，字子敬，號松亭，居新場。雍正丁未進士，官常山縣知縣，改池州府教授。著有《松亭詩集》。

攢灘對月

決決水凌石，娟娟月掛松。石上停寒棹，月下對秋風。客行將千里，日夕無定蹤。不意一鉤影，俟我千峰中。峰高月光咽，月明峰影空。寄語最高峰，勿遮新月容。

舟抵池陽

依然萍梗泛，復覩翠微姿。客悵離家速，舟嫌抵岸遲。孤城春色裏，雙塔夕陽時。風景年年是，誰知兩鬢絲。

舟夜

浮萍牽惹逐波流，大麥灣西夜放舟。夢醒不知雲水處，還疑身在拂珠樓。

朱之樸，字大文，號東村，居新塲，邑諸生，著有《東村詩略》。

黄唐堂曰：東村少爲詩，從蘇、陸以溯杜、韓，沿波於漢魏，而討源於《騷》、《雅》，融澈匯通，老而彌勇。

顧小厓曰：姚子景青、黄子秋圃，東村友也，偕其内甥張子静夫，裒集其詩，請余爲序。或詢余何以稱其長，余曰：「妥帖。」或少之。余曰：「昔孔明左右一人，東晋時尚存。有問『丞相何以異於人』，曰：『亦無異，但吾閲人多矣，未見事事妥帖如丞相者。』故『妥帖』二字勿輕視也。」

古意

澹日無遠暉，層雲弄新寒。蟲吟幽砌歇，雁叫天宇寬。節物遽如此，遐情悄難安。美人一以別，迢遞飛雲端。昔爲連理枝，今爲孤飛翰。盛年傷契闊，倏忽凋朱顔。良會未可期，歲華行方殘。吾有古離曲，被以獨繭絃。一彈激風湍，再鼓摧心肝。曲盡君不聞，吾懷固已殫。

泖湖泛月

九峰何蒼蒼，泖水流不息。清輝相映發，澄鮮媚遠碧。況逢素秋節，皓月當天白。縱櫂泝空明，天水淼一色。長嘯挹流光，思作騎鯨客。商飇蘋末生，涼露葦花滴。願將不繫舟，坐待玉輪仄。何處送漁歌，幽響動吟魄。

寒夜讀書述懷

爲客愁莫消，讀書意未已。掩扉炷短檠，開卷輒復喜。寒風排闥來，更鼓徹夜起。我方玩且哦，繙閱僵十指。平生志頗癖，未易詰所以。恒願生計足，戢影住鄉里。村莊鄰素心，茅屋匝秋水。叢書萬卷餘，校讎探名理。疑蘊析良友，妙會在一己。置身軒羲間，安取百城擬。誓心絶世榮，怪謗任餘子。懷此願有年，歲月坐如駛。天公亦何意？未肯成人美。年來益摇落，流轉廢景晷。此願何時償？作詩聊自矢。

題顧小厓侍講觀梅圖

朔風凋百卉，寒梅作花始。先生拔俗人，品格乃相似。幽芳發清標，高韻絶塵滓。佩玉蓬瀛間，披氅巖壑裏。出處無容心，行藏隨所履。林間逢縞衣，聊可啓皓齒。冰雪與陽和，遇亦適然耳。

往歲返林園，寄興圖清景。再入承明庭，歸來境尤静。俯仰十年餘，世事閲泡影。惟有金粟容，依然睟而整。冰條茁更繁，瑶葩澹逾靚。逍遥一畝宫，靈臺浩千頃。相隨安飲啄，吾欲化丹頂。

題畫石

巨靈劈山時，犖嶨紛抛擲。支機取一卷，補天鍊五色。秦鞭落滄溟，艮嶽浪掎摭。胡來屏幛上，奇峰削崱屴。點染出枯毫，煙嵐走素壁。此豈懷袖物，氣勢分岱嶧。雲根鏟盤錯，山骨皴襞積。中峰昂其首，天風落冠幘。其旁若攫龍，戢戢起霹靂。或如負嵎虎，或如退飛鷁。青黄繡苔紋，谽谺叢蟻蹟。無妨愚公移，寧畏李廣射。成羊叱亦誕，呼丈拜嗤癖。願出膚寸雲，作霖徧海域。

靄園招飲花下醉歌

今歲春寒春較遲，花期風信多參差。鼠姑花放已首夏，赤日照灼愁香肌。澹宜主人有花癖，開筵讌賞無生客。尊前談往資嘔劇，醉後感時增歎息。讀書簿籅等亡羊，醇酒婦人堪寄蹟。生也有涯貴適志，山林鐘鼎何須擇！不如花下且爲歡，醉鄉天地忘跼蹐。但愁花似去年紅，看花頭較前春白。寄語丹顔緑鬢人，眼底韶華莫輕擲。

疊韻酬靄園見和

清聲激越行雲遲，嘈嘈下里音難差。投以瓦礫報瓊玖，宿瘤詎儷芙蓉肌。嗟我花顛還酒癖，不能爲主常爲客。花酒主人今屬誰？香山一老田園息。東華懶踏輭紅塵，南浦閒耽水雲蹟。身從鴛鷺叢中抽，交向漁樵隊裏擇。花開朋輩即命觴，幕天席地無跼蹐。狂歌倡和待殺青，世態糾紛付浮白。一醉渾忘主客誰，骰盤翦燭重呼擲。

題畫叢竹芭蕉

竹抱空虛節，蕉含宛轉心。因風聲互應，當暑碧交深。葉展箋堪擘，筠新粉未侵。譏彈嗤沈約，寫照得同岑。

戲效西崑體

庭柯如幕四遮羅，花隱明妝鳥罷歌。漫捲蝦鬚延少女，待斟鵲尾酹姮娥。篆煙銷碧心應冷，燭影搖紅淚尚多。手疊鸞箋吟不就，怕教人怪是詩魔。

蟲聲

雨餘荒砌亂蟲鳴，響入愁心聽獨明。渠自乘秋鳴得意，未應派作不平聲。

題畫

重重密樹能埋雨，簇簇遥峰已露晴。何處北窗驚午夢？浮屠雲外落鐘聲。

落霞孤鶩共争飛，牧豎長歌策犢歸。恰有漁郎吹笛和，不分竹肉總天機。

周遭茅屋煙蘿密，界破青山素練長。鴨緑鵝黄秋樹裏，斷無人到水雲鄉。

題貫芬思舊詩後

酒食遨嬉譜盡蘭，雨今雨舊變暄寒。偏尋冷廟爇香火，直作延陵掛劍看。不少才華費浪吟，稱尊貢媚亦何心？試聽感舊聲聲淚，誰攫昌黎諛墓金？

唐宏，字韋紘，居新場，邑廪生，著有《酸窩存稾》。

唐亞逋《酸窩存稾自序》：酸窩者，上海學宫中游息之所也。其基址不可復詢，而名掛於《邑志》。今縣分學亦分，而余三十七年之老諸生，居然南匯人，與酸窩别矣。三十七年所著，散失者十之九，又删之汰之，所存詩三卷，曰《玩頤山房詩》，曰《槎瓢》，曰《久作集》；詞三卷，曰《合歡桃核詞》，曰《雙華綺語》，曰《昔邪集》，一一爲之手録。蓋所以傳諸其徒者，止於此。倘天假之年，則南匯人不免又饒舌也。

隋宫曲

豔色奇文有必争，山河社稷一羽輕。恨不親見張麗華，恨不早除薛道衡。迷樓高高，欲死欲逃。迷樓曲曲，欲歌欲哭。二十四橋管絃聲，隔江飛過陳朝鶯。皇天未老阿麽老，宫人斜上生青草。

打春詞

土牛土牛爾莫喜，妄自尊大時有幾？一鞭初拂形骨銷，昨日鼓吹郊迎真夢耳。土牛有知惟長歎，以土歸土夫何患？筋力雖云殫，曷冀宰相看！君不見齊之火蜀之木，功歸諸葛與田單。

春懷

下山滿足雲，穿雲滿目山。雲山萬疊中，有郡名雲閒。俗慮消除盡，鄉思疇能删。俛仰無所事，筆墨曾未閒。亭子聳霄漢，圍以水一灣。水外繞以城，城外江潺潺。雲呼與我俱，東征不可攀。

扛船

灣洲數十灣，泥深陷歸棹。東西兩艟艨，亘絶潮汐道。我亦無奈何，對月坐長嘯。東船相識人，知我性情躁。上岸復上船，袒臂轟呼叫。一時聚首者，暫學朱與奡。氣盛不知疲，事誕但聞笑。掀船如掀車，瞥眼出於淖。鄉井真古風，斗酒奚足勞？舉觴唱吴歌，草根明熠燿。

桐廬道中

石子白於砂，鵶舅赤如火。古松絶夭矯，羣峰皆裊娜。高低樹聯絡，濴迴水包裹。路穿慢牽繂，山轉快捩柁。耳目足豁達，襟期化偏頗。同行各會心，篷窗盡兀坐。不及展書卷，奚暇啖蓏果！西指子陵臺，茫茫白雲鎖。

雨中舟行入横港

揚帆過急灘，風水莽吞吐。前卻類簸糠，三老大聲呼。仰看嚴州城，冉冉墮雲霧。明滅兩浮屠，濃澹萬楓樹。畫本觸目來，詩料罔不具。須臾驟雨至，昏黑錯日暮。兀坐蓋疎篷，艙中漏如注。奇境不可探，我懷向誰訴？開箱檢棉衣，擁鼻覓新句。蘭谿到未能，缾罄何從酤？

遲吴曙岡不至

青霞夫如何？乃在南窗南。南窗時啓閉，螺髻如窺探。相望而相思，何不策遊驂？今朝積雨霽，彌覺春酣酣。咀嚼澹泊味，苦作乾銀蟫。延陵吴季子，攬勝亦所耽。會當俟其至，攜得酒與柑。共訪塵裏洞，題名雲根菴。樂天《柯山詩》「袖裏誰知有洞天」，放翁《柯山詩》「一菴那得住雲根」。

對菊

本是臺閣姿，蹤蹟寄籬下。肯上黄蜂尾，豈屑東風嫁。秋涼人意閒，爛漫不能罷。良金美玉中，儼然獨稱霸。文官能拒霜，庶幾可同舍。光彩摇夜夢，韻度開吟魂。歷歷清有影，冉冉香無痕。爲此霜露肅，始覺隱逸尊。衣褐未備具，菊下且弗論。日日飽飯出，遑復惜重繭。相逢種菊人，紛紛道長扁。諸公以形求，毋乃所見淺。曷不種牡丹？每朵大於盌。生平喜學坡，重陽例可展。歸來傾一尊，西窗燭自翦。林立黄金花，不枉辛苦種。氣格接混茫，神理鬬飛動。獨坐湘簾垂，山齋足清供。自奉酒與脯，奉君譜與頌。逸民無古今，徧性相伯仲。昊天假百年，敢辭日抱甕。

鶴沙看菊夜飲鶴雛草堂即事輒作長句

秋水見底秋天高，籬菊正放凌霜苞。小齋百本看未足，興到咿啞乘輕舠。主人不交寒温語，直造菊所殊麤豪。或以紅紫别位號，我意肥瘦均風騷。封殖頗費三時力，排列衹博一字褒。著譜人人石湖范，領趣个个柴桑陶。日晚路遥謀偃息，夜饌大累郇公庖。天生别腸善貯酒，復有左手能持螯。栖禽驚起人未寢，絳蠟凝作銅盤膏。一年菊花復幾日，菊前覓醉復幾遭？古人夜遊良有以，奚患冷風侵綈袍！君不見瞿家廢基百畝餘，茫茫瓦礫與蓬蒿。

尋巢燕

舊識何愁翠幕深，隔年遊息許重尋。穿花度柳差池羽，避雨迎風下上音。畫棟能無新主恨，雙飛便有護雛心。誰憐歲歲經營苦？拂卻塵埃莫暗侵。

秋懷

桂有餘香露未乾，霽光浮瓦倚闌干。重陽氣候勝重午，采菊風流過采蘭。冷眼漫看蒼狗幻，薄綿乍覺鯉魚寒。一年好景人人健，煅竈藜牀儘足安。

歸次蘭谿夜泊

聚散真如水面萍，夢回攲枕聽灘聲。蘭谿雪月兼風雨，四夜扁舟夜泊情。

金陵雜詩次黃貫芬韻

詩境茫茫水與煙，蕩開桃葉渡頭船。一般世上垂楊柳，植向秦淮便可憐。

閔爲輪，字蕚池，號環菴，中翰瑋長子，候選州司馬，著有《環菴詩稾》。

黃唐堂序《環菴詩鈔》曰：君無俗嗜好，獨與詩相終。性情以主之，才調以輔之，學以杼之，法以組之，揚其聲而絲竹鳴，舒其光而雲霞翔，故凡揮霍陶寫，中於《南雅》，追古作者。

顧小厓曰：環菴年少於予，詩即勝予，蓋風骨宿成也。

朱東村曰：環菴平生酷嗜吟詠，故於詩學尤邃。掩關擁書，字梳句櫛，剖析於豪芒分寸之間，凡有所作，不肯率爾命筆，必數易稾而後出。獨不屑爲干謁之作，故雖久客長安，而未嘗陳篇奏記於權勢之門。惟有所感觸，自寫其心聲而已。其詩有弦外之音，咀餘之味，律細而旨遠。鹵莽讀之，或未能領其味也。

夜宿田家

野人餉客炊脱粟，欲縛黃雞走上屋。謝君款我意則誠，我弗食雞請勿烹。短畦豆莢尚可摘，煮代黃雞供晚食。濁醪一斗醉有餘，卧看明月穿蓬樞。歌呼方作夢中樂，枕上雞聲又喔喔。

十硯歌爲陳集山賦

襄陽米顛顛無匹，不愛珍奇愛頑石。淮陽一著犢鼻褌，運使龍團慰岑寂。古人嗜好誰不然，嵇康之琴阮孚屐。集山吾友類古人，一生好硯亦成癖。傾囊買得端谿雲，漳河片瓦不論直。好事近遺百幅箋，況有家藏十笏墨。酒酣投筆風雨驚，飛跳直與鍾王敵。書成不换山陰鵝，祇取芸窗一尺璧。十年心血購十硯，一硯一形皆古式。琉璃飾匣文錦函，筆牀書幌爲生色。臨池往往出示客，把玩移時不忍釋。蛟龍見之争欲攫，勸君慎勿谿邊滌。

山村冬景

卜築濱東海，煙波望淼茫。寒欺三徑竹，煖借一鑪香。多病憐身懶，無求覺世忙。故人魚雁斷，幽夢隔池塘。

與曹謌庭表弟夜話

抵足纔今夕，同心已十年。君因詩病渴，我爲酒貪眠。窗月白於雪，檐風響似泉。劇談渾不寐，遥聽曉鐘傳。

將入山雨作舟中示翼王集山

一抹濃雲失翠鬟，舊游彷彿數重山。芒鞵未趁清鐘去，花雨先飄斷夢還。鉢韻隔船成唱和，谿聲驚枕落潺湲。與君莫管陰晴事，櫻筍行廚且破顔。

三月四日與翼王集山再游吴門

餞春巃了故園情，問水尋山計又成。半夜潮添三尺漲，一帆風送兩船行。奚囊蠟屐年年共，謝草江花處處生。如雪堆篷看舞絮，飄飄何似逐浮名。

趙墳

竹徑緣谿水抱牆，牆陰細石野花香。閒雲送雨辭青岫，嬌鳥啼春上緑楊。隴畔斷碑苔没字，人間殘墨錦爲囊。千秋唱和同黄土，不愧梁家有孟光。

伍家園

雨點塵絲滿袖斑，伍家墓畔叩柴關。薔薇小架黄鸝囀，楊柳空樓燕子還。竹檻周遭紛百卉，茶園笑語露雙鬟。不須更説桃源路，雞犬無聲白日閒。

范墳

山風吹雨過松楸，盡日尋山晚未休。祠廟雪飛春後絮，墓田晴唤緑陰鳩。平生相業酬韲粥，千古佳城想麥舟。何處更求遺笏在？森森圭璧滿峰頭。

靈巖

蒼松僵立翠崖傾，蠟屐穿雲愛晚晴。絶頂身行飛鳥上，太湖目極遠山横。千秋離黍悲吴沼，一笑如花誤越成。莫更繞廊尋屧響，夕陽樓閣動鐘聲。

次澹宜堂花前倡和韻

誰驚飛豔洛陽塵？簾幕東風正近人。緑酒平章花下事，銀鐙管領夢中春。粉痕蘸甲香猶在，唾點凝衫繡未真。暗惜錦幃曾有約，穠華又負一番新。去年花前倡和，獨余不與。今年葉召南、曹諤庭又在都下。展閲篇什，不勝聚散之感。

送朱禮存學博之任桃源

紅燭谿堂曉漏傳，碧梧涼吹動離筵。蟬聲水驛收殘暑，鵲影官橋入暮煙。講帳秋風先雁到，柁樓明月過淮圓。此行莫歎資裝薄，諫草遺經富一編。

友人傳觀古硯背後有坡仙銘池有一龍鱗甲隱隱欲動明王元美識爲宋時賜物非人間玩好也

馬肝龍尾各飄零，得失風塵歎幾經。焦斗呵雲吟夜月，紫潭注水浴寒星。藏螺快挹眉山秀，完璧長邀宋室靈。一自北溟鯤化後，千年鱗甲有餘腥。

晚泊安莊

紅霞緑水雨餘天，小市斜陽到客船。沽酒買魚何處醉？一谿明月數家煙。

舟經光福

水抱孤村曲更迴，篷窗一笑對崔嵬。多情光福山前路，苦雨顛風未落梅。

南菴題竹次貫芬韻

策進禪關歲月深，清風終日助微吟。當時早有淩雲意，不道蕭疎直至今。

聞椒邱荷花已開柬汪度

城南無處不荷花，欲到椒邱問釣槎。可惜月牙池上月，幾回孤負聽鳴蛙。

無復蓮舟唱《采蓮》，菰蒲煙水入平田。試看一抹紅霞影，都付君家載酒船。

閔爲鈺，字庚西，號鱸香，瑋仲子，監生。

爲顧小厓畫梅花紙帳戲題

對此渾如雪滿山，寒香領略有無閒。贈君一枕春風夢，東閣西谿任往還。

海曲詩鈔卷十一

清

陳鴻業，字翼王，居航頭。

黄秋圃曰：翼王詩詞書畫，各臻化境。予舅氏環菴道人論古，必引陳君爲證。平生深自韜晦，日坐欠山閣中，閉門謝客。予嘗遥挹其流風，而未聆謦欬。年七十卒。

晚棹

野岸明秋水，濃陰暗柳枝。已看新月上，猶是夕陽時。沙鳥翻谿屋，江魚引釣絲。夷猶隨晚棹，不覺獨歸遲。

重過寶鏡菴

十年幻泡感金繩，重到花龕禮佛鐙。杖履誰知前度客，雲房不是舊時僧。壁紗墨蹟看何在，桂老松荒補未曾。指點石橋尋往事，夕陽歸路一枝藤。

蠟梅

不比江梅入臘遲，緑苔處處影參差。燕兒釵好應簪汝，杏子衫輕可似伊。花館夕陽殘雪後，酒壚斜月放香時。莫教吹向層城笛，多恐深黄妒柳枝。

葵扇

密葉層陰滿翠微，一經裁翦便堪揮。低摇夜月眠還坐，小撲流螢落更飛。澹宕碧紗初入幕，風流白葛乍成衣。班姬莫怨秋風起，木落空山竟不歸。

花影

千步迴廊百尺臺，疎枝密葉印蒼苔。好風每憶窺檐樹，晴雪翻嫌暗嶺梅。楚岸不隨流水去，漢宫只待月華開。林間多少攜壺客，引得春光到酒杯。

翦綵難工畫亦難，天然標格耐人看。非關春老三分瘦，也恐風多一夜殘。趁日遊蜂喧粉壁，破雲新月透闌干。分明記得重簾下，誤點羅衣玉指彈。

毛漢齊，字嶧蒼，居川沙，雍正癸卯歲貢生。

踏春曲

一篙新漲小橋平，柳浪參差麥浪輕。日日看春春不厭，宜風宜雨更宜晴。

茉莉

瑶池冰雪散瓊英，花史曾題第一名。江奎詩：「他年我若修花史，刊作人間第一香。」一縷暗香浮動處，摩訶池上月三更。

陳鳳業，字客王，居航頭，雍正丁未歲貢生。

泖湖采蓴歌

泖湖三月采蓴絲，東風吹絲緑參差。柔如儂心繞郎意，滑如儂臂待郎持。

泖湖春光蕩波明，采得蓴絲一掬盈。廚中賸有好鹽豉，待郎歸來烹作羹。

唐聲傳，字廷一，居南四竈，歲貢生。

《墨香居詩話》：予在志局時，趙君槐江以廷一文三首見示。一序葉杏林《女科指掌》，一序徐越生《鍼灸機要》，引據典核，議論融通，並非門外人説門裏話也。其一小刻自序中云：「昔項子遷詩集中，如『疎與香風會，細將泉影移』等句，爲後人所譏笑，乃俱不棄，以楊祭酒之逢人便説，故存之以示不忘知己耳。余今所刻小草，猶此意也。昔元微之舉生平詩稾盡付樂天，并録小歲旦元子詩，曰：『此爲鄭京兆所憐獎，存之不忘見遇之由。』余賦序二卷，乃温陵陳亹齋先生所删存，亦極被憐獎，因付梓焉。此又元微之感鄭京兆意也。」據此，則廷一詩篇必佳，獨惜散佚不傳。今只從《上海詩鈔》録其小詩二十字，乃北居小傳誤作邑城人。而當日槐江采訪時，亦未及細詢埏埴，以至《新志》「科貢」只載唐必傳，而失載君名。附述於此，以識予麤略之過。

攝山棲霞寺

巖壑明霞影，時聞藥草香。攝生如有意，棲息此禪房。

張永言，字維則，號之軒，居二十保，上海學廪生，有《西江書屋稾》。

趙槐江曰：之軒生而穎異，自天文地理以至丸劍甲丁、獸言鳥語，無不通曉。嘗應試澄江，鵲聲喧急，或戲之曰：「君知此鳥所語乎？」曰：「赴東門外第三家啄豆腐耳。」往探，果然。

登報恩寺塔九層每層有聖祖御書額

金碧玲瓏掛九聯，何年孤峙秣陵煙？驚探絶級青雲氣，笑指層城白雁天。香案午沾花雨溼，玉闌夜繞佛鐙圓。更看千里江山勢，齊拱龍章日月懸。

江村晚眺

白石蕉，分舊緑。錦塘楓，點殘紅。雀喧橘葉細雨，鷺立蘆花晚風。

沈仁業，字眉亭，又名壽始，居石笱里。

黄秋圃曰：眉亭能詩善畫，而隱於醫，賢豪皆樂與之交。

春寒

已近春分候，曾無一日晴。殘梅猶戀雪，凍柳不聞鶯。簾密窗紗暗，罏寒布被輕。且呼桑落酒，傾倒二三更。

春江第一樓漫興

萬松遶郭翠迴環，仄磴危梯數往還。跨嶺城高懸落日，幂江雲破漏殘山。雄圖史册供三歎，勝概丹青見一斑。莫訝古今不了事，東西潮汐幾曾閒！

題秋圃所作層巒疊翠圖

贏得春來日日閒，看君圖畫勝躋攀。能將宕宕空空筆，寫出重重疊疊山。元氣淋漓開碧落，美人隱見露雲鬟。更須著我幽棲處，茅屋松根四五間。

哭嚴硯農次東邨先生韻

釣竿畫卷舊生涯，藝不逢時莫漫誇。四壁雖存誰是主？一棺未蓋已無家。圖披慘澹生前筆，酒滴淒涼雨後花。頻過小橋魂欲斷，夕陽流水點殘霞。

春柳

年年湖上踏青時，雨漲風淘碧浪遲。珠箔曉寒金婀娜，畫橋煙暖玉參差。一春怨鎖長門月，萬里愁牽別浦絲。過客莫教攀折盡，好將離恨寄人知。

題黃秋圃得得龕圖

曲曲紅牆貯小龕，頻過清話愛幽閒。座堪容膝何妨窄，石可留雲儘不頑。兩樹古松三徑竹，半廊晴月一房山。敲詩鬬酒連晨夕，若箇來遊肯遽還。

遊靈峰十四莊作圖戲題

曉日旋消萬瓦霜，一林秋老半丹黃。富春山水皆圖畫，最好靈峰十四莊。

題畫蘭

圖成有客索題詩，葉葉花花雅自持。記得富春山下見，天寒微雪欲開時。

太湖

放眼新晴二月初，堯峰山色翠模糊。一帆借得東風穩，淺酌清吟度太湖。

閔霨，字雨耕，瑋季子，監生。

九日諸同人約登高未赴賦此遣興

涿鹿城頭未夕曛，華陽臺上有涼氛。可憐垂老悲秋客，不忍登高望白雲。

顧士鋐，字巽容，居邑城。

題黄秋圃得得龕圖

平疇遠陌託遐心，小築林泉趣可尋。閒說終南成捷徑，一拳一勺自高深。
脈脈流泉跨石梁，竹屏掩映繞迴廊。成蹊看遍閒桃李，更愛酴醾壓架香。
襟期澹宕擬無懷，客不來時花鳥偕。茗椀鑪香饒静寄，坐忘非必學心齋。

曹舫，字曼方，居一團。

題黄秋圃得得龕圖

輞川墨妙寫清酣，静賞神遊得得龕。活法能參隨境地，圓機不是學瞿曇。來尋此處煙霞閣，想見當年海岳菴。應有詞人填畫意，小山竹屋望江南。

懷友

石竇泉清澗底春，澹移雲影浄無塵。味中味外誰尋賞？遥想當年卧雪人。

即目

江村雨霽緑濛濛，吹面微寒麥秀風。犬吠桃花春水曲，人歸楊柳暮煙中。

黄河，字詹吉，號任廬，居張江棚，邑諸生，有《任廬詩稾》。

挽蔡中峰太僕

珥筆明廷二十年，文章華國孰能先？老臣未竟中天業，夜見三台墮碧天。

題黄秋圃得得龕圖

長松老柏鬱參差，石壁雲開露浥時。爲愛梁園風景好，幽禽聲裏坐題詩。

張純熙，字仲時，居新場，監生。

奉和禮佛原韻

象教西來儼聖神，更參儒道化斯民。廣施大地無邊法，常駐金剛不壞身。俗眼未能窺覺路，慈航何自渡迷津？瓣香稽首皈依切，應悟波羅最上輪。

趙之璧，字蒼佩，居七甕，港貢生。

觀音閣懷古在蜀岡，即隋蕭后梳妝樓故址。

朽寢塵埋歷幾朝，風流往事逐雲銷。宫牆夜月窺鸞鏡，御柳春煙鎖鳳翹。去國向隨風絮舞，歸唐猶記殿香飄。應知難洗千年恨，借取青蓮水一瓢。

淮安口號

金隄高築護城頭，水底人家樹杪舟。不信銀河天半落，夜來試上月波樓。

杜念祖，字爲章，居杜行，邑諸生。

柳絲

植向金城看十圍，因風拂面亂絲飛。淺深染緑羞紈袴，長短紆青傲布衣。屢擲鶯梭難入扣，漫休蠶織苦無機。年年送客逢春暮，曾否離亭繫落暉？

呂曜，字峥鹿，居新場。

古繰絲行

二月桑條緑，三月柳條黄，朝朝采葉飼蠶筐。行人雞犬屏不入，大姊小姊守蠶房。四月戴勝鳴桑枝，家家作繭争繰絲。絲若不足欠官租，縣吏日日事追呼。婦姑對泣淚如珠，安得有餘製羅襦！

施徵燕，字詒孫，居閘港，邑諸生。

過淮陰釣臺

英雄身未遇，溷蹟偶風塵。一飯猶思報，寧爲負漢人。

顧賓興，字鹿嘉，成天子，監生。

黄秋圃曰：鹿嘉善詩詞，工書。由諸生入太學，少年裘馬，翩翩公子也。晚歲業漸落，以教授終。

春日閒居

世事曾無擾夢魂，方揩睡眼更開樽。羲皇枕上如師友，劉畢杯中若弟昆。青入疎簾新草色，緑凝幽徑舊苔痕。自甘寂寞同嵇懶，社燕憐貧故到門。

壽文上人

長庚初照法王家，五十相看鬢未華。晝静掩關翻貝葉，月明趺坐對梅花。留賓能供伊蒲饌，語妙誰譏鸚鵡車？此日珠林佳氣集，悠悠歲月自無涯。

禪心浄與白雲齊，半偈還開震旦迷。馴鴿自隨齋磬下，野猿常向雨花啼。年同高適詩無敵，社有陶潛酒許攜。我已萬緣都不繫，願依初地借金篦。

閭邱王言，字文長，號毅菴，居周浦，乾隆丙辰恩貢。

登永定寺佛閣

選勝憑高閣，超然百慮清。雲深雙塔迥，草蔓一碑横。野色連天碧，江潮向晚平。禪關鎖寂寞，僧定月初明。

畫蘭

盈盈秀質倩誰栽？不藉滋培自在開。謾道異香推玉筍，仙根卻自管城來。

華羲成，字紫電，號稼軒，居撥賜莊，奉庠生。

題水墨牡丹

豔絶無雙富貴花，世情自昔愛繁華。憑將澹墨輕描出，格比尋常十倍加。

天香國色競生妍，香色俱無亦可憐。風骨自超凡卉上，箇中真趣浩無邊。

姚本召，字易南，號南邨，一泓姪，歲貢生。

夏日幽居即事

乍是清和節，陰晴候不齊。鵶啼新緑暗，燕舞落花低。春去吟情減，日長睡思迷。莫教生客到，擾我碧山棲。

送范四兄東歸

誰載行人去，亭亭江上舟。重來雖有約，此别不勝愁。落日長天暮，西風斷雁流。淒涼腸百結，東望但凝眸。

送春

風雨連宵忽地晴，東皇獵獵動行旌。離亭惜别鶯如訴，周道攀轅柳自横。今日尚多攜酒客，明朝便少賣花聲。天涯羈旅尤添恨，送得春行我未行。

迎夏

何須黯黯惜餘春，又是清和淑景新。風暖荼蘼香入酒，日長蝴蝶夢句人。東山有意持葵扇，元亮無心整葛巾。深閉閒門辭褦襶，悠然便擬葛天民。

顧炳，字程南，居大聖寺，邑廩生，著有《質疑詩稾》。

光濟江流

山突奇峰寺嵌空，乘舟遥指畫圖中。仙槎去後綵雲斷，萬里江流日夜東。

靈谷深松

幽巖深谷絶人蹤，不雨時時吼老龍。廿里松濤翻疊浪，仙家門户白雲封。

燕磯晚泊

千仞磯邊百尺檣，仙風迢遞送微涼。滿船載得西江月，來駐峰頭話夜長。

報恩玩月

縹緲凌虚九級登，月華先上最高層。憑風更欲探靈窟，玉殿清寒似水澄。

桂能，字赤霞，居横沔，邑庠生。

農家謡

西風肅肅，水田穀熟。半年辛勤，今日嘗新。納賦一斗，餘皆吾有。磨礱在箱，待縣開倉。官平斛，民尸祝；官浮收，民怨尤。

張汝淵，字静夫，號灌禾，居新塲，有《半亭小稾》。

柴門

爲乘秋爽返柴門，鎮日曾無剥啄喧。繞膝女能温舊學，悦心書足代清言。風翻畦稻香生牖，雨浥庭柯蔭滿軒。鼓吹已非蛙兩部，蕭蕭絡緯動黄昏。

悦學先生示薛孝穆集

奇文寄賞當除日，元日始知至小齋。書癖歲初還歲晚，一塵不入兩人懷。年久文名熟薛熙，一辭一字見無期。書倉厚積能沾丐，耄齒奇逢療朔飢。

永定寺銀杏

鬱葱古榦入雲邊，聞植淳熙建寺年。隔水騷人遺墓在，吟魂應向此留連。水南有宋詩人儲華谷墓。

永康署齋曉晴

宿雨初收曙色嘉，幽禽調舌繞檐牙。捲簾疑是飛霞墮，開徧山桃一樹花。

顧杜，字玉輝，號漁南，居趙老灣，乾隆己卯歲貢生，有《倚筠樓稾》。

上署制府范公三首公即前制府諱成勳之子，自馬蘭口總兵官來署督篆。時予在鍾山書院作。

聖朝相繼拜韋平，共説卿門自有卿。緩帶風流羊叔子，澄江詩句謝宣城。波沈鐵鎖三山壯，煙冷樓船四海清。政府優游多暇日，管絃環聽魯諸生。

如川茀禄自天申，披拂宫袍上苑春。門第百年三晝戟，家風萬石十朱輪。文名江左衣冠舊，著作天南禮樂新。驄馬前頭衙仗擁，羣驚摘伏已如神。

百尺龍門峻可攀，擬隨鵷鷺列清班。相公夾袋分三等，寒士歡顔庇萬閒。遥聽謳歌連鵲渚，幾年絃誦傍鍾山。羣生久待甄陶力，咫尺功深化自閒。

感懷

薄暮推窗望遠天，長空不斷雁拖煙。關山歷盡蒼涼景，叫白蘆花又一年。

葉錦，字子美，居新場，邑庠生。

渡泖

孤舟迎夕照，入望總蒼茫。月上潮三尺，天空雁一行。暮山隨意遠，客思與波長。指點葺城近，村煙滿野塘。

曉渡

隔岸疎鐘動，平林宿鳥飛。夜潮隨月落，小艇帶煙歸。

葉承點，字子異，永年孫。附監生，乾隆丙辰薦舉博學鴻詞，未遇卒。

恒齋師曰：子異之詩，宗長吉、義山，務爲新奇警峭，藻繪雕鏤，長於賦物，工於偶儷。在京師，與張天飛、張少儀齊名。自得心疾，百事廢棄，而吟詠不輟。窮情盡變以摹寫物情，雖謝宗可、瞿佑之工，無以加焉。

《墨香居詩話》：子異先生才華卓犖，數奇韜晦。晚年單居一室，客至則避之，并家人亦不得見面。日夕賦詩，必端楷書之，濃圈貫之，旋付諸火。其未病時，嘗集生平詩爲四大册，自題曰《沂川集》，後不知所在。

布機曲

錦機雲龍春不霖，重貂誰識鴻嗷音？貧來衣布衣不錦，膚粟手皴骨懍懍。衣布多於衣錦人，一梭旋轉天地春。鵲渚天孫近慵惰，蕭蕭絡緯驚青瑣。牽牛赤脚渡秋河，淚雨絲絲暗中墮。

立春夜鐙花聯句

鐙花如有意，迎春夜初結。寒葩直爭梅，錢陳羣暖豔欲侵雪。轉回天地心，葉承點點綴造化術。無煩羯鼓催，羣似逐葭灰發。蘭膏吐氤氳，點玉穗包生活。觀成戒助長，羣沃根早函實。自有菁華滋，點豈因雨露茁？應候借火耨，羣耐冷怯風櫛。開謝任須臾，點性情適疎密。敷榮乍承不，羣凝陰乃出乙。妥貼孕萌芽，點穎異挺豁達。光搖紅不定，羣影靜青可掇。黯黯流晶熒，點霏霏噴珠屑。繼照貞含章，羣未明先向日。懷芳霜詎摧，點啓秘才必竭。遲放喜振枯，羣驚鮮比初折。非關蓮炬移，點或者天女綴。漏沈金鴨眠，羣煙細薰籠爇。珍重好音傳，點謹慎低語洩。蒂憐紅豆圓，羣心知丁香熱。裁衣眼偏暗，點寄遠字增拙。相對一沈吟，羣未忍輕翦伐。亦有禪坐人，點凝慮圍鑪室。之子期未來，羣楸枰韻方徹。獨酌不成詩，點倦眵暫抛帙。偶然悟變幻，羣直欲空起滅。玲瓏機上絲，點團圝桂邊月。粟排翠幕深，羣錦簇雲屏列。輝煌不夜城，點璀璨夢中筆。何妨四時開，羣未數五陵出。長檠芝蓋聯，點短檠釵頭欻。玩物殊豐悴，羣隨分取怡悦。人閒矜嘉祥，點我獨重陰騭。德照茍任握，羣昌熾不爽髮。消息寓毫芒，點感召等圭臬。媢鵲聽既煩，羣

直烏驄非戾。炙萼亦妄承，點泡影同一瞥。合歡與連理，羣至行兼亮節。稱述有同異，點內外分本末。省躬托風謠，吟成燭再跋。羣

明宣德癸丑賜沈學士墨歌

吳興學士之苗裔，爲我舅氏從祖壻。遺墨堅光二寸餘，鐫款錫自明章帝。國朝羲獻傳宗風，宮相館卿寵渥同。落紙雲煙仁廟額，外曾祖文格公暨外翁奉常公，俱受知聖祖。墨刻《落紙雲煙帖》，蓋御題賜榜也。即鉤勒宸翰，以弁其首。赫然聲價雞林通。後先輝映照文苑，二沈風流今不遠。壁立清門長物空，一丸什襲等球琬。寶物轉徙隨回飆，一時賞鑒徵風騷。韋經魏笏世守昭，歸田珍重東牀嬌。朱東村詩有「仍歸吳興語」。此墨曾入思翁手，雲龍際會良非偶。物思其主復來歸，宗伯藏之不能久。張華博識世所希，雷煥豐城得劍奇。何事風塵留不住？延津化作雙龍飛。我聞靜者多得壽，谷神藏用淨無垢。不供染翰毋勞形，豈逐戸樞同腐朽。黑甜幾閱絳人年，磨涅何曾染世緣。金管無花俱作家，銅臺有瓦半成田。古來雲翰浩煙海，兵燹蟲魚得幾在？隃麋有幸未消磨，超劫經今三百載。

月

霓殿虛傳一曲歌，青天碧海恨如何？雲消玉鏡團團雪，水潑銀盤穆穆波。千里隔來圓處共，百年看去缺時多。廣寒不落三霄外，乞與丹梯問素娥。

牡丹

一霓一雨一番鈴，天寶如何夢得醒。暖玉清腴無俗豔，温香神韻越空靈。月波滉耀宵如晝，春意沈酣露亦醽。自古美人魂有幾？瑶光消到第三星。

施念祖，字聿修，清惠公從孫，官浙江湖州府通判。

嚴陵釣臺

文武不一施，將相誰能服？惟有釣魚竿，不傲劉文叔。

張舒芬，字秋佩，居新場。

詠眉

絶塞琵琶去，長門紈扇秋。若無雙翠黛，何處著千愁？

姚梁，字用宜，居周浦。

烏衣巷

王謝風流不可尋，巷名傳説到如今。泥香花暖春風動，淒斷雕梁燕子心。

王岡，字南石，號旅雲山人，睿章子。

爲黄秋圃寫得得龕圖并題

如彼丈室，錫名得得。所謂伊人，於焉棲息。芥納須彌，胸吞夢澤。展予斯圖，慕君高蹟。

張衡，字綏壽，居新場，邑庠生。

淮安旅店

離家千里遠，旅舍一鐙親。葦壁糊新土，茅檐積舊薪。飄零悲斷梗，遇合感垂綸。淮水流今古，誰爲胯下人？

海曲詩鈔卷十二

清

葉鳳毛，字超宗，號恒齋，忠節公映榴孫。恩授内閣中書，轉典籍，以病假歸。年至七十三。著有《説學齋詩文集》。

《墨香居詩話》：恒齋師自序詩集，其略曰：「鳳毛不通經術，疾廢歸耕，自度無所用於世，抱其堅瓠之器，棲瀕海僻鄙之鄉，餞夏迎春，相參憂樂，未能無慨於中。三十年來積有一囊，門人馮南岑、子壻曹北居、姪孫方宣，爲余删存千有餘首，離爲一十二卷。命兒子滿林繕寫，未終二卷而兒病死。手録成之，藏諸篋衍，聊以志予之不能言詩，而自有其所以爲詩者在也。」吾師虚懷若谷，有人慫恿以詩文稟付梓者，輒對曰：「吾詩文豈能與前人抗衡，何災此棃棗爲耶！」自師辭世後，久未至説學齋，詩文亦不獲再見。今所存古今體詩四十九首，尚係付校時所手録，而猶追恨當時所録之未廣也。

田家雜詩

種棉要有雨，無雨新苗枯。既雨又望晴，晴乾好施鋤。三鋤事乃畢，趺結花開初。今年梅雨久，草長棉欲蕪。急鋤時已晚，不鋤將安圖？傾家出丁男，不給佐婦姑。婦姑又不給，招集游手徒。朝餐買羊豕，夜酒提葫蘆。加倍索高價，忍道錢刀無。

去年小暑初，已見黄花開。今年小暑末，尚被惡草埋。去年本大稔，風雨罹秋災。今年縱鋤浄，猶未卜後來。吾鄉少惰農，所仗晴雨諧。民命懸於天，天其鑒民哀。

彭家渡候潮

方乘落潮便，忽遇上潮逆。欲行不得前，荒涯且休息。來船揚高帆，瞥眼過我側。我行豈無期，待之以日夕。

潮水多遊魚，沿谿聚漁户。跨水架飛梁，小菴臨極浦。扳罾高於桅，不知幾仰俯。十網九網空，得魚亦良苦。

夕陽既西傾，潮水亦東落。三時所灌輸，勢欲同傾橐。一葉浮中流，千聲出羣壑。舉帆心未遂，猶勝常停泊。

紫陽山

吴山横且平，形勢空張拓。紫陽乃雄奇，崱屴森刻削。獅虎蹲猙獰，龍鳳舞盤礴。白疑雪映空，秀若花吐萼。雄盼凌江湖，高標瞰城郭。仰瞻令心怖，舉足愁脚弱。洞門呀然開，鬼斧太古鑿。靈蹟今未閟，仙翁昔曾托。月下吹玉笙，雲閒跨黄鶴。丁仙事差近，遺骼恍如昨。安得囂塵中，習兹虛無樂。羣山去蜿蜒，一柱鎮寥廓。逡巡步紆曲，轉側望齟齬。誰能超象外，齊契參冥漠？

九谿十八澗

篠簩夾脩坂，岡巒隱回合。陂陀積石秀，嵌岦飛泉疊。靈源閟崇巖，百道争澗入。傾耳聆清音，水石自鳴荅。蒼蒼林木暗，泫泫煙霞溼。夷折見洄漩，高下分吐納。人閒行潦水，世外煙霞汁。一酌同鷗鶵，常飲愧山衲。

下三天竺重觀飛來峰

三竺無神奇，飛來獨雄秀。披嵐躡沮洳，窺穴循膚腠。露樹泫餘膏，晴嵐弄虛叩。冥冥曉霧開，微微太陽漏。絶壁立巑岏，神工巧雕鏤。形静無拓張，骨緊露透瘦。凹凸起腹背，離坎别脛脰。森森抱叢木，啾啾集羣鷇。抉石根柢牢，背日枝條茂。花實遞春秋，青紅錯絺繡。憑闌聽水怒，噴薄殷雷吼。蠲排六月暑，蕩滌衆心垢。仰山適幽興，俛澗愛清溜。踵希至人息，機泯蠻觸鬥。回策入雲林，禪房坐清晝。

子陵魚

有客來桐廬，送我子陵魚。開緘莫計數，紛紜若蟲蛆。千頭不盈掬，萬尾無半銖。先生千古高，此魚天下細。豈無鯉與魴，吐棄等諫議。欲見先生心，試尋味外味。

夜讀孟郊詩

夜讀孟郊詩，清泠如古冰。重鑽復深挖，險峭生鋒稜。説盡貧老態，莫遯枯索形。但有一日歡，快賦科第登。過此無非愁，呻嚬訖頹齡。變風溯哀怨，創格羞師承。翩然鳴其窮，栖栖古沈冥。幸逢知音彈，齒牙插脩翎。願爲雲龍逐，各矜于喁能。大聲叩鏞簴，細響握鸞鈴。異音同智巧，漫勞别淄澠。竊欲附韓愛，世惟拘坡憎。瑶碧抱殊質，歔呵氣滋騰。坐厭兒女聒，尚友古老朋。暗雨泣破窗，殘鐙穗紅星。裂吻誦警策，應有飢鬼聽。

浦行至上海城由白蓮涇舟中作

夜泊猶在郊，晨征遂離郭。瞬息凌飛濤，安知風水惡。小谿蹇洄溯，左右倚叢薄。檣帆何所施？篙艣如有縛。翻思乘長風，波浪豈不樂。守此涓涓流，譬彼籠中鶴。迂性有固然，嗟嗟一生錯。

送馮生南岑游楚

吾鄉三十里，一歲一相見。兩地起相思，筆語代當面。今君爲楚游，遠隔數十縣。大江足鯉魚，恐少寄書便。兹行已有期，計定不可變。丈夫志四方，無取故鄉戀。如鳥不出巢，飲啄賴誰薦？况有白髮親，朝夕待羞膳。餼廩既久虚，一官尚遲選。得爲入幕賓，庶慰倚門盼。將伯儻助予，歸來冀無晏。

吾家曾祖父，三世官於楚。吾祖作忠臣，先皇特褒許。宸章荷三錫，祠廟祀兩所。塑像被衣冠，吏民又公舉。春秋俎豆餘，報賽來士女。靈爽實式憑，災患時捍禦。子今瞻廟貌，四壁富毫楮。不嫌地湫隘，祠限於地，無雄壯之觀。行李可以處。江山開眼界，往蹟供延佇。平生風雅懷，安得忘言語。倘念菰蘆人，坐待封題與。

僧惟隱畫蛟

惟龍有靈德，蛟類故多暴。於古今有伐，滅卵亦垂教。因循待發洪，毒害甚虎豹。此物不可逢，何從得其貌？惟隱爲此圖，毋乃出倣傚。雄雌若配偶，上下互蟠繞。蜿蜒裹雲霧，拏攫勢輕慓。乍疑裂山出，怒挾風雨嘯。能令見者怖，安知不奇肖？道人體清浄，筆墨敦夙好。冥契變化蹤，禪關獨圓妙。空齋方倦暑，赫日正西照。腥風忽四灑，冷氣慓毛竅。快劍生斫斷，豈無惡年少？吾待潛寒湫，臨潭下罾罩。

悼沈鳴謙妹壻

斯人在生時，磊落惟飲酒。窮達心自冥，世事豈掛口。家無儋石儲，干謁恥奔走。生年將半百，白髮未上首。戀母若嬰兒，愛弟真吾手。病中聞弟訃，一慟遂不瘳。弟死身亦亡，奈此堂上母。遺恨當在斯，早終復何有？高人非長存，貴者豈必壽？紛紛混俗徒，借問誰不朽？

鳴雁行

去年鳴雁無一隻，知是南中苦艱食。今年飛來決一飽，吾邑依然稻粱少。秋來聞吽不多聲，又向人閒樂處行。鳳凰雖好非祥瑞，但願年年有雁鳴。

題東海翁卷册

君不見崑崙河源黑水翻，瀉爲萬丈蛟龍淵；倐鱗閉藏鬱煙霧，之而蜿蜒巧結蟠。又不見海雲霏霏一絲縷，蔽日漫天作風雨；精靈百怪走瞰人，恍惚全身有毛羽。吾鄉東海翁，筆墨何其工。顛狂意莫測，頗有前人風。放衙獨坐清晝閒，墨花噴薄春溶溶。淋漓揮灑破邊幅，天機變幻人無功。三百年來遺蹟少，數紙流傳真國寶。古物還從藏者求，能事未許旁人曉。摩挲百遍卷還客，啼鳥落花聞太息。

沈啓南古木寒鴉圖

畫壁乃肯爲役夫，走避太守如逃逋。彼翁志節有如此，筆墨自與常人殊。文章比興亦能品，繪事尤爲世所無。於今贋本徧天下，當時假托由門徒。是中甘苦未親涉，魚目可混驪龍珠。人閒是處收翁畫，惟有識者真難誣。寒鴉横幅筆飛動，殘絲黝黑墨模糊。兩樹虬枝見首尾，飛棲上下八十烏。署名可辨印文滅，當出手製非臨摹。東村題詩似東坡，讀詩如見此畫圖。夕陽粉本在吾屋，庭柯葉落方扶疎。

梅墅觀王澍豳風七月詩十二扇

史書九十遠莫見，火嶧山燒魯陽甸。陽冰小篆薄相斯，一字千金列圭瓚。後冰而起復何人？良常山人思過半。大書深刻金石篆，殘墨零香家户徧。游藝終身老斲輪，味道得腴輕仕宦。《豳風》八章爲誰作？雪色屏風十二扇。卓錐筆力重千鈞，屈鐵匠心經百鍊。豐筋豐骨不豐肉，快劍蛟鼉真斫斷。星辰錯落夜明闢，冠裳肅穆晨趨殿。俗書正草競便娟，古學微茫幾淹貫。張君讀書慕古訓，超然宴處絶榮觀。原田晦晦對衡户，婦子熙熙飽藜莧。問誰孝友似張仲，淳古餘風吁可羨。坐攬春風想豳俗，暢觀妙墨諧歡宴。酒酣日落氣益振，月林清影歸猶戀。敢有微吟補正風，我歌法書當謡諺。

聽蟋蟀

涼風重露飛雨并，荒庭百草青崢嶸。夕陽西沈夜光發，羣動盡息留蟲聲。能鳴之蟲種非一，惟有蟋蟀聲堪聽。清圓激亮自成韻，舒徐頓挫尤多情。數聲一止若按節，此唱彼和常相更。强者非同獷夫暴，弱者自協幽人貞。退人夜坐對書卷，文窗浄几形情清。街談巷語畏沾俗，淫辭怪説愁非經。朱絃無人撥太古，青山何處尋湘靈？秋心遥遥闃虚寂，秋響颯颯飄簾楹。故妻久客幾哀怨，此境幸不遭生平。蟲悲蟲喜我豈喻，我歌我泣蟲何能？簟涼背爽夢復醒，鐘殘月落天向明。悽悽切切咽欲停，惡聲雷動憎蚊蠅。

海大魚

彗星出見鯨魚死，此語傳自《淮南子》。今年西北見長星，乃知天欲誅長鯨。一夕隨潮偃沙渚，平地突起爲岡陵。觀者如雲詫奇異，居人將效爰居祭。可憐臭腐無神威，割肉煎膏燃萬薪。屠腸駭見鈕滿腹，（腹有衣鈕數升。）知在海中噉人肉。恃頑逞博捕者誰？故干上象遭天戮。山澤神奸九鼎載，要令行人知避害。大物不少天地間，世人少見多所怪。君不見蝤蛑一殼能專車，滄溟無數吞舟魚。若論海水浮地軸，此魚之微乃一粟。

杏花

梅花開時惜春少，桃花開時惜春老。杏花斟酌春半開，細雨江南今正好。煖香漠漠拂遊絲，絳雪霏霏映空曉。倚闌羅綺不勝嬌，對鏡蛾眉猶澹埽。昨夜半含今爛漫，摇蕩春風不自保。空庭無人相慰藉，出入花叢有啼鳥。天公料理付春寒，未遣青芽吐林杪。直須繞花看百遍，人事等閒莫相嬲。

題王謙畫梅

冰壺道人寫冰雪，目注横斜指運鐵。梅花所重品高貴，畫手方矜筆雄傑。神明獨得本於天，工拙還由生熟別。我嘗自謂無不能，況與梅花尤有情。左旋右折不稱意，始覺能者天機精。是中甘苦未閲歷，胡得漫浪相譏評。曹郎襲之同拱璧，一回展觀一太息。從今只辦看梅花，不敢與君鬬筆力。

陳仲台先生殉節詩有序

先生名于階，吾邑百曲里人。崇禎末欽天監中官正。順治二年，大兵渡江，福王出走，尚書張捷等九人皆死。先生死於雞鳴山之觀象臺，僕宋千負骸骨歸葬，亦自經墓下。雍正三年，憲皇帝命覈前朝死事之臣，立廟以祀。先生元孫其材上其事於有司，得與曠典，一時詩歌以紀者甚衆。今復徵詩，爰有是作。

大清方與民更始，江南猶奉明王子。羣臣昏佞速國亡，烈士矢心惟有死。陳公推挽史公力，史閣部引爲參謀。小臣亦與謀人國。謀人之國敗死之，先生此理夙所識。千官順命朝鳳凰，九人絶脰存三綱。觀象臺邊公濺血，鶴鳴村畔僕同藏。從來跖犬能吠堯，褒忠幸遇無諱朝。祠廟千秋蒙俎豆，地靈百曲生英豪。仕宦當時羞異路，卜祝之閒誰比數？正氣常留博士祠，慚顔空表詩人墓。

周生鳳銜聽泉圖

擪孔得音簫籥笙，撥絃出響琴瑟箏。山中何有絲與竹，水石撞衝聲自鳴。韶武鄭衛别邪正，今樂古樂出淄澠。惟泉作聲一以清，疾徐高下皆和平。冷泉亭内終日聽，水樂洞邊幾度經。周君好音惟好此，寫真寓意知其情。吾聞吕梁懸水三十仞，匡廬九疊噴翠屏。又聞畫水蒲永昇，波濤洶洶屋欲崩。君今寫真作水聽，吾鄉何處得此聲？曷不裹糧策杖爲遠行，深山窮谷隱姓名，耳聾萬壑輥雷霆。

素心蠟梅

蠟梅不聞古有賦，蘇黄以來名始播。當時不厭帶微紅，近日争言要純素。有如布衣聲價高，反覺華纓無足慕。昔從鄢陵移種來，歲暮雪中花正開。可比太清無渣滓，不教明鏡照塵埃。托根得地花常盛，澹月清冰巧相映。偶撿繁枝贈遠人，時防俗客窺蘿徑。交游零落素心稀，密意相投各欽敬。

朱初晴畫雞

腷腷膊膊雞初鳴，索雞人來叩柴荆。初晴卧起蕭齋清，鸜鵒硯如呀鶻騰。筆頭嚼開雞毛翎，濃墨澹水相合并。栅中一雄入剡藤，高冠長尾目注睛，怒氣勃勃凌秋鷹。作詩題端擬杜陵，四句疑截《縛雞行》。索者卷去黏曲屏，老嫗請割兒欲烹。始知可寶緘箱籯，近來此畫價不輕。一死可易十數生，爾之生也余所憎。畫中卻喜觀模形，倘逢齋日停葷腥。便置俎豆馨神靈，何如梁皇麪犧牲。

十八日夜雨

愁眠時夢雨，歡寤果聞聲。點滴中宵聽，清涼滿屋生。枯苗應驟長，空壑想微盈。似戒滂沱暴，輕雲倍有情。

徐甥屬臨玉板十三行書其後

縹緲凌波蹟，丹青寫恨長。飛花浮洛浦，斑竹遠瀟湘。薄命承恩盡，雄才慕色荒。千秋餘片玉，零落不成行。

宗鏡閣

山氣莽岑寂，禪關喧處深。暫留高閣憩，想見昔賢心。慧業傳初祖，宗風接道林。百篇文字蹟，累劫到於今。

遥挽班將軍弟鄂參贊容安

降王真繫頸，黠虜詐輸誠。路梗孤懸將，情窮遠戍兵。凶門鑿周處，碧血裹萇弘。絶塞埋忠地，丹心照雪明。班侯薇省日，鄂國翰林時。鴿立同階序，鸞翔各路歧。勳名方盛立，身命竟瀕危。生死艱難際，還將大義垂。

題庭中橙樹池邊烏桕

曾隨橘柚貢京師，細雨移來復幾時？歸客正深林壑思，殘年欣對雪霜姿。壓梢顆顆金丸重，覆檻陰陰碧葉垂。風味舊傳和玉膾，鸞刀何忍碎芳絲。

蕭蕭木葉下無邊，楓冷吴江秋可憐。小院一株烏柏樹，亂紅千片夕陽天。閒門深鎖知誰種，老幹成陰又幾年。生意不衰摇落後，菊松相伴草堂前。

暮秋舟行

樂游秋晚訪漁樵，谿路紆回不上潮。紅葉滿船人語少，白雲無迹雁聲高。田家遠近藏修竹，漁舍參差夾斷橋。欲採芙蓉問前浦，風蒲獵獵雨瀟瀟。

席寶箴築假圃成寄題

巖間别築小林亭，拂水聲中坐掩扃。春雨寒梅千澗白，秋風叢桂半山青。捲簾冰雪歸吟篋，隱几煙霞滿卧屏。未得從君作裴迪，敧湖鹿柴望冥冥。

喜聞金川平定同小厓先生作

欣聞荒服已來朝，真見虞廷格有苗。擒縱共推諸葛聖，恩威直懾趙陀驕。勳名繼古標銅柱，將士還家插漢貂。慚愧文園多病後，請纓無路老漁樵。

胡大中丞祭告禹陵過家不及相晤代柬

上壽慈寧慶典成，山川秩望重臣行。禹陵弓劍沾王澤，越國風雲擁使旌。芳草又催還闕路，柳條難繫戀鄉情。知君心鄙題橋客，牛酒無勞父老迎。

錢香樹先生寄詩存問賦此奉酬

金石文章起大名，賡歌雅頌答休明。詞臣快意風雲會，達士終身水石情。人羡遺榮如賀監，家傳多壽似彭鏗。微痾暫遣東山卧，朝野依然仰月卿。

寄史南如嚴州

鸚鵡洲前弔禰衡，桐廬江上訪嚴陵。詩文氣習真名士，山水風流老郡丞。黄閣舊看雙集鳳，赤霄今待一飛鵬。家園雖傍東坡宅，問舍求田且未應。

桂花

叢桂山中早晚香，開從白露到重陽。月明良夜窗前影，風動蕭晨夢後香。百歲枝柯方偃蹇，九秋庭院未荒涼。欲參金粟如來意，五字傳心有晦堂。

梅隱

清谿白石自深幽，花發高寒攬敝裘。老我青山煙外宅，伴君明月水西樓。鹿巾斑杖徐教引，暝色餘香静可求。十六年來偕隱事，春風鶯燕不相謀。

飛來峰

六鼇戴不移，萬里忽飛至。五月長風吹，尚作掀舞勢。

杏苑

春晴一宿落梅風，杏子花開淺澹紅。芳草青青寒食後，倚闌人在月明中。

族孫尚明借琴

一囊絲漆抱絪緼，我不能彈借與君。松月夜窗披卷暇，試從尼父溯周文。

題黄遵古秋山不老圖

看徧神州千萬峰，歸來盤薄寫遺蹤。雁門八月飛霜雪，離立陰崖盡赤松。

題兒滿林畫

寒山雪浄草新青，水上開窗對翠屏。茅屋幾家深隝裏，杏花紅綻雨微冥。

題滿林雪景

雪風衝帽凍塗長，借問先生底事忙。吾願少須和暖出，人驢同暫疊巾箱。

友人折贈黄梅

半樹黄梅幸見分，小齋垂幕玩清芬。層層節節枝枝對，如誦人間排偶文。

黃知微，字汪度，素子。

題貫芬弟得得龕圖

我愁未了椒邱事，爾喜初營得得龕。十畝水雲我所樂，半園蘭蕙爾尤貪。秋風莫笑雁行隔，春草應知夢境諳。他日倘能同學稼，龕之東舊有學稼軒。藕花香裏再移菴。

黃知彰，字貫芬，號秋圃，素次子，貢生，有《得得龕詩稾》。

顧小厓曰：貫芬黄子，嘗從學於環菴，所爲詩歌亦酷似其舅。

朱東村曰：黄君秋圃於詩古文詞，其師事者，始則舅氏環菴，繼則亞浦唐君。砥礪刮磨，少壯不怠。當黄中允、顧侍講後先歸里，君數與講貫酬倡。二公爲風雅主盟，品目浦東詩人，必爲君首屈一指。人第見其繪情寫景，縱横如意，而抑知深造有本，固非游光掠影者所能頡頏也。

張培珊曰：黄君秋圃所爲詩詞，不屑傍人門户，自出機杼，精神充實矣，意氣安閒矣。如擫笛彈箏，抑揚合節者，心能使指也；如施丹暈碧，濃澹得宜者，筆能隨意也。有聲有色，著作之能事畢矣。

程嬰公孫杵臼藏孤處

今人視死難，古人視死易。力存趙氏孤，難易兩相濟。青山猶峩峩，高風竟誰似？趙國無片壤，獨有藏孤地。可憐宇宙間，不朽惟名義。

盧生授枕處

乾坤設大夢，終古役衆生。盧生偶然覺，孤鶴長空行。我來索殘夢，欲驗塵世情。一夜荒祠宿，萬境晦復明。夢來何所自，夢破何所憑？明朝策馬去，門外寒山青。

王烈女詩

鶴沙久無鶴，鵝鴨喧江潯。忽從雞羣中，覩此九臯禽。雄雌有定偶，飲啄必擇林。聲聲喚姑惡，天地生愁陰。但願白璧完，不畏清流深。康翁發潛德，樵史書貞淫。我欲薦其言，天門峻沈沈。東野句夢乘仙人驥，徘徊閶風岑。俯聽華表語，嘹唳感哀心。爲歌烈女詩，載詠雁邱吟。

乾隆乙丑十月眉亭卒東村先生作文哭之生平技能之妙述之詳矣余復作此追敘疇昔

世間多酒徒，無人知酒味。世間多畫師，無人知畫意。沈子好飲酒，甘旨非所嗜。沈子善論畫，脂粉悉吐棄。論畫不求形，飲酒不求醉。壺觴卷軸間，邈然餘古思。此旨難告人，聞者或詬詈。我有酒盈瓢，我有畫盈笥。味在澹泊中，意在空濛際。麴櫱化聖賢，水月參文字。沈子扁舟來，山齋日相對。左手持畫卷，右手執酒器。妙論絶近今，言言洩真秘。千古獨醒人，常抱煙霞氣。相見恨差晚，入林欣把臂。鷗鷺結閒盟，高懷矢寤寐。定交未十年，一旦舍我逝。釀熟呼誰嘗，圖成與誰視？獨酌寒山空，悠悠思冥契。行將筆硯焚，遑惜罇罍碎。鍾期不復生，焦桐從此廢。

海大魚

雪濤夜拍南涯觜，一魚隨風海涯止。非鱮非魦非鰋魴，森然鱗甲長鯨似。雙珠已失月光寒，昆明頑石枯形峙。村童野老羣走觀，冷渚窮沙鬧如市。矜奇好怪語不倫，爰居幾作東門祀。更值天垣見彗星，災祥又誤《淮南子》。不知滄海浩茫茫，吞舟之魚多於蝗。有時掉尾風雷中，有時蜕骨泥沙裏，有時幻出北溟鯤，有時失卻西江水。龍伸蠖屈亦尋常，豈與星躔共臧否。作詩我欲告鄉人，尺澤之鯢難語此。從今衆口任悠悠，吸盡百川聊隱几。夢攜長劍跨滄溟，墨池戲控琴高鯉。

讀離騷

騷筆開鑾奇，離魂麗日星。適遭天帝醉，不使楚人醒。耿耿丹心在，茫茫碧草馨。文章有真壽，何用哭湘靈。

得得龕即興

偶然結幽境，簾捲落霞間。香冷詩魂醒，月明花影還。苔痕存太古，庭氣儼空山。欲就閒鷗夢，相期碧水灣。

秋感三首

牧笛吹雲過，漁舟載月來。相逢無款曲，獨立且徘徊。野境真詩境，茶杯勝酒杯。生平忘寵辱，不用鴆爲媒。

書空常咄咄，何日出埃塵？見獵還生喜，求仙冀遇真。路歧無定識，時去惜閒身。富貴雖非好，寧堪作隱淪。

漫説蕭森況，隨緣强破顔。乞花當買妾，看畫算居山。慚愧因人熱，夷猶任我閒。只愁閒日月，飛去不飛還。

昨夜

昨夜攜笻出，深山獨自游。鑿雲尋古洞，緣樹上危樓。水活谿常碧，林荒徑轉幽。歸來滿煙翠，囊貯十分秋。

過兄椒邱別業

數椽茅屋占谿雲，近市依然隔市塵。直與沙鷗争樂土，常攜野衲伴閒身。分開煙水通三徑，落盡蘆花見四鄰。澹泊生涯宜爾爾，莫留紅紫誤游人。

梅花

莫被繁華誤此生，前塵應記舊枯藤。閒宜流水疏宜竹，澹是斜陽瘦是僧。雙眼不欺江上路，數枝還襯雪窗鐙。詩魂願逐花魂去，共宿春山第一層。

客去

客去迴廊不捲簾，閒中樂事静中添。松根掃石和雲卧，夢裏逢花帶笑拈。晴雪撲人憐鬢脚，遠山入畫憶眉尖。眼前無限春光好，林壑難邀舊雨霑。

夢回

夢回漫問夢如何，信口微吟和棹歌。落葉因誰寄蕭颯？夕陽爲我感蹉跎。尊前琴筑知音少，囊裏篇章哭友多。雙鯉浮沈鷗侶散，一竿孤負好煙波。

將送朱品山葬聞華介巖北闈捷音

蒼茫世事不堪論，漫問花前舊酒樽。玉美竟成清廟器，香消難返夜臺魂。吴霜燕月書千里，春雨秋山淚一痕。數徧悲歡與離合，寒鐙無語伴黄昏。

寄題春江第一樓

盼斷春江第一樓，征帆葉葉路悠悠。不知楊柳誰青眼，空笑梅花自白頭。江水隨時流客夢，故人何處弄漁舟？舒姑負卻當年約，懶掃閒雲認舊游。舒姑屏，壬戌春舊游地也。

宋詩人儲華谷墓

斷碑拜罷晋將軍，弔古攜朋路又分。陵谷未湮高士迹，兒童争説木魚墳。筆花囊錦終塵土，仙夢吟魂半水雲。華表歸來誰共語？壎篪夜夜隔谿聞。泳弟游墓相近。

高隱當年聚一門，四朝前事更誰論？徒留荒冢傳兄弟，可有遺文付子孫？孤棹撥雲黃葉岸，瘦笻披莽白楊村。古人不見空回首，歸去寒宵役夢魂。

小山

小疊煙霞稱小庭，無端欲僭碧山名。石纔似笱掀泥出，翠僅如眉入鏡横。半樹乍敧朝嶺暗，一螢斜度晚峰明。躋攀漫動高卑感，九仞皆由簣土成。

小池

一泓僅可傲蹄涔，常借漁竿測淺深。片石爲橋呼鶴渡，孤舟如葉傍花尋。未堪灌溉通人力，儘許空明鑑我心。河海漫矜千里闊，風波日日患浮沈。

閒中偶題

無邊詩境倦摩挲，敢怨東風驀地過。燕子但知香夢穩，梨花終怕雨聲多。暗窺瘦影憎明鏡，常護閒門感碧蘿。盡日苦吟吟不了，滿園芳草奈君何。

初寒即興

霜風昨夜透窗紗，曉起披簾景色差。一點緑消題字葉，十分黄瘦隔籬花。掬泉墨沼詩痕凍，還夢寒山蝶影賒。兩袖欲舒還瑟縮，阿誰乞火爲煎茶？

二月二十夜夢中得蝴蝶一聯醒而續成之

名山未得便移家，漫脱煙蓑卧釣查。蝴蝶一雙新夢境，梅花三百舊生涯。酒香茅店青簾出，路轉芳隄緑樹斜。滄海無端碧雲起，輝輝直接赤城霞。

登樓

南枝尚無消息，北望雁影空翔。去日悠悠不返，登樓又送斜陽。

不忍

碧雲紅樹路悠悠，江上風驅一葉舟。不忍看君從此逝，文紗深掩小瓊樓。

夢尋西湖詩三十首選十二首

夢碧道人愛西湖之勝，欲移家而未果。日有所思，凝而爲夢，隨夢隨吟，夢境所觸，皆吾詩也。夢中紀游，真夢中説夢也。

醉策蒼虬當瘦笻，白雲舒卷舊遊蹤。兩峰三竺飛行徧，不見當年九里松。

不作山樵便水漁，半生幽興竟何如？梅花深處逋仙宅，獨木爲橋小結廬。

翠禽小小隔雲啼，千樹梅花一望齊。窗下竹鑪香未燼，移家我又住西谿。

葛嶺行過又岳墳，眼前疑水亦疑雲。重重巖壑湖邊繞，一抹空濛翠不分。

門前雲磴石盤盤，兩字韜光一笑看。佛宇仙壇渾不識，故交惟有碧琅玕。

一葉淩波不覺遥，前頭又是段家橋。分明醉泊荷香裏，驀見羣峰雪未消。
夢中也識虎跑泉，閒試新茶石鼎煎。茶熟夢回還悵望，谿聲山色兩茫然。
南山山路幾經過，野寺荒橋盡薜蘿。行到九谿十八澗，人聲漸少水聲多。
平生未上夕佳樓，路趁霜林借夢游。此境是真還是幻，斜陽空抱滿山秋。
雲轉山腰路入城，丁仙閣畔御風行。摩碑讀罷鼇峰句，露重花攲欲四更。薩天錫有詩刻石。
一鉢肩挑更一缾，洞中一枕醉還醒。榮枯不入先生夢，澗草巖花日日青。
借取莊生蝶作驂，行過曲水又蘆菴。山童相見笑相問，問我何如得得龕。

鄧尉探梅

雲隔遥林路不窮，疎疎粉墨自清空。看花有法如看畫，佳在模糊淺澹中。
千年淪落老詩人，古怪清奇現後身。桃李叢中容不得，梅花邀去結詩鄰。清奇古怪，司徒廟前四老柏也。

讀匯參淚憶椒邱之句感賦

十年辛苦種谿花，酒熱詩清逸興賒。舊日月牙池上客，不知沈醉更誰家。
九泉誰問采蓮舟，花自凋零水自流。尚有當時舊僮僕，野田閒坐話椒邱。

附墨香《得得龕詩稾跋》：乾隆壬子，爲志事居邑城經歲，時時晤碧塘，因得借讀先生詩稾，然志事迫促，未得細爲尋繹也。今嘉慶丙寅九月，予從句曲假歸，至煙霞閣與碧塘商刻《海曲詩文鈔》，重攜先生集讀之。其詩之精妙入微，小厓、東村、酸齋諸公論之詳矣，予又何容再贅。獨念先生與先君子同係康熙甲申歲生，予垂髫時，即從先君子後獲仰光儀；稍長，即登煙霞之閣，索清秘之藏。蓋先生喜蓄前賢名蹟，且妙於皴染，而予又嗜畫入骨髓，因時索先生畫，并索觀先生所藏之畫，無有饜足，而先生終不以爲忤也。丁亥歲初，先生約於禊節前後枉顧，作十日留。至期，湘湄大州同來，旅雲丈亦不期而至，相與濡毫吮墨，落紙如飛，予亦滌硯拂几，趨承恐後，蓋生平快聚之樂，無有過於此者。未幾，先生以脾泄遽歸。方思再訂後期，不料戊子五月痛遭先君子之變。先生躬自弔唁，且曰：「吾與君同庚相契，何捨吾而先逝耶？」爲憮然者久之。豈知未及四月，而先生訃音亦至。老成之痛，罔極之悲，竟萃於一時也。今自戊子以來，忽忽已四十餘載，名不成，藝亦不就，而耄已及，讀先生詩，能不感慨係之耶！

丁岵瞻，字綏禄，號念我，又號蕉園，居周浦，監生。

《墨香居詩話》：外舅中年以後，離宅二里許，構茅舍三楹，環植竹樹，耕時則徙居之，收穫則仍居老屋中。每當農隙蕭閒之際，非危坐觀書，即撚鬚覓句。每歲必訂一小册，詩成即書於上，晤時出以見示，然至來歲即不復問今年詩册何在。蓋借此陶寫性情，消遣歲月，並不欲與騷壇争風雅之名也。以故知其能詩者甚罕。予自乙未游楚，至己亥歸里，外舅已遊道山。後嗣不振，田宅盡爲他人有，無論手澤矣。既而有《海曲詩鈔》之役，購得外舅手鈔詩數十餘首，録而存之。邇年來親友復以零星散稾見示，然求其體格完善，無如前所録者，故亦不復另採云。

春日讀吴婁東豔體詩偶效其體

閒話春妍夕照中，依稀猶記畫堂東。柳眉入譜輪螺黛，杏臉窺籢墜粉紅。玉笛紅窗吹夜月，金樽碧檻醉春風。誰知薄福難消受，十載繁華一夢空。

好夢驚回事已殊，柔鄉此局歎全輸。玉簫曾記吹紅雪，金谷徒聞唤緑珠。一曲豔歌留碧串，十年清淚溼芳襦。逢人欲訴從前事，話到傷心便向隅。

細翦春鐙訴舊情，偶於情劫悟三生。階前瑶草留芳躅，畫裏瓊枝記小名。梅蕊多情憐雅澹，楊花薄倖妒輕盈。碧山堂外斜陽裏，豔影香絲半是卿。

春風吹夢影絲絲，偏繞梅花認故枝。帳上有香消宛轉，窗閒無月映參差。蘼蕪山下徵新句，鸚鵡籠中念舊詞。記否板橋橋外路，夕陽聯袂賦梅詩。

雪作精神玉作膚，芳姿曾倩畫工圖。偷描豔譜蛾長掃，學試蠻妝髻矮梳。楚岫半攲情怳惚，巫雲全護影模糊。湖山石畔幽篁路，唤取真真尚在無。

香魂多半滯花梢，舊事驚心賦解嘲。夜雨滴殘鸚鵡夢，春風吹綻鳳凰巢。銀筝度曲憑誰和，紅豆徵歌爲爾抛。此日相思難見面，雞鳴風雨怨膠膠。

秋暮江村雜詠

釣魚磯好傍柴扉，門外漁翁坐釣磯。斜日三竿魚未得，一雙翡翠掠磯飛。

九月秋涼未隕霜，青楓初紫菊初黄。昂頭坐看江天晚，寫偏雲箋雁數行。

海曲詩鈔卷十三

清

吴世賢，字掌平，號古心，居下沙。乾隆戊辰進士，歷官湖南沅江、湘陰、靖州，湖北咸寧、黄陂，河南密縣諸州縣，終於廣東樂昌縣。

《墨香居詩話》：古心先生以卓犖俊偉之才，浮沈州縣三十餘年，仕途蹭蹬，莫此爲甚，而先生毫無芥蔕，有官即做，有酒即飲，有詩即吟，有紙即畫，其襟度伉爽尤非人所易及。近從煙霞閣得其遺稾四小册，二册乃係手書，改竄塗抹，幾不能辨。一爲詠物詩，一爲題畫詩，俱有逸趣。擇其尤善者録之，如見先生蓬勃之氣於行間紙上矣。

寫蘭漫題

至味寄澹泊，逸趣在清净。山深屐齒稀，微覺春晝永。童子汲新泉，麝煤試秃穎。一葉妃一花，馥馥崇蘭影。芳心只自知，一片白雲冷。

悼陳丈柰邨文名鴻業，字翼王，航頭人。

昔者先君子，授經終其身。屈指數獨行，柰邨乃其人。柰邨不富亦不貧，讀書自好全天真。十年相契水入乳，異姓客若篪與塤。庭繞芝蘭甕多酒，勝日欣然招勝友。澹飯黄虀愧薄筵，鑪香茗椀稱閒叟。小詞一闋詩一篇，詩乃太白詞屯田。偶爾濡毫圖輞川，一皴一染皆雲煙。生平布韈與青鞵，乘風放棹來秦淮。文應省試一次，薦而不售，即棄去。有人空識斗牛氣，昨此歸來長劍埋。點易臺，欠山閣，一兩山房同零落，海棠巢畔斷人腸。文采風流夢如昨，大雅於今久不作。

家竹堂寫竹林圖照屬題

竹堂畫竹宗文蘇，風吹雨洗雲煙鋪。自憐瘦影難自寫，更倩好手爲之圖。虚心勁節惟神似，不在千个萬个空形摹。猶記湘江聽夜雨，《離騷》一卷酒一壺。圖中之人如可呼，把臂入林容我乎？

秋蘭

秋風紉作佩，幽意出芳叢。珠露微微點，輕煙澹澹籠。相思彈一曲，無語怨湘中。偏愛秋光裏，《離騷》讀未終。

秋帆

秋水擊空明，孤帆天際行。乘風意自得，望遠感還生。極浦層波渺，斜陽一鳥輕。半江紅樹影，畫筆寫難成。

殘紅

夕陽樓外馬蹄中，狼藉春光拂轣紅。魚唼小池吹細雨，燕銜深院惜東風。雲容藹藹香初歇，簾影沈沈夢未通。枝上空教留杜宇，多情啼過緑陰叢。

小鴨

一篙新緑漲平池，乳鴨紛紛乍浴時。澤畔呼名還逐戲，灤間小睡慣嬌癡。畫闌閒對絲絲雨，茅舍分圍短短籬。除是浮家更泛宅，五湖藻影費尋思。

夜雨

勞生會合亦悤悤，遍拍闌干倚晚風。愁似遠山來未了，事如積水漸成空。雄心半減秋聲裏，渴疾難消夜雨中。獨對尊前渾欲絶，碧天嘹嚦有哀鴻。

秋海棠草蟲畫册

澹白輕紅繞砌生，蕭蕭露下一蛩鳴。月闌夢斷空閨夜，零落涼風是此聲。

題畫蘭四首

紉佩風前憶漢皋，湘江日聽翠雲濤。官齋記得涼如水，漏滴三更醉讀《騷》。

藕花風裏披襟坐，窗外蕭疎清影長。不履不衫佳子弟，繞庭分外覺心涼。

岳麓湘江側一身，秋風嫋嫋憶鱸蓴。而今夢斷三千里，特寫騷心贈吉人。學書學劍兩無成，東抹西塗誤一生。自笑不材類樗櫟，思憑香草識微名。

唐承華，原名丕承，字誕仲，號肯畬，柴谿先生仲子，乾隆庚寅恩科舉人。

題閔篔谷聽泉圖

適口無正味，悦耳無正音。潛虯媚幽壑，鳴鳥喧陽林。欣賞安有定，所託隨淺深。遐哉閔仲叔，澄泓本素襟。意志交寂寞，凡籟難與侵。採芝窮巖下，菟劚歷嶇嶔。平沙漱屐齒，絶澗鳴瑶琴。倚石小佇立，俯仰忘古今。非爲耽此響，寄興來登臨。情愜神無繫，悠然寧自禁。予性故落寞，兹事良所歆。願言躡高躅，洗耳静論心。惟懼煙水杳，茫茫絶雲岑。希風不可得，還從圖畫尋。

晤馮君南岑於永定禪院

爲訪騷人宅，來尋佛子居。長廊何曲折，大樹正扶疎。竹翠晨侵幌，鐙青夜翦蔬。悠然塵外趣，著述近何如？

唐芬，字馴叔，號竹心，柴谿先生季子，乾隆丙子舉人，著有《見天閣吟稾》。

葉恒齋曰：竹心《長相思》二章，爲張籍、王建之嗣音；《烏棲曲》一章，又得太白之神韻。

春隄行

江南三月天氣清，雙橈畫舸掠波輕。夾水盈盈簫鼓沸，美人如花打槳行。獨坐春隄泛春酌，柳花撩亂當杯落。眼光欲入鏡湖飛，頭上青絲不如昨。繚屧廊邊花作茵，蘇臺芳草幾回新。花魂蝶夢不曾醒，鷓鴣啼煙愁殺人。

長相思

長相思，天一涯。明月如環復如規，黄鵠千里不歸飛。清霜沾林白皜皜，羅幃不斷寒風吹。風吹時以南，時以北，游子迢迢不轉轂。籬有菊兮畹有蘭，折盡芳草爲誰馥？

又

長河耿耿明煙樹，雙星隔水啼秋露。離魂只在水東西，妾夢無由識君處。霜風吹雲雲滿天，華月流雲雲錦鮮，銀缾汲水雲滿川。君心能與月同照，水底看雲亦窈窕。

烏棲曲

長安城邊雙白榆，朝棲鳹鵲莫棲烏。烏飛歸來鵲飛去，月明肅肅啼煙霧。明朝不見烏棲處！

輓松下童子

童子爲葉恒齋典籍令嗣，初名滿林，更名敬瑜，字伯玉，號苐菴，又自稱松下童子。七歲畫山水，居然老蒼，雖時失生硬，自成邱壑。戊子夏，爲予作小幅，自題有「分明阿耨池邊路，香醉山連大雪山」，遂成絶筆。

適從空中來，忽向空中去。塵寰亦何累，掉頭不肯住。片墨落人間，淋漓溼煙霧。何處覓仙蹤？阿耨池邊路。

題晴道人爲花忙圖

春山過雨春如濯，竹擔挑來春一角。長紅小白向春開，攬取春風不盈握。道人尋春興不窮，芒鞋踏遍春山空。回頭一笑看春色，那知身落春風中。

睡雀

林表月將墮，空庭人悄然。露華凝古樹，幽夢入寒煙。哀澤悽鴻雁，啼魂響杜鵑。蒼茫暝色裏，獨爾一枝便。

歸舟

野塘新漲雨，舴艋載春風。斜日數聲觽，渚花落滿篷。囊琴支坐穩，小隸掉波工。薄暝停橈處，茅櫚夜火紅。

白石山居即事

雨過蕭齋清晝閒，杜門終日立花閒。吟邊白石一卷秀，脚底碧苔千點斑。橘刺鉤衣還走避，藤梢拂帽忍輕攀。野夫知我耽幽趣，頻採藥苗叩竹關。

稺緑嬌紅滿座隅，日攜鍬鍤歷榛蕪。柔荑帶露和煙種，嫩蕊敧風倩竹扶。石砌高磽宜杜若，牆根卑溼利菖蒲。但教生意無時歇，野草山花盡我徒。

題王東軒畫

鴉噪西風木葉凋，疎林夕照莽蕭蕭。故人家在寒煙外，落日扶笻過板橋。

連翩煙艇去如梭，葉葉輕帆翦白波。黄鶴磯頭歸雁少，青楓江上暮鴉多。

春山雨過竹雞啼，嫩緑煙梢翦翦齊。記得芙蓉江上泊，倚樓人在夕陽西。

危峰壁立鬱崔嵬，一綫穿雲急溜開。千古隴頭嗚咽水，萬猿聲裏一船來。

一徑蛇盤上翠微，孤亭落日亂煙霏。青松短壑幽人在，我欲攜笻叩竹扉。

王瑛，字若愚，居北四竈，邑增生，有《敬勝堂集》。

賓旭軒晚坐

落日澹平皋，微涼生書幌。息機信堪娱，勝若膏露養。山川既曠遠，軒窗亦宏敞。琴書備撫弄，畫圖供俯仰。須臾萬象暝，流螢出篠蕩。門外少人聲，但聞漁榜響。

采蓮曲

泖湖之水清浩浩，中有芙蕖顔色好。緑葉紅花影動揺，吴姬蕩漾浮蘋藻。何必裁成漫作裳，嬌癡二八風光早。玉肌皓腕色逾妍，名花美女互相憐。依稀笑語花間出，驚起雙棲翡翠眠。摘得並頭猶未足，低鬟微笑漫相搴。歸來重把花房數，記取此中百子蓮。

錢塘懷古

茫茫五代亂離年，此際英雄早著鞭。今夜鵑啼聲似咽，當時龍戰血猶鮮。錦衣幾度吴山外，金鏃長埋鳳嶺前。遥想版圖初獻處，夕陽樹杪起蒼煙。

山川震動幾何時，又見江干駐翠旗。雪窖冰天三萬路，舞衫歌扇八千姬。武陵谿口花空笑，羅刹江頭水自悲。三竺六橋無恙否？半閒堂内客哦詩。

金陵懷古

南朝諸刹最嵯峨，翠輦龍旂舊賜過。三次捨身終捨國，七官操政竟操戈。江山有恨金甌缺，梵偈無聲鐵騎多。懊惱興亡眼底事，可曾稽首問維摩？

題蕭然萬籟涵虚清圖

月滿閒庭夜氣清，篝鐙兀坐擁書城。芭蕉雨外梧桐雨，蟋蟀聲中絡緯聲。未下子時商奕理，不安絃處會琴情。文章此夕真奇絶，活潑源頭妙悟萌。

泖湖春泛

湖光瀲灩媚晴空，最好春來繫釣篷。花氣暗侵沙岸碧，晚霞斜襯畫船紅。漁莊曲曲看難盡，遠樹層層寫不工。多少煙波堪寄興，蓴鱸豈必爲秋風。

題黄九鉋水墨牡丹

不須多説買胭脂，潑墨拈成富貴枝。濃抹澹妝同一色，分明煙重露凝時。

泊芙蓉湖

夜泊芙蓉一水灣，煙村廬舍有無閒。更闌人静漁歌歇，卧聽寒泉瀉碧山。辛苦長征八月秋，柳塘此夕暫停舟。九龍咫尺不可到，夢入秦園水竹幽。

蔡善培，字櫝垣，邑諸生，有《寶燕堂集》。

舟過潤州尋丁卯橋唐許渾故居，有《丁卯集》。

今歲逢丁卯，來尋丁卯橋。橋還同昔日，人已隔前朝。賸有詩篇好，難將魂魄招。空餘一片水，終古咽長宵。

冬暮泊舟横雲山遇一老人龐眉皓首與之言類有道者賦贈一律

日落寒江晚，孤舟此暫依。草枯山見骨，水涸石生衣。傾蓋逢高士，攜笻叩竹扉。清言多近道，鐙火夜深歸。

登報恩塔聞笛

憑闌極目思茫茫，萬井參差夕照黄。十里鶯花渾爛漫，六朝陵寢半牛羊。山村渺渺歸雲晚，江水滔滔白露涼。對此百端愁正結，可堪羌笛怨清商。

贈姚江楊杏仙先生

翠竹千竿屋數間，推窗面面對谿山。松棚點《易》心彌静，水閣看雲意自閒。一枕夢回風細細，半庭花落鳥關關。此窩真足稱安樂，九轉何須覓大還。先生好仙術，故及。

真孃墓

争長黄池霸業休，西施去作五湖游。玉顔不及真孃墓，猶占山塘土一抔。

喬之芬，字香谷，居一竈，貢生。

自題課子圖

四民各有業，孳孳日勤劬。士也獨爲貴，所務惟詩書。髫齡端蒙養，進修與年俱。上足爲世用，下亦善其軀。少小苟暇逸，老大成庸愚。爾年十有三，已届舞勺初。其次三四齡，漸可識之無。莫謂方幼穉，歲月猶徐徐。倘不惜寸陰，負此化日舒。皋鶴鳴砌畔，花香繞座隅。爲問農與賈，雅俗非同途。勉旃勤其業，勿使愧此圖。

荅家兄逐峰客京都見憶詩

花萼樓頭賦友于，登臨雅集賞心俱。羡君才似沖霄鳳，愧我身同伏櫪駒。遠奏塤篪音自合，分飛鴻雁影偏孤。客中無限凄涼況，一片秋風管得無？

無數衷腸筆底收，看雲白日興彌幽。論文每憶雞窗共，擁被誰消客邸愁？兄來詩有「姜家製被誰同卧，陸氏衡文莫共商」之句。料得池塘應有夢，遥知風雨悵同遊。宦情那似親情篤，一幅吟箋韻獨悠。

送家兄逐峰之陜州任

羡兄此日赴名州，涉水登山逞宦遊。吏治還期勤報最，莫教先哲獨稱優。

奉觴旋奏送行辭，勝蹟吟成日暮時。手足關情離别後，停驂盼望錦囊詩。

閔圭，字杏垣，爲輪長子。

黄秋圃曰：杏垣喜讀書，善騎射，閒作小詩，絶無俗韻。二十七而夭，無子。

壽文上人

孰知塵外客，古德似君稀。有性了空色，無心關是非。酒寧招俗士，詩肯落禪機。試問年來詠，飄然舊衲衣。

蘭

一卷《離騷》酒一甌，幽人臭味自相投。便當門亦休鋤去，欲託琴誰向譜求。曳杖漫來尋蕙圃，搴芳應許傍椒邱。何時更繼山陰集，爛醉春風杜若洲。

鳳仙花

蓬蒿徑豈足棲遲，漫託靈雛孕一枝。三鳥使宜隨絳節，五雲車愛駐瑶池。瓊柎比翼簫吹放，苞彩簪鬟鏡合知。聞道九天多雨露，肯辜呈瑞向清時。

閔如璧，字荆庭，模季子，監生，有《南谿吟》。

黄秋圃曰：舅氏蓉谿有才子三人，曰桐邨，曰思參，曰荆庭，皆質美學充，一時文譽滿人耳，而荆庭尤工吟詠。

題黄秋圃思舊詩後

沈鱗不復縱，羈羽無時飛。誰知青霞侶，零落山邱歸。平生師友誼，豈係窮達違？屈指溯芳躅，一一生嗟唏。湯子秘鴻寶，古調流音徽。矢志發忿滀，盈懷編珠璣。欠山高自置，談笑玉屑霏。落落不欣戚，有作皆天機。栖栖白雲士，墨池靄古肥。寂寂二上人，吟社隨指揮。顧子澹蕩人，不著紫與緋。小謝繼清芬，紅英落霏霏。我愛程文學，綽約如真妃。亦喜曹茂才，辛苦學呼豨。二子俱謝世，翰墨何由輝！我思吴興子，譚藝來頎頎。旗亭争畫壁，尋詩解愁圍。紅顔亦凋喪，如彼白露晞。黄子素好古，俠氣凌天扉。念此數子者，夙昔相因依。風波各失所，轉盼人殊非。惻惻傷駏蛩，淒淒感伊威。遺音渺難嗣，掎摭誠庶幾。漆鐙閟長夜，幽坎昭靈暉。嗟彼紈袴子，玉軸充屏幃。問是何人爲，勳爵高巍巍。誰能誌金石？蚪光發潛微。感子具元覽，超然無脂韋。故人不相見，展對良依稀。何必山陽笛，令人淚沾衣。

題黄秋圃得得龕圖

竹隖翛然遠市闤，幽居十畝晝圖閒。藏名豈必逃虚谷，招隱何妨就小山。魚戲東西應有樂，雨來今舊不知還。平生蹤蹟疎塵事，除卻雲林總莫關。

閔潮，字天一，號晴江，原名符，瑋孫，由婁庠入北雍，有《貯月山房集》。

《採訪録》：晴江工詞曲，聖祖時爲同郡張文敏照演雜劇進呈，深荷嘉賞。屢試不售。乾隆丁卯，卒於天津旅次。遺稾甚富，欲謀付梓而未能也。

題霞囊霞囊，秋圃焚香之室。

半椽初翦翠蘿煙，一几鑪香結淨緣。嘔得心肝羅錦軸，藏來珠玉燦書田。窗前緑帶裁春草，屋裏白雲開碧天。自歎身同毛遂穎，羡君舒卷儘寬然。

程世昌，字慧參，本新安人，寄籍下沙。

藕塘聯句

一泓秋水清且漣，隔花呼出雙漁船。程慧參 山僮撑過緑楊邊，醒鷗亭畔相流連。閔南雲 揮毫吟破水底天，空濛花氣凝朱絃。秋圃 涼蟬幽咽古樹巔，彷彿和我新詩然。閔純如 醉將殘墨灑雲煙，瀟湘翠冷秋夢圓，湘娥獨抱谿花眠。秋圃

一聲鐵笛谿花晴，秋圃 蜻蜓小艇煙波平。慧參 我來香國尋鷗盟，滿身空翠荷衣輕。秋圃 畫中詩外天地清，流目送盼無限情。純如 手掬滄浪濯我纓，不知何處紅塵生。南雲 采蓮采蓮谿水深，秋香脈脈雲沈沈。秋圃 高歌一曲來瑶琴，紅酣翠膩誰知音？慧參 墨池驚起蛟龍吟。秋圃

王澤深，字質夫，居周浦，邑廩生。

夏遊峰林篇

炎赫思静理，出郭肆幽尋。白雲蕩我前，山澗流清音。捫蘿歷磴道，披榛憩松陰。探奇無倦目，陟險生危心。緬懷蘇門嘯，側想邱中琴。奚爲嬰世網？俛仰慚古今。

張成杲，字木昇，新場人，歲貢生，著有《古香詩稾》。

送丁鳳書赴太湖幕

山程水驛慣相親，白苧才人對好春。無地可耕仍作客，有文堪賣且依人。桃花浪暖流紅粉，楊柳風輕散麴塵。最好稱名同笠澤，勝游煙月一番新。

落葉

洞庭波冷暮天空，無限蒼茫入望中。別意都含風嫋嫋，離魂應逐雨濛濛。徒憐村樹高低碧，頓失秋山遠近紅。回首春華原不遠，那知白帝已成功。

寧同落絮去沾泥，豈肯隨風過別枝。曾被春暉如隔世，重扶連理是何時？山陽山側新樵徑，城北城南舊酒旗。短策再來光景換，翠巒雲木晚離披。

偶然送客强登臺，壓帽繽紛眼倦開。物換空憐今視昔，命衰那得去還來。章臺走馬吟殘柳，樊圃添薪仰古槐。漢苑隋隄同寂寞，底須九辯賦悲哉。

黄壚再過染悲酸，竟失霜林一樹丹。巖草巖花扶病骨，輕雲輕霧擁飛翰。山腰翠減慵攜屐，簾外風豪怕倚闌。擬倩荆關留粉本，寒鴉枯木畫中看。

何處重尋消夏灣？亂紅明滅水雲間。隔谿砧擣驚魂墮，廢圃蛩凋病葉斑。干日槎枒還似昔，漫天蒼翠竟從刪。婆娑一樹憑誰賦？愁殺江南庾子山。

酒簾斜颺共風前，住本無依去可憐。雲外幾番驚斷鶩，隄邊一點破秋煙。征夫古道頻迷眼，遷客荒江漫叩舷。愁絶潯陽楓與荻，波聲月色兩茫然。

施濬，字協文，號四香，居鬧港，著有《劍嘯樓詩詞》。

殘春

木香壓架將離蕊，蓬室蕭然坐閲旬。狂甚羞言錢子母，病來擬配藥君臣。鶯花越女谿邊水，風雨王郎句裏身。説劍讎書都未是，懵騰如夢對殘春。

雨窗懷集山

鮭菜芳筵動隔旬，花南水北雨如塵。若論知己原千古，不那離情在此辰。坐困蓬蒿慚我拙，盡披肝膽識君真。蘭軒今夕停鐙處，應共黄公話酒人。

重九冒雨至澧谿舟中即事

細雨催人上釣船，誰將潑墨寫江天？蘆花兩岸垂垂雪，竹影連村澹澹煙。拍水鷺鷥依棹去，噪晴鴉亂逆風前。兹行不爲登高興，聊爾長歌一叩舷。

即事

小春風候宛如春，緩步何妨磨蹟陳。淺水蘆花晴有雪，短籬紅葉晝無人。相逢算我愁心劇，儉歲憐他社鼓頻。一曲豔歌聽不得，情生情死總前塵。

送春

一片輕魂黯欲銷，江南緑草自迢迢。秦淮舊夢人蕭瑟，吴苑新愁燕寂寥。顧我每懷挑筍約，有誰相對落花朝？離思至此難消遣，端藉前村濁酒澆。

訪集山於如蘭軒遇雨止宿口占

小築沿谿野興便，荳花籬落稻花田。烏龍不用相驚吠，主客忘形已十年。

雨中放舟

尊酒相歡晚照紅，忽然愁雨又愁風。更闌恍入江湖夢，萬里煙波泊短篷。

不堪風雨歎飄零，鼓棹夷猶出遠汀。只有玉屏山意好，晚雲推落一篷青。

施光祖，字奂之，濬弟。監生。獻賦未遇，卒。有《澹香齋稾》。

雨窗即事

茗椀香鑪伴獨吟，竹窗半掩晝沈沈。天涯臭味閒中驗，海嶠煙雲别後深。微雨暗添芳草色，狂風傷盡落花心。東皇莫遣愁相逼，短鬢蕭騷漸不禁。

夏夜雜詠

珠感懷川玉感田，進無捷足息無肩。水雲蹤蹟三千里，風雨追隨二十年。佳境未逢空憶蔗，苦心欲剖但求蓮。無端一曲《梁州怨》，付與銀箏續響弦。

元夜有懷丁氏諸昆仰寄

獨扶殘醉擁寒篝，潦倒青衫感薄遊。親友乖離音問斷，夢魂今夜越蘇州。燒鐙記得把金卮，評盡花枝與柳枝。今日飄零江海隔，樽前誰唱杜秋詞？

送張肇源東歸

一鞭驕馬出孤城，山色重重展玉屏。今夜酒酣何處宿？春風吹夢短長亭。長紅小白花前句，淺酌低斟月下樽。今日樂遊原上別，斜陽芳草各銷魂。

丁夢白，字星英，號日閒，有《晚香詩鈔》。

正月十日對雨

色暮昏林麓，天低暗寺樓。迎春新雨到，送臘宿雲浮。似霧迷青嶂，如絲漾碧流。試從湖上望，煙際兩三舟。

丹鳳樓和韓東軒

小東城郭浦灘頭，丹鳳樓高萬景收。檻外千檣周賦税，鐙前一卷《漢春秋》。中間供武帝像。花香半落雲中樹，水色平分海上鷗。君亦幾年未登眺，何時載酒去同遊？

題施松陵山水畫册

草際風來香滿洲，山宜澹宕水宜幽。誰將雲樹依微處，補出江南第一樓？

山光澹澹水溶溶，野寺雲深隔幾重。塔影倒懸返照裏，夕陽西去一聲鐘。

風起青蘋樹葉飛，小山徑僻客來稀。老人無事捲簾坐，閒看漁舟送落暉。

冷澹秋風吹客顔，吟情彷彿灞橋閒。瘦驢得得添詩思，一抹斜陽萬疊山。

王復培，字宗德，居邑城，有《筠谿詩草》。

送沈培園之永豐幕

千里送君行，蕭蕭斑馬聲。長征游子意，戀别故人情。静夜寒碪急，寥天朔雁鳴。試看吉水畔，之子擅才名。

夜泊

僕僕征夫路，飄飄游子身。亂雲生極浦，落日悵迷津。客鬢霜前老，猿聲月下頻。漁鐙明隔岸，野渡羨垂綸。

春日飲王宸翰齋

半畝園林依雉堞，一盂春水漫亭臺。隄邊緑嫩將舒柳，窗外香清已放梅。劇飲須邀花共醉，狂吟更趁月同回。山陰禊事有陳迹，他日流觴此地來。

即事

一枕羲皇高卧時，窗開面面任風吹。兒童忽報佳客至，夢裏纔吟半首詩。

蘇毓輝，字設庭，居周浦，監生。

落花

倦客尋芳欲斷魂，飄紅墮白幾朝昏。春情蕩漾風千點，夜影低迷月一痕。青草冷霞依別岸，澹香殘夢入孤村。石家金谷桃谿路，榮落何堪與細論。

蘇毓燏，字漢宗，居周浦，監生。

落花

杜鵑枝上認啼紅，旖旎芳情滿眼空。金谷園荒惟宿草，玉樓人遠總飄蓬。冥冥庭院霏春雨，澹澹池塘動晚風。莫是緑波傷别易，殘香一片任西東。

王之瑜，字繹思，居周浦。

春晚社集醉吟軒

雨餘庭院緑陰肥，步屧相於叩竹扉。藉草愛憑蒼石秀，哦詩閒看落花飛。茶煙影裏留清畫，林鳥聲中送夕暉。二十四番春漸老，相逢不醉莫言歸。

秋日過馮象隆花韻軒

楓葉丹黄霜氣酣，村西緩步得幽探。陶潛籬下秋逢九，蔣詡門前徑有三。斜照帶煙依遠岸，歸雲穿樹落深潭。卻慚不是求羊侣，風月平章老尚堪。

無題二首

不將幽怨託瑶琴，淵默徒灰一寸心。獨繭有絲長宛轉，雙魚無信任浮沈。疎櫺明滅孤鐙夢，清漏消磨午夜衾。幾度相思挑錦字，勾留往事費追尋。

三生種下舊情根，雙袖空將拭淚痕。錦帳不成蝴蝶夢，月林難返杜鵑魂。那知續命偏纏縷，豈解忘憂合樹萲。深院沈沈春欲暮，一簾花雨又黄昏。

羅廷宰，字天錦，居周浦。

子夜秋歌

無語顰眉緑，含嬌暈頰紅。拒霜花下立，試問態誰工。

桂玉清，字西京，居横沔，邑庠生。

月下登西佘古沐堂訪松上人

朝看東佘雲，夜步西佘月。石路無嶇嶔，禪房掩林樾。微微清露下，淅淅涼颸發。何處木犀香，默坐忘言説。

錢渭熊，字岳封，居新場，邑庠生。

月下揚帆

澄江如練片帆輕，露滴篷窗夜氣清。千古多情誰似月？萬山堆裏伴行人。

葉柱，原名見龍，字起潛，號秀峰，居周浦，金山庠生。

煙草次曹菽衣韻

錦囊盛縷縷，檀口吐青青。小捻昭華琯，高擎碧落星。清芳滿座愜，逸韻幾人經？不用流霞泛，朝朝醉復醒。

拈來金紫細，雲路忽看青。呼吸成香國，吹噓耀曉星。品原分海島，名可譜《山經》。好與親知話，何妨共醉醒。

閆邱廷憲，字英臺，號惺齋，王言子，乾隆丙申科貢生。

看菊歸舟

名花觀止矣，小艇樂歸與。水曲過幽徑，林深蔽隱居。一聲牛背笛，數點雁行書。笑問垂綸者，曾來幾个魚？

五月菊

老圃休將晚節誇，槐雲榴火鬭濃華。幽人且作趨炎客，莫怪爭添錦上花。

談存仁，字恕行，居鶴坡里，邑庠生。

《墨香居詩話》：曹北居《海上詩鈔》載談丈恕行《詠雁詩》云：「往還南北任年年，縹緲長空羽翼聯。遠道相攜無弋篡，中宵尋宿有聲傳。每因歲晚來江上，應爲飢驅走路邊。白首弟昆難一處，孤鐙遥夜聽淒然。」予撰《海曲詩鈔》時，見此詩句法稺弱，「來江上」、「走路邊」更重複乏味，屢欲删之。繼晤其孫元春，出原稾見示，乃知此詩只次句略同，餘皆北居詩矣。夫選詩宜存其真，即具點鐵成金手段，亦不過改易一兩字，多至一兩句，未有若此之脱皮换骨者也。予並録兩詩，非欲暴亡友之失，恐後人反疑予之改竄前作耳。

雁

塞南塞北路綿綿，縹緲長空陣勢聯。沅芷湘蘭秋正好，月明沙冷夜難眠。一行遠影雲霄裏，幾點清聲蘆荻前。無奈故園歸未得，天邊兄弟隔年年。

錢存寬，字昭武，號仲梁，居錢家宅，乾隆庚子歲貢生。

題春江獨釣圖

獨釣春江上，春風引興長。曉煙棲草碧，流水帶花香。心事同沙鳥，浮生寄野航。荷衣塵不染，何用濯滄浪。

晚晴

攜笻煙際望，天氣晚來晴。密翠連山積，斜陽入座明。暮雲游子意，寒食故鄉情。何處簫聲起，遥聞唤賣餳。

鮑絅，字文圃，號木堂，居柯滬港，衛庠生。

宿龍潭驛

夜宿龍潭驛，蕭蕭旅館中。煙光凝岫碧，鐙影透簾紅。寒杵敲殘夢，孤鴻叫遠空。客愁那得寐，曉發日曈曨。

王樹德，原名牧金，字容周，居航頭，邑增生，有《叩甕集》。

閒夕效香山居士即用其韻

蛩聲鐙下鳴，蟾影簾前度。疎竹細含風，叢蕉澹垂露。小酌未成醺，微吟聊散步。林香引渚荷，谿色籠煙樹。息慮結静緣，忘機領幽趣。還坐但悠然，自得豈無故。

新秋夜坐

涼颸初入幕，獨坐欲三更。深竹籠煙暗，疎桐滴露清。生涯存短鬢，心事付孤檠。正值蕭騷裏，偏來絡緯聲。

聞促織

涼宵勤課績，天遣候蟲鳴。唧唧當秋發，蕭蕭入夜清。經綸開草昧，黼黻負昇平。悽爾增悲感，寧惟懶婦驚。

歲暮閒居用黄陶菴先生韻八首選二

春華秋實竟何成，羞殺儒林浪掛名。夢短睡鄉無熟徑，愁深酒國有殘兵。獻暄自切田夫誼，戲綵還存孺子情。勉守一經承舊德，詩書忍道世人輕。

荷鋤纔罷又横經，遑識朝參姓氏馨。入世幾逢雙眼白，傳家猶賸一氈青。時游僧舍煩烹茗，偶檢方書欲煮苓。更有詩情消未得，谿橋風雪正冥冥。

仙谿十詠選四首

紫薇岸

玉堂月浸一池清，常惹閒愁夢裏生。何似郫居相對好，明霞片片隔谿横。

芙蓉灣

一片紅香拂水隈，年年秋老淺深開。曉風夜月嬌無限，應有仙姝鬬豔來。

香雪隖

花開鄧尉悵迢遥，每到春來不自聊。忽見仙谿香雪隖，而今夢斷虎山橋。

緑雲洲

繞岸琅玕萬个青，遥分蒼翠入軒櫺。籜龍起處春如海，風雨時時罨鶴汀。

楊長齡，原名猶龍，字誕禪，居周浦，華亭庠生。

梅神

鐵骨偏多澹冶姿，流光無限孰傳之？横斜應得添毫畫，嫵媚須留索笑詩。虚室情移初曉後，寒山目注早春時。不知彼美何多態，飛動翚疑出偃師。

毛棟，字侶騫，號迂軒，漢齊從孫，邑增生。

金陵感舊

一去秦淮兩蟀庚，重來猶是碧波清。捲簾舊雨鶯呼急，倚檻新雲柳拂輕。紙帳夜深頻有夢，畫樓人遠悄無聲。淮清橋畔盈盈月，還照當年惜别情。

次李野田韻

點點微雲碧鑑揩，松風吹下失雙釵。前谿楊柳千絲緑，一任長條蘸水涯。

白舫紅簾處處春，衣香鬢影總宜人。今朝莫放陽和度，剛是三三祓禊辰。

平蕪莎輭緑髿髿，水複山重認未諳。一路鶯啼花自笑，悤悤又過板橋南。

馮元章，字勉齋，居周浦，邑庠生。

《墨香居詩話》：予與勉齋兄族已疎，而居甚近。兄質不甚敏，篤志向學，暑夕寒宵未嘗稍閒。予方就外傅時，先君子聞其讀書聲，未嘗不舉以相勖也。嘗從川沙蔡孝廉思旦游。丁卯，闈藝決其必售，乃竟薦而不中，鬱鬱得瘵疾以死。年甫三十，且無子，誠可慨歎。兄手抄前明歷科程墨，評泊精細，後題一絶云云，亦足見其趨向之專且勤矣。

輯程墨成漫題

闡發精微體聖賢，朗然日月自經天。元家衣缺儼然在，電走電馳四百年。

祝爾和，字鎮坤，號鶴灘，居川沙。貢生，議敘吏目。有《味古軒詩草》。

雜言

賣書欲買琴，千里問知音。賣琴欲買劍，千里問知心。琴劍兩不就，踟躇把書吟。

漁家樂

常在風波中，其實風波外。春和沙激明，秋静蒹葭會。撥流自有餘，釣月豈無賴？扁舟任所如，浩浩心何泰！

夜渡吴淞閘

孤舟浮月色，欸乃渡吴淞。石岸圍銀練，江橋鎖玉龍。流奔千尺雨，槳落一聲鐘。回首蒼茫外，涼煙復幾重？

寄懷東魯劉大使希清

海角誰知已？天涯長者車。清風掛席遠，皎月照庭虚。選勝操瓢外，偷閒製錦餘。東山思不見，何處達魚書？

荒郊漫興

亦是有芳草，無人自古今。月來荒冢澹，煙合斷碑深。古樹藏殘堞，寒沙戲晚禽。觸機隨處樂，何必定山林。

綠蝶次九霞叔韻

翦破庭陰影欲仙，碧雲裊裊泛晴煙。映階欲奪簾前色，照水能侵雨後天。夢斷草庭衣不見，拍殘花底葉同妍。脱胎欲作青山客，先占東風柳汁鮮。

松濤

萬籟寒宵静，何由破寂寥？長松風作響，疑是海門潮。

春閨

半啓紗櫺放日暉，翾翾雙蝶背風飛。此時刺繡心情懶，閒拂菱花試彩衣。

姚立德，字達天，號蕉薪，本召子，監生。

小赤壁

黄州未易適，此地暫相親。亦有扁舟客，曾無作賦人。石奇開鬼面，松老挺龍身。欲擬關荆筆，聊爲一寫真。

旅夜

葉戰西風萬木凋，凄涼客舍雨瀟瀟。擁衾怕作歸家夢，夢裏關河路正遥。

紙鳶

片紙凌空入望高，春衫逐隊走兒曹。憑將一綫通雲路，豈是飛騰足羽毛。

葉景星，字南賡，居新場，有《觴荷偶吟》。

即景

欲雨不雨秋天黑，朔風飛沙沙四塞。陰雲密布萬千層，木落山空樹枝直。我欲前村沽美酒，畏風不敢行阡陌。提壺叉手望長空，一雁孤飛向南極。

題菊次秋圃姊丈韻

須信秋葩不尚肥，何勞航海鬬芳菲。謂不植洋種也。滿籬瘦質流香冷，半壁霜枝繪影微。花底吟情朝脈脈，鐙前蝶夢夜依依。餐英不作虚詞否，願散江南一振饑。吾郡連年荒歉，故爲此語。

海曲詩鈔卷十四

清

吴省欽，字充之，號白華，居下沙。乾隆丁丑召試，賜内閣中書。癸未成進士，官至左都御史。有《白華詩鈔》。

《蒲褐山房詩話》：白華著撰，精心果力，不屑蹈襲前人。少日與趙損之、張少華同學漁洋、竹垞，既而别開蹊徑，句必堅凝，意歸清峻。入詞垣，大考，翰林第一。由是衡文荆楚以及四川，遇山厲水刻處，輒以五七字寫之。或以東野、長江爲比，未盡然也。

自凌雲渡登第三峰

蜀山如畸人，可憚不可即。嘉州山最佳，静女露娩嫿。一笑今目成，濃翠染巾舄。連峰兼艮爲，而作坤爻畫。石磯冒苔痕，沙徑泫泉脈。不知混沌初，誰手穴蒼壁。模糊瓔珞胸，拉折跏趺膝。無多花雨邊，笑許展瑶席。九頂競紛摩，三川洶全搤。隔隄人萬家，杳靄散點墨。潛渡慨蠻夷，刼砦驚草澤。俯瞰峽邊船，數莖鬢争白。

井陘關

常山送我三日行，太行掉尾聯翩迎。馬蹄誤蹴落深井，峭拔萬丈懸孤城。城頭青天城下壁，錯磨陰陽鐵森積。凍木排岡鷹鶻休，哀笳殷地狐狸匿。鼟走厓奔星影摇，山鬼白晝驅獰飆。健兒捉戍色如土，仰歔坐見黄雲高。孟門黨代亘重阻，幾代叢臺賸歌舞。趙幟已空漢幟翻，背水軍前動旂鼓。擒歇斬餘會食初，到頭鐘室恨何如！因人終笑外黄壻，報主徒憐李左車。

孫夫人按劍圖

太阿摇摇光逼座，步障明珠秋水大。如花衆婢刀在腰，那有夫人鋭翻挫。阿兄斫案怒沖斗，劉郎劈石如拉朽。雌雄會合賊膽褫，誰㗖師婚啓戎首？攔江鼓吹喧歸寧，惠陵弓劍天沈冥。杜鵑亂啼老鴞哭，荒磯風雨宵揚靈。我聞長鈹短匕習吴俗，教戰深宫法尤黷。斬蛇事業鼎三分，二喬亦把兵書讀。金幄采旄擅霸才，望夫戀母恨難裁。傷心爲語熊羆將，休作江東狢女猜。

馬道

接嶺冬青樹，清江攪黑龍。摩天人數點，滚水路千重。攔馬紅牆短，迷花翠嶂濃。不知追信客，何處一停蹤。

褒城

一笑開千里，城灣復水灣。水涵星漢浄，城落棧雲頑。問稼人終隱，看花女獨還。銜杯重題壁，此後願無山。

少陵草堂

出郭煙光浄，分塍緑靄沈。江關庾信宅，涕淚屈平心。弟妹家何託？賓僚道自任。草堂頻往返，感事劇蕭森。

堂廢猶存寺，蒼碑蝕瘦蛟。映階縈蘚髮，隔院引藤梢。佛火寒初地，貞魂戀樂郊。清江南浦外，辛苦幾編茅。

新津渡江

一江三四渡，一渡兩三人。淺草卧黄犢，亂蒲行白鱗。近山低似屋，好雨細於塵。何限桑麻影，濛濛夾去津。

南天門

土門遠上路盤鷹，一扇砿然瞰萬層。直北關山浮魏闕，自西風雨蔽崤陵。沙迷複磴全埋石，雪積迴谿半化冰。上黨飛狐天下脊，到今臨眺險難憑。

得王述菴考功軍中書卻寄

絲管紛紛聽浹旬，書來窮徼話前塵。江潮踈火雙鑾鎮，丁丑二月事。秋暑微風五鳳闉。戊寅六月杪同赴閣直。聚散略經棋換局，飛沈那問路迷津。一聞挾纊軍心暖，劍外官人冷亦春。

棘門灞上耀雕弧，細柳分明説亞夫。策效平蠻信公等，文成諭蜀倚吾徒。戰場舊識鯨池劫，陣法新懸魚復圖。答報昇平無大劍，腐儒襟抱只區區。

雅州得補山學使貴陽書卻寄

羈縻古郡穴闕鼷，三道懸軍問不庭。新驛細籌諸葛筆，雄關追勒孟陽銘。橐垂爛顆沙漂白，梯突危碉髮繚青。慙愧枝官閒袖手，檻陰榴火鎖深廳。

聞璞函殉難木果木以詩哭之

傳來依約聽分明，喪七蒼黃百里驚。帶職詎容譏入幕，論兵畢竟誤移營。書沾雅雨生難逮，初八日尚有書致之。骨陷沙場死亦榮。淒斷一軍刁斗夜，殘星黯黯影熒熒。

六載抽豪傍帥旗，凌雲舊賦九重知。敢言識字生憂患，頗悔從軍起別離。金帶圍腰還有敘，茅檐曝背話無期。「他時曝背茅檐底，半話金鑾半玉門」，璞函舊句。帷榼草草供雞酒，兒女長安哭望遲。

納谿

納谿谿水是雲谿，裂破牂牁地軸低。一自掇旗灘畔過，長江無盡亂猿啼。

張熙純，字策時，號少華，居張江栅。乾隆壬午舉人。乙酉召試，賜内閣中書。有《華海堂集》。

《蒲褐山房詩話》：策時與升之同學齊名，而胸襟軒爽，照人若雪。中年歿於京邸，未歷江山兵燹之奇，故所作稍遜一籌。五言如「人家藏遠樹，漁火入寒流」；「澄澗分巖翠，虚亭受月明」；「洗鉢承花瓣，翻經和海潮」；「竹陰連别院，花雨静禪扃」；「香臺孤磬發，碧殿一鐙深」；七言如「邱中久已馴龍性，隴上何須赴鶴書」；「連江暮雨孤帆卸，萬樹秋聲一雁飛」；「笛牀風細催三弄，酒座香濃試一浮」；「疎雨一旗山店酒，春風雙轡馬塍花」；「詩就涪翁分一瓣，酒同坡老鬥三蕉」；「紅牙曲罷千花暝，青翰舟迴一水香」，亦握槧懷鉛之士所當膾炙。

雞鳴歌

汝南鳴雞鳴喔喔，殘月當頭河射角。出門上馬驚早鴉，空庭露溼牽牛花。雲光開曙轉昏黑，古道盤盤馬策策。高樓沈沈掩獸環，流蘇障日夢未闌。遺粒可食毛可績，觸熱衝寒何所迫。

落木菴

數里入雲松，招提依絶壁。青林被微霜，落葉斷行迹。捫蘿叩禪扉，翠陰拂巾幘。幽花綴晚紅，古池湛深碧。仙梵静苔龕，佛香散菌席。鉤簾睇遥山，連峰漾秋色。澗空萬象澄，地迥諸天寂。勝游方羨今，孤蹤猶緬昔。曾聞闡士居，舊是遺民宅。菴爲明季徐元歎隱居處。遥知蜚遁情，詎爲煙霞癖。水石留餘清，風流想高格。疎磬鳴上方，煙壑澹將夕。枯禪縛未能，悵望冥飛翼。

茅篷

澗複松栝深，寺門足煙景。檐際宿層雲，林端見蒼嶺。石窗清磬微，丈室定香永。晴晝好風來，悠颺弄幡影。山僧採蕨還，高卧雲壑冷。終歲不出山，都忘在人境。

趙松雪天山射虎圖爲曹來殷題

黄雲壓空木葉赤，雕虎嘯風走沙石。天山健兒健於虎，怒馬秋原馳霹靂。二人持滿捩馬韁，目光睒睒箭鋒直。一人縱轡躡虎尾，白羽脱弸洞中腋。山君據地作雷吼，十丈拏空奮一擲。此時馬逸不可止，虎騰亦騰勇無敵。後來二騎振臂呼，飛鞚争先赴鳴鏑。豈謂山林至神物，失險投荒吭可扼。妥尾誰憐猛氣存，摩鬚尚有腥風激。弱肉强食總無常，牙爪雖雄亦何益。南朝王孫北朝客，對此蒼茫三歎息。歸來潑墨拂生綃，腕底崚嶒風雨疾。平沙莽莽草蕭蕭，據鞍彷佛弓弦砉。我生不識醫無閭，淺草平郊縱飛翮。弓彎卻月擊黄麞，意氣猶能輕老革。曹君示我三丈圖，令我神往天山北。安能唾壺麈尾逐，吴兒衆中但許文章伯。

朱適庭桐江濯足圖

掉頭不顧萬户侯，濯足須當萬里流。羊裘老翁獨瀟灑，千古風清七里瀨。夫君家近嚴陵里，世上功名不掛齒。浪蹟雖看吳苑花，高情只似桐江水。昨夜西風拂釣壇，停雲遥憶富春山。興來卻寫鵝谿絹，身在清泉白石間。飛流千尺如龍瀉，崖崩峽束冷光射。哀猿呌嘯杜宇啼，神觀超然氣閑暇。此中忘世兼忘形，萬物無足累其情。君不見東華輭紅飛十丈，幾輩奔馳服塵鞅。

姜光宁揚子飽帆畫册

長年使船如使馬，大舸高桅破空下。潮頭噴激帆力張，蜚廉怒捲銀瀧瀉。江南江北千疊山，江流無際遠入天。山光倒影蕩江色，暖翠浮嵐晴撲船。崩騰所向無空闊，楚尾吳頭望超忽。遠勢高騫鵰鶚雲，迴湍下撼黿鼉窟。欻然操作迴帆撾，中流捩柂浪拍沙。汀洲斷續遞迎送，檣烏獵獵當風斜。天塹迢遥一俯仰，榜歌激楚緣雲上。金陵鐵甕鬱崔嵬，虎踞龍盤氣猶王。釃酒蒼茫弔夕曛，醉邀海月弄冰輪。千載勝情誰比似？風流我憶鮑參軍。

萬峰臺對月

藉草舒幽賞，雙林月皎然。平湖環下界，仙梵静諸天。松澗滴清露，花田含夕煙。萬峰遼絶處，一宿信前緣。

曉渡京口

月落暗潮生，煙江聞艣聲。長風催曉發，遥指石頭城。白雁蘆中起，青猿木杪行。泬寥秋氣肅，悵望客心驚。

國清寺

松徑穿雲窈，花宮抱翠岑。護禪龍隱鉢，放梵鳥投林。古塔藏金粟，靈谿漱玉琴。一參寒拾座，元悟浄明心。

自長洲赴雲間

秋漲華亭谷，揚舲晚向東。晴雲澹初夜，涼月照孤篷。蟲響沙洲暗，漁歌荻浦空。近鄉歸未得，飄泊感征鴻。

送質上人歸天台

蕭然巾拂數歸程，台嶺迢迢碧嶂横。誰向石梁乘蹻往？獨攜金策御風行。翠屏日暝巖鐘起，華頂雲開海月明。一濯靈谿塵夢斷，應從初地證無生。

穹窿山上真觀

三峰高削倚層雲，傑觀清霄隔紫雯。迢遞丹梯凌倒景，飄飄絳節散靈氛。石潭風暗聞龍氣，銅嶺煙消見鶴羣。羽化至今虚想像，擬將真訣問茅君。

桐柏宫

傑觀平臨日月標，華琳珙翠鬱岧嶢。金庭古洞黄雲護，玉陛高真絳節朝。下界風雷鳴絶蛩，上清鸞鶴降重霄。何緣抗手招仙伯？碧月瓊臺奏鳳簫。

贈澤均

夫君才地擅清華，仙骨亭亭引曙霞。疎雨一旗山店酒，春風雙轡野塍花。金荃詞格逾三變，虎僕吟毫麗八叉。此日江東稱競爽，鳳麟誰復數瑯琊？謂哲兄企晉。

護國寺即目

雲廊纔聽下堂鐘，微步旃林倚瘦笻。過雨谿山濃翠滴，一痕殘照鶴歸松。

水村二首

水村榆柳緑參差，魚屋微風漾釣絲。菱葉藕花相間碧，圓紋如縠浴鸕鷀。

楊林小築枕横塘，雨過前村漏夕陽。閒聽籬根吟絡緯，紫藤花下納新涼。

憶聖恩寺

憶從銅井探春回，投宿禪扉向夕開。一片香光雲海裏，月華飛上萬峰臺。

施潤，字澤寰，號秋水，居施家行。乾隆壬辰進士，官鳳陽府教授。著有《居敬堂詩稾》。

查災有述

塗山連荆山，中貫長淮水。縣以懷遠名，地在山水底。十年九無秋，秋災自春起。今歲麥被淹，稻又旱枯死。請振出上官，羣曹被驅使。予亦捧符來，行當出料理。一縣八十鄉，一鄉三十里。一里數十村，墟落亂無紀。駐馬萬户啼，堆案千尺紙。九月始行查，十月查未已。村村數花名，户户稽食指。去取復區分，富怒貧者喜。日出行已遥，日入行難止。不計秋復冬，日走荒村裏。坐呼父老言，忍飢振已邇。爾窮不須愁，我窮倍於爾。莫話家無糧，試視我行李。風雪凌敝袍，冷戰響牙齒。不識官膳香，奚知官醞美！我自安我貧，素位在君子。

殽陵遇雨

谷轉蛇行曲，峰尖鯉脊彎。危車初脱地，驟雨到前山。北望天彌曠，西征路益艱。蒼黄孰援手？人在二殽間。

高梁橋

真見雲梯峻，天邊第一橋。鵲排銀漢面，虹束玉泉腰。北斗臨城近，西池得路遥。昇仙能問道，誰倚赤闌招？

金陵雜詠

高尚棲霞寺，南齊記外臣。風雲通絶徑，夢寐想幽人。有弟居通顯，無家獨隱淪。一枝竹如意，賜物最清真。

一派青谿水，斜陽立鷺鷥。煙荒江令宅，草没小姑祠。暮槳黏花片，秋山罥柳絲。橋西通古步，長笛不聞吹。

保定遇易齋舅氏

十六年前別，三千里外逢。相看餘涕淚，各訝改形容。偕老榮雙樹，諸郎秀五峰。天涯家慶集，奚戀舊吳淞！

秋夜有懷曹北居白門

三十年遊蹟，橋霜記板痕。其閒文酒事，多半與君論。才子重馳馬，閒官遠閉門。倘過聯袂處，亭壁舊題存。

短驛風煙接，前朝兩舊京。龍蟠空翠阜，鳳去冷丹城。君稱賓興典，吾兼吏隱名。望窮良夜賞，星轉絳河横。

袁州

放櫂宜春水國西，湛郎橋外雨凄凄。帆衝澎湃雙灘急，路轉玲瓏萬石迷。勝蹟水香萍實泛，清詩日落鷓鴣啼。鈐山故是栖賢地，聲氣動名誤介谿。

丁賚，字紹成，號肖巖，蕉園老人從子，邑庠生。

《墨香居詩話》：廣菴、蕉園、蘭臺三人爲親兄弟，皆喜吟詠。一枝軒即廣菴所居，有一《枝軒吟稾》，惜已不傳。肖巖爲廣菴長嗣，其詩大抵淵源家學，而《次東軒韻》四首，獨能開合變化，絶去堆垛陳因之習。要知作詩固各具性靈，不盡關濡染也。

次東軒懷蘭臺叔原韻四首

幾度梅殘轉盼餘，亂飄香雪恨何如？數聲晛睆三春鳥，尺素浮沈雙鯉魚。望裏雲山煙樹斷，夢中槐火石泉虚。新詩讀罷添惆悵，誰解綈袍贈范雎？

念故情懷詩裏知，離憂欲寫和寧遲。曾臨南浦傷行客，坐對春風憶我師。事去屢更新歲月，夢回原想舊鬚眉。任他人語紛紛處，肯信從來叔是癡。

清明時節易生愁，況復游蹤未得休。望遠漫臨黄歇浦，懷鄉合上仲宣樓。鬢絲禪榻淒涼日，細雨斜風冷澹秋。獨羨故巢雙燕子，空梁泥落更營謀。

唱徹陽關柳影斜，遥情空結客途賒。雨衫風帽年來況，霧市雲樓别後家。千里遐天春去雁，一林殘照暮歸鴉。西疇倘得同耕處，舊板橋南渌水涯。

王廷楷，字東田，號雲岑，之瑜從子，邑庠生，有《攄懷集》。

《墨香居詩話》：當乾隆丁卯、戊辰間，余方十餘齡，稍解吟詠，聞里中有詩酒會，每月一舉，與者數人，意甚欣羡。然是時方嚴課舉子業，雖慕之而未能與也。會中人亦不盡識，惟石泉、雲岑有中表誼，時相往來，亦未細詢會中事。初意花下聯吟，尊前刻燭，大約近體爲多。即所見石泉詩亦然。及讀《攎懷集》，乃竟煌煌大篇，具磊落英多之致。中如《南邨雅集》一首，猶可想見爾時騷壇角藝，酣飲高歌景象。惜乎！會散靈山，風流歇絶，自二君以外，欲求片楮隻字而不可得也。

南邨草堂雅集呈主人藍峰并同會諸子

南村主人文章仙，暇日召客飛霞箋。首執牛耳敞高會，堂堂旗鼓司中權。雄風晋楚分戰壘，鞭弭櫜鞬相周旋。巢湖一軍張赤幟，横戈躍馬同幽燕。君家二難力與角，麻札斫陣無精堅。逐鹿未知死誰手，如鼎三足稱並焉。苦心更有草元子，搜奇探秘忘蹄筌。真宰上訴混沌鑿，女皇煉石堪補天。誰其匹之朱芷仲，高文大册人争傳。出口不解世俗語，狂吸五斗驚四筵。悔堂才氣絶超異，駭破鬼膽符真詮。諸君盡是江東秀，南金竹箭誰後先？我家大阮静者機，一字不苟心精專。園客獨繭音徽合，往往可拍諸君肩。獨有我文如曹鄶，不堪位置隨羣賢。眼前大敵避三舍，羞澀直欲同寒蟬。殘鱗賸甲不須數，誰探頷珠我執鞭。

崆峒曉色玉泓館藏石也爲南村主人賦

昔年清夢落崆峒，天衣罨澗來松風。廣成洞口瞻七聖，翠旂羽蓋屯飛龍。赤水雲深具茨遠，曉日一照開鴻濛。欲鳴不鳴琉璃泉，欲落不落翠屏峰。道書福地稱第五，玉笈銀甕有無中。心塵不列丹臺册，既醒還應戀魂魄。玉泓主人富奇玩，卻向崆峒分曉色。神工鬼斧窮雕搜，恍似當年夢中得。筆峰削出金芙蓉，墨海蛟螭互蟠宅。南村嗜奇更好古，不惜解囊與相易。辛未夏五月上九，扶笻獨向花村走。入門狂叫驚主人，露頂伸眉據雲牖。一見此石神飛揚，斂衽無言只頫首。米顛研山差比肩，蘇老仇池復何有。自是女皇補天餘，失勢一落入君手。一華頂，三茅腹，坡陀尺寸陵巒足。何以盛之高麗盆？何以藉之文登玉？迷時遥隔千里山，悟時還我真面目。嗚呼此寶世所希，予非晋卿君莫疑。傾囷倒廩爲君賦，秋蛇春蚓陳蕪詞。紛紜複沓慎勿笑，夢語往往多支離。

琴硯歌爲姚鶴山賦

芙蓉千仞倚高天，蓮花十丈開層巔。上有猿猱飛接之峻嶺，下有蛟龍窟宅之重淵。女媧鍊出禹鑿餘，五丁運斧神力全。日精月華孕至寶，巨璞劖削截紫煙。洛陽名工施絶技，位置四友使隨肩。靈心獨造得未有，金徽玉軫張七絃。世間異物不終閟，高山流水知音傳。我友鶴山氏，丰致何翩翩。詩裁鐵網工，筆陣銀鉤堅。好奇嗜古無與敵，一見不惜千緡錢。置之琴几若拱璧，癖愛直欲過米顛。置酒召我刮雙目，洗手拂拭心虔虔。肌理温潤鸜鵒活，精彩焕發火燄然。嘘氣多水更屑墨，波文滑滑電光穿。授我鼠鬚筆，遺我松花箋，命我傾五斗，謂我賦一篇。感君雅意辭不得，罄心渺慮相剖研。意愜飛動關神助，忽覺詩思如湧泉。捧硯一彈再鼓後，衹恐别後琴心牽。他年隨入明光殿，供君起草重華前。期君賡和叶虞絃，勿使閒爲虞芮田。

華陳源，字崑來，號雲槎，義成子，乾隆戊申歲貢生。

《墨香居詩話》：乾隆五十八年重修邑志〔一〕，華君雲槎采訪十六保人物事蹟最爲詳細，可補原志之缺。且爾時志事紛嘵，庸妄人屢欲變亂黑白，雲槎極力剖析，義形於色，其風概可想也。惜予甫至句容，而雲槎凶問至矣。予嘗悼以詩云：「凛乎秋肅卻春温，不愧南齊孝子孫。闡發幽微心力盡，蠅頭細楷篋中存。」「欲展離情向浦隈，恐君治具且徘徊。早知君即騎鯨去，悔不花前醉一回。」「豈爲當年左袒人，卻緣公論藉君伸。哭君字字俱成淚，始信交情自有真。」

秦淮道中

一路山光送客舟，輕風徐掉白蘋洲。城陰古樹緣青壁，野外疎籬露碧樓。憑檻澹忘雲葉晚，添衣涼近菊花秋。歸途莫漫縈鄉思，朋酒追驩未識愁。

夜泊無錫

宗祠遥指錫山西，坊額科名歷歷題。白髪青衫慙祖德，試船今又泊梁谿。

〔一〕「五」，原作「二」，誤。

遊觀音山遇雨返舟

滿天風雨晝濛濛，樹色山光一望同。扶杖不愁江路滑，孤篷斜泊荻花中。

張培瀚，字浩參，居黄家閣，乾隆戊申恩貢，有《繪香初稾》。

春日雜詠

日長愁坐懶吟詩，欲繡平原未買絲。我不惜花花惜我，可憐孤負好春時。

畫屏夢醒枕斜支，綺旭曈曨欲上時。鶯乍聞歌山點黛，梅花香暖竹間枝。

歌殘金縷惜樽前，一點春光值萬錢。何處韶華常繫念，夕陽庭院杏花天。

東風吹雨滿孤村，料峭輕寒鎖蝶魂。寂寞柴門閒不啓，鶯啼花謝又黄昏。

葉抱崧，字方宣，號書農，承子。邑廩生。早卒。有《涵雅堂集》。

曹溶圃曰：方宣爲余黄門從伯之外孫。黄門生兩姊皆能詩，一適葉松亭進士，一適陸葵霑孝廉。葵霑子爲耳山，方宣則松亭次子，二人年相若，才亦相埒。乃耳山膺聖主特達知，出入承明著作之庭，而方宣則墓木已拱。雖命實爲之，抑何相去若斯之懸絶耶！予是以未暇深序其詩，而獨寄一慟於斯文也。

恒齋師曰：方宣自總角能詩以來，一以漁洋爲師。比游道既廣，不屑隨人作計，於是貫穿古今，統攝正閏，斥纖濃，屛庸腐，舂容大雅，自成一家。

東平道中懷從祖恒齋先生

渡河風日佳，繫纜沙草碧。微雲川上來，村原澹將夕。潛魚泛修鱗，歸鳥戢倦翼。農人刈麥還，腰鎌意恬適。去去感旅情，遥遥問荒驛。言念林栖人，焚香卧瑶席。

楞伽山

危藤掛松厓，枯林隱茅屋。入山何必深，幽趣自然足。孤巖薄雲鎖，平沙暝煙宿。細雨不溼人，竹林洗寒緑。

法螺

餐勝若懷歸，沿流問前路。竹林人蹟希，鐘聲在深隖。名藍閟晴霞，崇巖散香霧。高峰殘日懸，隔嶺孤雲度。清景匪遠求，齋心有餘慕。平生樂遺榮，頗識静中趣。何當折疎麻，因之寄芳杜。高賢不可逢，獨倚寒梅樹。

東軒夜坐

明月生遠林，輕煙抱晴素。澹沱清瑶流，偶與微風遇。流螢映花出，驚鷗背人去。素心既以諧，静因自相喻。清言夜遂深，時聞竹閒露。

春盡日山塘即事

藥闌亂落桃花雨，獨綰垂楊勸春住。斟酌橋邊蕩畫橈，晴波殘照春容與。對酒當歌不忍歸，碧雲濃覆緑陰肥。明朝重到嬉春地，祇有憐香蝴蝶飛。

心如堂觀梅

煙雨空濛外，花香澹若無。風微春水活，心遠白雲孤。傲俗身名隱，全身骨格臞。晚晴人蹟罕，宿鳥一相呼。

明瑟園

煙水蕩空碧，藤蘿散夕霏。路窮叢篠轉，谷暝片雲歸。枕石松杉老，垂陰皁莢稀。風流問遺叟，寥落釣魚磯。

聞家兄病

異縣依人客，深秋卧病時。故衣愁未補，藥物問誰貽？獨夜吟蟲急，空江去雁遲。無因寄消息，聽雨迴含悲。

東浦思親夢，西塘寄弟書。一家謀旅食，終歲感離居。旱潦天難問，江湖計已疎。懸知愁病客，中夜起躊躇。

曉發潤州抵橋頭宿

水郭藍輿畫裏身，晚來細雨溼輕塵。雲遮遠嶺疑無路，風颯空林若有人。煙際一鐙茅屋小，驛邊數騎柳營新。息機暫得棲閒地，野蔌郇醪味總真。

雨霽獨坐

桐葉風微竹雨流，閒階蕭寂意如秋。波含澹月圍書幌，雲擁晴山入畫樓。錦瑟誰家彈別曲？瑶巖有客抱清修。蘿邨荷屋應無恙，雙鯉浮沈獨鶴愁。

鮑應蘭，字畹芳，絅子，邑庠生。

即景

朗朗天光入座明，軒窗開處好風生。日從疎竹蔭中過，人在亂蟬鳴處行。砌下有花多露氣，林間無葉不秋風。塵氛滌盡精神爽，叉手微吟適我情。

朱心絅，字闇伯，少詹良裘長子，監生，有《耐芳居吟草》。

梅花

梅花欲放故遲遲，管領東風第幾枝？覿面已忘何事瘦，無言相對倩誰知？香沈五夜霜凝處，影墮三更月冷時。舊日高吟看不見，空階著意怨參差。

荷包牡丹

花王不肯賣春光，故把生機著意藏。昨夜月明天女笑，綠瓊枝掛小紅囊。

韓溥，字廣涵，號東軒，居周浦。

《墨香居詩話》：東軒寄蹟市廛，酷嗜吟詠，嘗與外舅蕉園老人酬唱。予與外舅論詩異趣，故東軒亦不甚往來。今觀其遺槀，大有瀟灑自得之趣，良可喜也。

詠一枝軒缾梅同蕉園老人作

拗取寒梅浸玉壺，人高花韻兩相娛。微吟得遇冰魂未，細嚼能清詩夢無？一字昔曾師鄭谷，瓣香今合拜林逋。尊前索笑添新水，念否空山野鶴孤？

歲暮示弟潮

早又青陽逼歲除，漫勞重問近何如。慣成敗興潘郊老，不廢狂歌謝幼輿。舊事恨人多半減，故交憐我未全疎。孔懷莫慮無衣褐，捫腹猶存幾卷書。

次蕉園秋林韻

丹楓幾樹逐江斜，掩映漁村三兩家。風定月明水清淺，自拏小艇釣蘆花。

蛩聲唧唧海棠枝，細雨疎風日暮時。憶得閉門黄葉裏，小窗翦燭話相思。

周誥，字牧林，號抱村，居四團，有《抱村詩略》。

鹽官祝蓼曰：抱村詩，華而不靡，質而不俚，殊足耐人咀味。

風阻川沙過城南趙氏宿

南風力排山，前路激駭浪。迴櫂入城闉，夜火滿衢巷。倦鳥思投林，茫然失所向。行行出南城，郇落忽疎曠。言尋趙勝家，竹隖隱相望。到宅静無譁，椆柳漫摇颺。主人出揖客，話言極諧暢。飲我松蘿茶，宿我梅花帳。機息忘晝疲，夢回覺神旺。拂曉出門别，臨風一怊悵。

題唐三表兄竹心聽秋圖

我愛秋氣清，擬蠟秋山屐。箕踞長松陰，笑傲碧澗側。笙竽萬壑來，塵囂一時滌。此願良非奢，此境杳難即。行行過唐子，情話聊永夕。示我《聽泉圖》，展玩意頓釋。吾已冥鴻飛，君方六月息。竹心時以疾不與計偕。爽籟真堪悲，娱秋竟何益！一樽待涼生，芒鞵共尋歷。清泉白石間，憑君破岑寂。

暮秋過煙霞閣看菊

叢篁雀噪天初曙，懶夫早起驚婦孺。蕭蕭木落霜正寒，棹入前村看花去。此花開後更無花，鶴質松姿駐歲華。所種惟松子、鶴翎二種。孤高不入時人眼，静穆偏宜處士家。眼前何限名園菊，紫白紅黄鬬繁縟。依然酷愛牡丹心，寃累陶家受塵俗。主人語客日已斜，酒盡會向鄰翁賒。逢花不醉非俊物，莫漫評隲增喧譁。

石交篇贈孫磐如别駕和施二十六澹園作磐如與張古愚交，古愚貧且老，嘗告以未能葬親。及卒，磐如爲書招其子至，予之金，令悉葬其祖若父，兩世凡五喪云。

檐前秋星大如斗，息交軒中澹園軒名夜命酒。主人沈默静者流，酒酣示我詩一首。淋漓醉墨繞雲煙，麥舟高誼憑流傳。交情自古見生死，吾道於今賴仔肩。薄俗論交恣歡讌，錙銖較量參辰判。豈惟存亡易初心，吁嗟榮悴愁相見。孫君意氣與世殊，一言金石真磐如。素心已掛延陵劍，盛德寧期明月珠。讀罷新詩聞戍鼓，感激無端涕如雨。不向朱門添錦花，偏尋冷廟陳椒醑。主人語客夜未徂，且復酌酒爲歡娛。此道今人棄如土，山川閒氣無時無。

次韻黄秋圃重九後一日集舍弟吾廬

清秋詩思引偏長，消得吟邊酒幾場。醉裏漫聽歌慷慨，舞餘莫厭態疎狂。此間巖隙天香晚，時晚桂初放。何處籬陰叢菊黄？良會名花皆邂逅，不妨晴日作重陽。九日微雨，是日晴。

李應相，字愷世，號以峰，居周浦，邑諸生。

朱雪鴻得雷氏古琴

真賞世雖希，至寶非久匿。劫閱恒河沙，終邀博雅識。上章閹茂冬，有琴稍剥蝕。素軫脱僅完，金徽黯無色。日走好事門，棄置同荆棘。吾友朱雪鴻，嗜古罕儔匹。一顧輒甎然，摩挲重太息。解囊不爲靳，憑索酬其直。老眼諒弗花，旁觀轉生惑。誰知斷紋閒，隱隱露篆刻。大唐雷氏製，五字堪拂拭。事載猗覺寮，峨嵋著遺蹟。淪落閱千秋，遭逢詎人力。組之園客絲，被以秦川織。松雪獲尚友，生平願良塞。拂袖一再鼓，歡欣忘寢食。君方喜得琴，琴亦喜君得。古音寫古心，清商動元默。

題友人呼兒飯犢圖

翦茨葺宇傍幽谿，雲樹煙蘿三兩畦。涼月初生催飯犢，稻花香滿夕陽西。

談宗蕃，字伯城，號緘菴，居談家牌樓，邑庠生。

春申廟在閔行鎮東市

離亭一曲女環琴，流水如聞薄暮音。桃夏遺宫祇碧草，章華廢址半楓林。夕陽斷浦沈吳楚，落葉寒潮送古今。太息李園成底事，荒祠煙雨碧苔深。

寒雨歸舟

經年離别寄征裘，殘臘還家愧壯遊。千里朔風吹落葉，一江寒雨送孤舟。囊空祇有琴書在，親老難將菽水謀。贏得蕭蕭雙鬢改，叩舷無計慰牢愁。

憶渭濱潘叟

渺渺予懷天一方，笑君垂老尚疎狂。荷風香冷人初去，蕉雨聲多夢自忙。絡緯吟成留别韻，雲鴻響遠帶微霜。停樽幾度空梁望，落月誰憐秋水長？

蘆洲草篷周朝綱留酌

風急天高滄海濱，草枯蓬斷少行人。窮荒車馬無煙火，絶島盤飧有主賓。市遠漫嫌穭米飯，客來且醉甕頭春。湯湯佇看歸墟日，知己天涯若比鄰。

茸城旅舍與費大話舊

曾依旅店聽雞聲，話别西樓歲幾更。兩地夢魂隨斷月，六年風雨憶孤城。賤貧文字揚雄淚，寂寞知交鮑叔情。今日相逢重握手，空憐故我各無成。

薄暮歸舟

紅滿前邨緑滿谿，桔槔聲裏夕陽低。歸心漫逐波流急，輸與閒鷗自在飛。

金國鑰，字少源，號滄湖，居邑城，府庠生。

秦淮夜市

夜步淮清橋，涼月如流水。行行火作城，隊隊人似螘。鐙光燭影中，青黄碧緑紫。五色眩迷離，顧盼自艮趾。把玩手難釋，價賤心益喜。半值貨物歸，藏篋恐致毀。向曉一寓目，妍媸忽變矣。炯炯仍雙瞳，賞鑒乃至此。三歎神農教，日中方爲市。

鴉鑒

羣鴉繞書巢，喧譁朝至暮。飛鳴適鳥性，每聽頗含怒。徒以音呀呀，聞聲起憎惡。沈寃千百年，開口無告訴。入耳悦不煩，修辭非細故。

周詔，字鳳銜，號吾廬，詔弟，遷居黄家閣，有《吾廬詩鈔》。

《墨香居詩話》：恒齋師評吾廬詩，謂「清而不薄，静而不枯，得盛唐三昧」。常贈秋圃詩，有「十日清吟蕭寺雨」之句，極加稱賞。

夜坐漫成簡碧塘

涼月一庭水，疎簾小閣風。琴聲散幽夢，花氣入房櫳。静韻偏誰得？心期念爾同。更闌人不寐，挑盡夜鐙紅。

芭蕉

豈有干霄意，層層葉勢森。晴依三徑緑，雨滴五更音。常伴虚窗讀，空懷夙抱心。還愁風過處，吹散一庭陰。

金韓樂，字範周，府庠生，居邑城。

汎舟

緑楊鼓棹去，欸乃破谿煙。翠黛明林表，漁歌響日邊。輕帆低掛雨，流水遠依天。何處陶家宅，停橈一醉眠。

納涼

一林殘雨晚涼生，雲破遥峰漏月明。誰向露濃人静候，小荷花畔按銀箏。

春日

徙倚江樓欲破禪，花村簫鼓賣餳天。數聲鶯語不知處，一帶垂楊綰暮煙。

王恒淦，字濟川，復培孫。

遊浄慈寺作

澹澹寒煙鎖碧谿，浄慈樓閣夕陽西。金鐘喚醒千林鳥，石磬驚甦五夜雞。臺下波光留月照，山前峰影插天齊。明年春半君須記，來聽黄鸝枝上啼。

錢王祠

君當五季兵戈日，保守江南十四州。江水安瀾今異昔，遊人猶説射潮頭。

沈璧璉，原名芝蓮，字熙之，號梅泉。從九團遷居横沔。候選光禄寺典簿。有《文詠樓詩稾》。

岫雲寺

策騎入亂山，山開現禪窟。九峰互回抱，霽景時明滅。秋爽豁襟期，長松忽騷屑。坐納南山雲，手弄東澗月。微聞旃檀香，老僧無言説。

不得登焦山

金山望焦山，如螺浮江面。咫尺風間之，蓬瀛洵難見。焦先别我久，歲月同奔電。三詔洞口雲，至今自蒨絢。古鼎光熊熊，令人深遐眷。

穹窿

仙臺淩萬仞，山勢壓吴中。石室千年秘，松門一徑通。巖虚餘梵唄，澗静逗絲桐。不見赤松子，趺跏萬籟空。

涿鹿懷古

永濟橋南路，行車向此分。地形環易水，城勢扼燕雲。樹有樓桑古，圖傳督亢文。道元今不作，誰復著書勤？

嶧縣道中

又是聽騾鈴，野花秀驛亭。人煙沙尾白，山色馬頭青。挾策依孤劍，驅愁仗醁醽。鄉心何處寄？　時望白雲停。

延清閣

磬聲清曉夢，心目爽逢秋。松露全疑雨，山雲半入樓。九峰環佛地，一澗瀉龍湫。閒聽高僧語，禪心任去留。

至潭柘

九峰合沓初無路，過嶺回盤一徑分。雪霽亂鳴東澗水，松寒常壓北山雲。香臺花雨諸天落，蓮社清鐘下界聞。此境平生應未遇，容繙龍藏啓靈文。寺有金字經六百卷，僧甚珍之。

登馬鞍山

太行東走抱燕臺，極目煙光九塞回。立馬崖端飛瀑下，振衣樹杪白雲來。天圍萬里秋陰斷，木落千峰海色開。西北神京常拱護，登臨時向此徘徊。

題砥亭叔勸農圖即送之官遵義

茅苫枳落環村路，菖葉楊絲趁碧谿。剛是稻鍼三日雨，一聲布穀破煙啼。

青青楊柳破征驂，逝景離情總不堪。一別經年天萬里，鷓鴣聲裏夢江南。

良鄉道中

罥鞭楊柳曉風分，西望龍泉山名見白雲。跋馬廣陽城外過，更誰人憶望諸君。

舟過臨清

不見詩人謝茂秦，空江漠漠暗傷神。琵琶撥盡相思調，無復當時按拍人。

見梅憶外舅蒙川先生在嶺南

六年不見春風面，今見梅花悵別離。遥憶羅浮山下路，滿山如雪獨吟詩。

松江雜詠選四首

晚香亭北日將殷，魚翠飛來過別灣。孤磬星星巖際出，澹煙紅樹細林山。神山本名細林山，晚香亭在其上。

水天寥落蕩輕舟，棹入蒼茫起遠愁。醉弄笛聲山竹裂，白雲飛盡大江秋。楊維貞自吹鐵笛曰：「小江秋，大江秋，美人不來生遠愁。」

野鷲成羣水際呼，汀洲短短長菰蘆。日斜愛看魚罾舉，網得松江巨口鱸。

中酒傷春送暮潮，篷窗卧聽雨瀟瀟。可憐芳草無情物，緑到松陵第一橋。第一橋跨古浦塘上。

海曲詩鈔卷十五

清

姚蘭泉，字栽亭，號秋塘，居周浦，廩貢生，有《秋塘詩草》。

《墨香居秋塘詩跋》：秋塘與余既有中表誼，亦甚相契。歲乙未，同舟入蜀。余逗留楚北，不果往。秋塘在蜀三載，偏歷川南北，得詩二卷，筆墨淋漓，波瀾壯闊，洵得江山之助爲不淺也。惜己亥冬以微疾卒於脩門，遊槖蕭疎，簡編零落。余雖嘗抱人琴之戚，而轗軻無成懵焉。後死既不克教育其遺孤，復不能表章其著作，余滋愧矣。嗚呼！秋塘不幸爲飢驅之故，間關跋涉，夭其天年。然猶幸探奇抉奥，有此一編，庶幾天下後世尚知有秋塘其人，以視夫同此困頓憔悴而文采不著，隻字無傳，則相去又何如耶！

金雞關

金鳳横縣北，金雞環縣東。兩山各分翅，勢欲啄蔡蒙。自入雅安路，略與雲棧同。登頓歷高下，氣候值蕴隆。關前一結束，崖削摩晴空。接葉暗仄徑，奔流阻長虹。禽言易得巧，馬步難爲工。戍卒盡出塞，一夫守有功。折臂詎非幸，莫漫嗤新豐。持以當玉門，早晚歸兵戎。

自鎖江亭放渡遊涪谿

鎖江有峽石，鎖愁有山亭。石以抑江性，亭以消愁情。翦江過山市，曲折穿林坣。未與涪谿遇，先聽涪谿聲。谿橋壓水面，涪翁昔經行。涪水隔幾許，谿乃錫嘉名。輪囷大星墜，淙潺細澗縈。尋源不知處，歷亂雲根横。宅幽趣彌永，心遠力自勝。逕思前峰去，臨風緩濯纓。

大茅峽

石尾露孤青，水心漾深碧。輕舟放溜遲，寒風打頭逆。微聞酒香來，小艇喚行客。欲泊未泊時，仰見千仞壁。逕踏雨後沙，言訪雲中宅。洞門結玲瓏，梯蹋傳兩翼。上層豁然開，憑闌縱遠覿。疊嶂互蔽虧，連檣走絡繹。峰頂蒼鷹盤，巖腰黄葛蝕。啞羊扶竹鳩，怖鴿依金狄。長年瓜蔓浮，篙師慘顏色。不待巫峽驚，波瀾蕩魂魄。

兩關山

小關山，大關山，山容巑巑水潺潺。槎枒百尺蔽圭臬，魍魎九鼎遺神姦。盤紆蛇徑怯壯趾，寥落雁户攢羸顔。籃輿忽聞縴夫語，如船上水争邪許。涼蟬爲我送秋暑，白露泠兮清風舉。不惜苧衣寒，愛將雲霧看。雲消霧滅分層巒，凌虚縹縹生羽翰。危乎高哉坐三歎：兩關山，行路難。

眉州行

玻璃江水澹寒渌，江上人煙凈如沐。載酒凌雲到漢嘉，浪遊何必爲州牧。一邨蕭踈遠絶塵，一邨犖确山之脣。連灘白石曬晴煦，草痕淹碧疑初春。扁舟直下犍爲驛，遥睇三峩渺難即。賸有詩翁照眼新，風流文采遺標格。岷源送入東海流，眉産偏作吴會留。家江苦厭浪花惡，有田不歸復奚求？竭來戎事勤西徼，邦人化俗趨官召。而我徒餘飄泊間，叩舷還向蟇頤眺。蟇頤不躍亦不鳴，朝朝暮暮看舟行。舟行蟇頤不復送，拭眼猶問眉州城。

登嘉州城樓望蛾眉山

岷嶓蔡蒙登《禹貢》，誰摭星宿遺娥羲？有山峩峩逼閶闔，一雙對峙如蛾眉。美人娟娟不可即，秀絶雲際横參差。金鎞刮膜一憑眺，龜龍犀鳳諸峰隨。大峩蔽陽景，中峩半網之。小峩雖遞減，猶被罡風吹。八十四盤通帝座，猱升蛇退誰能窺？琪花瑶草，珍禽怪獸，到眼若箝口，何況合離遠近涉想而懷疑。仙子呼欲出，狂客歌莫知。竺國形象遍震旦，自西徂東首莅兹。布金卓錫宏梵宇，粥魚茶版容禪師。雷爲鐘鼓助鏜鞳，電作鐙炬明琉璃。雪如堅玉積寒暑，冰或雜米而蒸炊。佛光湧現暈五色，浮空惝怳罕定姿。天孫織機颺錦采，女皇鍊冶騰石脂。我聞五岳多異境，兜羅綿裏紛葳蕤。逝將裹糧擴奢願，匡廬羅浮武彝黄海各各探靈奇。弗使矯首頓足徒付管與蠡，不然巾箱徧繪真形垂，剖卻芥子藏須彌。

升菴梨花下作

槎枒老樹葉未生，作花如玉豔且明。捎檐一株更緐盛，數株錯落齊吐英。團團白雪凍春半，凝雲不動高枝横。小桃輕紅閒深碧，豐贍那及浮晶瑩。朝看露華浥漠漠，暮覺月采流盈盈。邀賞傾動錦城客，日引壺榼陶芳情。參天黛色凡幾幹，不花而葉同榛荆。花乎花乎好模様，瀛州雨灑簾櫳清。

鴻門

一劍向季揮，一劍還翼季。一劍怒不平，玉斗碎在地。壯哉樊將軍，彘肩卮酒氣如雲。危哉張子房，出告警入謝楚王。楚王東歸志已決，遂與戲西成永訣。羣策既憨羣力乖，亞父那能敵三傑。鴻門閉，鴻溝開，霸上有喜垓下哀，新豐故老猶話項伯來。

青神曉發

解纜青衣水，葡萄緑汎光。巖辭上中下，人憶魏蘇黄。拍浪全迷霧，攲林半壓霜。前灘經歷歷，寒意逼榑桑。

題蔡太守出峽圖

一峽一風煙，猿聲一路傳。羲娥惟子午，楚蜀自山川。載石清名少，含飴樂事偏。西湖濃澹景，歸夢落吴船。

相公橋

宰相作前令，傳聞來戴星。稻香縈別墅，竹色暗疎汀。事業輕題柱，山川俯建瓴。不知橋下水，可到白雲亭？

灩澦堆

自爾插江底，無人無戒心。鼈靈遺一鑿，蛟沫上千尋。沾淚幾時歇，行雲何處深？我來輕象馬，三渡驗浮沈。

宿百丈驛

翠微歷歷初排闥，皁蓋悤悤未放衙。但聽馬蹄争食莇，不聞魚眼試煎茶。幾時紅旆還京洛？明日青衣認漢嘉。小住須臾真掣電，臨行繾綣有棲霞。

登雅州城樓次杜凝臺觀察韻

危譙突兀上青雯，漢甸蠻鄉表裏分。山勢繚垣排巨鎮，江聲駭弩沃斜曛。秋防柳色先侵雪，春貢茶香尚帶雲。父老謾驚烽燧舉，兩階干羽亦行軍。

徼外深春冷似冬，蟻緣蝟索路重重。羈縻肯使狼闚野，耕鑿奚愁鼠害農？黄鉞宣威三道震，青林擢秀十分濃。即看右相圖王會，碉砦如麻入賦賓。

雅州立秋日作

偶然汗漫事遐征，真作邛崍叱馭行。竹葉未隨梧葉下，岫雲還似水雲横。雀占安訊都虚驗，鷗夢閒谿詎背盟。落拓青衫感寥泬，蒯緱彈罷一身輕。

溽暑將闌尚未闌，卸鞍幾日又憑鞍。寄衣正及吴江冷，攬轡初經蜀道難。五夜玉繩心自繫，百蠻銅柱膽應寒。劇憐詞客沙場陷，碧血千年裏一團。時聞璞函趙丈殉殁。

重慶

蒼蒼山館亂猿啼，巴蔓君臣宿草犁。一櫂秋煙明月峽，雙柑春日海棠谿。浮雲關塞迷江北，落木心情下瀼西。猶記唐宫新樂府，荔支香裏躡霜蹄。

夔州詠古四首

誰告成家十二期，縱横躍馬獨登陴。空倉雀起終年耗，深井蛙沈有客窺。漫喜隗囂收北面，即看吴漢下西師。畢逋烏尾荒闌曙，那見羣朝柏柱時。

雄圖辛苦逢屯數，東下寧由孝直亡。千里猇亭空轉戰，一官魚浦兀相望。同仇誼豈遺兄弟，顧命言如古帝王。玉殿虚無萊莽合，衹今膠序有輝光。永安宫址即夔州府學。

神機豈肯示桓公，方陣平開制不同。亂壘八行魚武鎮，怒濤一罅虎鬚通。堂堂未敢穿吴艦，磊磊還教傍漢宫。蹋磧人歸城隱暮，尚聞石鼓鼓長風。

蒼涼身世遷流晚，漫渾詩篇飄泊多。刈稻客從巫峽下，薦蘋我以浣谿過。老辭供奉心猶壯，劫轉昆明迹未磨。欲向生平論哀怨，蘭成臺榭屈原沱。

題澹園太守棧道圖

枝峰蔓壑一程程，試券疲驢自在行。揹過畫眉關上月，斷猿泠喚兩三聲。

朱清榮，字紹元，號祖洲，居周浦，歲貢生，有《祖洲吟稾》。

詠懷

雲端有孤鶴，遠自東海來。道逢羡門子，招我遊蓬萊。瑶草正滿岫，玉華尚盈杯。奉子一枚棗，飛騰勿徘徊。神仙足官府，料理非凡才。猶嫌周季道，名未逃丹臺。

繁花麗春深，清月標素秋。余懷本自憺，樂意與之流。當前逢好景，迅逝不可留。譬彼坳堂水，既覆豈復收。江山洵可樂，人命有短修。不得一日娱，焉用萬户侯。緬想古之人，旨哉秉燭遊。

題頤菴馮丈點易圖

曉風響荷葉，露氣清於水。想見幽貞人，持此悟静理。高懷抗雲表，蕭然謝塵累。寫入畫圖中，研朱繼芳軌。手中秋兔毫，案上剡藤紙。昕夕假年思，悠悠空山裏。

題樂水軒

石池澹秋影，蕭然兩叢竹。獨鳥忽飛來，白雲蕩空曲。竟日不逢人，涼風吹野菊。

常春廬紫薇花樹歌

紅闌窈窕環深廊，薇花爛漫森虚堂。紫雲盤盤落几席，晴霞閃閃流清光。去年來此廬，吟嘯此樹旁。兩番閱春夏，物態已周詳。蟠根卷曲不中矩，裂石而出下與澗水相激昂。劈分兩幹旋締結，還似交戟庭中央。留仙裾上漢宫緆，帝令持自馮無方。散作此花無停趣，秋風一動紛飛翔。鴻驚燕掠未足喻，仙乎仙乎清虚之府舞霓裳。我時偃蹇卧水閣，領略妙品恣清狂。更遣麻姑與搔背，竟體顫動神洋洋。綵綸閣下不可到，飄零空復懷岐王。虚白堂前竟何有？籠裙襯紫留評章。即如此廬一株横落日，後有千歲誰得與之終徜徉？有酒既能飲，有琴復能鼓，安用脚韝手板華省争趨蹌！梅谿有句不足道，天涯地角同青蒼。風雅當繼吾敢託，放歌一曲聊爾豪中腸。輕風解擇墮階石，壓檐清影參新篁。

閒齋對月

寒月静槐樹，清齋夜已深。幽懷耿不寐，揮手理瑶琴。沙雁墮哀響，澗泉澄古音。緬思成連旨，霜葉滿空林。

常春廬雨中即事

闌外空濛雨，松寮鎮日陰。碧池春漲合，紫竹晚煙深。泛覽高人傳，緬懷作者林。逌然殊自得，庭樹語歸禽。

清明渡黄浦

杜浦風花逐客飛，野田高下麥苗齊。人煙蕭瑟過寒食，古道荒涼指郭西。帆影入雲時隱見，艣聲經浪忽高低。年年空挽江邊柳，無那春禽隔葉啼。

村南過藍峰丈草堂

草堂邂逅愛清暉，落盡紅芳碧四圍。結網蜘蛛當户伏，作團蝴蝶過牆飛。谿煙澹澹不成雨，竹粉娟娟欲染衣。鎮日村南堪小住，幽人冰雪掩松扉。

凝翠廊即目

一甌玉露建谿茶，睡起瞢騰竹影斜。忽訝雲英堆水面，秋風吹墮白薇花。

舟行口號

時雨連朝漲滿谿，麥苗競茁菜花齊。篷窗滉漾逗西日，到處緑楊蘸水低。

送葉巨邨之淮上

藕花衫子杏花韉，八寶城中日正妍。遠岸江蘺紆別思，春風人上運租船。

百鹿草堂晚歸

捎檐紫竹澹煙霏，時有銜魚翠羽飛。向晚落花風轉緊，濛濛歸路溼春衣。

蔡文鈺，字書樵，號夢華，居川沙，邑廩生，有《夢墨草堂詩鈔》。

雞鳴寺眺後湖

登高憩僧閣，延眺豁幽景。淼淼澄湖秋，沈沈四山静。遥青遞雲光，重碧寫林影。禽魚浩忘機，天水澹相永。映蔚迷菰蘆，因依盡菱荇。偶逢樵風迴，得見兩漁艇。牽纜欣所託，枕漱趣可併。回首華林園，長謡感箕潁。

書楊鐵崖集後

放翁不作遺山死，邵菴先生嗟已矣。鐵崖一笛破空來，石裂雲崩驚俗耳。會稽地拔浙海東，連波激浪迴魚龍。翁時晞髮鐵崖頂，坐覺雲海澄心胸。萬卷樓深閲五載，麗則遺音歎空在。功名奔走五湖間，困頓獨應歌小海。蒲桃緑漲浮仙舟，青童玉女坐兩頭。柁樓醉卧弄鐵笛，青天倒入杯中流。卻思少日逢春色，轉眼傷春頭已白。益裝賣馬志何高，零落天涯長作客。拄頰樓前蔓草荒，小蓬壺畔日初長。錦繡詩篇爛天地，樓臺千載空相望。後生懷古增幽怨，裂月穿雲魂欲斷。直當轟醉泖湖濱，唤起笛仙吹夜半。

墨井道人畫竹歌爲夢羅表兄作

漁山畫竹恣游戲，葉葉枝枝含遠勢。晴晝常看密雨飛，炎天忽覺凉飆至。掛來四座動顏色，恍然身在瀟湘際。扁舟泛泛滄波深，鷓鴣自傍黄陵吟。雙妃宴坐倚寒玉，徘徊鼓瑟流清音。九嶷山高落空翠，洞庭波遠連秋陰。始知絶藝難再得，此幅摩抄數金直。君家舊種滿窗前，日日呼僮洗幽碧。有時醉作《竹枝》謳，卧睨檀欒不知夕。詩情畫意問何如，夢破楚天一聲笛。

木山

星門昨夜鑰不收，黑精忽墮滄浪洲。洲邊老樹萬萬秋，閜碨蹙縮如盤虬。其根欲爛爛不盡，空洞獨受衝波流。河公水底苦無事，巧結山怪窮雕鎪。頑皮剥落瘦骨露，靈氣化作枯槎浮。巨鼇十二不敢戴，往來下上知無由。東坡先生老解事，夜臨斷岸維行舟。無心得之喜欲絶，洗剔苔垢神光留。細觀奇巧迥出世，攜至几席同天球。滿身微竇難悉數，太湖石蛀蜂窠周。陰陽向背法外法，頂有瓔珞垂珠旒。上洞三曲達下洞，嵌空屈作珊瑚鉤。婆娑雪嶺望欲到，朝來秀氣凝雙眸。三峰對起中雄峙，亂雲不出岡巒稠。槎枒自覺奇勢遠，宛轉透出仙源幽。精靈聚時霹靂動，尚見神物驅青牛。摩挲至寶生嘆息，泰山毫末均難求。天公無心物自物，遺山句。胡乃變化窮人謀。巧擬壺中石，細如棘端猴。須彌幻影自靈妙，一笑竟欲憑虛遊。詩翁老來耽菟裘，名之木山非謬悠。他年三山慕仙儔，坐觀蒼巘消窮愁。

平原村

谷水碧粼粼，荒村鶴怨頻。將忘三世忌，禍與八王鄰。黑幰成妖夢，青雲失致身。空懷招隱意，落日薦芳蓴。

白燕菴

袁公棲隱處，城外有孤村。一代高名盡，千秋遺祀存。松巖分野色，谿水浸雲根。落日行人斷，寒鴉歸廟門。

宿龍門寺

谷口雨霏霏，行人翠溼衣。遠泉侵石冷，殘月逗林微。煙重亂花暝，松深宿鳥稀。幽懷誰可理？不寐倚巖扉。

陸魯望宅次述山韻

下田蕭瑟野禽呼，招隱當年寄碧蕪。三徑高風留杞菊，半塘寒水冒菰蒲。盟鷗信杳煙生艇，鬬鴨闌荒月滿湖。猶憶松陵詩句好，秋來攜酒薦銀鱸。

寄馮南岑

昔向江城貰酒眠，對牀清話共流連。桃花水漲當三月，楊柳陰濃又一年。風暖圖書開錦贉，日高琴瑟静朱絃。揚亭極目連芳草，好事人稀應惘然。

塞下曲

平沙莽莽塞雲開，海色臨關去雁哀。一片秋笳聲不斷，西風吹落李陵臺。

明妃曲

畫中春色近何如？手撥鶤絃淚滿裾。猶有長門舊時月，夜深相伴宿穹廬。

于世煒，字彤章，號輝山，居周浦，貢生。

題畫蘭竹

薰風拂拂動輕衣，亭畔花香午漸微。學寫芳姿還袖手，不知生意是耶非。
垂簾學畫復哦詩，坐到涼蟾欲上時。忽覺風清香入户，墨花又放兩三枝。
侵曉開簾露氣清，虚堂瑟瑟嫩涼生。乘閒便了塗鴉事，一往幽芬翠影横。
曾知逸韻難摹寫，學寫形容亦未真。安得塵襟盡洗滌，好將毫素爲傳神。

陸兆鵬，字天池，號樸齋，居周浦，候補從九品。

《墨香居詩話》：樸齋精音律，工山水。初寄居邑城，繼還故里。晚年善病，日婆娑於茶煙藥裏中。去年春，余寄詩祝其七秩，中有「花爲濃開每早謝，人因多病得長生」之句。今丙寅十月相晤，雖足疾蹣跚，而精神尚好，竊喜予言之倖中也。乃未兩月，而訃音至矣。録此以誌人琴之感。

臨石谷畫題寄墨香二首

巽地相思莫或猜，幾番珍重錦函來。餘花依草經年夢，寒雨挑鐙永夜杯。詩詠坡仙神益暢，畫參摩詰境重開。瘦羊博士聊爲爾，會展圖南冀北才。

屬寫飛泉寄遠岑，个中佳處本難尋。鳧惟自短寧依鶴，沙縱逢披愧少金。十載山窗憐舊雨，百篇冰署有洪音。劈箋預作添籌慶，更補喬松細細吟。

姚伯鳳，字陶章，居周浦，邑諸生。

柳絮

萬縷千絲掛碧檐，花飛景色又重添。離亭風起客衣滿，野店香來蛛網黏。春去空嗟留不住，性狂那許暫相拈。詩家藉爾傳佳話，詠雪仙才愧撒鹽。

藝菊

折腰此不惜，灌水好扶持。他日風煙冷，白衣送酒時。

李鈞，字光周，居周浦，乾隆辛卯副榜。

《墨香居詩話》：光周氣宇凝静，篤志縹緗。辛卯場前寄予截句云云，似有吐棄一切之意，豈知誤中副車，旋埋玉樹，欲求淹蹟紅塵而不可得也。每誦遺篇，輒深腹痛。

將赴秋闈寄馮南岑先生

塵心欲掃尚句留，漫作隨波泛泛鷗。輸與老仙吹鐵笛，蛟龍夜半起滄洲。

朱鳳洲，字紹堂，號南田，居沈莊，邑諸生，有《南田詩草》。

恒齋先生曰：才氣多，學問博，使事確，造意新，金和玉節，水流雲在，如奏鈞韶，如聞天籟。

周厚堉曰：五七古氣息安雅，擅歌行之勝；近體句烹字錬，節奏諧和，居然作者之林。

《墨香居詩話》：南田骨格既高，趨向亦正，且復苦心孤詣，不肯輕下一筆，使天永以年，所造當駸駸日上，惜乎早赴玉樓也。前於碧塘處録其詩數首，今令似禮耕示詩一册，乃係恒齋先生及雷周諸君所評，洎其中複出者十之八九，總計古今體未滿百首。想南田當日，亦初不料其詩之止於此也。

擬短歌行

寒鐙在牖，濁酒在壺。客懷不樂，我歌可夫？入水剸蛟，登山射虎。誰與同心？茫茫今古。拔劍斫地，搔首問天。寧爲人苦，不受人憐。雄雞三號，霜風四壁。起舞空庭，長星變色。重裘雖煖，不如春温。結交雖廣，不如弟昆。河鼓在東，相望織女。猗歟匏瓜，睆彼獨處。山中草緑，雜花亂開。子如懷哉，盍歸乎來？

浦西訪姊壻姚丹林

寒塘澹不波，疏星落秋影。晚來片雨過，篷窗水煙冷。沿洄菰蘆中，遂入孤村境。茅茨兩三家，居人夜無警。繫艇覓幽棲，雲林路深迥。

歸櫂

蘆灘聲淅淅，夢醒江潮上。涼月滿孤篷，褰裳蕩秋槳。吴楓湛露寒，楚鴻遏雲響。彼美望已遥，臨風結遐想。

棉布謡

海農不種桑麻苧，衣被無煩事絲縷。黄婆廟口木棉開，百里煙村翻白絮。青筐采歸緑蒲裹，晴雪家家滿場圃。秋陽初燥碾車輕，剥得霜衣作新布。大婦弓彈中婦績，緑鬟小婦當窗織。當窗織，莫辭勞，關中賈來價正高。經長迢迢緯不足，龜手苦辛連夜操。夜深爨粟如鬼嘯，茅壁青熒一鐙小。軋軋鳴梭那得成，荒雞四起催天曉。織成良人出門賣，風雪五更暗溝澮。誰云歲暮好休閒？官粟未輸私有債。

紀夢

兔華如水梨雲涼，湘簾十二窣地長。重門飛度不知處，但覺衣袂浮花香。迴廊窈窕烏龍靜，露溼花陰冶魂冷。此境分明似昔遊，緑梧初乳窗前井。瞥見金荷燄影摇，屏山夢雨擁鮫綃。頻呼小字驚回起，髮鬌雙鬟鞾翠翹。並坐瓊窗調緑綺，相思紅豆成連理。海霞欲白曙烏啼，回首瑶臺隔千里。

句容道中望茅山

觸熱行長道，凌晨度故關。雞聲催落月，馬首滿秋山。地古人煙聚，時清野戍閒。回看茅嶺鶴，縹緲白雲間。

聞道華陽鎮，羣真舊所栖。鬼神朝絳闕，星斗落丹梯。瑶草雲根遍，仙書石洞迷。心憐塵土士，咫尺未攀躋。

遊福泉寺題盈科閣

古木捎雲霧，春泉響玦環。鑿江迷禹蹟，鞭石少秦山。地僻鶯花静，僧高粥鼓閒。客心貪嘯傲，暇日獨躋攀。

父老承平久，盧循事少知。叢祠留折戟，古井出軍持。馬卧沙場草，鶯調水閣絲。春風吹燕麥，無限古今思。

懷王右亭

吾友琅琊秀，讀書修竹林。龍邱貧好客，家令瘦耽吟。紅葉三秋徑，黄齏萬卷心。江樓風復雨，惆悵素書沈。

獨客成秦贅，離愁託楚吟。虚懷蛩負侣，誰和鶴鳴陰？秋草萋南浦，晨風勁北林。蘭皋明月夜，猶記共題襟。

初夏園居自述

地僻塵喧隔，門前野景多。空林啼啄木，遠水浴淘河。漁艇輕於斛，茅亭小似螺。濛濛煙雨外，不斷插秧歌。

市遠風存古，心清蹟更幽。鸛鳴梅釀雨，雉乳麥成秋。蘭筍烹茶蒻，薔薇煮露收。人生疏水足，此外復何求。

卧遊

茅檐如焚暑氣侵，枕琴讀畫清煩襟。熱客不來北窗静，夢遊忽落南山深。絶壁障天寒石室，飛泉跨澗溼雲林。老猿掛枝噆虎卧，美人獨坐藤蘿陰。

丹陽道中同陸德新作

暑氣初消爽氣乘，輕衫箬笠蹇驢勝。貪看雨後秋山色，一路敲詩到秣陵。

一程涼雨一程風，水宿煙餐處處同。他日君車我戴笠，休忘足繭萬山中。

唐鴻，字逵夫，號雪坡，芬子，邑庠生。

蚤起野行

出户莽蕭蕭，曉行路正迢。草深微辨徑，樹暗曲藏橋。水鳥參差没，山花次第招。殷勤逢野父，曳杖話良苗。

薔薇

牆陰佳麗立伶俜，吟頰初紅酒未醒。斜日半窗霞爛漫，霏靡香送上雲屏。

朱心緝，字敬仲，少詹良裘次子，邑庠生。

梅花

昨年花信怨蹉跎，今歲看花花愈多。若密若疎山有色，欲開欲謝水微波。紅羅亭内羞聽曲，翠羽聲中夢踏歌。回首隴頭人更遠，夜寒春意渺如何？

張蘭言，字敷在，號蒪湖，居瓦屑墩，邑庠生。

送馮墨香之官句曲

東風輕撲馬蹄塵，柳眼青青送畫輪。廿載申江尊國士，一朝句曲得詩人。地多山水何妨僻，官是師儒莫厭貧。取次春光歸講席，滿門桃李看重新。

游玉映園次秋山弟韻

飽飫煙霞數往還，天然圖畫逼荊關。夢游浪説千巖裏，心賞真宜五畝間。近市結廬稱小隱，閉門棲寂便深山。堪嗤多少紅塵客，幾个題詩肯愛閒。

宿嘯月樓

風弄竹聲清入耳，月移樹影静横窗。小樓夜景真宜畫，忽憶村南陸雪江。

陳逢堯，字愷之，號華芉，居百曲村，邑庠生，有《耕雲書屋稾》。

木棉

楝葉小於錢，家家種木棉。人來古原上，春滿暮雲邊。吉貝周書載，飛花海邑傳。他時逢采摘，千里白如綿。

剥棗

一徑含殘日，三秋罩晚霞。離離當户落，纂纂隔谿斜。飛鳥啄難定，鄰家望不賒。安期何處去，空憶大如瓜。

刈葦

蒹葭殘暑後，帶露一朝删。孤雁棲何處？扁舟泊一灣。煙空沙渚出，岸静碧流閒。佇見相思處，伊人日往還。

叉魚

漫作臨淵想，來尋漏網餘。江清目渺渺，人静意徐徐。試手新硎發，披鱗破浪虚。請看魚腹裏，可有遠來書？

落葉二首

澤國霜濃水驛空，冷煙殘照一邨紅。六朝舊恨歸何處？散入淒風苦雨中。

零落殘煙近水邊，寒鴉歸處轉淒然。日斜野渡無人掃，一夜西風滿釣船。

唐曾颺，字楙村，號竹舟。嘉慶戊午舉人。己未會試薦卷，挑取實録館謄録，議敘知縣。

過淮陰有感

昌亭悲寄食，一飯亦堪憐。楚漢憑移足，黥彭孰比肩？荒臺敧夕照，古堞枕寒泉。當日論知己，滕公薦最先。

舟過金山

鐵鹿隨風百丈牽，回看琳宇峙江邊。石牌怒折千堆浪，玉柱虚涵萬斛泉。隱隱帆檣通絶國，沈沈鐘鼓動諸天。何當暫解山門帶，親汲中泠石鼎煎。

雨後約張大重游昆明

濯枝新雨下龍津，莞蒻微涼不染塵。料得望湖亭子外，拍隄新漲碧粼粼。

輕雷隱隱走雲封，雨過前山第幾峰？應訝重湖争裂帛，千條雪瀑掛長松。

張大聲，字振寰，號濤山，居瓦屑墩，監生。

殘菊

形影相隨不自持，東籬愁見一枝枝。延年難試彭公術，托興還賡楚客詞。吟到九秋嫌事晚，計疎三徑悔歸遲。柴桑寂寞知音少，静對南山有所思。

朱祖庚，字紹祖，號筠亭，居周浦，邑庠生，早卒。

送春二首

一年最是春光好，隊隊鶯花景色新。今日雨絲風片裏，真堪腸斷倚樓人。

禪榻茶煙滯一身，多愁多病負良辰。人間自有傷春客，豈必當年杜司勳。

華以敬，字直亭，號東浦，居横沔。

秋柳

雨姿風態尚依依，寂寞江干對素輝。灞岸只逢秋雁度，白門惟有夜烏飛。王孫游倦思鄉切，戍婦梭停怨信稀。記取折來相贈後，河橋一别幾時歸？

談汝玉，字寶成，號秋田，邑庠生。

夏日過田家飲

聞道田家樂，今來趣更長。門前流水闊，屋外野風涼。雞黍隨時設，瓜壺任意嘗。小兒不識字，鄭重到書堂。

顧清，字月亭，號玉椒，郡人，移居横沔。

《墨香居詩話》：玉椒爲人極謹飭，其殁也，予嘗挽以詩云：「温潤圭稜泯，融怡肆應宜。久憐心似髮，常恐命如絲。夙疾果難愈，麤工豈解醫。湛然清氣在，篋衍數篇詩。」友人見之，謂此四十字即可當玉椒一篇小傳也。

自笑

自笑身如燕，愁從風雨生。易爲千里别，難得一巢成。畫棟原堪寄，茅檐亦有情。辛勤兒女計，細語月三更。

戊午元夕寄墨香先生

話别渾如昨，韶華忽四春。遥看上元月，應憶故鄉人。我鬢先梅白，君詩入畫新。華陽真福地，清夢去來頻。

柬墨香先生

何處招君共往還？太湖波浸洞庭山。海天酷暑無從避，羡煞銜杯消夏灣。

李欣遂，字宜萬，號八愚，居周浦。

漫興疊漢槎韻

屐須幾兩分寧齊，孤負湖山鴃又啼。小艇瓜皮晴問渡，短鞵杏葉雨沾泥。遊心莫騁憑闌迥，眠思難忘伏枕低。一室悠悠淹日月，情懷正爾等醯雞。

楝花塘曲漲痕齊，鸂鶒鸕鷀各自啼。果薦朱櫻溥碧露，筍參玉版煮香泥。鄰園節物春皆好，入世鬢眉老漸低。多少壯懷零落盡，不堪起舞憶聞雞。

葉敬瑜，初名滿林，字伯華，號茀菴，恒齋先生子，早卒。

題孫又園墨竹

我謂寫竹難於蘭，位置妥帖誰能然？吾嘗寫蘭兼寫竹，費紙已多還未熟。玉峰孫翁年八十，料得揮毫千管秃。是中甘苦我爾知，不如且看此君月上印窗時。

題寫墨蘭兼松竹

空谷蘭初秀，幽林見幾叢。枝枝含冷露，葉葉泛光風。色相丹青外，神情煙雨中。明窗聊寫意，臭味我應同。

一萼雪中破，猗猗滿澗香。竹枝分冷翠，松鬣掩晴光。君子交情澹，高人逸興長。霜毫傳瘦影，清夢落三湘。

題王石谷秋山行旅圖

鈴馱紛紛何處來？穿林入谷路紆迴。草凋木落秋山瘦，明滅夕陽雲半開。

畫蕙

纖瓊瘦玉一枝枝，小坼紅苞浥露滋。楚國春寒芳草外，永嘉水際牡丹時。

顧成禮，字裕賢，號履齋，居邑城。

初夏雜感

枝頭花落一庭紅，萬斛愁難倩酒攻。清夜不堪捫往事，任他吹過楝花風。

桐花始發柳花飛，鎮日雙扉剥啄稀。布穀啼晴天漸暖，自憐病骨尚綿衣。

海曲詩鈔卷十六

閨秀

閔氏，新場閔瑋女，黄家閣黄素室。

蟬

振響開晨曙，羣聲亂夕陽。高居新脱濁，熱性亦追涼。碧檻濃陰合，炎天晝漏長。西風紈扇罷，求汝在何方。

陳穀，新場程觀察兆麟配，著有《寓書樓詩稾》。

錢文端陳羣序云：太夫人幼受庭訓，嫻詩禮。其歸於程也，霽巖先生歷官中外，著績循良，太夫人實左右之。霽巖先生性慷慨，好施與，急人患難，不顧流俗毁譽，太夫人實能贊成之。霽巖先生之殁也，家中落，遘危難，奸人乘隙而起，欲甘心焉。太夫人支拄艱難，卒能保門户而教子以立名。

太夫人之德，不待詩而傳也。況所謂詩風骨樸古，一洗閨閣脂粉之習，又實有可傳哉。陳羣少時極被太夫人賞識，恒以大器相期勉。陳羣每來筍里問起居，太夫人輒引陳羣坐中堂而飲食之，教誨之。既成進士，入翰林，太夫人以詩寄我母曰：「異時勳業名臣傳，少日文章大雅宗。」陳羣被蒙天子知遇，官卿貳，夙夜兢兢無敢失墜，每念太夫人之言，未嘗不感激而自勉也。表弟敬宜，負命世才，顧不樂以功名自見，歸而課諸子。長子瓚，補博士弟子員，有聲庠序間。天之所以報太夫人者，方未有艾。所爲序太夫人之詩，而欣然以慰也。

擬左記室招隱

巖壑松桂深，硐户藤蘿密。寂寥撫清絃，瀟灑捨塵筏。采芝登晴巒，斸苓冒煙窟。蘭圃泛惠風，竹林露微月。寓目契真趣，游泳機活潑。微尚慕煙霞，永言謝簪紱。獨往雲深深，瑶草如可掇。

擬謝康樂遊山

寒碧遥送迎，清輝悦神志。賞心宿雲落，振袂樵風至。窗虚朝霞明，路仄飛流細。一徑撥陰霧，衆峰豁晴霽。倒影涵空青，連岡暈積翠。選勝久忘疲，遺物知我貴。坎入祇既平，艮止思就位。良遊撰令辰，高舉尋夙契。

渡黄浦

載月迎雲去，空濛爽氣浮。忽聞孤雁唳，遥見數螢流。清露濯疎樹，澹煙生遠樓。叩舷歌古調，逸思傲滄洲。

懷兒子昆客秦中

風緊孤煙直，霜高朔雁鳴。寒潮吞野岸，殘月冷邊城。萬里還家夢，三年作客情。倚閭頻遠望，古驛暮雲平。

潤州

落木風高氣欲秋，嗚嗚吹角古城頭。荒煙夜拂藏春隝，殘月虛涵望海樓。百戰餘威存古壘，六朝遺恨咽寒流。當杯惟有三山色，吞吐雲霞萬古留。

闔閭墓

玉帛争雄志未酬，一聲鐘梵夕陽秋。鐵花半落春猶豔，磵鶴孤飛水不流。虎穴終看埋霸業，魚腸應自悔深謀。黄金神木黄絲布，長使空山王氣收。

錢甥香樹入翰林詩以贈之並寄家姊

宫槐枝上露華濃，聞道仙才動九重。視影花磚春旖旎，簪毫朶殿語從容。異時品地名臣傳，早歲文章大雅宗。辛苦十年酬畫荻，錦衣親捧紫泥封。

南湖絶句

一簣缾山枕碧流，數聲鴻雁夕陽秋。寒雲合疊煙波外，何處裴公放鶴州？

秋水空明五色螺，輕橈畫舫奈愁何？露荷珠照鴛鴦睡，用毛滂詞意。樂府争傳阿子歌。

顧氏，邑城人，中翰昌時女，適桃源教諭朱侶陳，著有《甘荼草》。

蒼珮壻遷忠州守

萬里從官類轉蓬，幾年尺素付征鴻。嗟余客鬢添霜白，喜汝花冠映日紅。鳴玉清谿聲韻遠，鼓琴畫閣唱隨同。門楣有藉增光彩，無那離情結隱衷。

惜梁燕巢成不返

羡爾盈盈掌上輕，難教陋室貯卿卿。差池柳外争飛絮，摇漾花前蹴落英。莫爲銜煙迷曲徑，多緣帶雨阻歸程。漢宫春色何從遇？徒負開簾一片情。

過金山

萬頃波濤自遶環，晨鐘響動識名山。無端曉霧迷空翠，香界煙籠咫尺間。

蘭

幽芳本愛生空谷，不共春華鬬豔濃。最惜負薪人未識，鋤將香草雜蒿茸。

次二蕭珠樓詠

纖纖搦管詠珠樓，翰墨飄香第一流。題就新詩眺遠景，芙蓉雙映水光浮。

畫舸輕帆一葉飛，垂楊掩映五銖衣。多情最是谿邊月，猶伴蕭孃返棹歸。

黄氏，黄家閣黄素女，邑城曹錫朋室。

秋海棠

淚痕化作此花枝，不似春風睡足時。千載斷腸人在否？秋香徑裏認殘脂。

黄氏，黄家閣黄素女，邑城張熙世室。

白蘭

小窗有我爲伴，深谷無人自香。月下風情同澹，雪中形影渾忘。

中元善，字梅谿，邑庠生柱赤霞配。

楊花

穿簾透幕影微微，天半遊絲好共飛。瑶瑟乍希棲玉柱，雕鞍纔過點征衣。幾回有夢浮花徑，盡日無人撲釣磯。飄泊塵寰何處好？啼殘謝豹不如歸。

刺眼愁生未易删，生涯飄泊不知還。乍聞燕語來香閣，又被鶯呼度水灣。三徑殘紅春恨滿，半窗虚白緑苔斑。似花不著花顔色，那許佳人壓鬢鬟。

漏洩春光爾獨先，纏綿春晚更生憐。漫篩鉛粉蒙秦鏡，亂擲銀毫點玉箋。新月半鉤窺碧檻，芳谿千疊泛珠鈿。年年費盡東風力，依舊青青意憮然。

春痕澹澹復蕭蕭，欲往還疑未可招。錯認輕塵隨去馬，空餘殘雪鎖横橋。未堪寄遠冰綃裏，欲埽愁痕月斧樵。譜得陽關重疊句，柳陰深處掛詩瓢。

曹錫珪，字采蘩，上海工科給事中曹一士女，適新場進士葉承，著有《拂珠樓偶鈔》。

秋望

一天雲雨望中收，山翠陰沈遠黛愁。江岸荻寒鴻過浦，畫檐泥落燕辭樓。清碪擣破千林月，蟋蟀吟殘萬户秋。獨坐幽窗詩思静，桂庭香繞暮煙浮。

詠愁

曲闌干外小樓頭，芳草青青逝水流。明月黄昏人乍别，落花簾幕雨初收。張衡詩就金刀暗，潘岳吟成玉鏡秋。最是好風吹不到，五侯亭館野人舟。

寒食

禁煙時節正東風，蝶舞鶯啼戀落紅。一寸迴腸十年事，都來夜半雨聲中。

馮履端，字正則，監生丁岵瞻室。

詠草示外索和

萋萋芳草綴幽居，緑滿窗前不敢除。約鬬無人歸去後，尋詩有客夢來餘。風迴碧岸摇燐火，雨過煙蕪襯犢車。極目郊原埋落照，傷心一片正愁余。

南湖別業呈外

小築幽深一水湄，青畦碧樹望參差。新豐雞犬頻來往，香茗文窗舊倡隨。嬌女摘花晨露溼，奚童驅犢夕陽遲。先生儻欲逃空谷，冀缺餘風尚可思。

詠緑牡丹示四妹

名花異彩世無雙，姚魏紛紛總受降。草色苔痕新雨後，襯成奇豔映蕉窗。

馮履瑩，字守樸，丁岵瞻繼室。

和大姊詠草原韻

芊綿嫩緑繞幽居，點綴苔階不可除。半榻詩情來夢裏，一庭晴色入簾餘。芳塘夜雨喧蛙鼓，繡陌春風響鈿車。莫漫傷心行樂地，青陽可踏且隨余。

促織孃和大姊

如繅如織晚悠悠，碪杵中間不暫休。紅女梭投茅舍月，學人機斷荻花秋。風清杼軸藏閨怨，露冷蒹葭咽暮愁。聲入吟窗紅燭畔，餘音裊裊拂鐙篝。

山家白燕次懷庭原韻

烏衣紫頷事全非，璧合珠聯世所稀。補壘斷須瓊作宇，投懷端藉雪添衣。穿來庭院銜黎舞，掠去池塘翦絮飛。暮捲湘簾看不見，霜毛低趁月明歸。

綠牡丹和大姊

一朵名花破曉煙，枝頭葉色妒花妍。藏嬌不用金爲屋，翠幕從教障綠天。

桂蘭生，字蘊輝，號彩霞，諸生赤霞女，鮑秀才彬室。

楊花

盈盈舞態擬昭陽，斷送春華夢幾場。銷恨未傾劉白墮，踏歌終怨柳青孃。輕柔更比五銖怯，纖輭還黏百和香。斜日半途詩思滿，可憐人正倚銀牆。

紛飛不用著紅鹽，旖旎温柔美獨兼。是處魂銷頻撲面，有人腸斷怕開簾。雲山縹緲愁無際，風月微茫病易添。重唱周孃舊時曲，江花一夕吐毫尖。

葉慧光，字妙明，自號月中人，内閣典籍鳳毛長女，適婁縣王進之，著有《懷清樓遺稾》。

琴

濯濯素絲繩，耿耿黄金徽。纖手激宫徵，枯木蘊精微。夜泉滴空壑，蘿月鑒素幃。澹寂生清聽，眷兹聲未稀。

題桐葉

驚心一葉墜，涼院秋風早。春華曾幾時，衰落不自保。玄蟬留哀聲，白露颯清曉。惜此鳳凰枝，飛蓬共枯槁。

八月二十八日病起作

秋氣已蕭瑟，秋光殊澹妍。捲簾涼露下，待月小鐙前。遠水迎新雁，疎林墜晚蟬。今朝紈扇意，清怨屬誰邊？

塵冷看金雁，風多掩畫屏。瘦容羞滿月，稀髮笑晨星。滄海波應縮，天涯草又青。沅湘思帝子，斑竹雨冥冥。

詠蘭草

九畹滋何處？數莖開自馨。春風生昔昔，殘雪帶星星。哀怨騷人意，嬋娟帝子靈。同心惟爾我，相對各娉婷。

歸□氏妹卒於潮州歸殯琴川追哭以詩

送君南浦望君遥，斷送青春嶺外潮。一日花同朝槿落，百年人似早梧凋。漢皋夜月留瓊佩，妹寄余香珠、香囊。秦苑秋風聽碧簫。萬里芳魂歸不見，七條絃上雨瀟瀟。

葉金支，字秀華，慧光妹，上海曹錫辰室，著有《效顰集》。

題大人水竹居

止水疎篁裏，蝸牛一小廬。栖遲忘歲月，娱樂有琴書。户外潤芳襲，階前林雨餘。閒雲無去住，日夕對清虚。

秋閨

碪杵聲中暑乍收，露華清共碧雲流。寒生羅袂停紈扇，月滿湘簾掛玉鉤。楊柳亭前煙漠漠，芙蓉江上水悠悠。含情不語愁今夕，目斷關山鴻雁秋。

王蘭蓀，字慧珠，華亭王觀察不烈孫女，適新場諸生程德班。

題陳花南畫蘭

誰向晴窗染素紗？枝枝葉葉倍妍華。好憑張璪生春筆，卻寫徐熙落墨花。空谷多情香氣展，閒階無語露痕斜。若教録入《宣和譜》，妙手應推第一家。

李玉瑶，字碧岑，周浦李丙乾女，蘇柏野室。

墨竹

緑匀新粉籜聲乾，坐覺捎檐玉質寒。渭水清風吟不盡，墨池近長兩三竿。

閔蕙，字佩蘭，監生履三女，文學驤妹，未字卒，有《讀畫齋稾》。

題得得龕

樹密常疑雨，雙扉盡日閒。蝶迷花窈窕，雲鎖玉彎環。石瘦堪爲枕，巖幽即當山。柳枝終日舞，縱好不教攀。

贈楊雙鳳

不用香爲佩，雲衣雜霧綃。幽閒花獨立，澹宕柳初摇。春暖閣中繡，月明簾下簫。相過門草地，新漲赤闌橋。

春日同蘿屏姊眺東園作

連朝恰值雨餘天，處處春光似去年。無主棃花宜帶月，多情楊柳易含煙。緑波芳草清明後，新燕和風上巳前。記取今番攜手地，數聲啼鳥夕陽邊。

新燕

二月春温草正菲，舊時雙燕又來歸。晝長簾幕遲遲捲，波暖池塘帖帖飛。幾許商量花照眼，數番辛苦雨沾衣。只今消息君知否，王謝堂前事已非。

秋鴉

疎林樹樹呌棲鴉，遠色蒼茫咽暮笳。高柳白門餘夢影，斜陽金井半天涯。亂山月落秋無主，蕭寺鐘寒路正賒。莫道江南稻粱美，幾人歲晚又辭家。

秋日養痾

已無花發小樓東，遠色淒迷一望同。冷澹襟懷宜暮雨，飄摇心迹感疎桐。室虛長物琴書在，晝永工夫筆硯中。自是秋風易悲愴，非關賦恨有文通。

春日雜詠四絶

簾捲花梢日乍長，緑窗人静細聞香。春寒料峭渾無賴，聽盡鶯聲又夕陽。

嫩黄楊柳一枝枝，細雨新抽拂面絲。好是日斜風定後，小橋流水倚闌時。

自理冰絃拂素琴，高山流水待知音。啼春不許來羣鳥，閒卻窗前新緑陰。

江南景色漸闌珊，看盡夭桃又牡丹。薄病纔過春已晚，惜花人起恰花殘。

納涼

新涼隱隱入香羅，風送誰家《水調歌》？數點流螢自來去，碧梧臺榭月明多。

唐静嫺，自號種玉田婦，漢昭女，邑庠生李根室。

讀閨秀集有感

靈氣入胸臆，化作文與情。雖曰兒女儔，亦令風雨驚。謝詩何足道，《班史》留其名。苟非聖賢心，才重身已輕。多謝脂粉侶，立品防譏評。筆端務繁豔，何以對太清？

鬥草

端午日遲遲，南郊拾翠時。細風吹艾圃，朗日照荷池。徑僻攀枝古，林深摘蕊奇。歸來衣袖上，猶帶緑痕垂。

丹青引

畫馬難畫骨，畫鳥難畫音。畫象難畫膽，畫人難畫心。

繡龍

緑窗風雨繞檐鳴，尺素煙雲鬱不平。只恐神龍多變化，穿鍼未敢繡雙睛。

繡人

鍼鍼摹狀復摹神，卓犖鬚眉自有真。静勉工夫全七尺，一絲少懈不成人。

曉起即事

鶯聲啼斷夢紛紛，鑪籠茶煙窗籠曛。倦眼朦朧初試鏡，顋邊猶印細羅紋。

茉莉

晝静深閨清夢長，風翻雪瓣吐幽香。小鬟不解憐花意，摘盡枝頭泡茗嘗。

張介，字筆芳，婁縣張孝泉幼女，横泖沈璧璉室，著有《萬花樓詩鈔》。

題王麓臺松壑流泉圖

設色染峰巒，濤聲殷松樹。巖壑一何深，煙雲繚無路。其上飛瀑流，曲折向低掛。觸石聲琤琮，寒輝玉龍度。何當此消夏，驅暑過亭午。松泉奏清音，和我朗吟句。

諸葛菜一名蔓菁

沿階多蔓菁，一雨遂抽碧。紫花浮茸茸，緑葉蔓無隙。云可佐菜羹，芼以薦嘉客。思昔諸葛公，軍行乏黍麥。藉之爲餱糧，飼馬計亦得。自古行大兵，軍儲貴籌畫。苟無芻粟資，告急何能擇。微物頗易繁，所在供朝夕。今人少種藝，嘉蔬未聞食。流傳信有之，盤餐庶採摘。寄語食肉人，此味毋輕擲。

銀缾怨

金牌十二來軍中，黄龍不擣中原空。上下相蒙和議定，穹廬那得歸兩宫。蘄王解柄鄂王死，百戰勳名付流水。長城失自小朝廷，偏安屈辱甘蒙恥。丸蠟潛通搆陷成，銀缾欲墜志難更。風波三字定寃獄，覆巢之下豈獨生！如花竟向井中没，冰心一片澄寒月。宋家半壁竟難支，閨中弱質餘芳烈。古甃深沈久不波，瓣香瞻禮今如何？

對雨效白香山體

草緑添瑶砌，花紅墜石缸。山凝螺子黛，樹罨碧油幢。屋角鳴鳩淵，檐端急溜撞。此時如聽雨，最好是蕉窗。

賦得江上數峰青

杳杳復冥冥，煙螺隔遠汀。無邊空水碧，一抹遠山青。隱約浮蒼靄，依微列翠屏。曲終餘韻裊，何處覓湘靈？

己丑重陽

去歲題餻天北極，一家隨宦在燕臺。今年卻喜歸南國，又見黄花爛漫開。親舍欲瞻雲倍遠，鄉書未達雁空來。遥知官閣開尊處，欲插茱萸首重回。

暮春

柳絲窣地景暄妍，紅徧園林緑遍川。檢點韶光將穀雨，輕陰正是養花天。

西湖十景詩選四

空濛黛色映西湖，南北高峰影不孤。三十六梯夐絶處，遠天一角漏雲膚。雙峰插雲

裊裊柔條輭浪生，栗留小部奏新鶯。耳根眼際詩情滿，消受東風第一聲。柳浪聞鶯

泠泠清梵出巖松，夕照遥明慧日峰。擬向雲林參妙諦，隔煙微逗一聲鐘。南屏晚鐘

白隄迤邐接蘇隄，弱態籠煙拂水低。一樣清波門外柳，消魂惟有六橋西。六橋煙柳

觀瀑圖

玉龍夭矯劈空飛，千尺垂簾萬斛璣。人在匡廬山色裏，撲來爽氣欲侵衣。

清明

小桃如泣柳如煙，撫景傷情倍黯然。幾陌紙錢風外捲，斷腸春色是今年。

孤雁

蘆花明月萬重雲，努力高飛悵失羣。中夜不堪頻弔影，離鸞別鶴總如君。

暮春感懷

感人最是落花天，憑徧闌干一惘然。豈獨爲花增悵悒，惜花人逝已經年。

憶西湖

桃花萬樹柳千條，記得年時蕩畫橈。内外六橋春似海，西泠松柏獨蕭蕭。

題新水晴嵐圖

春水春山並送青，縠文如織翠如屏。晚來忽化雲千疊，倒映芳洲杜若汀。

潘玉珊，字環聲，傅應蘭聘姬，有《繡餘遺草》。

寄雨香二姊

分手悤悤柳放芽，鴒原三月悵天涯。湘簾捲起還垂下，愁看庭前姊妹花。

臨終詞

幾回强坐待雞鳴，欲喚慈親又住聲。只是傷心無限處，梅花空照月三更。

方外

釋大定，字覺空，嘉興人，遊方至周浦，憩息永定寺最久。

秋日過南湖草堂訪丁念莪隱居卻贈

十年無睹亦無聞，投老歸來忽見君。花月江南堪獨步，風雲薊北定空羣。河山我證三生果，泉石而藏一代文。偶到閒堂論詩格，蒲團茗椀對斜曛。

讀念莪舊稾即次其題贈原韻

心頭眼底盡閒花，彩筆驚秋吐露芽。六代章程源可溯，三唐格律派無差。秦關蜀棧開丹嶂，楚水吴山破鐵䡾。今日歸來逢海嶠，十年始悔問塗賒。

結茅南屏後峰卻寄念莪丁隱君

磨杵成鍼芥忽投，天涯濩落暫歸休。十年風雪關河老，四壁雲山寐寤遊。破衲長懸梵誦地，儒冠終戀石泉秋。他時憶我南屏路，好買西湖一葉舟。

釋元澄，字㞞菴，住周浦永定寺。

山中

山頭鳥聲碎，山半緑蘿晴。坐愛白雲滿，因之遺世情。偶逢荷鋤者，共作林間行。

聞泉

隔谿寒響落，斷續度秋潯。咽石驚山鳥，穿雲碎玉琴。亂流何處去？一枕聽來深。洗耳人安在？清泠自古今。

機會禪宿七十

閲徧榮枯七十年，縱心物外樂陶然。兩肩白髮消清晝，一室青鐙照夜禪。石井春闌芝草地，泥垣秋圃菊花天。扶笻控鶴閒乘興，每數沙鷗蘗嶼前。

西湖

緑蒲相映晚霞紅，小艇如鷗泛碧空。一水鏡平新雨後，雙峰眉鎖夕陽中。青童歌板迎低月，白藕亭臺遞遠風。弔古徘徊思二惠，表忠碑下拜坡公。

秋日過瑞龍訪語松禪師

衣分香稻離丹邑，徑轉谿橋到瑞龍。孤寺夕陽紅樹老，殘碑秋雨亂雲封。煙霞高卧忘塵世，海鳥閒看倚古松。十載知交欣一晤，篝鐙相向論浮蹤。

越州明覺寺弔古

青冢黃埃覆寺基，夕陽野草不勝悲。鐘聲寂寞清谿冷，鳥語淒涼古道危。華表春秋猿鶴夢，殘碑風雨薜蘿垂。堪嗟人事真無定，明月空餘洗鉢池。

釋智潛，字慧劍，永定寺僧。

登天香靈境閣和潘韻

來尋香閣獨登梯，萬象蒼茫物外齊。海上怒濤千疊險，雲間浮世一齊低。鐘聲夜動江臯鶴，梵唄晨驚別墅雞。極目河山隨處闊，不知紅日已沈西。

過浄慈寺感懷

臨濟宗風久寂寥，湖山第一莽蕭條。袈裟零落巖前樹，缾鉢浮沈水上瓢。碧荔拖煙垂佛座，青蘿掛月覆僧寮。我來重到傳經地，淚灑飛花作雨飄。

晚登南屏慧日峰

晴嵐雨嶂碧重重，策杖高攀慧日峰。顧祖吴山呈面目，朝宗浙水拓心胸。藤蘿倒掛千尋壁，鼯鼠斜緣百尺松。身到上方諸籟寂，南屏晚寺一聲鐘。

和印微師遊岱宗原韻

訪古曾遊日觀旁，千尋雲海歎茫茫。斷碑獨立原無字，老柏孤撑不見堂。秦爵五松歸誕妄，吴門匹練總荒唐。由來封禪多陳蹟，史策偏詳記武皇。

和印微師雲門弔古雲門山最多，此係青州府雲門。

一雙赤脚走青齊，絶險雲門策杖躋。馬耳徵詩隨意寫，牛山感泣盡情啼。蓋公堂外荒煙合，富相亭邊落日低。松耶柏耶還在否？傷心七十二城西。

釋明智，號文慧，居邑城西之寶光菴，有《禪餘草》。

答顧巽容七夕憶舊之作兼懷黄秋圃

長日松關感擲梭，閒雲又見隔秋河。心融明鏡塵埃少，夢觸飛花聚散多。擬向武陵尋舊約，還從叔度借餘波。谿邊新月依然好，手把君詩獨自哦。

五十自言

蕭然瓢笠託林泉，住宿行吟五十年。一指尚難開後學，三衣終愧繼前賢。鉢塵幸免耕還惰，衲蝨雖饒垢亦緣。忽憶今辰是初度，白雲遥望倍悽然。

秋日巽容秋圃過訪各賦三絶見贈次韻爲答

寂寞松龕類釣篷，慣隨鷗鷺占秋風。叩門忽接尋詩侶，吟落斜陽半樹紅。

釋佛基，號岱宗，居知止菴，海災後移居蓮瑞菴。

文師五十初度

雪消香界梅初放，呼我同餐度素桃。天雨寶花春色永，心涵妙偈日輪高。戒薰自養千秋足，壽量誰加一字褒？初度問師天命理，黄河活活水滔滔。

海曲詩鈔補編

海曲詩鈔補編目次

海曲詩鈔補編

明

朱正中，字子建，號昌穉，居沈莊。崇禎時，以庠生薦授欽天監博士。有《鴻鳴集》。

《墨香居詩話》：朱子建爲徐文定門下士，初充殿直，繼以明曆法薦入欽天監。所著《四書正脈》一書，惜未傳。集中有《用人致治》、《蕩平流寇》等疏，侃侃直陳，洵磊落奇偉士也。詩非注意，寥寥數篇而已。

崇禎乙亥偕督餉使者入晋於壽陽遇雪時仲春十四日也地方久旱所在虔祈六花飛墜三農欣躍夜坐無事秉燭覽郵亭四壁見唐韓文公謫深州詰王庭湊時賦詩壁間和者甚衆因步後塵

策蹇孤征至太安，衣單力怯不勝寒。霏霏瑞雪從天降，遮卻當空月一團。
四方多難此偏安，桃李繽紛卻耐寒。自歎天涯久浪蹟，何時高卧吸龍團。
昔日深州危未安，昌黎數語賊心寒。迄今誦讀牆間韻，多許名家做一團。

絶句

眠雲隴上鋪青草，釣月谿頭照緑蓑。花鳥三春書萬卷，儘教風雨夜婆娑。

清

葉夢珠，字子發，原名滑，居陳家橋，庠生，有《九梅堂稾》。

度翠軒作

閒軒得廣蔭，避暑此徘徊。看竹無心去，窺人有鳥來。園深能積翠，庭古自生苔。水際香風動，芙渠已半開。

清谿野眺

登高縱目似憑虚，水色天光一碧如。四野未沈惟竹柏，三農何處問菑畬？山妻窺户皆乘筏，田父無聊學打魚。縹緲九峰疑海外，望洋不禁自欷歔。

墨香按：集中有《康熙庚戌水災見聞録》，此詩亦係是年所作。

元日感懷次盧子文韻

遥聞爆竹夜如何，自覺年華已漸多。壯志久消慵起舞，詩情頓減爲催科。寒梅得日香初發，小鳥臨風聲乍和。試問吾鄉寥落客，春光幾許到巖阿？

高象辰，字拱宸，號魯齋，居周浦，孝子維岳子，庠生。

武陵菊圃留坐

作寒小雨夜窗前，數本黄花尚瓦全。載酒不來人意澹，武陵別是小斜川。留得秋花綴小春，編籬插竹護精神。是黄是白微微月，錯喚山人與聖人。

蔡璉，字宗玉，住新場，著有《衡門草》。

申依宸曰：先生性不嗜酒，而好吟詩，常杜門卻軌，跌宕文史，意有所觸，即淋漓翰墨。要皆琢腎鏤肝，詞必己出，不屑爲柔靡不振之音，而有渾古蒼深之氣。蓋余得先生爲知己，而先生之詩非余不能知也。

《衡門草自序》曰：居鄉作客，滿目悲涼，舊事新愁紛沓方寸，縱欲付之短詠長謳，一抒其憤懣，而往往遭家人輩謀薪水、絮衣食所擾奪，不能成章。其間有終篇者，咸得之於郊原散步、籬下花前、風雨夢回時者居多，命之曰《衡門草》。我知其不脛必不能走，不遭世之按劍覆瓿，亦幸矣。

秋風行

日暮登古城，秋風颯然清。茫茫滄海闊，鷗鳥没煙汀。鯨魚障天黑，一望精魂驚。我身無羽翰，那得到蓬瀛。仙人不可見，坐令白髮生。金丹總虚妄，鬱鬱徒傷情。哀哀粉堞烏，反顧惜短翎。徘徊不忍去，高詠秋風行。

申江行

申江之水接滄溟，浮天浴日藏蛟鯨。澤滋萬頃潤千里，長流奔放西南行。煙波浩蕩伊誰鑿？疑是銀河天外落。扁舟一葉如拳小，風送輕帆同去鳥。夜静月明素練飛，漁歌唱徹江天曉。曉看江岸花紛紛，一片朝霞映白雲。千年禹蹟不可問，臨流卻弔春申君。

懷瞿筠沖

吾友筠沖，才高倚馬，拔幟詞壇，有才無命，混迹泥沙。今十月四日，余從濱海訪之於滬城。遥集囊空，杖頭之錢告乏；史雲甑冷，餅中之粟久虚。别後悵然，爲之不寐者連夕。既無指囷之力，敢忘河上之歌！

不見頻相憶，見時倍可憐。才雄文滿匣，廚冷晝無煙。司馬歸川日，盧仝在洛年。惟余同病客，爲爾一悽然。

次韻和海陽張曉山村居之作

生有煙霞癖，誅茅入遠村。十年沈蠹簡，終日掩柴門。風細雲留影，花疏月漏痕。嘯歌何所寄，不惜醉匏樽。

辛未元宵

樓臺十里沸笙歌，獨掩荆扉少客過。鐙影半牀酒意淺，梅花一樹月痕多。紅塵未闢玄關路，青鏡其如白雪何？我欲乘風天上去，廣寒高處問嫦娥。

籬邊看菊口占

不剔冗枝不翦花，疎疎籬落散秋霞。幽香冷澹人如水，即是柴桑處士家。

秋日喜魯淳安至

秋風微扇浪紋開，一派新涼集水隈。林外歸鴉煙乍起，夕陽影裏故人來。

秋宵

蟲吟四壁起悲聲，三唱荒雞夢未成。一點秋鐙半明滅，西風殘月露華清。

尋詩

村北村南煙草荒，谿迴水轉抱寒塘。不知何處詩來路，暝樹歸鴉落日黃。

夜雨

月暗雲深夜寂寥，五更殘夢響芭蕉。曉來枕畔聞人語，風駕秋潮没小橋。

雨夜過長塘

野渡扁舟落葉輕，霏微漁火傍灘明。十年重過横塘路，卧聽孤篷夜雨聲。

申仲，字依仁，居六竈，庠生。

楊花

目送飛光老漸侵，看花悟徹去來今。半生徒負飛揚性，一點還留虚白心。洗俗只思千澗水，棲幽須覓萬重林。江南春事嗟摇落，赢得青袍作苦吟。

周之璠，字斐若，居四團倉。

月夜舟行大江

孤帆歸月夜，四望一江清。山樹參差影，吴兒欸乃聲。水從天外落，人在鏡中行。爲愛風光好，篷窗夢未成。

冬夜喜良哉至即席賦

此夜一尊酒，偏能慰我思。莫言不速客，下榻已多時。醉後霜威薄，吟餘月色遲。更深興未倦，翦燭盡殘棋。

施正，字甲士，住新港，有《耕餘集》。

秋興

靜夜清風爽，寒星碧落浮。斷猿楚客夢，明月漢宫愁。醉傍東籬菊，歌殘白苧秋。笛聲何處起？西北最高樓。

閨怨

當年隄上折垂楊，從此天涯各一方。昨日妾經折柳處，新枝比似舊枝長。

遊奈山感賦

霞外亭荒草色新，狐狸白晝嘯空林。可憐山北高低冢，盡是當年歌舞人。

村居雜詠

竹林深處結茅茨，斜日清風滿竹枝。流水小橋楊柳岸，爲渠作畫更題詩。

新緑秧鍼鏡面鋪，蛙聲閣閣和農歌。江南五月多梅雨，邨巷家家掛緑蓑。

曲曲疎籬水外邨，朧朧樹色欲黄昏。横塘細雨斜風裏，一片漁歌直到門。

邱有馨，字蘭若，號椒其，住新場，歲貢生。

贈别徐又生

與君同作客，飄泊任天涯。落月催殘笛，飛霜泣暮笳。年華非是昔，寒夢不離家。話别長亭路，瀟瀟風雨斜。

送葉南有北上

鄴侯秀骨本珊珊，况值春和景未闌。畫鷁晝飛來極浦，黄鸝曉囀度重關。君才瀟灑風塵外，吾道昭回雲漢間。此去不須多悵别，憑將勛業紹臺山。

送陸潁臨遊燕

平原高士舊知名，揮手登車賦北征。已見珠光飛合浦，還看劍氣出豐城。鞭摇玉勒千山迥，月射行旌夾道明。去矣馬卿早獻賦，一時聲價重神京。

掃帚

能使塵區不染塵，可知非寶亦堪珍。獨憐寂寂柴門下，難遇當年擁篲人。

趙敬，字鶴書，住趙行，雍正乙卯舉人，有《畏庵存稾》。

微雪

曉雞破夢回，紙窗見微皞。攬衣啓柴門，茅檐縈纖縞。零星點籬根，稀疎不掩草。寒潭静凝碧，遠天白如掃。陰霧暗經旬，對此豁幽抱。躡屐尋荒園，忽訝梅開蚤。

登燕子磯

燕子歸何處？臨江尚有磯。葉殘秋樹瘦，雲起暮山肥。吴楚望難極，興亡事已非。茫茫千古恨，獨自送斜暉。

贈句曲葛以繁

緑繞青浮萬壑煙，蹇驢蹀躞上峰顛。漫攜客裏九秋況，來就君家一榻眠。萍梗行蹤真偶爾，居停情誼自殷然。凡根從此消除盡，爲遇仙翁葛稚川。

秋日汎舟

何處微風吹緑蘋，遠山靄靄半陰晴。碧苔院裏老秋色，黄葉舟前冷雁聲。雲卷寒濤千里白，帆收斜日一江晴。茫茫世事何堪問，且任孤舟帶月行。

周鏗，字思誠，號心齋，居四團倉。

碧螺峰

我愛碧螺碧，山根每獨行。九盤臨絶頂，一點看孤撑。宿露流涎滑，秋波湧黛輕。浩歌忘日暮，相和有松聲。

荅李藺完兼呈家孟

洞庭山色經秋老，震澤湖光照眼明。吾道幾曾關出處，此行原不爲功名。來書有「去家遠適，疑是戰國人習氣」等語。煙雲親舍黄花淚，鴻雁鄉書白社盟。莫笑遯荒循故事，延陵季子最思兄。

山行感賦

入山未許住山莊，日日肩輿理藥方。故國何人憐季札？他鄉有女識韓康。天陰欲溜松杉雨，秋晚猶稀橘柚霜。客久依稀忘歲月，忽驚來日是重陽。

周鑑，字思明，號獅潭，青浦庠生，居四團倉。

遊翠峰寺題控鶴亭戲贈山僧此庵

夾輿松徑自當年，控鶴亭新接水天。雙嶺秋光何事老，五湖月色向誰圓？但須醉詠皎然句，何必醒參雪竇禪。忽憶雲龍山下客，不知放去幾時旋。

朱蓀元，字簪存，會元錦孫，淇子。

送春和韻

東郊遥望首重回，滿地殘紅掃不開。寄語淮南漫招隱，王孫依舊未歸來。

望月感懷

露滴閒階月色寒，夜深無語倚闌干。榮枯應是渾同照，一樣清輝兩樣看。

顧式玉，字荆田，居六竈鎮，邑庠生。

《墨香居詩話》：李茶陵《詠史小樂府》，朱竹垞謂勝於楊廉夫、李季和是也。國朝尤西堂作《沈文慤》，又謂勝於茶陵，則過矣。蓋此體固須緣事立論，尤貴音節簡古，餘味曲包，尤詩未免發揮太盡。今荆田翁所詠吴梅村《綏寇記略》十二題，更覺鋪陳平衍，故所收從略。

穀房變惡熊文燦也

縛虎放出柙，獲寇玩不殺。自非諸葛謀通神，豈便妄言擒縱法。文燦原鄙夫，督師重誓非素圖。中使往覘倚醉語，諸臣誤國擊唾壺。武陵奥援遂授鉞，聞命追悔徒嗟吁。沿江饒給實誨盜，建議民粟藏城隅。賊無所掠當自退，斯言大足供軒渠。督師主撫不主勦，總兵别將胥同調。林王密計既不行，在釜之魚恣遊跳。此時嗣昌有德色，自謂知人能盡職。穀城房縣聲援通，嗚呼張羅變且棘。

開縣敗惡楊嗣昌也

武陵力舉熊文燦，懷宗亦且狥情面。生平諱疾還忌醫，向用嗣昌弗肯變。一朝宰相行督師，親手酌醴還賜劍。嗣昌感泣不欲生，斯時氣可吞闖獻。喜諛愛佞駮復驕，放虎自衛背克儉。襄陽禍烈不忍言，襄王頭顱貴易賤。二載徒勞貽禍深，九原難上諸陵殿。開縣敗，抵荆州。徐家園，天盡頭。無路上天且入地，君恩如海何時酬？

張儕鶴，字孚中，號象峰，居瓦屑墩，乾隆丙辰恩貢。

題朱文豹蘭竹

潑墨澹還濃，參差蘭與竹。一從九畹來，一自篔簹谷。疎影和清香，浩然媚幽獨。

贈邇修

樂天五十七，握管自題詩。繼讀《看雲集》，生辰復擬之。君今年正合，興會亦如斯。孤館抒長嘯，幽懷衹自知。

東堯章

地遠輒相思，地近不相見。寂歷倚柴關，梅花落片片。

澄江寓樓雜詠

西南高塔勢淩雲，北望雙峰更出羣。江海蒼茫渾欲合，憑闌極目渺無垠。

疏水家風樂事多，夜來沽酒不盈壺。身閒未遽萌歸思，愛看江天似畫圖。

周謙，字達齋，號雲巖，庠生，居四團倉。

春暮閒居

門遶谿流緑影沈，春光將盡柳成陰。久虛彈鋏吹竽志，賸有孤雲野鶴心。十畝閒田瓜好種，一窗疎雨句堪吟。不勞盃酒排新悶，自有無弦壁上琴。

日暮煙光起遠林，支笻無語待歸禽。藥闌紅鎖苔痕冷，芳草晴含黛色深。好句不從經意得，幽懷時向靜中尋。年來消歇青山興，華髮蕭蕭兩鬢侵。

陸文度，字師裴，居川沙，庠生。

題書齋壁

四壁青山低罩，半窗墨霧横空。旭日澹霞相映，嘯歌坐卧其中。

冰

涷硯全堆墨屑，水盆乍結冰花。圓璧方珪景象，炊金饌玉人家。

喬廷選，字周士，號鉼城，住一竈港，上海學庠生。

和盧雅雨觀察紅橋修禊原韻

禊堂開日駕仙舟，北郭紅橋好逗遛。十里花香争上巳，九重春色冒揚州。鄒枚昨幸承恩澤，僑肸重逢互獻酬。指點明湖同碧漲，一時名士盡軒頭。王新城《冶春詞》：「邗溝未似明湖好，名士軒頭碧漲天。」

蘭亭向説永和年，四美今仍具目前。緑柳三眠隋苑裏，紅霞一抹竹岡巔。綿芊芳草尋詩徑，駘蕩春風載酒船。最愛江樓齊唱後，同工異曲賽珠圓。

廿景標奇一棹通，爲迎玉輅幸江東。蕪城慣占團圓月，靈囿新披長養風。北溯羣流將效順，南瞻列岫覺空濛。儻如六一重高會，不用秦郵采水中。談經如對鬱儀明，賡詠争傳韶濩聲。泛水依花推二妙，謂紅豆、沃田。攜琴伴鶴喜雙清。乘閒儘可遊禪智，即景何須問堡城。自哂轆材居末座，篝鐙覓句到殘更。

申澤霖，字惠南，居六竈鎮，邑庠生。

春愁

盡日雨愔愔，宵寒晝亦陰。春愁不可説，門外落梅深。

施克昌，字大椿，號澹園，正子，監生。

詠雪

空庭恍若舞胎仙，不薄茅檐亦結緣。澹蕩欲遮堆砌葉，迷離莫辨隔谿煙。掀篷艇泛寒江曲，荷笠僧歸古寺前。縱具元暉神妙筆，恐難寫盡絮漫天。

雜憶

漫道西佘擁翠嵐，浪仙遺蹟按詞探。亭荒霞外無人識，山麓空存秋水庵。

蘆花曳白蓼拖紅，一葉横塘溯晚風。擬作畫圖何處好？行春橋畔石湖東。

徐漢文，字名揚，號息庵，居邑城。

鳳仙

聖世來儀後，丹成隱谷中。化身花裏現，猶帶彩霞紅。

雞冠花

時移白帝火流西，花發雞冠五色齊。金距翠衿昂首立，風前如舞又如啼。

秋夜聞笛

月明乘興步谿東，連萼香清玉露中。誰更催人詩思好，悠然長笛趁微風。

蟋蟀

澹月涼風秋思深，閒攜斗酒坐庭陰。梧桐葉落蛩聲苦，如向窗前伴客吟。

周志濂，字學谿，號揆伯，鏗子，監生。

謾興

邯鄲有路夢中賒，學士風流敢獨誇。種樹偏宜連理樹，看花最愛合歡花。簫聲韻處思秦女，柳絮飛來憶謝家。朝起喜看山色好，半竿紅日照窗紗。

朱文照，字□□，居沈莊，庠生。

竹崎道中

竹崎江上浩煙波，歷亂行舟起棹歌。回望寧川何處所，猿聲兩岸嶺雲多。

題遊獵圖

空磧雲連極望遥，千山木落振商飆。雄心未許同秋老，立馬高原好射鵰。

曾聞飛騎過新豐，城外風高控角弓。何似戎裝兼冶服，玉花斜帶晚霞紅。圖有二青娥。

吕發岳，字景山，號松巖，居下沙。

秋海棠

微紅暈頰逞嬌姿，媚態須看月上時。應是仙姝來謫下，珊瑚作骨玉爲肌。

周誦，字吉人，號柳塘，鑑子，庠生。

詠柳

三月楊花緑更肥，風流不是舊腰圍。春情脈脈渾無主，化作輕綿點客衣。柳絮

夕陽谿畔任風摇，蘸水拖煙掃畫橋。寄語行人休折盡，好留數縷挽歸橈。柳綫

枝枝摇曳傍高樓，雨散雲收態總柔。彷彿阿摩隄上過，三千殿角競風流。柳腰

樓頭緑湧晚天晴，恍若波紋冉冉明。最是東風初起處，碧濤聲裏聽流鶯。柳浪

金王謨，字宿來，號東瀛，居七團。以武解元賜進士，官守備。著有《頤志軒詩稾》。

平臺紀事

崇武登艨艦，波濤萬頃平。激昂衷甲士，慷慨棄繻生。馬似龍池種，人如天上行。八更水程以六十里爲一更昕夕渡，默佑感神明。海神天后最靈。公虔誠祈禱，數百舟渡海，止越一晝夜。

兵勢如潮湧，長驅抵賊濠。霓旌翻雪浪，白刃瀉銀濤。困獸猶知鬥，游魂何處逃？畫成羅兔計，三窟總徒勞。

壯懷張殺伐，誠意格豚魚。不愧司軍命，真能讀父書。公係忠勇公次子。試看跨海日，想見入川初。世澤雲礽永，鴻名載德輿。

南人不復反，澤國慶安瀾。歸馬鯤身畔，臺郡濱海有「七鯤身」山島。回舟鹿耳灘。凱歌賡駿烈，頌語澀毫端。自問無長策，徒餔毳幕餐。

火龍池，字寅賓，號秋巖，居百曲港，早卒。

寄孫漫仙

舉目天涯遠，飛雲去不留。閒庭一夜雨，人意似逢秋。乍覺生吟興，因之感舊遊。何當聽長嘯，同上碧山頭。

散步口占

一灣流水繞池塘，翠影紛披引興長。閒拂落花春曖曖，好風吹上客衣香。

潘泰，號耘谿，居一團，庠生，有《竹邨詩稾》。

中秋即景

玉露霏微八月天，一泓銀漢澹秋煙。最憐今夕團圞月，偏在纖雲宿霧邊。

孫文粹，字荃園，居周浦塘南，有《旅窗率筆》。

送張硯樵之句容

玁玁文旌指句容，華陽福地正春濃。定知書畫深相契，更喜詩詞得所宗。遠道莫羈紅粉信，行衣須念白頭縫。大馮君若相垂念，説我江天倚短笻。

游春詞

春水春山入畫中，春泥繡潤印香弓。相逢莫訝春衫薄，衫薄能隨如意風。

夢中得句

絲絲楊柳絲絲雨，葉葉芭蕉葉葉風。莫道道人情緒少，臨邛酒保略相同。

金國輔，字雪窗，號德泉，庠生。

遊仙

洞府層層珠户扃，碧山杳靄水清泠。玉妃相唤不知處，隔岫一聲煙霧冥。

一盞瓊漿玉手擎，低檐咫尺見雲英。泠然仙母當門坐，脈脈階前但目成。

周焕，字倬雲，號東谷，住三竈。貢生，官縣丞。

舟中野望

小倚篷窗立，荒郵露氣濃。已嗟違勝友，兼惜别奇峰。涼月澄秋水，輕風響岸松。寥寥人獨自，愁聽隔林鐘。

宿湖樓曉起

爲愛春光好，深宵夢不成。曉鐘催落月，人語送殘更。山寺晨霞爛，湖隄曙色明。昨朝遊未徧，乘興更尋行。

立夏

落盡殘紅緑滿川，風光别是一番妍。最憐桑柘陰濃處，少女攜筐立晚煙。

細雨舟中有感

細雨霏霏欲暮天，桑林樹樹鎖輕煙。誰憐江上孤舟客，一路春風聽杜鵑。

王鉉，字悦和，住川沙，監生。

詠白蓮

江妃舞罷卸華妝，浄立亭亭野渡旁。千頃月痕迷玉潋，一天秋色澹銀塘。香清真見紅塵絶，影好仍依翠蓋涼。最是露濃風細夜，凌波何處解明璫？

涼氣溶溶暑氣微，張郎當日見應稀。略成界畫紅橋路，不甚分明白鷺飛。依幕漫教香入夢，集裳猶訝雪侵衣。蘋洲冷落斜暉遠，卻望東林舊社歸。

奚爾鏡，字日藻，號蓮浦，居□□，庠生，有《抱經堂詩稾》。

泖湖秋汎同蔡書巢作

秋風生遠林，圓泖長潮汐。一葉掛疎篷，沿洄任所適。蕭蕭楓葉丹，霏霏葦花白。偶因前谿轉，嘹亮聞漁笛。白蘋尚敷芬，絲蒓正可摘。鷗鷺澹忘機，芙蓉媚中澤。冉冉夕陽斜，疏鐘一水隔。明瀾望不窮，倒影遥山碧。蒼茫煙水心，泬寥菰蘆客。叩舷發高歌，行行將安極。

白龍潭汎月歌次東坡清虚堂詩韻

秋風生林月出沙，九峰翠色飛衙衙。孤篷開處露華滿，蕭蕭蘆荻飄殘花。濠濮會心不在遠，只此泛宅仍浮家。叩舷高歌悦清曠，數聲柔艣鳴謳鴉。白蘋悠然香不斷，芙蓉中澤揚天葩。遥山倒影四圍碧，詎有蕪穢煩剗爬。金支婀娜羅轥遠，一甌花乳煎春茶。涼颸微遞雙林磬，前谿時送回帆撾。皓魄輝清人語絶，飄然青翰忘咨嗟。安得攜朋載酒去，十洲汗漫淩雲霞。

秋柳

菊花蘭衰又一時，毿毿煙柳動愁思。飄殘南陌留斜影，舞盡東風賸瘦枝。踏臂清歌芳訊斷，調妝畫閣晚晴移。離亭攀折知多少，憔悴江潭惜鬢絲。

金棠，字召南，號蘭栬，住邑城，庠生。

渡浦

心急渡頭行，衝濤亦可驚。長風千里疾，小艇一毛輕。野鶻摶沙去，江豚吹霧生。忽聞人語集，檣尾出孤城。

顧之麟，字瑞裴，號慎菴，居三墩，著有《雙桂堂集》。

春遊

最好惟三月，兼逢雨乍晴。閒花隨意放，野鳥傍人鳴。水緑飛煙澹，山青夕照明。徜徉春草路，依舊去年情。

春日偶成

澹澹輕煙暮復晨，天涯芳草緑成茵。楊花落盡春無主，愁殺高樓獨倚人。

懷周吾廬

衡門抱影怕逢時，瀟灑襟期野鶴姿。遥憶草堂秋夢醒，一簾細雨獨吟詩。

蘇鈺，字式如，號菘園，居黑橋。

早行

惘惘出門去，蒼蒼野色連。江明殘月岸，露白早禾田。酒市三更火，人家十里煙。行看海霞曙，估客語前川。

夢覺

殘夢如輕煙，何處辨形迹？欲覓半模糊，虚窗秋月白。

陸紹祖，字繩武，號澹如，居□□。

書柿葉寄家雪江

拾得霜林四五葉，閒題秋思兩三聯。剡藤不似此箋滑，好向山窗學鄭虔。

葭蒼露白鎖寒煙，正是懷人秋水天。若問近來閒客況，一林柿葉盡詩箋。

程德班，字炳淵，居新場，庠生。

白荷花

十丈冰華面面開，莫愁炎氣暗相催。明珠須向銀囊聚，羽扇偏教玉翦裁。圍繞小亭皆碧樹，流傳曲水盡瓊杯。還聞靈帝多奇種，幾點星高影共來。

周春林，字天若，號醒華，居四團倉，庠生。

題金炳千秦山圖照

有客示我《秦山圖》，秦山踏雪者誰歟？連峰疊巘望不極，羊腸鳥道一綫相縈紆。北風獵獵雲黯黯，山半立馬心躊躇。悲哉太原子，思親淚眼枯。父子不見廿載餘，椿萱兩地青鐙孤。彼蒼憐憫重得怙與恃，何惜衝寒破雪此微軀。一朝相見共悲泣，驚起鄰翁里嫗咸唏嘘。昔別兒齒尚齠齔，今來兒已鬑鬑鬚。兩頭定省縮地恨無術，西陲東海闊絶將何如？世間團圞一室者，庭闈往往相嗟吁，請君拭目看此《秦山圖》。

程竹塘書齋即景

探殘月窟與天根，寂寞黎花深閉門。一段南宫畫中意，溼雲如墨暗孤村。

斟酌橋聽鄰船度曲

山塘七里月鉤横，畫舫誰家載酒行？隱約吴姬歌《水調》，玉簫剛和兩三聲。

一曲纏頭費萬錢，歌喉宛轉似珠圓。前游忽憶秦淮夜，商女吟秋劇可憐。

周芬，字彦芳，居金匯塘。

遊茅山

句曲三峰形勢連，登臨福地陟層巔。探奇深入華陽洞，品水頻嘗喜客泉。谽谺縈迴流亂石，林巒複疊亘長天。修真此地蓬壺境，何事遠求海外仙！

周芑，字翼謀，彦芳弟。

庭前看花

月照閒花花向人，人居月下與花鄰。花開且喜清香遠，花落還看月色新。

暮春歸家

故里春殘春色微，桃花已盡杏花稀。窗前松竹依然在，鬱鬱蔥蔥待客歸。

張德純，居金匯塘，衣工，有《藝餘集》。

《墨香居詩話》：張以衣工能詩，可比明之李東白，惜無「秋在仙人鐵笛中」之句耳。

秋閨

幾度商飆感寂寥，蛩聲四壁更蕭條。孤鐙獨伴黄昏月，露溼蕉衫品玉簫。

海曲詩鈔二集

海曲詩鈔二集序

予編次《海曲詩鈔》將竣，諸相好又各以詩稾寄示，計得七十餘家。細心披覽，或以古澹爲上乘，或以沈著爲三昧，或以雄渾爲神樞，或以藴藉爲堂奥，縱横奇正不一其體，珩瑀圭璧不一其形，要皆得温柔敦厚之意，無愁苦嗟歎之音。此固諸君子恪守鄉先輩流風餘韻，亦由世際郅隆，人遊熙皞，不遇水火兵燹之災，弗歷饑饉凶荒之境，故得優游食息，歌詠昇平，洋洋熚熚各極其致。予乃纂爲《二集》，既喜一隅之地其人文蔚起有日新而月異者，而又爲作者之慶所遭也。

嘉慶戊辰孟夏上澣，七十一翁馮金伯識。

海曲詩鈔二集目次

海曲詩鈔二集　卷一

吴省蘭，字泉之，號稷堂，住下沙。乾隆甲午進士，改庶吉士，歷官至工部侍郎。致政歸，移居郡西門外。有《彝聽堂詩稾》。

祁寄舫八十重游泮宫詩

聲華弱冠岸儒巾，領袖芹宫届八旬。南極含輝原出丙，東皇開泰又從寅。觀旂思樂新多士，倬漢爲章舊作人。好與環林添掌故，秋卿謂王少司寇成例得君循。

皓首研經手口并，傳家有子起春黌。令子子瑞，府學生。重偕後進占鴻漸，還祝來科聽鹿鳴。身荷稠恩矜伏勝，人將稽古羡桓榮。優游壽宇多耆碩，棖觸予懷不逮兄。翁以乾隆丙寅蒲州崔祭酒科試入金山衛學，年二十。予兄白華，先以乙丑蒲州歲案入金山衛學，歸本縣學，才十七耳。上年不克與此，念之盡然。

薔薇露

花信薔薇到，河東妙製監。迎春舒繡朵，浥露付瑶函。芳潤涓涓吐，清華湛湛銜。碧參天水浄，寒浸月波嚴。仙掌承何有？靈膏溥不凡。氣真餘蘊藉，味自外酸醎。香合盛無滓，冰壺濯至諴。故人書一紙，盥手好開緘。

櫻筍廚

曲苑鶯含實，平園筍戴芒。諸司廚備物，孟夏月幾望。摘付青絲籠，攢參玉版香。獻嘲辭百果，擘理解初篁。麩餲銀盤寫，琅玕翠釜煬。廊餐鮮遞給，竈養佐同嘗。進士筵還啓，山夫價易償。大官無定品，數典陋三唐。

水仙花

瑶京細琢朶枝鮮，領得冰銜是散仙。塵外格兼流水韻，臘前香結冷風緣。素心綽約花能語，緑意纏綿葉爲傳。珠幌低圍森似玉，晶簾虚護澹如煙。姗姗最憶凌波步，落落何妨選石眠。雪澡神依瓷斗浄，月明身倚鏡屏姸。藐姑望去真壺嶠，逸客攜來共硯田。對影試彈琴一曲，移情底待訪成連。

佛手柑

南州五月摘柑黄，伸屈如如萬印藏。輭遜兜綿偏著相，名依多寶自生光。疎枝露浥催尖綻，廣苑風摇透甲凉。布指弗關靈鉢呪，成拳訝許妙輪張。曇花交映玲瓏訣，智果同舒璀璨裝。磊磊凌霜拈茜袖，摻摻候火鬬茶槍。心齋欲證波羅蜜，鼻觀微參解脱香。可惜元宵傳未到，衹教叉手禮空王。

千手空靈慧業含，寧容色相儷園柑。飛穰珍重羣芳譜，舒掌輕圓揭諦參。尖透玉光清拂拂，鉤分蜜滓蔚曇曇。莊嚴合付如來藏，供養同皈彌勒龕。似悟諸天時豎一，若超初地有摩三。黃苞細擘中無竅，素裏分披味作甘。應少爪痕留雪北，別饒風韻壓香南。便宜借字金衣果，攜聽鸝聲晚綠酣。

十國宮詞

黑雲都外陣雲收，卅載英雄扈豫遊。滁上甜梅新賜號，蜂餹早又諱揚州。

辟穀長辭廟算勞，嵯峨殿牓列仙曹。丹陽何處尋漁父？殘笛聲聲憶漸高。吴

硯官尊並墨官尊，小殿軀頭細與論。禿盡翹軒諸葛帚，千秋祖帖勒昇元。

停觴久爲聽歌聲，花外垂鉤空復情。一笑當筵除拜普，仙僚同話李家明。

致迎銀鵝被繡陳，金錢四撒帳生春。明珠依舊深宵展，恰照香階衩襪人。

主香長日奉柔儀，鋪殿花光望欲飛。等得新涼秋露滿，忙收天水染羅衣。南唐

憑樓展眺聖情娱，四面繒山當面廚。倚徧新妝殘醉裏，小娥扶上麝香騙。

仙苑張筵侍夜遊，交横簪舄雜觥籌。玉簫低唱深杯勸，沈醉嘉王淚未收。前蜀

綃帳輕紅玉枕青，仙能入夢醉能醒。瓊華一去幈宮冷，獨且迢迢七十屏。

逢場毬馬暫開襟，鳴杍敦耕繫聖心。鳳紙祇看裁詔罷，又摛宸翰飭官箴。後蜀

萬里梯航一笑休，玉堂珠殿造鑾陬。加尊新尚安豐頂，刺史傳呼到洛州。

一雙玉李進軍容，豔雨奢雲寶帳重。誰更偷陪題扇子？緑天秋净曉陰濃。

名花美女正相當，一例呼來共色香。綵縷細盤雲鬢鞸，還應壓倒小南强。南漢

宮門環帶碧湘波，幕府紅蓮得氣多。底事聯吟明月圃，瑞卿頻唱九州歌。

學士新成十六樓，逍遥真箇似瀛洲。深宵角篳吟談劇，暖送丹砂不識秋。楚

警枕敲聽警夜丸，長年布帳不知寒。椒盤畫燭逢今夕，喚取胡琴一再彈。

寒食東風上錦衣，輕陰掩冉麴塵飛。繁花最是多情種，常送香車緩緩歸。吴越

神霄秘殿五雲連，雙鶴飛來太乙煙。位業寶皇親説與，他生還主大羅天。

長春宴罷月初移，秘戲中宮勅許窺。意逐行雲情逐雨，水晶屏外立多時。閩

五院精藍一旦開，宮花四散落香臺。諸天欲證聲聞果，彌勒隨緣示像來。

桃源洞口是仙家，亭記迎春麗景斜。忽地渚宮秋漸老，清明開徧白蓮花。荆南

飛鸞閣上翠華春，定有方留妙法輪。卻怪天公傳玉戲，攔街齊唱赤真人。北漢

唐荷薪，字樵夫，號笑士，柴谿先生孫，歲貢生。

聽松齋看菊感賦

十年前記此登堂，烏兔奔馳儘自忙。花爲翻新增異種，人因訪舊觸離腸。戊午冬，大兒曾颺亦曾來此。捲簾細賞千重錦，簪帽深慚兩鬢霜。勝會自應開笑口，主人況有紫霞觴。

金承恩，字芳若，號湛斯，居邑城。乾隆乙酉拔貢生，官宿松教諭。

唐聽松齋中看菊同孫少迂司訓作

千載東籬有嗣音，三條徑畔柳成陰。折腰翻爲栽花累，種秫原因愛客深。觴詠連旬寡倦色，朋簪到此斷塵心。誰能識得悠然趣，更有無絃壁上琴。

同作附

崑山舉人邑訓導孫　銓少迂

羡君頗費惜花心，晨起澆花坐緑陰。欲辨忘言人意澹，將歸且住客情深。閒吟豈假催詩鉢，酌酒無須賣賦金。明月一簾香一鼎，不辭衣露撫清琴。

李隆吉，字傳一，號恒軒，居周浦。

庚申獻歲嚴寒無事爲春酒之歡篤孔懷之誼外客不與焉天倫樂事其在兹乎爰賦短章以誌之

春酒介眉壽，一座四弟兄。長者年既耄，幼亦豈後生。合成二百八，以峰兄年八十，予年七十，後初弟年六十有八，慶延弟年六十有二。怡怡慶長庚。門閭同居處，晨夕共晦明。持此椒盤味，相與話生平。慷慨有壯志，偃仰無俗情。原鴒安一枝，棣鄂增春榮。友于是亦政，何必功與名。

詠菊

特高位置成晚節，老圃秋容標峻潔。衆芳摇落花正妍，清心衹與蘭同列。霜寒露冷不改觀，離奇色相神團結。顧影看花如不如，贏得新詩自怡悦。

于世燦，字日照，號東巖，居周浦，候補鹽運副使。

春遊

放舟西湖去，舵師笑前陳。謂我舊春遊，今往太覺頻。我言遊雖頻，其奈老大身。朱顔去復去，白髮新更新。間嘗屈十指，偶暇數交親。大限言百歲，幾人及七旬？我今五十八，速若下阪輪。假使得七十，祗有十二春。當春不遊樂，還笑是癡人。

秋夜

雲開雨乍歇，片月巧相迎。團扇宜辭去，羅衣可漸更。秋蟲鳴甚切，涼露落無聲。蕭瑟幽窗坐，無聊百感生。

晚菊

老圃秋容澹，寒芳始吐枝。不嫌知己少，如與故人期。影獨經霜傲，香偏待月遲。怡然相賞處，忽爾起遐思。

癸亥三月忽開素蕙兩枝喜而有作

芳草頻年刻意尋，冰姿忽覯慰情深。本無顔色工新樣，自有清華動衆欽。移供瑶階徵素質，紉同玉佩滌煩襟。相看晨夕堪怡樂，合操猗蘭入古琴。

百畝移栽入草堂，一枝素質冠幽芳。乍疑白藕花何小，渾似寒梅雪有香。洗盡鉛華清影瘦，襯來葱倩緑痕長。故應空谷紛紛羡，堪信嘉名獨擅場。

三月十五夜宿許莊漫詠

高懸明月上青林，客散人歸獨夜深。魚肉屏除惟對酒，笙簫欲歇暫留琴。幸無俗事攖人抱，欣有泉聲洗我心。更愛推窗南望好，平湖煙水碧沈沈。

程瓚，字㔶中，號瑟齋，居新場。廪貢生，現官江陰縣訓導。

唐聽松齋中看菊賦贈

唐家園子舊名揚，藝菊於今更擅場。大塊文章翻異樣，小春氣候似重陽。千枝耀采皆成錦，五色争妍卻傲霜。自有閒田堪種秫，何須送酒白衣郎。

鮑邦均，字秉衡，號小軒，居柯滬港，附監生。

唐氏館中菊花盛開賦贈聽松主人

節過重陽菊又芳，高齋相對感秋光。絲絲歎我頭盈雪，燦燦欣渠骨傲霜。橋畔觽聲紛畫舫，筵前鉢響競瑶章。影形贈答思陶令，粉壁銀鐙興更長。

唐祖樾，字蔭夫，承華子。乾隆丁酉舉人，官通判。

自鎮江陸行五十里抵橋頭汛夾道皆土山詩以嘲之

山行苦炎蒸，所藉巖壑巧。奈何半日程，迤邐土岡繞。不特澗岫虚，兼之亭榭少。麤醜畫匠瞋，狰獰僕夫惱。蓬鬆惡木中，毒煙毒於燎。《爾雅》釋山名，刻畫無巨小。石帶土固佳，土帶石亦姣。江南山水區，吟策恣幽討。何爲衢路間，鑄質極枯槁？回思翕闢初，我欲罪蒼昊。揮汗一沈吟，午雞唤村堡。

自橋頭汛抵龍潭山多石各極奇峭賦以解嘲

山市日易斜，飯餘戒徒旅。亭亭十里間，秀色如眉嫵。蜿蜒潛虬躍，猙獰瘦蛟舞。或如列銀屏，或如湧石鼓，或巨如洪鐘，或黝如覆釜。倘逢黄大癡，皴法必復補。俄焉夕霏繁，紫碧浄可數。隔垣湛江光，雲嵐互吞吐。始知大塊中，有棄亦有取。譬彼噉蔗竿，佳境非漫與。

苦雨寄馮南岑

羲娥黯黕搆重陰，坐對如繩思不禁。惡鳥似呼泥滑滑，危檐愁聽雨淫淫。尊前宴笑應同昨，夢裏沈吟獨至今。料得江村行樂地，酒帘斜處玉壺斟。

閔驤，字宗載，號春浦，居新場，庠生。

月夜讀李太白牀前明月光詩感從中來用廣其意

明月何皎皎，倏來照我牀。中夜常輾轉，私心懷故鄉。明不鑒一人，耀不域一方。如何羈旅子，偏挹此清光。地既越三千，時復凜冰霜。素景不堪對，耿耿迫中腸。魚雁苦沈杳，音書疇寄將。感歎披衣起，獨坐徒徬徨。

瞻園十八景之四

釣艇

水面憑虛閣，浮空拂曉煙。月鉤斜浸影，柳綫碧垂川。不必招漁父，偏同上畫船。游魚如可羨，乘興一臨淵。

挹翠樓

春日憑闌望，園林翠接天。嵐光晴入户，樹色晚侵筵。有客題長句，慚余賦短箋。高樓擬八詠，長嘯倚風前。

竹深處癸巳冬至甲午正月，余下榻於此。

深深修竹裏，恰搆小茅亭。四面圍窗碧，千竿拂座青。古書閒處讀，疎雨夜中聽。旅館殊蕭索，孤鐙映曲櫺。

東閣

巖邊一東閣，花月兩相兼。疎雨香凝室，新晴影入簾。嵐光春後減，樹色晚來添。幾度登臨處，關情韻獨拈。

春日即事和張青谿韻

晝静鑪煙篆欲斜，清嚴幕府隔塵譁。一簾細雨肥梅豆，二月輕風養杏花。醉後興來時索句，客中春好倍思家。相逢白髮青松侣，判度韶光未有涯。

和竹屋弟皖城懷古韻

千里長江郭外横，滔滔江水不勝情。龍眠韻古猶稱李，皖伯風微僅有城。山色障雲遠近合，岸花著雨淺深明。昔年漢帝曾經此，可有樓船下楚荆？

朱毓賢，字廷簡，號筠圃，居三團。乾隆丁酉舉人，官望江縣教諭。丁卯，截取驗看候選知縣。

唐聽松齋中看菊賦贈

往昔秋容約略同，今年異卉徧園中。分根舊記籬南北，撒子新翻樣白紅。三徑離奇驚晚蝶，一堂杯酒酌香風。名花倍費栽培力，獨有詩篇竟未工。

丁錫元，字揆伯，居小灣，庠生。

蘇隄春曉

旭日芳隄曉，迷離煙景新。花如迎舊識，鳥不避遊人。山色東西好，湖光裏外均。踏青欣結伴，行徧六橋春。

柳浪聞鶯

好鳥乘時囀，湖邊春色明。翻空千樹碧，隔葉一聲清。不用攜柑至，偏教緩轡行。攀條人欲去，恰恰似多情。

雲栖梵徑

劈竹矮籬徑，岧嶤不易行。此間原佛地，到處聽潮聲。竹密雲常護，林深鳥自鳴。塵心都已洗，躑躅晚山晴。

雷峰西照

廢塔看猶矗，空山晚照留。頹然如醉客，莞爾俯清流。斷碣塵常積，長隄草漸抽。我來逢薄暮，宿鳥向林投。

平湖秋月

水亭天一色，宜月更宜秋。客至逢春日，舟移趁碧流。山容潭底静，樹影鏡中浮。看到冰蟾上，湖光分外幽。

花港觀魚

山色帶煙浮，湖光入港幽。相看魚自樂，到此我何求。有意邀雲住，無言對水流。悠然塵世外，漫把一竿投。

留餘山莊

石路艱衝衛，徐行得自便。撥雲尋別墅，倚檻聽流泉。林密午猶暝，山深日似年。陶莊名久熟，亭榭已非前。

龍井

翠峰高不極，憑眺一徘徊。雲不從龍去，泉還出井來。山高多崱嵂，樹古少條枚。鷹爪茶初試，老僧笑語陪。

夏日登香光樓步張野樓韻

荷净生涼夏亦秋，香風入座自清幽。椒邱非舊憐前輩，花隖如新憶故侯。四面軒窗堪縱目，頻年詩句付閒愁。攜朋挈榼尋常事，直欲移家傍水樓。

次友人送遊杭原韻

曾穿雙屐踏春和，蘇白隄邊幾度過。轉瞬劇憐新景色，記遊猶憶舊吟哦。青山不老雲常護，緑水無波鏡共磨。君去正當春驪日，六橋處處沸笙歌。

消夏

不焚香亦不彈琴，把扇臨窗坐緑陰。願借劉褒圖一幅，北風日日掃煩襟。

趙維城，字藎臣，號城東，居邑城東門外。

泛舟訪東林寺

渺渺予懷遠，扁舟趁好風。一江秋水碧，十里晚霞紅。禾穗香盈岸，蘋花影照空。談禪尋白社，停泊小橋東。

晚步小園

暫輟兒童課，園林任往還。月明花自静，風定樹偏閒。漁響窮深渚，農歌出小灣。獨憐老友隔，詩句倩誰删？

寄喬瀛洲

雪香幽室昔曾臨，路近城南緩步尋。帶水縈洄楊柳岸，空山窈窕薜蘿心。案頭橐脱青囊句，架上編餘白雪吟。幾度思君君不到，抱琴何處覓知音？

次姚邑侯蘆花韻

錯認西風舞雪天，遥灘淺渚各争妍。狂如柳絮黏隄畔，輕逐萍花落水邊。夜冷獨憐歸雁夢，月明閒點渡人船。清標自與塵凡隔，暮雨朝霞鎖澹煙。

秋柳

低徊如戀暮秋天，蕭瑟西風最可憐。倦眼豈能留夕照，銷魂正是鎖寒煙。曾邀玉勒歌前度，若問青袍憶少年。古殿靈和驚歲晚，王恭濯濯減幽妍。

海曲詩鈔二集　卷二

楊光輔，字徵男，號心香，居龍王廟，歲貢生，有《鶴書堂詩鈔》。

甘露寺小憩

言登北固山，爰出城西路。一徑入雲深，盤旋達甘露。江山信第一，碑仆字如故。茫茫海門闊，淼淼西津渡。江天一鏡開，吴楚千帆渡。波浪走金焦，陰晴變朝暮。西風隔江來，翛然入庭樹。葉落秋山空，遊蹤偶然駐。我亦山中人，未得山中住。局促轅下駒，浮沈水中鶩。三歎即長途，勞生爲誰誤？

滬城看桃花

花信悤悤雨中度，未覺春來春已暮。數聲乾鵲報新晴，晨策青藤滬城路。東風一吹花亂開，紅雲導我花間來。誰家小樓暈嬌面？遊仙何往非天台。題門舊句今安在？前度崔郎鬢毛改。彼穠依舊豔新妝，萬斛香濤翻絳海。小橋流水深更深，茜裙飄瞥女牆陰。瑯琊伯輿爲情死，十年辜負看花心。

上巳舟行九峰道中

通波門邊雨蔌蔌，留客輕舟艤城宿。掛帆曉望九峰高，掌上蓮花睡初足。玉屏雲髻出新妝，笑問宵來共誰浴。澱湖青接泖湖長，一一修蛾鏡中緑。湖山信美意蒼涼，人代如流春百六。弔三高，呼二陸。春草年年杜鵑哭，紙錢飛上空王屋。客愁無邊客舟獨，回望茸城嶂雲複。谷陽此時車擊轂，士女流觴澤蘭馥。繡衣坊下戲娵隅，玉帶河頭鬧絲竹。豈無四十二名賢，《禊序》誰其右軍續？太守今朝校士來，懸知閱射南城曲。雉尾雲屯罽帳旗，狼頭風颭牙門纛。年少誰家白皙兒，窄袖輕袍盛裝束。貫魚腰插粉翎齊，翻鶻身登繡鞍速。鞭送花髮青海驄，弦開寶玦和闐玉。角聲未絶羽箭飛，畫鼓聯傳三中鵠。回眸笑視女牆陰，紅粉行行齊注目。開府曾傳馬射奇，少陵亦寫麗人淑。君如圖向七香居，添个扁舟賦詩僕。

題倩如西風瘦影圖

寧王屏後嬌鶯囀，只許青蓮窺半面。珠簾十二太無情，頃刻湘雲仍不見。一片清碪急暮寒，西風扶上玉闌干。黄花顧影如相語，畫裏憑君恣意看。儂家生長菖湖曲，六六鴛鴦鏡中浴。煙柳垂絲鎖畫樓，蝦鬚夜捲玲瓏玉。白皙誰家馬上郎，龍媒嘶過繡衣坊。留仙裙底金鞭墮，選壻窗邊白袷香。相逢略似曾相識，一霎迷藏便深匿。桃花門掩碧雲深，好夢難通衆香國。入骨相思暮復朝，楝風梅雨總無聊。天高離恨憑誰訴，兩地柔魂一樣銷。紅箋小疊傳花使，生恐瑯琊爲情死。不用明珠十斛量，此身自願歸才子。幺鳳西飛上竹枝，鈿車迎到趙家姨。江東難著羅昭諫，偕隱無如石鼓宜。琉璃寶帳芙蓉褥，碧玉迴身睡初足。海榴半瓣妒脣紅，天馬雙峰鬥眉緑。蠻腰一捻舞翩翻，掌上香痕印瑣蓮。宵枕泥郎傳法曲，顫聲私唱想夫憐。海棠花下牽修綆，汲取紅泉試龍井。碧螺蘭筍與齊名，品第鄉茶儂獨領。鶴避茶煙傣兩佘，更教纖手洗松花。郎君書法涇南並，門外時停問字車。緑天鐵限紛如市，況遺當途知姓氏。鴟夷一舸又移家，小結三椽瑁湖涘。藥臼松鑪次第排，合歡牀對鍊丹齋。十香深處無人見，縟繡雙飛小玉鞵。花星本坐兒夫命，儂又天生愛花性。堂成蘭桂誤爲盧，庭種櫻桃戲稱鄭。黃菊尤宜高士家，籬邊五色爛雲霞。婢呼金鳳奴呼橘，澹到無言瘦影斜。棗花高掛凌雲榭，海樣秋光浩無價。封家十八弄嬌癡，吹送昭陽袖邊麝。只我扁舟訪戴公，看花渾似畫圖中。好將漱玉驚人句，唱到參軍落帽風。

夜坐

新月一簾空，清香坐處通。晚涼聞絡緯，秋意到梧桐。客況輸歸燕，鄉心碎斷鴻。十年成底事，身世太悤悤。

懷李香嚴

憐君負奇氣，老去哭途窮。才出時流上，交深旅病中。早知雙目廢，安用百家通。今夜瀟瀟雨，淒涼滬瀆東。

秦淮水榭詠夜來香

一辭嶺嶠下江壖，開到秦淮粲若仙。扶上釵梁憐夜夜，賣殘門巷悵年年。鄂不慣向鐙前吐，香味長教夢裏傳。接迹蘭衰先菊秀，賭他鶴監面如蓮。

琴川紀事

通河橋外估帆停，杜牧尋春偶此經。水漲半篙當户碧，山分一角入城青。笙歌曉沸橫江舫，鐙火宵明隔岸亭。十載揚州倦遊客，卻教舟枕夢娉婷。

杏

半脂半粉出牆頭，歸路誰將上客留？春雨一簾愁裏店，東風雙轡醉中樓。曲江處處繁紅鬧，深巷家家碎錦收。燕子欲來桃未放，探花芳讌會名流。

柳

江南江北緑迢迢，披拂長條更短條。傍路有情牽客袂，舞風無力鬥蠻腰。邊愁夜夜關頭笛，離恨年年灞上橋。惆悵封侯人萬里，空留眉樣倩誰描？

陳大樽黄門墓

礮車雲赴十三陵，七尺孤墳正氣橫。身已得歸終殉國，心知無濟亦稱兵。忠魂嘯雨神鼉館，怨血啼春白苧城。太息虞山一抔土，空教詩法與齊名。

乙卯寒食懷改香白

去君不遠識君遲，醉寫梅花寄別思。我輩只知詩畫併，外人先詫姓名奇。緑波南浦盟鷗路，紅雨西郊試馬時。寒食悤悤春又半，上湖風月負前期。

跋扈詞壇復此人，一枝僑寄苧城闉。多看月好貪逢閏，生怕花殘懶踏春。楊柳千絲經雨嫩，芙蓉九點隔江新。叩門報道煙霞客，錯認君來又未真。

清明

水國兼旬雨，江樓一夜風。年年沽酒地，依舊杏花紅。

冷香榭送春贈香白

雨過芳叢錦作堆，好花生怕十分開。臨觴莫更添惆悵，只算春光本未來。

客中半臂耐輕寒，緑葉陰濃忍再看。癡蝶未知春欲去，隔花猶自舞成團。

澧谿舟夜

竊藥新辭離恨天，雪中鴻爪月中仙。誰知一晌衾寒地，唱到餅花又惘然。時閲郁竹薌《餅花》和作。

酒痕墨汁半旗亭，白首論詩眼尚青。馮墨香近題《四峰集》云：「如心香之哀豔。」多病鴦鴛秋燕子，欲留哀豔與誰聽？

舵樓底事淚雙垂，萬種愁腸不語時。與爾傷心並千古，三條絃上弔諸姬。

王誠，字伯誠，號四峰，若愚先生子，增生，有《壺公壺詩鈔》。

贈華半人

我友本完人，近乃號曰半。示我半人言，讀之動嗟歎。半讀還半耕，世業不輕换。半水與半山，世守安閒閈。敝廬半飄摇，僅足護書案。薄田半頃耳，僅堪飽晨旰。問年已半百，精神正强幹。齒髮雖半零，步履猶汗漫。獨有兩佳兒，存半天若判。半生頗自娱，於此半悲惋。而我更進説，半人須加詳。太極本無極，半陰還半陽。天地本無私，半雨復半暘。人生豈有定，半顯或半藏。運會豈有常，半否亦半臧。今君俱得半，勿謂天茫茫。半者乃境運，全者實五常。以全安其半，久久當自芳。爲君闢半圃，蔬果半成行。爲君啓半窗，寄傲半清狂。沽酒近半市，垂釣當半塘。花木栽半徑，琴書堆半牀。課兒半經史，課農半村莊。何妨顧虎頭，半癡更加號。何妨習鑿齒，半人任人笑。猶勝殷仲文，讀書半窺豹。不同周彦倫，半隱徒加誚。得半貴知足，過半非所宜。水盈則憂覆，月盈則憂虧。半乃全之道，此義君應知。半人聞我言，愁城變歡畦。分我以半席，酌我以半卮。喜來頤半解，醉來巾半攲。爲君説半偈，不覺晷半移。

黄碧塘齋頭聽蘿屏夫人彈琴

笙簧簫管一時作，七條絃中出雅樂。雍容揖遜君臣間，淳古沖和復澹泊。松風不鳴禽不啼，此聲何來來隔谿。隔谿别院林塘裏，文窗窈窕鑪香起。玉環聲動徹金徽，知是黄郎頌椒侣。承筐幣帛示周行，客子憑闌愧不遑。須臾不覺宫换羽，秋水蘆花過殘雨。大絃寥闊小絃高，一行楚雁横南浦。恍似春深厭佩環，粉痕洗出澹眉山。只憑纖指移人耳，秋瑟春和一日間。幾年思伯炎方路，楊柳梧桐伴織素。三瀧帆影嶺頭雲，不少妝樓卷耳賦。此意當時補入琴，揮絃應覺悵芳心。只今玉軫和平後，猶憶從前變徵音。從來鍾毓天難厚，厚賦才名薄賦偶。辨弦别鶴縱稱奇，身世何如孟光醜。争似君家克比肩，生成璧合共珠聯。時將温鏡臺前筆，和得蘇機錦上篇。金猊冉冉芬龍腦，雪案螢鐙互幽討。一編内則伴殘更，緑綺還將傳静好。移我沈沈太古思，松亭花檻立移時。夕陽繡閣人歸去，耳繞餘音尚未知。

題黄石齋撰董思白墓表墨蹟

黄詞烱烱耀天地，華表騰輝魑魅避。誰其爲之黄石齋，手寫華亭表阡記。華亭墨妙眼見頻，惟有石齋慳夙因。古來翰墨以人重，忠臣義士儒之珍。石齋風骨更遒峻，近駕唐人遠魏晋。崇禎壬午春正月，後死標名石齋印。我觀此卷想當年，土崩四海遍烽煙。燕京失守羣南竄，七閩擁王亦可憐。鄭家將帥懦於鼠，問誰敢以身輕許？百函空劄出江西，慷慨誓師竭心膂。颯颯寒風颭纛牙，老臣憂國自無家。婺源一敗歸何處？就義從容玉不瑕。心知天命有終始，聊盡孤忠感軍士。千秋不患公論稀，碧血斕斑照青史。不保當年首領全，數行贏得重人間。文家歌詠顔家帖，自是能勝金石堅。

曝書

枕經葄史儒者業，諸子百家亦旁及。其餘充棟汗牛車，心目徒煩非所急。我生少小爲鮮民，每向父書多涕泣。雖然作輟未深嘗，頗惜縹緗累世襲。江湖輾轉到中年，零落巾箱百不全。四庫不登慙固陋，一瓻暫借亦徒然。朅來剋減山中膳，稍稍收羅又千卷。插架如開北海筵，招亡似集滎陽戰。那知雙眼漸生花，把卷模糊隔絳紗。縱有靈珠存一握，竟無風力渡三巴。年年曝書白日杲，色映青青書帶草。腹枵已被郝隆譏，無文又似馮唐老。君不見太清樓汲古閣，《釋典》《齊諧》互舛錯。多書但作玩好看，争比蒲編獨淵博。萬卷不勤分寸功，有書卻與無書同。不然賣書買犢猶中策，慎勿將書供蠹蟲。

獅峰石歌爲奚秋垞作

沈獅峰宗敬得是石，因以爲號。石高一尺，長尺六寸。後爲張文敏照所得，張失於吾鄉周氏，今又爲秋垞物。

玉堂晝静若聞吼，拳毛茸茸尾似斗。奮髯仰鼻摇金精，魑魅遠驅羣獸走。造物狡獪顯神通，斵石爲獅真化工。誰攜山骨走萬里，經過重譯來江東？國初曾伴沈學士，清供高齋間圖史。丹青翰墨冠人間，一一爾獅經目視。蹲螭小印刻獅峰，古篆盤盤仿鼎鐘。屏幛當時親手署，至今兩字重球共。百餘年來人事變，此石流傳隱或現。如虎與兕出柙中，騰躑凌空掣雷電。好奇嗜古奚秋垞，千金曾買碧山槎。傾囊購此喜不寐，陳設案几向客誇。我來瞥見發狂叫，忽憶獅林穿窈窕。得非跳出一獅來，海國蒼茫和虎嘯。君不見陸探微甘露寺壁畫狻猊，髯翁作贊驚神魄。至今石壁龍蛇飛，我詩何異鳴蛜蝛。

倭刀歌

刀長四尺二寸，闊一寸六分，銅鐔藤柄。明嘉靖間，倭入南匯所，爲鄉兵所得。

青鋒潑水光閃電，五尺鋼刀經百鍊。截釘斫礎如切泥，腥血猶存色乃變。二百年來韜寶光，天陰則鳴聲鏘鏘。當時刀在島夷手，性命呼吸遭銛鋩。官軍追逼鳥獸散，利刃不敵耰鋤强。凶威乍蹙失所恃，以汝之刃抉汝腸。我思明季國運否，海角兵防漸傾圮。奸民導賊官不知，糜爛東南數百里。直踝圓蹄碧眼曉，音歐，深目貌。其巢乃在薩摩州。雙刀飛躍勢莫敵，以計殲之俞大猷。國家恩與威相併，荒服綏寧四海靖。八旗中外似星羅，承平亦廑戈矛警。幾年不見海波揚，重譯來王進越裳。獻壽豈徒誇一島，暹邏交趾舞成行。此刀什襲成何用，出鞘蕭森生暗霧。可憐碧血染萬夫，詎忍傳觀作玩弄。庶幾改鑄爲青萍，伴我琴書掛素屏。問誰更有不平事，磨厲霍霍上前聽。

香雪海

行行東崦下，終日在芳叢。春暖蜂初鬧，花深徑自通。禪心香世界，畫意玉屏風。欲問銅坑路，渾忘西與東。

高郵道中

自入揚州路，吟詩當記程。古隄鈴驛響，夜火堡房明。落落江淮界，熙熙樸野情。遠陂三十六，空爾過宵征。

夜泊淮城下有感

數點淮鐙夜色開，落帆隄畔獨徘徊。鏘鏘鈴驛江南去，滚滚河流天上來。沽酒誰尋屠狗侶，題詩更坐釣魚臺。刹那六載青衫客，惆悵重遊白髮催。

丙寅十月十九日墨香歸自句曲同黃碧塘顧舍留宿

草堂乾鵲噪淩晨，忽報扁舟傍水濱。良晤尚疑千里夢，此生忍别十年春。煙雲供養人難老，著述琳瑯宦未貧。莫歎索居常寂寞，鐙前笑語夜驚鄰。

桑梓人文繫夢思，選樓羅得百家詩。丹鉛胼手身忘倦，歌泣憐才性本癡。海底珠沈愁故鬼，崑岡玉出締新知。卑官鴻烈原非分，删訂風謡是職司。

塗脂抹粉愧華顛，不到金陵漫六年。已分逃名塵世外，尚憐知己暮雲邊。詩囊傳世原難信，驢背娱情或自賢。回首平生師友益，江湖潦倒百愁煎。

落盡楓黄烏桕紅，一條催櫓又悤悤。袂分南浦雲山外，帆裊西風杳靄中。良驥善馳抛下駟，懶鷗耽逸讓征鴻。海濱賸有黄香在，聯得詩篇寄大馮。

舟中端午

梁谿沽酒作蒲觴，薄醉扁舟過暨陽。檢點芸箱循故事，自穿疊雪試羅香。

甓射湖閒眺

珠光何處水光明，隱約風帆澀不行。好似吾鄉圓泖上，緑楊村亘一隄横。

姚伯驥，字勝符，號泰菴，居周浦，嘉慶丁卯舉人，有《四香書屋吟草》。

燕太子丹

强秦方刀六國肉，山東諸王下殿哭。甘棠遺蔭已顛危，不使荆卿亦臣僕。丈夫不能含羞忍恥圖瓦全，寧爲玉碎聲鏗然。嗟哉燕王無智策，甘戕骨肉塞仇責。子丹即能忍須臾，虎狼未必全汝軀。君不見齊建事秦亦被徙，松邪柏邪徒爲爾。

遊靈谷寺

鍾山龍蟠蟠何所，昨夜傾盆注大雨。朝來噓氣滿秋旻，雲影嵐光互吞吐。我時策杖走荒坡，山重水複少環堵。須臾現出梵王宫，宫中老僧衲千補。瀹得山泉煮茗供，爲言寺建南朝古。卓錫高蹤重誌公，捨身遺事笑梁武。滃滁天子計萬年，自西徂東徙紺宇。享殿蒸嘗竟寂寥，上堂晨暮猶鐘鼓。紫竹林穿香積廚，廚中飯煮五石瓶。方池貯水漾金魚，篠竹凌空溜石乳。壁間尊者畫真相，瘦骨離奇貌清苦。寺基傍嶺十分三，塔勢離天一尺五。出門寂寞少行蹤，遥聽丁丁響樵斧。

惠山

一泓清泚認梁谿，谿上名山接畫隄。雙井碧流穿石出，千章翠柏與雲齊。塵襟每向此間滌，好句還從隔院題。曲檻迴闌頻徙倚，斷霞飛掛竹林西。

秋夜聞笛

露滴空階月到門，誰家玉笛弄黄昏？淒涼冷雨孤鐙夕，憔悴寒煙疎柳痕。吹近山陽重慘别，曲殘烏夜總銷魂。秋來添卻愁多少，贏得聲聲併淚吞。

斷魂祇有月明知，無限柔情訴阿誰？折柳故園風慘澹，懷人江上調參差。易驚羈客三更夢，慣動征夫萬里思。隔院梅花落未盡，挑鐙聊復寫新詩。

東花園

荒隄衰草亂秋風，勝國亭臺久已空。賸有僧寮三百户，數聲清磬月明中。

唐大樑，字廷勳，號偉齋，居唐家花園，貢生。

奉賢艾明府鐵野過舍看菊即席贈句次韻奉酬

重重異錦綴千枝，爛漫霜葩未覺遲。荒舍忽傳賢宰至，高懷雅與晚香宜。杯盈緑蟻春盈座，詩滿瓊箋月滿池。陶令原來多逸興，看花何必定東籬。

附艾鐵野明府原作名榮松，四川舉人，奉賢縣知縣。

菊殘猶有傲霜枝，莫訝吟秋客到遲。晚節獨留高格在，幽芬翻覺薄寒宜。蛟螭走壁詩成障，珍錯堆筵酒似池。笑倒鸁豪彭澤令，蕭疎瘦影認東籬。

王淇，字鳳岐，號薌巖，居樊家壩，有《西愁》《東歸》兩集。

鄭州遇大風雨投宿古廟作

羣鴉啞啞飛不起，疾風撼樹樹披靡。長河無船渡不得，波浪如山斷行李。條條廣陌總歧路，楊朱之哭安能已。傾頹古廟廟無僧，且借廊廡暫棲止。住難住兮去難去，人非人兮鬼非鬼。況聞前路虎狼多，死者纍纍活者幾。吁嗟乎悲哉！我命如絲更如紙，一生常在風波裏，今更何爲竟至此！

南山夜行記所見

山深月黑路不平，馬蹄踏磴聲硜硜。行車顛頓不敢睡，安得照乘螢光明。兩崖蒼蒼但絶壁，萬籟寂寂無一聲。山魈出穴射虚影，野狐變人微露形。何來一陣腥風起，草木掀動澗谷鳴。心疑是虎晦莫辨，但見兩道睛光熒。此時仗劍氣猶壯，背已流汗神不驚。弱肉强食有定數，高聲且誦《南山行》。

朱仙鎮在汴梁城南五十里

曉出汴梁郭，晚過忠武莊。行人如蟻陣，旅店若蜂房。杜老詩能誦，壚頭酒可嘗。賢豪今不見，覽古意茫茫。

度虎牢關

此是當年舊虎牢，羣山四起衛神皋。潛通大漠風聲壯，陡轉雙崖地勢高。龍虎臺荒遺瓦礫，蠮螉塞古插旌旄。道旁不少流離景，行旅艱難敢自忉。時逢歉歲，道旁行乞者甚多。

咸陽覽古

黄河東下是通津，縣郭千年枕水濱。兵結團城猶有漢，車驚博浪已無秦。黑陽山晚餘斜照，秋水潭寬隔遠塵。搔首幾回思往事，宰平誰識社中人。

華山

秀削天城仰莫攀，西來第一最高山。倒生松柏青蒼際，橫吐雲煙杳靄間。九曲黄河縈作帶，千尋阿閣舊鳴鸞。茂陵原野咸林道，玉女蓮花次第看。

白起祠在咸陽東十里

秦將祠堂古道東，高秋瑟瑟起悲風。崇垣尚照精魂碧，秋草還黏劍血紅。欲保功名須退讓，不全首領是英雄。到頭阬殺心知悔，枉卻長平一戰功。

赦旋奠代農家先生靈次

得歸骸骨報君知，漫上征鞍奠一卮。宿草尚含前日淚，聯驂竟負隔年期。蠻方鼓角聞休恐，江左雲山見有時。遊子還鄉生死共，魂兮附我載驅馳。

遊華陰寺

華陰縣裏華陰寺，寺宇增修卻焕然。古柏尚存秦漢植，殘碑猶記晋唐年。西辭焦土身逃劫，東出潼關佛作緣。到此忽醒塵世夢，老僧擬約共棲禪。

汴梁雜詠

萬井提封四達郵，茫茫九域屬中州。宋時宫室明時殿，一片平蕪落葉秋。

星分角亢地蟠龍，勝國雄藩是此中。轉瞬滄桑歸一劫，可知封建法難通。

城郭遥臨孔道紆，一條清汴水平鋪。少陵高李論交地，不見城南舊酒壚。少陵與高供奉、李常侍客游梁宋間，故其昔遊詩有「往與高李輩，論交入酒壚」之句。

艮嶽秋風動地寒，故宫花石問江干。郭西舊是陳橋驛，一帶黄榆作畫看。

鐙火重重照檻楹，禁城嚴柝已初更。愛聽樂府新翻曲，擬上樊樓坐月明。

顧應潮，字常康，號愚谷，居沈莊。

秋日晚步

寒煙一抹起遥峰，曳杖行歌夕照紅。極浦數行鴉背日，長隄幾樹馬頭楓。樵謳高下連疏徑，漁笛參差帶晚風。鄰叟相逢情款洽，夜闌邨火話西東。

顧鏞，字憲如，號梅垞，居二團，增貢生。

酬東谿客窗見懷

湖上逍遥一散人，筆牀茶竈供閒身。米鹽不擾家鄉夢，風雨惟從旅況親。蓬徑没時懷仲蔚，煙波釣處憶元真。蒙君幾度相思切，惠我琳瑯好句新。

次雪坡折贈蠟梅元韻

好花供罷月黄昏，聞有香來便憶君。磬口半含遲索笑，素心早已到松雲。

海曲詩鈔二集　卷三

黄大昕，字香谷，號碧塘，秋圃先生子。廪貢生，候選訓導。有《粤游》《踏陳》等集。

泰和江行

衆山阻行舟，一江獨相輔。曲折路似窮，每轉必容與。今朝過仙槎，小水截腰股。羣峰忽開豁，清翠弄眉嫵。英英白雲升，半與炊煙伍。沿隄屋縱横，漁户兼樵户。逆流賴牽挽，村村細堪數。我本非躁進，埋項亦已苦。憶當六月初，飛帆掠銀浦。親朋爲屈指，兩月過大庾。豈知中秋近，猶尚滯兹土。篷窗如蟄蟲，八月未徂暑。層冰不可得，赤脚亦何補。嗟兹運不齊，安望往得所。美境復何心，三歎對平楚。

十八灘

三走贛江道，一過一骨悚。有縣名萬安，有灘實惶恐。今朝屈指到，如對大敵勇。豈邀皇天慈，芒角藏不聳。向晚風頭淒，入夜雲脚擁。風正帆影懸，何須出破冢。猶憶往時過，連山浩呼洶。投人高固馳，東胸魏犨踊。吴軍犀兕多，蜀陣風雷動。緣壁還折腰，放步疑曳踵。千篙争一穴，歲久成鑿空。得失在尺寸，性命輕於蠓。三復歎垂堂，輒恨始作俑。安知平似礪，那禁手雙廾。濛濛雲霧中，蠻歌起囉嗊。

五更住山足，夢醒猿狖吅。愛此娟娟姿，晨興眉未掃。悤悤整冠去，一一供調笑。溼雲晴未歸，宿莽煙仍冒。蛟龍儼可馴，無慮厥尾掉。遠峰拄笏看，近岫拂衣靠。横側面目殊，宛轉裝束妙。初疑畫槀鋪，丹青潑蕭照。又疑明練浄，清詩吟謝朓。巨靈劈一掌，混沌鑿七竅。稚松如秋秧，行行列惟肖。秀色真可餐，何暇媚行竈。旋消南山霧，忽揭東方曜。布帆一得勢，健鋭過黄鷂。瞥眼數灘過，初意何敢到。

人心實難足，舟子又坐愁。倘令息晩風，明日仍殷憂。山險灘愈險，水流石亦流。縱令負而趨，綆短終貽羞。百里半九十，晩節尤難修。登樓非更上，遠目誰能謀。爲山不凌巔，前功竟何酬。語頗類有道，難遽嗤其謅。何意雄風來，果然獲所求。風花打船尾，水花激船頭。來船縱下水，倔强如萬牛。初看咫尺交，瞬息不可留。依稀龍門鯉，一躍登瀛洲。敵以不戰勝，功以安坐收。習坎復出坎，剸蛟還狎鷗。居然貪天功，毋詫勇挾輈。

中宿峽

江風最多情，吹我帆三幅。斜日掛西南，遥山送迎速。清聞煙際呼，鵑聲出中宿。峽形誇絶險，奇境刮我目。仙的狀若趨，神囂勢疑伏。衆水蕩天根，一門劃坤軸。倘非界炎陬，此境寰中獨。我來秋已深，裝輕笑僮僕。空餘扇五萬，誰把寒吹燠。清暉不娱人，幽泉咽寒玉。

大廟峽

古廟湞水汪，峭石列成壁。奔水洶濤聲，到岸不敢激。東西列大樹，隱若待强敵。廟火耀層巒，靈旗蕩空碧。肅瞻一不慎，對面飛霹靂。我來過祠下，懸船如退鷁。但聞鏘投篙，邪許禁俱寂。仰觀石分霄，俯跨龍聳脊。傷生與景杜，一誤即泉穸。鵂鶹呼我魂，哀猿慘將夕。爲問北來人，爾今有底迫？

香鑪峽

過險心尚懮，急峽又當面。左右蹲熊羆，欲射手無箭。兹峰名香鑪，似鼎洛水現。誰裝陰陽炭，炎上不須扇。瘴霧蒸青紅，著人酷於煎。此地古戎區，嚴關曾置傳。樓船下牂牁，元黄此交戰。至今草間瓦，猶識舊宫殿。徘徊倚孤篷，仰視天一綫。

觀音巖

崖俯江黝深，入窗畫疑晦。崛起獨稱雄，壁立勢無對。鑿空竅虚牝，舉趾莫敖礙。愈轉愈不窮，蹴踏鍾乳碎。臨江小安闌，危倚粟生背。所嗟雲霧中，氣溼不勝耐。下有萬丈潭，暗走千年瀨。風尖箭發機，響急鼓頻擂。奇境想奇功，神禹真猶在。嗟我南北人，來遊幾時再。濛濛隔江花，點點遥山黛。相送上輕船，回首斜陽外。

彈子磯

英州山最奇，小大俱可妒。大者意自尊，小亦莫余侮。巉巉彈子磯，臨江勢軒翥。峭無啼猿蹟，高絶飛鳥路。惟留翠一丸，萬古風雲護。嵌空皤厥腹，是穴誰所蠹？石乳畫成形，巧偷豈良賈。吾昔好名山，五嶽夢曾晤。依稀太華南，似把此奇塑。同形難並位，物理君應悟。再拜爲君憐，憐君太刻露。

昌樂瀧

石虎稍斂蹟，犍巒多雍容。方喜藴藉人，舒我畏敬胸。豈知谿迴轉，一道逢猶龍。百里數十灘，灘灘逞豪雄。船緣木杪升，水掛天河衝。中流怒蹲石，劍戟紛交攻。一闖入其阻，呀呷金遭鎔。此間楚粤交，大賈侔關東。涉險若趨鶩，津鼓催鼕鼕。無端羡南遷，笑我吴中儂。微吟不敢放，脚底鄰蛟宫。

使風謡

朝南風，暮北風，依稀借自邪谿東。後山倏忽前山通，乘船似馬殊賀公。側如鷹乍揚，奔如兔初脱。船頭船尾相呌聲相奪，雜以千林萬瀑洶洶疑追喝。蛟龍呀呷潛凝睛，一失尺寸著五兵，偶然出險皆倖成。静坐對篷窗，夷險參世俗。一法能令凶化福，吴諺分明記來熟：一篷風，莫使足。

縴夫謡

九折坂，日將晚。百丈縴，風如戰。水流石破，石堅足挫。行人千古往復還，路長終日腰環環。腰環環，大官怒。朝行十里日復暮，不見前頭下水船，不用縴夫去如鶩！夏水如蒸，冬水如棱。山不高兮層復層，一失足兮將誰憑？力微腰輭路難，且坐篷窗。飯遲腹易餓，長年揮手催勿惰。爾莫坐，官正怒。

登越王臺放歌寄懷故鄉同好

我昔挈伴遊錢塘，吴山立馬天蒼茫。更向君山放江滸，波濤遠過徒兒浦。孤篷著風住不來，隻身又到天南臺。天南臺高海色曙，倏憶前年看潮處。潮生潮落一帆通，隔盡千重萬重霧。此地高秋境更妍，白波一望遠接天。銀盤瀉影嵌黑豆，定知真臘新羅船。近如几席羅奇器，筆架珊瑚硯翡翠。花田一片似花箋，染得劉鋹宫女淚。天涯風景亦快哉，晴嵐窈窕閶闔開。只嫌佳境少人共，吁嗟黄鳥黄鳥誰爾哀？

金陵

濁浪擁金焦，樓船打暮潮。英雄空北府，名士半南朝。巷冷春歸燕，簾垂月底簫。年年楊柳岸，腸斷赤闌橋。

銅陵道中

峻坂銅陵道，山川迴不羣。浪花朝作雨，嵐氣夜成雲。薄病鄉心重，多愁客夢紛。車輪填腹内，何日息勞筋？

南康

秀絶南康郡，青山面面迎。高風五柳觀，古蹟萬松坪。夜柝峰凹出，晨星澗底明。樓船來午泊，知是下吴城。

泰和

西昌山縣古，蜀水瀉奔湍。落日孤城閉，荒途匹馬寒。新詩留廢驛，舊蹟問旃檀。曾記觀魚處，三年池已乾。

榕岸即景

沙崩石碎碧巑岏，草偃山空感萬端。屋舍半攲秋寂寂，半羊無蹟路漫漫。楓人隱霧晨風慘，山鬼窺鐙夜雨寒。一自伏波通此地，征夫多少盡長歎。

粤行六十日始至吉州

粤路圖程我慣經，通郵六十到韶亭。如何兩月舉頭望，不見五峰迎面青。豈有文章傳道路，敢將筆硯乞仙靈。詩情合在雙谿水，冷雁哀猿著意聽。

次和内子蘿屏送行詩韻

素衣回首染緇塵，又是天涯落帽辰。飛夢共尋千里月，孤鐙分照一雙人。愁多且向絲桐遣，秋冷休將竹樹親。枉説欲歸歸未得，空教腹内轉車輪。

雄州

雄關入粤角聲驕，鎖鑰天南北斗遥。誰向山川吹律暖，更無蒲柳望秋凋。征途古碣思丞相，戰壘殘陽識隗囂。回首千年重立馬，浮雲滚滚趁風飆。

將至韶州寄潄六弟樂昌署中

歷盡吴山復越臺，胸無塵垢面多埃。不辭水底蟠蛟怒，爲逐天邊斷雁來。衣袂四年方共把，燭花昨夜已雙開。感懷事足歡娱少，莫便相逢賦八哀。

春風亭和宋永新令元絳詩韻

隨車甘雨補天功，聞説桃花處處紅。今日我來腸已斷，兔葵燕麥正摇風。

玉山館和唐張籍詩韻

流水沿階屐染泥，雨餘忽見夕陽西。行人倚檻正惆悵，樹裏鷓鴣相對啼。

嶺南雜興

沙園月上晚妝催，水殿新開暖玉杯。夜半素馨纔破蕾，清香恰送夢初回。

越王臺畔露華凝，帝子山前月色澂。隊隊遊魚映朱火，水晶樓閣賣洋鐙。

隔谿桑扈語交交，門掩芳春客罷敲。幾日東風幾日雨，輕寒翻到杏花梢。

煙際輕榔帶月敲，船頭鮮鯽緑荷包。新春脱粟調魚粥，畫舫三更正出郊。

陶日熙，字紉香，居蒲達涇，庠生。

西湖晚眺

山色入波流，輕風蕩小舟。如鉤新月澹，夾岸緑楊浮。倦鳥餘霞送，歸鞭落照收。一聲長笛裏，煙靄護西樓。

無題倣李商隱

春風牽惹柳絲狂，草緑裙腰繫恨長。洛水魂迷曉霧碧，巫山目斷暮煙蒼。蜂黄擁蕊腰仍瘦，蝶粉黏花翅帶香。傾國傾城誰得似，關心宋玉有東牆。

逼人春色捲簾鉤，黛緑新添一點愁。吴地鶯花連翠館，江南煙雨鎖妝樓。香傳豔麗心先醉，情到纏綿骨亦柔。尋得苧蘿芳址在，月明同泛五湖舟。

温柔鄉近欲留人，醉月酬花伴此身。紫乙傳來海外信，倉庚啼破夢中春。煙凝合浦珠含媚，雲擁藍田玉種新。咫尺靈山何處覓，從教畫裏唤真真。

趙光熊，字湧思，號槐江，居張江栅，嘉慶丁卯歲貢生。

由松江歸里楊懋齋留食蓴菜不果

束裝辭嚴城，歸途理輕榜。宿雨澹空濛，溼雲走蒼莽。之子負郭居，林泉絶清曠。言從長泖來，清波方滉漾。衝煙起閒鷗，撥霧蕩畫槳。絲蓴味正腴，擷取月初上。艤舟暫淹留，酌酒滌塵坱。我聞千里蓴，嘉名馳天壤。膩滑調和羹，珍羞莫比仿。奈此久客心，難俟熟能掌。與君期明年，九秋天氣爽。臨水帆飽懸，登山屐幾兩。長嘯愜幽情，高齋相俯仰。清樽泛蒲萄，鹽豉浮盆盎。重尋今日盟，放言共慨慷。

攝山

舉目疑天近，憑虚悟夙因。徑深迷故道，峰幻住遊人。梵響隨風遠，花飛點石頻。坐看林壑美，清嘯絶紅塵。

聞碪

永夜不成寐，憑闌聽遠碪。聲凄時斷續，寒徹暗銷沈。落月行人淚，西風少婦心。鐙殘爲愁絶，霜葉響秋林。

陳錦泉，字□□，號嘯谷，居□□，歲貢生。

唐聽松齋中看菊賦贈

黄菊報開陶令宅，紅萸欲泛米家船。秋江一曲曾相訪，記取梅林鶴市邊。

雪白脂紅配色匀，兩行林立似迎人。到來不覺秋容澹，錯認芳菲鬥麗春。

巧樣新翻類翦裁，也曾攜種石崖回。問花難把根荄認，多向輪迴幻出來。

半日流連目欲迷，雅懷聊復把詩題。秋芳合讓君家占，不數名園舊姓倪。

奚桂森，字殿芳，號秋垞，居七竈，附貢生。

采蓮曲

風裊裊，煙銷午。紅藕花，豔秋浦。浦水漾，漪漣娉婷蕩畫船。東攀西擷斜陽暮，欲贈遠人月在天。戴月理歸舳，含情語婉淑。采蓮休采葉，葉下雙鴛宿。

初夏新霽

野闊颸和風，晴開爽氣融。歸雲漏斜影，飛鳥没遥空。岸草籠煙碧，園梅帶雨紅。愛看垂釣者，坐歇柳陰中。

書窗即事

薄暮閒庭立，悄然復倚門。波明沈日脚，雲浄露天根。涼到蟬聲咽，陰深竹徑昏。微吟纖月白，鐙火逗前村。

送友人之洛陽

樽酒離亭黯别神，東都寄蹟足才人。一帆夜雨辭申浦，匹馬秋風到洛濱。雁度夷門書憶弟，猿啼嵩嶺夢思親。登臨定有蓴鱸思，莫向天涯滯客身。

漁蓑

生長原從茅草中，不同羅綺衣王公。獨耽一葉桐江側，細雨斜風伴釣翁。

方鵬翼，字雲石，號芷香，居新場，貢生，有《蜀游小草》《芷香居吟草》。

妙高臺

我上妙高臺，言尋赤松子。山色瞰空明，泉聲足清耳。江舟浮若鳬，江樹小於薺。塵心已頓捐，幽懷暢方始。不見明上人，獨對半江水。

峽中

猿啼虎嘯霜滿天，扁舟一葉凌蒼煙。千巖萬峰矗雲表，縈紆百折驚迴旋。我今來此歲已晚，劍花拂地山横連。水落石出不得上，灣環日與谿爲緣。怪石崚嶒屹不動，猙獰百狀相摩肩。忽如人立遥拱揖，凌空縹緲疑飛仙。大聲拍手叫奇絶，癡心欲陟危崖巔。蜀道之難難於上青天，斯言聞自李青蓮。暮色冥冥看不足，還期今夜抱雲眠。

中秋

去歲中秋候，團圞共倚看。那堪今夜月，偏照客衣單。波漾蟾光亂，香飄鏡影寒。欲酬惜別意，黽勉且加餐。

旅夜書懷

愁多不成寐，形影自相親。衰草寒雲路，殘鐙獨夜人。空懷三尺劍，虛負百年身。世故蒼茫裏，前途好問津。

渝州今重慶府南崖，即古塗山，上有神禹廟。

羣山青不斷，遠櫂雪初來。一水三江合，岷江、渝江東流，與巴江合。雙城萬户開。江北新築土城，與州城遥峙。流奔神女峽，雲接禹王臺。都會推巴蜀，閭閻慶阜財。

到家

明知不是夢，家到轉生疑。路入童遊地，人逢再見期。客衣江上雨，妝閣鏡中絲。不恨歸來晚，重提話別時。

已得安眠食，愁思莫更紛。嬌兒知應客，弱弟喜能文。烽火驚前夢，縹緗證舊聞。莫嫌遊屐短，曾踏萬山雲。

別漢陽大別、小別，二山名，皆在漢陽。晴川閣在大別山。

悤悤又向漢陽過，客思無憑暫放歌。不分西風憶鱸膾，漫勞瘦影照江河。輕煙疎雨籠遥岸，芳草晴川溯逝波。大別山兼逢小別，蕭蕭木落奈秋何。

拜禰正平墓在鸚鵡洲

一抔賸有孤墳在，千載常留漢代名。肝膽定然傾後輩，才名畢竟誤先生。無邊憤激當年事，不盡淒涼曠世情。整肅衣冠拜鸚鵡，江流猶作鼓鼙聲。

己未重九

浪擲韶光又一年，客中初度倍淒然。三秋孤枕黄花路，萬里歸心明月船。過眼風塵驚落木，遥天烽火接寒煙。生憐華髮頻搔首，躑躅龍山不敢前。

紅葉

西風蕭瑟透窗紗，霜葉紛紛燦似花。萬斛晴沙迷曉日，半林紅雨泛秋霞。到時易誤漁郎路，落處每逢賣酒家。切莫更隨流水去，暗傳消息到天涯。

白帝城懷古

眼前無復五銖業，江上空存八陣圖。三代而還真遇合，兩朝之際仗持扶。天心未厭中原擾，國步維艱少主孤。執手一言真鄭重，不勝涕淚灑長途。

曉渡夔關關在夔府，即魚復浦也。東有鐵柱二，各長六尺有奇，亦名鐵柱谿。白鹽、赤甲，二山名。永安宫址在白帝城。

晨曦初透月還弓，蜀道關津趁曉通。魚腹波圍雙柱鐵，鱖頭船湧一江風。白鹽山色有無際，赤甲霞光縹緲中。帝業久隨流水逝，行人還問永安宫。

自家橋在常州武進縣

閒情日日付征橈，消受秋風幾度潮。今夜月明何處泊？問人偏説自家橋。

蠏舍漁邨日日程，自家橋畔夕陽明。從今誤殺還家夢，夢到橋頭不肯行。

客中雜詠

柔情猶有落花知，惆悵東風欲去時。怪道近來無好句，傷心怕讀送春詞。

落紅片片漸成塵，惆悵東風似旅人。我亦江南倦游客，得先歸去不如春。

歸途雜詠

澹澹晴霞曜淺沙，江流曲處抱山斜。平皐一夜添新雨，開徧江南白楝花。

歸來還訪去時蹤，遊興朝來比露濃。又是莧肥蓴滑候，一帆煙雨渡吴淞。

張大經，字文海，號秋山，居瓦屑墩，監生，有《秋水村莊吟草》。

古別離

人生豈無别，所别自有辭。君今就長道，皇皇欲何之？獻賦少所遇，從軍良可知。山高水復深，舟車多危機。奈何同賈胡，到處輒羈縻。江南芳草歇，塞北寒雲飛。流光遞相嬗，遠遊杳難期。上有白髮親，下有黄口兒。妾當勤事育，君當思孝慈。

農家雜詩

生爲農家子，素習農家事。出門觀野色，氣變識時至。東作苟不勤，西成安可致。入門戒婦子，萬事勿造次。相與治鎡基，力田從此始。

晨興帶宿夢，荷鋤出前除。長星掛屋角，涼露沾衣裾。豈弗念勞苦，習慣自晏如。芟草南山下，白雲與之俱。農歌起四野，隱隱若和余。

老農八九家，往還不嫌復。或誇竹生孫，或賀犁生犢。雜坐無賓主，羣兒互歌哭。瓦缶酌清醪，村盤供脱粟。歡言三時和，預卜歲豐熟。

自題江鄉采訪圖

吾家家住東海濱，先世莫稽漢與秦。明興以來始土著，清河門祚稱振振。厥初吾祖逢靖難，父兄竄作三河民。破巢岌岌幸完卵，爲齊贅學淳于髡。斥鹵地僻堪遯蹟，朱陳願結煙霞鄰。歷五百載傳卅世，東西南北居紛紜。一脈流傳派各異，對面不辨誰礽雲。吾叔惕然懷畏懼，崇朝建議何諄諄。前人所輯譜具在，及今弗訂後莫論。駕舟同載越三稔，風餐雨宿惟三人。平生足蹟不到處，一至再至搜羅勤。雪江居士興磅礴，江鄉鴻爪思留痕。貌我三人入畫裏，倉皇落日還逡巡。想像當時煩苦況，纖愁摹繪涵全神。詩書有亡史有闕，從來美事無十分。廬陵眉山具卓識，不矜廣博良有因。從此歸來告家廟，一編釐定簽諸孫。

寄贈鄔浣香謁惠瑶圃中丞征南幕府

鄔君豪俠世無匹，落魄風塵人不識。浪遊吳越歷幽燕，七尺昂藏雙鬢白。春風對酒五茸城，向我從頭訴不平。懷刺十年名漸滅，酬恩一日事難成。過市重尋伍員蹟，攜樽獨弔專諸宅。登臨懷古思蒼茫，慷慨悲歌氣辟易。一夕飛箋別故人，短衣匹馬走駸駸。垂堂詎惜千金子，投筆終從萬里軍。上公節鉞方開府，屬國獞猺齊負弩。間道煙生斷鐵橋，空山雨暗鳴銅鼓。直下三湘定五谿，陣雲高處望旌旗。桓桓貔虎征南客，半屬新交半舊知。舊情孔厚新不薄，車笠相逢真灑落。試馬朝騰細柳營，談兵夜卧蓮花幕。凱音奏入未央宮，計日頒師詔九重。安堵萬方須露布，磨崖十丈待銘功。賓僚部曲同迴顧，授簡登壇疾於鶩。健筆能教神鬼驚，雄辭况得江山助。功名何必盡雲臺，如此行游亦壯哉。聶政許人母尚在，終軍奉使敵先摧。老我蓬廬空偃蹇，執鞭有約無由踐。揮成短紙盡離詞，目斷長亭虚出餞。黯黯懷人易夕陽，雁書飛不到衡湘。他時驛使如逢便，早寄南征詩數行。

從牛首經獻花崖訪祖堂

翹首望仙崖，嶙峋隱落霞。舊傳僧説法，曾有鳥銜花。門對雙峰迴，人穿一徑斜。幽棲山寺近，相與乞胡麻。

客中見新燕

江上逢新燕，天涯欲暮春。憐余輕作客，感爾慣依人。栖託於誰屋，飄零共此身。故園寒食近，相對話艱辛。

西湖早行

漸出深林去，颼飀萬壑松。復行數十步，隱見兩三峰。梅落知春晚，雲開覺露濃。南屏山寺近，煙外一聲鐘。

尋靈谷寺

江城新雨後，四望白雲封。有客尋靈谷，侵晨策蹇從。樹深不見寺，人静忽聞鐘。還問採樵者，回頭指獨龍。寺在獨龍岡下。

伍相國祠

南國重尋伍相祠，鴟夷浮處動人思。大仇已雪臣甘死，霸業垂成主轉疑。江上怒濤來白馬，山頭落日怨黄池。精誠莫挽東門甲，麋鹿蘇臺終古悲。

錢鏐王祠

緩緩香車陌上過，一時錦繡遍林柯。東吴定霸追孫策，南越稱尊異趙佗。閏位共分唐社稷，真王獨占宋山河。表忠未免留慙德，不討朱梁竟息戈。

于忠肅墓

高冢巍峩岳墓東，當時内外賴孤忠。力排衆議君初定，智遏强鄰日再中。羣小奈雠經國計，上皇終念奪門功。至今熱血埋黄土，常與風波恨不窮。

登焦山

近看不與遠看同，萬木週遭百折通。雲影半封高士宅，鐘聲常遞梵王宫。當窗帆轉空青裏，盡日人行滏翠中。擬向老僧分一席，卧看月上海門東。

登鍾山

金陵形勝望何如，半壁依然作帝居。天闕西來連北固，海門東去劃南徐。三分割據才終隘，六代偏安計亦踈。底事真人起濠上，也憑龍虎會車書。

得倪蠡篷京邸書

從頭徹尾看分明，尺素傳來喜氣盈。去楚伍胥因避難，入秦張禄竟成名。文章易吐英雄氣，風雨難忘故舊情。感爾相思千里外，殷勤猶記束裝行。

擬温飛卿西江貽釣叟騫生

羨爾逃名把釣鉤，不知歡樂不知愁。曉風殘月數聲笛，碧水青山一葉舟。百歲春秋看北斗，六朝興廢付東流。得魚沽酒平生事，醉卧江湖到白頭。

王薌巖秦中歸里

悲歌聽唱大刀頭，八載驚魂一夕收。得信尚疑清夜夢，聯牀真共故園秋。鬢堆塞雪身猶健，詩變秦風句轉遒。記否夜郎江上過，無邊風雨助離愁。

瑯琊門第盛江東，三輔雲山兩寓公。諭蜀文翁方價重，入秦范叔正途窮。交游偏獲風塵外，推解全非意料中。讀到劉歆知己賦，墓門忍見落花紅。常州王代農掌教咸陽，旋殁。

王四峰燕磯永感圖

滿路槐花點客衣，年年辛苦上征騑。可憐獻賦名難達，誰料傳經事更非。夢斷天涯秋水闊，魂歸江上暮雲飛。披圖重説當年事，愁絶西風燕子磯。

謁始遷祖墓下作

澧谿東下暮雲深，先世攜家此結鄰。水北一廛留舊宅，橋南三尺葬遺民。不封不樹風猶古，惟讀惟耕澤尚新。瞻拜曷禁神獨愴，豐碑崇表待何人？

訪南有園故址園在川沙城東南隅，爲明寧波別駕王觀光築。王入國朝自稱海岸和尚。

落日來尋小輞川，分司遺蹟未全捐。葡萄石卧蒼苔没，菡萏池荒翠荇牽。仕宦逢場原入夢，英雄末路只逃禪。平蕪依約殘垣在，猶占城南一角偏。

送春詞

姹紫嫣紅掃欲空，天涯黯黯餞春同。獨憐柳絮忙於我，纔向西飛又向東。

客路東風拂面微，輕塵短夢認依稀。流鶯似解留春意，銜住餘花不放飛。

爲傅鹿圃悼聘姬玉珊

黯澹紅樓掩碧紗，杜蘭香早厭繁華。可憐一片長隄草，不送香車送素車。

白雲洞

白雲深處白雲洞，洞口白雲常自遮。七十二峰雲外立，一峰一朵白蓮花。

訪藏山村

曾記扁舟訪隱居，迴遭竹木蔭蓬廬。尋常一幅田家景，著个高人致便殊。

胡宗煜，字掌文，號確堂，居周浦，監生。

村居自述

何須卜築武陵源，喜有谿流曲抱村。盛世自能安作息，幽居聊以滌塵煩。一簾晴旭聯花萼，千尺高松映樹萱。但願農桑生意足，更無心事對人言。

張和民，字□□，居□□。

秋思

落景歸餘思，疎雲共客心。天高一月小，夜静四山深。露鶴涵秋影，松風振遠音。如何流水曲，飛不到孤岑。

徐欽翬，字文藻，居杜行，有《曙堂詩草》。

山塘即景

樓頭小語隔疎簾，笑指花枝壓帽檐。嚦嚦鶯聲何處是？半塘橋過酒家帘。

傷春中酒絮沾泥，眼底繁華意不迷。獨向生公臺畔坐，一聲清磬月初西。

傅紫電，字煥如，號笠亭，居漁潭，監生。

和張秋山秋感

海山何處躡蓬萊？茅屋秋聲和七哀。白露爲霜人正別，碧天如水雁初來。棲心難搆三層閣，懷古思登百尺臺。徒有黄花供對酒，愁邊歲月易相催。

蕭然四壁阮囊空，摇落心情到處同。秋影一人殘照裏，竹光半畝暮煙中。清磋不盡催寒葉，白髮無端感亂蓬。底是閒居詞賦客，臨風搔首吐長虹。

顧良佐，字振廷，號二唐，居五團，監生。

題姚藏山得所居

吾友藏山何處居？藏山邨中結茅屋。中懸一額題得所，容膝易安勝邁軸。苔分曲徑故三三，雲幻奇峰看六六。烹茶試汲蘭谿泉，留賓小飲淇園竹。架有詩囊壁有琴，春看梅花秋看菊。焚香掃地一塵無，鼓腹含哺萬事足。君不見孤山林處士，妻梅子鶴依巖麓。又不見陶公歸去來，環堵蕭然少徵逐。身外浮榮足亂懷，世間難得惟清福。羡君藏山得歸宿，何用傅巖之野稱版築。

題藏山散人藏山圖

誰寫《藏山圖》？中坐藏山子。此地本無山，峰巒紙上起。誰識藏山子？藏山興不窮。心游太古上，身在白雲中。

九峰詩 選四

三峰雙峙暮雲濃，隱隱浮圖隔梵宫。閒泛畫橈潮未落，一聲長嘯起秋風。佘山

四峰嵐翠鬱蒼蒼，修竹虬松列曲塘。此處神仙多寓蹟，白雲堆裏藥鑪香。細林山

七峰峭峻矗青巒，洞裏神龍詎久蟠。山頂有白龍洞。最是夜來山鳥寂，草堂冷落月光寒。横雲山

九峰高聳接崑崙，谷水東流彷彿存。士衡詩有云：「彷彿谷水陽，婉孌崑山陰。」巖鎖白雲猿嘯月，可憐故里屬荒邨。崑山

閔世倩，字思贊，號山農，住新場，邑廩生。

題姚子藏山圖

去年得見藏山子，今年復見《藏山圖》。藏山山人骨奇秀，昂昂本是名家駒。圭璋特達天廟器，深藏不市何爲乎？卻怪維摩頗善病，梅標鶴態同清臞。藥鑪經卷不釋手，七尺幸保千金軀。掉頭名利不肯顧，湛然吾始留真吾。道子寫生託絹素，神采煥耀寧形模。披圖如見藏山

人，拍手大笑驚相呼。我欲買山貲未辦，幸割半席與爾俱。即此山邨退藏足，奚必更羨壺公壺。

嚴巨鼇，字占之，號冷梅，居邑城。

晚泊浦口

浩淼春申浦，乘舟記暮春。今宵何處泊？古廟又爲鄰。拍岸濤聲壯，漫天雨勢頻。蘆灘有漁火，我欲問前津。

豫園 潘恭定園名，今屬邑廟。玉玲瓏三石，猶舊物也。

路轉名園百步寬，登高選勝倚危闌。一聲杜宇催春暮，滿樹梨花帶雨寒。池水似涵今昔恨，山嵐猶作畫圖看。玉華堂外三峰立，依舊玲瓏夕照殘。

有憶

鐙殘小閣篆煙銷，約略停緘意寂寥。可憶有人渾不寐，一窗風雨冷瀟瀟。

艣聲

疎籬門外即官河，不數帆檣鎮日過。最是月明風静後，咿啞聲在枕邊多。

唐西京，字錫璋，號西江，居邑城。

夜雨

此夜孤鐙下，無眠有所思。寒多還釀雨，愁極不成詩。海燕來何日，庭花落幾枝？春光容易老，又逼禁煙時。

初夏雨中閒眺

屋角鳩聲不住啼，濃雲如幕壓城低。一林梅子黄初透，十畝秧鍼緑又齊。細雨欲來煙漠漠，微風猶送冷凄凄。江邨五月無人過，南陌東皋獨杖藜。

宋儲華谷先生墓

一抔黄土澧谿濱，松柏千年變作薪。行客尚傳儲處士，殘碑猶記宋詩人。清明寒食誰澆酒？野冢荒原自結鄰。卻羡弟兄當日隱，勝他二陸歎緇塵。

秋日煙霞閣同顧澹園張野樓借書歸途口占

採棉邨婦鬢蓬飛，刈稻農夫汗漬衣。笑我三人癡太絶，秋陽影裏借書歸。

春陰

春陰不散薄寒中，弱柳摇青杏破紅。人在鵓鳩聲裏坐，邨南邨北雨濛濛。

姜廷桂，字景高，號雲巖，居邑城。

登玲瓏壩

海塘憑遠眺，曉日照東瀛。壩偃玲瓏勢，潮飛澎湃聲。亂帆穿島嶼，溼霧隱鯤鯨。一覽江天外，滄波萬里明。

晚泊廣富林望機山

九峰窈窕暮雲低，欲辨其如黛色迷。墓憶三高留别嶂，祠傳二俊在前谿。風生每夾松濤瀉，月出猶聞杜宇啼。梵唄一聲何處寺？片帆正落富林西。

寒食

江城冷節溼雲迷，麥隴煙生柳暗隄。二月風光春恰半，杏花紅雨杜鵑啼。

海曲詩鈔二集　卷四

唐鳳，字集夫，號寧山，又號筠峰。廪生，嘉慶甲子副榜。

送袁朗生會試

游魚喜同淵，棲鳥惜分翼。況我素心人，臨别何能默。君德比珪璋，温潤兼縝密。嗜古有至情，造次敦學殖。壯歲登賢書，文壇重經術。禮闈屢鶚薦，寶劍光騰溢。石渠正需才，推袁洵可必。僕也守蓬窗，臨文愧軋茁。蒙君采菲葑，雅意勤拂拭。論文磁引鍼，談藝膠投漆。數日輒相思，一見倒胸臆。憐我漂摇身，予方喪偶。勖我研磨力。以此契心期，自顧忘抑塞。今君遠行邁，雲光占五色。轉瞬躡金鼇，綸扉展鴻筆。丈夫志四方，焉得懷燕息。矧逢昇平時，自宜效禹稷。所悵樗櫟材，索居更誰匹。遥望長安途，羣峰互崱屴。

遊莫愁湖瞻中山王畫像

聞説盧家婦，嘗居此水旁。懷人傳織素，蕩槳倚垂楊。玉貌誰曾見？嘉名久不忘。盈盈千頃碧，亦得共流芳。上將雲龍合，成名一代中。閒情傳賭墅，寵遇鑑藏弓。鐘鼎詒謀遠，丹青繪像工。登樓瞻眺處，曠世慕英風。

同易謝莊姚槐千香光樓觀荷

蓮花谿畔倚高樓，聞道香光是舊遊。一代科名真足重，千秋翰墨更誰儔？雲旂翕欻隨風去，泡影掀翻逐浪浮。只有芳華如濯錦，年年登覽樂無休。

同易謝莊達菴遊靈谷寺

雲陰澹澹日痕輕，帶得微醺緩步行。更向高岡尋勝概，秋山如繪滿前迎。

題畫

琅玕萬个護柴關，澹沱晴暉漾碧灣。最是江南風景好，一重水襯一重山。

程琛，字獻之，瓚弟，附監生。

唐聽松齋中看菊賦贈

奇葩天遣出蓬萊，移植江南費翦裁。自歷秋冬花不斷，無分晴雨客常來。鶴翎松子推名宿，虎爪龍鬚信異才。迢遞重洋供嘯傲，始知皇化日悠哉。

祝悅霖，字象之，號碧厓，居川沙，候選縣丞，有《碧厓吟稾》。

竹窗夜讀

古人勤夜讀，境静而神清。我亦耽典籍，展卷對短檠。竹影上紙窗，萬籟寂無聲。耳目無所交，百感此時平。乍覽心茫然，若拒若相迎。凝神復萃慮，底蘊漸以呈。涵泳過數四，悠然得其精。始知肄業者，功非鹵莽成。寧静物不擾，穎悟乃能生。譬猶碧霄月，雲翳失光明。風捲渣滓滅，普照無遁情。

予年三十七閨中不詠采芣者十有二載矣今歲春夏間舉子女各一賦以誌喜

少讀孟氏書，無後蒙厚責。心頗迂其言，輒以資笑劇。白傅乏繼嗣，藝林欽宗伯。汾陽裔式微，兒孫昔盈百。芝蘭洵可嘉，豚犬曾何益？忽忽廿年來，星星髮侵白。繞膝女成行，箕傳欠一脈。顧視垂髫交，後起多頎碩。邂逅親與友，率以此慰惜。後顧覺茫茫，念兹頓難釋。婉娩閨中人，焚香禱晨夕。笑謂何必爾，動色輒不懌。詎意今歲中，門閭喜氣積。弄瓦占小星，春至花先坼。大婦腹亦皤，彌月期漸迫。一索僅得半，望切轉蹙踖。洎乎嫛婗生，呱呱竟雄獲。穉女喜得弟，拍手笑騰躑。親串走相賀，殽核餽絡繹。生男本尋常，在予似破格。料理兼中外，奔走汗浹脊。卻嗔巾幗癡，遇事少檢覈。紅羅兩襁褓，鎮日捧如璧。

雞鳴寺懷古

不盡登臨感，蕭梁異代中。青絲來白下，王氣失江東。竪子乘時捷，英雄末路窮。至今臺畔過，施食臺故址尚存。獵獵起悲風。

登靖江城晚眺

江樓開夕霽，憑眺倍怡情。楊柳緑滿郭，桃花紅半城。童眠沙岸犢，婦餉隴頭耕。地僻民風樸，謳歌四野清。

曉發泰興道中

客窗雞唤曙，攜夢上征鞍。山月沈谿白，松風渡壑寒。村庬隨騎吠，鄉婦負兒看。曠野俄如燒，金盤湧樹端。

岳王

衝冠怒氣九州横，半壁河山百戰争。但願蒙塵二聖復，久拚裹革一身輕。將軍閫外師方捷，權相朝中獄已成。十載勤勞殊孟浪，那知恢復本虚名。

登煙雨樓

忽看金碧聳晴空，霽日登臨興不窮。倚檻無煙渾漠漠，捲簾非雨亦濛濛。蒼茫城市波濤外，縹緲樓臺罨畫中。十二闌干憑遍後，分明身在水晶宫。

金山

振策遥登海嶽樓，危闌百尺豁吟眸。雲中鼓角喧瓜步，樹底檣帆接潤州。山面别開金碧畫，江流不盡古今愁。蕲王血戰今何處？蘆荻蕭蕭捲暮秋。

焦山

掛席長江趁午潮，揭來古刹駐蘭橈。劫餘片石猶傳晋，人去青山尚姓焦。蒼隼叫雲盤塔頂，靈蛇避客上林梢。解維日暮重回首，一簇寒煙翠不消。

題倉山詩集

一枝彩筆九州横，弱冠蜚聲滿帝京。爲愛名山辭組綬，翻緣高蹈重公卿。經傳絳帳枝枝玉，花選清谿樹樹瓊。不學儒流不學佛，詩仙詩怪任人評。

龍馬行空虎嘯風，無端天壤有斯翁。文章寧止傾江左，狡獪真堪奪化工。始信無情惟木石，何常好色不英雄。平生一事差難遣，鳳沼春殘怨落紅。

重陽前四日游横雲山

生憎風雨阻探幽，未到重陽放棹游。磴仄别尋樵徑上，亭荒聊借草菴留。層層壁立蒼厓古，曲曲泉流碧澗秋。環迎諸峰都閲遍，班行秀出更無儔。

絶頂登臨四望開，五茸風景信佳哉。山容映日峰峰出，帆影横江葉葉來。玉局仙歸留舊舍，山有七峰精舍，係横雲山人修史處。上公園在没荒萊。旁有張少宰墳園，今僅存廢址矣。名區也要名流助，今古争如二俊才。

觀梅次顧實夫韻

春到山家又一年，冰心無復耐寒眠。花開嶺月紛難辨，香遞谿風遠易傳。客至屐黏三徑雪，鶴歸羽掠半庭煙。遥看隔水茅廬静，不是詩人定是仙。

秋柳

秋聲一片動江天，回首梁園倍黯然。消瘦那堪如此日，風流渾不似當年。煙消别浦嘶征騎，日落長隄咽暮蟬。最是相看魂欲斷，烏啼客散白門邊。

白荷花

洗卻紅妝韻倍清，凌波玉立劇移情。月明水榭看無迹，露冷銀塘夢不成。玉井分根原上品，廬山入社總知名。漢皋莫學仙姝幻，解佩空教誤鄭生。

驛柳和佩珊女史韻

長條摇曳水雲空，到處江湖入畫工。堠遠緑迷三月雨，樓高紅颭一闌風。行行人去春山外，點點鴉歸落照中。寄語臨期休浪折，好留青眼盼來鴻。

短長亭畔記分明，幾度低回惜遠征。恨我一鞭殊草草，勞卿千里送程程。隋隄花月縈春夢，官渡風煙愴客情。馬上不堪回首處，緑陰啼徹子規聲。

四十生朝自述

驚心青鬢漸添銀，彈指流光四十春。課女秋鐙懷錦瑟，先室婁氏生二女。校詩午夜夢靈椿。先君子《味古軒詩集》尚未付梓。弟兄讓宅開三徑，予兄弟七人，由八竈分居川沙、横沔。姊妹簪花少一人。姊妹八人，惟清河二姊已故。卻喜草堂今日聚，又添蘭玉幾枝新。

燕南趙北幾經過，閱遍鶯花唤奈何。日出三更登泰岱，雪深一騎渡滹沱。布衣長揖金貂重，濁酒論交屠狗多。回首紅塵徒碌碌，而今老大自悲歌。

詠沙裏鉤十六韻

海澨生嘉錯，三冬富可收。聚沙成顆顆，沿穴任鉤鉤。譜按蝤蛑異，形看郭索侔。霜濃攢穴底，水涸覷灘頭。騷客争先購，鮫師費苦搜。爬羅頻鑿險，屈曲類探幽。囊可盈千貯，錢還論百售。製須新玉液，盛稱小瓊甌。贈遠珍嘉貺，消寒佐異羞。金膏濡卻膩，紫甲醉還柔。醴泛紅螺熱，香凝碧眼浮。未能恣大嚼，偏自耐咀求。海月誇雙絶，江珧遜一籌。夙推馬蹟貴，近産鐵沙稠。最愛充廚蓄，何妨入市謀。寄言博物者，《爾雅》續應周。

暮春有感

青青柳色望中迷，花事闌珊日又西。酒醒東風人獨立，一簾紅雨杜鵑啼。

誌夢

蘭橈一去路迢迢，懶向春風弄紫簫。夜夢不辭煙水闊，頻隨明月到虹橋。

秋晚登樓

捲簾恰喜雨初收，村巷雲堆秔稻秋。紫雁一聲紅葉落，夕陽人倚竹西樓。

閭邱承宗，字紹先，號吟香，居周浦，庠生。

棘闈夜宿

露重寒侵骨，更聲聽漸多。輕飆摇翠幕，澹月隱銀河。墨海波猶歛，霜鋒鋭已磨。燭墩攜影過，數問夜如何。

茉莉

花飛點雪晚晴開，一種清姿不染埃。最是涼生新浴罷，味和風月入窗來。

玉人不厭晚妝遲，爲爾纖纖掠鬢絲。賸有一甌香滴水，茶旗茗椀合相思。

王夢熊，字仲謀，號古愚，居邑城，庠生，有《問山堂稟》。

聞墨香遊洞庭

春滿江鄉日，聞君住虎邱。還家當四月，又泛太湖舟。老去惟求友，貧來不廢遊。兩峰有知己，藉以慰離愁。

懷張琴谿客金華

結納我何有？交情爾最真。半生惟旅食，此去亦依人。別緒牽長夏，離筵記暮春。浦陽江水闊，魚素各沈淪。

春草

濃煙細雨沐陽和，一望平原映碧羅。行客歸魂隨處斷，漢宫幽恨至今多。東風路遠迷青嶂，南浦春深暗緑波。野火年年燒不盡，天涯離思奈如何？

初聞絡緯

火未西流序暗更，蕭蕭絡緯起秋聲。何曾暮杵千家急，陡覺輕寒一夜生。金井月明人獨立，玉階露冷斗初横。近來定有流黄怨，莫動高樓少婦情。

清明有感

魂斷香銷恨未平，春光草草又清明。深知别夢留何有，故遣飛花獨盡情。孤冢草深啼鳥急，白楊風冷暮煙生。近來無限傷心淚，都向郊原一望傾。謂二兒春燮。

伍子胥廟

怒濤千仞壯吳山，猶似當年破楚還。空有忠魂憑古廟，更無奇士出昭關。秋雲黯澹封庭樹，落日低迷冷户鐶。太息讒夫終誤國，鹿遊梧苑土花斑。

詠蘆花

西風漸老曉霜天，瑟瑟蘆花即次妍。潦水月明秋有迹，板橋人去雪無邊。蕭條淺渚初聞雁，揺曳平沙不礙船。一自滄江驚歲晚，白頭相對滿寒煙。

芍藥

綽約香絲迥不羣，花時争訝廣陵分。低含濃露鬟猶溼，倦倚東風酒欲醺。惆悵餘春啼杜宇，寂寥深院鎖斜曛。當階重認翻紅處，腸斷虹橋一片雲。

夜泊

煙樹模糊野渡遥，龍華寺外雨瀟瀟。銜杯不覺無聊甚，一夜鄉心亂暮潮。

柳腰

嬌態輕盈踠地環，楚宫舊態杳難攀。板橋流水常如此，獨立東風泣小蠻。

恨

鈎引春魂柳綫長，斷無消息到東堂。如何今夜團圞月，猶爲離人照屋梁。

蜂聲蝶影亂殘紅，九十韶光一瞬中。自覺近來情緒惡，朝朝門掩落花風。

一覽樓席上贈黄文若

十載風塵客歲還，相逢各異别時顔。蓴羹鱸膾家鄉味，且向樽前話粤山。

郭士瀛，字紹齡，號西塘，居七竈港，庠生，有《野秀村莊稟》。

述哀

小子七八歲，讀書上學堂。迨至十五六，求名入試場。行李每空乏，挖肉累耶孃。一衿千佛貴，飄泊十餘霜。無端急足來，雙親欠安康。奄奄延數載，起死竟無方。烏鳥思返哺，孤兒奠椒漿。一刻一低回，寸寸裂肝腸。

有親不能養，生子欲何爲？有棺不能葬，所待又何時？並不惑風水，亦不求喪儀。所求一稜田，傷哉貧無貲。一日復一日，因循無定期。白楊吹悲風，難禁淚如絲。

邀李舫修畢賦

非有租常運，亦不入銀漢。年年一小修，聊畢彌縫案。蠡殼四圍窗，膏沐施已煥。樱索藉牽制，朽壞須更換。蓋棚選斗方，丹徒産爲冠。勢或當急流，新篙仗强幹。一一事重新，再語整炊爨。茗椀務精良，安排戒雜亂。几要供時花，廚要裝文翰。從此事清遊，取樂真泮涣。或近訪詩人，頃刻達彼岸。或遠訪名山，好風帆使半。更或聽漁歌，煙波任浩漫。賞月月空明，碧簫吹不斷。平生有牢愁，每藉此消散。浮沈信白鷗，來往無羈絆。李郭即同舟，且作釣徒喚。無風波自平，穩原過欵段。

晚泊山塘

畫橈小泊半塘隈，手拓紗窗兩面開。高閣漸銜紅日去，好風親送嫩香來。煖浮隔岸簫千管，重壓鄰船花一堆。最好波光紅七里，西山游客擁鐙回。

五月五日祝沛齋碧崖招觀劇漫賦

浮生鹿鹿幾逢場，南部煙花此擅長。歌罷任他誇白雪，酒酣容我説黄粱。風雲有路英雄老，啼笑何心傀儡忙。若使問誰能顧曲，張郎領悟似周郎。調奕陶。

驛柳次歸佩珊女史韻

千條萬縷拂晴空，記唱《陽關》調最工。送盡行人惟此地，折來玉手正臨風。幾番離別消魂裏，一路纏綿悵望中。獨有名韁維不得，落花如雪印飛鴻。

樹猶如此語分明，垂老何堪又遠征。拂幕依稀還舊夢，拖雲隱約記前程。並無抛擲偏牽恨，略有飄摇便繫情。從此曉風殘月裏，烏啼處處斷腸聲。

楊花四首

零落天涯與水涯，馬頭有客惜年華。生成薄命無如我，送盡殘春是此花。漠漠古今誰作主？飄飄天地本無家。最憐絶世風流格，半污浮塵半污沙。

浪得超超潔白名，枉抛溝壑欠分明。鴉翻雀亂忙三月，雨打風吹了一生。春老人間留不住，書來海角怨難清。斜陽一片微茫裏，怕聽黄鸝四五聲。

豈關心性耐飛揚，去住憐儂怯主張。跌宕易教抛故國，轉移難卜定何方。簾招野店風偏急，馬騁荒村路正長。不信攀條曾幾日，一番容易小滄桑。

遲回幾度戀高枝，依舊風吹苦不支。樓上有簾皆捲雪，鬢邊無客不添絲。飄零舊雨尋春日，重疊新愁載酒時。顧影自憐還自惜，阿誰相愛肯相持？

落花四首

一番風雨一飄颻，滿眼韶光轉寂寥。西子去吴春漠漠，明妃出塞路迢迢。空留故國情如舊，賸有仙雲影未消。色即是空空即色，憑君妙手卻難描。

記對仙容豔又嬌，芳林踏遍馬蕭蕭。風斜雨細剛三月，粉斷香零只一宵。此去蓬山天已隔，再來上苑信還遥。闌珊别有可憐色，煙霧空濛寂寂朝。

狂蜂浪蝶静無喧，賸有濃陰滿故園。似我飄零原是命，爲卿憔悴尚何言。朦朧已斷三春夢，綽約曾銷一顧魂。開徑忍將香雪掃，且留清影伴黄昏。

臨歧脈脈尚含羞，漫説來由與去由。有意迴風憐宛轉，無緣伴蝶夢温柔。脱來凡骨仙同换，散去天香佛不留。回首蓬萊山萬里，問渠何處覓清幽。

意園四絶爲張澄懷賦

並無緑水並無山，荻蕩蘆場一派頑。結得萃芳園十丈，獨開生面畫圖間。

關心花月費安排，水榭雲廊築四隈。獨缺短垣東一角，放將野色隔谿來。

無端嫩雨滴芭蕉，小撥閒愁坐半宵。月漸到窗雲漸散，隔牆還送一枝簫。

福地何須遠地求，花明煙翠即蓬洲。只愁良夜來佳客，斗酒看君何處謀。公絃斷未續，故戲及之。

消夏

一色空明百尺潭，一鉤倒映月初三。水晶簾捲微波動，小倚瓊闌酒正酣。

静讀《南華》日正長，睡魔容易到山房。手移一枕花南北，蝴蝶飛飛夢亦香。

徐鏞，字葉壎，號玉臺，居邑城，庠生，有《藕居詩草》。

題桃花扇傳奇二首

夢繞秦淮水上樓，舊時脂粉擅風流。景陽忍使埋紅袖，天寶争傳説白頭。樂府小朝留豔史，將軍大樹動新愁。可憐王氣終江表，佳冶何曾借一籌。

昭陽殿裏欲生塵，鉤黨猶傳詔美人。紈扇漫嗟中路棄，桃花曾泣故宫春。傾城既已歸孱主，殘局何堪任倖臣。太息六朝金粉地，祇餘眉史費鋪陳。

懷人

聞昔旗亭貰酒遊，新詩争唱重名流。年來醉把滄江筆，不畫文禽畫白鷗。姚勉樓

隴西才子信風華，賃屋偏教近酒家。君莫前身是張旭，倚酣時畫白鷗沙。李小白

古亳泉南載酒尋，一椽委巷閉門深。白鹽赤米知餘幾，常自篝鐙擁雪吟。姜榕莊

周兆蘭，字谷芳，號瑞園，居四團倉，監生。

辛酉秋招諸同人看菊即席喜賦三首

泬寥天氣過重陽，景物清佳引興長。北郭行吟酬老圃，東籬植節傲微霜。寒香隊裏幽姿

秀，處士家中逸韻揚。靜對忘言消俗慮，插花誰似佩萸囊？

冒雨移根半載忙，蘂開喜覩色中央。不逢高士也饒興，若遇詩人便舉觴。澹宕丰姿秋畹晚，參差瘦影月昏黃。同游徐孺增離感，下榻於今鬢已蒼。雨鋤與予本舊相識。

昔歲霜葩滿草堂，諸君染翰墨池香。粉痕半壁流霞襯，朔吹三更滴漏長。尊酒莫辭陶令宅，杖藜時向習家塘。華驂未駐心先契，筠圃親家謁選旋里，未邀吟賞。寄語騷人一逞狂。

喬文階，字納齋，之芬孫，庠生。

感興

入世何所諧？樂意在泉石。夙抱恬澹心，放成煙霞癖。閒居參元化，肆志稽典籍。大道非陵遲，萬卷留陳迹。作者望後先，卓然文章伯。愧余寡師友，孤陋悵何極。高館獨徘徊，此意問誰識？嗚琴理一曲，翛然煩襟釋。

寄呈鮑靜菴師

年年跋涉任西東，書劍相攜道路中。那似春風和煦處，親承函丈樂融融。

當年時雨潤無邊，示我中和化我偏。懊惱春來雲樹隔，殘鐙挑盡未成眠。

喬文璧，字春圃，文階弟，庠生。

元宵大雪

彤闈點點透清光，姑射仙人半面妝。柳絮因風偏作態，梨花滿地不聞香。紅煙繞處思陶穀，紫殿飄時憶謝莊。我欲揮毫同白戰，詩情還在聚星堂。

片片風迴浄捲沙，穿簾糝徑亂如麻。卻教春月寒於臘，莫向園梅認作花。三白更番宜麥隴，千紅到處换霜葩。裁詩合寫維摩畫，望斷芭蕉趣轉賒。

康年，字利天，號耕心，居邑城，庠生，有《樂志軒吟稾》。

五日懷屈子

金鼓喧渡頭，龍舟疾於駛。急棹争後先，角糉投碧水。借問此何爲？云哀屈子死。屈子死已久，人心猶如此。嗟哉古純臣，芳徽誰能比！遥望汨羅江，年年深仰企。

石梁坐月

團團皓魄照銀塘，攜杖閒來坐石梁。數點漁鐙野岸晚，一聲羌笛水村涼。雲收天際星河迴，風定林中鳥雀藏。最是波間凝翠靄，夜闌還覺芰荷香。

朱貞女詩貞女住新場東南王家橋顧小厓侍講題華亭何節女詩後，述吴綬眉論《柏舟》詩意：「其爲未嫁守節，更有裨世道不淺。」蓋世人於此種志節，口以爲難能，心實以爲不必。今讀朱東村先生書其宗女孝貞事，亦云「患其不及，不患其太過」。大抵有道之言，先後合符有如此。因爲賦之。

璇閨矢志志靡它，只恐親心痛奈何。忍死未能忘菽水，餘生仍欲附絲蘿。藁碪永破魂難據，荼苦深嘗操不磨。卓立綱常寧太過，從教三復《柏舟》歌。

張慕騫，字雲槎，號香農，熙純孫，上海庠生。

憶柳四首

一樣千絲又萬絲，花飛盼到雪霏時。碧煙處處生惆悵，紅雨年年怨別離。隄畔更番歸客騎，天涯多少故人思。香山何事風流最？只是楊枝去較遲。

最難言處最多情，萬縷柔條一束輕。人倚風前遲笛弄，夢殘月底認鶯聲。章臺攀到姿猶昔，仙掌歌成句獨清。莫向夜闌頻悵望，疎星明滅大江横。

金昌亭外舊題門，煙雨春隄幾斷魂。月弄影來情未遠，風吹花去意難論。板橋流水淒迷度，尊酒陽關次第温。忍聽枝枝湖上曲，暗翻衣袖數啼痕。

輕勾眉黛幾分新，眠起腰支字字人。回首已成今日恨，相思無那隔年春。谿煙亂撲空非色，塞夢驚回幻亦真。生怕相思愁不寐，曉風催箭疊敲銀。

談元春，字應侯，號笠峰，宗藩子，廩生。

爲傅鹿圃悼聘姬玉珊

流水桃花思不禁，江干傳遍斷腸吟。果然命到紅顔薄，空費憐才一片心。

音塵何處訪蓬山？鈿盒殷勤囑小鬟。只恐此生緣未了，又因一念墮人間。

倪鏡銓，字繡黼，號蠡篷，居北莊，庠生，有《黔游草》。

曉渡湘江至襄陽

銅鉦訣蕩掛扶桑，一曲湘江一葦航。雲樹濛濛迷峴首，風帆葉葉下襄陽。牙旗倚閣初披露，幕府栖烏尚帶霜。敢學松雲高卧客，迷花醉月兩相忘。府東南鹿門山，孟浩然隱此。

宿象山書院夜游蒙泉曉發復偕同人過之

朔南迢遞逐塵埃，直向荆門得得來。客似飄蓬依水泊，山如卧象枕城隈。池魚弄月歸蒙水，樹鳥凌霜宿畏壘。壘係陸象山故蹟。猶幸此間廉且讓，四郊肅肅楚氛開。時教匪滋擾，獨不及荆門城内。

夜游未足繼晨遊，曲徑蒙茸細草浮。十二峰巒如拱揖，兩三亭榭亦清幽。别腸洗卻巫神夢，滿腹消殘宋玉愁。坐看日華斜蕩漾，詩情畫意共悠悠。

洧水

西風殘照鄭時門，半繞山城半水邨。煙景恰如三月暮，未將蘭芍亦銷魂。

楊光和，字春煦，號映芝，居六竈鎮，庠生。

登金山

金山絶頂望，足下大江流。遠樹迷瓜步，輕帆下石頭。神鼇在何處？玉帶悵空留。樓閣重重畫，乘潮日夕浮。

登攝山最高峰

翹首最高峰，盤旋路幾重？雲深疑入畫，樹古欲成龍。莫辨山前寺，微聞煙外鐘。大江環似帶，不改六朝容。

七夕秦淮泛舟遇雨

最難消遣是良宵，銀漢雙星入望遥。簾向賣花聲裏捲，人從乞巧伴中邀。三更鐙火懸飛閣，一路笙歌過板橋。誰爲遊船争返櫂？秋風颯颯雨瀟瀟。

渡江

萬里晴天接白波，布帆十幅快如何。回頭欲辨來時路，兩點金焦小似螺。

李根，字懋齋，居十八里橋，庠生。

夜坐吟

春日讀書常夜坐，面豁茅屋苔深鎖。偶聽玉珂風，頻剔篝鐙火。鐙火暗玉珂，清掩黄卷調素箏。箏韻鏘，卷味長。韻味較量多，此時將奈何？一握深情含未吐，畢竟居今且稽古。

柿林

橘柚實初滿，秋園柿可嘗。千頭酣宿雨，一樹醉新霜。暈眼霞光碎，沾脣玉液涼。書家多渴疾，揮汗興偏狂。

訪菊

芒鞵終日踏香泥，可與乘驢逸興齊。約略芳蹤何處隱？夕陽山北短籬西。

對菊

冷處舒香静處尋，衆芳摇落少知音。攜笻許結煙霞侶，相視如傳莫逆心。

品菊

甲乙羣芳若是班，獨憐不作媚人顏。超然樊弟梅兄外，恰在孤松五柳間。

傅應蘭，字國香，號鹿圃，居漁潭，附貢生。

悼聘姬玉珊姬潘氏，字環聲，華亭人。聘甫兩月，未歸而亡。

待字閨中任苦辛，牽絲堂上愛如珍。緣何別具憐才意？不管陰陽便締姻。卦卜不吉，仍許字焉。

閻羅畢竟太無情，忍使蕭郎負此盟。空賸一行金字在，某年月日某時生。

玉骨冰魂絶點塵，吟成詩句悟前因。臨終有「梅花空照月三更」之句。而今一樣紅窗月，照到梅花淚滿巾。

鞠原泉，字坨客，號檥亭，居邑城，庠生，有《贛窠小稾》。

陸宣公祠

唐室中興第一人，宸章璀璨重經綸。内供御題「内相經綸」額。此身自是關天下，持論何嘗愧大臣。痛哭直同賈太傅，流離更似楚靈均。嵯峨山下餘荒隴，不及西湖祠宇新。唐德宗葬西安府涇陽縣嵯峨山。

褒忠亭次王漁洋韻亭祀陳忠毅公。公諱丹赤，閩縣人，官温處道，康熙甲寅殉耿逆之變。

烽火連天熾楚氛，紛紛鳥獸各離羣。可憐大帥生降賊，謂祖宏勳輩。獨有微軀死報君。荒草一時埋碧血，忠魂終古薄寒雲。靈旗鐵騎頻來往，風雨江潮夜夜聞。

洪忠宣祠 祀宋行人洪皓

十五年中苦備嘗，英州遠竄更堪傷。生前節自持蘇武，死後魂終傍鄂王。百種奸謀同鬼蜮，千秋壯志著旂常。巍巍祠宇今猶昔，話到行人姓亦香。

湖心亭

詎是當年蜃氣留，水晶宫裏貯瓊樓。四圍莫辨東西遠，一點難分上下浮。玉宇瑶臺光縹緲，珠簾碧瓦境清幽。衹須小艇衝波去，不比蓬壺杳莫求。

夢遊武林

山堆青黛水連天，花泛晴光柳拂煙。自别西湖好風景，夢魂猶上總宜船。

謝恩榮，字簪林，居邑城，庠生。

玉蘭

春日園林百卉攢，葱蘢佳樹列花壇。參差玉佩臨高閣，掩映瓊葩對曲闌。萬朶月移光似雪，一簾風送氣如蘭。悠悠客館無相識，幸有芳姿帶笑看。

王鼎桂，字廷華，復培孫，監生。

江雨

江雨山外來，舟中氣先静。溼雲落層林，已失隄下影。野蘆寒欲戰，唳鶴清如警。隱隱棹歌聲，不見歸漁艇。

舟中立秋

小院休驚一葉飄，冰紈先覺第三條。金風妒客催青鬢，玉露欺人怯絳綃。袖漬濃痕知淚雨，酒添薄暈似春潮。多情敢擬牆東宋，愁聽寒蟲語緯蕭。

祝文瀾，字濬川，號秋浦，居周浦，庠生。

爲傅鹿圃悼聘姬玉珊

問得芳名歲未旬，棃魂飄斷玉階春。西廂金闕渾無據，曾否蘅蕪夢裏親？香魂渺渺隔凡塵，宿世才存半面因。倘使玉簫緣自在，瑶環重看侍帷巾。

陳鴻書，字麟書，號研雲，居邑城。廪貢生，候選訓導。

唐聽松齋中看菊賦贈

蒹葭白露自蒼蒼，一棹延緣到草堂。花爲延齡開正好，主能愛客興偏長。安排酒社聯吟社，消遣寒香伴墨香。濃醉不知歸路晚，玉繩西轉海雲凉。

劉天麒，字寶摩，號懷谷，居下沙，廪生。

唐聽松齋中看菊賦贈

看花今日過鄰莊，庭院深深錦繡場。卻怪騷人多逸興，幾教秋色勝春芳。玲瓏瘦到一籬月，璀璨繁沾三徑霜。采采黄金盈袖裏，不須重泛紫霞觴。

海曲詩鈔二集　卷五

丁許秦，字寶雍，號書圃，居周浦，庠生，有《芳藹齋吟稾》。

雪霽見月與祝秋浦話别

改歲猶未久，同袍又各方。凍雲沈别浦，寒月入虛堂。詩酒交情舊，風煙别恨長。飢驅誰得已，分手各傍徨。

立秋日書懷

昨宵風雨急，旅館又驚秋。梧葉下苔徑，蓼花生鷺洲。欲飛邀月盞，應繫釣鱸舟。何必傷千里，荒涼古石頭。戊午立秋赴白下，有詩紀行。

遊莫愁湖

釣船閒繫緑楊邊，結侶尋秋瞯碧泉。瀲灩波光迎遠黛，蒼茫樹色帶晴煙。吟情南國疑黄土，夢境西風悟白蓮。羅綺久虛絃管歇，畫圖何用溯當年。有莫愁小像懸樓下。

慈雲寺雨後觀荷和祝秋浦原韻

慈雲一片覆精廬，探勝來尋卓錫居。畫檻涼生新雨後，石牀風度晚晴初。華嚴法界空諸色，陶謝詩情足太虚。閒坐蒲團觀衆妙，芙蕖清浄復何如？

蘆花

一片蒼葭秋又殘，雁聲沈處徧江干。吟鞭低拂晨光冷，釣艇孤横夜色寒。月照荒灘煙漠漠，風翻遠岸雪團團。沙明水碧淒清甚，應使愁人欲畫難。

晚泊滸墅關

征帆日暮度江關，料理吟情客思閒。隱隱疎鐘煙外斷，計程明日到寒山。

登清涼山翠微亭同張□農祝秋浦作

結伴捫蘿上翠微，孤亭相與坐忘機。羣山突兀來天外，中有長江一綫飛。

立春前一日作

東郊宿草欲回青，報道勾芒駕復經。記得前時親送去，暮雲煙樹夢初醒。

顧成順，字尚賢，號澹園，居邑城，監生，有《詩思楹稾》。

述懷

風高木葉寒，秋老蟲聲健。獨有愁人心，所遭總悲惋。陟岵更陟屺，滿眼蒿莪亂。哀哀杜宇鳴，惻惻重泉遠。三復鮮民詩，日月空旦旦。

常棣何韡韡，杕杜何菁菁。我行何踽踽，我心何惸惸。少陵看雲意，雖别猶當生。東坡聽雨約，雖散猶或并。悠悠蒼天高，我何隔幽明。

家人僅八口，五載死其六。余固心力殫，人亦額常蹙。譬之大厦傾，支吾只一木。否剥何時終？仰望天心復。

薄田四五頃，俱近城之闉。春風駕車往，七月詩歌豳。牛羊散田野，黍稷登廩囷。自遭家不造，饑饉迭洊臻。書不能乞米，力不能荷薪。百計醫眼前，割肉飼他人。

少時曾讀書，十日必一病。比長病漸瘳，稍稍自知奮。如蛾時時術，如甓日日運。其如駑駘行，蹩躠未能竟。又如燕雀飛，差池未能勁。半路忍棄捐，百事奈紛紊。要知親古人，亦必以福命。

讀書既不成，有客勸爲商。騏驥走千里，丈夫志四方。曷爲守一隅？臨風自悲傷。不見江淮間，賈船森牙檣。不見洛陽道，賈車盛行囊。賜也何如人？齊魯且翱翔。

余婚十五年，生兒今四載。親故昔相賀，湯餅索周晬。有子萬事足，謂我何長慨。勿愁活計貧，富或衆所憝。味長無過書，根香莫如菜。安用錢刀爲？遺子一經在。

出岫雲無心，蔓階草隨意。我生在情多，多情亦多累。春歸花謝紅，霜降林失翠。羡彼蚩蚩氓，日作夜則睡。問君何能爾？答言不識字。安得中山酒，頹然千日醉。

雜感

亂蛩啼不止，有客共悲歌。夜雨思棠棣，秋風痛蓼莪。稅輕田亦減，人少屋嫌多。縱有黄花酒，愁多奈若何！

和張遠帆移榻詩思楹雨後納涼作

癡雲雨過尚層層，此際茅茨洗鬱蒸。假寐偶攜琴作枕，納涼最好月爲鐙。樽開新釀休辭醉，句就同儕不用徵。料得秋來詩思足，言情紀事卷中增。

春日同姜墨谿張野樓遠帆城南別墅看梅

負郭連塍一頃田，數椽矮屋儘幽偏。小橋流水斜通路，野岸深林半帶煙。閒暇偶攜尋藥伴，晴和正是看花天。古梅老幹横窗瘦，飽歷冰霜已百年。

偶成

冬暖今年手未皸，南窗小倚愛朝曛。生涯力弱惟耕讀，世事才慵少見聞。有子心還添一片，無名詩亦減三分。莫教對酒思成佛，且學劉伶日日醺。

寄内

曉行陌上宿江中，慚愧催租手尚空。日日歸程好天氣，看人飽掛滿帆風。

張操，字秉淵，號誠齋，居小高峰，候補布政司理問。

聞蛩

乍向籬邊復入庭，凄凄切切似含情。傷心杜甫詩初就，觸景盧諶賦已成。窗外月明霜乍白，檐前風静葉無聲。旅人正墮思鄉淚，直攪離愁到五更。

送春步韻

杏花落盡桃花飛，陌上猶歌緩緩歸。正是惜春春已去，怯教檢點舊羅衣。

陸恬，字静安，號雪江，居北莊。

寫竹贈友

時雨時晴四月天，新梢漱緑到窗前。寫來聊當梅花贈，猶帶江鄉一縷煙。

墨梅

記得常逢雪岸隈，何時卻向墨池開？年年恬澹常如此，一任春風自去來。

喬培，字植庭，號寄生，居邑城，有《桐華書屋詩鈔》。

松江曉泊

曠野秋容澹，離人詩思生。一帆懸浦口，百里到茸城。涼露沾衣溼，殘星拂樹明。曉來還自喜，無恙九峰横。

雪後訪友不值

積素明虚室，春城雪霽天。小窗披粉本，大地展銀箋。爲問梅花信，來過竹屋邊。袁安應未起，不敢擾高眠。

春雨同澹園野樓作

遣悶驅寒仗酒兵，如何兀兀困愁城？三間老屋難防漏，十日濃雲不放晴。鳥訴出門泥滑滑，花看帶雨淚盈盈。更憐夢寐牽詩思，吟到池塘春草生。

題家秋圃小照

蹟寄荒城已卅年，每因樽酒共流連。鹿蕉久悟塵中夢，鷗鷺閒盟静裏緣。紙帳寒梅孤館榻，蒲帆春雨別谿船。雪泥鴻爪都堪記，料有高吟手自編。

抛卻繁華到海邊，知君雅抱自悠然。文章不少匡時略，藥石偏多濟世緣。作客殷勤能好客，信天得失且由天。畫圖漫寫梧桐樹，清擬梅花潔擬蓮。

胥江

胥江水拍闔閭城，六月重來蕩槳行。望裏層巒分兩色，南山欲雨北山晴。

雨窗

輕寒尚勒花枝住，細雨惟添柳色深。無限春光渾夢裏，喚人醒處是幽禽。

姜位，字大德，號墨谿，居邑城，有《半畝花居藁》。

犬捕賊嘉慶丙寅五月，平湖農人失牛，犬導主越二百里追獲解官，咸爲稱異，因賦此詩。

在昔傳盤瓠，口齧亂臣頭。既後有黄耳，身作寄書郵。今聞當湖農，賊竊耕田牛。有犬導其主，百里縛羣偷。牽來送有司，一一陳所由。牛幸犬之力，命向屠門留。人喜牛得歸，禾黍仍油油。犬蒙主人養，以爲德必酬。乃視此犬形，不與凡犬侔。猛捷虎出柙，輕迅鷹脱韝。毛燦紫豔光，目烱明星流。黠慧似解語，竦耳聽諮諏。嗟哉一犬耳，捕賊有成謀。固知食人食，則當憂人憂。盤瓠與黄耳，千古差足儔。

題馬丈逃禪圖九言

斯翁前生自是馬大士，所以貌出趺坐之瞿曇。小橋一板不通紅塵境，古松幾株圍住黄茅菴。豈無頑石臺畔把經聽，時有馴鹿巖下將花銜。爲言風霜處處曾閲歷，應知甘苦一一皆深諳。即今當頭聊示棒喝意，閒來抵掌更作機鋒談。忘形或與閒鷗戲幽渚，見性還如明月印澄潭。頻年笑我俗事太紛擾，何時同君慧業深相參？消除一切煩惱領衆妙，吾當北面斂袵而和南。

家竹沙僦西舍爲館地賦贈

探囊略費買山錢，賃得幽齋静且便。小子宜知書有粟，先生本以硯爲田。編籬種菊聯三徑，翦燭談詩又一椽。若向機雲循舊例，固應君合往西偏。

謝丁歡伯惠翦刀

小小刀分燕尾雙，不投繡閣贈文窗。今朝解釋君家意，要翦吴淞水半江。時袖扇索畫。

張宏，字四維，號野樓，居邑城，有《野樓小草》。

題江鄉采訪圖圖爲家澄懷、緡堂、秋山叔姪三人作。

憶昔垂髫日，侍我祖母周。嘗聞述家世，喃喃輒不休。初云利造橋，舊居今尚留。高曾守遺業，祖父乃好遊。以此遂困窮，屋向他人售。又言移城邑，不復問松楸。鳩既占故巢，狐難正首邱。歷今又三世，失母已卅秋。斯言猶在耳，我淚常盈眸。清河族最繁，支派何從求？往往遇諸塗，一如風馬牛。吾兄足高誼，孝友承箕裘。昭穆歎難考，家乘須重修。入林邀咸籍，按例倣蘇歐。風餐更露宿，來往同一舟。孟遷必遍訪，齊贅或旁搜。如是越二稔，一一親校讎。昨聞事告蕆，何以紀厥猷？丹青探微裔，陸雪江。繪圖遠相投。上寫江鄉景，桑柘茅檐幽。下貌三人影，小艇横荒溝。想見勤苦況，落日遥生愁。大哉古人言，敬宗族須收。惟君始不愧，末俗誰能儔？我來謁家廟，我祖知我不？同爲枝上葉，漂轉隨萍浮。舊居不可問，一望皆平疇。豈因祠黄石，便思宗留侯。祠右家菴有星隕石奉於神座。此圖垂永遠，此譜别薰蕕。作詩附卷末，以俟採風輶。

犬捕賊

村氓家住東泖邊，終歲不識城與廛。夜憑一犬守門户，朝驅一牛耕水田。賊來掠牛人睡熟，犬聲如豹吠茅屋。驚起忽失闌中牛，四顧茫茫何處逐？此犬先窺賊去蹤，狺狺摇尾導主翁。主翁會意隨犬走，二百里許如追風。偷兒售牛方議值，人犬踵至匿不得。主翁識牛牛識主，牛雖不言感犬力。牽牛縛賊鳴諸官，異事喧聞犬捕賊。一時觀者聚縣門，犬力憊作飢猿蹲。投以肉糜不之顧，非其主飼寧肯吞。吁嗟乎！犬能警夜比户同，何嘗責以捕賊功。咄哉此犬犬中雄！

雪蕉同郭西塘王謙齋賦

卉有蕉同類，堪供硯北娱。花疎雪意淺，葉小雨聲無。懷素難揮翰，王維或仿圖。寸心非不展，應爲托根殊。

夢家蓴湖攜子過舍

故人墳草已離離，入夢歡然醒後悲。死尚不忘惟老友，生應無憾有佳兒。青衫憔悴千場酒，白髮凄涼數卷詩。誰把三生證因果？茶煙禪榻杜分司。

儲華谷墓

南宋詩人忠義多，放翁臨歿託吟哦。放翁臨終《示子》詩有「王師北定中原日，家祭毋忘告乃翁」之句。此墳北向寧無意？應是精魂望渡河。

畫眉鳥

金籠誰向隔花攜？百囀千聲曉霧迷。恰好緑窗人乍起，畫眉時候畫眉啼。

程滋椿，字恒芳，號心泉，居新場，有《香粟齋詩草》。

爲傅鹿圃悼聘姬玉珊

妝閣猶存舊翠鈿，梅花先證月中緣。姬病中詩有「梅花空照月三更」之句。生憎五色無情石，不補人間離恨天。

村郊夏晚

碧谿新漲小橋東，荷芰明霞相映紅。漫學武陵垂釣客，筠竿引得一絲風。

門外新秧緑滿塘，迴環十畝護垂楊。村南村北田歌起，水軸聲中送晚涼。

馮應彪，字振遠，號小班，又號箴園居士，居周浦，監生，有《崇蘭軒詩草》。

暑夜納涼

月色明於鏡，澄潭爽氣迎。蛙聲喧遠岸，螢火亂深更。涼透羅衫薄，飆迴羽扇輕。憑闌偶覓句，詩思夜來清。

題顧玉峰照

結夏來池畔，芙蕖透緑潯。花香午夢澹，柳碧晚涼侵。遠類伊人蹟，閒同静者心。科頭何所事？倚樹理瑤琴。

雨窗漫賦

最是江南梅熟時，連朝霡霂雨催詩。前谿水漲通漁艇，古巷雲低溼酒旗。茶試新泉烹活火，花含宿霧放疎籬。桔槔聲罷農歌起，好譜堯民擊壤詞。

怡園口占

天然邱壑遠塵寰，詩酒招朋日往還。幽境結廬渾太古，崇朝閉户等名山。惜花未許輕心植，愛竹何曾任意删。最是秋來添逸興，白雲明月碧谿灣。

蘆花

蕭蕭瑟瑟楚江天，一種清華態自妍。兩岸白雲秋雨外，半灘晴雪晚風前。光寒隔渚漁人舍，影拂臨谿賈客船。汶水冷芳差足仰，丰神渺渺鎖輕煙。

示内

風詩味旦警鳴雞，婦德無愆合與齊。井臼功餘勤問字，翦裁事暇學蒸藜。癡心莫認乘龍壻，頑質應非叱狗妻。每愧頻年勞伴讀，一鐙繡閫枉然藜。

種盆竹

承歡膝下樂盤桓，盆盎親栽竹數竿。每值趨庭頻暗祝，願君長此報平安。

水仙花頭

團欒包裹雪霜姿，儘具風華未易窺。羡爾托根無寸土，窮冬也有出頭時。

梅花

幾樹寒梅傍水隈，蕭疎風格絶纖埃。非關香豔驕凡品，愛爾偏逢冷處開。

題扇頭水墨牡丹

嬌舞春風著意斜，沈香亭畔舊繁華。如何一洗紅塵面，變作人間水墨花。

張錫桐，字桐林，號葉封，蘭言次子。

春郊曉望

漏盡披衣起，晨光透碧天。露寒三徑草，春曉一谿煙。好鳥啼猶怯，幽人夢未旋。扶笻尋曲岸，放眼地幽偏。

旅懷

獨坐黄昏静，無聊逆旅中。吟邊愁見月，病後怯臨風。酒可消長夜，詩誰寄短筒？玉樓人睡去，孤館一鐙紅。

送春和野樓

和風欲斷上林枝，但見遊絲逐雨絲。不許汝留終歲蹟，只因人訂隔年期。楝花信斷今將去，翠蓋途歸任所之。小院有花愁不盡，落紅片片捲簾時。

蔡鋼，字實華，竹濤先生裔孫，有《效顰稾》。

孤鴻

衡霍衡雲遠，瀟湘照影微。三秋舊侶斷，萬里隻身飛。著意憐霜重，無心戀稻肥。數聲嘹唳處，鄉思倍依依。

清明踏春

春郊偶散步，覿面有東風。芳草斜陽外，桃花別隝中。爨煙昨日冷，野火一時紅。試看河橋柳，青青與舊同。

春草

一徑如茵色漸匀，東風又惹舊愁新。襯花欲没尋芳路，零露還迷拾翠人。煙鎖池塘詩入夢，雨晴原野馬嘶春。如何送得王孫去，猶是萋萋逐畫輪。

春郊

東風一夜添春色，滿樹啼鶯聽不得。青郊回首故人遥，惟有桃花舊相識。

春閨

脈脈閒情悵歲華，杜鵑啼處掩窗紗。關心昨夜樓頭雨，愁殺滿園紅杏花。

姚雙南，字性和，號藏山，居黑橋北，有《藏山詩草》。

村居

村僻景頗幽，茂樹環四野。清谿小橋邊，明月寒林下。茅檐七八家，時結雞豚社。老翁扶藜杖，稺子騎竹馬。中有藏山子，不識不知者。遊心太古前，槃澗從君寫。

聞蟬

緑蔭正亭亭，秋蟬幾處鳴。臨谿四五樹，隔葉兩三聲。斷續涼初動，高低雨乍晴。無端驚午夢，詩思一時清。

題江鄉采訪圖

清和兩姓自星垣，祖德應徵聚族繁。祠喜穀城還祀石，槎看博望又尋源。孤舟莫認煙波泛，九世遥將譜牒繙。此日江鄉勤采訪，也如太史駐輶軒。

夜月

疎林滴瀝夜華濃，皓月當空色正溶。好是庾公興不淺，南樓吟斷白雲鐘。

花香

幽芳秀色互争妍，況值春和霽景前。最是雅人消受處，夢魂猶是殢香眠。

題顧七峰松山聽泉圖

小橋一帶蘚痕斑，石磴盤桓忘卻還。風引松聲清入耳，置身已在白雲間。

張如珠，字瑞淵，號蕊園，大經子，有《蕊園小草》。

細林八詠 選四

數朵周遭護緑林，巖邊石洞卻幽深。何論雨後兼晴後，時有微雲弄薄陰。洞口春雲

彌望江潭水恰平，長空月色好相迎。時時畫舫來遊賞，不許清光獨自明。西潭夜月

石井深藏山谷中，澗邊萬斛暗相通。縱然江海川流駛，那比靈源汲不窮。丹井靈源

幽鳥紛飛認故棲，恰逢冉冉夕陽西。回頭卻望晴沙岸，片片浮金眼欲迷。金沙夕照

張月進，字澹齋，居坦直橋。

明月高樓一曲歌

海闊冰輪皎，樓高得照多。憑闌堪遠眺，信口發長歌。響逸驚槎客，音清憶素娥。曲高人和寡，良夜興如何？

新夏次友人韻

拂拂薰風緑樹濃，郊原遥望碧千重。課晴舊識蜂衙放，望雨新占蟻穴封。負耒西疇衣袯襫，采桑南陌髻蓬鬆。葱湯麥飯欣相得，及早耡花事莫慵。

陸光國，字咸寧，號觀庭，居坦直橋，庠生。

秦淮

長板橋邊偶泊舟，六朝煙月共沈浮。衣香人影青谿路，短笛寒碪白下秋。歌聽石城消壘塊，酒酣桃葉記風流。繁華不數前朝事，豔蹟空傳十四樓。

趙金階，字晋蘭，光熊子，庠生。

江上詩情爲晚霞

沙隄散步趁新晴，爲愛殘霞帶日橫。非霧非煙增幻相，是空是色暢幽情。無邊光景詩堪繪，著意描摩寫未成。記得妙高臺上望，斜陽千里照江明。

岷濤一綫影橫斜，日暮天霏五色霞。龍女裁綃翻綵袖，星娥織錦燦心花。卻因遊興添詩興，不辨天涯與水涯。此際可通霄漢路，願從海上借靈槎。

張庭樹，字蔭堂，號海珊，居周浦，庠生。

爲傳鹿圃悼聘姬玉珊

繡閣才名擅溉湖，曾傳新樣十眉圖。傷心玉笛吹殘夜，不許郎君學李暮。

幾度春風記問津，隔簾酬唱句添新。而今重過天台路，只見桃花不見人。

徐鳴鳳，字于岡，號巢梧，居閘港鄉貫橋，庠生。

歸途即景

暮色蒼茫起，行人興不賒。明霞飛浦樹，殘照澹漁家。牛背聲聲笛，煙巒點點鴉。踏花歸路近，笑指月鉤斜。

甲子新正客窗遇雨口占

作客賀新年，留賓雨滿天。雲拖江岸樹，梅鎖竹窗煙。勸酒娱今夕，翻書對昔賢。明朝風日好，啼鳥送歸船。

送春

鳥啼窗外報新晴，相送東皇駕遠征。似帶落花隨水去，還同遊子傍人行。千枝雨綻梅爲餞，萬里風摇柳作旌。寄語世間休怨别，冬來踏雪又相迎。

暮春

柳絮隨風到處飛，東皇欲别景全非。多情還是新巢燕，暮雨瀟瀟簾外歸。

王惟一，字景雲，誠子，庠生。

唐聽松齋中看菊賦贈

百種紛披五色迷，一層高聳一層低。花疑雲錦年時换，名向牙籤陸續題。不是徐黄誰寫照？縱非桃李亦成蹊。君家本是騷人裔，從此名園不姓倪。

王惟謙，字建侯，居邑城，庠生。

唐聽松齋中看菊賦贈

扁舟斜繫緑楊津，半是詩人半酒人。素壁分輝花似錦，繁枝照影月如銀。零星早應重陽節，爛漫真成十月春。栗里高風誰克繼？義熙以後又斯辰。

申錫奎，字大德，號雨香，居六甿，庠生。

和蔡新亭旅思

萬里南飛雁，天涯旅夢新。浮雲飄不斷，遊子正思親。風雨三秋客，鐙檠獨夜人。此時苦吟者，得句自超倫。

村居秋暝

江城習静最幽居，秋景陰森畫不如。風雨瀟瀟深巷晚，青蓑箬笠賣鱸魚。

春暮

煙柳風絲掩畫樓，家家士女罷春游。遥憐飛燕簾前舞，銜盡殘春不解愁。

徐肇基，字滋園，欽輩子。

游松風禪院

髣髴深山裏，依然是梵宫。僧常翻貝葉，客自聽松風。鳥語諸天近，龍吟萬象空。招提追勝踐，一笑落霞紅。

張利涉，字大川，號遠帆，居邑城，有《吟雨山房稾》。

感懷

山齋寂寂雨濛濛，惆悵流光水逝東。二月吟懷多病後，一牀春夢亂愁中。梅花骨傲常欺雪，楊柳絲長慣惹風。回首壁間三尺劍，人前慚愧説英雄。

鷦鷯暫借一枝棲，欲入桃源路尚迷。把酒眼看知己少，攤書頭爲古人低。名微月旦評難定，金盡風懷事怕提。何限傷春情緒起，天涯芳草又萋萋。

别同社諸子

十分憐我又離羣，莫把驪歌遣客聞。獨雁怕聽江館雨，閒鷗只戀釣谿雲。再排酒陣餘三爵，若戰文場少一軍。容易相逢容易别，片帆風穩掛斜曛。

歲暮

寒肩高聳竹鑪邊，潦倒心情數不全。一榻詩書辜短晷，連宵風雪逼殘年。愁難懺悔羞依佛，事到模糊欲問天。幾度巡檐還自笑，梅花較我得春先。

送春次野樓韻

春光容易去悤悤，有客傷春似夢中。餞别醉澆詩後酒，葬花香墮雨餘風。愁深南浦經年隔，景戀西園此夕同。回首青青芳草路，遍尋猶記策烏驄。

瞥眼東風倍可憐，將離花外設離筵。蛙敲祖道鼕鼕鼓，苔疊行囊箇箇錢。此去應愁無著處，今宵還是有情天。不堪刻意催歸急，一路濃陰叫杜鵑。

初晴

谿漲連朝欲到門，一天乍掃溼雲屯。落紅無主風前路，新緑多情雨後村。鳩喚婦歸原薄倖，鵑呼春去倍消魂。斜陽澹澹孤煙寂，放出遥山翠黛痕。

七夕黄碧塘先生招集煙霞閣

滌盡煩襟興若何？雨兼新舊聚煙蘿。士龍住處三間屋，叔度風流千頃波。簾角有情纖月上，竹陰無暑亂蟬多。褰裳出郭猶非遠，便覺吟邊似澗阿。

秋日村居雜詠

曲突家家裊午煙，相呼飽飯向秋田。憐他稺女嬌癡甚，也學提筐採木棉。

性情孤冷愛秋光，閒看斜陽立野塘。詩思忽從意外得，隔林吹過木樨香。

唐在功，字懋之，號勤圃，大樑姪。

讀諸公看菊詩題後

數彎曲折舊池塘，亭榭已頹菊未荒。葉自青蔥聯菜圃，花還幽澹稱茅堂。栽培總要憑風露，骨格誰云傲雪霜。贏得彩箋詩百番，瓊瑶錯落一屏張。

李翰，字桂堂，居邑城。

詠菊

三時雨露費栽培，紫碧青紅色並該。入座儼同臺閣貴，退棲仍傍水雲隈。丰姿卓犖常先放，品格幽閒卻後開。豈特宦塗争捷足，此花曾歎積薪來。

陳錫蕃，字受滋，號竹香，居沈莊。

白桃花

平池水漲碧迢遥，澹到無姿見格標。玉樹雲封漁棹遠，銀牆月上粉痕消。閒情不共梨花夢，素質寧隨柳絮飄。九十春光誰占取？隔谿掩映最魂銷。

趙啓堃，字簡哉，居周浦塘南，邑諸生，有《寧憩齋吟草》。

採蓮曲

芙蓉香襲青蘋洲，吴宫競放採蓮舟。豔姬含笑穿花入，凌波水濺羅裙溼。採罷船頭月色多，盈盈返棹叩舷歌。君王猶自倚闌待，笑問並頭花若何。

夏日山居即事

樹深不見日，長夏景何幽。細雨明山黛，閒雲度竹樓。坐看林鳥去，卧聽澗泉流。此地多真趣，何須物外遊。

秋日即事

莫道荒城僻，山光豁醉眸。輕陰疑作雨，澹靄又添秋。木落明蕭寺，沙飛暗戍樓。誰同陶令趣？采菊發清謳。

對雨有懷

蕭齋寂處思無端，四月清和尚覺寒。人在深山纔十里，孫竹秀、徐枝南、吴鐵舟時讀書於走馬嶺之澹雲菴。水添曲沼已三竿。窮如元叔誰能識？達比莊生强自寬。淅瀝蕉聲聽不得，緑紗窗外獨憑闌。

漁父詞

緑楊深處繫漁舠，菉竹盈谿翠一篙。莫笑小舟難破浪，乘風不畏廣陵濤。
笑傲江湖意渺然，持竿歲歲復年年。夜深酒醒盈谿月，釣得槎頭縮項鯿。

程曰壽，字鶴年，住閔家山店，庠生。

新秋有懷

又見井梧落，微風作嫩涼。秋高白日短，雲浄碧天長。雁影横遥浦，蟬聲帶夕陽。所思在遠道，煙樹正茫茫。

懷蔡錦堂

浮世交如水，惟君契最深。有誰憐匣劍？空自惜囊琴。一日三秋況，孤城萬里心。相如同病渴，兩兩待知音。

張湘，字舲川，一字雲帆，住瓦屑墩，府庠生。

登攝山

攝山涼意滿，颯颯聽秋風。秀嶺千盤見，晴江一綫通。夕陽隱士宅，秋雨梵王宮。建業真形勝，蒼蒼煙霧中。

漵山鼇峰塔

古塔鼇峰樣，巍然倚碧巒。夕陽斜照裏，映出曲闌干。

舟過山塘

幾陣飛花點玉缸，玲瓏小閣最無雙。儂家慣唱瀟瀟曲，半捲珠簾半倚窗。

海曲詩鈔二集　卷六

閨秀

閔芧，字蘿屏，中翰訥齋公曾孫女，黄大昕室。

七夕詞

年年此夜稱佳夕，惟有離人暗增惜。晚妝樓上月痕新，綵綫金鍼感今昔。露光如淚夜氣沈，清淺銀河影未深。瓜果空陳蛛網寂，一庭花霧浸涼襟。

四桃詩

玉真初起倚東風，疊疊春衫染絳紅。宿醉未消殘夢後，新妝恰整晚霞中。渡頭雨過愁還繞，柳外煙深路未通。誰信忘憂比萱草？濤箋寄恨已重重。緋桃

水晶枕伴一枝香，和露誰移亞字牆？月照只愁魂易斷，睡餘尤覺玉生涼。梨花雨溼妝同

靚，粉蝶衣輕舞共長。何處隔谿春最好？白雲深鎖問漁郎。碧桃

寂寂重門日漸遲，年年寒食落花時。依稀南浦猶含怨，掩映東風似有期。香徑草深迷宿雨，畫簾人静裊晴絲。春來自是愁多少，豈爲無言恨獨知。人面桃

流水柴門不稱貧，薄施瓊粉間朱唇。傳來舊曲驚三豔，訂就同心定幾春。翦綵謾誇雲樣巧，試妝猶見枕痕新。莫矜妙手吴公器，鄭重調鉛恐失真。紅白桃

素心蘭和外原韻

冰簾人静捲秋光，碧玉豐條小玉藏。愛爾幽香原獨擅，憐予情愫恰相當。風前小立心同潔，月底斜憑影亦涼。素質自來耽寂寞，那容百畝傲三湘。

紫豔輕香鎖翠櫳，豪家名重夕陽紅。争誇人世黄金屋，誰識仙家白玉宫？解佩無言情半晌，援琴有恨曲三終。自憐九轉仍凡骨，難泥佳人一笑通。

重重舊夢似連環，怕見紅心碧草斑。璧月愁容嬌粉面，芳池清蔭澹眉山。蘭香仙去渾留影，玉女丹成已駐顔。擬把招魂追上巳，銀塘水淺白蘋灣。

佳約虚期七寶車，素心人遠悵天涯。忘憂空説宜男草，懷夢偏愁侍女花。折處遥憐纖手嫩，插時應並玉釵斜。瑶情一縷牽難斷，未降雲軿萼緑華。

題王西林先生採菱圖照

橫塘風細雨初收，雲影波光静不流。落盡紅衣秋色晚，卷綃又聽艣聲柔。
菱花菱葉動秋風，漸聽吴謳出水中。好放蘭舟向深曲，緑楊低隱小橋東。
絲絲葉葉密相牽，採得紅嬌味更鮮。一幅輕帆三尺水，風光多在夕陽邊。

姚芬，字畹蘭，周浦閭邱承宗室。

五色蝶和佩珊歸夫人元韻

青叢花盡見還稀，曾記南園款款飛。化出羅裙非點黛，彈來柳汁暗侵衣。階前應混苔痕碧，簾外遥憐草色肥。撲向佳人依綵袖，幾疑拾得翠毛歸。青蝶

黄絹新詞和者稀，愧無綵筆寫雙飛。金錢光映宫人額，隄柳絲穿公子衣。秋圃不嫌菊影瘦，春畦應羡菜花肥。有時作隊栖芳徑，錯認遊蜂釀蜜歸。黄蝶

赤日當空午夢稀，覺來豔粉暖争飛。楓林葉落驚韓魄，藥鼎丹成染葛衣。影亂仙源紅雨潤，色迷巖竇紫雲肥。繡簾開處閒憑眺，繞徧朱闌緩緩歸。赤蝶

黑花綴木尚依稀，折取方知化蝶飛。譜入畫圖留妙筆，錯從巷口認烏衣。鐵絲斜捲雙眉細，鴉羽低翻兩翅肥。豈是玉腰呈變相？聞香誤向墨池歸。黑蝶

白璧無瑕世所稀，幻成粉翅傍牆飛。撲來玉手舒紈扇，舞向瑶階鬪雪衣。差擬何郎全縞素，休誇嶺表獨甘肥。月明滿地渾無影，留宿花房未肯歸。白蝶

暑夜同外彈琵琶

斷續繭膏夜未深，一簾皓月透疏林。思歌鳳曲時抛卷，學弄鵾絃每放鍼。蛙鼓聲聲諧逸韻，蚊雷殷殷亂餘音。安居不少清閒福，肯對牛衣有怨心。

蘿屏夫人蒙題拙照賦謝

自愧凡愚蒲柳姿，敢勞彩筆費吟思。披圖不覺千回讀，此是香奩絶妙詞。

淋灕墨蹟色斑斕，格比簪花孰可攀。昨夜天孫何處去？風吹雲錦落人間。

徐仲簧，號惠蘭，三竈周仁叔室，有《紅餘草》。

秋夜寄夫子

寂寞深閨裏，吟詩漏未終。捲簾望明月，倚檻怯秋風。讀罷鐙纔暗，愁多句轉工。所思非遠道，尺素料能通。

春日即事

春來事事怕相尋，閒坐晴窗且短吟。庭畔好花呈媚色，枝頭嬌鳥送清音。漫抽蓍草占凶

吉，且向蒲編問古今。鎮日徘徊一室裏，了然塵俗不能侵。

雪窗繡梅

霏霏雨雪灑庭隈，獨坐芸窗繡古梅。勁質可摹從想像，丰神難肖又低徊。一枝帶冷隨絲放，數朵凝寒逐指開。金鴨未消沈水燼，幾回疑是暗香來。

題王四峰先生采菱圖照

湖光一片漾清波，江上秋高雁正過。何處幽人泛孤艇？白蘋風送采菱歌。

毿毿碧柳晚含煙，采罷紅菱月滿川。詩思應隨歸棹發，江鄉風味入新篇。

龐瑶珍，字亞玉，號韞華，周浦馮應彪室，著有《攬翠閣吟草》。

同碧筠馮妹夜話

小閣偏幽静，涼宵話闊衷。湘簾籠月白，并翦落鐙紅。學繡鍼仍澀，論詩句未工。蘭言多蘊藉，閨閣近儒風。

送春

九十光陰鼎鼎過，餞春此日費吟哦。花飛小苑紅迷徑，柳老芳塘緑濺波。團扇擬將揮短羽，輕衫漸欲試新羅。蝶蜂豈解韶華逝，猶向園林覓舊柯。

和歸珮珊夫人五色蝶

碧窗春半蘚痕微，栩栩隨風簾外飛。撲近垂楊情澹宕，倦栖芳草影依稀。漫疑京兆描輕黛，似向羅浮舞緑衣。可道前身是幺鳳，幻形色相未全非。青蝶

愛逐游絲晚未歸，穿來蠟屐影依依。春風野菜香魂亂，秋雨寒英倦態微。漢殿金塗嬌且豔，中央土化是耶非。流輝不減宫鶯麗，奪翅高低各自飛。黄蝶

春色方濃露未稀，輕盈鳳子鬭芳菲。飄紅應惹榴裙妒，舞彩還同楓葉飛。芍藥闌邊光奪豔，夕陽樓角影增輝。翩翩爾本探花客，杏苑朱衣暗點歸。赤蝶

曬粉曈曨日欲晞，瑶臺最羨玉腰肥。月明草際初無影，雪滿花間尚未歸。瀟灑梨雲清共賞，疎狂柳絮散同飛。爲嫌人世繁華態，洗卻紅塵换縞衣。白蝶

夢裏紛紛幻態微，往還應繞黑甜飛。墨池倦後魂初墮，鴉羽穿來影共依。始信莊周爲漆吏，漫從王謝亂烏衣。粉牆幾處翩翻舞，錯認滕王妙筆揮。黑蝶

秋暮憶小班於茸城旅舍

楓落吴淞水國寒，吟餘愁思積眉端。荻花蕭瑟霜華重，遊客天涯衣正單。

盆荷

半尺淤泥半尺波，瓦盆移種碧池荷。怪他雨露沾濡淺，也覺清芬逸興多。

夏日閒居

庭蘭芬馥燕呢喃，晝永無心啓鏡函。忙理金鍼縫水閣，爲將消夏試羅衫。

刺繡

閒尋花譜繡花容，不耐春風桃杏濃。豔質霜前多半落，寄情端在木芙蓉。

朱庚，字愛秋，周浦蔡鋼室。

秋日書懷

蕭條秋欲暮，落葉滿空山。世事如雲往，浮生若夢閒。風霜尋古道，歲月逼朱顔。對景清懷抱，還將萬累删。

秋聲

蕭騷何處起，物候動離情。萬樹秋無蹟，千崖夜有聲。霜飛天地肅，蟲語夢魂清。多少攤書客，應教白髮生。

初夏歸申江省親

忽起思親念，輕舟返故鄉。野花兩岸發，牧笛一聲長。風順行西浦，人歸省北堂。碎綿飛處白，柳絮滿池塘。

楊柳風

一夜東風到柳梢，長條又復拂江潮。等閒吹起離人思，十里煙迷舊板橋。

梧桐月

金井涼生夜氣幽，碧天如水暮雲收。桐梢掛箇三更月，照出江南萬里秋。

馮麗楷，字次姍，周浦諸生夢蟄次女，候補州同奚大銓室。

春日寄懷韞華二嫂

春到花間樹樹紅，對花還自檢詩筒。知君鎮日蘭窗下，半課新吟半女工。

懷碧筠大姊

蒼茫雲樹水迢迢，風雪殘冬別畫橈。回憶深閨提命後，久荒鍼綫與詩瓢。

題畫美女

岑寂深閨静掩廬，數聲蕉雨夜窗虚。誰知無限傷春意，盡在挑鐙釋卷餘。

海曲詩鈔三集

海曲詩鈔三集序

南邑夙稱海濱鄒魯，家詩書而户絃誦，文教蓋甲於東南焉。詩自宋儲氏華谷昆季開其先，而明之王玠右、吴日千，清之蔡竹濤諸氏，後先接武輝映詞壇，歷康雍乾嘉道咸同數朝，先哲遺風久而弗替。自歐美蟹行書流傳我國，少年子弟謂非此無以致通顯、立功名，舉五經四子書然且束之高閣，更遑問陶情淑性、弄月吟風乎！我宗祉安明經，懼詩教凌夷，民風必漸趨於浮薄，時與不佞言及，思有以振興而挽回之。一日，以書督責曰：「我邑自嘉慶初元墨香馮氏選刊《海曲詩鈔》後，閲百餘載無踵行者。中更喪亂，向之觥觥大集，半化劫灰；即僅有存者，或子孫不善保持，漸至塵封蠹食。續選之舉，子其毋辭，僕當任蒐采之役。」不佞雖不敢自謂可與言詩，然累世僑寄此邦，熟聞數十年前風雅之盛，而並世諸師友平日又多賡唱迭和、觴詠流連，爰諾其請。相與網羅散佚，擇其尤雅者，編爲《詩鈔三集》。體例一遵《馮選》，篇什亦無甚差池。是役也，經始於乙卯孟夏，告蕆於丁巳仲冬。蒐集至三百餘家，分卷爲一十有二。各於姓氏里居下，節録序跋題詞，或撰詩話以表張之，猶馮志也。其與《馮選》異者，附采名宦、寓公諸詩於後，并以鉛錫易棗棃。編輯既竣，則舉馮氏初、二集合付手民。我固不敢襲迂謬之談，勸少年子弟之趨時者舍歐西蟹行書，一意從事吟詠，亦惟曰詩教之盛衰，關於風俗之淳否，莘莘學子毋徒務致通顯、立功名，而將我數百年先哲之流風餘韻一切塵芥視之也。戊午季夏之朔上海黄協塤序。

海曲詩鈔三集序

歲甲寅，邑設籌備修志，處公舉顧旬侯師與家大人主其任。采訪諸君有以邑詩人手稾相投者，家大人因念清乾隆時馮墨香先輩乘纂修邑志之暇，選《海曲詩鈔》初、二集，至嘉慶戊辰止，距今蓋百有餘禩，兵燹頻經，故家零落，大懼前人遺著日就散佚，及今不輯，其不供蠹蝕鼠囓者幾希，迺有續選《海曲詩鈔三集》之議。命報廷商之顧師與諸同人，皆曰可。爰請吾宗式權明經操選政。報廷旋與謝君企石、唐君志陶函約同志，博采旁搜，上自搢紳，下逮隱逸、方外、閨秀及游寓諸名公，得二百餘家。時以見聞有限，未免掛漏爲憾。後乃得先輩火星垣明經《續輯海曲詩》八十家，丁慈水明經《海曲詩話》原稾十有一卷，上海秦炳如封翁《續海曲詩鈔》二十餘家。火氏所選，即前邑志所稱輯而未就者，然踵《馮選》以迄咸豐朝，網羅甚富。丁、秦兩家，亦足補火氏之未備。由是同光而上，承接無間，不禁深爲之幸。何也？古人之詩，有梓而行世者，有未梓而猶有子孫什襲珍藏者，固弗具論。惟夫山澤苦吟之士，遇得意之作，未嘗不指千秋以爲期，而或貧不能付手民而死，或死且無子孫，故往往有可傳而未傳者，此天所留以待後死之人也。今蒐輯雖未敢言盡，但珠光劍氣發越有時，殆先正英靈所呵護，而又得心精力果如吾宗明經者，殫四載之勞，一一釐而訂之，上足以繼前哲之芳軌，下足以開騷壇之先河，詎不大可幸歟？是編始於乙卯四年夏，成於戊午七年冬。排印之資，皆得自邑中賢士大夫之助。至於闡幽發微，選詩之大旨，明經論之詳矣，故不復贅。中華民國七年冬邑後學黄報廷謹識。

海曲詩鈔三集例言

一　南邑雖代有詩人，然《馮選》自宋儲氏華谷以迄清乾隆朝，更七百餘年，僅得詩一十六卷及二集六卷。乾隆逮今衹百餘禩，欲如馮氏卷數，戛戛乎難。矧兵燹頻經，故家零落，先代手澤散佚良多，漁獵無遺，良非易易。是以此選較馮氏稍隘，非擇之過嚴也。

一　南邑之稱詩者，莫盛於有清。初葉竹濤蔡先生年甫弱冠，槖筆游京華，以詩謁芝麓、荔裳、竹垞諸老輩，諸老輩皆折節下之。嗣是而恒齋、東村推詩壇祭酒，而煙霞閣黄氏祖孫父子迭主齊盟壇坫，東南於斯爲盛。厥後雖詩教稍凌替矣，而墨香馮氏、星垣火氏、吾師嘯山張氏以及雨蒼朱氏、秋巖、趾卿二顧氏、慈水丁氏夫婦、約漁華氏、香草于氏，歷乾嘉道咸同光六朝，代興有人，前徽足繼。故是集所選，以諸氏爲多。

一　本朝人選本朝詩，肇自唐韋縠《才調集》。有清一代，如牧齋之《吾炙集》、漁洋之《感舊集》、其年之《篋衍集》尚已，外此則鄧孝威之選《詩觀》、沈歸愚之選《别裁》、王德甫之選《詩傳》，各守宗風，不免有削趾就屨之處。竊謂昌黎有言，「文無難易，惟求其是」，詩亦何獨不然！不佞雖不敢企前賢於萬一，然是選惟以温柔敦厚爲旨，斷不預懸一格以求。

一　馮氏《詩詞鈔》之後，有星垣火氏、炳如秦氏之《續詩鈔》，約漁華氏之《續詞鈔》，然皆未經繡梓。不佞求得火氏遺書，删其十之五六，而增入三百餘家，雖不致見誚於依樣壺盧，然對鏡自窺，鄒忌實不如徐公遠甚矣。指而正之，是所望於博雅君子。

一　《馮選》自謂「細加考訂，毋令借材異地」，然如明之王光承昆季華亭人，清之沈璧璉上海人，凡鄰邑之作寓公者，不免羼入一二。試以其例推之，則董香光之曾讀書鶴沙城，黄九煙之曾避地石筍里，皆應采録其詩，庸詎非自紊體例乎？不佞是選，一以土著爲主，而游寓諸人之詩，别爲二卷附焉。蓋稍變馮氏體例矣，而界限似較馮氏爲清，閲者鑒之。

一　文人標榜，爲世所譏。前輩采詩，多未及生人之作。惟上海王菽畦氏所選，則以應求、可作二集别之，一以使聲氣之相通，一以慰詩魂於地下，殆變格也。是編所采，以已作古人者爲斷，其有一二名句及佚聞本事，則别撰詩話紀之，蓋一遵馮氏初編成例云。

一　馮氏於閨秀諸詩之後，復列方外一門，然錫飛杯渡，蹤蹟靡恒，笠屐偶停，多非土著。鈔中如鐵岸者，雖久執吾邑騷壇牛耳，而既返初服，即補寶山縣學博士弟子員，例當以寓公目之，所選《嘯古堂詩》，不復編入正集。

一　訟庭花落，燕寢香凝，鶴俸分來，驪珠奪得，賓僚唱和，儘多佳什流傳，不得謂脚韡手版中碌碌者皆風塵俗吏也。況鹺署閒曹，學宫冷宦，衙齋晝静，得句撚髭，屈名士作衙官正，不少宋豔班香之作。爰᷊名宦詩爲一卷，俾服官之地稍留鴻爪雪泥。

一　湘江荷芰，騷人哀怨之思；巫峽雨雲，神女迷離之夢。自來憔悴憂傷之士，恒借風雲月露以寫牢愁，非真自外於名教也。是選如劍人蔣氏、雨蒼朱氏、卯橋潘氏，往往以絶豔驚才之筆，傳迷花醉月之神，不得意者之所爲，豈甘作魏收驚蛺蝶哉！惟有摹仿韓致光體者，多從删削，以免誨淫。

一　畸人逸士，托迹菰蘆，畢世苦吟，賞音未遇，夫亦大可憐矣。是集經我宗祉安明經及唐君甓廬、謝君春柳竭數年心力，博采旁蒐，使山澤之癯多歸珊網。不佞自乙卯三月始，迄丁巳仲冬，晨硯宵鐙，三復十讀，偶逢佳什，即付抄胥。義固在以詩存人，然其中以人存詩者，亦所不免。昔人云：「存人著作，功勝掩骼埋胔。」竊附斯義以質通才。

夢畹手識。

海曲詩鈔三集目次

附録

海曲詩鈔三集 卷一

明

王守信，字蕉雪，布衣，居下沙。

黄祉安明經《南沙雜志》略云：蕉雪，布衣，授徒自給。明建文末，聞靖難兵入京，帝不知所終，憤鬱不食，里父老勸之，作《絶命詞》見志，竟餓死。年五十。墓在下砂康氏牆外。光緒乙巳，顧旬侯師募葺之，康丈子修又募建碑亭，李紫璈邑侯題詩其上，有「一家争奪人何與，萬古綱常責敢辭」，及「死當斧鉞寒燕賊，生本章縫是孔徒」之句。聞《絶命詞》共十六首，今只存其二矣。

絶命詞

驚傳烽火破重關，盡日無言淚自潸。恨我不能誅篡賊，敢偷殘息在人間？

義難食粟立人寰，竊附高風孤竹閒。爲謝勸餐諸父老，此鄉是我首陽山。

朱襄孫，字寧馨，號古弦，舉人，居新塲，著有《世蔭齋詩》。

曉行

單車侵曉發，夢裏數郵程。雲隔家山遠，林穿旭日明。落花遊子淚，密樹杜鵑聲。辛苦他鄉鬢，繁霜已暗生。

即事

緑螘酒初酤，東籬菊已開。遲明埽花徑，恐有故人來。

落葉

一夜北風寒，索索庭柯響。呼僮埽葉來，竹裏煨新釀。

梅影

東風吹醒古梅魂，扶上牆頭澹有痕。髣髴孤山人去後，一枝憔悴月黄昏。

曉晴

連宵細雨暗欺花，零花殘英滿釣艖。曉起隔林聽啼鳥，朝霞紅上小窗紗。

孫怡，字孟瑾，《上志》作孟瑜。貢生，濱州學正。里居未詳。

《晼香留夢室詩話》云：孟瑾工詩，著有《山澤吟嘯》六卷，今佚。《邑志》僅載其《歸舟經鶴坡》一絶。按，鶴坡亦名鶴窠村，志稱即今新場鎮。相傳鶴惟村中所産爲得地，餘皆凡格。近沈莊處亦有鶴坡里，召稼樓西又有鶴坡塘。意者浦左昔爲産鶴之地，鶴之翔集無定所，故村也，里也，塘也，隨在皆以鶴名之歟。

歸舟經鶴坡

歸舟傍南坡，坡樹雜嵐氣。上有胎禽巢，不知育雛未。

清

顧王畿，字邦懷，號谿雲，成天曾孫，五品銜，居邑城。

《邑志》節葉恒齋中翰《説學齋文集》云：王畿長身古貌，兩目有光。廉静寡欲，書畫古玩外無他嗜。工香頭畫。純皇帝南巡，行宫設掛，屢蒙睿鑒。卒年八十。

題畫

嵐氣蒸蓬勃，溼雲積不掃。濛濛微雨中，一葉歸帆小。

吟香集同人作七老會爲賦一律

昔年策蹇走秦關，積石三危記往還。抵掌談詩戎幕底，揮毫草檄陣雲間。今逢白髮團吟社，好對青樽話故山。老去不堪車馬憊，桑田十畝詠閑閑。

葉皆榮，字紛南，號凌霜，貢生，居新場，著有《一隅集》。

遊雷峰

獨游古丹陽，秋晴天宇浄。步出行春門，荒原草没脛。言尋雷峰椒，晚煙迷樵徑。道逢負薪翁，相與詢名姓。導我循麓行，傴僂身折磬。謖謖響松風，暗泉流石磴。稍憩蕊珠宫，遂復陟梯隥。直上大觀亭，盡覽六朝勝。長江衣帶環，波静天如鏡。天門劃然開，洞壑晝常暝。披榛摩斷碑，奇文略辨認。歸途日下舂，山緑鬟眉映。滿山多白雲，攜歸笑相贈。

渡河

黄河之水天上來，黿鼉出没蛟宫開。日月跳蕩地軸震，白浪滚滚如驚雷。舌撟口噤不敢視，何況片帆飛渡凌蓬萊。嗚呼！君不見沙汀鷗鷺自容與，我輩擾擾何爲哉！

葉長齡，字錫武，號松橋，珠曜子。監生，湖南澧州州判。著有《南游草》《粤游草》諸集。

江行即目

朝傍青山行，暮傍青山宿。未及登山巔，聊步山之麓。籬落兩三家，茅屋臨江築。門前響流泉，屋後懸飛瀑。野曠無俗塵，清風動修竹。

瀟湘道中

水繞山環路轉深，扁舟過處白雲侵。偶逢好景帆偏疾，一局圍棋到桂林。

江行遇雨

風急雨濛冥，篷窗水氣腥。遠山一片白，隔岸數峰青。草色添新翠，波光上畫屏。征程先屈指，今夜泊漁汀。

葉世芳，字方來，號石田，長齡子。著有《石田小草》、《金粟山房賸稾》、《求志居賸稾》。

聞雁

雁聲悽欲絶，況近客樓過。嘹唳呼儔侶，飄飖畏網羅。五更關月冷，萬里朔風多。欲訴銜蘆苫，其如羈旅何？

游某氏廢園

平生愛幽僻，勝景必躋攀。地迴人過少，林深鳥語閒。野花開竹徑，香薜蔓松關。莫問園林主，吾來爲看山。

谿上口占

日日尋詩步水濱，芒鞵竹笠稱閒身。年來鷗鷺渾相識，曬翅眠沙不避人。

葉珠曜，字耿初，號鐵珊，監生，居新場，著有《凝碧軒詩草》。

柳

纔見江頭雪滿枝，又看新緑舞絲絲。閨中莫便登樓望，夫壻封侯未有期。

初秋登丹鳳樓

指點危城雉堞高，半空金翠聳岧嶤。當秋煙霧迷滄海，入夜星辰接玉霄。東望巨鼇紅日近，西來羣雁碧天遥。吁嗟丹鳳何時至，惟聽荒江咽暮潮。

石埭道中作

入山繚而曲，一徑碧苔封。清籟忽盈耳，濤聲何處松。路隨藤杖轉，人與嶺雲逢。西望深林隙，斜陽掛遠峰。

中秋夜雨

苦恨逢佳節，他鄉聽雨聲。翻疑今夜月，獨向故園明。古砌寒蛩語，遥天歸雁征。羈懷誰遣得，賴有酒杯盈。

程大訓導南歸賦詩留别次韻答之

送君從此去，歧路手旋分。吴苑蕭疎樹，津門黯澹雲。贈行惟脱劍，得句復題裙。珍重離亭酒，鄉心掛落曛。

懷佟三蔗村

路認横塘曲，情懷舊雨深。扁舟記相訪，良夜溯秋潯。村釀能留客，山窗獨鼓琴。别君纔一瞬，各已二毛侵。夢想從前事，煙雲入渺茫。鐘聲度流水，帆影落空堂。老賸抄書癖，貧無飼鶴糧。何時愜幽興？問訊到山房。

金鑑，字秋崖，居撥賜莊，著有《紉秋書屋稾》。

《邑志》録華氏《傳芳集》略云：秋崖性伉爽，青鞵布袍，豪氣自不能掩。詩主性靈，顔其居曰「紉秋書屋」。

送春和張野樓韻

春光別我去悤悤，悵望離亭落日中。紫陌塵消寒食雨，畫闌香颭落花風。紅矜翠謔無心賞，蜨怨蜂愁到處同。苦語東皇且留駐，歸途莫便騁青驄。

楝花風裏立移時，兒女多情信有之。小別幾勞申後約，重來猶恐誤芳期。蜨魂乍醒枝頭夢，蛛網還留屋角絲。省識杜鵑心事苦，聲聲啼斷緑楊枝。

笏溪寄示見懷之作賦此答之

落拓江湖鬢漸絲，襟期幸有故人知。鐘敲不斷三更夢，花落空牽兩地思。緑草春庭中酒處，紫簫明月按歌時。綺游回首空追憶，休遣鸚哥念舊詩。

冬晚散步書所見

雲氣澹空濛，郊原一望同。草衰千里白，木落萬山空。茅舍留殘雪，松林吼勁風。田歌比鄰起，盡説慶年豐。

閒來無所事，小立板橋西。薄日烘青嶂，寒煙鎖碧谿。犢眠霜月冷，鴉噪暮雲低。信步穿林薄，那愁歸路迷。

舟夜遇風口占

驀地狂飈起，風帆一葉輕。夜潮隨月上，漁火隔江明。把酒添吟興，烹茶解宿酲。茸城遥在望，萬户爨煙横。

早秋

炎威猶未息，枕簟已生凉。蟬韻傳疏柳，螢光照野塘。月涵銀漢迥，風送稻花香。極目千林爽，高歌引興長。

范金牧，字香洲，號超亭，居二十一保。

《邑志》略云：金牧爲宋文正公裔，癖於詩，不屑爲制義。再試不售，即謝去。一意吟詠，翛然物外，若不知有世事者。嘗至蘇城，小住高義園，與名流相唱和，聲著一時。

生朝自述

年來怕説是生朝，蒲柳經秋已漸凋。萬里風雲虚際會，十年詩酒任逍遥。窮途歌哭狂於阮，乞食言辭拙比陶。清白傳家書幾卷，半安耕讀半漁樵。

趙炳融，原名琰，字藥仙，號春谷。舉人，安徽桐城訓導。居十九保。著有《寧憩軒檢存草》。

《邑志》略云：炳融由上海附監生中乾隆己酉順天舉人，榜後改歸原籍，選授安徽桐城訓導。殫心課士，捐葺培文書院。工隸書，通醫理，兼精星卜。在任七年，以疾卒，年六十七。箸述甚多，僅存《寧憩軒檢存草》二卷，餘多佚。

王四峰先生序略云：余詩遠遜春谷，而春谷之交以余爲最深。捧誦之餘，覺京華文物之交往，宫室園囿之壯麗，塞外風塵隻身奔走之情況，盡在目前。

俞蓮石云：慷慨沈雄，多變徵聲，非復江南秀麗之習。

將出京作歌留別

憶自戊戌來京都，我僕痡兮我馬瘏，面目黧黑心模糊。道逢親友驚且吁，長安自古不易居，君今到此何爲乎？我言青袍誤腐儒，鋌而走險將改圖。伍胥吹簫入三吴，季布賣身朱家奴。失志甘爲小丈夫，焉計滅鼻與噬膚。黄金臺畔啼夜烏，昭王去矣郭隗徂。搜索囊中一錢無，夷門可監狗可屠。我家弟兄千里駒，謂成都太守實君，太常卿謙士。延之上座作大巫。左提右挈争步趨，羽毛豐滿鸞鳳雛。謂弟潤圃孝廉，姪辛仲、府首、領端，叔廣文。燕趙從來多酒徒，汝陽席上相歌呼。謂果郡王名永瑹，貝勒名綿從、綿律。張旭三杯首盡濡，謂甸英張武生。李白斗酒頰凝酥。謂尺木李上舍。當時豪氣忘窮途，二十餘載過須臾。霜滿兩鬢雪滿鬚，知交淪落鬼揶揄。迄今壬戌仲夏初，秋風未起思蓴鱸。檢點征衣收琴書，驪歌唱罷步踟躕。朝遊兩京暮五湖，人生聚散轉轆轤。區區何必論榮枯，仰天長嘯擊唾壺。

渡石塘河

大龍高踞山嵯峨，小龍憤起騰風波。黑雲馮馮助其勢，飛舞欲入石塘河。河中小山漾明珠，二龍拏攫相摩挲。三冬陽藏龍蟄伏，水平山浄湧髻螺。胡爲陰氣忽慘澹，吼聲大作鳴鼉鼉。怪石峻嶒鋸齒利，不許一葉扁舟過。欲前復退如宋鷁，長年汗雨流滂沱。嗟余本是池中物，無寶可免神鬼訶。又非憂讒畏譏輩，豈同三閭沈汨羅。漁父莫勸公無渡，公而渡河奈公何。

送孔松蔭歸江南

飢驅千里外，四載共艱難。卻憶維摩病，偏憐范叔寒。生還君竊喜，死別我含酸。戊子春，余悼亡喪子，故云。今夜燕臺月，憑闌只獨看。

買山余未遂，鎮日逐風塵。客久黄金盡，愁多白髮新。寒雲銜朔馬，漁艇采秋蓴。海角書頻寄，天涯有故人。

悼亡八首

薄倖輕離別，柴門獨禦窮。那堪逢穀雨，早已怨春風。隔歲書方達，前宵夢尚通。河陽愁絶處，魂斷苦吟中。

早歲遭家難，深閨涕共揮。只愁巢再覆，暫作燕分飛。千里憐渠病，三年待我歸。何堪身似繫，聞訃淚沾衣。

夫壻天涯隔，謀生計已難。況兼身疾病，重以子摧殘。燈下愁如結，牀頭淚未乾。黔婁彌自愧，回首總辛酸。

憶侍慈萱疾，晨昏瘁不辭。藥鑪親撥火，午夜自搴帷。心苦憐余弱，蘭摧爲力疲。此情忍追溯，草木亦含悲。

失意吾無恨，同心爾孰依？汲泉資夜讀，沽酒典春衣。雨細鋤田潤，煙濃種菜肥。可憐蕉鹿夢，重憶是耶非。

海曲期偕老，吾曾號二鴻。饁耕曾共約，賃廡諱言窮。嗚咽俄分鏡，飄零類轉蓬。生離即死別，寧敢怨蒼穹。

欲別不成語，愁深行路難。出門猶執手，努力只加餐。地僻魚書杳，香銷蕙帳寒。幽燕風日冷，誰念客衣單？

賦斷大刀頭，何人上翠樓？蒙莊空擊缶，李廣不封侯。青鬢餘霜雪，黃泉隔女牛。綿綿終古恨，石爛海枯休。

送張杏村之井陘

匹馬從西去，飛沙壓鬢多。寒雲沈涿鹿，秋水下滹沱。山險開圖畫，官閒任嘯歌。相思應入夢，不識路如何。

送寶君大兄進哨

上都東路去，鳥道雜松楸。紅葉撲人面，白雲生馬頭。戴星煩借箸，揮翰速傳郵。好漉茱萸酒，言歸賞菊秋。

送吴西谿入都

遼左新蘭友，江南舊德鄰。那堪鴻爪雪，又逐馬蹄塵。河面凌風凍，山根借雪皴。凄然《渭城曲》，翻送入關人。

過臺兒莊值河溢

拚得舟行險，災黎忍細看。千村浮樹杪，萬頃接雲端。浪捲青山動，風吹白日寒。兖徐多大吏，何以救艱難？

宿樅陽

每走樅陽道，郵亭夜款關。漁燈明野渡，市柝響空山。旅夢今猶昔，鄉心往復還。最憐雞唱後，殘月照窗間。

宿新安渡

日落西風急，荒郵此夕過。真同倦飛鳥，暫爾借庭柯。酒敵霜華冷，窗留月色多。猛聞宵柝起，助我發悲歌。

登浦口城樓

城枕山腰山枕江，層樓百尺鎮南邦。淮徐雲樹浮明鏡，荆楚煙霞入曉窗。韓信臺空春寂寂，虞姬墓冷水淙淙。金陵王氣今何在？倚遍雕闌倒玉缸。

漫賦

桐葉初凋塞雁鳴，飄零琴劍又長征。家書恰向愁中至，社酒閒從客裏傾。松嶺何人朝牧馬，煙村有女夜彈箏。阿誰試看灤陽月，比似江南分外明。

遠游

遠遊邊徼豁心胸，漢月秦關去幾重。伯樂自能知善馬，子高原不好真龍。半生守我懷中璞，一飽由他飯後鐘。且向新豐市中飲，醉吟響徹磬錘峰。

灤陽秋興

放眼乾坤願棄繻，高秋絶塞雪盈顱。百川風雨衝灤水，萬壑煙雲繞上都。大小涼亭悲劫火，元於此建大小涼亭。東西毳幕會王圖。空憐燕頷封侯相，漢月秦關聽鷓鴣。

陰雲漠漠小興州，古北口外，元置大小興州。四起邊聲動暮愁。北地尋花空載酒，南人騎馬似乘舟。於今浪蹟黄龍府，當日狂吟丹鳳樓。松江上海縣城北丹鳳樓，居申浦上。棖觸霜飛楓落葉，吴淞江冷水悠悠。

遥指蒼茫牛斗墟，嗷嗷鴻雁近何如？兩年淚灑同根荳，兄芳佩癸卯冬殁，弟景陳甲辰殁。一夢神傷比目魚。余於庚子喪内。本欲錦衣歸越國，空教黧面上秦書。途窮何處尋詹尹，江北江南好卜居。

舟中述懷

琴劍飄零漸白頭，風霜歷盡一孤舟。生兒休怪皆豚犬，老我誰憐作馬牛。炎日衝沙愁紫塞，冷風催雨壓徐州。勞勞南北嗟行役，何日江干狎野鷗？

發桐城宿普陀菴

此身去住兩爲難，蹤蹟頻年類轉丸。窮不求人心自泰，老還作客膽先寒。依然黄葉聲如訴，只有青山秀可餐。欲向茅菴尋舊約，共沽村酒强追歡。

龍王廟秋柳

松漠飛沙秋氣涼，千條摇曳帶斜陽。功名得似桓宣武，猶見青青泣數行。

黄蓀，字景蘭，號畹香，知彰子，諸生，居煙霞閣。

送兄入粤兼寄懷三弟

不爲飢驅賦遠行，出門先自計歸程。五年未煖姜家被，千里重分田氏荆。同谷悲歌空憶弟，眉山風雨更思兄。願君莫戀珠江月，門户他時好共撑。

張鵬騫，字視久，居新場，著有《二百秋吟》。

秋望

凝望獨登樓，寥空一色秋。閒雲曳歸鳥，淺渚聚沙鷗。踈柳猶青眼，寒蘆漸白頭。征帆遥掛處，夕照鏡天收。

秋獵

獵火亘天燒，山深百獸饒。雲平鷹眼疾，風緊馬蹄驕。大漠盈狐兔，前驅載猲獢。歸途楓正赤，唱凱過谿橋。

秋笳

高風吹毳幕，送到暮笳聲。雞塞黄塵暗，龍沙白草平。鄉心正棖觸，邊月况淒清。料得孤鐙畔，征衣製未成。

秋池

一碧桐陰外，方池繞曲闌。殘荷擎宿雨，倦柳倚晴灘。波静雲光潔，潭空月影寒。臨淵真可羡，踞石下綸竿。

秋寺

徑曲尋難到，遥聞煙外鐘。繽紛黄葉墮，繚繞白雲封。月照禪關朗，香焚寶鼎濃。老僧因怯冷，破衲夜深縫。

王之佐，字光照，一字謙齋，自號翠樾山人，監生，居城北。

《邑志》略云：之佐能詩，工漢隸，於音律尤有妙解，畫山水、花鳥，摹古輒神似。所居翠樾山房，時聚朋輩聯吟按曲，家人以無米告，澹如也。

題畫

雲多山欲無，石奇樹亦瘦。隔嶺落泉聲，幽人吟未就。

王潤，字雨亭，貢生，居邑城。

《墨香居畫識》云：雨亭書學董香光，山水、花卉秀筆天生。近於吟詠之餘，更復遜志臨摹，畫境日進。

題畫

雲氣白如緜，一峰聳孤秀。當窗列遠山，隱約蛾眉瘦。颯然松風來，有人卧清晝。

馮金伯，字南岑，號墨香。貢生，句容訓導。居周浦。著有《墨香居詩鈔》。

王述庵司寇云：七古抒寫性情，遇方成璧，不主故常，而無不與古合，蓋於詩學深矣。

姚姬傳太史云：隨意抒寫，其意欲以韻勝，不屑以才力勝也。比之南宋，頗似石湖。精於繪事，故題畫詩頗佳，而絶句尤勝。

唐述山先生云：君之覃精詩教也，始從葉恒齋先生游，親得其指授，繼見賞於王述庵、姚姬傳兩先生。足蹟所經，江山得助。又遍與賢士大夫交，上下其議論，以抒寫其性靈，詩格乃進而益上。

《畹香留夢室詩話》云：墨香先生之詩，從宋人入手，疏放似范石湖，雅潔似陸務觀。其五七言古體，則雄才奔放，大氣包舉，直足上薄眉山。同邑丁時水明經撰《海曲詩話》，皆其人并及其詩，未免如蚍蜉撼大樹矣。《邑志》稱先生學優品飭，性耽風雅，富收藏，善書畫。余生也晚，未及一瞻丰範。然讀其所輯《海曲詩鈔》，則固體例謹嚴，抉擇精當，傳之奕世，人無閒言。時水謂有人賄以數十金，即代作一詩羼入。意必其人助以刊資，故有是杯弓蛇影歟？先生之詩，除已選入是鈔外，尚覺琳瑯珠玉，美不勝收，如「秋去漸稀衡浦雁，客來羞食武昌魚」；「偶尋謝傅圍碁墅，閒聽桓伊玉笛聲」；「燭翦西窗聽粵雨，詩尋北郭滯吴天」；「名山論定期青眼，石室書成已白頭」；「扁舟問渡迎桃葉，子夜聞歌憶錦城」，皆莊雅和平，雅合風人之旨。以視麤枝大葉、漲墨爲豪者，不有上下牀之別乎！

王逸史石泉松月圖

摩詰高世流，晚知清淨理。披髮散塵襟，嘯傲煙霞裏。吾子繼芳蹤，千載遥相契。蹟未入雲林，心已遠城市。嘗因有畫詩，解識無聲史。結搆妙丹青，靈氣落窗几。澹澹巖際月，潺潺澗中水。水月一徘徊，松濤忽驚起。是時坐磐石，流光照青泚。彷彿輞川人，崇岡登華子。身世本空虚，谿山美如此。期君共杯酒，高卧從此始。

馬遠畫松歌

蒼松獨稟后土精，下視凡卉俱蓬蒿。畫家往往喜貌此，遠也落筆膽更豪。傳來此幅掛壁上，坐玩寧厭夕與朝。交柯接葉自糾結，巉崖絶壑争嶕嶢。初疑偃蹇卧空谷，忽似掉尾凌青霄。

驅走雷電入筆底，彈壓百怪悲猿猱。便思來結層樓住，兩三素侶時相遨。濤聲淙淙松際出，恍乘六氣遊空寥。吾聞秦松至今留泰岱，陰風凛冽神鬼朝。欺霜傲雪無今古，赤日夜半懸其梢。又聞黄山古松獨奇絶，鐵骨瘦鞭蟠枝條。白日當晝蔽不見，客來六月忘炎熇。生平足蹟苦未到，拘陋怕惹山靈嘲。今觀此圖神色超，忽如置我深山坳。想其經營意態遠，齊魯咫尺非迢遥。縱横揮灑真奇絶，筆花怒捲秋江潮。遠乎遠乎技至此，韋鑾董羽皆兒曹。只愁神物解變化，高堂陰霧生涼颸。鱗鬣俱成劈厓去，壁間賸此生鮫綃。

席上戲贈楊主簿

吟懷旅況冷於冰，破悶惟憑酒似澠。記取連觥飛十二，裹斜殘驛認黄丞。

沈生挽詩

綺筵一别暗傷神，劍委驚波玉委塵。昨夜夢尋芳草路，小專山下月如銀。

夢遊黄山觀雲海歌

前生醉折白龍腰，昨宵夢控癡龍腹。乘雲一夜落天都，踏遍蓮峰三十六。蓮峰簇簇蓮花開，光明端拱如蓮臺。蓮花矗天内爲菂，三峰森列不可排。枝巖蔓壑去何已，犄角鉤聯五百里。浮生似厭塵土腥，先向湯泉滌骨髓。振衣便拜軒轅宫，靈旗蕭瑟來天風。龍髯一墮丹竈冷，神鴉已散秋壇空。天橋高駕天門裂，怪石迎人作人立。絃管駢闐山鳥聲，陰崖黯黮堯前雪。萬丈雲梯斜復整，縋幽直上奇峰頂。是時寥宇屏塵雜，芙蓉弄影碧千疊。罡風倏忽杖底生，霧氣雲光恣碕礚。初施靡兮青蒼，忽洪波兮湯湯。盤渦轉轂只俄頃，前海後海俱茫茫。鯨魚出水丹霞改，相看只有蓬瀛在。東溟咫尺曾未到，乃今得覩山中海。便擬揚帆駕鐵船，遨遊八極盡八埏。變遷不復愁陵谷，下顧塵世真茫然。靈境寧知難久托，槐根夢破頻驚噩。夜涼月白照窗櫺，梧葉聲酣戰虛閣。生平泉石最情親，擬作煙霞縹緲人。紅塵蔽影無消息，惆悵翻疑夢是真。

漢口送姚秋塘入蜀

石棧天梯望杳然，送君此去路三千。春來江闊聞龍嘯，夜半猿啼攪客眠。古驛細籌諸葛筆，新詩多寫薛濤箋。此間吴蜀平分地，客況家書我替傳。

謁葉忠節公祠

公昔司儲日，裁兵亂楚中。徙薪無早計，聚寇遂成叢。志士甘全節，純臣誓鞠躬。一篇遺疏在，奕祼仰高風。

里第遥相望，師門誼更深。余受業於公孫恒齋先生。贈行詩滿册，瞻像淚霑襟。皓月沈秋殿，靈風閃夕陰。椒漿兼桂醑，神貺諒能歆。

金粟菴祥公餉茗

武彝九曲春雨酣，紫霞蒙茸生煙嵐。鄭家宅前品尤貴，往與蒙頂雲門參。色白質重味醇厚，甘留舌本香醃醃。吾生口腹寡所嗜，獨於苦茗情彌眈。朅來楚地將兩月，一壺濁酒點薑鹽。此間風物頗同蜀，薑鹽點茶，蜀中風土如是。刺喉荆棘情難堪。昨朝往謁忠節像，僧雛邀坐金粟菴。竹鑪煎茶手捧至，雨前摘翠來江南。良朋久疎忽相晤，意思親切無虚談。今晨叩門復投贈，小甑四器加封函。是時久旱雨乍足，黄梅好水方盈罎。便理茶具急自瀹，滌蕩腥腐除憂惔。碧瓷凝蓋旋轉定，清如落葉沈秋潭。一甌足破蘇子睡，七椀可饜盧同貪。竟將茗飲代醑酒，嗟哉此味誰能諳？

國參戎招食鰣魚

鰣魚出江海，厥味鱗之冠。間嘗考《魚經》，是物罕所見。頗疑好事者，將名屢更變。岸蒲初青青，羣魚方上汕。一尾乍脱淵，百里急馳箭。吾家雖濱海，村小到已晏。富室每争嘗，而吾未之先。今來楚江邊，芳筵勞屢薦。一食香草齋，再上元戎燕。鮮如新摘果，皎若初擣練。嘉惠詎敢辭，余心有餘戀。白髮念慈幃，卅載安貧賤。既違定省歡，更乏甘旨獻。饑饉況頻仍，充腹惟藜莧。永懷反哺情，食之不忍咽。吴楚路迢迢，淚落還如霰。

石節婦詩

煌煌江漢間，女星大於斗。前宵慘不明，死矣石家婦。婦昔當于歸，琴瑟静如友。本期並蒂開，忽作雙環剖。哭泣誓從夫，此意未云否。死易生則難，似續良非苟。兒生不識父，兒長只依母。既長成室家，承歡奉髓瀡。寧知寡鵠鳴，運會厄陽九。媳亡兒繼之，陰風慘雙輀。呼天天不膺，靈鎖渺難叩。痛絶摧肝腸，決志不回首。廚下辭老姑，堂前拜阿舅。阿舅多兒孫，森森列槐柳。幸分一枝秀，感此誓不朽。婦命實艱辛，婦存亦駢拇。七日閉房帷，水漿不入口。貞魂一縷飛，哀感動鄰右。不死卌年前，乃死卌年後。死既非沽名，生亦豈含垢。大義得昭然，死生復何有！

中州王君仲以墨荷見贈時方罷官歸閲半載復相晤於鄂城爲賦此詩即題畫上

墨花灑作秋江荷，秋江之水清羅羅。穿花瑞鴨見三隻，毛羽瑟瑟生迴波。布置安閒身瀟灑，如君豈是悠悠者！乍可翱翔風露中，寧堪污辱泥塗下。生平學劍兼讀書，孫吴韜略游夏儒。深恐丹青馳譽早，會應冠佩淩煙圖。十年裘馬長安道，幋帶三褫豈所料。歷盡冰霜氣益豪，登臺時作孫登嘯。我從畫裏識此人，世路風波暗愴神。惜無長喙爲剖析，祇餘肝膽張輪囷。蓬飄梗斷相思久，意外相逢復攜手。朔雲重疊鄂城邊，劍氣衝寒上牛斗。勸君暢飲開心胸，黍谷佇見回春風。好將挹露擎雲願，寫入紅情緑意中。

鄂渚秋懷

露白霜清楚甸秋，登臨何處寫離愁？孤城三面環江水，一嶺中分抱郡樓。庾亮來時始有月，郭翻去後便無舟。可憐懷刺消磨盡，飄泊依然鸚鵡洲。

題劉生春草亭

突兀一孤亭，摳衣此乍經。江楓霜後赤，秋草雨餘青。别徑通花圃，鄰垣劃翠屏。不愁營構窄，此意足沈冥。

同馬杏里陶亦雲馬章之登文昌閣

傑閣共躋攀，雙崖指顧間。江流通一綫，天際設重關。漠漠秋原曠，蕭蕭戰壘閒。虎牙空突兀，干羽靖南蠻。

奎斗騰輝日，斯文儼在兹。星臨夔子國，水抱象山祠。絃誦風彌古，衰殘俗漸移。振興知有日，照耀壁間詩。閣係張使君重建，有詩刻石。

湖舫雜詠

出郭塵氛净，澄淵玉鏡秋。晨霞分遠岫，冷翠入扁舟。幽趣雨餘得，靈蹤物外搜。十年重見面，相對興悠悠。

天意憐秋色，湖光變冶容。巖虚結暝翠，壇静接仙蹤。獨往意彌愜，探奇興未慵。愧無濟勝具，孤負兩高峰。

致道觀寓樓作

憶昔淳于子，栖遲在此山。一朝授虹景，拂袖向天關。仙觀今猶是，靈蹤未可攀。且烹丹井水，塵慮庶能删。

虞山雜興

陰崖離立盡霜柯，浴霧含風共嘯歌。纔過團瓢菴外路，一籢山翠又維摩。

天然青緑與丹黄，妙手當年皴染忙。欲展生綃無一筆，獨支桃竹立斜陽。

題葛震甫醉後寫蘭卷

縹緲峰高去天咫，太湖瀰漫幾百里。中有詩人葛震甫，收拾煙霞歸袖底。香秔初熟報賽殷，缸面新開享鄰里。詩人闌入漁樵中，轟飲酣歌聊爾爾。醉來晞髮興更狂，思泛瀟湘擷蘭芷。酒間拂拂十指香，頃刻千花寫滿紙。或如倒薤懸層崖，或作凌波步清沚。騷人一字香一國，毫素微茫傳骨髓。眼中不識鄭所南，豈肯紛紛數餘子。明晨酒醒還索看，潑墨濡頭復何似。花隙題詩攲復斜，草書滿幅龍蛇起。詩人至性敦行誼，偃蹇一官棄如屣。散金結客家益貧，金盡囊空意未已。是卷流傳洵足珍，臭味如蘭豈虛擬。盡捲湘簾拭棐几，三日摩挲不能止。嗚呼！洞庭詩人今已矣。

寄山舟周仲育

一幅冰綃墨未乾，讀書堂向畫圖看。研谿橋畔連旬雨，瀑布斜飛五月寒。予藏《干山讀書圖》，爲顧霍南所畫。

自題畫

雨密煙深屐齒慵，閒窗弄筆墨花濃。昨宵放箸思蘭筍，夢到雲間第四峰。

送東橋至寧波

君到明州去，言尋賀季真。鑑湖留一曲，高韻自千春。墨灑桃花綻，泉飛雪竇新。還期揮翰處，寄贈素心人。

黄野亭燦屬題所畫梅花卷子

梅花自昔稱高格，其寒在神秀在骨。畫家取貌反遺神，只矜老幹瘦於鐵。著筆太少色似枯，否亦濃圈意殊劣。山農不作雪湖逝，此藝微茫歎中絶。野亭此卷何雄奇，一筆放作數丈枝。左拏右攫生氣足，腕底力大千鈞隨。花繁蕊密少重複，翻空徵實皆天倪。吾寓柏庭正炎暑，庭中古柏蟠鬱疑蛟螭。此梅似與柏鬥勝，縱横突傲殊難羈。有時對樹展畫看，但覺兩腋習習涼風吹。孤山逸興羅浮姿，惟君妙手能兼之。煩君添寫一輪月，看取横斜照水時。

鄭磵南棟屬題磵南漁隱圖

雪中樵夫得樵趣，磵南漁者無漁具。江山風月恣清娱，相逢爛醉花深處。我先識樵繼識漁，樵兄漁弟常相於。閒從淺渚抛笭箵，時入深山采櫟樗。涼雲篩空秋暑薄，肴核堆盤勸深酌。酒間示我一幅圖，緑蓑青箬元真徒。雪樵妙筆世無匹，兼多題句珍璠璵。洞口迷津誰所記？

山中柯爛事尤異。闌入漁樵隊裏遊，始信神仙在人世。飲君之酒爲君吟，人生不患無同岑。試將江渚漁樵曲，譜作雲山韶濩音。

吴江沈雯中倩丹崖寫拂石待煎茶圖題寄雯中并示丹崖

雪灘釣雪興不孤，近得二沈煙霞徒。一沈嗜茶癖如盧，一沈潑墨寫作圖。煎茶何故拂石待？蠏眼已過魚眼麤。輕車啞啞上峻坂，細珠滚滚旋洪鑪。此中氣候稍未足，便覺舌本神味殊。浮花沁齒寧浪語，世俗相賞多浮膚。是圖點綴細且潤，洗滌塵境搜雲腴。曲房臨水玉泓静，長松倚巖彤霞鋪。兩人對坐更細酌，妙諦融浹淪瓊酥。吾生愛茶兼愛畫，手攜册子時摩挲。嘗扁舟計日來震澤，相邀二子同歡娛。筆牀茗具互陳設，泉香墨香相縈紆，煩襟豁盡氣淵穆。茶作畫此樂無，鬱鬱居此何爲乎！

竹室冒雪枉顧寓齋即事攄懷得五絶句原藁只二首

同是天涯落拓人，生平臭味久相親。瀟湘煙雨揚州月，擔悞題襟二十春。

蜀岡隋苑久流連，慣飲清泠第五泉。投轄無人賓從散，風流空溯玉臺仙。

爲野亭題袁竹室山水畫

元精貫胸鬬荆棘，筆墨無靈事塗飾。董源平澹歸天真，米顛游戲殊自得。房山不作香光逝，此事推袁豈私臆。袁君高卧吴趨坊，不屑朱門伺顔色。性情孤僻獨吾親，握手來看柏庭柏。

長箋短幅任揮灑，或付裝池或張壁。野亭山人亦工畫，時來縱觀氣辟易。從前汎愛今知非，購得此圖重球璧。雅澹原非時世妝，蕭疎并絶臨摹蹟。兩宋淵源一脈通，誰能對此還求益？吾生作畫無師承，吾生嗜畫饒奇癖。每逢賞會拍案起，醉墨淋灕動心魄。狂言不畏坐客瞋，餘慧肯向前賢摭。還君畫幅留吾詩，此畫此題莫輕擲。

端午後五日楊仁山招同人集春水船分韻得船字

小閣憑闌意渺然，蒲觴泛後更開筵。揭來風雨譚心地，如上江湖載酒船。七里谿光浮檻外，一籢山翠落尊前。依稀李郭芳蹤合，岸幘微吟即是仙。

送袁竹室之揚州有序

竹室昔寓雲間，繼遊維揚最久。於其歸也，予適在吴，相與讀畫論詩，過從頗密。第吴中舊好零落殆盡，而竹室性情孤夐，不屑作朱門華屋之游。辛亥夏五，將重尋素心於邗上。半載淹留，若獨爲予。今來告别，烏得無言！

去年君自揚州歸，故交落落晨星稀。吴趨車馬任填塞，獨叩元都館裏扉。今年君復揚州去，低回無計留君住。傷别傷春種種愁，蒼茫盼斷江頭樹。憶昔未識君面時，見君畫幅心愛之。時對丹青想風采，雲山悵望空嗟咨。飄萍斷梗忽相值，握手欣然似舊識。慰我羈愁爲我歌，墨瀋淋灕氣昂激。讀君妙畫兼讀詩，客中藉此忘輖飢。相思廿載聚未幾，又向江頭折柳枝。渡江比泝邗溝水，襆被安排回故里。竹西明月儘句留，我亦何爲久居此！

同黃野亭訪静蓀上人

勝地攜朋至，蒼然暮靄中。河亭秋半月，竹徑晚來風。詩句推齊己，丹青識惠崇。名流在方外，清夢一宵同。

文殊院

身到文殊院，心知般若緣。白檀薰浄域，花雨灑諸天。金磬一聲響，飛泉百道懸。高峰三十六，環拱自何年？

雨花臺

幽絶修蛇徑，高臺枕水湄。我來天女杳，未見雨花時。空翠晨霞合，浮嵐宿霧披。湛然奇境露，登眺信忘疲。

包山

羣壑多臨水，兹山氣轉雄。還將仙子宅，裹入白雲中。夾道松留蔭，懸厓瀑瀉空。孤舟回望遠，秋翠溼洪濛。金剎臨高嶂，鐘聲墮渺茫。雲衣當晝薄，嵐氣入秋涼。邀客攜山榼，聞香叩講堂。無言幽思足，我欲禮空王。

闃寂棲禪地，悠然别有天。焙茶松竈火，煮栗虎谿泉。片晌淹塵駕，深談結静緣。惜無繩繫日，歸思在湖船。

杖策辭僧去，歸途聽晚春。徑堆黄葉碎，衣染碧雲濃。記得壁間句，難尋霞外蹤。不逢沈夫子，誰與伴扶笻？包山寺壁上有沈君雲樵題句，甚佳。

毛公壇

一徑敧斜出梵宫，僧雛導我訪仙蹤。獨留施食荒臺在，頑石無靈冷翠封。

長至後一日招同人集挹紫齋爲消寒第二會

乾雀喧喬木，羣賢過敝齋。煙雲開畫幨，冰雪浄詩懷。山骨凌寒瘦，蘭言入座佳。莫愁樺燭短，霜月滿瑶階。

十八日沈改亭招集山樓爲消寒第三會

樓外何空闊，千山送落暉。昔來當盛暑，今至凛寒威。芳序一何速，雄談未肯歸。何人持玉笛，吹月上山扉？

二十五日駱晴原招集鐫玉堂爲消寒第五會

預約圍鑪節，良朋取次過。清芬留硯席，逸興滿藤蘿。人本離煙火，詩宜脱臼窠。折腰甘爲菊，語妙耐吟哦。君詠菊詩有「我爲黄花久折腰」之句。

獨鶴山莊聽李漁莊彈瀟湘水雲曲

三湘彌漫九疑青，湘波如縠疊雪輕。江蘺葉暗騷客怨，數枝斑竹煙冥冥。長風倏起振木末，浮雲散漫平沙闊。羣鴻欲下不即下，向晚遥岑斷霞抹。憶昔南遊楚澤邊，神鴉飛集洞庭船。奇境一别不復到，憑君寫入朱絲絃。是日春風正和煦，桃李無言燕鶯語。分明身在古華陽，移我倏然向洲渚。問君此曲誰所傳，湖海畸人江麗田。維揚膩濁不肯住，棲真雲海全其天。足踏蓮峰三十六，時聽松風撫一曲。只自怡悦不外傳，親承指授惟君獨。邇來琴韻求鏗鏘，虞山派杳不復張。聽君此曲真幽絶，古意誰云墮渺茫！

題畫送漁莊歸揚州

垂柳絲絲拂繡韉，十分春色乍晴天。送君琴劍渡江去，二十四橋浮翠煙。

夜讀宋人紅梅詞漫吟

金屋何人貯阿嬌？輕澌初泮見丰標。幾回欲訪紅梅閣，夢斷平江小市橋。吴應仕宋，至殿中丞。有侍姬名紅梅，因以顔其閣。「輕澌初泮」，《詠紅梅》首句。「小市橋」，其所居地。

探梅乘興倒金尊，夢踏羅浮淡月痕。卻趁東風换顔色，彩霞千疊護冰魂。

韓浥亭明府屬題王素娟山水扇

蕭疏鶴髮已盈頭，重向秦淮賦冶秋。惆悵湘蘭久黄土，又從小箑見風流。

趙昌花鳥倣摹頻，慧質靈心自絕倫。誰向林泉得真趣？一籢山翠寫初春。

雪中寫紅梅題句

記得山莊曳杖時，茜裙紅袖見芳姿。雪花揉碎燕支屑，留得屏風小折枝。

感事八首

墨吏時挑釁，潢池遂弄兵。原同烏乍合，忽地蟻相爭。闒寄嗟庸懦，師行只送迎。難逃明主鑒，按律自持平。

鹿覆隍中久，魚游釜底同。誰寬一面網，致敗數年功？蓐食勞諸將，宵衣廑聖衷。不堪蹂躪處，嚦嚦聽哀鴻。

根苗由兩楚，滋蔓到三秦。水濁魚龍混，山空鳥鼠屯。倉皇聞野哭，庇護託城堙。又報嘉陵渡，烽煙上蜀岷。

古制良堪法，於農即寓兵。寇來磨刃待，事定荷耡耕。何事戈矛隊，全招市井氓？護家兼報國，忍共盜縱横。

疲民畏豺虎，勁旅勝熊羆。不敢秋毫犯，方稱王者師。悉心分玉石，隨處撫瘡痍。韓范於今在，軍容異昔時。

屢屢看邊報，時時聽凱歌。但聞擒首逆，何計靖幺麽？聚米軍前少，談兵紙上多。自今滃夙習，將帥盡廉頗。荼火威何盛，芻蕘峙已頻。量沙能用計，籌筆始如神。智勇兼羣慮，艱危忘一身。擊蛇首尾應，指日靜邊塵。霖雨連宵降，天心欲洗兵。受降唐節度，振旅漢營平。海内桑麻徧，天涯感激并。更籌善後策，萬物荷生成。

送琴友趙君振北歸揚兼寄李漁莊

曩昔吳趨同寄蹟，得聆逸韻仙壇側。梗斷蓬飄十載餘，欲聽君琴不可得。春陰濛翳鬱不開，招邀近局傾春醅。檐聲潺潺屐聲續，説是維揚舊雨來。舊雨重逢心自喜，相攜同泛杯中蟻。爲説高山流水情，消磨嫁女婚男裏。比鄰羽士頗知音，花前時欲聞君琴。梅花三疊意殊古，瀟湘一曲情何深。絮飛萍泊纔歡聚，抱琴又聽邗江雨。平山堂畔逢李謩，爲余細訴相思苦。

題葵齋黄山遊草後

山水真奇絶，煙霞刻意搜。遊蹤纔十日，詩卷足千秋。仙樂雲中奏，丹泉杖底流。塵襟倘未浄，容易訪浮邱。

韶年騎白鹿，雲海夢中歌。此境未能踐，名山負已多。吟魂空浩蕩，老景漸蹉跎。讀罷君詩句，撫膺感若何？余年二十時，曾夢遊黄山觀雲海，作長歌記之。

詩自遊山好，人多以地傳。永嘉謝康樂，蜀道李青蓮。之子承芳軌，新詩又一編。調高同白雪，我欲付朱絃。

題畫贈别唐二宜軒

海雲沈沈秋月微，華陽樓鼓溼不飛。持螯把盞興方劇，座中有客言將歸。龍門浪湧揚鬐去，蹄涔豈得留君住。君才到處多逢迎，獨我離情寄雲樹。雲山寫贈仿大癡，千點萬點涵相思。萍蹤聚散未可定，再見此畫知何時？

即事

纔聽山塘歌管停，旋攜襆被到桐涇。橙黄橘緑霜螯綻，破楚門邊幾醉醒。

王渡訪王竹所先生

萍梗泛無定，思深見面遲。今來訪君日，正值候潮時。練水詩名重，巑岏山色奇。一編吟誦處，午夜不知疲。

題朱午山别駕五十里梅花山館圖

逋仙種梅三百六，寒香飛繞孤山麓。後來更有張功甫，玉照堂開衆香國。吴興山水稱絶奇，山崖水涘花紛披。晴雪初霽曉煙起，一白濛濛五十里。紫陽朱子此中居，山館玲瓏畫不如。

金尊湛渌花照座，日讀仙書伴花卧。宦情忽發舍之走，脚韡手版青谿口。萍蹤相值意氣投，鬚眉猶帶煙霞浮。爲言辛苦與梅約，十載歸來恣盤礴。不信請君視此圖，如斯息壤天下無。

劉生卓堂送米

原田被旱農無米，富室所藏能有幾？端賴鄰封轉運來，茅檐方得炊煙起。衕齋頗有廿畝田，囑奴催取租十千。逃者去已遠，留者突無煙。剜肉補瘡亦可憐，嗷嗷八口心茫然。今晨乾鵲噪上屋，劉生送我米兩斛。此誼殷拳信超俗，豈須責備陶胡奴，且與家人共果腹。

姚煒琥，字超南，號惺齋，伯驥子，諸生，居周浦，著有《桐陰館詩草》。

《邑志》略云：煒琥工隸書、篆刻，輯刊先代《歷試草》，著《桐陰館詩文》。

題張千户仙巖歸田圖

牘有一閒身，鬚眉傲古人。風情牛背笛，宦蹟馬蹄塵。五柳懷新宅，三生證舊因。太平無箇事，坐石弄麒麟。

姚煒球，字海南，號東渠，諸生，居周浦。

《邑志》略云：煒球夙慧，爲文操筆立就，詩效小倉山房，兼通醫，早世。

翦秋羅

翦綵何人獨擅長？天公玉尺妙裁量。秋風吹動羅衣薄，絶勝騷人製芰裳。

姚煒琛，字寶南，號守璇，貢生，居周浦，著有《洪景堂詩集》。

《邑志》略云：煒琛敦品績學，嗣父伯鳳無遺業，安之若素。學宗宋儒。閉户課徒，口講手畫，循循不倦，多所造就。兼精輿地岐黄之術。閒則披覽載籍，不問外事。年近八旬，猶能作蠅頭細楷。所著自詩集外，有《蘿垣一覽》、《黄河溯源竟委圖考》二卷、《前明治河圖考》二卷、《分省水利圖説》、《地理雪心賦注》、《貞節聞見録》等。學使者白尚書鎔稱爲篤行君子，給經明行修額。卒年八十一。

張嘯山先生云：卷中多詠古之作，句隸史事，而分注於下，意使不能讀史者因詩而稍識古人也。間或流連光景，抒寫性情，亦别有寄託，令讀者望而知爲知足學道之君子。彼雕琢章句，自命風雅者，何足以語此！

德清戚明經士昂云：寫景則清麗芊緜，詠古則宏博瑰麗，蓋近今所罕覯者。

讀李

黄河之水天上來，要言奔流聲若雷。後人讀詩憚核實，遂把源頭儘放失。磧石以東虞有書，大典小典勿鉏鋙。洮水溺水灕水上，河州以西。古乃外域空惆悵。漢武咨汝張騫賢，西探葱嶺南于闐。葱嶺在喀什噶爾河南岸，回部呼塔什山以西，諸山總名葱嶺。《班史》因言兩源溢，《東注》蒲昌勞紀述。蒲昌海即羅布淖爾，曰泑澤，曰鹽澤，曰牢蘭海，均指此葱嶺之東，嘉峪關之西，天山之陽，安西州之陰，縱横八九千里之水均歸此，而伏歷千五百里重發於崑崙。都護渠犂四郡開，三十六國置輪臺。蒲昌廣闊無涯涘，東西二百餘里，南北百餘里。四面衆山兀突峙。而言南出大磧灣，版圖以外詳略閒。《班史》言，蒲昌南出大磧山，河源重發於是。蓋上循《禹貢》經文，約指青海境中大山以包舉也。其實大磧石，古大雪山，謂即禹導河所自，非是虞時雍州之界，西至黑水，在今平涼府西北境。《地理今釋》辯之甚詳。漢後向推《水經注》，葉爾羌源形略具。北源龜兹敦薨水，會注泑澤似噶爾。道元謂，一源自歧沙谷，合于闐河，注：蒲昌似葉爾羌河；一源北合姑墨、龜兹、敦薨諸水，注：蒲昌似即喀什拉爾河。然謂崑崙至嵩高，五萬餘里目轉蒿。道元謂，崑崙至嵩高五萬餘里，高萬一千里。未免以聰明欺人。唐穆宗時劉元鼎，奉使喜言崑崙頂。吐番指稱悶磨黎，其據土人指大雪山爲悶磨黎，亦名阿木奈瑪占木遜山，總名爲紫山。九峰上與撐犂齊。撐犂，回部言天。東化正值賀延磧，河源其中乃正脈。其言紫山值大羊同國，莫賀延磧尾，中高四下，河源其間去長安五千里爲崑崙。豈知其所見乃在今河州北境。所謂紫山，似即鄂敦他臘境之巴顔哈拉阿林、巴爾布哈阿林、阿克搭齊沁阿林，非崑崙也。阿林，蒙古回人謂山。豈知郭敦三阿林，鄂敦他臘淖爾，元人謂爲火敦淖爾，即星宿海，去崑崙三百里。尚非阿勒坦峻岑。阿勒坦噶達素齊老山，乃崑崙也。阿勒坦，蒙回謂黄金。拉達素，北極星。齊，老石。其餘李靖等編輯，見聞只是相循習。有元志撰潘昂霄，火敦腦爾下臨洮。當時校勘朱思本，源委不無互增損。嗤爾所見尚未恢，反與《班史》相嫌猜。元稱大雪山爲亦耳麻不莫剌山，華譯騰乞里塔，而誤以爲崑崙。是以青海境中山闌入回部，而反指斥

《班史》。總之迢迢花門外，花門堡屬甘州。向非中朝之襟帶。青海以西事百變，大抵羌戎喜剺面。所稱鮮水及卑禾，羈置無常傳説訛。青海，古稱鮮水，亦曰卑禾羌海，在大雪北，肅州、安西州南。何況鄯善迄且末，輾轉戈壁更遼闊。布淖爾東南千餘里，古鄯善、樓蘭、精絶、且末地。戈壁，謂沙磧。黄河落天走東海，亦李句。故作驚人騁詞采。才人不肯言有章，愚魯何處問蒲昌？沙爾布哈什爾拉，有口止能道阿塔。重水重山聽不聰，河源千古雲雺雺。今則東西合一尉，源是經流支是緯。噶爾源約三千强，吉布西來氣最長。喀什拉爾，發源吉布察克山，大河最遠之初源。西北阿喇博什橫，合流來經噶爾城。西北阿喇古山水、博什克勒木城水會爲得爾必楚克河，流二百八十里來會噶爾。再東察哈塔什布，經察哈爾阿勒爾水、塔什布里克城。條條東下克集路，噶巴克阿克集境。西南來爲葉爾羌，二千一百水驛量。托克布隆至羌呼，西北三水歸若鳧。托克布隆河、塞勒庫爾河、羌呼爾河，各流一百餘里，於葉爾城北合流，復二百餘里於城東入羌河而東。羌河東闊四十里，亦達克集何漫瀰。南泝和闐一源至，玉隴哈什，回語玉隴撈也。哈什，玉也。哈喇哈什：哈喇，黑也。北滙厄格爾雅地。千有餘里水悠悠，乃抵托克三克陬。和闐河長一千一百餘里，托克三克爾地北濱喀什拉爾河。羌河入先闐入後，東即阿克蘇源口。四源既會向東趨，遮林西泝阿克蘇。遮林得，伊犂别名也。阿克，白也。蘇，水也。阿克蘇自西北發，喀克鄯山乃其窟。阿克蘇口抵伊犂，九百七十里可稽。鄂羅斯境北保障，哈薩布魯隔西嶂。哈薩克届、布魯特届均在巴達爾山西。衆流湯湯過克集，大勢東騖出博什。博什，里克哈拉塔爾地。博什水滙懷雲嵐，七百餘里混蔚藍。自此至庫車七百里。庫車又會衆水出，沙爾雅南流汩汩。鄂羅城、拜城、庫車城、郭克布城，諸水均出沙爾雅口。大哉洋洋海都河，在崑崙北偏東。東北會水成巨渦。廿數源流瀦伊德，即博斯騰淖爾，長二百四十里，廣四十里。訇砰乃出庫隴北。繞庫隴城北西南入大河，合二十九川爲四大川，出萬山之口。《山經》所云敦薨山，敦薨之水此迴環。滔滔東去興狂瀾，然後三日匯牢蘭。噶爾以來言緜亘，四千五百里計徑。羅布是言水所匯，淖爾即爲渤澥在。衆水歸之無減增，天山之陽萬古瀓。由是迤東和爾嶺，天山之峰最高境。冬夏積雪恒不消，又東塔什何岧嶤。自和爾郭斯嶺東至哈密北之塔什嶺，均天山東西正脊。凡一千四百里之水，自行自止，均西滲入羅布淖爾。必柳折至嘉峪關，自必柳嶺折東南至關一千二百里，爲肅州西境。肅州，古酒泉。又南連絡及巴顏。關西南山自關西南至玉門縣二百六十里，安西州五百六十里，鎮西府一千八百里，迪化州三千一百里。迪化，即烏魯木齊，距伊犂六千一百廿里。西折乃爲安西界，一脈天山總險隘。托克三至哈密垠，中近闢展風驚魂。托克三城去羅布三百里，哈密和屯去羅布九百六十里，闢展去羅布七百里。哈密、闢展陸程七百七十里，間多風穴，行走頗險，水陸程迥異。千山萬水自行止，大抵入沙滲淖已。諸水既不能越天山而徑北，又不能越蘇魯遜、塔巴克諸大山而東北入瀚海。其在敦煌鳴沙北界者，統歸羅布。《山海經》所謂「邊春山，灌題水，西入泑澤」，是。哈西南望弩齊圖，兩山中是伏流途。北哈流阿齊爾哈西爾山、南弩齊圖山，去羅布百里，兩山中間爲崑崙以西伏流之孔道。蓄息里經千五百，戈壁不蝕即山石。山石緜延盡絶峻，伏脈抑鬱勢不順。齊老山止如金鼇，伏脈至此乃怒嗥。越嶺東下萬馬驕，色作黃金萬萬條。崑崙高止數丈，上有池噴泉百道。李又有「黃河西來決崑崙」句，知李非不明黃河之源也。東南流爲阿勒坦，阿勒坦郭勒河，黃河初名。鄂敦他臘星宿散。河西源來三百程，郭勒真源照眼明。鄂敦，蒙古言星宿，地佔二百餘里，泉眼無數。崑崙至此三百里。大河始東南流，至是東北流，至札淩又東南流。元鼎指爲枯爾坤，謂崑崙。枯爾坤，土人謂高大。巴彥巴爾非崑崙。崑崙北巴彥哈拉嶺、東阿克塔齊沁山、東北巴爾布哈嶺環峙，鄂敦他臘最高大，因以爲枯爾坤。蓋以鄂敦爲河源，而不知其非也。篤什所指名火敦，但謂星宿亦渾渾。齊老止是石一片，高止數丈。乃是崑崙今顯見。而以悶磨黎山當，千里源頭天地藏。崑崙至大雪山。崑崙西北衆泉淖，俯瞰星宿可相較。嘉峪關以西，諸水自行自止者，望之亦若星宿。拉達素爲北極星，噶達素亦爲拉連素，想字訛。居所環拱顯有形。鄂敦星宿環其左，里亘三百揣測癉。總是大河一脈瀦，東西千八百里餘。羅布淖爾至鄂敦他拉。崑崙如即悶磨黎，星海反在崑崙西。《唐書》《元史》多遺漏，後人讀書須糾謬。鄂敦南北多長流，一二百里四勢收。而北而東又折南，札淩淖爾雲氣涵。東西廣百里，南北四十里。又南淖爾號鄂淩，長百里。鄂羅庫水來沸騰。東會拉順抵哈達，東西南北煙水闊。自都木達拉順水東至托輝哈達山，水四百餘里。自此東下撼長波，二百餘程險隘多。哈拉以下東南行，八九支水次第并。兩岸岡巒交互束，水束一二里局促。南山北山高插雲，大河出鄂淩，經九渡，大勢東南，流會西拉。水出南北兩山，折東北二百四十里。黃水赤賓此地分。鄂淩以下名赤賓河，九渡以下始名黃河。元人稱是爲九渡，健馬可涉泥不附。土人猶可浮皮囊，蒙古回部分界疆。逕迆北折又南折，大河到此始深絕。屈曲里計三百贏，火敦以來月正盈。綽通伯境東北鶩，二百四十足軌度。濤飛雲涌十數日，雪嶺巍巍排崒嵂。自綽通錫伯境至大雪山折北處又數日。九峰高峻入遥青，雪霰當夏玉瓏玲。西麓蒙茸猛獸羅，毛牛野馬狼狍駝。山名大磧千古碧，實與祁連連項脊。大雪山東西三百餘里，蟠屈數百里。上九峰東峻西平，北與庫庫淖爾相望。土人稱爲占木遜，麻不莫喇稱亦恩。閟磨黎山亦指此，乃爲崑崙山空指。元鼎稱，三紫山值大羊同國爲崑崙。神禹導水亦未到，唐宋元人殊眊眊。雪山以南三昆侖，乃以横水淆其真。如以横水當崑阜，千里河源十失九。康熙間拉錫具圖言，貴德西昆都倫三，蒙古言横水，元人誤以爲崑崙，而以證《漢史》大謬。摩盡雪山向北轉，百里迴瀾抱峻巘。北麓衆水交注之，東滙湖蕩又數支。阿齊境轉西北向，百四十里流條暢。阿齊納們汗境。伊克山南西遡游，白頭渡口滙益稠。伊克圖爾根山，西至白頭渡正西，流百二十里。百二十里始北掉，恰與雪山三面遶。大河折北處巴噶哈，柳圖、水圖、生圖諸水自南注之。又折西北百八十，再折東北百有廿，則勒拉察布北東，衆水絡繹其來同。托克布、拉克布五源合諸水交注大河，亦如星宿。望之燦然亦星宿，泉源瀺灂殊明秀。青海境内一大都，附會《禹貢》則甚誣。《禹貢》「積石」，在今河州北百二十里，《水經注》謂之唐述山。諸家指爲小積石，而反以大雪山爲大積石，殊謬。見《地理今釋》。自是東經柴集蕩，柴集水在庫庫西南，諸水皆停不流，地佔三百里，去大河百里。喀拉以下淖漫漭。大勢東流歸庫庫，四面縈紆相吞吐。南去大河百里遥，羣山環峙入清遼。波光蕩漾作青色，名以青海理不忒。計里三百闊何極，淵淵其深亦不測。地據鄯善乃湟中，大雪雲封五百里。大雪北五百里。北指酒泉路相似，肅州。西北敦煌山迤邐。西北與敦煌西之哈拉淖爾諸水相值。全境名爲厄魯特，二十九旂此蕃息。鮮水卑禾羌海肥，煙花輻湊殊芳菲。然謂不與大河通，烏蘭之支亘若虹。阿木尼下兩淖納，折東北處河溢沓。青海稱不入大河，其實東南烏蘭布拉克水之支自阿木尼色爾沁山南流，復合巴賴等兩淖爾，流百二十里，於西寧府西南必赤里折東北處入大河。河南貴德耕牧村，四十八户黃雲屯。地在西寧府南，東至河州十日，西至大雪山十五日。又云：貴德所北大河始稱黃河。以西皆爲青海域，以東郡縣儼鏤刻。西寧府南，大河折東北，凡千餘里。北河西岸即涼、肅、甘、河等郡縣。大河至是路三千，飛鳥圖法别矢弦。崑崙發源至此共二千九百餘里，以經緯度按飛鳥圖法計之，實一千四百餘里。甘涼之間唐述聳，實爲磧石雲噴涌。神禹導河至此回，河乃東騖争喧豗。唐述山，古磧石。因禹告祭，向稱唐秩山，後《水經注》寫訛。在涼州西境大河北折處。臨洮諸水東南會，東西水匯明如繪。陽侯北指策怒螭，涼肅甘寧山欲攲。賀蘭山外宋西夏，沿河氣勢驕胡馬。陰山之陽河東逝，受降城下闊無際。榆林東北始南馳，直抵潼關世所知。無定河流出其右，龍門山開中流溜。龍門之下汾澮交，咆哮合騖騰鯉鮫。涇渭洛汭春水緑，合并轉折出河曲。自華東下逵汴梁，奪泗入淮池魚殃。夏世舊蹟已改常，淮泗之水色盡黃。雲梯關外海蒼蒼，黃河源委詎渺茫。而謂如絲來自天，亦李句。何怪入漢誣張騫。天田耕鑿誰著脚，何處彎環橋駕鵲？支機之石光閃爍，齊東野人供一噱。

春遊

池塘弱柳拂青苔，春到人間暖漸回。蝴蝶也知風景好，隨風飛近客衣來。

馬嵬坡

念奴老去龜年死，妃子霓裳總絶聲。指點馬嵬山下路，梨花如雪雨初晴。

楊花

乍撲征衫又釣磯，輕盈略似雪霏霏。楊花本是無情物，隨著東風到處飛。

火始然，字充保，號裕堂，諸生，居百曲村。著有《課餘偶成》《小瑶池吟草》。

《邑志》略云：始然與父觀若皆名諸生，承其家學，與弟錦紋、金濤、光大皆能詩，而始然圭臬唐賢，詣尤進。上海王慶勳《應求集》中選其昆季詩獨多。

送宋静山歸婺源省親

片帆江上掛，千里一歸舟。詩思隨長路，鄉心入早秋。高堂應健在，故土且遲留。春水明年緑，相期訪舊游。

曉行

斜月落村西，晨光澹欲迷。草深嫌路窄，樹遠覺天低。斷夢隨風去，荒雞帶露啼。客行心輾轉，昨夜話深閨。

初夏

落盡楊花便困人，無聊情緒客中身。别來舊雨經三月，過盡殘春又一旬。稺竹放梢分燕尾，新荷擎蓋劈魚鱗。憐余消受閒中景，生計全拋只守貧。

寄懷黄漱六表兄

最是河橋柳，千枝復萬枝。春風吹葉緑，一夕動相思。落落天涯客，迢迢音信遲。歸帆何日掛，故里正花時。

向晚

向晚疏籬外，平林帶夕暉。鳥聲衝霧去，人語荷鋤歸。淺水浮漁艇，輕風定酒旂。詩情應不遠，小立露沾衣。

郊行

尋芳最喜值春晴，乘興時還步屧行。好鳥有情如解語，野花多半不知名。谿流過雨生波折，隄柳含風解送迎。隨意閒遊貪日永，前村小立看風箏。

述詩

詩家講家數，余意貴自然。能自成一家，今胡遜於前。詩本出天籟，請觀《三百篇》。農夫及紅女，各自寫其天。雖非奏清廟，亦可被管絃。彼何所準繩，余豈學執鞭。

送人

輕帆細雨晚潮時，别緒離情强自持。一曲驪歌將進酒，短長亭外柳如絲。

浦口納涼

乘凉何處好？散策到江潯。小立風迎袂，忘歸露滿襟。暮潮漫野渡，新月澹疏林。長笛一聲起，泠然清我心。

題唐澹香采芝圖

昔賢喜逃禪，藉以捐一切。君本儒者流，黄冠自怡悦。采芝不餐芝，延齡别有訣。静裏得天和，肯與俗人説。

六十自述

過眼韶華渺渺波，老之將至奈如何？追歡漸覺賓朋少，入世翻嫌閲歷多。及此我須尋樂事，任他人説是愁魔。閏餘甲子閒消遣，且讀南山叩角歌。

疏慵那計廢三餘，混蹟塵寰任毁譽。聊可與娱惟對酒，不求甚解且翻書。人情大抵誇新樣，吾愛何妨守敝廬。珍重故交憐寂寞，時來陋巷一停車。

村居

衡茅兩三間，疏籬圍曲曲。門掩一谿煙，窗隱數竿竹。乳羊戲觸藩，午雞啼上屋。鄰比無猜嫌，童穉争馳逐。時聞里巷諺，不覺一捧腹。

偶得

動久偶一静，睡魔旋相攪。静久偶一動，盎然生趣繞。動静互乘除，至竟静中好。人生本自静，俗緣相憧擾。一涉利名途，營營何時了？牿亡及反覆，夜氣且難保。所以古大儒，主静以爲寶。

頽齡食飲衰，强步三四里。稍益和於身，率皆强持耳。昔當少壯時，兼人頗自喜。中歲善調停，晚食安步履。漸焉兩難支，不知其所以。舉箸不下咽，舉趾步艱跬。欲爲謀兩全，展轉時徙倚。里中少年子，健飯百里駛。垂老而補苴，遲矣亦晚矣。

即事

飛廉夜半忽怒號，吹徹萬竅如驚濤。樹頭亂舞葉四散，栖鴉墮地無完巢。幽人不寐夜起坐，殘釭欲滅光摇摇。須臾風定出户看，依舊月皎霜天高。

火金濤，字禹門，始然弟，居百曲村。

偶成二首

夏秋鳴蜩螗，嘒嘒沸人耳。居憑古樹巔，所處亦高矣。胡乃心不平，晨夕喧未已？聞爾操潔清，胸應消俗鄙。宜其寂無言，何復爲爾爾？爾音凄且切，莫解其所以。豈知抱葉鳴，螳螂已潛伺。攫爾爾未知，禍亦自爾始。使爾能銷聲，彼安施其技。是以處世中，此身貴知止。多言必多禍，高位未可恃。

桃李春豔敷，未秋凋謝徧。桂菊秋葩榮，當春隱未見。或言春豔好，韶華炫郊甸。比之早達人，蜚聲冠時彦。或言秋葩佳，能爲羣芳殿。比之遲遇人，晚節香堪羡。人苟如花開，得一亦足戀。吾意謂不然，人在植基善。質幹既絶殊，風霜任磨鍊。但觀松柏姿，四時豈稍變。如曰恐未能，斯即淺人見。

火光大，字洪緒，號静菴，始然弟，居百曲村。

陸寶山

孕毓奇珍信有神，家傳別墅閱千春。名山今已夷成陸，賸有文章賚後人。

機山

空林木落露雲根，遥望平原内史村。人去青山誰作主，空留孤鶴唳黄昏。

海曲詩鈔三集　卷二

清

潘春華，字笑山，諸生，里居未詳。著有《留耕軒吟稾》。

丁時水明經《海曲詩話》云：張野樓稱：笑山詩，性靈、書卷皆到，爲近時作手。

題桃花扇傳奇

秦淮河邊煙月好，往事南朝顛復倒。半壁江山粉黛圍，鶯花隊闊朝廷小。陳愁唐恨悵迢遥，一載春風抵六朝。條條深巷羣芳國，妝閣遥連長板橋。白門柳色參差似，曾以玉京比仙子。寇白門，下玉京。浪得虚名窈窕孃，李貞孃，鄭妥孃。奇姿獨讓芬芳李。香君。李家有女顏如花，二八芳年及破瓜。度曲常將春翠奪，問名雅許國香誇。當時珠櫝傾城色，春鎖重門人未識。鄭重梳攏輾轉求，才華公子殊難得。是時復社結新盟，角逐騷壇有盛名。秀才領袖吴次尾，公子班頭陳定生。翩翩儒雅敦風誼，不許薰蕕或同器。客魏乾兒不記名，連番被辱倉皇避。無奈思維要乞憐，殷勤硯友善周旋。楊龍友。美人計就千軍解，早識中州公子賢。中州公子夷門裔，侯朝宗。應試南闈遭落第。匝地風煙不得歸，莫愁湖畔傷春麗。春情三月正夷猶，訪翠經過暖翠樓。下玉京樓。銷魂最是吹簫女，解得香囊訂好逑。嫁衣代製多情友，合歡酒罷詩吟就。宫扇書成作定盟，天長地久期無負。爲感纏頭三百金，轉教傾國費沈吟。誰知出自懷寧手，難奪平康節烈心。珠翠羅紈頃刻卸，鉛華肯向權奸借。裙布釵荆名更香，阿儂自有千金價。從此郎將畏友看，相投風味臭如蘭。朝登水榭消春寂，夕泛燈船忘夜寒。那知好事偏多累，倉猝訛言傳左帥。左良玉。尺素旋憑柳毅傳，柳敬亭。言言切責移兵議。豈知臣節似冰霜，一紙私書竟自戕。煞恨老羞能變怒，狠將金彈打鴛鴦。鴛鴦打散飛何處？天涯夫壻參軍去。別雨離雲形影單，媚香樓上淒涼住。香君樓名。無何流賊肆憑陵，地覆天翻廟社崩。山殘水賸陪京在，擇主紛紛衆議興。乾坤轉側羣奸喜，擁立功成馬阮起。滿眼烽煙總不知，評量花月春風裏。春風得意氣尤驕，毒手先將施阿嬌。可憐月損花殘後，阿母從權李代桃。此身得保無瑕璧，好箇芳容已破額。歷亂東風紅雨飛，鴛鴦券上淋灕迹。粉署閒曹搆妙思，漫將彩筆綴新詞。傷心抵作蘇姬錦，欲寄郎君倩阿師。蘇崑生。從來命最紅顔薄，豪權愈肆風波惡。賞雪筵前女禰衡，漁陽撾起甘湯鑊。萬種牢愁忤上公，竟令被選入深宫。那知崔護重來日，人面桃花兩地紅。風流天子春心縱，薰風殿作迷香洞。不愛江山愛美人，朝綱悉聽權奸弄。伺隙憑空復舊讎，黨人一夕網羅收。佳人被選才人獄，兩處離魂一樣愁。解救奔馳兩俠客，瀾翻舌底儀秦策。激起兵氛萬丈高，同袍竟自稱矛戟。從教鐵鎖解江潭，行矣君臣國不堪。英雄一死留餘恨，前有寧南後靖南。黄得功。太息山河賸殘局，孤臣又葬江魚腹。一幅衣冠梅嶺頭，史閣部。千秋杜宇黄昏哭。獄槐宫柳霎時消，慧業情根總寂寥。曲罷斜陽人不見，空留閒話付漁樵。

顧蘭芳，字湘南，自號四維居士，監生，居北六竈，著有《四維居士集》。

《邑志》略云：蘭芳性行肫篤，事父振庭備極頤養。好爲詩，時與從兄蘭芬相唱和。服膺先哲嘉言懿行，日夜抄撮，成誦在心。《黌宫外編》之輯，尤於文廟有功。

六十自述

行年六十寂無聞，閒泄桑間著此身。壯不如人何況老，境惟可樂敢言貧。編蒲那有千秋業，吹律欣回大地春。贏得向平婚嫁畢，芒鞵踏遍嶽嶙峋。

閔景曾，字松巖，居新場。

偕友人遊南山寺素上人留小飲日暮方歸

共有尋幽興，南山躡屐來。拂衣風柳亸，迎笑露桃開。世路嗟蓬梗，餘生付酒杯。伊蒲況能款，歸步夕陽催。

唐棣，字萼輝，號晴園，居張江柵。

《邑志》略云：棣師周桂，寫真得其秘。兼工山水花鳥，晚年益進。上海陸錫熊贈以詩。年七十四卒。

贈嘯隱和尚

泉石風高隱海邊，一缽一鉢了殘年。平生不用求丹訣，修到清閒便是仙。

李綜放，字友桃，一字雨香，號成蹊，自號即是山人，晚又稱筍山老人。居新場。

題石筍山房集唐人句

柴門無事日長關，朱慶餘。暫息勞生樹色間。趙嘏。舊侶不歸成獨酌，温庭筠。忙人到此亦偷閒。白居易。雲低遠渡帆來重，吴融。石激懸流雪滿灣。韋應物。欲識蓬萊今便是，周樸。多栽紅藥待春還。劉禹錫。

橫塘晚櫂

一聲欸乃起滄浪，徐掉扁舟到鶴塘。風定柳絲籠暮靄，雨餘漁網曬斜陽。靜聽沙雁鄉心切，細膾銀鱸秋味長。省識伊人宛然在，底須中沚溯葭蒼。

仙洞丹霞

可是麻姑百摺裙？霞光爛爛絢秋旻。不辭石徑尋詩遠，爲愛霜林著色新。仙骨欲將凡骨換，化城應與赤城鄰。行人悮認桃源路，幾度停車欲問津。

高閣晴雲

葉家山隔白沙隄，煙樹模糊望欲迷。今日小谿遺石築，當年傑閣與雲齊。春來幾見花迎笑，竹外時聞鳥亂啼。欲掉扁舟溯芳躅，紫薇河已變荒畦。

朱得泉，字東巖，爵里未詳。

題海眼源泉畫册

有感斯通是物情，化機日在兩間行。休疑隻眼無多力，曾見滄桑幾度更。

方□□，字梅坪，名及爵里未詳。

仙洞丹霞

霧鬢雲鬟寂不逢，洞門深鎖草蒙茸。停車試看丹楓影，髣髴霞裾蕩半空。

瞿爾英，字甸芳，爵里未詳。

千秋玩月

果然水墨潑模糊，雲影天光入畫圖。夜静老龍鱗甲冷，冰壺深處浴明珠。

胡□□，字禮園，名及爵里未詳。

上方煙煙雨

煙雨模糊裹，喬林蔽翠峰。不知永寧寺，雲外但聞鐘。

姚琴，字宫和，號養怡，爵里未詳。

石筍灘

數株矗立傍迴汀，幾閲滄桑蘚尚青。料是秦皇鞭不起，至今猶帶血痕腥。

横塘泛櫂

一葉扁舟出野塘，天光雲影水中央。數聲欸乃衝煙去，遥指楓林正夕陽。

吴灝，字坦人，號濟源，爵里未詳。

石筍灘

山本不在高，拳石有真意。畏遭龍斷譏，水曲甘遺棄。

上方山

煙雨籠喬木，千尋翠色寒。秋風日暮起，何處弔張翰？

康濟，字雨舟，爵里未詳。

横塘晚櫂

路出林塘北，舟行山寺東。煙拖衰柳緑，雲捲夕陽紅。短笛横秋水，高歌倚晚風。數聲柔艣響，人在畫圖中。

徐仲杰，字茝畦，爵里未詳。

横塘晚櫂

虹梁遥望是千秋，橋名。東去横塘水亂流。向晚櫂歌聽不厭，斜陽倒影練光浮。

李培根，字懋哉，號梅隖，爵里未詳。

仙洞丹霞集唐

晚霞初起赤城宫，薛濤。香氣潛來紫陌風。袁丕豹。一自仙人歸碧落，劉滄。春紅始謝又秋紅。吴融。

葉中蔚，字綠天，諸生，居新場。

題横塘晚櫂畫册集唐

雨歇楊林東渡頭，常建。閒雲潭影日悠悠。王勃。煙波浩蕩摇空碧，白居易。一夕横塘是舊游。温庭筠。

張廷桂，字雲芬，諸生，里居未詳。

丁慈水明經《海曲詩話》云：火星垣師稱：雲芬行己接人，力敦古處，詩多感慨不平之作。

輓馮墨香

樓閣仙山客夢孤，飄飄丹旐振江波。空教藝苑留煙墨，衹惜官階贈薜蘿。一代詞人三絶少，四朝詩友九原多。平生未識鍾期面，徒抱青琴作輓歌。

金□□，字葛陂，諸生，名及里居未詳。

程棃生先生云：葛陂先生少聰慧，讀書每數行下，博學工詩。性落拓，又好客。有造其廬者，輒張筳燕飲，醉則分題拈韻，刻燭搥琴。司計者告罄竭，弗顧也。其數數倡和者，惟趙蘭舲及予。嘗謂：「詩以寄我之情性，必欲摹格律、仿家數，拘矣！」是真得詩之三昧者。

幽居偶成和倪竹谿

君豈塵俗士，毋乃古之狂。誅茅闢三徑，風月時相羊。名花滿籬落，綠水生池塘。愛此風景美，轉惜世事忙。時或聚裙屐，相與傾壺觴。雖無絲竹音，清談意亦良。丈夫貴適志，曷用姓氏揚！長歌歸去來，寄傲希柴桑。

秋興

啼徹清宵四壁蛩，長林轉瞬又西風。窗虛盡納千山翠，霜冷平添萬樹紅。對酒不嫌人寂寞，看花偏恨月朦朧。新詩吟罷誰相和？静對茶煙漾碧空。

眼看雁陣起江頭，襆被依然賦遠游。采菊淵明惟寄傲，傷時平子最工愁。雲鬟玉臂中宵夢，葦岸蘆灘一葉舟。何事仲宣生不遇？悲秋强復倚高樓。

蜉蝣天地慨吾生，况復愁聽四壁聲。老我敢生非分想，依人莫作不平鳴。千頭緑橘家中産，萬里西風海外程。從此世情皆勘破，争名寧必勝逃名。

聲聲城堞起悲笳，伏枕愁懷一倍加。安得敝廬容抱膝，更餘隙地學栽花。朝眠石磴聽飛瀑，暮捲珠簾看落霞。爲告相如多渴疾，養生常自讀《南華》。

朱懋德，字勉菴，爵里未詳。

曉行

漏盡聞雞唱，披衣起獨先。秋高霜滿野，雲淨月當天。霧尚竹林鎖，燈猶村店懸。離家已四月，旅思倍淒然。

題友人茅屋壁

茅屋臨谿上，橋邊有徑通。門臨春水緑，簾捲夕陽紅。躡屐訪鄰叟，提壺來釣童。晝長清興發，覓句步池東。

客窗

落盡閒花静掩門，客窗寂寂共誰論？遥天雁唳雲邊月，細雨人歸柳外村。竹閣影寒添酒病，梅花香冷瘦詩魂。有時飯罷閒無事，手把殘書坐石根。

俠少年

自脱豐貂上酒樓，酒酣長嘯叩吴鉤。憑君爲國誅姦佞，不報零星瑣碎仇。

蔡綸，字閬春，副貢生，居航頭。

題嘯隱上人獨坐幽篁圖

蒼葭秋水渺難尋，洄溯伊人寄意深。想見上方諸品浄，一輪明月照禪心。

唐棣，字遠村，舉人，居十六保。

題巢雲圖

一聲兩聲流水，千個萬個緑雲。誰似子猷不俗？茅齋日對此君。
地僻心情閒曠，時和景物清幽。啜茗春風初暖，題詩蕉葉新抽。

蔡雲桂，字静香，舉人，潛山教諭，居川沙。

題嘯隱獨坐幽篁圖

十年不到廬山上，今日披圖見遠公。鬢髮已經霜雪染，襟懷仍與水雲同。琴邊有月參圓覺，竹外無塵悟大空。賸此些愛根難盡剗，緑天清興正蓬蓬。

張杰，字一齋，居邑城。

梳妝臺懷古

玉斧金甌付劫灰，重尋豔蹟此低徊。應憐遼國全無士，不道蕭孃尚有臺。當日早朝瞻翟茀，祇今荒殿長蒿萊。隔城遥見西山影，猶認雙蛾乍埽來。

華敬，字值庭，居撥賜莊。

彈棉

吴棉鋪得薄如氈，手執弓槌叩獨絃。天女散花盈翠袖，謝家飛絮撲香肩。驚回午夜漁陽夢，惱亂寒窗文字禪。彈罷重將蟬鬢理，白雲堆裏拾珠鈿。

莊行儉，字松樓，諸生，居川沙。

紡紗

終宵轉遍轆轤聲，乙乙絲抽雪樣明。車畔紅留燈一點，窗前白映月三更。是誰經緯從心出？似我文章著手成。相約明朝同刷布，會須早起聽雞鳴。

徐文炯，字蔚山，諸生，居川沙，著有《海曲學吟草》。

題顧書圃別墅壁

拓得幽閒地數弓，高人卜宅謝塵紅。買鄰我欲輸千萬，一棹移家汭水東。

陸濬淵，字嘯村，居川沙。

題李稼軒友梅圖

一枝寒破隴頭煙，風雪江村欲暮天。解識梅花是知己，人間只有李龍眠。

尋詩閒過板橋西，勝侶相逢酒共攜。郤笑西湖林處士，强呼清友作山妻。

陸耀曾，字秋坪，爵里未詳，著有《杏花仙館吟稾》。

春雨

廉纖一夜溼莓苔，滿院繁葩次第開。閒坐小窗開卷讀，暖香風送入簾來。

朱元禧，字竹村，諸生，居沈莊。

聽松樓和韻

老樹經霜幾百秋，蒼然崛起似蟠虬。忽聞龍吼知何處，法雨樓西又一樓。

施普，原名焕章，字起雲，諸生，里居未詳。

拈正氣歌語作樂府

董狐筆

賊不能討境未越，趙盾弑君誰敢説？一字之誅嚴斧鉞。吁嗟乎！鼠鬚虎僕何代無，古之良史惟董狐。

張良椎

八十斤椎鑄頑鐵，祖龍一擊心膽裂。不待輼輬載鮑魚，澤中先已起陳涉。噫嘻！陳涉之計亦太愚，乃爲項劉作前驅。

常山舌

二十四郡無忠臣，忠臣惟有顔杲卿。駡賊賊怒斷其舌，舌斷駡猶未絶聲。嗚呼！張儀問妻舌存乎，誑楚豈是大丈夫！

出師表

萬古不磨此奏藁，絶大文章人盡曉。涑水編年書入寇，豈其未讀《出師表》？莫言蜀處天下偏，試看忠義能回天。

王逢清，字義亭，諸生，居邑城，著有《挹香居詩稾》。

讀離騷樂府

奪草藁

既生上官大夫，何生三閭大夫！大夫之才絶世無，大夫之罪由庸奴。大夫見機惜不早，爲令何須屬草藁。

鄭袖寵

美男破老，美女破舌。鄭袖入，懷王惑。靳尚出，張儀釋。臣安在？在齊國。囚安在？在秦國。

九歌哀

信鬼不信人，事巫如事神。東皇太一何所尊？山鬼哀怨啼江濆。君不見石言於晉神降莘，鈞天廣樂帝賜秦。

作天問

白頭古廟吞聲哭，走筆龍蛇風滿屋。擲破洪荒去問天，慘淡文章鬼燐緑。天若能言天亦愁，玉猊一醉低雙眸。十二萬年不開口，後世復有柳柳州。

沈汨羅

一唱《哀江南》，竹枝杜宇啼空潭。再唱《公無渡》，月黑楓青斷行路。湘水迢迢魚腹多，白日不照奈若何。公乎奄忽徒自苦，楚宫昨夜細腰舞。

姑胥臺

赦越歸來霸業銷，高臺秋色莽蕭條。黄池宴罷家山破，白苧歌殘粉黛驕。麋鹿至今餘蔓草，鴟夷終古逐寒潮。玉波别有雙蓮菂，教戰西風冷翠翹。

山塘

紅闌百尺接紅橋，一幅青帘屋角挑。獨倚淡香樓檻坐，數聲風遞有情簫。

胡範源，字廉夫，居召稼樓。

游福泉寺

舟行來水國，彼岸得同登。古磬一聲響，白雲深幾層。捫蘿穿曲徑，看竹遇高僧。説罷南谿碣，還參最上乘。

張祥麟，字少廉，諸生，里居未詳。著有《西谿書屋遺草》。

旅況

天末起涼颸，羈栖動客思。鄉情連夜夢，旅況一鐙知。鈴語鐘聲外，風清月白時。那堪匏繫久，眠食强支持。

和鍾冕之新晴即景韻

幾日多風雨，林巒宿潤含。荒荆緣絶壁，古柳卧澄潭。月白涼添露，煙濃潤逼嵐。歸途須記取，名勝已窮探。

京口道中

一肩行李過庚郵，懊惱風塵事遠遊。異地厭看花照眼，佳期恰值月當頭。六朝古寺斜陽冷,萬里長天巨浪浮。醉發狂歌拓金戟,飛飛驚起水邊鷗。

京口夜泊

去年曾記此遨遊,沽酒今宵又泊舟。江闊直窮千里目,月明偏照萬家樓。三更風露涼於水,兩點金焦淡入秋。明發便須帆飽掛,故人相約白沙頭。

荷花隖即景

舊雨相逢一笑迎,荷花隖畔雨初晴。半灣流水數株柳,隔岸人家雞犬聲。秋水伊人足溯洄,蒹葭深處好亭臺。招涼不用蒲葵扇,自有清風拂面來。白雲深繞畫欄東,解渴還須飲碧筒。不辨茶香與荷氣,棗花簾逗一絲風。阿儂生小水爲家,姊妹相邀泛缺瓜。唱罷採蓮歌一曲,放鷴亭外夕陽斜。

盛承慶,字秋田,諸生,居大團。

題怡園圖

名園未登陟,讀畫思悠然。花月神仙地,樓臺詩酒天。獅峰懷舊蹟,鴻雪感遺篇。《談諧集》,有心香李業師作。遥話林泉勝,風流已廿年。

王錫琳，字亮揆，號滌齋，監生，居川沙。

同陳一華舟中話舊

襟懷共瀟灑，相與泛輕舟。月落影依水，山寒天欲秋。煙波鷗夢闊，漂泊客心愁。漫把離情訴，臨風聽櫂謳。

和莊素庭感懷韻

識得浮生是夢中，我行我素任途窮。安貧久謝嗟來食，入世真如不倒翁。鐵硯何年酬壯志，鹽車幾輩困英雄。無私卻喜新桃李，開到柴門一樣紅。

陶文琦，字謌齋，諸生，居横沔。

沔谿雜詠

輕衫白袷盡名流，良夜相攜作雅游。小立橋心歌《水調》，珠簾十二一齊鉤。

繞谿新柳碧籠煙，柳外紅橋雁齒連。正是鴨頭新漲暖，四邊争放木蘭船。

徐文煥，字墨莊，諸生，里居未詳。

題松鶴圖

平臺縹緲鎖煙霞，盡日閒門少客撾。小立庭前調鶴罷，呼僮縛帚掃松花。

潘鏞懌，字寅甫，諸生，里居未詳。

題耐頭陀翰墨緣

狡獪神通見未曾，髮仍種種自稱僧。禪機慣説無生法，慧業思參最上乘。豈爲儒冠終致悞，故應佛法得相承。只愁文字多魔障，高會靈山恐不能。

王志容，字蔭峰，居邑城。

詠菊

東籬秋老露華濃，鑄出金英見化工。一代老成推魏相，千秋隱逸契陶公。幽齋相對名心淡，塵世何人傲骨同？曾記白衣來送酒，對花覓句醉顔紅。

王夢松，字景喬，號致鶴錫，琳子，居川沙。

夢遊天台歌寄徐縵雲楊初篁

天台山高一萬八千丈，曇華亭畔石梁天半無依仗。惟有忘形世外人，乃肯攀蘿捫壁延緣上。夙昔仙山繫我思，一夕飛身夢到之。瓊樓玉闕盡幽敞，醴泉瑶草都神奇。華頂峰高天尺五，心神惝怳魂迷離。靈光秀色非人世，月户雲窗逞瑰麗。漢碣秦碑蝌蚪文，金泥玉檢虬蛇勢。異香流馥馥，危閣鎖重重。迴身忽下五霄峰，白雲塞徑碧蘚封。銀濤颯沓千丈松，深潭大壑蟠蛟龍。舉頭側目瞰長空，煙霏霏兮霧濛濛。遥聞古磬聲玲瓏，披雲忽來玉女童。見余窈窕斂華容，爲言我師司馬翁。名列丹臺上，身居赤城東，餐霞鍊石無始終。貝齒粲粲方雙瞳，邀余同入水晶宫。水晶宫中盡列仙，羽衣霞帔臨風鶱。白日飛昇無量地，紅塵解脱有情天。如君慧業多靈種，無奈人間累俗緣。仙人不肯長陪從，轉身凝睇長流送。石橋天姥記游蹤，行行漸至桃花洞。劉阮歸來蹟杳然，胡麻飯熟嗟誰供。惆悵東風洞口春，桃花黯淡紅雲凍。括蒼石室一聲鐘，撞破宗生卧遊夢。夢中閲盡仙山景，滿身雲氣衣裳冷。安得同懷共此遊，傾壺醉倒眠蒼嶺。我友徐楊俱逸才，煙霞嘯傲襟同開。珊瑚筆架瑪瑙杯，生涯詩酒畫，標格松竹梅。有時贈我新詩句，妙理玄心涉幽趣。有時邀我玉笛吹，梅花亂落瑶臺樹。而今漂泊各風塵，夢寐相思幾度春。豪氣未除湖海客，文殊何必是前身。探奇搜異忘朝夕，平生山水知同癖。何當與君共乘陶峴舟，同蠟謝公屐？岳瀆漁樵麋鹿羣，嘯傲清風盟白石。

客舍偶成

頻年輪轂滯天涯，短夢輕塵感歲華。最是銷魂寒食夜，一燈細雨落檐花。

俯仰

俯仰頻搔首，乾坤萬象羅。澄懷盟止水，壯志托高歌。歲月催人老，江山閱世多。我生慚祖逖，風雨歎蹉跎。

寒夜感懷

如夢復如醉，宵深獨倚樓。山昏寒月落，風急大江流。壯志頻看劍，良材賴作舟。書生有龍性，杯水不勝愁。

周浩然，字曉汀，居川沙。

和友人訪嘯隱禪師韻

禪關咫尺好尋師，無奈聞名識面遲。啼鳥聲從花外度，夕陽影向樹間移。脩篁萬個慈雲護，弱柳千條法雨施。聞道春來吟興劇，可容遥和白蓮詩。

孟善曾，字稷卿，居川沙。

聞七夕

屈指星期尚未遥，又添佳話到今宵。秋來忙殺雕陵鵲，兩度來填碧落橋。飲犢河邊手重攜，紅牆不隔路東西。只愁惹得姮娥妬，苦促黄雞半夜啼。

宋□□，字荃園，居邑城。

憶香光樓

長夜客窗幽，追涼憶舊遊。擎波翠蓋密，繞檻綺霞浮。晝静風生樹，香清月上樓。何當移短棹，挈伴過椒邱。

陸均，字雲心，諸生，居六竈，著有《留香閣詩存》。

無題

仙山樓閣與雲齊，芝作軒楣桂作題。瑶砌露凝紅躑躅，綺窗春透緑玻瓈。櫻桃花底宵無價，楊柳灣頭路易迷。重向鬱金堂外過，玳梁零落燕巢泥。

陸桂華，字子泉，居瓦屑村。

題嘯隱僧乘槎圖

煙波無際水連天，笑泛枯槎到日邊。長嘯一聲人不識，月明驚起瘦蛟眠。

王宗泰，字錫瓚，號二榆，居邑城，著有《二榆山房吟稾》。

踏青至荷花隖

荒池何處葉田田，風度筝聲寒食天。泥滑鳥呼紅杏雨，樓高人住緑楊煙。一春景物堂堂去，三月鶯花草草緣。絮果萍因渾不定，問誰參破此情禪。

題嘯隱上人獨坐幽篁圖

支公風度儼然存，會罷龍華道益尊。除卻求書并索句，不曾輕啓竹間門。

陳論，字時夏，爵里未詳。

題袁古頑子立小影即祝其五十壽

五十年來太瘦生，干時無術且藏名。已拚駿骨風塵老，賸有龍光霄漢横。説劍仗堂樺燭炧，彈碁僧院竹陰清。此中空洞饒真樂，不受人間寵辱驚。

胡尚堅，字偕白，諸生，里居未詳。

遊石硿

石闌曲折繞雲房，静覺壺中化日長。蕭寺何曾皆佛地，山城猶幸接仙鄉。雨過竹院青鸞舞，雲護松關白鶴翔。小憩茶煙風颺處，游蹤那得倚禪牀。

瞿士雅，字豈園，爵里未詳。

題宋節婦孝行集唐

那堪夫子九泉歸，錢起。少夭堪傷老又悲。白居易。役盡心神銷盡骨，顧甄遠。苦於吞蘗亂於絲。黄滔。歷覯遠代無倫比，朱逵。惆悵忠貞徒自持。李紳。多難始應彰勁節，韓偓。皇天可得道無知。白居易。思養長懷感慨深，牟融。孤鸞舞鏡倍傷神。陸貞洞。隄防瓜李能終始，韓偓。勞動生涯涉苦辛。元稹。落葉滿階塵滿室，盧綸。亂蓬爲鬢布爲巾。白居易。可憐無限如花貌，孫元晏。千萬人中無一人。白居易。

邢楷，字書田，號侶琴，諸生，里居未詳。

擬陸士衡君子有所思行

大海不可方，高山未能即。嗟哉魯連去，令我增太息。明月皎夜光，秋風凝寒色。翹首望天涯，停雲渺無迹。欲寄恨無魚，欲飛恨無翼。古歡難具陳，相思勞竟夕。輕舟下東吴，因風掛片席。與君會相見，把袂意自得。如何道路長，令我心愈惻。

吴光，字震方，爵里未詳。

題粤西鬼門關驛壁

路入鬼門隘，崎嶇擁漢旌。翠山巒霧合，白屋野煙平。樹蝮陰天見，林鼯白晝行。詞人遷謫地，萬古一含情。

碧落洞在嶺南觀音巖

石壁坼一罅，邃閣凌千層。梯棧搆回幹，黑徑然明燈。幽閟悚毛髪，循闌得高登。俯江浩呼洶，跕跕愁飛鷹。目眩魄欲墮，心空境愈清。寒風出壑底，三月凝霜稜。巖乳滴成蓋，洞口垂幢旌。影倒日光入，江水摇晶瑩。或當夜静時，山鬼吟秋屏。歷此塵外境，不似寰中行。可惜蒼蘚面，刻劃遭涅黥。何當霹靂過，洗出雙峰青。巖側洞口滑，一望心先怦。隧道試從入，已覺龍氣腥。波濤乍蓄洩，風雨來杳冥。奇探未及恣，落照前山赬。舟去不得住，歧路悲心生。擾擾塵土間，俯仰慚山靈。

飛來寺在嶺南中峽

曾聞飛寺勝，偶過得登臨。曲磴懸丹棧，危亭綴碧岑。山稠耕地少，樹密瘴雲深。暫此偷閒息，蒼茫雨氣侵。

雷雨來中峽，喧豗百谷排。界青千嶂瀑，掩翠一江霾。水急催行櫂，涼生淨客懷。汲泉歸瀹茗，沙輭溼青鞵。

張承翰，字聞香，諸生，里居未詳。

二陸草堂懷古

荒祠寂寂草叢叢，賸有書堂傍梵宮。兩晉文章驚洛下，一椽風雨寄吴中。乞花場廢眠狐兔，唳鶴亭空翳藿蓬。卻羨季鷹歸去好，鱸魚蒓菜正秋風。

登棲霞嶺

蜷侷篷窗似坐關，偶攜遊屐一登攀。眼前頓覺胸襟豁，萬里長江數點山。

陸鍾杰，字次歐，諸生，里居未詳。

雪佛

誰把天花散九天，現身説法小庭前？清涼世界原難住，冷淡生涯亦可憐。不向熱場留色相，合從寒土結因緣。笑他多少趨炎客，何日回頭苦海邊。

泥佛

前身曾住大羅天，墮落污泥總可憐。濁世本難開口笑，廣場只合枕經眠。擊來土鼓無靈響，獻以塵羹亦夙緣。回憶兒童埋我處，幾生轉得法輪圓？

邵成正，字植庭，爵里未詳。

題宋節婦孝行

殉死原初志，留軀代藁砧。貞松應比節，孝筍自成林。鏡照孤生淚，羹諳反哺心。倫常千古事，巾幗使人欽。

張錫琦，字硯樵，里居未詳。

華陽客舍寄題怡園主人滋蘭圖照

澹澹空谷芳，亭亭玉樹枝。封殖本滋足，春風況離披。得地根自固，吐穎含華滋。入室會心遠，臭味良可師。結賞共晨夕，雒誦情爲移。展圖快相覿，恍挹沖淡姿。始識素心人，比德良在茲。

朱鏘，字及里居未詳。

袁山松墓

獨樹老風煙，將軍姓氏傳。何來千古恨，不及六朝編。海氣憑弧挽，霜威借日懸。忠魂如可作，碑碣有啼鵑。

富昌鍾，字心蘭，里居未詳，著有《春心廬存稾》。

病中遣懷

忽忽將週花甲年，掀髯長笑對蒼天。壯時嘗徧塵中味，老至抛將世上緣。貪涉江湖常放膽，縱觀嵩華亦躋巔。平生眼界徒空闊，看到斜陽只自憐。

顧訓瀍，字江村，諸生，里居未詳。

春日感懷

燕來雁去惜華年，客舍風光瞥眼前。身外已無臺避債，夢中只愛枕游仙。文心敢奪江淹筆，壯志應加祖逖鞭。權且埋頭鑽故紙，好憑舊物守青氈。

渭北江東雲樹迷，西窗夜雨覺淒淒。半身況味同雞肋，早歲心情等馬蹄。落日竹林休附呂，高風柳下獨攀嵇。感懷身世如鴻爪，頻向天涯印雪泥。

過徐曙堂話舊

别來將廿載，閒步訪徐公。舊是詩人宅，常留隱者風。遺編塵積案，小影雪留鴻。獨羡家聲美，芝蘭滿院中。

喬玠生，原名遷，字春谷，諸生，里居未詳。

扁豆

篇什今纔詠，疏箋昔未明。豆惟分類種，扁以象形名。架引高低蔓，花開紫白英。蜂珠含的皪，翠玉映晶瑩。實向深秋綻，苗從首夏生。濃陰遮蔀屋，纖葉覆松棚。蛾亂風前影，蛩聽雨後聲。先同菜根齩，徐待藥籠評。寒士留賓易，田家佐饌精。髮令三老黑，身餌八珍輕。漫説牛蹄踏，時隨鴨脚烹。味腴宜麥飯，汁滑比蓴羹。熟可磨爲餅，甘將點以餳。洵能諸美具，豈止二難并。攜種來冰署，牽藤上曲桁。邠風如補入，佐酒瓦盆傾。

題顧澹園曙彩樓詩鈔用集中讀陶篁村詩韻

自顔書屋悔耽吟，刻意吟詩意趣深。莫抱青琴怨焦尾，蔡中郎究是知音！

騷壇名宿舊星羅，此日黄壚感慨多。周北張南惟短李，近來酬唱復如何？

莊如鎔，字墨林，監生，里居未詳。

吴雪庵先生《懷雨集》云：墨林工山水，筆意甚秀。早卒。

題畫

亭虚白雲住，樹老紅葉飛。入山不知晚，空翠沾人衣。

孫□□，字藝香，名及爵里未詳。

題扇頭畫贈易樨庭

瘦日頑雲歸雁遲，長林瑟瑟颭寒颸。東籬不少看花處，偏愛秋山立小時。

倪峻，字耕南，爵里未詳。

題程棃生先生詩集

莫嗤里曲雜巴歈，大雅輪憑隻手扶。冀北鹽車誰伯樂？江東鐵板此髯蘇。三秋風雨新詩卷，一夢湖山舊酒壚。自古騷人多不遇，何妨適志老蓴鱸。

張莊，字午橋，爵里未詳。

懷故園

西風瑟瑟夢依依，一片鄉心逐雁飛。料得故園秋雨裏，菊花狼藉酒人稀。

題友人梅雪圖

果然人似小神仙，嘯傲林泉不記年。一二枝梅斜映月，兩三竿竹淡籠煙。山腰雪壓疑無路，水面星浮别有天。獨恨氤生少清福，西風冷落守青氈。

黄菊盛開喜而賦此

東籬秋老菊争開，引得幽人日日來。正好典衣沽酒賞，丁寧風雨莫相摧。

次韻答潘碧谿

感君遥寄鯉魚箋，不負交情似漆堅。竹院聯吟常半夜，旗亭握别又經年。鶯花潦草思前約，雲樹凄迷望遠天。若問近來環翠勝，手栽楊柳已飛綿。

寄懷陳半耕

自結金蘭契，於今二十秋。論交情最洽，話舊意偏投。寶刹懷陳蹟，祇園感昔遊。賭碁頻翦燭，鬥酒屢添籌。得句同欣賞，分題互唱酬。春郊邀步屧，月夜約登樓。風雨經年别，鶯花兩地愁。音書憑鯉寄，泥雪憶鴻留。垂盼勞青眼，相思易白頭。還期舟載鶴，重復杖扶鳩。暢敘煩俱滌，清談拍共浮。平生無限意，抵足語綢繆。

舟夜

宿霧漫江夜色昏，星星漁火隔江村。不須更聽《陽關曲》，苦雨凄風已斷魂。

避亂作

亂攜襆被出嚴城，回首狼烽徹夜明。得志犬如添翼虎，抛家人似覆巢鶯。苔荒古寺僧無蹟，風戰長林葉有聲。如此逃生尚儌倖，幾多斷骼草間横。

方守仁，字誠齋，爵里未詳。

鴻雪村居吟草題辭

沈酣卷帙笑書癡，早歲聲華播一時。垂老剗除湖海氣，名山陶鑄性靈詩。飄蕭古意髯三尺，跌宕風情筆一枝。此集自應傳誦遍，賞音處處有鍾期。

陳福堂，字仁巢，爵里未詳。

春晚即景

東風吹落日，遠浦影横斜。樵散薪猶負，漁歸酒未賒。晚禽投密樹，倦馬踏殘花。徙倚柴門外，悠然玩物華。

沈鵬，字竹谿，爵里未詳。

吴雪庵先生《懷雨集》云：竹谿工畫花鳥，書亦秀勁可愛。喜吟詩，脱稾後即散失。家貧甚，硯田不足畜妻子。年未三十而夭，惜哉。

和澹園夫子秋感原韻

碧紗廚隔蠟鐙紅，宛坐冰壺花影中。小几琴書閒檢點，荒江鷗鷺自西東。攀條司馬徒流涕，落魄昌黎欲送窮。惹起閒愁惟畫角，聲聲吹徹五更風。

相對牛衣唤奈何，茹荼世味久經過。門如陶令開時少，酒似劉伶醉日多。佳節每從愁裏過，壯懷端爲病中磨。秋來遮莫消閒處，讀畫絃詩遣睡魔。

沈齊文，號詠樓，諸生，里居未詳。

雨夜

昨日柱礎潤，今日溼雲布。春雷始發聲，崇朝雨如注。草木怒迸芽，躍躍生機露。珠玉何足貴，所貴得甘澍。曉來著屐行，新緑滿芳樹。

火文焕，字星垣，光大子。優貢生。居百曲村。著有《閒吟編》《夢花齋詩草》。

《邑志》略云：文焕績學能文，詩賦尤工敏。及門多名士，友愛兄弟不分爨。嘗續輯《海曲詩鈔》，未就卒。

姚明經煒琛云：星垣文章冠世，凡作文，疾書不解思索，一題或四五篇、十數篇，各立一義，無字句重襲，皆成壽世之言。賦詩至數千首，才華富贍。一詩之出，人競傳抄，紙價騰貴，洵有徵也。此殆所謂「積於中發於外，汪洋恣肆而不自知」者耶？

《畹香留夢室詩話》云：星垣先生，爲詩人蔡曉峰先生之壻。其外姑朱愛秋女史，工吟詠，先生耳濡目染，遂亦喜爲韻語。初以八股文鳴於時，門下士一經指授，多破壁飛去，而先生屢戰不捷，祇以優行貢入成均。晚年遂一意治詩，所作積四五千首。兹所蒐得，僅十之二三，然亦足以窺全豹矣。佳句五言如「清尊邀碧月，奇句問青天」；「秋心蕉葉雨，詩思桂花天」；「詩心秋後冷，鐙火客中孤」；七言如「杯底年光消竹葉，鐙前鄉夢繞梅花」；「雲圍古樹禪房静，日澹空林塲影斜」；「子布聲華推白下，茂先才調近黄初」；「泛月慣浮千里櫂，尋詩重躡六朝山」；「風迴緑水波生縠，窗對青山鏡疊屏」，皆名雋可誦。至其《和張海槎秋柳詩》有「月冷高樓愁擫笛，霜飛絶塞聽鳴笳。長楊獵罷偏多事，細柳營荒異昔時。尚餘酒旆臨官道，愁見征塵入漢關。灞岸煙荒征騎遠，隋隄日暮亂鴉飛」之句，則以時值壬寅之變，海疆氛惡，征調頻仍，以故撫事感時，不自覺其憂傷憔悴也。

豐莊雨望

扁舟一葉人三兩，談笑渾忘客路長。試啓篷窗延目望，斜風細雨過横塘。

望丹陽城

雲中雉堞望巋然，指點丹陽在目前。芳草緑深沙際路，綺霞紅滿鏡中天。蘭陵鎮口明斜照，葛令祠邊冷晚煙。聞説朱方城郭舊，我來懷古一流連。

渡江

擊楫中流眼界開，驚濤拍岸響喧豗。秋凋木葉千峰下，浪湧銀山萬里來。跳蕩雙丸浮日月，奔騰一氣鼓風雷。銜杯篷底多佳興，高詠重懷絶代才。

客感

桂粟香殘惹客思，又看黄菊發東籬。滿城風雨催秋老，遶郭雲山入畫奇。流水聲消龍虎氣，空林葉戰帝王祠。晚鴉噪處驚蕭瑟，弔古閒澆酒一卮。

鍾山

朝陽門外紫煙浮，躡屐來登最上頭。碧澗自流功德水，青山長繞帝王州。草堂客去思周子，祠廟香銷憶蔣侯。石徑荒涼坐懷古，松杉吹起晚風秋。

玄武湖

秋風蕭瑟戰蒹葭，一片湖光映落霞。王氣已消吴寶鼎，神龍曾見宋元嘉。戈船教戰餘殘壘，芸閣藏書付劫沙。千頃鷗波涵落日，冷香吹上白蘋花。

永濟寺

山腰樓閣露紅牆，石徑逶迤引路長。巖穴光明藏古佛，江天空闊冷斜陽。半林雲樹圍初地，一片鐘聲出上方。檻外煙波遥指處，風帆沙鳥共迴翔。

大江曉發

蒼茫曉霧鎖蛟宫，遠水長天一色同。京口潮回千里白，海門日出萬山紅。黿鼉蹴踏銀濤湧，鸛鶴高盤玉宇空。徙倚篷窗望寥闊，蕭蕭蘆荻戰秋風。

舟行

路入青山麓，舟行緑水邊。鷗波浮遠夢，蠏火冷秋煙。窗啓迎紅樹，帆飛界碧天。月中吹鐵笛，驚起老龍眠。

夢歸

曲村雲樹認依稀，千里鄉關夢裏歸。欸乃一聲催客醒，曉鴉無數破煙飛。

申江夜泊

黄蘆苦竹滿江干，雲水蒼茫四望寬。潮挾風威摧岸動，秋摇詩夢落江寒。露華冷淡凝篷牓，蠏火淒迷隱釣灘。聽罷鼉更天欲曉，長空一鶴霧中盤。

渡江

一棹衝煙去，横空曉霧迷。帆争飛鳥疾，天入大江低。朝日紅明岸，垂楊緑暗隄。水風吹客冷，買醉一尊攜。

登燕子磯

翦江飛燕蹟長留，化石千年鎮上游。形勢盡收南北險，登臨幾閲古今秋。風煙近接盧龍嶺，沙渚遥連白鷺洲。日暮憑高發長嘯，鄉關極目不勝愁。

白門秋興

建業城頭秋色新，微風嫋嫋動江蘋。揭來虎踞龍蟠地，仍是鸞飄鳳泊人。千里雲山題詠遍，六朝風物感懷頻。多情只有秦淮月，長伴閒宵客裏身。

靈谷寺

一徑入嵐翠，松關曉尚扃。雲依僧衲白，山對佛頭青。塔影參天立，經聲隔水聽。探幽忘日暮，歸路步荒坰。

太平河晚眺

百里長河送客船，長隄風景足流連。蘆花瑟瑟明秋水，楊柳蕭蕭冷晚煙。一片江光飛鳥外，六朝山色夕陽邊。牧童歸去村墟遠，短笛横吹薄暮天。

新河道中

天風吹上釣魚磯，遥看喬林掛夕暉。浪走雷聲兼地動，帆移雲影過江飛。詩程浩蕩浮千里，山色空濛澹四圍。且倒一樽篷底醉，涼颸披拂芰荷衣。

再贈姚漱泉

海天老屋寄吟身，落落高懷不染塵。一代龍門尊氣象，三秋鶴骨健精神。前生合隸神仙籍，隻手能扶大雅輪。著作名山應並壽，蓬壺風月樂長春。

感事

海甸澄清二百年，煙氛陡起蔽長天。欃槍星指三秋夜，舶趠風來萬里船。鼓震山城烽火警，檄馳邊塞羽書傳。臨關欲問從軍士，何日鐃歌唱凱旋？

出没重洋敢肆囂，跳波小醜笑僬僥。蜑人種類紅夷雜，蜃市樓臺白鬼驕。嘯聚魚龍能鼓浪，縱横犀兕慣乘潮。頻年江上驚騷擾，極目妖氛尚未消。

洋帆一片出江潭，百粤山川虎視眈。荔子江城烽燧密，蓮花幕府酒兵酣。元戎孤負征南任，羣帥渾忘敗北慚。赴敵有人拚一死，旌忠應荷聖恩覃。

甬東片壤已飛灰，肆掠還愁去復來。郡列六城紛割據，潮乘八月起喧豗。和戎應悔非長策，玩寇從知是禍胎。聞道萬家雞犬盡，不堪重上越王臺。

禦敵曾無一矢加，長蛇封豕任紛拏。但聞波畢來天竺，幾見葡萄入漢家。江口潮迴迎白馬，井中天小坐青蛙。潢池兵弄同兒戲，海上何時斬吕嘉？

似此披猖奈若何？天心未欲息干戈。三邊屯戍思充國，萬里征蠻仗伏波。唐代曾聞俘頡利，天朝久已懾諸羅。談兵莫笑書生怯，草檄還堪盾鼻磨。

滬城歎

江頭礮火轟如雷，海關失守逃兵回。喧傳番舶乘潮來，居民竄盡城門開。森森雉堞空崔嵬，有官不守何爲哉！滬城富庶自昔推，五方雜處人喧豗。外洋賈舶千檣迴，六街錦繡如雲堆。豪家紈袴雜輿儓，春風羅綺紛紜裁。魚龍百戲陳高臺，華燈照夜傾金罍。寶釵逐隊瓊筵陪，芙蓉一榻相依偎。江河不返風俗頹，淫靡日甚兆禍胎。市藏狙儈爲盜媒，坐致羣醜跳城隈。鴟張豕突如倭傀，蜂屯蟻聚誰招徠？開門揖盜劇可哀，有城無官城遂摧。奸宄乘機發草萊，紛紛搶攘樂禍灾。黑鬼跳躍白鬼咍，紅旂紫蓋籃輿擡。叫囂隳突搜貲財，黄金白璧空藏埋。萬家華屋化劫灰，青蛾白髮蒙塵埃。醜夷得志飛瑶杯，梵宫傾倒蒲萄醅。荷花池上耕牛椎，腥羶狼藉污莓苔。縱横竊據五日纔，園林幾處餘燼煨。一朝遁去揚風桅，居人膽破猶驚猜。吁嗟盛衰氣數該，昔何侈靡今虺隤！蕭蕭陰雨催黄梅，撫時感事心低徊。凋殘敝俗期栽培，何時撫馭來良才？

逃兵行

海疆要害吴淞口，屯兵三載嚴防守。轟天礮震海水飛，將軍死敵督師走。督師走，官兵逃，潮聲洶湧人聲嚣。狐奔兔突野犬嘷，經過百里恣繹騷。街頭攫食借乞火，按劍拔刀駭閭左。訛言寇至摇衆心，煽動亂民潛入夥。執戈臨陣忘同仇，棄甲紛竄貽民憂。似此官兵太無狀，尚有森嚴軍令不？吁嗟乎！昔日養兵期殺敵，今日逃兵竟作賊。

滬城

烽煙乍息滬城頭，破帽殘衫此暫留。撲面黄塵風獵獵，驕人白晝鬼啾啾。腥風夜帶魚龍氣，廢苑朝看麋鹿游。過眼滄桑餘涕淚，吟魂還逐浦江流。

食蠶豆

金花入饌殊可口，玉版登盤味尤厚。主人供客最多情，金玉奇珍無不有。今夕忽復快嘗新，花瓷薦出置肴右。先生急起燒燭觀，但見緑珠顆顆大於鈕。幸是生來體不圓，不然恐向盤中走。挾箸捉食開笑顔，座間不覺亂點首。吾聞此物號蠶豆，植並來牟遍緑畝。採當蠶月熟麥秋，剥之須倩纖纖手。如斯佳味忽登筵，不飽嘗之恐孤負。急呼主人開舊醅，今宵且共傾銅斗。

客去

客去蕭齋寂，來尋緑水灣。野雲飛似馬，煙樹遠疑山。前路逢人語，斜陽看鳥還。晚歸偏適意，詩興動柴關。

江干散步

微風生柳外，獨立暮江頭。涼意歸高樹，詩心入早秋。棉花新顆結，秔稻暗香浮。指點斜陽裏，漁家破網收。

黄昏散步

地僻柴扉夜不關，黄昏散步到谿灣。涼生樹影蕭疎外，秋在蛩聲斷續間。映水亂螢千點碧，照人新月一鉤彎。客心此際多清曠，緩緩尋詩曳杖還。

寄張奕山

劫火宵明丹鳳樓，妖氛飛下大江頭。側身天地家何在？過眼滄桑涕不收。敗篋祇存青李帖，長途漸敝黑貂裘。誰憐當世張平子，悽絶天涯詠《四愁》。

感事十首

雄師久駐虎頭山，定素江潭去復還。銅柱昔曾分漢界，丸泥今已塞函關。江横鐵索雙魚鎖，山列崇墉百雉環。如此重洋天險地，可無奇策懾南蠻？

粵江潮接浙江潮，到處長鯨跋浪驕。誰使雄師化猿鶴，頓令狂寇沸蜩螗。元戎按部軍心定，大帥連兵壯志消。手握虎符甘附賊，幾曾恩寵答中朝！

誰令邊寇肆披猖？自大居然比夜郎。重譯竟能通國語，夷書翻敢附王章。笙歌城郭餘焦土，錦繡山河作戰場。十萬帆檣如蟻集，更無人憶鳳凰岡。

制敵先應據上游，焦門失守已堪憂。千行勁旅歸楊僕，一局殘棋付奕秋。疑有禍胎生肘腋，豈無關隘控咽喉。請纓原是書生事，匹馬蕭蕭事遠遊。

莽莽風沙一望平，煙雲飄瞥動天旌。船飛海角帆無影，火烈原頭箭有聲。幾日羽書馳遠道，連宵鼉鼓走疑兵。將軍更有從容態，笑許兼程作緩程。

棨戟森嚴聚百官，不談攻守只盤桓。釋冰共説軍中樂，喋血翻從壁上觀。百尺將臺春日麗，千重步障陣雲寒。公侯若個威名重，好爲邊原保乂安。

楚庭高聳粤江邊，睥睨雲山思惘然。荒服尚持蘇武節，大江常放呂蒙船。銅刀殺賊今何事，瘴海羈身亦可憐。太息下民多疾苦，哀鴻中澤已三年。

結草爲人計已窮，妄思退敵策奇功。千層蜃市連雲黑，十丈鯨波洗血紅。狐兔縱横隨處走，魚龍悲嘯徹宵同。閭閻無限仳離苦，都在驚濤駭浪中。

魋髻居然坐筍輿，争傳怪事共驚呼。衣冠到此真塗炭，劍佩何堪屬賈胡。名擬鬼雄應酷肖，事同兒戲竟非誣。跳刀市上諸無賴，便許招摇過上都。

漫説兵從紙上談，紛紛輿論亦堪參。師中氣自紅單壯，海上聲先白戰酣。投筆便應張勁弩，同袍誰與贈征驂？哀詞重續蘭成賦，不哭江南哭嶺南。

重有感

百隊欃槍出浪中，峩峩番舶走艨艟。庸臣已定羈縻法，節使難争口舌功。幾見陳湯能殉國，可憐魏絳竟和戎。傷心獨有關西將，一死猶能報國忠。

遥聽連營鼓角催，征南將士亦堪哀。林宗久繫人倫望，鄧艾今無決勝才。已見妖氛從地起，原知殺運自天開。鴉煙消盡狼煙起，重與胡僧話劫灰。

湖中

波平如鏡浄無埃，眼界還從澤國開。擬學廉夫擕鐵笛，月中吹起瘦蛟來。

金陵懷古

八代憑陵地勢雄，山川王氣易成空。紫髯始定三分局，赤壁還收一炬功。都建石城尊號竊，江沉鐵鎖霸圖終。樓船西下降旛出，花草年年泣故宫。

五胡擾攘亂神京，龍馬謡歌讖早成。半壁江山撑晉室，八公草木走秦兵。元戎跋扈能傾國，高閣風流漫擅名。祝罷長星仍屢見，金牛殘祚竟誰更？

崛起英雄草澤中，摴蒱擲罷挽琱弓。躬膺禪讓終成篡，政美元嘉恨不終。萬里長城鴆毒壞，六州荒壘燕巢空。最憐大厦將傾日，只有袁家父子忠。

孤虚遁甲測神機，討賊除殘踐帝畿。紫氣軍容驚白馬，紅輪奇兆夢朱衣。刺閨勤政懷先業，結綺酣春寵豔妃。璧月瓊枝歌未了，不知天塹有軍飛。

憲宗五世有遺男，鐵箸鑪灰計孰參？田舍翁曾譏齷齪，小朝廷尚效癡憨。琵琶争譜《霓裳曲》，釣艇誰量采石潭？花月春風多少恨，傷心一闋望江南。

一統乾坤慶乂安，南畿定鼎駐鳴鑾。布衣自喜同劉季，疑冢如何效阿瞞。燕子飛來宫寢燬，龍孫遁去御溝寒。讀書種子惟忠孝，留取丹心萬古看。

周雋，字笠湘，諸生，居北新橋，著有《鷗碧齋詩稾》。

《邑志》略云：雋少負異才，試輒前列。嘗以《灞陵醉尉呵止李廣賦》受知於陳學使希曾，謂館閣中無此才。性坦易。授徒因材施教，造就甚多。詩古文詞並超，惜皆散佚。殁年四十餘。

金陵懷古

將相江東擅盛名，三分割據霸圖成。干戈北走烏林卒，脣齒西連白帝城。境外論交方遺酒，宫中決策已推枰。千尋鐵鎖同灰燼，嗚咽寒潮尚未平。

牛頭天闕望嵯峨，局就偏安未息戈。江左衣冠揮玉麈，洛陽荆棘没銅駝。營環旭日神靈驗，酒勸長星感慨多。試問平原經略者，書空咄咄竟如何？

奮蹟丹徒一世雄，威聲早已震關中。遐方曾禁輸橦布，後嗣誰知念葛籠？奉詔有人悲脱幘，畫臍何事笑投弓？可憐東邸攀車日，解璽匆匆恨未窮。

宋至孤城在石頭，羣公勸進有成謀。草書賭罷頻稱善，腰扇擕來空障羞。都下正看齎赤火，官家枉自築青樓。金蓮步步堪亡國，還向宮中禱蔣侯。

臺城一片暮煙荒，欲話蘭陵動感傷。金字經開聽説法，紙鳶信斷望勤王。軍威纔震黃龍艦，戰血猶流朱雀航。卻怪仙人牛渚畔，只將吉兆告蕭郎。

羣鳥無端喚奈何，閣中狎客尚酣歌。階籤縱有前型在，璧月其如麗思多。桃葉秋風陳鐵騎，隱囊長日倚宮娥。空教九曲青谿水，留與行人弔綺羅。

瓦官閣下水潺潺，士女聯翩競渡還。花影春深迷錦洞，珠光夜冷照紅顏。帑錢何補軍資竭，儒教難迴國步艱。回憶笙歌如醉夢，豈堪重唱念家山。

混一重瞻帝統尊，不階尺土定乾坤。皇輿已信金甌固，家釁偏傷玉鏡屯。浩浩江波飛燕子，騰騰劫火失龍孫。即今木末亭邊路，落日荒煙最愴魂。

半壁東南已不支，紛紛黨議尚相持。元臣曾啓招賢館，方鎮徒多失律師。縱酒華堂朝按曲，挑燈深院夜填詞。未成六代繁華夢，金粉飄零又一時。

題黃碧塘先生游湖草

不分山色與湖光，都入先生古錦囊。儘有高懷追玉局，憑將遺事溯錢塘。六橋花柳春煙白，三竺樓臺夕照黃。想見閒吟騎款段，幾回極目向蒼茫。

周墉，字金圫，諸生，居周浦。

《邑志》略云：墉先世由川沙遷周浦。多才多藝，輕財任俠。家中落，漫游嶺南，遇盜喪其資斧而還。撫民同知何士祁聘修《川沙廳志》，淹蹇以卒。

枇杷

一紙雲藍柿葉如，有人花下閉門居。元和學士元才子，萬里橋邊遠寄書。

周虎炳，字對揚，號薇莊。諸生。河南汝寧府同知，署開封、彰德知府。居新場。著有《遺經詩稾》。

《邑志》略云：虎炳素性清慎，鞫獄寬仁，民呼生佛。嘗捐廉銀倡建朱仙鎮橋。詳請裁儀封廳缺，歸併蘭陽，免其稅，民尤感之。與固始周鑑堂封翁善，因以猶子禮招其季子入署讀書，後連捷入詞垣，即相國祖培也。旋以憂歸，居鄉幾二十年，戒子弟習勞崇德。卒年七十五。

《畹香留夢室詩話》云：余生也晚，不及見先生之德容道貌。幼聞先太淑人言，先生歸田後，布衣疏食，竹杖黄冠，時或招田父話桑麻，課晴雨，見者不知其爲黄堂五馬之尊也。及長，與文孫綺雲交。綺雲工書法，有綜覈才，以巡檢需次廣東。藩侯陳方伯夔麟檄令莞鹽館，甚器重之。昌伯又余門下士，弱歲能文，性通脱，嘗爲余道先生拯相國祖培事。先是，相國少年任俠，以殺人事下獄。先生録囚時，見其貌恂恂不類兇徒，因宛轉開脱，令入署讀書，遂以貴顯。今後嗣仍多仕宦，歲必遣一人至浦左謁先生墓。余以是服先生有知人鑑，而益多相國後裔之不忘本源也。

禹州留侯洞即巢由高隱處

百年幾度笑顔開，攜屐閒尋八卦臺。莫豔赤松留往蹟，巢由此地已先來。禹州三峰山最高處有八卦臺。

王朝鼎，字卜菴，號寶英，諸生，居邑城，著有《南有園詩草》。

雨

連朝積雨溼江村，漸看閒階長蘚痕。最是愁人聽不得，芭蕉庭院夜黄昏。

蛙

方池春漲緑初齊，閣閣羣蛙不住啼。幾度枕邊驚夢醒，五更涼月藕塘西。

庚辰初秋李吟香招同人集香光樓祀邑中諸詩人即席次張野樓韻

生芻一束酒雙卮，招得吟魂一薦之。正好秋時宜醵飲，有前賢在敢題詩。枌榆結社存真率，梨棗成堆賴護持。後視今猶今視昔，狂歌爛醉莫推辭。

張野樓先生挽詞

故人多少赴泉臺，謂楊心香、張慕騫、張秋山、張遠帆、黄碧塘、王雨亭、王謙齋、喬寄生、姜墨谿諸前輩。忽又歌生薤露哀。何幸北邙增此老，可憐南國尠斯才。淒涼屋角三更月，冷落城邊一樹梅。他日荒阡建華表，詩魂應化鶴歸來。

題張野樓北郭夜吟圖即次其自題韻

野樓之人迴殊俗，野樓之居勝幽谷。人家寥落樹參差，小橋流水繚而曲。此中風景洵足娛，只合高人來卜築。誰知兩扇破柴扉，即是詩人野樓屋。蕭然靜夜抱膝吟，矮几紛綸堆卷軸。清風爲友月爲朋，撚斷吟髭口流馥。紙窗明滅燈欲殘，狂歌驚起庭鴉宿。蕭蕭敗葉響空庭，唧唧碎蛩滿荒麓。斯境真堪入畫圖，阿誰先得吾心寫此幅？

次樸園董明府九日登南匯城樓韻

鯉魚風裏佩萸囊，一覽孤城暮色蒼。出土稻孫鋪嫩緑，受霜鴉舅帶微黄。酒攜彭澤思陶令，詩詠齊山憶杜郎。不是登臨耽玩物，要將民隱訊江鄉。

題火星垣夢花齋續集

復有射雕手，才名重綺年。高人盤谷地，君居百曲村。詞客鷓鴣天。君近喜填詞。緑酒消千慮，青鐙手一編。何當共昕夕，酬唱藥闌邊。

李墀，字吟香，貢生，居邑城。

《邑志》略云：墀耽吟好客，尤愛才。與詩人張鉉善。鉉卒無後，墀於西門外購地以葬，鐫石表之。寶山名諸生蔣敦復，先嘗爲僧，寓邑城知止庵，頗困。墀賞其詩，與同志顧成順時相周卹，終始無斁，不以禮法繩其跅弛也。

題蘇文忠公書王晉卿煙江疊嶂圖詩真蹟斷碑即次蘇韻

當年我祖愛假山，揮金不顧廚無煙。壓船載歸自筍里，玲瓏縐瘦皆蒼然。惜者空懷邱壑志，覆簣那便成林泉。就中一片即此石，玉藏完璞珠藏川。料應泥污未見字，横作階砌雙扉前。希代之寶不終晦，梅雨洗出青瑶天。審視模糊縱剥蝕，郤幸神氣猶餘妍。笑我學書喜蘇米，不屑問舍兼求田。巧偷豪奪古有戒，亟將此石嵌壁間。君不見右軍《筆陣圖》存點畫爾，子敬二十二字尤娵娟。我今臨摹應不倦，直須忘食還忘眠。有客畫肚一尋證，云是手出玉局仙。不遭淪没常棄置，與我或有翰墨緣。從茲蕭齋例可仿，擬額名蘇齋。一時快事令我畫壁留新篇。

于佑吉，字藹人，號迪齋。貢生，候選教諭。居周浦。

《邑志》略云：佑吉早失怙恃，忌日必茹素。友愛尤摯。兄殁，哭之慟曰：「姪尚幼，而我亦衰，恐難如兄之撫我者撫之也。」生平砥行力學。書法趙文敏，參蘇、米兩家。工畫蝌，尤善蘭。能詩，遭亂佚其稟。

採菊

東籬日日懶相過，忽報繁英發舊柯。折取一枝供硯北，從來花好不須多。

杜克棠，字憩南，諸生，居十九保。

《邑志》略云：克棠學勤質敏，讀經嘗筆所疑成卷。性伉爽，喜交納。爲壽壙不封不樹。年幾七十卒，遺命不乞墓銘。

清河文社紀事

紙窗竹屋淨無塵，文讌追陪月一巡。此日高談三徑接，他年健翮九霄振。洛陽年少曾傾賈，淮海才華欲繼秦。不特志和能好客，主盟況復有騷人。

張源泉，字信昭，號六泉，居北六竈。

天下大師墓

十三陵外弔遺蹤，骸骨歸來尚不容。北固山高蹲病虎，金川門啓遁潛龍。千秋那復橋山袝，一龕何煩馬鬣封。淒絶春風啼杜宇，荒郊愁聽景陽鐘。

牛渚月

謝將軍去後，冷落水邊鷗。明月此良夜，扁舟續舊遊。吹簫歌赤壁，載酒過黃州。悵望眉山老，依稀壬戌秋。

憶佘山舊遊

一瓢一笠一枝筇，獨上東南最上峰。盤谷容人看放鶴，好風送我過騎龍。漁村晻靄當斜照，煙寺蒼涼起暮鐘。記得登高遥指點，潮來三泖浪花春。

陳忠愍公殉節吴淞作詩弔之

將身許國死不避，攻心較難攻城易。乘風破浪賊上灘，捍陸較易捍水難。陳公慷慨誓殺賊，一片丹心貫日赤。甲冑三年蟣蝨生，夜枕干戈晝提戟。歲惟壬寅月夏五，軍書告急如星火。幕府神機逸待勞，按兵不動吴淞左。將軍軍令肅如霜，劍及寢門屨窒皇。殺氣漫天天未曙，迨平明賊益披猖。岌岌鐵艦如雲集，羣兇欲肆鯨吞吸。將軍怒髮陡衝冠，大吼一聲海水立。佛郎機發紅衣礮，層臺頃刻濃煙罩。將軍裹創振臂呼，三軍股慄猶騰趠。鉛丸洞股股血紅，依舊豪氣凌蒼穹。桓桓虎旅盡星散，死殉巖疆獨有公。黃蘆一帶莽蕭蕭，慷慨偏裨劉大刀。覓得公屍裹馬革，淚痕和血染征袍。吁嗟乎！將軍雖死敵猶懾，誰竟開門將盜揖？夜深聽唱桂花歌，應有英魂暗中泣。

秋夜

譙鼓已三敲，殘編倦欲抛。虚窗摇竹影，斜月掛梅梢。燒燭聽雞唱，烹茶試虎跑。小詩留腹稾，明發教兒鈔。

金山步申春浦韻

勝遊渾入畫圖看，信有煙雲繞筆端。京口晚潮圍白鷺，海門秋色上朱闌。金焦山扼長江險，鐵甕城銜落日寒。慚愧麤生抗塵俗，又抛好景跨征鞍。

周鍔，字伯廉，號劍門，諸生，居三竈。

中秋卧病口占

除卻愁鄉即病鄉，年年孤負好秋光。半生意氣空磨劍，兩字功名苦服箱。花下時扶鳩作杖，廚中常愧鼠無糧。而今覓得消閒法，日誦金經禮法王。

章□□，字荆帆，爵里未詳。

秋興

布韈青鞵意自如，西風涼透小茅廬。年來怕聽秋聲起，不學歐陽夜讀書。

王□□，字小洲，名及爵里未詳。

展墓宿舊宅

草木荒涼劫火餘，歸途偶宿舊茅廬。多情最是東窗月，夜静還來照讀書。

一角危樓半已頽，捲簾無復燕飛來。宅西老樹留濃蔭，猶是兒時手自栽。

春日即景

步盡長隄又短隄，垂楊深處有鶯啼。養花天氣春陰澹，賣酒人家旆影低。夕照紅沈蕭寺外，春波緑漲斷橋西。攜尊偶約鄰翁飲，扶醉歸來笑杖藜。

海曲詩鈔三集　卷三

清

張□□，名字爵里未詳。

失題

茅店東風颺酒旗，青山繞郭路逶迤。綠楊如黛花如錦，正是江南二月時。

河房早起

漏盡月初落，林昏煙未收。數聲江上艣，知有早行舟。

登金山絶頂

第一江山賦壯遊，天風吹我上危樓。望窮吴楚蒼茫外，吟入乾坤淡蕩秋。帆影穿雲來北固，雁行隨雨下西洲。古今何限登臨客，誰話當年孫仲謀？

祀鬼謡

在昔晉干寶，妄撰《搜神記》。遂令吴楚俗，紛紛信怪異。病即與鬼謀，醫藥姑舍置。邪巫與妖覡，因之争弋利。偶抱採薪憂，動云鬼爲祟。嗚呼鬼豈靈，人實自昧昧。不似伯有强，鬼豈敢恣肆。不至若敖餒，鬼豈求禜祭。我讀孔氏書，惟知務民義。平生頗自負，不肯奥竈媚。寧因卧病時，反屑諂妖魅？况予病自知，爲感風霜致。奈何家之人，輾轉心多惴。中宵禱神祇，馨香薦殽胾。纍纍焚黄錢，甘向鬼雄饋。予乃告家人，莫作無益事。我生命在天，豈鬼所能制！病苟入膏肓，祈禳亦非易。不如乘未劇，爲我調藥餌。家人聽我言，遂延和緩至。進以六和湯，終宵得安睡。明發呼病魔，病魔早迴避。

懷周嘯巖

凉風動素秋，對景思良友。憶當甲子秋，金陵相薢茩。時俱客異鄉，不及共杯酒。落日在河梁，臨風遽分手。我居大海濱，君住太湖口。遥隔幾百程，萍蓬稀聚首。有時夢見君，肝膈互相剖。不知君夢中，亦曾見我否？

犬捕賊有序

當湖農夜失耕牛，犬識竊者，導主蹤蹟至南邑，與牛並獲，鳴官得理，爲作此詩。

客從南城來，過我説奇事。當湖一田家，有賊乘其睡，盗牛出牛宫，犬在旁窺伺。賊但防主人，犬非其所忌。牽牛潛出門，求售來屠肆。天明主失牛，輾轉添焦思。欲作放豚追，未識向何地。方恨求之難，非比失之易。何來犬狺狺，若將賊蹤示。銜衣導主行，叱之不肯退。主觀犬情狀，乃遂會其意。隨犬尋賊蹤，捷似追風驥。迢迢二百程，越宿乃已至。見牛犬掉尾，遇主犬縮鼻。賊時正議值，急切不能避。因邀衆相助，縛賊鳴官治。沸傳犬捕賊，觀者塞途次。主欣牛得歸，無憂田禾廢。牛感犬之恩，喜極反垂涕。吁嗟犬何靈，竟具防姦智。我今作此詩，暗中寓諷刺。飽食負主恩，對之應增愧。

冒暑遊靈谷寺

林密山深古寺藏，逢人先問獨龍岡。寺在獨龍岡下。鐘聲落澗龍天静，竹影籠窗鶴夢涼。秋白棃垂牆外熟，冬青花壓檻前香。貪留茶話歸途晚，遥指江城已夕陽。

夜泊毘陵驛不寐

月黑阻歸路，檥舟古驛旁。夜氣侵獨客，悄然衣透涼。羈愁與誰語？鬱鬱結寸腸。柝聲起荒堠，人語雜野航。伏枕不成夢，起坐傾壺觴。酒酣仰天嘯，星斗森寒芒。我生久飄泊，壯志何日償？窮途自嗟歎，不覺抵曙光。曉鐘煙際度，晴霞林端張。急呼理篙楫，尅日旋故鄉。

寓鶴湖道院寄内

蠟鐙垂燼夜題箋，獨客他鄉最可憐。曾索寒衣今莫寄，歸期已卜小春天。

客感

纔覺炎氛散，秋光滿眼新。離家貧累我，橐筆遠依人。徑僻惟蛩語，籬疏有鶴巡。欲歸歸未得，攲枕暗傷神。

□□□，字蒓香，姓名、爵里未詳。

《畹香留夢室詩話》云：此稾得自沈簣山先生。古鐵齋題曰《蒓香小草》，意即作者字乎？詩百餘首，後半塗抹幾不可辨。録其一二，亦如韋縠《才調集》之有無名氏詩也。

送友歸省

十里紅亭路，分襟正早秋。暮雲連古渡，細雨送歸舟。君得趨庭樂，余添望月愁。重來休負約，菊酒已新篘。

登香光樓看荷

危樓高矗水雲隈，樓下荷花映日開。多感薰風解人意，隔簾吹送妙香來。

闕名

《畹香留夢室詩話》云：友人以《風木菴稿》見示，詩只十餘首，中有一絶頗佳。究不知誰氏手筆，姑謂之闕名云爾。

石筍里見紫藤花

石筍灘頭泊野航，海天小劫感滄桑。春光似此真無賴，只遣飛花傍戰場。

喬錦堂，字移園，培子，諸生，居一竈，著有《桐花書屋詩詞稾》。

《畹香留夢室詩話》云：移園以名父之子承其家學，刻意爲詩。其父寄生名培，能詩，工畫梅竹石。家貧，爲刑案吏。與張野樓先生同見賞於邑令鄭人康，贈以金。野樓作《還金吟》卻之。寄生則悉以付酒家，濡首累月。雅懷高致，人兩稱之。今讀《桐花書屋詩》，亦可慶詞人有後矣。

早秋晚眺

斜日餘殘暑，登樓眺遠空。霞明孤鶩外，秋在亂蟬中。野草零星緑，池荷深淺紅。吟成自欣賞，眉月上疎桐。

周鈺，字亦亭，貢生，居三竈，著有《靜香居吟草》。

題松菊猶存圖

靖節高懷魏晉稀，披圖彷彿想前徽。菊畦秋老如人淡，松徑雲深有鶴歸。幾處壺觴新粟里，一谿煙水舊柴扉。閒中忽聽村厖吠，送酒遥知有白衣。

旅夜

誰家絃管鬭輕寒，酒乍醒時漏已殘。爲惜秋宵好明月，强扶清夢倚闌干。

花影

丰姿掩抑態温存，不是籬邊即石根。伴我尋詩燈暗淡，爲誰寫照月黄昏？梨雲縹緲難成夢，煙雨空濛欲斷魂。最是東皇偏著意，潑來醉墨淡無痕。

三十六湖櫂歌

晚霞一抹絢晴空，映出湖光鏡面同。夜半月明隄上望，郤疑身在水晶宫。

湖流曲曲總通潮，篙子輕撑艤漫摇。摇到緑楊陰裏泊，一聲鶯囀玉人簫。

扁舟穿破碧琉璃，鼓枻歸來日暮時。指點隔隄煙柳外，一竿紅颭酒家旗。

射陽湖口片帆歸，暮色蒼茫鳥倦飛。隔嶺一聲聽牧笛，半空寒翠溼人衣。

落盡桃花春水香，有人曾此訪仙鄉。而今湖畔空惆悵，蠏舍西風一味涼。

甓社湖邊繫客舲，浪花如雪雨冥冥。行人欲問前朝事，惟有孤山數點青。

閭邱德堅，字香萸，貢生，居周浦，著有《香萸小草》。

《邑志》略云：德堅學閎而肆才，名噪一郡。學使祁文端公按郡，彙考經古，獎爲通省第一。

《晼香留夢室詩話》云：乾嘉之際，南邑之以詞賦負盛名者有二人焉，一曰談立峰，一即香萸也。立峰刊有《仙好樓古學》。香萸則嘗於風檐寸晷中試，伊耆氏始爲蜡。及吴越之間，有具區二賦，洋洋數千言，驚才絶豔，卷不足則雙行繕之。其時已貢入成均，偶以録科戲與諸年少應古學試，殆所謂老當益壯者歟。詩存稾不多，而字裏行間頗露精悍之色，五七古尤所擅長，今藏澧谿于氏家。

風雨渡春申浦

風景依然似去年，敝裘破帽野航眠。昏黄目力模糊處，遠浦魚舟淡入煙。

春日即景

東風著柳條，春在何人處？而我獨尋來，一笑無心遇。搜索卻無蹤，描寫不成句。分付與梅花，暫向梢頭住。

遠望碧潫洄，一灣媚春水。水暖魚先知，千頭聚芳沚。造物最多情，物物使之喜。我且樂靜觀，春愁莫提起。

春遊曲次奚蘭舟韻

條條嫩緑柳塘攙，畫舫輕移婀娜帆。水閣珠簾齊捲起，有人新試杏黄衫。

濃陰匼匝徑夭斜，一角紅牆是那家？記得舊遊曾到處，門前開遍碧桃花。

步屧姍姍鬬豔妝，弓鞵印小練裙長。餳簫吹暖清明節，油菜花開一路香。

鞦韆院落總藏鶯，百囀千呼萬種情。煙外暮山山外雨，春光做得不分明。

四月二日風雷雨雹交作舟中放歌

濃雲四起天模糊，狂風捲地聲哮嘑。海濤壁立小鬼呼，馮夷擊鼓催天吴。圓鞭電閃飛金烏，豐隆疾走憑神符。老龍欠伸騰江湖，驅策雹雨疾若桴。我時扁舟傍短蘆，篙師束手迷前途。打篷腷膊冰點麤，大如榛栗小若珠。初疑鐵騎銜枚趨，三軍全力追貔貙。又疑如意擊唾壺，聲聲入破敲珊瑚。一舟之人若驚鳧，相看失色片語無。男兒伏處非良圖，誓當歷盡途崎嶇。即今風雷蜷牏牏，豈得遂謂遭艱虞。俯思片晌心神愉，高歌篷底傾瓦壺。頹然一枕夜已徂，起看滿地殘紅鋪。

舟行雷雨大作

捲地狂風起，蛟龍勢若奔。江鳴雷鼓急，山壓陣雲昏。纜就楓根繫，潮歸荻港喧。炎威驅已盡，今夕好開樽。

曉雲

篷窗曉起開吟眸，千山萬山雲油油。山耶雲耶渾莫辨，但見濛濛如海相沈浮。初時一綫微茫起，絪緼糾縵蟠龍虯。少焉移過別山去，松間聳出千里樓。我將乘此尋浮邱，鸞皇爲余作蹇修。山靈報道雲無定，朝暾一出痕全收。噫嘻乎奇哉，君不見朝暾一出痕全收！

燕子磯放歌

岷濤萬里勢飛舞，一磯横截江之滸。平分吴楚極蒼茫，海闊天空水吞吐。年年潮落復潮來，惹得行人弔古哀。名士曾傳揮扇渡，英雄幾見羽書開。一朝事業消彈指，寂寞江山竟如此。石城暮雨鎖秋煙，燕燕涎涎撲沙觜。我來繫纜一登臨，石磴蒼苔瞰碧陰。莫問舊時王謝事，隔江漁火櫂歌沈。

登雞鳴山

盤盤詰曲上山蹊，一片荒凉亂草迷。古廟衣冠塵土滿，後湖煙水夕陽低。登場袍笏渾如夢，没字鐘碑半入泥。揮盡英雄千古淚，中宵起舞爲聞雞。

偕潘鳳苞**金**廷熊**朝出朝陽門**

撲面風來曉氣寒，秋原草没露珠漙。椶鞵桐帽無人識，只有青山對我看。

頽垣破瓦任縱横，聞説當年是禁城。試向五龍橋上望，孝陵松柏不分明。

登蔣山

氣勢彌金陵，巖壑秋容老。絶頂萬山來，一綫長江抱。

草堂一何深，疎鐘出雲閣。不見沈休文，招魂向猿鶴。

潤州

練湖潮落急於梭，千古英雄歎逝波。地似金甌憑管鑰，城真鐵甕鎮鼋鼉。丹陽南去山方少，白下秋來雁正多。醉裏欲尋招隱處，夕陽一抹鎖煙蘿。

北渡船開十里蒲，白衣摇艫順風趨。一朝事業歸孫氏，萬古江山笑寄奴。海嶽菴頭鐘響寂，芙蓉樓外月華孤。我來懷遠憑蘭棹，愁聽蕭蕭兩岸蘆。

舟中曉景

秋色極天浄，柳塘雁獨眠。水平漁火静，山斷暮雲連。

無錫與漱泉訂遊慧山日暮不果

曉來已見九龍横，猶是舟遲一日程。難免山靈今夜笑，那人枉負愛山名。

閔雛鳳，字小雲，貢生，居閔家駁岸，著有《吟秋館詩鈔》。

《畹香留夢室詩話》云：先祖通議贈公，少從閔山農先生游，即明經父也。明經品端學粹，顧每試輒不合有司繩尺，以講學授徒終，遇亦蹇矣。詩不一格，五古取法有唐聶夷中、儲光羲，近體有神似老杜者。然不多作，作則必沈吟反覆，不肯有一字未安。昔人詩云：「吟成一個字，撚斷幾莖鬚。」其明經之謂歟！子震，字西垞，亦能詩。善敕勒術，人以閔法師稱之。閔氏所居曰閔家駁岸，《志》言新埸人，蓋誤。

擬高渤海適登隴用原韻

隴頭遥眺望，忽見東流水。行人胡不歸？惜别烏能已。枳棘棲鸞鳳，大賢屈百里。未敢息征塵，感恩遇知己。

擬李翰林白擬古

愁眉不可埽，奔走長安道。秋風一夜生，萎落隨秋草。嗟彼行役人，形容一何槁。安得還丹訣，紅顔常不老。秦皇及漢武，徒然事征討。況乎蒲柳姿，凋零驚秋早。古人立不朽，乃爲身之寶。

擬韓吏部愈縣齋讀書用原韻

琴堂日以暇，遊志詩書林。仕優宜復學，時見古人心。花木領生趣，山水滌煩襟。偶聽阿符讀，濁酒還細斟。勞形無案牘，古義時披尋。達人祇安命，不畏白髮侵。一官雖匏繫，報國心獨任。常懷忠義士，傾倒合鑄金。

擬杜工部甫秋興

苦厭船脣與馬蹄，雞聲茅店小橋低。名園緑水家何在？野竹青霄路欲迷。久客漸荒三徑菊，隨身猶賸一枝藜。御冬早切謀生計，料理寒蔬種滿畦。

關河千里雁飛初，風雨驚秋鬢欲疎。豈羨蘭苕巢翡翠，終輸溟渤掣鯨魚。飄零湖海元龍氣，寂寞蓬蒿仲蔚居。回首五陵裘馬客，滄江一卧獨愁予。

天荒地老古夔州，極目三關紫氣浮。猶記香煙攜禁籞，忽看粉堞枕山樓。林烘槲葉催紅淚，岸繞蘆花感白頭。遥望長安獨不見，祇應乘興狎沙鷗。

一片秋陰罥樹梢，猶餘殘照落衡茅。元駒占雨頻遷穴，黄雀當風自護巢。城外碪聲愁伏枕，江中帆影悞飛旓。瞿塘峽口猿啼夜，窗竹時聞隔户敲。

李宗海，字鈍泉，貢生，居周浦，著有《十洲仙館詩鈔》。

閻邱香莢明經序略云：骨秀而肉腴，神清而韻遠。又其體製雅飭，非如野鶴閒雲之疎曠。

顧侍郎祠

忠義高陳代，崇祠枕碧岑。鐘聲沈故宅，燈火望禪林。舊夢青衣杳，殘碑碧蘚侵。瓣香輿地志，一字一球琳。

三泖櫂歌

阿儂生小狎江潮，閒泛爪皮過泖橋。不識蒓鱸風味好，夕陽收網理歸橈。

大泖纔過長泖逢，縈迴百里匯吴封。芙蓉九點煙痕鎖，吹落山僧一杵鐘。

秋日偕劉桂洲家循圃遊攝山

六朝過眼如雲煙，獨來建業尋神仙。神仙霧隱不可見，惟見岧嶢百丈山接天。琳宫梵宇離塵坱，穿雲步步踏雲上。樓臺金碧聳層霄，煙雨迷離淺黛描。江北江南山萬疊，兒孫羅列皆可招。長江一綫走吴楚，中間兩點浮金焦。我生苦被紅塵累，利鎖名繮繫夢寐。僧寮小憩足清幽，撲人爽氣餘蒼翠。旃松馥郁吹林端，塔鈴細語東風寒。宸翰輝煌肅瞻仰，檐牙殿角俱流丹。回看佛像鑿山腹，摩挲碑碣奇文讀。千巖浪疊爲流連，山有疊浪巖。九老松蟠彌往復。棲霞漸聽暮鐘沈，一蒲團伴閒雲宿。

重遊金山

莽莽長江闢海門，中流砥柱壯乾坤。金生鼇背人争踏，山擁潮頭寺欲吞。玉帶昔曾留翰蹟，雲堂今復掃苔痕。此來不學參禪諦，泉瀹中泠好細論。

蘆花

蒼然寒色暮煙開，颯颯秋聲戰水隈。五夜雁銜斜月去，半江風捲晚潮來。輕疑柳絮吟情寄，涼入篷窗客夢回。汀際一燈明似雪，宵深人語子陵臺。

憶友

舊雨兼今雨，連宵別思含。秋風吹客夢，落在菊花潭。

浦口夜泊

此夕歸舟晚，停橈歇浦邊。風帆千葉落，蠏火一星圓。霜氣嚴侵柝，潮聲勁拍船。更闌殘醉醒，冷伴白鷗眠。

李牧

雁門堅獨守，功較李齊賢。一戰軍威振，單于不敢前。

張良

報韓願已酬，棄官如敝屣。朝爲王者師，暮從赤松子。

羊祜

緩帶輕裘將，風清鈴閣時。恩深人感泣，不待峴山碑。

杜預

馬癖兼錢癖，其如左癖何？將軍真武庫，勳比阿童多。

段秀實

忙倒司農印，倉皇賺賊還。憤深拚一擊，此笏重於山。

司空圖

家住王官谷，名儕御史班。白雲出巖岫，到底放還山。

陸湛恩，字蔚杉，諸生，居川沙，著有《茶飴草》。

冬日雜感

天寒獨客倦登樓，苦雨凄風冷敝裘。籬菊看殘澤彭里，塞鴻唳斷海門秋。乾坤多難愁雙鬢，歲月無聊老一邱。茶竈詩筒堪破寂，與誰相對復相酬？

手持槁木撥寒灰，煨膹殘僧幾芋魁。世局棋枰休下子，空山樗櫟敢言材。茂陵積雨相如病，湘水投書太傅哀。何似孤山林處士，柴門風雪伴疎梅。

且學醯雞守甕天，論傳《齊物》續殘編。波濤畏涉東西路，鋒鏑驚聞四五年。憂患餘生真似寄，瘡痍滿地有誰憐？爛羊屠狗皆侯尉，莫更聞雞著祖鞭。

古墓

古墓半已圮，空洞中無有。牛羊從而牧，狐兔白日走。遇寇無處逃，藉此藏身首。心中恐怖忘，鼻際穢惡受。賊乃摐以矛，命仍喪毒手。屍暴無人收，一死即速朽。春草長荒郊，榛蕪封洞口。新故鬼同穴，奇事亦出偶。

申春浦出示避難諸作奉題一律

湖海元龍品自高，詩成筆底起風濤。支離瘦骨磨難磷，慷慨悲歌氣獨豪。芳樹有烏啼夜月，老梅無鶴守寒皋。亂餘差幸頭顱在，莫便星星歎二毛。

秋夜長

秋夜長，孤衾涼。穿窗月影來清光，蟲聲唧唧在户旁。助予太息愁中腸，含愁不寐神暗傷。驟欲排遣無其方，久之漸得入睡鄉。睡鄉夢境何徜徉，吟魂顛倒情倉皇。夢中所見人半亡，作何言狀覺便忘。

夜坐有感

殘月照庭隅，微蟲吟户右。之子渺天涯，悵望徒搔首。相期入夢中，且以無爲有。神魂與周旋，慰我離懷久。

輓莊砥廉

羣盜如毛聚海邊，家無長物景蕭然。衹餘一掬殘年淚，灑向空城哭少年。猶憶年時訪漆園，萬花叢裏列琴樽。而今華屋都零落，一片荒榛蔽斷垣。

不寐

一肩雨雪避烽煙，辛苦流離閱半年。客裏情懷形弔影，閒中生活硯爲田。布金竺國愁無地，搔首荒江欲問天。身似靈和殿前柳，深宵三起又三眠。

老友陳心研不晤九年餘亂後重逢作此以慰

乍見幾不識，聆音始曉然。亂離同作客，憔悴獨堪憐。室既懸如磬，《國語》「罄」作「磬」。身還痛著鞭。身被十餘創。惟期善頤養，聊永此餘年。

遣懷

嘗遍甘鹹苦辣酸，依然馮鋏客中彈。他鄉花月同誰賞，晚景桑榆亦自安。存我廬山真面目，看人優孟假衣冠。乾坤顛倒江河下，袖手從旁冷眼觀。

鬻女歎

有女年九齡，姣好語言默。鍾愛若男兒，依依常在側。蕎鶩寇氛起，棄家走荆棘。行行至申江，三旬無九食。因思死别難，不若生離得。鬻之豪右家，只索九千值。入門頻呼母，牽衣淚沾臆。母對女言淚勿流，舍此更無兩全策；主人愛汝亦如孃，我今去矣爾休憶。

客中放歌

男兒三十不成名，便當入市操奇贏。否則塗改面目放肝膽，荷戈執戟從軍行。君不見東家服賈子，千貫萬貫猗陶似，目中不識字一丁，博帶峩冠衣朱紫。又不見西家游俠徒，酒酣銀燭宵呼盧，一朝募入鄉勇隊，冠頂照耀紅珊瑚。蠅營狗苟，富貴何有？與爲世上鸒鳩笑，寧學風前牛馬走。我儕筆耕力硯田，儒冠能值幾文錢！十年困苦寒窗下，釜底生塵炊斷煙。嗚呼！釜底生塵炊斷煙，問誰見之能生憐！

散館日作

頻年好景客中過，賦恨江郎感慨多。書卷盡燔秦氏火，詩篇誰和郢人歌？傷心往事成塵夢，回首流光等逝波。日暮倦飛何處宿？瞻烏仍止舊巢窠。

黄山松，字雲海，大昕子，諸生，居煙霞閣，著有《壺中天吟草》。

王子勖廣文序略云：擬古諸作，深造晉宋六朝堂奥，所謂神似而非貌似者也。余素不能詩，每喜讀文選古詩歌，竊歎莫窺涯涘。今讀先生諸作，覺澹而彌旨，可謂「讀書破萬卷，下筆如有神」者矣。

吴遨甫廣文序略云：《壺中天詠史詩》一卷，乃雲海黄先生遺稾之一。披讀數四，其於漢魏六朝直欲亂真，浸淫之深可概見已。余昔聞詩學於同邑劉伯山丈毓崧，謂：「擬古之作，須斂才就範，俾色揣稱。雖字句之長短、平仄，亦須摹仿。以太白仙才，擬古之作且不敢出古人範圍，何論後人！」今讀是編，與劉丈論詩之旨適相吻合。知先輩深於詩學者，實有鍼芥相投之雅。至於遺貌取神，動與古會，讀者自能辨之，不待贅言。

《畹香留夢室詩話》云：南邑風雅之盛，首推乾嘉兩朝。其時墨香馮先生方執騷壇牛耳，而煙霞閣黄氏秋圃、碧塘二先生，喬梓相繼，足與抗衡。讀得得龕、煙霞閣諸詩，猶想見當年文采風流，足令梓桑生色。雲海先生以樸學而兼詞章，閉户嘯歌，不求聞達。詁經之暇，積詩稾盈尺許。洪楊之亂，蕩焉無存。今所傳者，惟《擬古》數十首，亦且蠹蝕殘缺。經文孫月波世丈請於顧秋巖、秦月汀兩先生爲之釐補，零觚賸墨，殊足珍已。顧世所重先生者，重其清廉品望，累葉相承，嚴正自持，取與必義。若謂詩足以盡先生，猶皮相耳。惜予生也晚，不及奉杖履而接笑言也。

曹顏遠思友人

霜露易時節，涼燠相乘除。在遠難爲懷，青草成纖枯。别久情可達，形隔意不疎。所惜百年内，光景若隙駒。前時園中花，落與木葉俱。晨星四五人，結念在之子。微雲參奥秘，談道超神理。寡過縱在心，誰爲提我耳？山高猶可越，河清竟難俟。笑言晏晏閒，何人與君似！

陶淵明雜詩

琴書共朝夕，地僻鳥聲喧。愛日蔽西閣，就暖移東偏。相對輒神往，止有門前山。興來仗策行，興盡即復還。山花向我笑，妙悟兩不言。一雨浄如沐，白雲自英英。攜此盈尊酒，醉中無世情。頽然適我吟，吟罷還獨傾。蟋蟀入牀下，含愁向人鳴。及時須行樂，與爾同浮生。

謝靈運齋中讀書

達人心蹟清，城市亦邱壑。今來山水窟，襟抱更沖漠。誰云太守庭，虚寂可羅雀。蕭散堪琴書，筆墨慚著作。歌呼甚激昂，絲竹雜笑謔。意曠無崛奇，體制别臺閣。身世宜三休，家庭足三樂。開軒理卷帙，雅興聊與托。

謝靈運石門新營所住四面高山迴谿石漱修竹茂林

青山艮崇基，白雲鎖衡門。築室躋絶頂，星斗似可捫。春至竹添密，冬來草不繁。自予開此境，友朋情愈敦。谿聲和吟韻，山翠映瑶樽。朝接海日麗，夕望江月翻。美人亮予素，佳期矢勿諼。閒中聽唳鶴，静極聞孤猿。出山泉始波，入谿聲漸奔。事往理愈晰，境逝情常存。日月不我留，飄摇逐驚魂。爲園非金谷，莫與俗士論。

沈休文應王中丞思遠詠月

明月流清光，洗我胸中埃。幽人静應坐，所思殊未來。分光樂貴遊，私照戀清才。微風自袪雲，與露共滋苔。中天懸玉鏡，懷古神遐哉。

顔延年贈王太常

採珠驪蜿蜒，穿珠蚪曲折。至寶沈九淵，聲華早通徹。華藻呈朝寧，風雲起巖穴。蔚爲京華望，實賴鄉邦哲。四方仰禮宗，誰敢抗行列？芬芳近彌被，嘉惠幸愚耋。常希旌節臨，外户鮮晝闔。庭深草不除，珍重護前轍。朗挹高樓月，潔想遥峰雪。幽人敦素履，上哲期達節。雖云誠信孚，終悵音塵闋。綴詞美難屬，情深嫌短札。

顔延年和謝監靈運

夙昔弄柔翰，先哲指窮迷。砥石終非寶，結願在幽栖。良時收異材，拔侍青宫闈。質弱愧非任，終與素志暌。頃從始安來，道直驅氛霾。閉置中書廳，三年朋舊乖。遥瞻會稽郡，雲暗山之蹊。倚檻溯芳容，攀條弄柔荑。道遠問衡嶽，嘉詢何從稽？所職分内外，宛隔雲與泥。并非一水通，放棹縈長淮。何時遂初願？植杖同扶藜。子爲千仞峰，我爲十畝畦。日月不我待，唱酬宜予偕。道重何敢褻，矢言無含悽。藴藉席上珍，特達邦國珪。報章多蕪詞，舊園同所懷。

謝元暉在郡卧病呈沈尚書

病劇難卧理，深情寄今兹。衙齋静鳴琴，寂若山中時。四野盛農功，負此畬與菑。幸無案牘勞，溷我判尾詞。東窗候暖日，北牖響晨颸。可憐一尊酒，不與良友持。孤標雁入雲，纏綿蠶吐絲。想見郊園中，佳人竟愆期。徒爲學製錦，歲月已數期。坐嘯終無益，應貽成瑨嗤。

謝元暉暫使下都夜發新林至京邑贈西府同僚

荆州高會地，宛隔水中央。莫謂關山近，路短心自長。浮雲蔽白日，遠樹亂青蒼。高城觸我目，宫闕遥相望。皇家盛文彦，天府多詞章。誰爲燮理才，坐論調陰陽。偏驅瑣瑣輩，終夜離家鄉。空思天子問，欲濟川無梁。孤鳳須戢翼，鷙鳥方凌霜。天路儘空闊，萬仞宜翱翔。

謝元暉酬王晉安

南土無嚴冬，橘柚晨露晞。海鳧不知寒，衡雁翱翔飛。念我同袍友，翹首瞻彤闈。製就一封書，欲寄何因依。秋草緑復緑，王孫歸不歸？徒令京洛人，塵土沾裳衣。

陸士衡赴洛詩

托身侍彫輦，出入銅龍側。霄漢前星朗，劍佩千官肅。宏猷布遠近，舊章半因革。惟深隕越懼，即事心惻惻。他鄉多風波，在遠慎眠食。文章每憎命，負荷恐不克。念此不能寐，愁思填素臆。曰歸豈無心，奈乏雙飛翼。

陸士衡赴洛道中作二首

惻惻就長道，鬱鬱别交親。家國已兩負，忽爲行役身。杯盤餞遠岸，雲樹靄遥津。豈無同行客，已少同心人。隻堠一燈孤，誰惜抱影眠？露濃茅舍底，月掛長林巔。曠野多悲風，馬瘏僕不前。觸景盡惆悵，離思多纏綿。欲訴復無語，幽懷徒自憐。

崇邱接平原，游目意自廣。輕鞍遵修塗，引我入林莽。君子慎知止，敢云利攸往。孤鶴倚危巖，滴露警清響。鎩翮甘邱樊，何心入霄朗。朝徂畏夕息，終夜發遐想。

陶淵明辛丑歲七月赴假還江陵夜行塗口

一室尚清曠，舉世任棼冥。攖網豈予志，得假欣我情。輕舟溯東吴，振轡别西荆。蕭蕭蘆荻洲，寒潮一夜生。風來塗口順，月向林間明。山遶赤圻斷，川從白下平。心飛歸鳥前，肅肅常宵征。秋盡家已近，春來田可耕。終結鄰友歡，豈爲軒冕縈。茅茨舊所安，養真全吾名。

謝靈運富春渚

晨興僮僕叫，前已富春郭。衆山排雲根，一塔出林薄。磯危戒趾顛，途坦慎履錯。戢影愛幽栖，埋照入層壑。鳥驚月如弓，投林欣有托。聖朝哀愚蒙，出險全柔弱。得請納草牘，予郡給花諾。無爲憂忡忡，庶遂情落落。雲雨任天工，塗泥蟠尺蠖。

謝靈運初去郡

少小誓微尚，中歲謝恩榮。菲才戀紫綬，未足慰蒼生。離家久他鄉，薄禄狥浮名。終年鼎懼覆，何時田可耕？保素神志安，狥人憂慮并。容爲山林客，言謝貴戚卿。蹭蹬青雲姿，蹉跎白髮生。歲月困簿書，夢寐常柴荆。新君踐阼初，朝野慶嘉平。夔龍共密勿，猿鶴拙逢迎。朅來二十年，心迹違郊坰。拜疏辭闕下，放棹循川行。入林胸頓豁，登山眼倍明。植杖枕白石，拂袂袪繁英。浮雲知我心，東歸夕不停。盟心已在初，諒予息壤情。

謝靈運道路憶山中

憶我始陵居，商歌不能緩。南音多楚些，越客調淒斷。驚猿多哀響，歸雲弄情款。短歌非求工，長嘯舒我懣。在山任安適，處室容放誕。園中桐離離，牆外棗纂纂。樂飲願夜長，高談愁晝短。酌酒愛深杯，得魚羡修竿。廊開秋氣爽，窗受春日暖。冒雨屐頻蠟，趁步策還散。悽悽别後思，心惻罷絃管。

曹子建贈徐幹

驚才起大澤，志士安名山。處世柔而正，處己約不繁。静極自無躁，德大每忘閑。置身風雲中，分輝日月間。文昌一星明，臺迥朗中天。挾策廁金馬，抱槧陪華軒。豈無策駑駘，竭蹶誠可憐。支左與絀右，補苴百不全。多君著作才，義取中和篇。爲治在識要，守道常無愆。小言獻人主，起敬當肅然。旨永定有盡，澤深不計年。非徒黼座箴，當與天下宣。中章托微詞，相喻在忘言。

曹子建贈丁儀

八月秋已涼，林葉乍凋落。清風吹羅帷，悽月照高閣。念我六七人，各自分川澤。爲治共成績，爲農共思獲。惟予念最深，惟君才最博。誼篤忘貴賤，脱略無主客。豈憂相賞孤，珠玉自不惜。敦義在交親，允免世輕薄。

陸士衡贈從兄車騎

北雁趁高風，越鳥思長林。矧此同巢侣，握手彌傷心。九峰夢歷歷，最戀崑山陰。出門同羈紲，入世隨升沈。吾兄盛文藻，閭里夙所欽。感君賦曰歸，相思河水深。何時坐南軒？臨風開素衿。長吟念孔懷，旅客多哀音。

潘正叔贈河陽

清琴静簾幕，繁花滿城阿。感君年少情，動我勞者歌。飛鴻逞遠路，潛魚伏江波。政聲樂孔邇，灞滻連三河。波瀾助文翰，雲霞焕詞華。聰叡古難得，閲人徒詡多。

潘正叔贈侍御史王允晛

侍從職清華，古來無凡材。執簡黄金除，翔步白玉階。一官托禁篽，天語稱賢能。周官列四岳，朝廷備三臺。密勿聖人喜，雨露天邊來。重君多濟治，股肱實良哉。

傅長虞贈何劭王濟

中天盛經緯，股肱盡危微。同升慶朝寧，密勿在彤闈。一鳳既騰騫，二龍亦聯飛。八表被明赫，四曜增霞暉。至戚共揚芬，分光及庭帷。所愧孤陋質，攬鏡無妍姿。青雲自有路，濁泥安敢希！高蹤日可捧，逐影風難追。與子已分途，安分當守坻。正惜盛明世，獨與君子違。豈不戀爵禄，遭讉寧先歸。飲和冀免渴，飽德斯忘饑。在野亦王臣，匪躬敢我私！願言修令名，王路終坦夷。

陸士龍答兄機

同居樂意短，此别路何長！魂已逐行旌，形徒舉離觴。欲留車已駕，欲送川無梁。身世本難決，出處誰與商？虚名最誤人，枉服牽牛箱。

謝元暉新亭渚别范零陵

勝地宜才人，之官當遠遊。雲開五嶺接，水遶三江流。作郡非投荒，毋歎命不猶。朝廷須典誥，早晚應見求。第當兩惜别，心事各懷憂。

沈休文别范安成

雲樹送行色，未别訂後期。雖然有後期，寧免黯然時。離絃無懽音，别酒難自持。徘徊今夜月，各自照相思。

鮑明遠詠史

才士務趨名，市子誇控利。屠狗傳游俠，爛羊取高位。峩峩西京門，甲第競駢次。華纓與銜服，繡鞍更雕轡。纔送朱郭去，又説金張至。帷幕有錦天，繁華無寂地。柳已望秋零，花盡當春媚。誰知葆真子，閉關任世棄。

應休璉百一詩

立身慎厥始，處世難爲初。盛名與高位，往往易見誣。千秋或表墓，百世猶式閭。時來雲中龍，運去涸轍魚。文章可華國，朝夕侍彤廬。出有高檐車，入有廣廈居。豐功與盛烈，没世光册書。豈無百一失？寧敢置毁譽。貴極濟以謙，實至安其虚。我自守我素，庸衆其何如？

左太沖招隱

躁進無真品，此理非自今。澹泊寫吾志，知己有孤琴。安心托雲巒，怡情撫竹林。至道一窮達，葆素忘升沈。豈必金石丹，始招鸞鶴音？胸無塵滓累，自發清脆吟。抱膝臨和風，悠然披我襟。山中有紫綬，世上無華簪。

曹子建公讌

西園集飛蓋，興極忘朝疲。公子盛文藻，衆賓樂追隨。華軒既層澈，少長羣相差。覽眺洞文府，心迹涵清池。鶴鳴長松陰，鳳下高桐枝。心印襟乍豁，談深席屢移。此會願千載，矢志常如斯。

謝靈運登池上樓

涸鱗難振鬣，孤鶴無清音。薄病多煩憂，登臨洗鬱沈。政拙閒乃適，才弱劇不任。一朝謫海國，千里空長林。風來成波瀾，雲起埋岑嶔。所願景色鮮，微暄散層陰。清心一庭竹，悦耳百囀禽。倚柱聽楚歌，岸幘效吴吟。離羣忍獨懽，在遠勞吾心。憑闌一徘徊，景物無古今。

謝靈運登石門最高頂

絶壁斷人蹟，妬此飛鳥棲。僻徑入石門，俯視千尺谿。青猿守窗户，白雲護層基。牽藤使橋通，插竹防路迷。但恐山靈瞋，輕示俗子蹊。野猿未見客，隔岫人立啼。搔首可問天，愧無佳句攜。際兹秋節澹，彌想春花荑。美景非自今，造物久安排。雲路從此接，無羡入月梯。

謝靈運於南山往北山經湖中瞻眺

一湖隔一山，南北界兩峰。遵渚弄淺水，倚巖撫長松。沿坡瀉泠泠，激石聲瓏瓏。山秀在清越，不事雄驚瀧。幽香引客袂，寬沺分遊蹤。高下共一碧，晴雨改輕容。魚静樂數子，鹿眠知養茸。仗策散我懷，吹袖皆天風。回視北山居，知入雲幾重。但惜佳境獨，不與良友同。孤懷雖難諒，千里情可通。

鮑明遠行藥至城東橋

服導養夜氣，飲和趁蕭晨。披襟初日好，散步城之闉。繡帶縈廣阡，碧玉環通津。長路紛舟車，微風浄埃塵。睹此名利客，感我澹泊人。非無膏粱慕，久與藥石親。營營擾攘中，不惜殉一身。噓煖無嚴節，伐性喪好春。金丹縱難成，心静神不淪。肥甘戒鴆毒，惟願嘗其辛。

沈休文宿東園

走馬心摇摇，言指郊園路。一道循菜田，優游安我步。澗樹既森列，野花自縈互。晴川流古今，夜月無新故。意適坐未久，庭花已多露。號寒蟲苦吟，窺燈鼠潛顧。屈比求信蠖，安遜營窟兔。遠夢入煙壑，深心托毫素。蟪蛄昧春秋，蜉蝣感早暮。願挽西頽日，百歲聊此度。

劉公幹贈從弟

梧桐生高岡，白沙培其根。栖息惟鳳凰，飲露餐清氛。物性自相感，衆鳥何敢羣！一朝修羽儀，天下仰聖君。

張節先答何劭

循道自不迫，繫俗苦見拘。一從徽纆繩，尺寸其敢踰。放縱固非願，牽率太無餘。當境感往迹，遇事鮮新娱。重君贈清詞，使我神腴敷。所惜各羈組，未得安田廬。居可欣連袂，出亦可同輿。逍遥山上松，遊戲門前渠。君棄緱氏鶴，我樂惠子魚。一日勝千齡，何用歎桑榆。

何敬祖贈張華

秋月使心痗，春花每意舒。好風從東來，清芬與之俱。念我同盟友，誦詩仰華敷。時於夢寐中，夜夜登君廬。在遠不忘近，情親蹟可無。展君金石篇，超忽誰能摹？仗策躋嶺望，浮靄接林墟。迢迢天際鴻，可有尺一書？兩地非華年，搔首徒躊躕。吾爲仲子蚓，爾爲惠子魚。

朱鳳笙，字稖松，舉人，陽湖訓導，居周浦。

勞勞亭

前路萬山青，勞勞轍未停。關河雙隻堠，花月短長亭。此地成今古，何人判醉醒？如雲飛蓋急，倚檻夕陽冥。錦袍天上客，彩筆壁間詩。爲觸勞薪感，還多折柳思。海雲津吏報，江驛廏奴知。試向春風問，青青復幾時？

姚春熙，字好樓，諸生，居九十八圖。

《松江府續志》略云：春熙與黄山松並工詩文。

黄祉安明經《南沙雜志》云：好樓工詩古文詞，曾取松郡闔屬古學第一。賦題爲《明鏡止水》，已入選本。惜著作多散佚。

勞勞亭

又送王孫去，珊鞭此一停。春風二三月，柳色短長亭。雨雪懷前度，蘼蕪接遠汀。勞勞添別緒，眼復爲誰青？

金陵懷古

曾説舟師下阿童，秣陵往事問東風。長江蟠繞千山外，王氣銷沈六代中。柳色藏鴉春漲緑，桃花語燕劫灰紅。年來嗚咽秦淮水，猶自東流遶故宫。

石馬金牛記昔年，舊時王謝散寒煙。烏衣門巷空陳迹，桃葉煙波感逝川。野步難邀桓子笛，中流誰著祖生鞭？傷心共灑新亭淚，風景河山劇可憐。

伐荻新洲促杵聲，寄奴王者豈無成。停車後苑耽游幸，飲馬長江議寢兵。儉德陰移玉燭殿，踏歌空怨石頭城。元嘉舊事無人問，玄武湖邊落日明。

曲宴時時奏管絃，黄金如土不論錢。樓頭鐘動妝初就，埭外雞鳴駕未還。沽酒依依憐緑柳，生花步步怨金蓮。一家禪代無窮已，六貴同朝事慨然。

孰擅蕭梁作賦名，江南愁殺庾蘭成。講經漫感花如雨，薦廟無端麪作牲。曾許捨身歸佛寺，依然末路困臺城。钃鵝當日難銷恨，文選樓高控太清。

叔寶心肝太不情，臨春結綺總沈冥。黄塵已見飛千里，玉樹猶聞唱後庭。天上石麟摛藻采，宫中學士賦蘭馨。無端更歎楊花落，惆悵江南草色青。

小朝求活亦堪憐，十部笙歌付野煙。甲第草深春有迹，板橋水漲緑無邊。絲風暖入桃花扇，璧月歌遲燕子箋。澹粉輕煙盡銷歇，行人何必怨金川。

陳世昌，原名大章，字學祁，號雲莊，諸生，居邑城，著有《望杏樓詩鈔》。

徐玉臺先生序《諸臺懷古詩》云：「自伏羲畫卦至建文禮斗，議論卓越，感慨情深，不特足以豁我眸，開我襟，並足長我之才識。」又云：「讀雲莊詩，一瞬之時如歷古今，一椽之地如游宇宙，較之古人詠史諸作，另出新裁，不已極天下之大觀也哉？」

張嘯山先生序云：「雲莊詩，善用意於一二語間，旁見側出，務曲折達其所見而止。其光黝然，其味醰然，其名雋處，駸駸乎出入范、陸。」又云：「雲莊之詩，抑然自下，絶無圭角。其所規諷，往往出以和平温厚。」

吴江吴鑄生先生云：雲莊詩，七律魄力大而卷軸充，風格、音節猶有國初錢、吴諸老矩矱。古詩如《霏霏曲》仿山谷《演雅》，《詩佛歌》、《綯雲石圖歌》、《文信國瓷印歌》亦見作手。五七言斷句雅近楊、陸。

《畹香留夢室詩話》云：雲莊之詩，我師張嘯山先生謂「其名雋處，駸駸乎出入范、陸」，堉以爲此特少作耳。中年以後，詩格一變，如《諸臺懷古》、《壬寅感事》諸作，雄奇鬱勃，直逼晚唐許丁卯。蓋雲莊與計芥舟、蔣劍人唱和者久，故能進而益上，年愈老而詩愈工也。顧其詩亦有莩甲生新、芊綿可愛者，如「草色綠滋三徑雨，荳花涼引一籬秋」；「江上桃花添曉漲，簾前鸚鵡話春寒」；「三生繡虎文人業，一指天龍自在禪」；「七八樹梅臨水白，兩三竿竹過牆青」；「谿喧驟雨添新漲，樹挾狂風捲怒濤」，則的真宋人詩派矣。

古鏡詞爲王丈謙齋作

謙齋頭見古鏡，鏡圍尺五徑五寸。背涅蚪龍張爪牙，字鐫蟲魚露瘦鞭。芙蓉水心形模糊，翡翠丹砂色堅凝。一角微露冰雪痕，恰如月蝕九分賸。先生自言齒已加，此鏡買自骨董家。喜渠光彩自掩匿，不照我鬢如霜華。吁嗟乎！世人買物誰識物，但誇鏡能辨毫髮。不知此鏡雖無光，猶是秦時舊明月。

蘇齋前疊石種牡丹數本

石不能言花解語，愛花者願花爲侶。花自多情石偏醜，愛石者願石爲友。誰能愛花兼愛石？吟香李君今太白。蘇齋既貯蘇公碑，檻外猶嫌景荒僻。興酣一日召數工，石自後園運前宅。疊成小山坡亦具，蒔以鼠姑六七樹。他時花放石生苔，賞花玩石同徘徊。主人吟詩客和韻，石也點頭花笑問：問君蒔花疊石成，一春又費幾斗醞？

筍里歸舟

夕陽西下客歸東，如葉扁舟趁好風。數點星隨螢火碧，一分秋帶蓼花紅。桔槔響已停谿側，絡緯聲多出草中。消受清涼三十里，愛看城堞起推篷。

題綉雲石圖

吳將軍，查先生，英雄名士兩奇絶，雪中杯酒肝膈傾。將軍韜略由天授，旋脱鶉衣綰銀綬。李青蓮識郭汾陽，千古眼光同不謬。百餘年來世變遷，孝廉故宅埋荒煙。英石一峰歸顧氏，綉雲兩字峰頭鐫。馬生好古復訪石，載歸下拜喜欲顛。石高一丈有三尺，繪圖處處徵詩篇。石乎石乎我語汝，風塵鐵丐誰與語？一朝璞玉剖荊山，始信連城貴無侶。汝時猶在百粵中，親見報德欽英風。海天萬里蛟蜃窟，千夫挽致之水東。吁嗟乎！漂母千金何足羨，王孫富貴浮雲變。此石巍然今尚存，碔砆直欲等璧瑗。他時圖共研山傳，絶勝西湖雲一片。

虎頭彝歌爲顧丈谿雲作

虎兮虎兮爾貌何凶頑，來自蘭州之市闤。青獅緑熊色光怪，文貍赤豹羞聯蜷。何不山間遊戲去，長林豐草偕豺獌。千年牙蜕忽生角，化作寶物非等閒。青腰酋耳不敢食，魑魅罔兩何足患。或疑虞廷狀獸舞，或疑禹鼎象神姦。秦歟漢歟不可考，夏商周更辨别難。毋乃此亦饕餮獸鼎類，土青水綠值百鍰。夔龍貌或相彷彿，白獸尊豈同斑斕。爲考《周禮》六彝《博古》諸彝圖，此器似與虎彝班。犧匜無銘止七寸，蓋雖相似毋嚬嚬。其餘鬱尊黄目雞夷龍勺更莫比，何論辟邪鳧藻螭耳與鳳環。吾聞軒轅氏，遠遊崆峒山，或亦採銅鑄，年遠委草菅。信如此言應共追蠡久消滅，豈類豐城劍氣猶燭牛斗間。又聞張與呂，竊號草澤閒。想亦備祭器，鑄此形斑斑。然與隗囂宫盌陋何異，雖有神鼎年號不足攀。虎兮虎兮何幸忽遇虎頭顧，重價購買囊不慳。先生昔曾參虎幄，草寇竄逐如驚貒。平原射獵偶得此，攜歸謂足娱老顔。青牛坐學老子出，蒼虎騎類東方還。珍共侯印刻關内，谿雲有關内侯小玉印。遠比銅鼓來百蠻。親友傳觀互眙愕，如球刀自天府頒。猶恐點睛如玉虎，一朝仍復逃秦關。移之邑廟作供養，神力庶幾能防閑。千秋萬禩香火永不斷，合比焦山古鼎留鎮江潺湲。

同人集吴雪菴梅花村舍待雪分韻得意字

窮陰日晷短，寂寞少詩思。踆烏方斂空。朔風又刮地。同雲忽吹開，依然晴日麗。登樓一以望，但見松柏翠。敝裘擁不歡，村釀飲無味。偶然思出門，拉友訪同志。消寒會第一，分韻客有四。不許持寸鐵，頗嚴禁體例。待雪兼待友，尋詩闌獨倚。詩成告滕六，速以玉爲戲。慰彼羣黎情，降此豐年瑞。

聽口技歌

北人口技稱絶倫，逢場作戲能驚人。空堂張幕不露迹，祇憑口角傳虚神。始聞鴉雀曉鳴樹，繼聞雞犬來荒村。機聲杵聲互啞軋，極似田舍臨清晨。又聞喁喁呼婦語，俄而反目聲怒瞋。婦啼夫叱一何肖，更有呱呱兒泣聽來真。末聞一聲驍然似刀截，衆聲齊歇無逡巡。我因入幕視其處，一几一扇餘無陳。不信其人只一口，何能變化千百聲。齊聞毋乃此亦術士輩，暗中作法能分身？觀者莫道此技小，彼舌直欲勝儀秦。君不見田文常養三千客，雞鳴狗盗名亦傳千春。

索逋歎

雪花蔌蔌風慄慄，天寒地凍同雲積。東鄰歡飲共圍鑪，西舍無錢過除夕。缾已罄，酒未沽，紛紛市估來索逋。語以囊空愈呼譽，如狗腿差催皇租。夜將闌矣聲益悍，主人無言只愁歎。忽地喧聞爆竹聲，飛來曲巷報元旦。

琅邪臺在山東青州府諸城縣南，三面環海，惟西通陸。秦始皇二十八年至琅邪，大樂之，留三月。

手開萬世帝王基，幾暇游觀此駐師。海外雲迷徐福島，山中苔蝕李斯碑。禍機已伏沙邱變，霸業猶誇表海奇。長劍斬蛇車載鮑，可憐九鼎遽遷移。

歌風臺在徐州，漢高祖歌大風處。

八千兵散楚歌新，父老龍旗望幸頻。遊子還鄉成帝業，英雄吐屬亦才人。狗烹猛士恩何在？鹿逐中原志已伸。一樣蘭臺傳駐蹕，大王風陋賦詞臣。

粵王臺在廣東廣州府越秀山上。尉佗登此望漢。

歌舞岡連越秀山，尉佗朝漢昔登攀。天開圖畫羅浮嶺，人集華夷粵海關。日暖花田香氣遠，風傳蜑戶妓歌閒。漢文故是聰明主，一紙書來便嚇蠻。

柏梁臺

土木無端起柏梁，金莖承露説荒唐。前車鑒不思嬴政，内傳虛猶記穆王。妄想游仙同桂館，難逃劫火等阿房。七言詩格留千古，差勝輪臺詔自傷。

望思臺在河南陝州閿鄉縣東北思子宮城内。漢武思戾太子時築。

巫蠱傷殘悔已遲，築宮聊自塞哀思。釁由博望通賓客，死等沙邱賜詔詞。臺下摘瓜同致慨，釜中煮豆亦堪悲。謂淮南衡山事。祇今望帝尋遺址，猶聽聲聲叫子規。

李陵臺在直隸宣化府龍門縣南。李陵登此望漢。又山西大同、陝西榆林、甘肅蘭州三處亦有。

猿臂兒孫友牧羝，故鄉臺上望含悽。留名雖幸原青史，降虜終慙玷白圭。五字詩才愁勅勒，一門將種痛鯨鯢。舉頭何處長安近，雲樹蒼茫雁影低。

呼鷹臺在湖廣襄陽府北。劉表好鷹，嘗登此臺歌《野鷹來》曲。

《野鷹來》曲乍歌呼，易簀牀頭痛藐孤。豚犬兒難繼劉漢，鷹鸇志枉瞰荆吴。賦才未肯憐鸚鵡，名士何曾識鳳雛。不及梟雄傳漢統，三分猶足帝西隅。

銅雀臺在河南彰德府臨漳縣西。魏武建以貯妓。

銅雀巍峨聳九霄，阿瞞志氣太矜驕。老謀竟欲并三國，春色終難鎖二喬。詩句豪吟江上鵲，英雄尚忌蜀中梟。墓田誰向西陵望，賣履分香事已遥。

賦詩臺在江南揚州府儀徵縣北，一名東巡臺。魏文帝嘗立馬賦詩於此。

詞章自古盛維揚，百尺高臺對夕陽。横槊自能繩魏武，然萁何苦忌陳王。論文鄴下才成藪，逭暑南皮酒泛觴。金主吴山雄立馬，輸他名入選樓香。

冰井臺在河南彰德府，後趙石虎建。北齊高歡避暑於此。

石虎芳塵臺名少遺址，高歡冰井尚留臺。馬龍浮水童謡驗，羖攊飛天劫運開。避暑高宫委禾黍，招涼别殿隱蒿萊。耕夫犁出香姜瓦，留與文人試麝煤。

靈武臺在甘肅慶陽府環縣東北。唐肅宗即位於此。

潛邸飛龍九五占，中興氣象朔方添。朝儀草創如光武，太上迎歸勝建炎。重色未除而父習，改元難免背親嫌。唐家再造端由此，弔古人來快仰瞻。

禮斗臺在雲南武定府獅山巔。明建文禮斗於此，蒲團蹟猶存。

脱卻黄袍换衲衣，芒鞵錫杖走南陲。星瞻帝座隨行脚，草拂王孫禮本師。蓮漏滴疑清禁晚，霜鐘鳴憶早朝時。來生願向光芒祝，莫作天家煩惱兒。

五月十五日歸自茸城閲三日病發至八月始出外户

一卧經三月，遷移物候驚。不隨齎恨鬼，仍作太平氓。人賀李延壽，自誇劉更生。欲書病中況，如夢記難清。

續夢中句

燈殘夢醒黑甜鄉，纔得詩成旋又忘。五兩南風三月半，斷雲零雨過錢塘。

文信國瓷印歌

抱遺老人失搜集，七客寮中亦未入。太史曾孫偶得之，貯以縹囊重什襲。自言萬里走甘涼，古物纍纍充歸裝。就中一印數最良，傳自忠臣文天祥。其白如雪澤如玉，螭獸爲紐篆鐫六。質異金章綰通侯，形同玉璽缺一角。素紙鈐出芝泥紅，朱文照耀丹心同。祓除不祥勝桃茢，鬼魅一見逃無蹤。想公當日欲存宋，流離應與此印共。野寺題詩縱未攜，荒江草檄應曾用。自從柴市公成仁，未知此印歸何人。白雁歌殘幾百載，紅羊劫换將千春。正氣依然在天地，疑是定窯古瓷器。同伴端谿玉帶生，知己西臺竹如意。吁嗟乎！世間私印刻紛紛，晶銅玉石犀牙筋。俗書拙畫亂鈐出，顔色黯澹蟲鳥文。誰似信國肝膽烈，手澤流傳未磨滅？簽名愧死謝道清，承旨何論趙松雪。

抵家作

小別江城花始飛，遄回春色已全非。多情惟有谿邊月，送我離家又送歸。

蚤起觀荷作

一鉤殘月掛林西，拂拂涼風透葛衣。行到藕花深處立，鴛鴦驚起一雙飛。

官兵進勦逆回連獲勝仗誌喜

黑水西邊葱嶺東，遥傳大將建奇功。漢家自有人擒虎，回部徒誇力搏熊。玉貢上方威更懾，馬輸天廏道仍通。區區小醜殲除早，鼯鼠由來技易窮。

金川緬甸五谿蠻，撻伐終教化梗頑。聖主本思安大漠，强夷敢復覬陰山！頭顱萬里行來遠，頸血戎衣濺尚斑。遺孽愁如滋蔓草，將軍漫入玉門關。

慧山絶頂望太湖

策杖登高嶺，言尋慧日泉。雲隨人共上，路與鳥争先。巨浸浮天外，羣峰列眼前。洞庭山脚下，看月擬停船。

泊舟鎮江城外

鐵甕城邊暫繫艭，青山如畫入篷窗。喁喁夜聽舟人語，明日東風好渡江。

金陵懷古選五首

五馬浮江一化龍，新亭名士泣相從。能驅草木兵摧敵，勝遣熊羆將折衝。南北朝分臣桀驁，東西局判主凡庸。偏安見慣唐虞禪，開國紛紛似蟻蜂。

三朝頻見築郊壇，荆棘銅駝淚未乾。偷狗主誠謀弑易，射蛇業痛創成難。帽紗加首心何忍，腰扇遮羞膽自寒。世世天家生不願，汝陰此語最悲酸。

布衣逐鹿仗霜鋒，王氣濠州又特鍾。大將開平稱十萬，仙人邋遢有三丰。訛傳紅篋留緇服，誰説青田訪赤松。幾處元勳城外墓，萋萋草色暮煙濃。

真人皇覺寺初藏，制度鍾陵氣象昂。早識外兵來靖難，何妨太子立燕王。金川門啓年除革，瓜蔓抄傳事可傷。嗚咽石頭城下水，弱枝强幹怨齊黄。

橋陵穴借昔神僧，靈谷流傳弔古憑。殺叔父難逃篡逆，啄皇孫竟肆欺凌。浮屠巨麗南朝瓦，老佛淒涼古寺燈。玉樹後庭花已誤，朱絲闌又寫吴綾。

寒宵即事感懷

碌碌浮生自解嘲，消寒相約句推敲。童烏葬乍營嬴博，海燕棲猶憶故巢。婚嫁麤完容嘯傲，江湖無計撇衡茅。呼妻料理黄齏甕，殘臘風光又漸交。

無端鏡裏二毛分，況復殘年俗慮紛。今雨江城添老衲，謂鐵岸。舊時詩友半秋墳。一鉤新愛纖纖月，五色晴看朵朵雲。驀聽長天叫孤雁，清宵似訴久離羣。

詩佛歌《隨園詩話補遺》：蔣心餘太史自稱詩仙，稱余爲詩佛，想亦廣大教主之意，弟子梅沖爲作《詩佛歌》云云。客有自金陵歸者，攜瓦像一，長三四寸，髡頂，白鬚，白衣，趺坐，云即隨園詩佛也。

隨園老人著食單，誘人殺生成佛難。又曾談詩詆佛老，《楞嚴》辯是僞撰稾。既將禪悟駁漁洋，豈肯推敲學賈島。蔣詡此言本游戲，謂有廣大教主意。科名早著千佛經，詩仙應讓一頭地。誰知梅君更好事，《詩佛歌》成多妙思。竟使解組陶淵明，蓮社不許攢眉避。隨園本是點蒼猿，見甌北詩注。名勝晚據歡喜園。蓮花座下多弟子，法門開示諸名媛。談詩妙運廣長舌，空空獨得風旛說。遂令善男善女人，合掌讚歎生歡悦。豈真成佛慕謝客，欲使點頭到頑石。衣鉢倘能傳後人，何妨身化千百億。君不見香山居士白樂天，金粟如來李青蓮，兩人俱習聖賢教，豈肯身將異端效。一時偶託西來意，論心未必忘忠孝。隨園老人神於詩，寶筏渡人絶妙詞。亦知得道有慧業，詎耐面壁窮幽思。陶者無端塑詩佛，摶沙成像像彷彿。俗僧入墨莫援儒，此老胸中甚奇崛。

和鐵岸上人辛丑夏五移主荷花隝原韻

鉼鉢生涯到處留，一絲不掛萬緣休。詩人落拓誰青眼？繡佛皈依未白頭。香滿池塘花得主，夜談風月客登樓。削除煩惱歸真諦，魚樂深淵脱釣鉤。

應向名山覓洞天，何來城市結凡緣？支撑傲骨同梅瘦，飄泊吟身作絮顛。肯學參寥狂破戒，不妨蘇晉醉逃禪。此間留得闍黎住，漫唱依人相府蓮。

王惟謙，字古春，貢生，涇縣教諭，居邑城。

寄懷陳雲莊

填胸壘塊消除盡，百歲光陰半已經。雪剌暗攙雙鬢緑，頭銜仍守一氈青。久思龍象瞻西域，誰駕鯤鵬徙北溟？莫漫紛争起蝸角，年來我已漸忘形。

屠穌飲罷懶登樓，索笑巡檐趣轉幽。數本梅花新眷屬，二分明月古揚州。銀屏選夢思騎蝶，葭渚尋詩漸狎鷗。最愛半城晴雪好，一枝塔影掛簾鉤。

徐繼達，字苑花，進士，直隸無極縣知縣，居一團。

《邑志》略云：繼達少孤，從叔受學，未成童即補諸生。爲文操筆立就。事親孝謹，恬於榮利，任無極甫期，即解組歸養。家居閉門授徒，仍如寒士，鄉里稱之。

題顧耐圃翰墨緣耐圃自號耐頭陀。

和尚原殊俗，如君俗益奇。不緣缾盋罄，獨募畫書詩。

惜花菴舊主，翰墨訂良緣。指點雙鳧舄，飛隨米老船。

過曲阜謁孔子廟恭賦

廟貌巍峩俎豆陳，入雲碑碣聳嶙峋。衣冠萬古忘秦漢，松柏千年護鬼神。山到岱宗瞻仰久，人游魯國誦絃新。乾坤不老斯文在，沂水風和正暮春。

潘采，字耜村，號夢山，居邑城。

《邑志》略云：采能書，亦善畫，家貧藉以自潤，求者常滿。畫不多作，書則盛傳一時。

吟香招同載菊泛舟至慈蔭亭謁張野樓先生墓而歸

無雨無風獨放舟，蕭然秋色滿汀洲。詩懷拔俗花同瘦，野老忘機鷗共游。村落數椽通略彴，光陰一瞬等蜉蝣。石亭回首蒼涼處，宿草斜陽動客愁。

李春棣，字甘棠，宗海子，諸生，居周浦。

諸葛廬

舊是先生宅，隆中蹟許尋。乾坤三足峙，風雨一龍吟。業托莘磻隱，才空管樂心。由來真國士，力竭爲知音。

輓陳軍門

欃槍夜半漫天黑，日浴鯨波紅不得。吴淞江上鬼啾啾，橫空霹靂驚神力。維公建節五茸城，茸城萬姓咸歡迎。胸藏韜略世無敵，巍然半壁東南撐。陡聞定海喧鼙鼓，移駐吴淞鎮强虜。戰士千人誓死生，將軍三載嘗甘苦。鐵鈴五月雄關開，連珠大礮轟如雷。赤龍怒起摧檣桅，小醜都化蟲沙灰。紅旗報捷駭神異，那知左隊等兒戲。鳥獸紛紛散不回，直使孤軍屯死地。公曰某死不足辭，大廈終難一木支。丈夫馬革裹屍耳，偷生誤國奚以爲！征袍血染痛深骨，猶是三呼向北闕。帳下偏裨氣亦豪，負公轉戰重圍突。忠魂一縷依蘆灘，連天梅雨愁雲漫。殮公數日色不變，公身潔白公心丹。海疆保障功非淺，留得精誠青史顯。至尊揮淚憤填胸，御批「揮淚覽奏，憤懣填胸」。逾格鴻恩頒卹典。專祠巍煥羅籩羞，如聞叱咤靈風遒。吁嗟滬瀆有袁侯，遥遥殉節同千秋。

采蓮曲

涉江無風波，歌聲逐鳴艣。郎唱蓮花紅，妾唱蓮心苦。

新秋邀路深堂夜話

思君如晉人，清談獨揮麈。翦燭坐西窗，涼入芭蕉雨。

擬孟郊古别離

郎栽蠲忿花，妾種相思樹。莫上楚巫峰，恐被雲留住。

捍海塘歌

蛟龍怒吼波濤立，濱海蒼生望洋泣。潮頭更挾颶風來，直走華亭勢岌岌。開元天子創建塘，囊沙築隄同康莊。種桑植茶樂復樂，馮夷無聲海若藏。有元至明代傾圮，徒把黄金擲海水。方公岳貢刺雲間，力排衆議奮然起。祖龍鞭牘豈無石，亟取增高培地脈。不挽錢王鐵弩强，花開擬上春風陌。五丁開山山欲傾，大船載石乘風輕。試教精衛填何處，湠闞尤爲雪浪争。築成鞏固民忭舞，不畏滄溟勢吞吐。自是波澄月朗時，漁人依舊鳴柔艣。年深每患石傾頽，奉命曾經大吏來。道光戊戌長夏，各節憲奉命勘工。喜見舊綱重整飭，子來不日如靈臺。從此海濤不爲病，歡聲如雷騰萬姓。玲瓏壩上足遨遊，水天一色明於鏡。

徐陞德，字階三，諸生，居新場，著有《衛花居詩鈔》。

醉起偶成

古樹蒼蒼夕照微，小僮忘卻掩柴扉。客來知道主人醉，代捲疎簾放燕歸。

徐嘉木，字月巢，號蔗初，監生，居向觀橋，著有《澄心書屋稾》。

《邑志》略云：嘉木以右臂廢，習左書，入能品。從弟嘉賓，字墨卿，闢精舍以居，賦詩自遣，雖老不輟，有《嘉賓詩稟》。嘉樹，號雲白，工畫水墨牡丹及蝌，有《面圃軒詩稟》。人稱徐氏三絶。

題康氏螟巢園

東江有名園，而以螟巢託。地如陶令居，圖擬謝安作。細雨漾青魚，斜風舞白鶴。始知峰泖外，别自成邱壑。

博陸村晚眺村在石門縣

雙橋小泊水回環，煙樹微茫護水灣。遥望峰巒雲際出，舟人指點武林山。意行一路入桑麻，樹影迷離四面遮。步上博溪橋上望，夕陽紅映賣魚家。

庚子赴金陵省試

征帆飽曳秣陵舟，節過穿鍼賦壯游。風月有情如舊識，江山無恙又新秋。雲開鍾阜尋靈蹟，潮落秦淮蕩古愁。坐看諸君振鵬翮，愧余野水一閒鷗。

詠荷

一花一葉映清漪，珠露盈盈半未乾。三十六鴛鴦戲罷，夕陽紅上小闌干。

題謝仲嘉山陰載酒圖

兄弟稱連璧，虞庠定省還。來浮湖上舫，飽看浙東山。秀果千巖競，流真萬壑環。永和留勝蹟，觴詠足追攀。

丹陽道中

秋風一棹水容與，路出丹陽眼界舒。過雨煙痕迷北固，隔江山色望南徐。數星漁火潮生候，廿里湖光月上初。劇喜故人共行役，篷窗詩酒樂相於。

重游武林

五年前記武林游，三月東風又泛舟。襟上酒痕留夢影，雨中樹色豁吟眸。青分南浦山如笑，緑膩西湖水不流。更喜追蹤有蘇白，雲栖同憩竹陰稠。

西湖

一水碧無垠，中涵萬壑雲。花明蘇小墓，松護鄂王墳。塔影江心出，鐘聲煙際聞。榜人催返棹，歸路已斜曛。

夜發松郡

一葉歸舟趁月明，近鄉風景最關情。殘燈摇燄不成寐，流水逆風微有聲。雲護機山尋鹿蹟，潮生歇浦數鷗程。來朝別有心中事，豈爲西園竹葉傾。

雲林寺

何處鐘聲響，雲林極杳冥。山迴靈隱寺，水抱冷泉亭。瀑瀉狂濤白，松環列岫青。北高峰在望，撲鼻桂花馨。

徐嘉賓，字墨卿，監生，居近魯家匯，著有《愛日軒詩》。

《邑志》略云：嘉賓援例入監，再赴省闈，歸闢精舍，以詩自遣。從兄嘉木、嘉樹，亦能詩。嘉木有《澄心書屋稾》，嘉樹有《面圃軒稾》，而嘉賓吟獨豪，雖老不輟。病革，命子樂緯倡捐田百畝、錢四百緡，請建書院於鎮，以惠西半邑生童，即觀濤書院也。

春日即景

淑景剛三月，平田菜麥新。花深人覓路，日暖鳥鳴春。輞墅堪摹畫，桃源欲問津。踏青諸士女，陌上染香塵。

游廢園

名園依北郭，三徑已全荒。疎竹曲通寺，寒梅高出牆。何年重藻飾，此景即滄桑。古碣摩挲久，歸鴉噪夕陽。

亂後移家陳窯感賦

買得臨谿屋數椽，僅堪容膝小如船。庭前花木少佳興，鏡裏鬚眉非少年。屈子問時天亦醉，謝莊賦後月難圓。時方悼亡。故居回首成焦土，一度相思一惘然。

游佘山

第四峰前路，煙蘿不易捫。野花開姊妹，山竹長翁孫。寺古頻遭劫，村荒半掩門。懸崖題筆處，他日證吟魂。

祝椿年，字楚翹，舉人，大挑知縣，居川沙，著有《來復軒詩稾》。

《川沙志》略云：椿年落落寡合，不與時趨。三上春官，揀發知縣，家居不出。工詩，尤擅詞曲。觀其《寇警後書懷》一律，詞意感慨，亦可想見生平矣。

寇警後書懷

連宵聽盡短長更，壁立相如百感生。祭到詩篇傷賈島，算來考績悮陽城。心如野馬塵無定，腹有河魚疾未平。鹽米光陰湖海志，十年出處兩無名。

題清河節母盟心古井圖

大節清河重，遺徽閫範真。綺羅虛早歲，松柏失同春。麟角傳餘子，熊丸味獨辛。試看古井水，碧月照常新。

中兆澐，字春浦，貢生，居北六竈。

題黃沐三小家語

偶得《論衡》驚秘牘，中郎先我結知音。詼諧曼倩酬賓戲，笑罵東坡出《志林》。何必承明誇著作，不妨廣武共登臨。汪洋叔度亳端見，消盡拘儒鄙吝心。

孫恩寇起袁崧死，滬瀆城邊古恨長。鼠輩俁探丸黑白，羊侯規定局蒼黃。董狐在野能誅逆，司馬無官不礙良。千載吴淞江上水，一時濡筆記滄桑。

題雁蕩山全圖爲馮筱雲大令作

滿堂奇翠雕鴻濛，劃然温台落掌中。誰以油污致龍怒？雲氣勃勃湫西東。峰頭叵諾羅，招我看芙蓉。雨濛濛而欲落，雲漠漠而長封。虎爲童兮蛟變叟，龍之君兮紛紛而窺牖。麻姑設饌，洪崖置酒。天雞叫海日，火雲燒南斗。池中孤雁不見人，髣髴飛落屏風右。世間繪事有如此，開圖試聽樂清水。邂逅大馮君揮金，買得雲間雲九峰。巉巉不可攀，一朝俯就衙官班。思招白雁下池灣，騎作黃鶴訪虞山。喚起山人更畫大龍小龍骨，亢旱一雨喜動蒼生顔。

郭世銘，字彝齋，諸生，居郭家石橋，著有《鳥語山房吟稾》。

颶風行

馮夷震怒海若驕，長鯨掉尾驅洪濤。封姨乘之恣跋扈，頃刻捲盡田家寮。田寮盡向波心倒，遑問田中棉與稻。老翁帶水更拖泥，跪向田邊禱蒼昊。蒼昊無靈禱不知，老翁淚竭只聲嘶。可憐四野皆萍藻，那有蒸藜得療飢。小民已苦命垂絶，里長催科復急切。縣官笑謂爾來前，此鄉猶勝桃源天，獨不見神州遍地皆戈鋋。

上高篙漁明府

台星移照海隅天，竹馬歡聲滿路邊。人道陸康真吏隱，我言梅福是神仙。春風花縣雙旌引，秋月槐廳一鏡懸。聽説公餘有清課，金蓮燭下寫詩篇。

暮春

沈香亭子繡簾斜，悶倚闌干數落花。蝴蝶已知春是夢，子規如唤客還家。相思南國吟紅豆，細雨東風掩碧紗。惆悵王孫歸未得，莫吹飛絮到天涯。

伍子胥

夜行晝伏出嚴城，天遣句吴霸業成。劍贈漁翁鞭贈楚，丈夫恩怨最分明。

題芸香草堂雅集圖呈邑侯馮筱雲師

人物東南美，珊瑚鐵網收。使君開盛宴，多士樂清游。地闢三弓静，齋添十笏幽。寒梅花守鶴，古柏幹横虯。邊笥曹倉富，秦碑漢碣蒐。圜橋聲振鐸，璧沼響鳴騶。俎豆莘莘奉，絃歌濟濟修。登龍瞻雨化，立鵠仰風遒。暇日偕賓佐，良辰嘯侶儔。談經師伏鄭，選勝集應劉。絲竹東山繼，壺樽北海酬。言清霏玉屑，字固抵金甌。娓娓常垂訓，殷殷爲拔尤。芝蘭香繞室，桃李豔生洲。洛社歡同聚，雲臺數恰侔。畫圖標俊望，翰墨寄名流。氣宇凌霄漢，文明應斗牛。吏誠廉潔矣，俗果樸淳不？得句慚貂尾，傳神倩虎頭。門牆栽小草，依託亦千秋。

郭世銘，字鼎勳，諸生，居川沙，著有《鶴立居吟草》。

采棉詞

吴棉如雪滿塍飛，采采盈筐趁夕暉。爲怕白頭人盼久，小姑先遣挈囊歸。
郊原一色白皚皚，采罷歸遲暮色催。難得重陽少風雨，早花開罷晚花開。

周湘，字秋水，爵里未詳。

題王卜菴詞稾

竹垞不作伽陵死，蹶起王郎斫地歌。猶有芳鄰李供奉，指吟香。玉峰天半兩嵯峨。

海曲詩鈔三集　卷四

清

奚樹珊，字蘭舟，諸生，居新場，著有《靈華館詩草》。

天馬山行

天馬之山突兀聳青天，昂首弓脊鋪花韉。翠巘起層疊，一望何茫然。怪石夭矯，古松蜿蜒。郤如權奇俶儻拔土而淩煙，又如龍蟠虎攫雙瞳夾鏡而高懸。上有斗折三矢之曲磴，下瞰長泖圓泖之流泉。梵宇琳宮明月夜，一聲鶴唳高峰前。君不見天馬昔從西極來，竹批雙耳真龍媒。穆王八駿去已久，何以尚向東海之濱騰踔而徘徊？驪黄牝牡誰物色？一朝變化爲崔嵬。山之頂兮石魚飛躍，山之厓兮野鹿低回。巉巖峭壁何磊磊，但見鸞吟鳳嘯雲之隈，知爾追風躡電神駿非駑駘。嗚呼！平原兄弟居此山，白駒空谷隔塵寰。一從入洛戀棧豆，空有黄耳傳書還。草堂虚敞良可惜，騂騮埋没誰能攀？

聽鶯曲

柳花撲地曙煙含，繡被春寒曉睡酣。殘月疎星半明滅，一聲鶯語來花南。玻璨光透紅窗霧，間關百囀林間度。打起枝頭恰恰聲，銀梭織就嬉春句。誰家少婦對鏡籢？坐聽鶯啼怕捲簾。馬邑龍堆香夢醒，半天紅雨撲朱檐。傷春卻爲春無主，幾回唤醒梨花雨。默默閒愁訴與誰？隔窗且共鸜哥語。我住蘇臺幾度春，桃花柳絮又翻新。憶家已被春風誤，莫更鶯啼惱殺人。

題自畫

掛罶二十年，得魚亦不喜。山上白雲飛，山下涼波起。

晚煙鎖深谷，野水鳴亂灘。欲問巖栖意，閒雲只獨看。

即事

片雲薄捲夕陽殘，紅蓼灘頭畫舫還。滿眼秋光吟不足，好磨新墨寫谿山。

跨塘橋遠望

百步長橋亘驛旁，登臨極目暮雲蒼。煙寒遠浦山光斂，日落空城塔影涼。塘古草湮秦代石，村荒花乞陸家場。糧艘廿里喧官渡，無數桅檣傍石梁。

觀劇

玉釵金鈿化雲煙，一曲《霓裳》亦可憐。彈出唐家天寶事，落花愁絶李龜年。

題鄭敷敬太守塞上吟

曾佐元戎建節旄，夜傳軍令肅秋毫。戰酣慣飲沙場血，興到時題蜀錦袍。鐵馬嘶風砂月冷，雕旗捲雪陣雲高。矛頭盾鼻生平事，攬鏡何須歎二毛。

横山看雲歌

一峰未斷一峰續，雲滃横山山失緑。山頭初似兜羅綿，頃刻蓬蓬没山足。卷舒似出畫家手，巫峽圖張黄子久。年來愛踏萬山雲，如此奇觀得未有。等閒雲影薄如絮，雲歸天浄入山去。三霄碧落青濛濛，還須振袂凌蒼穹。

有憶玉谿山人

人間與天上，何處是君家？梵誦貝多葉，仙蹤蕚緑華。新詩裁草草，舊夢幻花花。欲過谿橋訪，隔林紅日斜。

雲陽道中

出郭風淒野店秋，江花江鳥送輕舟。黄泥閘外潮聲急，一路帆飛到潤州。

新河道中

老樹成林映緑波，石牆泥壁掛藤蘿。兩隄楊柳連山翠，風景依稀似汴河。

臺城

玉樹歌殘王氣終，尚留舊恨夕陽中。城邊菜甲瓢兒緑，殿上花容狗子紅。破葉瓦官飄冷雨，殘鴉鐵塔語西風。南朝皇帝西天佛，古寺荒宫一樣同。

明故宫

牛首依然拱紫宸，蔣陵衰草獨傷神。江山空灑新亭淚，風月虚描舊内春。鐵鎖驚聞失天塹，墨封猶敕選才人。銅仙一去金甌破，惟有空梁暗落塵。

石頭城

虎踞龍蟠勢屼然，鎚峰削嶺築城堅。四圍烽火降旛字，半壁江山色界天。大道朱樓屯塞馬，長江鐵鎖下樓船。傷心莫問南朝事，只賸殘碑古冢邊。

秦淮雜詠

澹粉輕煙話六朝，荒原秋盡草蕭蕭。可憐舊院樓頭月，猶照門前武定橋。
水晶眠夢愁孤月，金粉銷香老夕陽。怨殺秦淮一谿水，六朝流盡又南唐。
官蛙閣閣雉斑斑，辭漢銅仙去不還。水榭盡歌花十八，更無人唱《念家山》。

說劍堂尋夕照邊，石巢遺事話當年。暖風薰得君王醉，敕進吳綾燕子箋。

莫更花前話舊情，一聲河滿淚縱横。將軍死後梨園散，零落蘇生與柳生。

彈絲擫竹感中年，客館詩成思渺然。明月大江煙水闊，歸帆遥指海雲天。

歸舟次京口作

日日提壺白下門，每逢山好便開樽。歸來襟上留蒼翠，半染山光半酒痕。

鐵笛歌效鐵崖體

洞庭波中二龍子，鱗鋏星鐔鐵花紫。銷沈水底數百年，一朝變化騰雲起。化成尺八八孔通，凹凸似鑄牝牡銅。一枝雌兮一枝雄，兩枝笛獻東海龍。衡陽之籥難與同，桂園來遇楊鐵翁。鐵翁生自金鉤結，鐵龍化自蕤賓鐵。鵝膏拂拭光瑩潔，反潮截雨聲清絶。黄鶴磯頭石爲裂，青鸞鏡裏霜俱滅。鐵板一拍笛一吹，雙雙海鳳鳴參差。天魔舞出杏花姬，更有草枝桃柳枝。謝家湖上紅裙醉，玉子岡頭翠袖垂。雌龍一日化龍去，雄龍悲咽作人語。鐵翁縱然鐵石心，此時鐵漢淚亦淋。玉山才子擇龍配，配以玉鸞仍作對。鐵翁拍手意甚快，起揖玉山進酒酹。雄龍倘使亦變化，我欲騎之游海岱。

讀松陵集

散人在江湖，晚唐標新格。筆牀與茶竈，隨意煙霞適。花影滿身扶，漁歌一竿碧。扁舟無風波，唱和有佳客。柴門日西斜，風吹鬢絲白。展卷雨初晴，高風慕夙昔。

柳花

飛遍長亭又短亭，山郵水驛糝零星。桃花形影三春共，芳草光陰一夢醒。翠羽輕裾承婉轉，寶環纖手捉瓏玲。憑闌有客添惆悵，曾是相逢眼獨青。

可似秋江入望賒，寒蘆如雪渺無涯。夕陽流水王孫路，細雨斜風蕩子家。撲面不知人小立，點衣又覺勢紛拏。白門士女烏啼夜，解唱當年楊白花。

奚樹珠，字子蕊，諸生，居新場。

蒓羹

谷水潮初落，秋風客乍歸。鬅鬆割龍頷，釵股失湘妃。碧膩千絲滑，香調一匕肥。何將此羊酪，應笑士衡非。

沈洪禧，字梅生，諸生，居馬路港。

田家雜興

秋風瑟瑟雨綿綿，正是新涼八月天。驚起比鄰諸懶婦，夜深促織叫籬邊。

軋軋車聲夜紡紗，破籬風颭一燈斜。儂家苦守清貧慣，羞去霜田拾落花。

葉含章，字樹滋，號蔭山，諸生，里居未詳。

題周偉亭桐陰待琴圖

桐陰涼似水，琴心渺無極。拄頰送微雲，泠然露華白。

周杰，字超凡，號偉亭，監生，里居未詳，著有《綠滿居吟草》。

夜宿鄉家涇

漁村寂寂夜遲遲，新漲平隄二月時。把酒不愁今雨少，一鐙如豆獨吟詩。

陸隱，字曜南，號菊莊，里居未詳，著有《飲秋齋詩集》。

夜泊

孤客扁舟繫，篷窗夜半開。偶看江上月，秋思共潮來。

顧華，字紫塘，諸生，里居未詳。

次潘藹堂見懷韻

豈真浪蹟學鳧鷖，三宿須知未去齊。論世慣捫王猛蝨，談玄恍對處宗雞。手磨鐵硯誰知苦，路入桃源孰指迷？猶憶東籬同采菊，曉風簾捲畫廊西。

孟忠傑，字守静，居川沙。

道院賞菊和稷卿韻

漫攜琴劍走他鄉，且向花前醉幾場。我是長貧花晚節，一般傲骨耐風霜。

嚴宗熙，字韻泉，舉人，居航頭。

獄中雜感

憔悴吴門作楚囚，廿年春夢等浮漚。身危只賸丹心在，事急終難白手求。禍起文章留雅話，筵開樽俎陷深謀。噬臍此日嗟何及，愁對西風淚暗流。

此事休將得失推，須知朋友本通財。地當艱險情何擇，人閱炎涼志易灰。差幸指囷猶有粟，獨憐避債竟無臺。會須分得滄波潤，灑向枯魚肆上來。

乍看犴狴氣先撓，今日方知獄吏豪。桎梏竟成要賄券，笑談隱使殺人刀。珠因投暗珍難恃，劍爲沈埋彩易韜。憶自中書宣唱後，姓名又聽唤聲高。

抛將書卷就鋃鐺，抱病孱軀暗自傷。木恰承肩聊作枕，苫能藉足擬登牀。偶然小坐腰如折，欲待高呼氣不揚。惆悵故園今夜月，照人依舊吐精芒。

賢明太守荷栽培，下獄官書驀地來。此局究因何事變，余懷須待幾時開？從知法在情難奪，果否天高力可回？爲是祈恩反罹禍，愁腸一日每千迴。

炎天驚捧詔書嚴，無復頭銜署孝廉。讞定早知三尺肅，病來況又半年淹。自憐藥物憑誰主，更恐刑威取次添。寒柝聲聲敲不斷，夢回錯認是風檐。

王國濬，字秋岡，貢生，居三竈，著有《詒燕堂詩稾》。

《邑志》略云：國濬篤於行誼，究心濂洛之學。平居教授，率先舉名人言行，以養正爲歸。待人和藹，而難干以非禮。工詩，不多作。年近七十，以疾卒。門人私謚爲端穆先生。

題孟蘊山江村漁隱圖

波渺渺，葭蒼蒼，扁舟來往水中央。前身是否釣鼇客？一竿寄蹟蒓鱸鄉。蘆灘潮落秋風起，浩歌一曲天斜陽。得魚罷釣不歸去，坐看明月生扶桑。

東海謡

酉之年，丑之月，百里烽煙起倉卒。昨宵猶報捷書來，衹今滿地俱長髮。十七破奉賢，十八陷南匯，十九已入川沙堡。萬馬千旗耀東海，列城三日如摧枯。長官逃竄藏菰蘆，惟有羣黎戀家室，甘與羊豕受宰屠。賊之來兮若風捲，頃刻豺狼街巷滿。額抹紅巾手握刀，殺人如草人煙斷。更有無賴争媚賊，師帥旅帥充僞職。朝索牛羊夜索金，托辭貢獻苦追迫。從此魚肉遍村郊，爲虎作倀虎益豪。門牌田捐接踵起，直欲搜括窮釐毫。是時正值歲更始，元旦改後十日起。長跪焚香云告天，紅衫赤脚誇豪侈。吁嗟我生乃逢此，或自投繯或赴水。彼蒼忍復降大雪，寒氣四逼欲墮指。偷生度日直如年，婦休蠶織男廢田。流離倏忽經三月，夜夜烽燧光燭天。喜聞官軍集滬瀆，將帥驍雄令嚴肅。探知扼要在金山，右江左海相馳逐。前日賊狼奔，今日賊鼠伏。前爲林中虎，今爲几上肉。傳説天兵捲地來，忽然瞭望忽聚哭。就中梟帥劉與吴，肉袒負鑕誠先輸。皇恩浩蕩感浹髓，願殲醜類完名區。降旛高插危城上，王師如雨誰敢抗？今君單騎來受降，直入虎穴氣何壯。泗西節相運權謀，寵以都尉關内侯。藉賊殺賊盡調遣，肅清海宇全金甌。黄童白叟色然喜，相約扶攜返故里。誰知喘息未全蘇，叩門縣吏又催租。

口占

風聲鶴唳驀驚傳，身世危於浪裏船。安得移家武陵去，桑麻雞犬樂餘年。

聞官軍收復蘇州

朝廷外府列雄城，誰把軍儲藉寇兵？萬里長城悲道濟，張提督國梁。六州砥柱賴真卿。劉方伯郇膏。孤軍横海真無敵，儒將登壇獨擅名。自是臨淮富韜略，李宫保鴻章。三年江海氣澄清。桂林始禍本幺麽，誰使綿綿縱斧柯？戎馬十年空杼軸，煙塵萬里蔽山河。燕闕直扼東南吭，曾節相國藩。海澨争傳解散歌。收取全功上麟閣，晉公節鉞魯陽戈。

壬寅感事詩

誰教波畢海西來？餤煽芙蓉是禍胎。千里奥援成畫餅，萬家華屋化寒灰。怒濤已失蛟門險，烈炬難禁虎旅摧。從此藩籬竟全徹，籌邊空盼出羣才。

將種堂堂舊有名，提兵重駐甬江城。安民有術籌軍早，制敵無功視死輕。俎豆馨香留此日，河山殘破奈羣生。回頭舞榭歌臺地，潮落東湖盡哭聲。

悵望天兵日夜馳，將軍勝算有誰知？吴宫雪滿笙歌沸，越國城荒狐兔馳。間諜紛紛窮遠島，珓盃處處卜叢祠。書生擬上平夷策，勦撫於今合並施。

手拓鯨波萬里天，巖疆保障已三年。乘虚誰料呼朱序，縱敵終教斬魏延。江浦輪飛喧隔岸，鼉鼍日落泣重淵。垂成功敗千秋恨，霜簡何時達御前？

杜説中天耀將星，一元大武總無靈。徒知狡兔營三窟，坐使長鯨起九溟。藥局轟雷甘潰散，花飛滚雪費調停。率先僚吏空城去，可有涓埃答帝廷？

不料謀臣計益奇，星軺到處奏平夷。三年空竭孤臣力，一紙賢逾十萬師。引鬼入門終有悔，盗鈴掩耳欲誰欺？和戎自古無長策，欲息干戈未有期。

薛觀成，字穎嘉，爵里未詳。

鐙下讀程梨生詩集

苦歷風塵兩鬢絲，歸裝贏得一囊詩。急扶殘夢鐙窗讀，喜有才名藝苑馳。拜石君曾師米芾，聽琴我自愧鍾期。臨風想望髯髯古，只恨荆州識太遲。

題朱韻卿觀稼亭圖

爲賈苦奔馳，爲吏厭拘束。閑閑十畝間，真堪享清福。韻卿恬静人，荒郊結茅屋。觀稼足怡情，斯亭名不俗。農人告春及，其始播百穀。田歌起四鄰，雨中聞叱犢。閒情寄東皋，舒嘯頻往復。時或操豚蹄，穰穰滿家祝。欣然樂有餘，豪華謝金谷。

沈大昕，字序英，號肆三，晚自號燕林鋤者，諸生，居召稼樓，著有《守拙草廬詩稾》。

秋日東籬看菊

東籬有叢菊，孤根傍危石。石勢聳層霄，花光照四壁。閒步到籬邊，如入陶令宅。秋晚天氣佳，與花共晨夕。朝露浥其英，夕霜破其萼。涼飆颯然來，清芬度簾幕。秀色真可餐，幽香沁胸膈。有詩且長吟，有酒還獨酌。形骸何所拘，寸心有誰托？坐久人不來，月色一林白。

捍海塘歌

捍海塘外波接天，捍海塘内石鉤連。此塘云自大唐築，宋元迄今歷千年。西南遠抵錢塘派，東北直接松江界。四百餘里亘長虹，從此不患濤澎湃。我來觀海心爲忪，疑是海旁矗立青芙蓉。磊磊落落可望不可即，但聞海濤激岸聲如鐘。龍吟虎嘯半空發，再接再厲真兀突。此時惟見海水塘外流，不見海水侵城闕。乃知聖朝修葺功誠豐，賴此萬井安三農。不比秦皇侈鞭石，臣斯作頌但耀神武功。

對菊

心賞此佳色，悠然俗慮删。庭虚留夜月，秋老掩柴關。詩興臨杯動，禪心共鳥閒。折來簪白髮，對鏡更開顔。

秋夜看菊

秋菊姿容澹，更餘燒燭看。舉杯還擘蠏，霜重不知寒。

湖上偶題

東湖春泛

麥初成浪柳初荑，偶趁新晴泛碧谿。欲啓篷窗看春色，扁舟已過板橋西。

杏帘夕照

隔林黄鳥哢交交，酒伴相攜步近郊。扶醉歸來遥指點，夕陽猶在杏花梢。

花隖留春

曉妝人倦懶憑樓，樓外空濛雨未收。啼殺杜鵑春不管，落花如雪撲簾鉤。

野橋觀稼

偶攜笻竹過谿橋，便有鄰翁隔水招。道是新秧須護惜，春游莫逞馬蹄驕。

傍水一廬

小結茅廬近水旁，紙窗涼映緑篔簹。臨流照徹吟身瘦，錯認波光是月光。

計渤，原名泰，字介生，號芥舟，布衣，居周浦，著有《孱守居詩草》。

張嘯山師《懷舊雜記》云：芥舟幼孤寒，依其叔賈於市。偶得吴梅村詩殘本，效之，遂工詩。有欲羅之門下者，不可。中歲遷上海，訓蒙爲業，妻以鍼黹佐之，或比之梁孟焉。

王叔彝觀察云：芥翁安貧樂道，貞介自持，讀書外無他嗜好。由周浦贅於海上，矮屋一椽，不蔽風雨，敗氈破席，吟詠自如。年近六十，猶爲童子師。恒至斷炊，愈老愈窮，而詩愈工。嘗館予姑夫顧菊汀家，因得盡讀其所作。五言如「月補中秋雨，天逋九日晴」；「客尋雲外寺，秋上水邊樓」；「蓮心同我苦，柳眼爲誰開」；「寒月沈千里，鄉心集百端」；「雪添雙鬢白，山向一樓青」；「白月閒詩夢，黄花禿鬢毛」；七言如「譜出刀環新樂府，拍殘笳吹舊愁聲」；「天半朱霞無俗氣，雲中白鶴有仙緣」；「六代江山陳俎豆，三秋雲物隱兵戈」；「千里輪蹄孤客夢，一鐙風雨十年心」；「歷落雄心灰野燒，慈祥和氣化秋聲」；「三秋戰鼓連吴會，萬里樓船鎮海門」；「哭笑無端新舊鬼，死生有命去來兵」；「雷雨勢摇茅屋破，海潮聲撼戍樓寒」；「楊柳細梳一輪月，桃花催放十分春」；《寒鐘》云「飢來冷士投齋急，病起孤僧入定難」；《寒煙》云「三春遲日藍田暖，一夜西風紫玉寒」；《催荷》云「莫嫌浄友吟箋促，也當高僧咒鉢來」；《口占》云「韓筆杜詩天地氣，螳癡蟬黠古今情」；《感懷》云「願爲青眼阮，不羨黑頭江」。詩餘姜白石，酒外李青蓮」；《吴淞有感》云「枕戈經百戰，持節未三年。孤忠懸日月，獨力禦風煙」。俱嘔心而出，琅然可誦。賈明經雲階謂「其人則古貌古心，其詩則宜風宜雅」，信不誣也。惜阨窮以殁，伯道無兒，若敖不祀，良可歎也。

鏡

精白遄飛蕩月波，課虛責有竟如何？圓光入定真吾見，正氣盤空古色多。閲世妍媸傷察察，照人毛髮易皤皤。天涯聶隱孃夫壻，負局歸來莫漫磨。

書忍堂聞笛

月滿虛堂一笛哀，秋風萬斛座中來。不堪風調無嵇呂，重舉山陽舊酒杯。

秋夜

旅客孤鐙夜，高樓萬里情。月沈花斂影，風咽樹吞聲。飢鼠空倉嚙，荒雞野店鳴。感時思賈誼，神鬼哭蒼生。

鳳女臺

重耳辰嬴作贅疣，誰從任好結綢繆？荒荒古墓良人殉，落落高臺快壻留。天半笙簫遺響在，雲中鸞鳳有雛不？欲知弄玉歸何處，嫁得蕭郎愛遠遊。

青陵臺

臺荒碧草一抔香，萬古貞魂弔夕陽。紅雨點春團蛺蝶，緑波皺影蘸鴛鴦。身如笛裂江干竹，歌發箏彈《陌上桑》。在地尚爲連理樹，北山何苦網羅張。

歌風臺

還鄉絶勝沐猴冠，社結枌榆洽古歡。遺老敢將亭長目，大王猶作故人看。劍彈酒憶鴻門險，筑擊歌翻易水寒。風起雲飛思猛士，可堪回首望淮安。

李陵臺

望望鄉關萬里天，身冤名辱更誰憐？自南持節看蘇武，降北投戈累史遷。將種能文歌《出塞》，官家好事侈開邊。風驚塵起騰笳吹，魂繞寒雲卒五千。

禮斗臺

燕啄皇孫王氣移，裂冠毀冕走滇池。家中衣鉢承初祖，天下江山著大師。熒惑已從南斗入，文昌又向北辰馳。若無老佛歸來事，頂禮蒲團究阿誰？

坐雨

坐雨日如年，登樓望遠天。江湖千頃雪，竹樹萬家煙。野草迎宛馬，林老怨蜀鵑。尋春何處好，潦倒杜樊川。

雨霽偕張曉山郭外散步

一從居滬瀆，幾度憶衡湘。對此三篙水，頻迴九曲腸。野梅開古渡，窮鳥立危檣。隔浦連村樹，晴光入莽蒼。

秋草

蕭蕭瑟瑟四圍秋，莽莽蒼蒼萬種愁。楊柳荒江人遠别，芙蓉晚渡鬼離憂。春風裙屐追前度，末路輪蹄感舊遊。欲報慈暉方寸亂，王孫歸思爲誰留？

題秋田摹輞川圖中臨湖亭

繫艇芙蓉岸，客來湖上亭。杯浮千樹緑，簾入四山青。吟月林猿和，談經水鳥聽。微風送歸棹，前路碧泠泠。

懷蕭亞史長齡

萬里驅車賦北征，酒懷慷慨此長行。東風空綻相思子，朔漠原無杜宇聲。六尺郎當非寄託，十年究竟負聰明。幾回欲買君平卜，不問升沈問死生。

秋雨

葉聲如雨雨聲酸，密密疏疏點點殘。萬井飛泉驚户牖，半潭止水奮波瀾。秋邊掛席吴江冷，曲裏淋鈴蜀道難。别有對牀傾聽處，一鐙挑盡夜漫漫。

秋蓮

濯濯芙蕖只自憐，香零粉墜薄寒天。愁來翡翠偎煙語，夢冷鴛鴦抱雨眠。水面暗磨中婦鏡，花邊漫刺美人船。東西南北隨魚戲，費盡田田疊疊錢。

秋潮

木落滄江弔伍員，滔滔不盡正秋分。極天急雨三千弩，動地驚雷十萬軍。氣塞古今涵日月，力排山嶽奮風雲。詩魂飛踏黿鼉去，汗漫逍遥徧九垠。

秋碪

萬户秋聲片石飛，大刀頭上月光微。風淒正擣班姬素，星隕難支織女機。庭院荒蕪蛩語促，關山消息雁書稀。莫歌《子夜》清商曲，多少征人未授衣。

秋笛

出自西南一曲歌，閒懷剛觸洞庭波。吟將活水驚龍卧，響徹層雲遏雁過。天遠江涵秋影薄，樓高人倚月明多。太清今夕無塵滓，絶倒桓伊唤奈何。

江村初夏

細柳新蒲緑滿灘，朱櫻青子正登盤。先生攤飯忽驚起，隔水一聲黑牡丹。

冬日雜感次張春水韻

一寒至此亦非常，宜寫冬山作睡鄉。衣敝驌驦難貰酒，啄餘鸚鵡莫齎糧。青年自許長貧賤，白首何妨任抑揚。俗不可醫聊爾爾，空勞調劑費多方。

又見花開到款冬，北風圖裏冷雲重。卻憐妻病衣還擣，豈爲鄰喪米不舂。權借酒杯澆磊塊，懶揮畫筆苦形容。括囊牘有驚人句，珠斗攢芒氣蕩胸。

贈陳拙任箴

五字長城固，名場不肯遊。十年他席雨，千里故園秋。冷處著青眼，閒中鍊白頭。世人休失笑，此老本沙鷗。

九月八日對菊寄拙任

孤賞澹如此，漠然吟晚香。應愁風雨至，明日是重陽。冷趣一松伴，暮秋三徑荒。寄人籬下久，贏得滿頭霜。

歲暮雜感

學究三家十里村，兔園册子課晨昏。一頭未出慚知己，兩鬢全皤怕受恩。煨芋圍鑪傷歲暮，探梅攜酒借春温。負暄偶向茅檐坐，旁本無人蝨自捫。

長夜無眠畏鐵衾，一鐙如豆閉門深。幽蘭夢遠懷湘渚，修竹聲清味晉林。寒擁黑貂撑傲骨，醉談黄馬戰雄心。丈人可是忘機者，抱甕窮年老漢陰。

答張嘯山文虎**即用見贈韻**

十載難求一字師，平生蕭瑟苦哀時。出門自唱《公無渡》，入室誰呼叔不癡？敏捷敢誇《鸚鷴賦》，零丁久廢《蓼莪》詩。雪深愛學袁安卧，豈豔王恭鶴氅披。

高會南皮想子桓，華燈明月好追看。一碑奸黨搜元祐，八斗才人溯建安。皮裏春秋褒貶寓，胸中邱壑水雲寬。憑君遠寄詩千首，消我衡門九九寒。

春水以南園愁感詩見示中有憐才陡發遺珠歎竟有傾城在苧蘿之句何愛我之深也再用家字韻奉寄

無端貽笑大方家，反累夫君感歲華。愛孟郊詩窮到骨，夢江淹筆秃生花。山非蟲可任擔荷，海豈蠡能測際涯。試望城南天尺五，將軍樹古集神鴉。

鱸魚蒓菜屬伊家，博物張華勝木華。當暑書翻《消夏録》，凌寒蘂采款冬花。説詩且喜逢匡鼎，學易何當訪壽涯。未肯浮槎天漢去，閒看秋水點棲鴉。

除夕懷春水

舉世悠悠少伯通，斷無肉眼識梁鴻。鷽鳩決起枌榆上，鸞鳳幽棲枳棘中。萬户愁聲今夕雨，一氈寒色舊家風。從君乞得宜春帖，也抵摛文自送窮。

坐雨次雲階寄春水韻

未接盧敖汗漫遊，江城流寓幾名流。絶憐賈誼餘三歎，轉替張衡續《四愁》。作客何心琴欲碎，封侯無骨筆空投。敢從草野談經濟，湖海豪情百尺樓。

身後誰知姓氏傳，莫須有更想當然。美人遲暮常扶病，末路英雄肯乞憐。心狎白鷗沈碧海，夢騎黃鶴上青天。瓣香燒向維摩詰，半入詩禪半畫禪。

中秋對月有懷東春水仍用家字韻

琉璃一點萬人家，摩蕩秋心印月華。寒注膽缾金井水，香參鼻觀木樨花。前身欲證渾無據，客思頻牽詎有涯。懶聽《霓裳》新法曲，詩箋容我且塗鴉。

題王叔彝聽潮吟館圖

王郎年少詩中豪，江樓百尺摩雲高。飛觴平吞滄海月，攲枕虚納清秋濤。濤聲壯，吟聲抗，無待乘風破巨浪。濤聲舒，吟聲紓，不徐不疾達尾閭。馮夷吹出空中籟，枚生有筆真能繪。卷起齊州九點煙，聽澈三千空四大。

滬上桃花曲

路出城南望眼迷，花深莫辨路東西。日高天半朱霞起，倒壓龍華塔影低。
東風十里捲紅潮，一半闌干望達橋。橋在南門外。橋上憑闌回首望，絳雲横抱女牆腰。
十年無夢入梨雲，撩亂春心百草薰。淚眼看花花濺淚，倩誰題扇寄香君？
白頭重譜冶春詞，薄倖三生杜牧之。好向薛濤箋上寫，淺斟低唱付紅兒。

題胡眉亭留香集

神仙鬼怪一身兼，撲朔迷離不我嫌。好夢荒唐悲宋玉，閒情褦襶觸陶潛。東南負局郎磨鏡，西北登樓妾捲簾。荳蔻梢頭春二月，杏花紅上酒家帘。

春興再用行字韻

無朝無暮雨雲行，窗擬司空號一鳴。河朔馬蹄催曉色，天南鴂舌碎春聲。未能名動雞林賈，詎有才談虎帳兵。昨夜越王臺上望，三山五嶺瘴煙橫。

南薰徂暑記師行，銅鼓填然石鼓鳴。防海本來無陣法，畫江竟欲斷流聲。出師慷慨聞三唱，退敵倉皇鑄五兵。我欲浮槎來絶島，臨風釃酒弔田橫。

尋春何處踏歌行？天半風鳶不住鳴。思婦樓頭楊柳色，勞人道上杜鵑聲。誰令喜怒桓司馬？我哭猖狂阮步兵。争似荒谿漁父好，桃花浪裏一竿橫。

秋興三疊行字韻

長歌重續短歌行，壯士牀頭寶劍鳴。不及鵬摶風萬里，卻驚猿嘯淚三聲。餘年憂患飢寒病，浩劫微茫水火兵。人意物情多變幻，舳艫無際海天橫。

詠柳

六朝人物渺如煙，自賞風流在少年。芝蓋春旗豔開府，曉風殘月唱屯田。青歸驛路濃花裏，緑到漁磯淺水邊。真箇銷魂歌舞地，黄金多處最纏綿。

即興

一城風雪困詩囚，地縮壺天隘九州。唱徹燕歌澆魯酒，叩殘秦缶看吴鉤。求凰憶昔呼雛鳳，舐犢於今愧老牛。多見此生齎志歿，何心扶病賦登樓。

枕上

雷聲隱隱漏聲催，雨滴心頭倦眼開。詩不能工窮益甚，事多未了老將來。砭鍼傲骨桃花醋，抖擻精神柏葉醅。睡起不嫌寒料峭，獨尋冷趣訪疏梅。

和李吟香題蘇文忠書王晉卿煙江疊嶂圖詩真蹟斷碑即次蘇韻

未嘗瞻拜登眉山，夢魂空指齊州煙。誰云斯人不可見？風流文彩今依然。當其縱酒一歌嘯，興酣走筆如龍泉。嬉笑怒駡泣神鬼，豪情奇氣通山川。畫禪草聖冠絶代，游心直上羲皇前。歐陽門下出頭地，文章骨立撑青天。誰云斯人不可憶？西湖湖水餘清妍。隴西布衣有斷碣，幾將棄置桑麻田。細剔苔蘚辨名字，非關黨籍元祐年。雨淋土蝕乃剥落，雲殘月缺逾嬋娟。點畫模糊蜿蜒伏，毫芒鬱律蛟龍眠。誰云斯人不可作？城南尺五來坡仙。余生雖晚頗好古，淋漓大筆時賡緣。寧辭婢學夫人誚，仰和《煙江疊嶂篇》。

題王卜菴落花詩卷

生便疏狂死便埋，美人丰度酒人懷。紫鸞東去因緣薄，青雀西飛信息乖。香可返魂尋海島，丹能換骨拜雲階。年年鍊石天無補，願把春心託女媧。

泣淚如珠不是鮫，爲雲爲雨費推敲。東山獨卧絃初歇，南國相思豆未拋。郎貌他時殊瘦島，妾心今日抵寒郊。乾坤許大寧無著，上古原來未有巢。

康中理，字少眉，自號懶雲山人，貢生，居杜家行，著有《海粟集》。

張嘯山先生跋《海粟集》云：先生博覽無涯，兼通梵筴。於詩自漢魏六朝迄唐宋諸家，皆能究極指歸，洞見癥結。此集所存幾七百篇，言皆有物，不同風雲月露、流連光景之作。《雜著》一卷，亦翛然自異，非拾人牙慧者。薜苫志局，未得深談，特以盛著寄示，真洋洋大觀。至其天懷湛寂，出入莊釋，超然筆墨之外，又不當滯於語言文字間矣。

《畹香留夢室詩話》云：丁巳仲春，予下榻邑城比玉堂，適黄祉安明經蒐得先生《海粟集》，袖以見示，挑燈讀之，大約機趣近小倉山房，其喜以禪語作五七言則又似元之耶律楚材，可謂盡作詩之能事矣。摭其佳句如「亂風鳴敗葉，寒日送歸鴉」；「蛤吠清明雨，花驕上巳天」；「數竹發幽秀，孤花生野香」；「高懷千古月，流水一聲琴」；「草没荒原眠白骨，雨昏新鬼泣青楓」；「一肩只合擔風月，四海何煩識姓名」；「碎琴幾欲酬知己，掛劍徒勞訪故人」；「與我有緣惟禿管，閉門無事即深山」，皆清婉可愛也。

施將軍諱全，官殿司軍士。刺秦檜不克，死之。

突然匕首空中現，一道寒光飛匹練。賊臣不死死忠臣，從此天心亦可見。忠臣者誰施全官，臣職微末臣心丹。目擊繆醜亂朝紀，頃刻髮上衝臣冠。舉朝靡然争舐痔，獨有將軍恨切齒。拚擲頭顱報主恩，不斬權奸心不死。將軍之血荒原濺，將軍之義青史傳。至今生氣尚懍懍，如見閃爍刀光鮮。嗚呼！格天閣上陰謀布，遂使朝廷竟南渡。誰分頑鐵鑄賊臣？千秋長跪將軍墓。

明故宫

燕子飛來驀召殃，不須易代已滄桑。龍蟠虎踞今何處？金水橋頭半夕陽。

張子房

萬疊雲山一短筇，功成身隱躡猶龍。君王若聽韓彭老，辟穀何須訪赤松。

臨安懷古

二帝蒙塵去汴梁，中原從此竟淪亡。野夫尚指騎驢客，宰相新開鬬蟀場。誰使紙錢移社稷，欲憑半壁固金湯？空懷牡蠣登臨約，古壘蕭蕭賸夕陽。

慈烏

老烏尾畢逋，小烏方成雛。老烏暫離小烏啼，小烏鑱飢老烏呼。樹頭養成八九子，亦期反哺養老烏。如何轉瞬各飛去，老烏叫月咽喉枯。我今還向老烏語，慎勿教渠滿毛羽。翻然飛去青天高，還恐長成化伯勞。

龍骨車蘇詩注，江浙人目桔槔爲龍骨車。

聲嗷嘈，暮復朝。犖犖确确捲雪濤，胼生脚底遑辭勞。吁嗟乎！胼生脚底遑辭勞，河干已泊千糧艘。大官催科得上考，小民枵腹休啼號。

避亂華涇

黄巾滿地起煙塵，避亂如何尚擇鄰？古渡鳥銜寒浦雨，野塘花發異鄉春。途窮怕受嗟來食，人熱寧因竈下薪。眼見闢河盡荊棘，幾時重復返征輪？

船脣馬足久勞形，身世真如水上萍。牢落衰年雙鬢白，淒涼孤館一燈青。苦遲鴻雁書難寄，遥望松楸涕欲零。骨肉飄零廬墓隔，故鄉消息反愁聽。

客館不寐

衾寒夢不成，攲枕聽殘更。啼月鴞棲屋，窺人鼠立檠。十年游子恨，一夕故鄉情。攬鏡看雙鬢，應添白數莖。

牡丹

碧闌干外繡簾飄，八寶妝成分外嬌。染得胭脂豈嫌俗，生來富貴不知驕。天香豔浥銅盤露，午夢濃酣紫玉簫。髣髴太真親教舞，霓裳十隊盡紅綃。

雜詩

聽泉復看山，獨坐林深處。幽話恰逢僧，斜陽未歸去。意行策瘦藤，聽禽沿竹隖。薄暮畫橋西，輕風送微雨。

即景

乘興扶笻出，尋幽到水源。斜陽楓葉岸，細雨稻花村。沽酒沿谿曲，看雲倚石根。偶逢鄰叟話，忘卻日黄昏。

閒中偶得

竟日小齋中，悵然默無語。鑪香裊孤煙，夢闌日已午。山鳥時一鳴，落花紛如雨。閒來策笻竹，乘興偶遊行。幽鳥亦良友，孤花殊有情。夕陽畫橋上，獨對青山青。

千里馬

苦負鹽車歷險灘，暫時芻豆且相安。驪黄牝牡終皮相，千里非難伯樂難。

清明日意行

春夢半朦朧，春光瞬息中。一鳩寒食雨，雙燕落花風。長日憑詩遣，濃愁仗酒攻。意行忘遠近，閒話值鄰翁。

渡頭

斜陽下古原，人語渡頭喧。野樹綠成幄，桃花紅滿村。山留懶雲宿，風挾怒潮奔。獨立蒼茫裏，幽懷誰與論？

悲歌行

草枯有榮時，人去無歸期。狂歌痛飲淚若絲，但願長醉醒何爲？白楊瑟瑟悲風起，惟見荒墳滿荊杞，人生不樂真癡矣！

申江棹歌

半江紅樹夕陽低，買酒歸來醉似泥。且揀煙波深處泊，滿船明月柳陰西。
自小生涯在水涯，偶隨鷗鷺便成家。客來莫道無兼味，炰鼈烹魚不用賒。

謝卻

謝卻紅塵自閉關，胸中芥蔕已全刪。昂藏骨格貧逾傲，骯髒鬚眉老更頑。湖海永懷黄叔度，蓬萊祇住白香山。此身莫爲浮名誤，且占林間一味閒。東坡句

傅錫晉，字東侯，諸生，居六竈。

京口

第一江山第一泉，雄城屼屼枕江邊。南徐襟帶連於越，北固樓臺鎖暮煙。寺訪鶴林花豔冶，地尋鼈沼水澄鮮。興亡莫漫悲孫氏，醉倚篷窗看月圓。

傅弼，字肖巖，諸生，居六竈。

采棉詞

薄言采采趁斜暉，向晚攜從陌上歸。爲是白頭人怕冷，挑燈先製薄棉衣。

傅克信，字虛舟，爵里未詳。

采棉詞

曉來南陌手提筐，采罷歸時已夕陽。爲要明朝輸國課，小姑權緩嫁衣裳。

唐安仁，字宇春，居邑城。

福泉寺

樹古緑陰濃，荒苔滿砌封。更無僧説法，時見客扶笻。草色侵游屐，泉聲答梵鐘。欲尋前代石，夕照下西峰。

張文虎，字孟彪，號嘯山，貢生，候選訓導，居周浦，著有《舒藝室詩存》。

董明經兆熊序略云：嘯山張君之詩，瀏然以清，戛然以長，不探蔡邕之異書，不學揚雄之奇字，氣彌亘於宙合，意牢籠於區方。勃念官邪，抗誦春陵之什；欻傷時變，默存梁父之吟。雖坐席三經，陳書一篋，而詼笑常聞，嘯歌不廢。則沖襟可挹，頭步即幾於千里；雅詠所被，攄辭自安於六義。湔祓舊俗，導引新機，非君而誰也？

釋覺堂畫竹歌

白頭老僧狂不死，萬個琅玕一彈指。世人畫角與描頭，笑殺癡蠅鑽故紙。阿師寫竹能寫神，交柯亂葉皆天真。子規夜啼秋雨泣，雲旗恍惚湘夫人。有時枯腸得酒生芒角，逸勢横斜隨意作。一竿突兀忽凌空，鸞尾翛翛瘦於鶴。江湖放浪不自持，三絶自方禪月師。佛亦可呵祖可罵，肉眼不識疑爲癡。嗚呼！六神通，八解脱，何者是佛乾矢橛？平生不解口頭禪，但有英雄一腔血。熱血淋漓寄此君，蒼茫潑墨成煙雲。胸中奇氣自蟠鬱，渭川千畝烏足云。君不見當窗寫出從人看，節節枝枝都未算。安得鵝谿三丈絹，請公放筆爲直幹。

即事留別

相逢纔把袂，臨别又沾襟。努力式明德，敢忘嘉木陰。滄波知己淚，春草感恩心。揮手竟無語，南雲入望深。

雜感

日夜迴腸轉轆轤，强將談笑代悲呼。天涯兄弟飄蓬散，海畔風霜弔影孤。倉卒肯爲巢幕燕，危疑猶似聽冰狐。傷心不忍頻東望，黯淡寒雲萬木枯。

歲暮

鐙盡還燒燭，搴帷耿不眠。風聲添夜雨，客思入殘年。愛静翻成癖，緣愁轉自憐。寒潮與歸夢，東注問誰先。

公無渡河戒友訟也。

公有剸犀劍，莫斬蛟與鯨。公有拔山力，莫與天吴争。河波撼天天欲傾，公胡爲兮臨流獨立而屏營？屏翳扇風，洪濤四起。老狐聽冰，載疐其尾。盤渦轉轂，千里一曲。赤龍張鬚，神螭睒目。輕身試一擲，爲餌苦不足。烏乎！公無渡河。公渡河，掉頭長往如公何？我將召河伯，呼蓬婆，駕白黿，乘靈鼉，蹩躃勸公歸，坎坎聽我箜篌歌。

松谿舟次

垂柳緑毶毶，往歲停舟處。獨鳥隨人來，悠然渡江去。

寄懷趙星甫省親京口

得失豈無命，孰云吾道非。暴顋魚暫退，養翮鶴終飛。風雨鳴寒劍，星霜閱敝衣。聖恩偏浩蕩，猶賜一氈歸。

歸心向吴會，舉手别燕京。驛路三千里，崎嶇匹馬行。關山羈旅客，桑梓故園情。話舊一尊酒，相逢爲爾傾。

孰意君歸日，余猶滯柘鄉。逮余旋故里，君又向朱方。遊子顔如昔，衰翁鬢欲蒼。五年違定省，暫得侍高堂。

京口推形勝，東南控上關。無雙今國士，第一古江山。得句羣峰外，相思落日間。投詩向揚子，流寄鯉魚還。

送孫汝璧歸魯山

君言男兒負此六尺軀，風塵奔走徒區區。我謂風塵奔走計亦得，閉門家食真非夫。願作神鷹弩攫九天上，不願效寒鴟口拾腐鼠誇鵷雛。鵷雛長苦飢，寒鴟長苦飽。跕跋向征途，流年暗中老。君才固非易，君鬢良未斑。我曹生世豈無用，一第何必憂天慳。送君歸，車班班，君家乃在汝州城南百里間。堯孫劉累昔居此，至今父老呼堯山。此山遥連魯陽關。魯陽日暮戰酣處，三雅之水流潺潺。君不見龍可馴，日可止，壯士豪情有如此，莫把雄心擲江水。

衡山禹碑

衡山之高四千一十丈，五方並峙遥對泰岱嵩華恒。昔夏王禹帝命承，曰汝不伐亦不矜，作司空職惟汝勝。下者陂，高者陵，隨山刊木四載乘，岷山導江越南紀。智營形折，懷春冰血。白馬以祭，德動天鑒。香始升乃夢，元夸使者乘飛軨，金簡玉字秘緑縢。禱黄帝巖禹乃登，稽首頓首心兢兢。檢以元都印，書以南和繒，壽之萬萬古，刻石垂雲仍。天吴帝江驚且兢，暨巫支祈罔不懲，元圭告成錫爾礽。天柱紫蓋何崚嶒，七十二峰環相絙。宇宙大文神所憑，逾三千年見未曾。昌黎韓退之，好古勤擔簦。祝融峰頭欲上不得上，千搜萬索歎息愁撫膺。何時螺書龍畫忽出世，坐使仰屋著書之輩争誇譝？夔門觀中七十二字今已佚，岳麓院本較多五字誰所增？郎瑛楊慎諸譯見各别，歷年久遠孰辨淄與澠？或釋咨爲嗟，或讀永爲蒸。子雲希馮世無有，蝌文鳥篆可想不可徵。東柳陶生何處得一紙，字蹟完好無侵凌。體勢如鳥翾飛翾，或蟠結似螣蛇螣。口欲雒誦不敢滕，筆欲仿象目遽瞢，以手摸之疑有楞。我聞昆明成都長沙西安紹興盡拓本，當時真蹟乃在岣嶁之洞封以雲層層。安能裹餱糧，足躡䶂與鼯，墨松滋剡藤[一]，方羊石壁間，仰卧曲兩肱。天帝六丁毋我憎，宣此苞符之秘開蒙顥。攜歸以之詫十朋，復恐下士大笑聲如蠅。

早起

曉聞好鳥鳴，乃在嘉樹顛。清露晨未晞，山花夜初然。性情得所契，與物皆安便。擁書北窗下，緑草何芊緜。衆籟自喧寂，我心渺無緣。忽悟彭澤令，固在羲皇前。

張氏梅林訪十女殉節處

靈芬何處薦疏麻？樹古池平舊蹟賒。猶有存亡家國恨，夜深彈淚與梅花。

酬姚水北丈汭

伯勞飛燕鳴春風，五茸城邊逢髯翁。切雲之冠佩長劍，虯鬚虎眉方兩瞳。祝融燒天火鐵紅，朵雲墮地來郵筒。一卷㟝嶁亦何有，品題乃比羅浮峰。君不見羅浮峰，峰峰矗立青芙蓉。仙裙化作五色蝶，滿身香霧游花叢。讀君新詩知自道，筆妙欲使天無功。片辭莫贊幸勿訝，長城敢以偏師攻。嫩涼七月秋宇空，停車草堂訪盧鴻。浮粱酒熟勸我飲，縱談八極開鴻濛。丈夫

[一]「剡藤」前原有「紙」字，疑衍。

通經貴致用，何爲蹀躞蓬蒿中？金馬承明夢不到，寸筳莫叩豐山鐘。才名嚇鬼鬼翻笑，君從兄蘇卿丈，嘗題君詩稾云：「才名嚇鬼徒欺世，詩句驚人欲問天。」坐使二豎乘詩窮。別來五月書兩通，停雲北望心忡忡。千言脱手劍出匣，彼病魔敢攖君鋒？周柱史，漢赤松，安得四方上下長相從！幅巾倘踐當時約，待爾山前緑玉笻。

岳忠武王名印歌爲王徵君之佐**作**

十二金牌三字獄，風波亭畔冤魂哭。滄桑瞥眼小朝廷，那及忠臣一方玉。玉高徑寸廣九分，斑駁或作雲雷文。女丁婦壬蹻舌退，劫火雖烈何由焚？鞭筆伊誰妙鐫刻？兩字昭然辨波磔。隱約芝泥慘不鮮，當時血濺萇弘碧。湘水沈淪六百年，著録未入《金陀編》。王郎展轉偶得此，已去復返容非天。吁嗟乎！忠武功名滿人口，一印存亡亦何有。惟有淒涼慕古心，歎息摩挲屢搔首。君不見痛飲黄龍語，豈誣姓名曾作辟兵符。聞聲早使烏珠遁，膽落金兵不敢呼。

丹陽道中

下流襟帶控朱方，水遞悤悤驛吏忙。百里郊原連秫穄，六朝陵寢散牛羊。長隄峻岸疑穿峽，小隊觭輪半馱糧。恰喜西南風解事，片帆容易過雲陽。

方正學祠

叔父非元聖，皇輿誤太孫。九原真可質，十族竟何論。鐵案存心史，麻衣裹血痕。景公祠不遠，風雨泣忠魂。

石城山

遠接鍾山勢，巉巉氣鬱森。伏龍曾至此，駐馬一登臨。建業降旛亂，長江鐵鎖沈。石頭頑未解，虎踞到如今。

石門道中

寒風淅淅水潺潺，夢落西湖幾處山。濁酒半醒燈半灺，一篷疎雨石門灣。

讀姚蘇卿先生華清弦詩塾集即酬見贈之作並問近疾效集中體

杜陵不可作，此老信吾師。大澤有神物，喬松無醜枝。羣兒弄鉛槧，幾輩畫胭脂。砥柱先生筆，橫流滄海時。

游紫雲金鼓二洞因至雲岫庵懶雲窩

結伴尋桃谿，羊腸繞修坂。嵒嵒烏石峰，卓立氣蕭散。秋晴炫密樹，紅緑紛滿眼。陰壑生迴風，陽厓走連巘。覓徑方嶇嶔，入洞轉平坦。舊游聊記憶，坐覺煙景晚。荒庵森竹掩，壞壁藤蘿綰。出岫雲無心，不出雲更懶。野鶴懶於雲，飛來竟忘返。金鼓洞前鶴林道院，壁嵌石刻「飛來野鶴」四字，傳是吕仙書。

大滌洞天歌

撑天一柱摩蒼穹，雲霞出没真靈宫。乘風御氣倏來往，華陽林屋潛相通。元封以來二千載，神仙中人幾人在？年年龍簡寄沈淵，有似泥牛入東海。我生好游不好仙，來尋三十四洞天。黄冠導我穿竹徑，雙屐踏破巖扉煙。巖煙霏微炬火緑，石鼓彭鏗震厓谷。旋螺屢轉粟生肌，兩壁題名鏤蒼玉。仙乎仙乎梳髻鬟，亭亭背立不可攀。深處有天生洞仙象，宛然背立。奇峰倒掛窅無路，换骨何處求金丹？姜真人，郭文舉，圖志荒唐奈何汝？碧樹飛來擣藥禽，玉芝銜出長生鼠。隱士逃名偶託辭，君王媚道即貪癡。興衰轉眼青山笑，鼇足誰將八柱支？

由法華山至西谿

季秋行夏令，赤日汗沾襟。數里入花隖，四山皆竹陰。細泉隨徑曲，幽磬答山深。空谷自來往，跫然此足音。

沿流數迴轉，櫂入菰蘆叢。晴雪映斜日，微波生晚風。叩舷思舊約，回首見飛鴻。己亥秋，與陳碩甫有西谿觀蘆之約，因雨不果。天末伊人在，蒼蒼滿望中。

蕺山晚眺

雨過亂雲浮，亭皋一縱眸。蒼茫全越勢，颯沓萬峰秋。城郭生寒色，江山入古愁。荒祠遺像在，涕泣拜王劉。山上有王右軍、劉忠端二祠。

越城懷古

一柱天南此最雄，會稽長鎮浙江東。萬方玉帛開王會，四海龍蛇識禹功。配食自應尊掌火，型塘山有益廟。行誅未許恕防風。天威特示塗山戮，羣醜休彎反射弓。

古雷門外長秋蕪，海氣蒼茫望有無。劉軨近聞擒佛母，索卿元本冒倭奴。姚江東去連蛟窟，節相西來剖虎符。自昔越城形勝地，咽喉善策蔽全吴。

敝廬

風兮雨兮，淒其以吹。吾廬破兮，吾親傷悲。一畝之田，則不可推。五寸之椽，窀穸無期。悠悠蒼天，予身爲誰？父兮母兮，何以子爲！

復過露茌丈

又隨春燕到君堂，但把新詩子細商。莫更尊前論平世事，海風吹雨忽蒼茫。

重九後一日招露茌丈郭福衡**游横雲天馬諸山**

春秋佳日無不有，何必登高定重九。登高客散我輩來，扁舟只與山徘徊。持螯把酒老狂發，柘澤便築糟邱臺。郭郎不飲亦舉盃，麴生詫爾真奇才。横雲如雲懶不起，絶倒平原好兄弟。夷艅昨犯泖湖濱，尚有餘氛涴煙水。縱火豈患無東風，一炬信足成奇功。長鯨掉尾自出没，小哉赤壁羞英雄。我欲排空蹴天馬，頑石難鞭衆山啞。平津遇合空爾爲，蘚没干將不堪把。劃然長嘯青松林，天風吹作鸞鳳音。一弓明月照歸櫂，醉聽兩岸秋蟲吟。

由拳東園曹慈山詩所謂舊業谿東五畝居者也産鶴亭在焉今園屬汪氏癸卯仲夏偶游有感

叢蘭無語竹傷神，慈山工寫蘭竹。文采風流孰寫真？含笑蜀葵階下立，薰風盡日醉汪倫。主人沈湎於酒。

紅牆黯淡小山隈，山下平池一鑑開。昨夜微風蓮葉動，半亭涼月鶴歸來。

再游江天寺訪朝陽洞

霽色初開散午齋，重尋僻徑騁幽懷。路通巖竇中間窄，山到樓臺缺處佳。盡日洪濤喧亂石，千年古柏立寒崖。昆明習戰當時事，莫放江波更入淮。洞左即操江樓。

阜河曉發

前車出深林，後車駐林外。月落大河横，繁霜滿騾背。

曲溝客夜

斷夢迷離記不清，殘鐙影裏數寒更。長嘶櫪馬如相語，明日京華止一程。

送淩厚堂歸吴興

春風酒一盃，與我别燕臺。爲道苕溪月，唤君歸去來。青山偕隱計，白首著書才。真踐扁舟約，杏花今又開。

奉和儀徵相國點蒼山畫仙歌有序

大理石出雲南點蒼中峰，明李日華《六硯齋二筆》始載之，近世遂盛行。相國督黔滇時，得奇畫尤多，各爲題品，撰《石畫記》四卷。板毁於火。乙巳夏，郵示屬校重刊，輒和卷中《畫仙歌》寄呈。點蒼山，或云即《水經注》「阿難降天魔波旬於耆闍崛」者是也。

君不見耆闍崛山一卷石，三百年前未開闢。天公欲試畫仙才，故遣南荒顯靈蹟。香巖馥郁中峰連，觀者是佛畫者仙。丹青水墨定何物，慘憺寫出壺中天。古來畫家非一手，北派南宗異窠臼。仙人妙想契化工，濃澹平奇無不有。仙人之名不可知，仙人之像自畫之。有《點蒼山畫》仙像一石，甚奇。荆關董巨慳一見，應呼石丈還相師。煙雲爲筆石爲幛，幅幅屏山各殊狀。鬱蒸靈氣有時升，倒印奇峰滿天上。擲筆忽作雄雷聲，此時石破天亦驚。波旬讋服菩薩笑，妙香散落花冥冥。紫府真人上清宰，大興朱文正公，嘗謂相國爲紫府真人。手把芙蓉涖滇海。巖穴搜材聚一編，玉軸瑶函露光彩。點蒼青入斗牛墟，看畫題詩畫不如。石中倘有仙人降，來讀瑯嬛未見書。相國舊有瑯嬛仙館，爲藏書之所。

送郭福衡之徐州

孤蓬正摇落，鷙鳥野踟蹰。拔劍出門去，關河風雪俱。良無妻子累，豈爲利名驅？策馬重回首，平安憶守株。

若過淮陰市，相逢慎帶刀。艱難窮士淚，意氣少年豪。日落黄河凍，雲飛芒碭高。衙齋應折節，今古幾綈袍。

水災行

皇帝二十九年，太歲己酉。大人占之，乞漿得酒。何爲春夏間，日中見斗？一解三月雨瀰瀰，四月不見晴。踆烏晝長匿，魄兔罷夜明。二解維仲夏月在午，日夕滂沱，昏黑莫睹。女媧鍊石不敢補，商羊嬉嬉跳而舞。三解風從東來，風從西來，風從南來，風從北來。癡雲漫天吹不開，但聞紞紞萬鼓聲喧豗。四解昨日潮來，水長三尺。今日潮來，水長六尺。潮來不來，城中水大於澤。五解城中水高，壞壁倒牆。城外水浩浩，潮神退而望洋。六解爰求低田，低田已成江河。爰求高田，帆檣歷歷田中過。七解耕無田，居無屋，身舟流，家壞木，兒飢牙牙向母哭。語兒勿哭，行與爾葬魚腹。八解魚腹脹欲死，起逐烏鵲游。鼃黽飽殘惠，一躍登樹頭。樹下誰家墳？磷磷白骨隨波流。九解鄉民訩訩，匍匐哀告。太守及大令，願陳災荒。下救民命，詳大府，達天聽。十解太守大令相顧而視，爲爾祈晴雨當止。斷屠禁鮮蕘，何況羊與豕。邏役如虎狼，索錢徧街市。十一解一雨累兩旬，餓死多良民。莠民不死，聚衆何侁侁。朝行搜索倉與囷，暮行入室殺主人。十二解

送蔣敦復回寶山即效其體

嶔嵜歷落可笑人，蔣生所苦不在貧。廿年浪蹟牛馬走，醉來燒卻頭上巾。出門十事九坎坷，故態狂奴無一可。號寒已是可憐蟲，自謂鳳皇不如我。朱門長揖座客驚，拂袖笑倒曹邱生。

登臺衮衮世亦有，視子骨相非公卿。别來七年重覿面，示我新詩更屢變。美人香草不勝情，託意微茫幾人見？拔劍斫地歌復歌，知音者誰奈爾何？黑風吹海海水立，幺絃迸入商聲多。烏乎！丈夫窮達何足問，閉户讀書良不恨。他年出處未可期，且著君家萬機論。

嘉興雜詩乙卯九月，偕錢叔保再寓幻居庵。

七載饑荒小劫愁，沙灘曾記繫扁舟。幾行疎柳楊家閣，悄立西風認舊鷗。楊韻水閣昔曾游之，今易主矣。

淺水平橋訪幻居，老僧迎客笑軒渠。憑闌又動濠梁興，梵唄聲中看飯魚。

昨從長史墳邊過，今向杉青牐畔遊。試上落帆亭子望，敗荷殘柳一般秋。

秋日懷人詩

四壁蕭然舊使君，草亭寂寞著玄文。金陀園畔多遊客，誰向斜橋訪子雲？畢子筠華珍，時僑居嘉興郡城。

論詩肯祖西江社，山谷精深自有真。如此高才兼勝地，可憐韡板走風塵。江湜時需次浙江。

江南秋老不勝哀，左右詩囊與酒杯。憑把鄉心寄征雁，菊花休傍戰場開。黄小田

贈陸日愛

君住松陵上，天隨慕昔賢。放懷觀世故，刻意事詩篇。所勖在千古，神交今數年。元真吾敢望，相約刺漁船。

悼楊炷

書記乍翩翩，龔生竟夭年。病牽妻子累，貧賴故人憐。一世詩爲命，千場酒亦仙。海山魂夢在，或者證身前。病篤時有所夢云。

寄江湜**杭州**

草檄書生事，何嫌禄仕卑。乾坤空按劍，雨雪獨登陴。小劫湖山黯，春寒草木萎。賦詩能退敵，殘寇莫相窺。

九洑洲

弔張副帥國樑也。副帥攻復九洑洲，江寧賊窮驅飢民填壕，衝破大營，兵潰。副帥退至丹陽，戰死。　時咸豐庚申閏月也。

失我九洑洲，餓賊不死壯士羞。復我九洑洲，斷賊接濟智士憂。金陵城中困獸怒，抉藩一出勢莫收。飢民前驅賊後頭，墜坑落塹後者蹂。狼嘷豕突天地愁，閏春立夏如暮秋。桓桓張將軍，裂眥揮兩矛，七日七夜戰不休。明月照地積雪流，馬蹄踏破萬髑髏。援兵四潰裹絶餱，墮馬復上氣愈遒。烏乎！失九洑，復九洑，九洑再失何時復？金陵城頭賊鼓腹，雲陽城邊戰魂哭。

胥江

胥江帶水接嘉禾，四月腥風捲蜃波。吴地山川思遜抗，中朝人物見王何。夜郎遂啓僬僥國，壯士誰收曳落河？一樣東南脣齒倚，流離蒿目不成歌。

秋懷

從來秋十例悲秋，家世稱詩況四愁。碧落銀河天莽莽，美人香草思悠悠。星沈玉帳哀猿鶴，風折牙旗走馬牛。千古鴟夷靈爽在，五湖無恙一漁舟。

寂寂茸城晝夜開，無因消息問蘇臺。百川到海江先注，羣燕辭巢雁未回。入市金笳吹曉月，驚天礮火響晴雷。退飛忽見西風鷁，又報烽煙自浙來。

浦江風雨作秋聲，潮去潮來自不平。回紇可能終助順，吐蕃聞説又渝盟。飆輪激水飛艘過，畫檻淩空廣廈成。勝絶偏隅真樂國，未妨談笑俟河清。

參商希見況晨星，大海從漂兩葉萍。往日歡遊皆醉夢，一時朋舊半凋零。人間豈有王官谷，詩句渾慚野史亭。爲謝空山反招隱，只愁無地抱遺經。

滬城雜感

城郭都非故，不至滬已十年。真疑化鶴遊。滄桑經小劫，鼓角動新愁。海氣易成市，神仙偏好樓。袁公有遺壘，無處問荒洲。

一浦環三面，蒼茫接海流。朝廷天北極，節鉞古諸侯。醉夢魚龍戲，繁華燕雀秋。平生鄙黄歇，到此賴鴻溝。

滬城晤楊葆光

相對真如夢，重逢滬瀆城。豺狼方接蹟，雨雪此孤征。慘目兵戈劫，傷心骨肉情。東南天宇窄，何處託浮生？

九日偕縵老壬叔吴文通**北郭散步次縵老韻**

陵谷無端迭變更，秋風落日古宜城。蕭條禾黍荒耕作，辛苦江山閲戰爭。溝壘居然夜郎國，僞英王陳玉成，兇悍善戰，置寨處形勢鉤連，頗井井。旌旗依舊漢家營。浮雲西北重惆悵，謂苗逆。誰挽長淮爲濯纓？

寄小田

荏苒五弦望，路長音信遲。十年無此別，千里各相思。節物孤尊酒，鄉愁上鬢絲。遥知黄魯直，瘦不爲吟詩。

孝匄行孝匄姓哈，安慶人，回種，别有傳。

蕩蕩皖伯城，中有一孝子。臂攣項復强，傴僂頻入市。入市何所爲？乞錢養阿孀。阿孀年八十，存活惟賴此。問之不能對，烏烏畫以指。弗憂匄腹飢，孀朝飽飯夕飫糜。弗憂匄身冷，孀襖重絮新且整。市間來往千百人，車馬雜沓要路津。噫嘻此匄面垢塵，托鉢持杖衣縣鶉。有手任經營，有足任奔走。欲養親，不在富貴亦何有！天生此匄百不完，獨畀一母長承歡。君不見城郭荒蕪更十載，幾許桑田變滄海。哈排巷口匄所居。屋一間，母子巋然至今在。匄惟一母母一兒，母老子養匄豈辭。乞錢養母匄有之，誰爲孝子匄不知。

題李文杏**近臯即送泰州之行**

禾中三李風流在，秋錦詩孫有嗣音。江北江南好山色，劫灰磨洗入新吟。雪月蘇齋酒一尊，萍蹤小集總無根。去臘東坡生日，同集十四人，散者半矣。薰風愛管人離別，又送江潮到海門。

晚泊大通鎮望九華

扁舟泊江滸，九子在雲中。應有山靈笑，頻年西復東。煙巒不可即，晚景滿秋空。借問五谿水，何爲出大通？

朝天宫

朝天舊宫殿，零落幾黄冠。文字罹殃早，咸豐癸丑，城陷二日即火，《道藏》燬焉。神仙度劫難。壞廊山鬼泣，孤樹夕陽寒。尚有横刀卒，敲門闃夜闌。

華嚴庵感懷莫偲老君卒於泰興舟中，喪回暫殯於此。

一月不相見，竟成千古哀。嚮時觴詠處，今日哭君來。風雪寒孤館，湖山闇望臺。言愁愁便至，讖句孰能猜？君撰勝碁樓聯云：「勝固喜，敗亦可喜；人言愁，我始欲愁。」

題王子勖學博蓉生**羅浮夢傳奇**

合離風雨幾悲懽，任把情場作戲看。莫遣劉郎重采藥，桃花無影墓門寒。

身後身前總惘然，憑空特爲補情天。賺人一片三生石，紫玉魂來又化煙。

道光丁酉從外舅堅香先生訪何丈書田於重固今三十九年矣予與鴻舫訂交亦已二十餘年至是重來回溯前游不勝憮然

卅九年來逝水流，紀羣交誼溯前游。當時山抹微雲壻，重上君堂已白頭。

冬日與于充甫爾大**馬健齋**元德**兩學博王藹儒文學**履階**同住南城志局即事**

久客疏鄉邑，歸來已白頭。昊天到海盡，越水入江流。浦南諸水，皆由浙來。賦減民仍瘠，同治二年，曾文正公與今伯相合肥公，奏請減江蘇浮糧。兵餘俗更媮。廿年文獻没，往事費徵求。

青村城即奉賢邑治

真有山林意，平蕪一望青。城疑岡阜禿，亂後雉堞盡禿。風挾海潮腥。籬落成街市，煙霞痼性靈。城中人大半吸鴉片。南城已荒索，此邑更凋零。

和黄小田見懷元韻

只謂半年别，因循卅月餘。真成退飛鷁，屢負上潮魚。易醉非關酒，將歸懶作書。傲霜猶有菊，此約定無虛。

塤年二十有九，以飢驅故橐筆出門，寄其孥於周浦，得與姻丈夏史青封翁昕夕周旋。封翁見余所作《新樂府》及《别内》五言律，録稾呈我師。師報書曰：「式權可人也，盍來五茸一把晤乎？」適以歲試赴郡，遂執羔雁謁門牆。師張筵復園，招同門艾譜園、李梯雲及沈眉伯諸君，歡讌竟日。諧談間，作聲若宏鐘，射覆藏鉤，樂且未艾。酒半，出前所呈諸作，以「清峭」二字評之。明歲，師主澄江南菁書院講席，貽書招往。余方居停滬上尊聞閣，爲西人司奏記，遂辭焉。師意未善也。歲甲申，復晉謁，則師已以病足歸，方草《懷舊雜記》。竊窺其形容，消瘦不似從前，心焉憂之。越明春，而木壞山頹，遽應巫陽之召矣。嗚呼傷哉！師居湘鄉節相幕府最久，節相每謂其恂恂爾雅，有儒者氣象。客金陵時，遇臘月必集四方名流爲蘇文忠作生日。晚年歸里，亦一舉行。所箸《史記札記》，刊於金陵書局。文集曰《舒藝室雜箸》，攷證經史及諸子百家則爲《隨筆》、《續筆》、《餘筆》，以及《詩存》七卷、《索笑詞》甲乙，皆手自校刊。自餘如《尺牘》、《游記》、《楹聯》、《燈虎記夢》、《懷舊雜記》、《鼠壤餘蔬》，則身後經及門閔臣生上舍次第蒐集繡梓，合名之曰《舒藝室全集》。今板歸金山錢氏。塤無似，不能常侍絳帷，白髮彭宣，遺徽追憶，不自覺淚沾襟袖也。師於歿之明年，歸葬澧谿，距宋詩人儲華谷墓百步而近。受業黄協塤謹識。

海曲詩鈔三集　卷五

清

王蓉生，字子勖，惟謙子。舉人，藍翎同知，銜海州學正。居邑城。

張嘯山師《懷舊雜記》略云：子勖分纂《南滙新志》，尤矜矜於風俗。嘗作《羅浮夢傳奇》，規摹玉茗，人服其綿麗。配夏氏菊初，有才，早世，有《棲香閣詩賦》遺稾。子保如，予孫女壻也，諸生，喜繪事。子勖曰：「是子畏作制藝，而山水、花卉涉筆便似，殆宿根也。」

《畹香留夢室詩話》云：子勛先生之歸自海州也，一琴一鶴，行李蕭然。僦屋城隅，舌耕餬口，門前債主立若雁行，而先生談笑自如，略無愠色。及喆嗣棃丞昆季以次貴顯，門容駟馬，座滿金貂，而先生蔬水曲肱依舊，怡然自樂。其真天懷淡定，寵辱胥忘者歟！夏夫人之歿也，先生撰《緑窗夢影傳奇》悼之，寄情綿邈，哀豔動人。先生之言曰：「夫人生長名門，夙嫻姆訓，事翁姑能先意承志得其歡心。」若是則夫人殆德言兼工，不第賦茗頌椒、才傾並世矣。先生詩多不存草，兹所録《鄉試》五古，係晚年游戲之作，描情寫景如話如畫，亦滑稽之流亞也。嘗見棃丞中翰硃卷，自言先世姓左，明寧南侯崑山公後裔，後改從王姓云。

鄉試

三年一大比，多士盡翹首。江南大省會，人文號淵藪。七八月之間，束裝惟恐後。稱貸向比鄰，典質謀諸婦。朝出吴淞江，暮宿秣陵口。假館暫雞棲，室小僅如斗。龍門吏呼名，高聲應有有。日午汗交流，書篋一肩負。行行若貫魚，入門望左右。矮屋萬千間，腰折背傴僂。立則防打頭，坐亦難舒肘。夜深題紙下，苦吟心肝嘔。刻意費經營，攢眉復摇首。神疲眼欲花，面目鬼同醜。忽逢龍虎期，看榜馬争走。珊入祇二三，珠遺有八九。從來文憎命，蠖屈又誰咎？事業藏名山，經綸裕畎畝。借問孔與孟，出身科目否？

規冶游者

粉香成陣妓成圍，十萬黄金信手揮。可憶嬌妻風雪夜，薰籠斜倚等郎歸。

規嗜賭者

黄金虚牝擲年年，日在迷龍陣裏眠。夜半歸來妻向問，賣兒還賸幾多錢？

題清河節母盟心古井圖

瓦甃月照冷如水，寒泉澡雪清且泚。碧梧夜落秋風多，此心終古波不起。清河孺人氏曰唐，久嫺母教稱賢良。何期頓折連理樹，松貞柏健凌清霜。有子尚未離黄口，事大如天一肩負。

飲冰茹蘗甘如飴，盼兒成立兒知否？吁嗟乎！孺人之心石比堅，孺人之節玉同全。君不見古井之水流涓涓，澈底澄清年復年。

葉爲璋，字禮南，號東軒，忠節公映榴六世孫，貢生，居新場，著有《滴翠軒稾》。

《邑志》略云：爲璋事母誠摯，九旬介壽，爲璋亦七十矣，而孺慕弗衰。鄉闈屢薦，自道光庚子科既得復失，即絶意進取。居家授徒，歲有造就。交游多名雋士。

盟心古井圖題詞爲張鳳山上舍作

梧桐絡緯啼金井，井水一泓秋月冷。下有孤嫠夜汲泉，淚珠迸落盈修綆。孤嫠者誰氏曰唐，早歲于歸京兆張。翠管畫麋方試手，朱絃别鵠遽摧腸。從此茹冰復飲蘗，痛抱呱呱事紡織。伶仃門户苦支持，禦侮尤資臣叔力。呱呱漸及負薪年，日夕深閨教養兼。陸氏折荄歐氏荻，荄庭夏楚比師嚴。門楣重賴兒興起，阿母高堂頭白矣。欲知卅載冰心清，教兒試看井中水。井中之水清且漣，母心差可盟重泉。重泉有父不得見，泣涕時吟《陟岵》篇。即今寵荷龍章錫，母已幽明永相隔。苦念烏慈俯井窺，波光終古凝寒碧。手繪斯圖淚泫然，圖中笑貌儼生前。願君敬謹收藏好，留待他年史氏傳。

題紅杏山莊詩鈔

落托率天真，幽居不礙貧。青鐙懷舊夢，蒼鬢感吟身。目易空餘子，才須素解人。吾鄉程不識，詩卷足長春。

戲題竹榼

製成六角最輕盈，棗栗榛菱任意盛。器小莫嫌兼味少，一盤珍重故人情。

盛國儀，字鴻逵，號可圃，晚自號鴻軒老人，監生，居一團，著有《聽秋館詩鈔》《可齋剩草》。

《邑志》略云：國儀愛交游，輕施與，尤好古書籍、字畫、金石。工寫墨竹，晚愈精能。年六十卒。所著《聽秋館詩鈔》已燬，尚存《可齋剩草》百餘篇，後所搜輯。

《晼香留夢室詩話》云：余家與盛氏累世姻婭。先生之孫字圃孫者，又與余同受業於吴寄雲師，故得以後進之禮見。先生喜諧噱，每值酒酣耳熱，鬚髯戟張，雄辯高談，聲震四壁。一日讌客萬竹堂，座中有談及無賴没修補者，先生笑曰：「我則尚可補。」蓋鄉諺呼「盛」如「尚」，故以諧聲謔之也。同人皆爲撫掌。今者選詩之役，不特《聽秋館集》求之不獲，即所謂《可齋剩草》者，亦已飄爲冷風，散爲濛雨矣。文人無後，世澤難延。回憶前塵，悵惘累日。

和徐梅卿鹺尹韻

莫道無情卻有情，兩人心蹟許同清。鶴巢詩社今重建，端讓徐陵第一聲。

別裁僞體露真情，人道詩須理法清。獨我平生愛天籟，蛙吟蚓唱各成聲。

再和梅卿鹺尹

筆耕墨稼遣閒情，世濁誰云我獨清。疏食布衣隨分好，喜聽小婦弄機聲。

畫竹贈梅卿仍疊前韻

偶寫疎篁遺俗情，此君標格水同清。不知掛向官齋裏，可有涼風戛玉聲？

顧迺謨，字軌三，貢生，居四團馬路港口。

六廉耕野題壁

羨君心蹟本雙清，獨闢町畦遠俗情。静裏乾坤花結夢，閒中歲月鳥催耕。日斜半榻茶煙漾，風細千疇麥浪平。好洗塵襟來物外，直將疎放傲公卿。

詠南宋諸將

請還京

請還京，二十餘奏抑不行。中興兆可見，滅金事可必，斥爲狂言事機失。事機一失當奈何？臨安宫闕高嵯峨。至今人過連珠砦，日暮猶聞唤渡河。

醴泉使

大儀捷，功第一。江中戰，得復失。楚州屯，行伍謚。樞密任，兵柄奪。清鐘杳杳花啼煙，將軍半夜赴醴泉。天公大醉無復言，抗疏誰白三字冤？三字冤，不得白。一字巾，湖上客。

背嵬軍

五百背嵬軍，復地一千里。十二金字牌，成功忽焉圮。鵰兒飛飛來啄人，翦頭仙識精忠文。君王自阻兩宫復，一檜區區何足云。

順昌捷

黑雲壓陣天柱傾，飛電閃眼刀光明。老婆灣口鋭斧發，鐵浮屠倒人無聲。順昌旗幟連天横，一揮遂復廬州城。張楊掣肘有天意，萬古莫掩君盛名。君盛名，無與偶。惜使歸鎮江，兩淮不可守。

三戰北

魏公於國有功五，復辟建儲説可取。祇有將略非所長，三戰三北多痍傷。史臣枉推重，上比諸葛君。或惜曲端死，貶與檜同羣。殊不知枉殺一將事猶小，生平恨不識李趙。

海鰌船

海鰌船飆馳渡江水，誥命金帛都在此。以義責人人敢死，書生功成老將耻。峨峨東采石，自昔蜚英聲。前者韓柱國，後者常開平。

秋興效杜工部八首之五

動地秋風萬木彫，漫天雪浪大江遥。荆門九派濤洶湧，巫峽諸峰氣泬寥。去國一身輕似葉，辭官兩載泛如瓢。蘆花處處隨飆起，又見瞿塘急暮潮。

朝煙起處見孤村，白晝看雲坐石根。燕子飛飛辭舊主，漁舟一一蕩晴暄。終軍弱冠纓難請，賈誼長沙志尚存。生不成名身已老，空教搢笏入金門。

朝陽宫闕近蓬萊，百尺金莖承露臺。凝碧池頭雕輦過，沈香亭外翠華來。衣冠殿上罏煙惹，劍佩聲中玉漏催。今日空悲千里客，昔時曾上萬年杯。

十二巫峰百二關，蕭蕭落木滿秋山。上陽宫柳飄金縷，太液池蓮憶玉顔。一桁珠簾和雨捲，兩行錦纜趁風還。縱教代謝成陳迹，王氣終留渭水間。

咸陽城郭起强秦，漢代經營蹟未湮。函谷關山悲夜月，昆明池水長秋蘋。西風鳧雁嬉晴浪，寒雨菰蒲暗遠津。平地生波愁故國，狂瀾倒挽問何人？

朱作霖，字雨蒼，一字雨窗，貢生，居周浦，著有《怡雲仙館詩集》《刻眉别集》。

張嘯山師《懷舊雜記》云：朱雨窗作霖，張惠棻弟子也。幼孤露，將廢學，惠棻捐其脩脯時賙之，遂爲名諸生。能詩詞、駢體、籀篆、分書。上海某君撰《墨餘録》，得其助爲多。今《南匯新志》，君實收其成。

海昌杜晉卿明經《茶餘漫録》云：南匯朱雨蒼茂才，博學工吟詠，尤長於碑板文字，洋灑千言，下筆立就。曾館謝金圃先生，故第得讀其藏書及一切掌故，是以爲文見地獨高。性復坦率，不設城府。與武林洪子安文甚相得，贈句云：「浪説文章歸阿士，恰宜團扇寫斯人」；「那得美人兼福慧，從無名士不悲涼」；「襟上酒痕湖月白，客中心事海雲忙」；「前程笑我真如漆，短鬢憐君尚未蒼」，均有傑氣。《游筍里北寺》有云：「芳草有情留屐印，夕陽無語下花梢。」則風調偪近晚唐矣。他如「才子失時皆欲殺，美人見慣便無奇」；「但求富貴原嫌俗，多讀詩書便不祥」，亦皆琅琅可誦。

《畹香留夢室詩話》云：先生幼時家貧力學，詞賦尤所擅長，爲南海馮小芸大令芸香草堂十八弟子之一。洎予訂交於南城修志局，則已頹然老矣，然猶談笑風生，昕夕不少露倦態。時予喜爲小説、詩話之類，先生箴之曰：「昔人云箸書忌早，君豈忘之乎？」予爲之肅然。蓋益友而兼良師也。先生志事既蔵，重返澧谿，孑然一身，苦無立錐地，乃假市西吕祖祠栖息，牀頭土竈，屢斷炊煙。先生瀟灑自如，略無幾微愠色。噫！其殆古之焦處士、鹿皮翁一流歟。今歿已卅餘年，後嗣凋零，遺稟被人攫奪净盡，祇從倪丈斗南、張君補山、秦君硯畦處，蒐得數十首。其《田吏傳題詞》，則予少年時録入《鋤經書舍零墨》者也。每懷舊雨，能無憮然！

擬白香山新樂府

烏索食勸人子以孝養也。

雛烏呀呀朝索食，老烏覓哺不得息。雛烏撲撲暮學飛，老烏翔空巡四圍。隕風駴羽諸不顧，祝雛易長深防護。飲啄以時雛羽豐，自能飛逐任西東。網羅之避習亦熟，不復計爾頭白翁。君不見羣烏得食自相賀，老烏無聲雪中餓。憑君爲我語諸雛：反哺有心幸勿惰，轉瞬雛烏亦老大。

犬捕賊諷人當忠於所事也。

軼事聞之嘉慶中，耕牛被竊當湖農。有犬尾賊至南邑，導主縛偷銘厥功。一百里地往而復，犬心耿耿如人忠。農叩公堂陳事由，牛亦目張淚欲流。犬獨彪然宛作證，縣官嘉異窮研求。當時文士見歌詠，牛歸禾黍仍油油。吾聞盤瓠口齧亂，臣頭陸家黃耳充。書郵得此允堪稱鼎足，更奇捕賊有成謀。猛捷虎出柙，奮迅鷹脱韝，犬蒙主養恩誓酬。食人之食憂人憂，功人功狗原相侔。嗟彼祿竊平居難靦免，直是人而不如犬。

蠹魚糧慨聚書不觀也。

枕葄經史是儒業，但苦無書讀不及。一瓻還借尚殷勤，矧有縹緗累世襲。襲縹緗，古色斑然發古香。丹黃細讎校，詎假南面王。奈何堆箱壓架，積作蠹魚糧。有書未嘗讀，鬼笑不復哭。

家非無士流，時藝累心目。坐令叢殘種不全，百城荒廢爲雲煙。通志堂與汲古閣，釋典、《齊諧》互舛錯。聚書徒作玩好觀，譬列珍饈膈病作。嗟嗟！萬卷不勤分寸功，有書直與無書同。不然賣書買櫝猶中策，奚忍將書飽蠹蟲！

空宅謡原晉豫之饑荒也。

晉豫奇荒恰未有，道殣相望家莫守。振局人歸歷告余，十宅九空都出走。迴廊竄蒼鼠，壞圃薪白楊。空宅空宅何荒涼，等身蒿艾摧爲糧。曾遇衰翁飢鵠面，右族豪門歎親見。不知稼穡艱，但解侈游讌。各以富貴資，勢遞壓貧賤。炊金饌玉米粟輕，蚨權子母奢華戀。一旱三年石作田，曲房深院飛寒煙。流亡所致云非偶，鬼瞰高明復誰咎？漫嗟廣廈滅人蹤，守巷還憐吠無狗。獨將荒歉代兵戈，到頭尚覺天心厚。據述所聞論亦超，奈今愁聽哀鴻嗷。禍淫未必無憑準，含意聊爲《空宅謡》。

唤挩花憫農婦力田也。

唤挩花，海濱廣斥無桑麻，横縱其畝多棉花。種棉忌溼喜疎爽，雨滋草蔓傷根芽。厥土宜鬆本宜固，輕條慢理勤梳爬。唤挩花，丁男早起踏水車，唤得東鄰之婦西村娃。通工伴作事隴畝，芟夷務盡鋤揮鵶。火繖張空日當午，有兒啼飢不歸乳。一笠亭亭熱不遮，鬢似飄蓬汗如雨。棉成作布供田租，小姑亦解耐勞苦。自朝至暮畝未終，孃縱愛憐耶或怒。挩花過夏慨蓬門，生長農家劇苦辛。水閣取涼被羅縠，嬌慵習慣又何人？

阿芙蓉詠禁煙土也。

阿芙蓉，殺人無血鵑啼紅。浸淫到處漸成俗，其卦遇蠱風飛縠。吾聞淡巴菰種始漳泉，嗣又蘭州產水煙。咄咄怪事變復變，真箇相思競留戀。香餌吹蘭魚上鉤，縱思擺脱良難遣。痰如痁作晷刻中，涕洟渾似可憐蟲。鐙熒短榻聲嗚嗚，一噴一吸心模糊。不惜金錢買糞土，罌粟花開愈妍嫵。滴露澄泥鍊作膏，色埒鵶翎味原苦。味苦旁人知，嗜者甘如飴。廢時失業財復竭，豈徒爍精耗氣自吸其膏脂！道旁餓者富室兒，大隄蟻潰何不思？歲擲金錢萬千億，不獨病民實蠹國。禁令頻年頒，此風竟難息。民愚何遂無知識，抑或奉行猶未力。然而海販不絶源不清，漏卮議塞當先責。

哀江寧行有序

夫秦川公子雅善言愁，楚國騷臣慣能寫怨。矧屬新亭揮涕之時，尤非昔日緣情之比。箇以孤而愈脆，琴因鬱而彌悲。蓋萬族之理雖殊，而千里之懷如一也。僕本恨人，羣呼風漢，猥以盛齒，頻動戒心。始則波臣阻命，翻碧海之狂瀾；近復山賊竊興，扇赤眉之餘毒。兵弄三年，蔓延六省。因念三台柱石，豈夷甫之風流；列鎮麾幢，非深源之方略。胡乃爲虺弗摧，縱虎出柙，遂至沿江赤縣半作飛灰，古蕩黃天頓然失險？火炎鍾阜，既玉石之俱焚；波沸秦淮，復魚龍之同腐。北固之風濤遂惡，邗江之烽燧俄延。不道名邦竟成小劫。若僕者，雖託處於海濱，幸未罹此兵燹。然聽臚言於遠道，皆足驚心；聞鶴唳於華亭，都能變色。況夫情之所鍾，恒願與世上共成眷屬，豈以地猶相去，遂謂其風之實異馬牛？此《哀江寧》之詠所由作也。原夫江寧一郡，實爲吴越上游。鶯歌燕舞，六朝佳麗之鄉；虎踞龍蟠，兩戒冠裳之會。江通荆益南兖州，地接滑臺，星紀女牛、小長干，山連幕府冶，既號以梅根渡，亦名爲桃葉。人多金粉，家列貂蟬。蓋自王謝渡江，風標頓著；亦越庾徐出塞，物望彌崇。所以菜傭酒保，亦復可談；因而墨客詩流，於焉托足；至於雲雨成詞，鉛華著録。煙輕粉澹，十三樓玉樹争歌；紙醉金迷，百五日春陽永駐。凡此雅習，並足關懷。詎意離亂忽經，滄桑頓改；師干統制，愁化青燐；節鉞通侯，悲成碧血。飛來木葉，霜未染而先紅；吹出笳聲，月既沈而愈白。既天荆地棘其何言，亦沼廢臺傾而共愴。爰有人間名士、天上謫仙？衛叔寶刻璧爲人，徐孝穆揮毫燦錦，無不雉罹於兔網，儘多蕙歎而芝焚。蓋鄴中之七子奄然，林下之五君盡矣。别有四姓良家，三河妙族兒稱是。雪妃美以梅，亦復紫玉成煙；白花化蝶，即或倉皇遷徙。慮皆踣藉風塵，將香魂隨馬足以齊飛，弱質共狼煙而同燼。此似桃摧驟雨紅，匝地以流霞；彼如玉碎微塵白，漫天而捲雪。他若莫愁有使，蘇小無家，醒噩夢於春婆，辱才人以厮養，花真墮溷土，孰埋香人也。奚辜天乎？太酷宜乎？滴金壺之墨，流怨難窮；秃銀管之毫，言愁不盡。而況父僵於前，兒號於後；寡妻塗腦，老母摧肝者，又無論已。是用悼以哀辭，弁之偶句。二分月裏，煙花傷隋苑之亡；千尺雪中，花草弔吴宫之廢。雖歌來宛轉，自抒下士之忱；而唱到奈何，半動英雄之色。嗚呼！時方多故，情何以堪！徵兵籌餉，問奇計之安從；飲酒讀騷，或婦人而可近。則此一什也，漫説心遊□□，無病而呻；須知耳熱杯前，有懷特寫云。

江寧城上鵑啼暮，花夢摇摇陡驚破。板橋畫鷁冷斜陽，鐵墖殘鴉叫荒戍。眼見繁華忽亂離，梅根桃葉總淒其。好從半壁新擢日，追憶熙朝全盛時。南巡法曲如雲繞，鳳蓋鸞旗摛麗藻。六代晴煙紫陌春，兩宫别館紅牆曉。天上人間此玉京，襟吴帶楚一江横。人多刻璧花如錦，城是無愁月有情。何來笳鼓喧天地？白日驚看走魑魅。霜刃紛磨貙兕牙，雕戈孰斷蚩尤臂？慨自醲恩沛九重，誰伸隻手巧彌縫？潢池盜愈生媒孽，赤縣人多唱《懊儂》。粤西郡溯桂林古，山水離奇人雜處。恩易滋驕怨日尋，鋌而走險嗟何補。勦撫紛紛似弈棋，時平戎闒少機宜。劇憐馬首瞻無定，從此鴟張勢莫支。畫空不成天似水，兩湖風起沙迷晷。鐵騎千羣驕若斯，金城一例孤如此。山川滿目半清淒，自漢浮江震鼓鼙。捷奏纔看馳闕北，征煙指顧到江西。建康形勝荆揚控，兩戒名城無與共。到此應嗟釜底魚，那知翻作槐南夢。沈江鐵鎖問誰開，自是元戎心早灰。丹鳳門前飄大樹，黄天蕩裏走輕雷。楊枝無力絲絲彈，水濱夜半隨風簸。降來皁隸亦無端，悟入菩提豈真麽。淚溼平蕪日易曛，斷頭猶説故將軍。牙旗月落弓刀動，疑是英魂泣戰動。天王旗慘雲迷陣，沙蟲化去疑還信。場非古戰也銷魂，豈是南陽皆飲刃。使君獨具漢衣冠，舌拔常山死自拚。百丈情絲牽不住，一腔熱血許同看。蔣陵帝遣巫陽至，多士玉樓悲應試。牙籤錦軸和煙飛，詩虎酒龍齊草薙。玉人成隊避兵囂，可奈罡風刮地驕。不少鸞飄兼鳳泊，幾多月缺與花消。別餘豔骨香桃瘦，十里情波和淚皺。也是香薰錦裹來，何堪玉折蘭摧驟。傾城名士兩消磨，此外瘡痍匝地多。京口恍聞新解甲，江都又説共拋戈。長纓欲請荆榛梗，桑麻未識何時整。猶記當年駐繡車，不堪此日摹花影。江山有恨孰平章，短鬢搔餘惱客腸。到處羅裙飛蛺蝶，誰家銅瓦碎鴛鴦？紛紛眷屬江干送，臨危遺病將誰哄？得閒自替美人愁，寄憤還將杯酒中。傷盡桃花扇底神，空梁無燕落香塵。醉餘枉灑新亭淚，夢裏猶嬉舊日春。可憐十四樓臺路，銅仙老去棲狐兔。廨壁徒黏趙鬼謡，鳳頭難覓潘妃步。哀到江南賦筆慚，紅牙按拍少何戡。半彎癡月仍相照，一角情天與孰談？

自題田與傳

莫愁色界夜郎天，棨戟光陰璧月年。摔地金錢家萬貫，盈門珠履客三千。斯人便是西方佛，佳偶還如姑射仙。我妄言之人妄聽，封侯奚必面如田！

墨池風起縐晴瀾，異境天開蔚大觀。瑣語略如唐説部，史才誇視漢文壇。已知身世爲儒悮，漫寫繁華作夢看。呵凍自評還自讀，梅窗横影月團團。

點墨能驅萬斛塵，負才爾許未爲貧。儉夫那識金銀氣，文苑方多富貴人。悲極俄然成大笑，課忙聊以絆閒身。縱無仙骨淩霞舉，豪過當年杜子春。

世事快心安有是，才人失路恰如斯。齊廷尚喜髡能飲，漢殿誰憐朔獨飢？奴輩功名真鼠嚇，兒曹福壽費狐疑。騷懷似水難陶寫，賴此生花筆一枝。

題馮筱雲邑侯南城肄武圖

借箸師中協，分猷閫外行。兵民今始判，文武古原并。夫子人之望，華宗世有名。芳型傳越國，貴戚溯西京。偉業强哉矯，姱修展也成。柳看衣乍染，松訝夢孤生。鼇背詩題靳，鱣堂鐸秉輕。頭銜稱外翰，身教式羣英。忽見除書至，欣叨卓薦榮。絳帷虚雅樂，赤縣弁新瓊。好雨隨車注，繁花夾路迎。屢聞生佛唤，所至福星明。昨歲移繁治，新春莅斗城。繫懷修廢墜，次第具章程。勤慎官方著，廉平譽望清。繭絲兼保障，康濟徧黎氓。造士心尤盛，憐才意獨誠。淩雲開筆陣，揮麈仰文衡。祇以時多故，還宜師筮貞。何當開杜庫，竟許請終纓。戎略詩書裕，儲胥竹木贏。習勞常運甓，肄武遂開弸。吉日憑時卜，和門習氣征。曉風吹畫角，秋氣肅干旌。埒直争先騁，鋒銛孰敢攖。東西聯玉帳，呼殿應銅鉦。表餌機能握，韜鈐術素精。旋飛王令舃，姑就亞夫營。風陣排來密，霜稜淬處瑩。儀容諸弁肅，號令一軍驚。擊刺人初沸，飛騰氣戒盈。銃煙摧拉雜，機石發鏗訇。穴竄窮搜鼠，波翻快翦鯨。真如逢大敵，直欲奪先聲。撲地旗皆偃，轟雷鼓又鳴。受降唐節度，振旅漢營平。犒飲蛆浮甕，歡歌雁語箏。改弦軍政飭，挾纊士心傾。

陪輦知何日，披圖宛有情。式瞻卿月麗，倍覺劍花横。待振虞階舞，還調傅説羹。鴻儀輝紫閣，駿烈著雲棚。賤子希風久，長篇立雪賡。塗鴉殊自愧，驥附比登瀛。

棠陰録别呈南海馮筱雲師

撫字來吾邑，三年未是淹。父師真不忝，威愛克相兼。鶴引朝元路，花孤聽事簾。離情似春水，渺渺漫天黏。

惆悵青村道，聞歌折柳時。江山留謝朓，文酒宴邱遲。秋意正蕭瑟，長亭又别離。明朝相憶處，愁絶鬢成絲。

絳帳虚前席，如何不再留。囊琴山雨暗，放鶴嶺雲浮。竹外提壺送，花間秉燭遊。蘭言猶在耳，潭水使人愁。

幸比隨陽雁，翻嗟鷁退飛。屋梁斜月澹，沙路漲煙微。此後身名賤，平生涕淚稀。荆州空在望，未敢漫因依。

編刻眉集成偶得二律即弁諸首以誌本意

風沙舛午怨年年，江管花殘不值錢。無法可爲名士説，有才但願美人憐。《刻眉》綺語温來熟，弄月童心呪未堅。一笑登場應喝采，好將豔體續《金荃》。

鐵馬金戈事正賒，吟成梁甫手空叉。恰緣塵海濤翻雪，合住情天夢録花。寶劍恐將沈碧水，春愁原易壓烏紗。但能朝暮供陶寫，白玉何妨說有瑕。

無題

分明暮暮與朝朝，不信巫山望裏遥。四壁秋波參未透，一池春水縐無聊。蘼蕪夢好家何在？荳蔻吟成月正嬌。琴録自書還自跋，賞音人渺倩誰招？

夢游春

好風吹我入仙鄉，玉宇瓊樓隔水望。卍字雕闌迷九曲，團香寶帳列千廂。初三月共描眉子，十八花争唱膽孃。若有人兮招手語，小姑居處尚無郎。

小隊明妝擁閣東，叢蘭吹氣語初通。刻絲屏障宵籠月，浣碧衣裾曉舞風。情話丁年嘲繡伴，瑶真丙夜禮齋宮。阿誰慣把風情撒？瘦玉偷量屐一弓。

暗拋星眼巧含顰，標格初庚事事新。秋暈一波瞋小婢，春圓兩靨惱生人。斂胸愛貼唐訶子，數典羞翻漢秘辛。默祝東風好將息，珊珊瑣骨不勝春。

人生原合死揚州，花夢初酣骨亦柔。朝暮雲歸迷楚峽，東南日出照秦樓。玉缸酒浣丁簾暮，鐵撥絃調子夜秋。底事流鶯啼不住，甫能驚覺便含愁。

所見

紫姑乩畔帶輕拈，笑隱芙蕖欲避嫌。羞說花名紅月月，憐看眉樣碧纖纖。銀泥小袖籠宮餅，金粟明鈿豔鏡奩。欲覗瓣蓮秋影瘦，賺行高處露香尖。

紀夢

蕙帳蘭衾紫竹篝，消魂何減媚香樓。好持冰鑑評詩酒，笑挈煙鬟拜女牛。顔色較前驚我瘦，眉心微約爲誰愁？分明一枕游仙夢，卻恨黄鶯唤不休。

續遊

紫藤花下款朱門，前度苔痕緑尚存。龜甲屏開覯桃面，蝦鬚簾捲削葱根。模糊重選鴛鴦夢，宛轉能銷蛺蝶魂。叮囑鸚哥莫貪睡，葬花詩句爲儂温。

玉簫催進紫霞觴，雲母窗前卸薄妝。桂漬殘膏珍臂印，蓮扶纖瓣鬬鞵香。依稀似笑還疑夢，彷佛含愁未忍狂。窺宋三年今始慰，莫將輕薄惱王昌。

豔雪春融一捻酥，花魂欲墮怯難扶。芙蓉褥隱黄金窟，荳蔻香蒸白玉膚。鄂里諸郎癡慣賣，清河小弟禮嫌無。深情入骨參應細，卻笑時流領略麤。

和蕭棣香柳枝詞六首用原韻

拋得黄金恨便消，昵人弱態殢春嬌。自嫌無力隨風捲，瘦損當年舊舞腰。

三月煙花憶汴隄，絲絲緑映板橋西。章臺心事無人識，付與流鶯一一啼。

萬轉千迴賽阿蠻，細腰偏解逐人彎。儂家别有多情處，越是柔條越不攀。

脩蛾添緑寫愁新，原是靈和殿裏身。一自漢南移種後，短長亭外送行人。
《刻眉》綺語倩誰温？往事何堪仔細論。踠地絲長春倦繫，不斟别酒也消魂。
除是微之便牧之，等閒愛賦斷腸詩。玉闌干外偷身立，唱罷《楊枝》唱《柳枝》。

王履階，字藹如，諸生，居航頭。

題張節母盟心古井圖

親睦古人風，斯風久已靡。貞淑婦人志，斯志今漸佹。賢哉張節母，芳型式閭里。十九賦于歸，黽勉相夫子。迨夫中道亡，年纔廿八耳。撫兹黄口雛，饔飧出十指。幸有叔仁慈，時時濟鹽米。苦歷二十年，兒乃長成矣。母曰兒勿嬉，爲人自兹始。父死久不葬，兒顙應有泚。叔恩久不報，兒心亦所恥。兒跪前致詞，闒茸夙所鄙，誓當光門楣，顯揚博親喜。吁嗟一婦人，乃能具懿美。吁嗟一賈人，乃能敦素履。我披《古井圖》，一泓清見底。鑒彼節母心，當與井水似。拜手敬題詩，藉告輶軒使。

徐光發，字潤齋，監生，候選布政司理問，贈雲騎尉。居川沙。著有《梅花山館詩鈔》。

張嘯山先生題云：詩者以言志，言乃心之聲。我讀徐君詩，其氣寥以清。壯游歷山水，寄托多高情。感古兼傷時，往往露不平。豺狼滿郊野，所至無堅城。可憐桑梓鄉，遑計食與兵。振臂奮一呼，白日風雷生。衆寡雖不敵，賊膽亦已驚。男兒重節義，豈爲求榮旌。嗟哉此一帙，餘響猶鏗鍧。豹死皮自留，何必科與名。

于醴尊明經云：舊聞先生一賈人，當粤寇亂，集義旅拒賊死，事懔懔。意其爲詩，亦必有岸然不可即者，不意其清淺近人若此，大類小倉山房一派。如「鳥穿脩竹去，僧帶落花歸」；「破廟僧敲火，荒墳鬼拜星」；「窗虚風戰燭，篷破雨沾衾」；又如「樹藏白塔尖微露，山負青雲勢欲飛」；「車從覆後留心易，棋到輸時下手難」數聯，試置袁太史集中，殆莫能辨。

《晼香留夢室詩話》云：幼聞父老言，君爲人倜儻風流，敦尚氣節，挾計然術游三吴兩越，所至與騷人韻士縱酒談詩，月夕花晨，倡酬不倦。時或芒鞵竹杖，臨水登山，拂石鋪箋，題詠殆遍。咸豐之季，髮匪擾浦，左君糾義旅擊之，雖衆寡懸殊，誓不返顧，卒至沙場殞命，馬革裹尸。嗚呼，何其壯歟！詩學宋人，凝鍊中仍有自然之致。遭亂多散佚。今兹所刻，經其子梅圃襲尉蒐采而得，不及十之二三。然桂林一枝，崑山片玉，亦得發潛德而闡幽光矣。

崑山晚眺

向晚玉山麓，秋容入畫圖。數村紅樹合，孤塔白雲扶。雁影思鄉國，猿聲感客途。遠帆時出没，片片下姑蘇。

秋夜吴淞道中

江面鏡新磨，扁舟夜半過。亂煙迷遠樹，斜月墮寒波。雁倦鄉書少，秋深旅夢多。披襟篷底立，獨自聽漁歌。

夜歸

明月隨我行，前村半煙樹。野徑寂無人，偶與歸雲遇。

曉發淮安

落殘星數點，和夢理行裝。馬嘯一庭月，烏啼萬樹霜。鬼鐙熒廢驛，漁火浸寒塘。淒絶江南客，煙中望故鄉。

宿興福禪寺

竹影一窗畫，披衣覺露寒。水聲敧枕聽，山色倚闌看。室静神逾澹，心閒夢亦安。塵緣猶未了，不敢借蒲團。

細林山晚眺

薄暮登臨處，仙蹤杳莫尋。秋高千樹瘦，日落半山陰。犬吠黄茅屋，鴉喧紅葉林。偶然回首望，鄉思更難禁。

秋日西湖憶家

寒到六橋間，低徊憶故關。雨聲三竺樹，秋影一湖山。越水流鄉淚，吴霜慘客顔。誰憐羈旅者，金盡不曾還。

吴山晚眺

木落遠峰瘦，北風吹面涼。鐘聲沈古寺，帆影亂斜陽。湖海新愁集，江山舊恨長。是誰曾立馬，令我感興亡。

錢塘觀潮

靈胥怒駕青虯回，撼摇坤軸聲如雷。素車白馬紛雜沓，如山高捲銀花堆。馮夷海若争道走，地脈決裂雙峰開。三千强弩射不住，吁嗟誰是錢王才。吞天氣勢雄馳騖，鯨魚噴浪老蛟怒。須臾矗疊浪千層，倚空屹立無顛仆。層層月照湖波明，一層一月珠無數。我來飽看胸襟豪，側身長嘯青天高。陡發狂歌狀奇景，星斗驚落寒江濤。寒江夜半濤聲静，遠帆隱現山沈影。狂瀾倒退作安流，蘆荻蕭疏不知冷。徘徊瞥見平沙白，近灘乍漲痕三尺。意欲乘槎問斗牛，此身自歎紅塵隔。壯遊原不畏江湖，卻畏錢塘是險途。嗚呼！莫説錢塘是險途，風波平地何時無。

秋夜無錫道中

秋色滿天地，中宵旅思多。風吟兩岸荻，月碎一江波。壯志銷琴劍，幽情寄薜蘿。梁谿帆不卸，遥聽采菱歌。

渡江

潮聲浩浩渺無邊，一道飛帆獨占先。低樹遠銜滄海日，怒濤直接大江天。乘風破浪推豪舉，作賦題詩屬少年。寄語蛟龍休起舞，夜來星斗正高懸。

登金山

直上金鼇背，憑闌試大觀。山連吴地壯，江接楚天寬。下界鐘聲杳，中流塔影寒。高僧能接引，許我借蒲團。

曉遊法净寺

清磬一聲古寺曉，千峰萬峰白雲抱。半林殘月鳥初啼，滿地落花僧不埽。煙開林際見塵寰，閒與老僧共啓關。一輪紅出松間日，幾點青浮江上山。江山平遠望不極，彷彿倪迂畫中色。吁嗟此樂樂無窮，幾許春光争一刻。局促遊蹤深自憐，風流誰復繼前賢？盧陵已逝坡仙去，冷落詩心七百年。

尋二十四橋故址

薄暮來尋廿四橋，橋邊無復玉人簫。祇應一片隋隄月，風景依稀似六朝。

曉發真州

潮滿大江平，征帆破曉行。遠鐘吴札廟，殘月寄奴城。荻老摇霜白，星寒點水明。誰知倦遊客，鄉夢苦難成。

九日登雨花臺

秋氣滿高臺，登臨亦壯哉。江山梁代遠，風雨秣陵來。烏帽憐新鬢，黄花憶舊杯。長干千里客，歸去首重回。

登太白酒樓

詩酒約朋儔，飄然上此樓。客來孤鶴嘯，仙去大江流。才氣千人敵，狂名萬古留。青山魂魄在，何處弔荒邱？

宿普門閣

高閣一聲磬，夕陽千點鴉。秋風初落葉，獨客正思家。浪蹟悲蓬梗，雄心冷劍花。鄉書重展讀，松月夜窗斜。

送友之邵伯

昨日送歸客，今朝復送行。君看江上柳，折盡又將生。

抵廣陵喜汪寄松孝廉至

獨攜鐵笛海東來，吹落江城萬樹梅。明月二分詞客醉，好風千里故人回。繁霜點處憐新鬢，叢菊開時憶舊杯。記得去年重九日，與君同上雨花臺。

宿金山寺樓

日落大荒暮，蒼涼客思悠。天低雲礙塔，江遠水平樓。魚讀空山月，龍吟古寺秋。夢回禪榻静，始覺我生浮。

宿京峴寺

薄暮訪詩禪，招我宿幽境。冷泉瀉山腰，涼月露松頂。醒來孤夢寒，一枕梅花影。

夏墅曉行

忽聽荒雞唱，登程酒未醒。遥天一雁白，迎面亂山青。笠影敧殘月，潭光落曉星。僕夫時共語，前已麥舟亭。

甘露寺晚眺

夕陽零亂處，吟眺倚禪關。吴楚青蒼際，江天浩淼間。花殘三月寺，人醉六朝山。好句尋難得，低徊未肯還。

三月二十六日遊管山

一堂山壓帽檐青，欲賦新詩寫曲屏。春去似憐人未覺，子規啼與落花聽。

白下送友

沙鳥風帆落遠汀，一鞭斜日短長亭。人如俊鶻穿雲去，笛引寒蛟出水聽。秋草冷鋪千里碧，晚山澹送六朝青。預知此日難爲别，爛醉湖樓唤不醒。

寓齋秋夜

秋鐙一穗紅，乘涼方夜讀。雲澹月光微，茶香酒力薄。疏雨湖上來，瀟瀟灑窗竹。

入蕪湖關

指顧吴頭楚尾閒，曉風殘月入蕪關。拚教寒徹詩人骨，飽看江南雪後山。

發瓜步

揚帆當歲暮，煙水一身遥。日夕復無事，横琴破寂寥。梅花孤艇雪，漁火大江潮。自顧胸襟闊，新將濁酒澆。

楓橋夜泊

心事銷殘祖逖鞭，孤篷遥泊水雲邊。去年今日横塘路，雙槳蘋花細雨天。

金陵懷古

黯然王氣散雲天，鐵鎖消沈霸業遷。半壁江山支謝傅，八公草木走苻堅。用王文恭公句。雨花臺冷飛殘葉，木末亭空入暮煙。試到十三陵上望，斷碑零落不知年。

西湖遇雨

夕陽明一角，涼意到孤亭。湖闊水光白，山高石氣青。雨香摇菡萏，風急亂蜻蜓。欲訪逋仙蹟，相將喚小舲。

遷居陶村

悠然嘯泉石，誰信布衣尊？流水白圍屋，夕陽紅到門。目中無富貴，身外只乾坤。難得陶元亮，幽居共一村。

出吴淞口

風急雨冥冥，孤帆駛不停。浪浮天地白，山歷古今青。牛斗星光黯，魚龍水氣腥。茫茫身世感，書劍久飄零。

制勝臺夜眺

兩鬢欲蕭蕭，登臺思寂寥。水明江吐月，風起海生潮。側駛帆千葉，高吟酒一瓢。那堪回首望，烽火燭層霄。

錢塘觀潮

鼇背冷煙青，遥觀極杳冥。萬山沈鼓角，一綫走雷霆。蛟泣日光澹，龍吟水氣腥。狂歌時拔劍，斫纜快揚舲。

王珠樹，字泖秋，貢生，居周浦。

張嘯山先生《懷舊雜記》云：泖秋居周浦東市，即周金垞故宅。爲火星垣入室弟子。性雅澹，能詩畫。父竹鄰，以孝稱，慷慨好施，親友有待以舉火者，亦能畫。《畹香留夢室詩話》云：余少識先生，恬澹沖和，謙光可挹，蒔花種竹，門無雜賓。某歲，嘯山師歸自金陵，就舒藝室集諸名流作東坡生日，時大雪初霽，先生白鬚烏帽，手折梅花一枝，珊珊其來，自汲清泉供几上，風神灑落，見者咸目爲神仙中人。詩未刊行，余求之文孫秋蓀，云已散落不存片紙。兹之所選，蓋得自胡氏雜抄及友人手録小册云。

重立袁將軍墓碑

孫盧突起揚海氛，將軍死難葬此墳。東南半壁久非晉，一抔猶屬袁將軍。將軍至今千餘載，墓碑歷劫已無在。下車幸值陳仲弓，謂邑侯陳公其元。鑿石重鐫禁樵採。嗚呼！將軍大義世盡知，將軍之墓何須碑。勸忠特爲扶名教，大筆淋漓藻采摛。

杜浦廟 廟祀元行省秦裕伯

大義千秋在，堅貞誓不移。名因逸民重，心有故君知。何日歸丁鶴，空山叫子規。枌榆留廟貌，風雨捲靈旗。

舊藏端硯背有朱竹垞檢討銘云其色温潤其製古樸何以致之石渠秘閣亂後猶存詩以誌幸

侯封即墨紫泥頒，辛苦磨人鬢漸斑。百戰已銷秦代火，一拳猶認米家山。衡門遁迹神仙侶，秘閣回頭供奉班。看到桑田變滄海，也應鴝眼淚潸潸。

滸關謁周孝侯祠

三害何煩父老憂，此身早已定千秋。至今忠義鄉人重，不祀機雲祀孝侯。

丁宜福，字慈水，一字時水，貢生，居紫岡，著有《東亭吟槀》《卧游草》《南紫岡草堂詩鈔》《滬瀆聯吟集》《風木菴詩鈔》《催妝集》《水仙菴聯吟集》《南浦童謡》《浦南白屋詩草》。

《邑志》略云：宜福爲制義，疾如宿搆，日可成數篇。詩賦亦工敏。早歲游庠，歲科試屢膺首擢。開門授徒，名與師火文焕埒。嘗輯其鄉掌故及先世嘉言懿行，爲《恭桑録》、《遺芳集》。知縣金福曾聘修《縣志》，逾年遽卒。

張嘯山先生《懷舊雜記》略云：慈水當咸豐辛酉之亂，奔走逃難，目擊世事，有《新樂府》一卷，直言無諱，讀者皆謂得未曾有。繼室姚吉仙女史，予弟子也，唱和静好，有《雙聲閣詩鈔》。其所箸詩詞駢散文，臨没謂女史曰：「我無德以遺後人，惟此心血俟兒輩長成付之，毋暴露於外，落庸妄人手也。」

《晼香留夢室詩話》云：時水與李君花卿、余君稷卿，同以詞賦見賞於李小湖廷尉，有雲間三子之目。咸豐之季，赭寇猖獗，時事日非。時水目擊官吏之貪污，士卒之驕恣，人民之困苦顛連，作爲《南浦童謡》以寓諷刺之意，文言道俗，痛快淋漓。雖世或以霸才目之，然曹孟德横槊賦詩，安見不如諸葛公之綸巾羽扇乎？偶爲小品，亦生面别開，饒有古趣。曾見其嫁女時所製《竹榼銘》曰：「是簞弗珠，是筐弗帛。中虚能容，修其内則汝往哉。棗栗腓脩，乃婦人之覿。其形如笭，其字通梊。既見於書，亦詳於禮。晨昏奉養，盛爾甘旨。春秋歸寧，貽我果餌。斗戴筐爲文昌，法作器形四方。蓋不徒盛餅餌，而兼可以佐縹緗。竹爲骨，飾丹漆。勁節中持，寶光外溢。君子持之，名副其實。方太骨鯁，圓太模稜，於是範六出而爲形，以容五升。方者爲筥，圓者爲筐。彼六其角，何用不臧。修爾容，勿粉飾以爲工。不見梁孟光布裙椎髻，相夫子賢聲千載稱無窮。」置之《冬心》、《板橋集》中，可亂楮葉。

歲暮感懷

時事倉皇寇亂餘，兵饑相繼倍欷歔。國恩已免三年賦，軍饟仍徵百室儲。盜散萑蒲猶有藪，村抄瓜蔓轉成墟。兒曹胸有昇平策，欲獻關津榷税書。

感事

壬子歲秋試，槖筆隨羣公。海曲起訛言，金陵已被攻。文士萬五千，盡在圍城中。家人聞破膽，盼斷天邊鴻。一旦掛帆歸，堂前喜氣融。不料癸丑春，烽火西北紅。粵賊髮垂肩，飛渡長江東。將星隳榛莽，戰士爲沙蟲。吾觀石頭城，形勢何其雄。但有開門降，而無飛車衝。何哉陸士衡，制軍陸公建瀛。覆轍河橋同。千尋鐵鎖壞，六朝金粉空。舊游那可憶，寥廓多悲風。

金陵初失守，蘇松民未知。官吏恣威福，催科倍常時。每石取十千，盡括民膏脂。民窮易爲非，禮法焉能治。杜浦白糧倉，一夕頓火之。南梁縣公館，兩付回祿司。西南望東北，煙燄横飛馳。按户呼良民，低頭聽誓辭。我爲爾抗糧，爾爲我集貲。花租與稻租，概弗輸毫氂。長髮縱不來，短毛先可爲。驅之使爲盜，其咎將誰尸？時稱土匪爲短毛。

奉南民氣囂，上海患亦萌。曳薪爨衙署，官猶飾昇平。其地四通衢，閩廣匪徒盈。當事恐生變，籠絡爲民兵。奈何虎而冠，殺人鴻毛輕。袁絲攝邑篆，豪俠多令名。鞭撻其健兒，意在法必行。積怒竟成叛，嘯聚諸奸氓。八月初五日，東方猶未明，挺刃入署中，神鬼爲之驚。狂刀任屠割，碧血濺兩楹。彷彿晉袁崧，千載悲滬城。

滬城萃淵藪，自比古夜郎。嘉寶及川青，從亂幾如狂。沿及我南匯，誰能先事防。烈烈章昭達，聞變有主張。典我箱中衣，峙彼軍中糧。將士不用命，各各逃歸鄉。移書集僚佐，僚佐誰登堂！城門徹夜開，賊至猶徬徨。莽間恐有伏，外乾而中强。既乃知空虚，直入羣跳梁。公乃出諭賊，賊亦弗敢傷。置酒請上坐，强之舉壺觴。手擲紅羅巾，自縊公堂旁。淒涼三尺組，凜冽千年霜。上南兩邑侯，致命何慨慷。嗚呼身後名，應各流芬芳。

城陷僅半月，義士起海濱。振臂而一呼，從者三百人。夜半斬關入，一鼓殲紅巾。取彼僞帥頭，生祭章公神。孤城既克復，規模乃一新。衣冠數十輩，設局爲周巡。睅目而皤腹，抵掌談經綸。有警先期逃，無疾翻吟呻。自命苟不凡，何弗捐其身。躍馬到滬瀆，談笑欲清塵。若輩威假虎，安足形圖麟！

滬城盜起後，一月兵纔招。沿途各試礮，欲使聞風逃。賊盡曳足觀，方且營其巢。離城廿餘里，賊壘旌旗飄。軍中下一令，首取民房燒。廣廈千萬間，一炬土盡焦。兵勇苦無事，鄉落窮搜抄。婦女恣姦污，餘物長槍挑。草野欲訴冤，所苦天門高。累民至若此，四野聲號咷。策勳且徐徐，河上乎逍遥。

賊巢僅如斗，資糧應不敷。盤踞歷三冬，厥口難爲餬。所恨圍城中，比户稱陶朱。其初勸輸捐，堆積邱山如。一日復一日，搜括窮羅襦。訣爺别妻子，涕泣城之隅。間有越圍出，早被戍卒誅。砍頭走邀賞，曰是紅巾徒。居者飢欲死，行者殺不辜。天何獨降災，吾見良非迂。滬城佳麗地，浮靡逾姑蘇。海外虯髯商，炫耀紅珊瑚。青樓美好女，璀璨明月珠。日費千黄金，僅博傾城娱。夜半屠門聲，慘叫聞天衢。因知造此劫，劫盡賊始無。已矣弗復悲，肝腦任所塗。

日久賊亦竄，存者惟三千。官兵八萬餘，胡乃不敢前？有卒因公歸，爲我言其然。吾輩應召募，日給五百錢。乘間掠雞犬，沽酒還烹鮮。只因從軍樂，未免見賊憐。借此爲生涯，差勝歸耕田。若使城果復，樂利安能全！戰鼓再而三，猶自跂脚眠。不聽將軍令，但盼夷商船。夷商販米至，賊可支一年。

沿浦屢屯戍，日以緝盜糧。鄉民出賣米，往往被搶攘。昨有火輪船，箕踞皆洋商。滿載數百斛，東駛如風翔。水軍磬折待，弗敢一語傷。高泊小東門，解運入賊倉。十金易一石，其價倍於常。奇貨良可居，深恩良可忘。始知化外人，負義如犬羊。伊誰始作俑？養虎遭其殃。紛紛諸小醜，何日消欃槍？

欃槍猶未消，錯壤已效尤。奉賢金匯塘，復爾焚官舟。總之苦催科，豈有非常謀。大吏赫然怒，驅使千貔貅。白日横都市，雞犬不稍留。風聞將下鄉，遷徙無時休。今日正農忙，草萊汙田疇。頑民猶未獲，良民深可憂。昔聖門言子，此地曾來游。何不静治之，絃歌化遐陬。割雞用牛刀，毋乃先賢羞。

鄰封尚荆棘，吾邑無萑蒲。獨奈防堵久，糜饟十萬餘。饟盡募民捐，逐處飛官符。曰食毛踐土，敢不効區區。其言則甚正，其理則已誣。平時官剥民，弗肯留錙銖。激成事變後，仍藉民驅除。何不發貪囊，以補民力枯？乃勒窮黎財，而供豺狼軀。冠弁縱高會，走卒争呼盧。至今卻告匱，庚癸誰爲呼？昨夜軍校來，命我搜枌榆。進退殊兩難，搔首良踟躕。不平時一鳴，涕泣襟爲濡。

登春申閣

高閣登臨酒半醒，長天寥落暮雲停。秋風門掩江潮白，夜雨燈摇佛火青。隔岸蘆花藏古渡，荒園落木下空庭。興亡千載歸憑弔，楚相靈旗入杳冥。

白石頂

白石頂，多於狗；藍雕翎，賤於帚，一紙功牌懽入手。白石頂，何桓桓；藍雕翎，何翩翩，去時作賊歸作官。道逢故人不相識，入門妻子皆喜歡。昨夜軍書催上陣，無計商量急稱病。苦死何如且樂生，收拾衣冠去擔糞。

見上司

見上司，上司怒，魚肉小民罪難恕。發汝官中囊，補我軍中庫。歸來游魂落江水，忽思民欠尚累累。牢羊雖亡此堪補，連夜簽差下鄉里。朱符一道雙鋃鐺，呵叱里曹去辦糧。嗚呼！一石之糧價八千，又加私例一千三百青銅錢。典衣不足即賣田，官差得意催開船，明朝竈突寒無煙。

報偏災

颶風吹海海水枯，高低阡陌成江湖。木棉鈴腐秔稻没，十步九倒沾泥塗。紳耆齊集縣衙裏，縣衙日高官未起。閽者酡然出謝客，騷擾無知罵羣吏。上忙未了下忙連，那得工夫勘墟里。縣官不理心旁皇，涕泣來登太守堂。太守排衙出收牘，朱批字字嚴風霜。今年秋穀何曾荒，爾等飾荒圖欠糧。告災不準且悲傷，仰視白日天茫茫。

紅篾席

屋上濃霜堆一尺，牀頭賸有紅篾席。妻孥駢卧身盡寒，抵死東方不肯白。夜深里正來打門，汝家猶欠糧三升。牀柴作薪煮茶待，可憐薪盡竈未温。兒哀號，夫恐怖，妻躊躇，吏震怒。贈君小費君莫瞋，機梢只有三尺布。送吏出門去，涕泣淚如雨。吁嗟乎！篾席紅，且度冬，催科之害嗟無窮。

白牆門

白牆門，中有少年淚暗吞。祖父膏腴已烏有，可憐田去賦尚存。昨夜銀鐺繫我頸，再三求寬吏不肯。相約明朝毁屋椽，賣來酬爾多少錢。栗主官銜寫金字，捧之出門忿擲地。倘使當年做好官，何至兒孫有此事。嗚呼！悖入悖出古所傳，天道往復無私偏。使君裝滿千金橐，正買關中好時田。

秋感

將軍橫海坐韜弓，咫尺金墉倏被攻。銅馬夜嘶秦嶺月，錦帆朝渡浦江風。田園抛擲如芻狗，骨肉流離類斷蓬。從此塘南無浄土，眼看烽火極天紅。

捍海塘高久不波，那堪梳薙迭經過。雞豚窮巷人煙少，風雨深宵鬼哭多。信國漫勞營堡隝，周原已是棄麻禾。祇餘一片南沙土，壯士還揮落日戈。

逃兵行

拔劍倚柱心徬徨，爲君翻作《逃兵行》。四十萬人同日散，大江血浪聲淋浪。我聞後三月十五，夜半軍前鳴戰鼓。七檄曾無一旅援，敵勢憑陵雜風雨。大營潰，督師驚，制軍先棄常州城。十張九馬竟安在？倉皇盡向東南行。東南尚有一塊土，八漿飛摇到申浦。腰間零落無弓刀，只把金錢市酒脯。爾市且勿喧，爾民亦勿擾，吾儕囊橐今已飽。街頭唤賣千金裘，骨董圖書賤如草。不知何官司，下令相招呼：軍中不得有禁物，何況攜帶傾城姝！捩柁張帆到滬瀆，兵氣重揚軍令肅。健兒身手矯絶倫，亂擲蛾眉葬魚腹。沈婦女九人於春申浦中。吁嗟乎！逃兵雜沓亂難理，擊鼓軍門索銀米。將軍不出堅閉門，方購樓船載妻子。

出東門

出東門，馬如飛。後隊帶弓刀，前隊擁旌旗，盡道將軍去解圍。將軍神妙不可測，翩然一去無消息。西門礮火轟如雷，東門但見馬行蹟。將軍揚鞭笑不止，我馬雖瘏我生矣。高牙大纛試屈指，爲官那一不惜死？嗚呼！爲官那一不惜死，只有祝眴是男子。祝校尉炳奎，殉六月之難。

老太守

賊匪去，太守入；賊匪來，太守出，太守頭顱白如雪。太守不乘轎，城頭時把糞箕弔。太守不坐衙，一船飄泊江之涯。賊來賊去蹤不定，太守牢持手中印。吁！爲官難得二千石，城亡與亡此其職。太守不死還來游，七十老翁何所求？

馬嵴寺

太守走，中軍逃，一知縣耳輕如毛。下公矯矯人中虎，獨向狂瀾作砥柱。孤軍力扼皇甫林，只奮空拳擂戰鼓。援兵不至追兵至，城上烏啼門不閉。碧血一灑檜柏枯，千載淒涼馬嵴寺。男兒一死非求名，獨留大節光孤城。公官雖小公名成，公謚宜亦加忠貞。晉卞壺，謚忠貞。

東西渡

東西渡口水接天，流民雜遝爭渡船。長年持篙點人口，欲渡不渡索渡錢。大風東來捲白浪，夕陽欲下色悽愴。前船滿載後船盈，猶有沙灘哭相向。一聲到岸心顏開，恍超弱水登蓬萊。試問前途往何許？躑躅荒原淚如雨。

蘆科墳

亂頭麤服捱出城，後有盜賊前有兵。耶孃夫壻各分散，欲哭不哭惟吞聲。行行十步九步倒，南北東西尚難曉。平時只愛住高樓，今日那知委荒草。西山日落何處宿？姑把荒墳當華屋。蘆花蕭瑟鬼啾啾，牽衣還塞兒啼哭。夜來造化幻不常，迅霆敲破天瓢漿。忍飢耐冷伏泥淖，一身備歷千災殃。鴉飛鵲亂天欲曙，雨脚浪浪猶未住。急起拖泥帶水行，僵死横陳滿前路。

毛竹槍

中渡橋下迴狂瀾，官兵散後鄉民團。白戰不許持寸鐵，只斬園内青竹竿。一人一竿似林立，頃刻千竿萬竿集。羣賊聞之心膽裂，從此東門不敢出。君不見轟天礮震賊不傷，大刀闊斧徒旁皇。六州鑄鐵空成錯，不及區區毛竹槍。

鬼夜哭

辛酉八月十九夜二鼓，大風雨鬼嘯，時賊焚南橋，以不得鄉導而退，識者有後憂焉。

市樓更鼓夜不敲，漫天風雨來如潮。驚霆一震險破膽，新鬼故鬼皆號咷。初疑老鴟叫，又似秋蛩鳴。千靈百怪一齊發，毛髮上竪鐙不明。平日相傳争詫異，昨夜鬼嘷真徧地。得毋劫運臨海濱，人不能知鬼先悸。吁嗟乎！海濱净土已無幾，狂獸垂涎正摇尾。可憐蚩蚩氓，是人還是鬼？鬼聲啾啾啼不已，縣官酣擁黄紬被。

捉捐户

捐數皆局中所定，力不能繳與繳不如期者，飭鄉勇拘之。勇目乘間擄掠，率至破家而捐必如數。

上户捐金須萬鎰，中户以千下户百。主名一定不可易，繳不如期官疑猜。火籤霹靂提牌來，主人求寬吏索賂，索賂不足激官怒。一怒告紳董，再怒點鄉勇。連夜開船浩呼洶，刀槍簇簇圍其廬。橫拖竪拉狗不如，傾筐倒篋窮搜逋。筐有糗糧篋有襦，抗捐不繳何爲乎？叩頭見勇目，怒叱不敢起。汝誤軍需罪應死，姑寬三日期，急急相料理。吁嗟乎！今日捉捐户，明日捉捐户，捐錢不暇補軍糧，汝輩叫囂徒自苦。

搶典當 潰兵自南而北，經蕭塘鎮入質庫飽掠。兵去，土匪繼之。他鎮亦然。

逃兵千百從南來，沿街乞火門不開。誰何健者發虓怒，躍入高墉啓質庫。匆匆收拾亟打包，大包小包長槍挑。逃兵飽颺亂民鬨，摩肩接踵塵埃囂。三間老屋近打頭，歸來妻子笑不休，今年卒歲洵優游。莫號寒，衣輕裘；莫啼飢，羅珍羞。

失三城 十七日失奉賢，十八日失南匯，十九日失川沙，無一人抗者。

海風浪浪海水飛，海塘蹴踏萬馬蹄。羣賊長驅不知處，城門洞開即入據。三城勢若常山蛇，首尾匆匆那能顧。城中復何有？有兵可戰糧可守。城中有何官？文者盡逃武者走。吁嗟乎！失城易，復城難，三城雖小固且完。上有百雉何巑岏，下有不測之流湍。

兩王死 王志容者，刑胥；王政者，糧差，皆年老矣。邑城陷，知縣鄧、都司陳，均逃，而兩王赴水死。鄧以翰林改官，陳，武進士。

文翰林，武進士，兩官之生不若兩王死。一王鈔胥三十年，彈琴好客囊無錢。荷花池水清且漣，含笑欲拍靈均肩。一王沈淪爲皁隸，目不知書識大義。青龍橋下波潺潺，賊救以矛急深逝。吁嗟乎！孔嵩卒，陸羽優，一行苟。可傳雖賤名長留，胥耶隸耶應千秋。王志容能彈琴。

打先鋒 賊立卡既定，四出焚掠，謂之打先鋒。十餘日方止。

東方欲曙雞三號，晨炊未熟人聲囂。東鄰西舍紛紛逃，賊騎已過横塘橋。身無錢，斫一刀。室無糧，縱火燒。紅顔弱女行不得，馬前宛轉空號咷。一賊執旗四面招，日將中矣當歸巢。賊退不及三里遥，官兵尾至窮搜抄，歸來四壁風蕭蕭。

催進貢 先鋒過後，賊縱所擄鄉民持僞示歸，勒令三日入貢，違者殺無赦。於是里正斂貲獻賊，民與賊始往還矣。

里正奔馳滿頭汗，貢期三日已過半。今朝貢禮麤完全，貢帖還須寫鄉貫。左牽羊，右擔酒。雪花飛飛三尺厚，卡子門前九頓首。賊曹一見笑不支，何方百姓來犒師？居然關白軍政司，開門引入毋遲遲。見主將，升堂皇。賜酒食，烘衣裳。爾有妻子毋出鄉，爾有田地毋抛荒。我今坐鎮此一方，準爾辦公來往無所妨。歸來自謂得賊意，故搆危詞巧漁利。明日排門再斂錢，手把黄旗稱天使。

舉鄉官 或以里中紳富姓名告賊，賊即劄授軍帥、師帥、旅帥僞色目供其悉索，統名之曰鄉官。

敲鑼喝道勢赫赫，官人作官卻作賊。黄巾抹額腰帶寬，鄉人作賊卻作官。軍帥職比知縣强，師旅丞尉差堪方。兵刑錢穀悉統轄，居然富貴臨故鄉。官是弦上箭，民是几上肉。日割一臠啖狼虎，虎怒狼咆嫌不足。吁嗟乎！做官莫做小，鄉官多被上官惱。昨日需餱糧，今日索柴草。一或有不供，首領安可保！見上官，忙叩頭。義安福燕豫侯，賊中六等職名。彼何人斯居上流？市中乞丐牢中囚。

掛門牌賊各於其所分地給掛門牌，上寫僞職、户口、姓名，一牌索二三金不等，云可禦外侮。及他賊來，卒不顧。

萬户紛紛入圖籍，特給門牌鎮家宅。一門一牌牌掛門，鬱壘神荼盡辟易。有牌外侮不敢侵，無牌毋乃懷二心。裝潢完好任舒卷，一紙貴等千黄金。鄉官來，將門敲，急將門牌懸高高。家長毛來，笑而去。野長毛來，怒不顧，揮斧砍門門立破。

何家渡賊於蕭塘鎮掘濠築壘，爲久駐計。鄉人避亂者，俱由何家渡渡浦北去，終夜有聲。宜福亦於二十二日攜家眷四十餘口，寄居浦北何氏宅。

老烏啞啞夜半啼，殘星欲落斜月低。耶挈兒女夫挈妻，出門躑躅迷東西。東亦有賊巢，西亦有賊藪。申江滔滔截其後，且向何家渡頭走。何家渡頭有渡船，强者奔赴弱者顛。霜花蒙頭淖没骭，男啼女哭聲徹天。滿船載人船被壓，船小人多勢業業。長年心喜膽轉怯，揮篙打人如打鴨。日高三丈棹未休，村農驅牛來赴舟。渡人不及況渡牛，人牛觳觫江之頭。主人攜家渡旁立，幸有居停笑延納。牛宫豬枙堪下榻，且請先生過殘臘。

小把戲賊擄男子年十四以下呼之曰小把戲，供使令之役。先期勒贖，不則多遭虐死。官軍破賊卡時，間有逸出者。

堂上傳呼小把戲，堂下羣兒集如猬。烹茶吹火不得停，雙脚何曾踏著地。一兒放贖歸，歸去見耶孃。一兒被鞭死，死棄官道旁。此外羣兒暗垂涕，爲生爲死俱茫茫。一旦官軍來，矢石集風雨。長毛紛紛逃，隨之出門户。栅外長濠環三層，竹籤密密排尖釘。跣足涉濠血浪浴，人頭更比魚頭腥。西洋健兒好身手，手執洋槍夾濠走。霹靂一發神珠馳，不是洞胸即碎首。吁嗟乎！小把戲，誰家兒？生爲碪上肉，死作溝中泥。一兒漏網尋途歸，爲我言狀聲歔欷，西風慘慘白日低。

新家夥 士人初被擄時，賊呼爲新家夥。日當苦差，夜加桎梏，逃而覺者殺。地歷五百里外，始稱弟兄。黠者久之爲盜魁，愚而懦者十不全一。

十人五人繫尺組，一賊牽之入賊隝。隝中賊首狀猙獰，分派新家夥作伍。壯者擔水少者樵，老翁執爨頭額焦。縫人繕甲裳，宰夫司烹炰。夜深一一加桎梏，各守厥職毋許逃。鴃舌鴞音聽不得，瞠目無言視顔色。所問非所對，指東疑説西。一賊拔刀駡，一賊揚鞭笞。白棓打頭頭立碎，頭不能當受以背。背上血肉紅淋漓，明日從行去負戴。吁嗟乎！人生不幸被賊擄，作賊還須耐辛苦。請君易地一千里，我爲汝兄汝爲弟。

孝烈姑 姑名雲寶，族叔祖春暄之女。年十八歸奉賢謝氏，婚甫月餘。辛酉花朝，賊執其翁姑出，姑紿賊救之，翁逸去，乃駡賊死，身被十餘創。先是，謝翁者少時緣事戍粵西，能通方言，鄉人貢賊，請翁充里正以往，姑泣諫曰：「翁雖黥配之餘，而一副老皮骨他日得歸葬先隴者，皆朝廷肆赦之恩也。奈何以風燭殘生屈膝媚賊乎？」翁遂不往。至是姑以救翁死。

唧唧復唧唧，姑在當窗織。賊來誓一死，那許而翁去屈膝。雞飛腷膊犬亂嗥，前村後村皆長毛。翁年七十行酕醄，賊來牽去不敢號。姑乃前致詞：請緩老翁縛，我有釵與鈿，從若飽囊橐。羣賊相看盡錯愕。姑乃再致詞：請舍此老翁，少婦願從軍，猶堪備紉縫。羣賊相顧心忡忡，揮手縱翁去，伸手牽姑衣。姑乃大罵賊，賊謂姑我欺。拔刀刺姑姑卓立，白虹炯炯貫斜日。一刀復一刀，刀刀總見血。一聲復一聲，聲聲罵不絶。嗚呼！我姑之死孝且烈，安得窮檐樹綽楔。

萬言書 青浦貢生金玉，上萬言書於權制府薛公。公大怒，欲斬。衆官跪求，得免。

高顴大鼻青谿子，一上萬言書欲死。霜鋒壓頸風蕭蕭，長跪軍門不能起。青谿子，才絶奇，明經四十常苦飢。胸中熱血足十斗，落筆一瀉無端倪。上言軍政非，下爲百姓哭。中丞得書翻又覆，令箭星馳捉金玉。書生性命輕鴻毛，吾戴吾頭趨市曹。法鼓三通斬條判，雷驚電急青天高。百官階下齊叩頭，制府怒氣猶未收，且呼丞尉來拘囚。君不見賈生流涕事無濟，卜式捐金早拜侯。

洋槍隊 懼驕兵也。

七十二營無一兵，洋槍小隊乃横行。自信火攻世無敵，西人教演精復精。言夷言，服夷服，城中城外日馳逐。有時煙花恣游遨，筵前戲抱吴姬腰。有時買酒提壺盧，騎馬直突太守輿。漢兒眼見不敢問，夷官額手相揶揄。我聞心殊驚，客曰未爲病，試言其略君且聽。君不見明倫堂畜馬羊，大成殿排刀槍，兩廡栗主作枕卧，豆籩竟爾盛酒漿。吁嗟乎！國家養兵二百載，精兵只有洋槍隊。

催捉船愁水客也。

官符火急催捉船，虎鬚豪吏蹲江邊。來船順流頗快意，長篙挽住誰能前？大船曉事袖金送，佯呼船破不可用。小船被捉心茫然，船船鐵索相鉤連。船中百物棄如土，兵勇執刀叱摇艣。飢來索飯渴索漿，背似土牛耐鞭苦。捉船三日船已齊，手中尚有餘封皮。有船一律相覊縻，篙師斂錢餽求免。錢少船多意未滿，稟官官曰我不管。

糶新穀憂民食也。

飢腸欲斷不可續，早稻離離及瓜熟。瓜熟稻，乃稻之至早者。妻孥拍手饞涎流，春得新粞煮薄粥。鄰人黠説穀價高，糶穀周浦盈千艘。歸來阿堵滿腰槖，贖衣償債心頗豪。須臾錢盡願未足，起視缾中已無粟。醫得眼前瘡，割卻心頭肉。嗚呼！醫瘡乃割心頭肉，安用三時忙碌碌！明日相將賣黄犢。

滬城感懷

不礙華夷雜，孤城海上開。鼉更嚴鎖鑰，蜃氣幻樓臺。離亂時方亟，繁華夢未回。蕭條戰場土，疇辨劫餘灰。

諸將

百里狂瀾日夜東，將軍坐鎮亦稱雄。睢陽城小方羅雀，細柳營高自掛弓。絶島魚龍掀惡浪，清秋猿鶴嘯悲風。三千組練嗟何用，只向江頭惱釣翁。

重臣節鉞任封疆，幕府森嚴劍拂霜。落日鸛鵝三界寺，秋風蟋蟀半閒堂。城頭笳鼓蠻軍壯，帳内尊罍估客忙。一角鴻溝堅壁壘，妖星夜夜起欃槍。

干將山下礮如雷，報道中軍殺賊回。萬帳虎牙連滬瀆，一軍貂錦半輿儓。飛燐慘碧秋郊曠，舞袖迴紅綺席開。露布書成頻奏捷，青谿雉堞亘崔嵬。

鐵漢錚錚負令名，一官嚴重坐專城。夜深有吏鞭寧越，年少無人薦賈生。五道旌旗驅里正，六門鎖鑰寄羌兵。披星戴月成何濟，骨莽沙場恨未平。

河上逍遥萬竈屯，科征未足饜狼吞。短衣窄袖朝酣酒，鐵索朱符夜打門。西北田疇猶不治，東南杼柚已無存。杜陵有客吞聲哭，誰把臚言達至尊？

家中人避亂浦北孤身家居賊來則出賊去則歸身雖幸免備極艱苦

四郊戎馬亂縱横，曉起倉皇盡室行。有限年華雙鬢換，無多骨肉一舟輕。劃江詎信真長策，鄉人避亂，均以渡浦自固。守土安能責小民。自十九日一戰後，鄉團並散。瑟瑟西風空仰屋，不堪夜半聽雞聲。

畫角聲中歲已殘，烽煙四起壓荒灘。江村立脚無完土，鄉老甘心作僞官。豈敢和戎勞魏絳，可容卧雪學袁安。敝廬兩帶書千卷，只此愁腸訣別難。賊三次搜索，而屋與書幸俱無恙。

過雷音寺

舊是雷壇址，荒涼滿目前。水禽巢破屋，古佛卧平田。怒長泥城草，寒消廢竈煙。日斜行客少，不敢久停船。

滬城寓次遇席梅生振逵

湖海知名久，風塵識面初。人才羈旅合，生計亂離疎。煙雨吴淞夢，叢殘笠澤書。琴川歸計近，莫忘寄雙魚。

朱八姑周浦朱芷堂季女族有同名者從惡少夜遁里黨譁傳幾不能辨八姑憤甚自縊死吉仙述其事因作此解

朱芷堂女毓秀孫，女名八姑淑且温，刺繡紡織終歲不出門。一解 同源一江水，半清何半濁？同根一株樹，半榮何半落？族女同輩行，桑中赴密約。二解 里黨聞此事，争笑朱八姑。是一或是二，傳述多模糊。八姑聞之搥胸呼，我今不死何爲乎？牀頭三尺組，肯受汙泥汙！三解 人謂八姑愚，我謂八姑好。身死留其名，光争日月皎。四解 吁嗟乎！渭自渭，涇自涇。若者淫，若者貞，

八姑何妨同姓名。五解

陳孝子歌

父死不敢死，有母需甘旨。母死乃輕生，婚嫁畢向平。哀哀陳孝子，行年六十泣作嬰兒聲。一解母不怡，孝子觫。母不豫，孝子哭。道光二十九年母病篤，孝子乃割股上肉。二解一臠進，二豎逃，孝子奉母樂且陶。忽焉浩劫遭長毛，城門夜開犬亂嗥。家有千倉箱，棄之如秋毫，孝子負母來顛橋。三解地僻而野，市小既罷，孝子奉養弗苟且。賊退還故居，故居無片瓦，孝子移家住天馬。四解山下有田中有廬，朝斫膾，夕擷蔬。母心喜，子色愉。青山九朵横芙蕖，此中人指孝子居。五解母壽有時盡，子心曷其極。二十年睡親室，六十日卧匶側，呼天搶地餘一息。孝子忽焉死，天日爲變色。六解孝子陳宗源，名入太學家華亭。恒言不稱老，未留鬚一莖，丹青尺幅垂芳型。拜公像，欽公誠。孝子一心事父母，榮名豈願朝廷旌。七解

崑山道中

重出婁門道，風光到眼驚。人煙消戰伐，山氣雜陰晴。路熟偏難認，田蕪未盡耕。停橈剛薄暮，不敢入荒城。

過黄莊

春申江上掩柴荆，又向黄莊作客行。珠履三千真碌碌，祇將殘酒酹朱英。

題史孺人傳 孺人係高學博崇瑞子婦。

客從潁上來，潁水何迢遥。中有比目魚，辛苦隨風濤。死生數定不可逃，哀哉史，悲哉高。一解 史家女，何其賢。父介臣，祖本泉。祖官潁，垂十年，全家骨肉依寒氈。父死祖亦亡，流落誰見憐？二解 高公來前，流涕不能止。高公來前，流涕不能止！取爾孫，妻我子。惜哉高家貧，其貧一如史。佳婦入執炊，佳兒出負米，西風蕭條吹潁水。廿年患難并生死，八口嗷嗷恃十指。吁嗟！盡道新婦賢，那料新婦死。三解 粵匪破潁乃在庚申秋，角聲淒切鳴譙樓。妾住圍城，夫宦在亳州。笥無衣裳橐無餱，祇有三男三女聲啾啾。圍城危復危，妾身那可留！四解 城門閉，樵汲絕。賊兵至，矢石密。先遣妾逃，繼挾三子出。離城十里殘喘急，不料孱軀搆危疾。藥石窮，肝腎裂。五解 三子三女環尸守，赤日炎炎尸速朽。有從弟某發狂走，沿街打門門不開，市心無一雞與狗。六解 東鄰寂寂有敝席，西鄰鋤頭掛在壁。將尸席捲瘞南陌，揮鋤築土土不堅，黃蒿蔽天白日匿。七解

題懶雲山人海粟集

海曲風騷屬老成，蒼松留待歲寒盟。千秋魯殿無殘壁，一代唐風有正聲。池草淒迷懷舊夢，令弟曉帆與余同硯。蘆花飄泊感浮生。《蘆花詩》十首，爲集中壓卷。明年召稼樓頭月，酬唱須招顧阿瑛。先生來歲硯遊召樓，奚氏與顧秋巖接席。

海曲詩鈔三集　卷六

清

潘家恩，字卯橋，自號懶雲山人，諸生，居新場，著有《懶雲山人詩草》及《買愁》、《問花》諸集。

《畹香留夢室詩話》云：山人爲縣花先生之子。少年善屬文，尤工詞賦，人以曹子建目之。詩多近體。其香籨側豔之什，遠師韓致光，近學王疑雨，描情寫意，體貼入微。室人某女士亦能詩。婚之夕，山人賦《卻扇詞》，有「但得一枝堪解語，河陽桃李盡閒花」及「窄窄簾櫳小小房，半安詩草半梳妝」之句，唱隨之樂，可想見已。詩未成集，只於山人吟槀中附載一二。聞之王心權明經言，夫人一日徘徊梅下，若有所思，得句云：「月明林下望，無復美人來。」未幾遂歿，殆所謂詩讖歟。卯橋亦工長短句，其《釵頭鳳》《題王醒初紅袖添香圖》云：「珠簾寂，銀燈剔，博山篆裊鑪煙碧。蟾光去，龍涎炷。吟聲絮語，滿窗風趣。住、住、住。　書成癖，人如昔，聞香未是憐香客。煙凝霧，花零露。繡衾薰未，良宵耽悞。錯、錯、錯。」逸韻柔情，令人心醉，亦可見其風情之不薄矣。

閒情

玉洞雲封叩不開，春風吹夢到天台。桃花笑向劉郎問，此地曾來第幾回？

春感

江南又見草萋萋，有客尋芳踏輭隄。三月音書同歸燕，五更魂夢驚鳴雞。西園花事添新詠，南國春遊續舊題。準擬東風歌折柳，杜鵑何事向人啼？

効疑雨集體

妝罷紅樓下鏡臺，玉纖輕叩畫屏開。不須看到淩波韈，便費陳思七步才。
由來姑射本仙姿，斜捉輕紈若有思。最是不瞞郎看處，上樓潛等下樓時。
風鬟霧鬢總模糊，略識容顏在畫圖。慧眼卻先同伴見，暗從門隙覰檀奴。
大半閒情屬愛卿，丰裁瘦得可憐生。番風廿四催花急，數到年華各自驚。

泖湖曉渡

纔出申江駛畫橈，蒲帆六幅任風飄。落花如雨春成夢，芳草沿隄客趁潮。九朵芙蓉含宿霧，一灘蘆荻茁新苗。回頭試認來時路，雲水蒼茫望裏遥。

月夜

何事偏惆悵，蕭閒負此身。可堪今夜月，曾照去年人。碧宇浄如洗，銀河澹不真。怕過同玩處，寂寂鏡臺春。

仿王次回體次周夢琴韻

綠窗絮語總諵諵，齵齒啼妝一味憨。腕弱黛痕泥我畫，爪長衣釦倩郎含。情如春繭千絲結，臉有秋波一寸涵。怪底紫騮嘶不去，碧桃花下路曾諳。

一杯香雪夜沈沈，翠袖殷勤替我斟。綺語微撩通麝氣，嬌波斜溜逗犀心。裙籠鳳屧金搖步，枕壓烏雲玉墮簪。始信蓬山原有路，前番錯向夢中尋。

丙午秋闈余有事不赴凡桃葉煙波莫愁佳麗俱付夢想因憶舊遊率成四絶以贈醉六王兄兼質之同伴諸公

打槳秦淮三載遲，渡尋桃葉揀花枝。定知紅袖青衫側，重話檀奴舊日詩。

釣魚巷口慣停驂，曾爲情癡幾醉酣。舊事無端重入夢，新詞填遍望江南。

可無別恨惱柔腸，可有纖歌繞畫梁。一段豔情人不見，春風憶殺杜韋孃。

白下青谿爪蹟留，飛鴻回首已三秋。名場角逐歡場醉，不替諸公浪費愁。

題桐下悲秋圖

遮斷朝陽日影紅，芳心似與訴飄蓬。袖中團扇枝頭葉，生怕秋來一夜風。

秦淮即事

雪鴻幾度爪痕留，風月年年記勝游。畫舫煙波桃葉渡，繡簾金粉李香樓。妝分螺黛山如笑，河膩燕支水不流。俯仰六朝興廢事，悲歌豈爲白門秋。

于爾大，字醉六，號沖甫，優貢生，居周浦。

張嘯山先生《懷舊雜記》云：吾里于氏有東于、西于之目，兩于皆居西街。東于曰雙璧堂，以奢侈先中落。西于曰紹澤堂，世儉樸，人多謹飭。予所見者有甜齋佑安、迪齋祐吉。甜齋，監生，沈静雅飭，篤於行誼。迪齋以廪貢生候選教諭，書法趙文敏，參以蘇、米，工水墨畫。兄弟友愛，怡怡如也。甜齋子沖甫，道光癸卯優貢生，好學深思，工詩兼詞，書亦如其叔。爲人狷潔，不苟取與。與予相善。季子松塘爾棟，諸生，通醫，以調理氣機爲主，求診者如市。遇貧苦者，不受酬，或且代償藥值。其所受酬，積之以備周卹。年餘四十殁，不知名來哭者甚多。其從子醴尊鬯，諸生，英年篤志，潛心註疏，後來之秀，當首屈一指。

《畹香留夢室詩話》云：余昔主知本學校經席，時有名干字今吾者從之游，英年秀發，文詞斐然，先生再從孫也。昨歲選詩之役，從今吾求先生遺集，不可得，云已蠹食過半，觸手作蝴蝶飛矣。選事既竣，始輾轉覓得古近體詩一小册，亟補録數首於簡。先生人甚謹飭，然間有游戲之作，亦頗風趣絶倫。某年，以秋試赴白下，寓近東水關。一夜，有三數人醉語呶呶，叩扉而入。問之，以尋芳對。蓋以鄰比皆青樓，故有此悮也。先生戲作《謝客詞》卻之，中有二句云：「不是阿儂羞見客，只緣雙鬟未簪花。」頗爲時所傳誦。事見沐三族伯所著《小家語》。

題清河節母盟心古井圖

古井水，無波瀾。節母心，如是觀。風蕭蕭，撼茅屋。鐙熒熒，課兒讀。汝父賢，汝未知。十三月襁褓兒，汝幸有叔父母。憐孤苦，同爨久。汝敬之，與母同。慎毋忘，覆翼功。父棺薄，宜速葬。力不逮，惟汝望。兒長成，書計明。遠服賈，操奇贏。遵母言，若規矩。無私財，惟叔主。窀穸完，瀡瀡歡。蓼莪痛，摧心肝。摧心肝，念母德。作斯圖，紀罔極。

焚香割股圖

兒身母所遺，母病兒當醫。金刀剜肉不知痛，心甘手辣無遲疑。吁嗟乎！毀傷肢體乖聖教，朝廷例不旌愚孝。女曰此事出至誠，但求母壽非沽名。

徐雲亭夫婦義烈詩

夫死義，婦死烈。義士誓同仇，烈女誓同穴。海枯石爛，正氣不磨滅。一解 賊勢洶洶，攻陷姑胥。徐君突起振臂呼：食毛踐土二百載，能殺賊者皆我徒。二解 義旗所指賊破膽，彼何人斯真勇敢！三解 賊設詭計，鼠伏伺之。君率衆來，蜂擁乘之。賊死鬥矣，君力疲矣，衆卒潰矣，君輿尸矣。四解自君之死，賊愈猖狂。鄉民畏賊，肉袒牽羊。有婦氏曰：顧聞之，益慘傷，鴟鴞遍野，迫我地下從夫亡。五解噫吁嘻！人求生全，孰若保名節？君不見胥鄉徐家夫死義，婦死烈。六解

黄小園冷吟閒醉圖

作詩祇爲羔雁設，風雅途中苦炎熱。飲酒不厭酬酢忙，豈爲陶寫傾壺觴？世情逐逐類如此，冷吟閒醉真名士。詩腸冰雪要酒澆，有詩無酒殊無聊。醉中日月待詩遣，先生於此興不淺。一事未冷亦未閒，視人疾比身痌瘝。見垣一方處劑畢，依舊詩酒趣洋溢。功名富貴非我心，從君學醉兼學吟。

還珠曲有序

周浦農人郭秀年孫女，年十歲爲人掠賣，轉入海鹽徐鴻臚家。秀年泣訴於縣。時秀水金公茗人權邑篆，馳書請於徐，捐金贖之歸。復恐秀年貧，致女失所，擇字良家子。同人作《還珠曲》紀之。還珠者，公所以名郭女也。

金侯鳴琴一載餘，慈雲靄靄東南隅。棠陰滿眼碑在口，連村接巷歌《還珠》。還珠婉孌農家女，雙髻堆鴉十齡許。誰教穠李逐楊花？天涯飄泊風吹汝。阿耶遠出苦不知，阿翁白髮徒傷悲。禱神弗靈卜弗準，掌珠一失無還期。瀕海西南百餘里，城北華宗新買婢，捧硯煎茶事事宜，旁人傳説依稀是。路遠囊空不自由，陳情泣涕訴賢侯。門深似海能教出，恩重如山敢説酬。賢

侯有言爾勿哭，平生一諾無留宿。魚腹先將錦字傳，蛾眉已許黄金贖。清俸分貽載女回，名花重向故園栽。關心尚恐珠投暗，爲覓良緣倩雉媒。小名兩字侯教换，嘖嘖芳聲傳里閈。薄命多挤墮溷茵，高情直欲淩霄漢。金侯金侯善政多，我今且作《還珠歌》。去年送別丹楓路，此日吴江渺緑波。公於甲戌秋量移吴江。

東坡生日嘯山張丈招集舒藝室薦芷用聚星堂韻

坡公生際宋中葉，偶來吴地留鴻雪。滄桑歲月幾變更，景仰流風猶未絶。臘嘉平月攬揆辰，宜薦谿毛虔磬折。黄州石刻遺像古，精靈不共劫灰滅。舒藝主人今詩伯，往往鯨魚碧海掣。招朋肅拜繼觴詠，晴窗烘硯池散纈。湯餅珍差雜沓陳，更飫名言如鋸屑。他鄉此日例宴會，卅年往事過飄瞥。雅集新從梓里倡，遺聞喜聽蘇齋説。翁覃谿學士祀文忠生日於蘇齋，懸像十餘幀。姚堅香先生在都門，亦與焉，張丈之外舅也。追陪杖履亦自慚，學和尖叉求點鐵。

乘風破浪圖爲香署題

壯士如宗慤，胸藏濟世才。天浮滄海遠，帆趁好風來。巨浪恢詩膽，奇輝孕蚌胎。錦衣須早返，作楫正需材。

題傾城不嫁圖

空谷幽居絶世姿，年華易逝蹇修遲。平心莫恨良緣少，只怪蛾眉未入時。

書王玫甫哭友詩後

落落星稀夜鄉晨，酒壚鄰笛總傷神。薤歌一曲千行淚，誰識交情死後真？師友凋零滋蕙歎，弟兄寥落復蘭摧。小窗枯坐愁雲黯，那更開緘讀《七哀》。

姚有元，字次廉，號小蔭，晚改小稽。貢生，藍翎五品銜。居周浦。著有《小隱居吟草》。

《畹香留夢室詩話》云：小稽明經，閉户窮經，一介不妄取與。課徒之暇，惟以吟詠自娱。閒或爲里黨排難解紛，争訟賴以立息，亦盛德君子也。去冬，門人陸龍攜明經詩稾二册來，讀之莊雅和平，如見温其之度，亟爲甄録，以存前輩典型。明經有子曰欣木，諸生，以舌耕餬口，人品亦極端嚴。所居南蔭堂，花木幽深，門無俗軌，我師張嘯山先生曾結鄰焉。

題張春州妹壻放鶴圖

山人何所好？悦志在林泉。草履黄冠客，蒼苔白石邊。高情懷處士，清夢憶坡仙。此地無矰繳，喬松任爾眠。

有感

歲月催人老，繁霜倏滿顛。不才忘富貴，無病即神仙。陟屺苦行役，趨庭孰象賢。頽然村學究，常此伴青氈。

雜感

百年贏得腐儒名，坐擁皋比俗慮清。豈有文章傳後起，欲將冰雪證前生。好花曾種陶元亮，浪蹟偏稽向子平。遣悶偶來庭畔立，隔林黄鳥哢新晴。

寒士生涯澹泊中，硯田耕盡少年豐。功名到老真如夢，文字無靈漫送窮。鑄劍不成羞冶子，錬丹乏術問仙翁。撚髭自笑疏狂甚，鎮日高吟氣吐虹。

閒居

只合藏身學傳喦，檐牙燕語任呢喃。奚童比我尤貪懶，緑到門前草不芟。

雁字

西風料峭雁聲哀，一字排空往復回。我有故人偏落寞，天涯何處寄書來？

鐵馬

更無駿足奮雲程，矯首風前只自鳴。畢竟向人檐下寄，丁冬休作不平聲。

自遣

處士虚聲未敢矜，索居只合免人憎。偶因小極時呼母，僻愛孤眠頗類僧。半世可憐仍白袷，十年有味憶青燈。籬邊纔放桃三兩，又怕人疑是武陵。

葉似蘭，字□□，居新場。

田家雜詩

海濱一望是平沙，不種桑麻不種茶。十里水村城郭外，秋風開遍木棉花。
田家終歲女紅忙，軋軋機聲趁夜長。不是江南無錦繡，阿儂愛著布衣裳。
村南村北盡垂楊，燕子雙雙舞夕陽。恰好清明前後雨，荳花開過菜花香。
一天風雪閉柴門，濁酒閒傾老瓦盆。醉聽兒童遥指點，騎驢人過鶴窠村。

馬元德，字健齋，自號坦素居士。拔貢生，藍翎五品銜，句容訓導。居北六竈。著有《坦素居吟草》。

張嘯山先生《懷舊雜記》略云：同治元年，吴瀛投誠，健齋獨從前令鄧公賢芬入城受降，人服其膽。書法顔、柳，詩文不苟作。嘗欲重注王文簡《古詩選》，以正聞人舊注之失。

《畹香留夢室詩話》云：南邑績學士屈身爲冷官而能立軍功膺懋賞者，有二人焉，一曰王先生子勘，一曰馬先生健齋。光緒初年，健齋分修邑志，余時相過從，翦燭清談，娓娓不倦，謙光可挹，從不以前輩自居。目短視，離睫寸許即不能辨黑白。某年，余弔於澧谿夏氏，夏請先生題主，余作陪，先生聆余言曰：「是式權也。我雖盲於目，尚能聞聲而知之。」其風趣如此。所著《坦素居詩》，大半應酬之作，不多選，選其敦厚温柔不失風人之旨者。

清涼山題壁

果然仙境隔塵寰，竹樹蕭疏猿鶴閒。絶好翠微亭子上，坐看江外萬重山。

松鶴堂看牡丹

詩城争著祖鞭先，亮卿夫子詩先成。綵筆瓊葩互鬬妍。今日倍添花富貴，碧紗籠句畫堂前。

讀雲間郭友松了然吟

半生碌碌走風塵，龍性依然未可馴。落拓尚彈游客劍，寒酸已脱腐儒巾。才奇那合消庸福，骨傲偏堪耐苦貧。胸次了然無罣礙，簞瓢陋巷盡含春。

贈江寧黄小園鐸

鷺洲詩隱詩骨高，氣淩雲漢身蓬蒿。上池之水飲孰招，或者偓佺與松喬。崇川滬瀆寄一瓢，屢起廢疾譽不要。興來畫菊當賦騷，酒酣常持左手螯。冷吟閒醉日陶陶，我欲從之駕雲濤。

題遺愁山房遺詩詩爲鶴沙顧酉山先生作。髮匪之亂，先生與其媳濮氏同日殉難。

獵獵寒風吹不已，蚩尤黑霧城頭起。不願偷生狗彘間，白髮紅顔同日死。吁嗟乎！白髮翁，詩書子。紅顔婦，巾幗士。來者聞風咸仰止，一掬清泉薦芳芷。

感懷贈雨蒼

説劍論文正酒酣，當筵枉是逞雄談。一生伎倆搬薑鼠，兩字功名綷木驂。墨浪何年飛硯北，鑾煙此日遍江南。紛紛蝸角争何事？只合歸耕老學庵。

畫角吹殘北固樓，妖星一夕墮蚩尤。沿江赤縣成焦土，古蕩黄天失上游。長策安能鞭馬腹，列侯況屬爛羊頭。握奇未讀空争勝，帷幄何人借箸籌？

神倉豈比昔豐饒，索餉何堪士氣囂。納粟有規民苦瘠，量沙無計敵生驕。可憐金穴徒中飽，只恐冰山亦易消。厝火積薪憂國甚，賈生挾策欲登朝。雨蒼作《財用源流論》，有慨乎其言之。

莫笑狂生太闊疏，捫胸十萬甲兵儲。請纓慷慨情何壯，斫劍歌呼習未除。吐氣難求盈尺地，消閒自著等身書。飄零一樣依劉客，才調驚人我不如。

過雨蒼寓齋出田叟傳見示攜歸快讀題其簡端

願得黄金不羡仙，人生極樂即西天。奇文自足傳千古，癡福誰真享百年？金碧樓臺空際現，衣冠傀儡暗中牽。快心事事花添錦，我欲求之請執鞭。

滿紙光華百寶呈，莫將措大笑書生。描摹春夢渾無據，棖觸秋心總不平。國士可憐居下舍，傖夫何幸對傾城。應知臣朔詼諧處，絶勝漁陽怒鼓鳴。

秋興八首之三

蕩寇曾無尺寸功，那能滬壘起袁公。雲連殺氣滄江暗，雨挾潮聲大海東。兔窟經營知計狡，龍泉拂拭尚心雄。夜深灑盡征人淚，一片碪聲雜斷鴻。

畫裏金焦黛色浮，何堪鹿豕恣狂游。烽煙徹夜衝銀漢，鎖鑰憑誰失石頭？七里江聲流戰血，二分月色照邊愁。暮笳曉角多悲怨，併入蕭蕭蘆荻秋。

蒼黄戎馬播遷餘，暫向荒村賃廡居。一桁涼風鳴翡翠，半池秋水落荷蕖。夢無才子生花筆，案有貧交乞米書。羌爲命宫磨蝎苦，不妨蹤蹟混樵漁。

澄懷園雜詠

近光樓接水邊亭，帝子猶留翰墨馨。樓額成親王書。一帶矮牆遮不得，西山如髻送遥青。

猗猗新竹梢初放，相對教人意也消。絶似女郎年十五，長成身段已苗條。

聲聲杜宇催春去，飛盡楊花化作萍。約略江南水村景，釣絲風細立蜻蜓。

曉來涼罩一谿煙，緑滿菰蒲細雨天。寫出詩人苦吟意，陂塘悄聳鷺鶿肩。

癸丑正月陸制軍兵潰九江省城遂致失守時予假館滬上聞寇氛之日惡思渡浦而東歸感事攄懷得詩二首

韓范威名宇宙垂，不堪一戰竟輿尸。大江天塹難憑險，諸將長城果倚誰？露布猶聞虚奏捷，風聲到處易生疑。馮諼寄食終非計，心急歸休一劍知。

烽火終宵警海隅，飛芻輓粟急征輸。官家濫賞盈貂尾，市井招兵半狗屠。時事可憐歸鄭綮，哭聲無奈效唐衢。東南萬户嗷鴻雁，誰卹流民爲繪圖？

朱世勳，字企唐，諸生，居邑城。

采桑詞

沿隄一帶緑雲低，處處稠桑覆碧畦。曉起似催人采葉，煙中戴勝隔林啼。

村莊兒女去條桑，結伴同行執懿筐。一笑歸來時尚早，竹闌干外未斜陽。

金成霖，字苑春，爵里未詳。

寒鴉

往來接食自年年，萬點寒鴉瘦可憐。斷岫鬟青沈落照，空江陣黑壓荒煙。巢歸烏桕村邊樹，風緊疎林雪後天。何事昭陽帶初日，承恩翻在玉顔先。

王鑑，字鏡心，號保三，貢生，居梅園里。

西施

越女如花不解愁，承恩時共采香游。沼吴即是胭脂水，回首梧宫冷逼秋。

康秀書，字琴園，自號閒翁，布衣，居新場，著有《撫松軒詩稾》《琴園先生遺稾》。

新秋

中庭凝望久，秋已透羅帷。遣興書千卷，招涼酒一巵。樓高邀月早，風細落花遲。縛帚呼童掃，梧飄葉滿墀。

釣

細雨溼蓑衣，垂竿坐釣磯。閒鷗似相識，故故近人飛。

舟中

日暮卸征帆，孤舟泊江上。夜深人語喧，知是春潮漲。

春日

杏花開罷李花香，閒倚迴闌看夕陽。幾日寂寥緣客少，一春消瘦爲詩忙。嬌鶯睍睆啼高柳，新燕呢喃語畫梁。對景不禁清興發，呼童料理舊壺觴。

家住

家住横塘谿水邊，萬竿修竹映清漣。憑闌笑指妻孥看，兩兩漁舟破曉煙。

即景

三間茅屋柳陰遮，破曉沿村噪乳鴉。昨夜東風吹雨過，繞谿開遍碧桃花。

秋夜

秋風蕭瑟嫩涼天，聽盡殘更尚未眠。月姊也知人寂寞，悄移花影到簾前。

曉起

宿霧霏霏日上遲，黄鶯囀出緑楊枝。閒翁自笑閒時少，寫罷春山又賦詩。

卅年

卅年蹤蹟溷樵漁，閒向谿邊結敝廬。消遣半生無别物，青山數點一牀書。

顧翯，字秋巖，一字高羽，貢生，居黑橋，著有《怡顔書屋遺稾》。

張嘯山師《懷舊雜記》略云：時文八股，利禄之階，衆所向往，外是而言筆墨，則相率而笑之矣。而我邑爲尤甚。秋巖居黑橋，歲貢生，篤實無外好，喜爲詩古文。詩喜李昌谷、謝皋羽，文則意在孫可之、劉復愚，不肯作尋常語。予告以當由文從字順入，先讀古書，厚積以待其化，勿沾沾求異於人。

《晼香留夢室詩話》云：秋巖與余有同門誼，蓋皆師事張嘯山先生，而秋巖實十年以長。性喜詼諧，遇猥瑣齷齪之流，輒以冷語刺之。然於我輩必竭誠相與，有一技之長，往往譽之不去口。後進以詩相質，則批郤導窾，指示無隱。以故人多樂與之游。客授召稼樓奚氏最久。每歸，則芒鞵臺笠，徒步數十里，未嘗以舟車累主人。詩學盛唐，下逮山谷、誠齋，務爲高古瘦鞕，不肯作一甜熟語。《怡顔書屋稾》爲門下士醵貲以刻，尚非全豹。其中多序髮逆鴟張、小民顛沛流離之苦，哀感頑豔，沈鬱蒼凉，如讀元結《舂陵行》、杜甫《無家别》諸作，令人不知涕淚之何從也。若夫君之事實，已詳族孫冰畦明經所撰《行述》，兹不贅言。

辛酉感事

狂寇挾風雨，迫逐紛東來。全家托扁舟，扶老兼攜孩。避地幾更主，所主廬皆灰。在昔厭粱肉，今轉飢腸雷。老翁中痼疾，蜷卧呻吟哀。小兒不解事，啼笑日幾回。風鶴實未遠，此地徒徘徊。

穴地不得縫，浮海不得航。殺氣日以迫，四顧摧肝腸。客從西南來，云昨罹慘殃。賊騎倏忽至，里巷遭虜搶。有覆壁不發，屋宇無完牆。兒女不及顧，何暇謀槖囊。不爲刀刃毒，能免溝釁戕。呼天天不膺，仰視浮雲翔。浮雲薄暮起，變幻靡所止。蕭塘作戰場，白骨枕荊杞。越石渡江來，誓將翦滅此。何物前部軍，直欲置公死。倒戈恣爾爲，與賊相表裏。猶賴民愛公，不然則已矣。大藩獨何心，猶容若輩齒。

江城四萬軍，調饟良亦苦。膏腴疲井廬，榷算竭商賈。經營兵食足，庶幾揚我武。庸知遇敵奔，不復成卒伍。糜饟年復年，飽煖事劫擄。養汝實自傷，吁嗟猛於虎。

遊兵出巡哨，雞犬不敢聲。劇賊阻關隘，商旅不敢行。黄雲蔽四野，白日慘不明。輾轉兵賊間，涉足皆叢荆。兵怒汝私寇，寇怒汝助兵。吁嗟兩不免，奚自全其生！

歐墨去中夏，海程三萬里。彌年涉吾土，爲患靡有已。遂以煽粤氛，内外用角犄。昔宋患北風，與國相終始。遠交以近攻，滅虜而虜起。胡今憂潢池，亦復謀諸彼。引虎驅鼠狐，其如虎在邇。

寄懷葉湘秋先生時避地越中

椽筆紛綸藻掞天，鴻名京洛廣流傳。北朝文字韓陵石，東晉碑銘劍閣篇。魚雁關河勞翰墨，管絃城郭沸戈鋋。高秋落木愁雲黯，記别滄江已五年。

徹夜繁笳動地哀，舊時文獻落煙灰。河山割據蛙跳井，陵谷荒涼鹿走臺。山館寒鐙空斫劍，霜園叢菊罷擎杯。剡中一舸浮家去，隔斷鄉關雁不來。

粲樓憑眺管牀支，板蕩中原靡所之。三泖家山樓外笛，四明雲樹畫中詩。陶朱眷屬煙波穩，賀監琴樽歲月遲。乘興偶登招寶麓，海天指顧藐諸夷。

浦江狼燧徹天紅，奈我倉皇路已窮。暫借菰蒲棲筆硯，陡驚草木聚兵戎。伍簫於邑寒溝畔，鄴架敧傾戰壘中。羨殺越鄉留作客，浮家猶得逐萍蓬。

居紫雲過訪攜所藏侯雪苑墨蹟見示

擲筆縱橫倒峽流，才名終古豔商邱。東林黨錮金蘭契，南國江山玉樹秋。黯澹神州陵谷變，蒼涼寶翰古今留。永和真蹟人間少，珍重《蘭亭》出寺樓。

贈張吉如

君話吴閶舊，吾家東海濱。相逢遷徙日，同作亂離人。棋酒閒愁遣，笙歌綺夢陳。坐悲溝壑轉，況乃雨兼旬。

湫隘申江舍，淹留寄活慳。何堪夷夏雜，更此米薪艱。方擬家浮海，傳聞凱入關。此鄉猶可戀，重約買舟還。

聞雁

搔首中原百感生，控邊幽薊壯神京。車書大統三藩款，龍虎名王八部兵。一自平林驚嘯聚，翻勞回紇助專征。捷書幾日馳難得，忍聽秋空朔雁鳴。

十八夜全家避亂浦西

家具都抛卻，琴書何足論。不多攜粟帛，纔可載兒孫。但得全家免，何求故物存。江湖萍梗泛，曷日返衡門？

聞義勇克川城不守書此惜之

釃酒聚羣豪，勤王獨秉旄。雄師隨雨降，大義薄雲高。豈料威能振，終教事枉勞。壯心酬不得，撫劍一長號。

被虜

求死偏教活，呼天苦不聞。月殘今已盡，花落更何云。樓閣狐成隊，關山雁失羣。黃金能早贖，猶得脱妖氛。

義兵

衆志苟成城，幺麼頃刻平。如何羣退避，坐使賊縱橫。衡宇皷殘燼，沙蟲閔此生。是鄉能建義，得死亦稱榮。

慰唐蔭翁

十載客江東，隨身著述叢。古香纔發篋，老筆驟摩空。竟作炎岡石，空號入爨桐。劫灰騰莽莽，灑涕話途窮。

客中逢母忌

香火空堂杳，神靈素願虚。山河仇葛伯，風木泣臯魚。寄食窮無奈，尸饔慨正如。愴懷時食匱，那得薦畦蔬。

濮氏

妾家大人勇於死，妾語良人抱稺子。良人攜子請速逃，妾命已矣沈波濤。波濤萬丈貞魂伏，忍死還君一塊肉。竹有筠兮蘭有香，未若冷節堅冰霜。安得鐫碑嵊嶺旁，千秋孝烈遥相望。

到家

皇帝登極年，孟夏月十九。晨興發滬城，渡江迅南走。蕭條廿餘里，獨行道無偶。先是阿翁歸，行將事隴畒。涉險杳無信，且越五日久。徬徨亟到家，旅居不敢狃。及此幸無恙，邀鄰三五叟。合宅共竈炊，守望刻不苟。入室盡愴神，一片積塵垢。皇天胡不仁，下民遭雜蹂。前門及闥奥，一一洞窗牖。回首出門時，環谿尚花柳。自春纔及夏，哀慟喪耆耈。瓦棺敧笱園，標題誌誰某。死生離别感，呼天愴負負。況乃架上書，著雨半霉黝。吁嗟吾道窮，十載營餬口。没字妄詡碑，石鼓窪作臼。斷爛幾束文，幸未覆醬瓿。重過臨池屋，屋灰高於阜。精華賊攫餘，半爲回禄取。文貍瘦則鳴，餓鼠死且朽。兩犬似告飢，見人輒掉首。我行厠足難，一片瓦礫厚。

丁戊與蔡王，兩人尚居守。零落七八間，荒穢不容帚。相見慟欲絶，向皆被鎖扭。賊斫竟不死，天實錫之壽。晚歸故屋卧，殘榻帳無有。布衾只餘絮，蓋足露其肘。時多蚊蝨攢，幸少虎狼吼。從今舊業更，將學藝菘韭。吾翁慨且咨，遭劫尚誰咎。從古食力艱，未易謀餔糗。世亂輕文章，家貧重升斗。嗟汝幼執經，農事未明剖。矧今川南城，尚據跳梁醜。世變靡有窮，白雲幻蒼狗。汝且往滬城，静俟掃叢莠。

海塘擊賊

海塘蜂擁民兵守，俯瞰南城小於斗。環城要害密網張，窮寇徬徨不敢走。縋城三五夜潛逃，被擒慴惕聲不高。審音時雜異鄉語，寸斬不復留皮毛。孤城困守膽齊喪，踏月登城不敢望。百萬神兵動地來，屋瓦如飛駴奇狀。先是英法屯南橋，曾兵駐北士馬驕。前路難趨後門塞，釜魚阱獸心摇摇。況是銅鉦響無已，大棒長刀四邊起。向時貢物猶有存，疊次還醉舊羊豕。羊豕愈多民愈力，海水磨刀飛雪色。爾不聚殲我不休，除是高飛肘生翼。

悲杭城

浙西狂賊兩陷杭，杭客述之涕泗滂。七十萬衆餓不死，坐待封割作豕羊。九月廿七十門閉，十一月朔罹災殃。糧空援絶城不守，握節死難胡慨慷。吁嗟楊金榜莊遊擊二張學政、提督。并瑞王，都統中丞。或縊或火或劍戕。其餘司道府縣計惟百，莫能蹤蹟其存亡。當時嚴桐富陽相繼陷，茲城完固如金湯。何奈藥局失慎饟源竭，議捐括米空周張。自九月尾至臘盡，歷敘不覺言之長。我今采録紀其實，不敢潤飾誇詞章。

日本刀刀有數種，官佩正宗，民佩犬俗。帶刀見客，禁出鞘。林子恒堂與余最契，特出正宗見示，光閃坐隅，洵利器也。作《日本刀歌》。

倭人鍊刀自初歲，鍊至成丁始精粹。使者飛查海上來，海龍挾怒驅風雷。查頭一揮露光彩，百靈萬怪紛紛回。林君誇我言騰口，料此中原未能有。吁嗟！中原之利豈在截金與截鐵，所重耰耡賤鋒鏑。

贈子固

吾愛伊藤子，高才迴絶羣。筆飛滄海雨，墨噴去浪華雲。訪友資磨琢，耽經廣見聞。不才空咄咄，況乃逐塵氛。

大寶來東海，奇光日月懸。菲才慚錦段，隆貺荷瑶編。君惠天樂翁所撰《通語》，紀日本近事起崇德上皇保元元年，訖後龜山天皇元中九年，共十卷。又安積信艮齋氏所著《文略》三卷，《詩略》一卷，高津泰《終北録》一卷。易敘金蘭誼，詩賡玖李篇。天涯萍聚好，唱和儘流連。

一聚纔三月，將離恨更長。交情如水澹，歸思逐雲忙。君自回瀛島，余將返浦鄉。屋梁今後月，雙照恨茫茫。

寄懷唐蔭齋丈

末路誰知已，孤蹤只自憐。更無家可問，常與恨爲緣。雨打還鄉夢，鐙昏哭友篇。清河能念舊，高誼近今賢。

沈醉且逍遥，家山久寂寥。高呼天上月，狂倒手中瓢。但得詩逾健，休驚鬢易凋。相依今得適，安用悵蓬飄。

聞道沿江郡，年來次第收。當今還故國，豈久滯荒郵。待到將歸去，相隨共遠遊。言尋新戰壘，憑弔古神州。

乘桴 美劉公也。

乘桴浮，吾所願。裝載黄金出海游，冀得全家免於難。吾家浮海幸瓦全，吾民陷溺劇可憐。鴻荒巨浸滿崖谷，泆河狂濤刺碧天。磨牙鯨鱷飽人肉，跳舞平地争迴旋。安得更有大舟泊江岸，廣載吾民億千萬。乘桴浮，吾所願。

一場雪 刺大吏也。

江南一場雪，江南人家悲切切。綏豐未必兆明年，徒爾肌膚凍欲裂。是薛非雪聽者訛，天怒神怨民作歌。民作歌，不堪命。括盡黄金地皮牘，飢鴻號野凄難聽。江南州縣罕有存，江南赤子皆爾民。喪地千百不之救，擁兵四萬屯江津。因循翫寇寇逾逼，山窮水盡民逃奔。不信逃民命皆絶，請看江南一場雪。

鳥散紀逃官也。

一鳥先飛百鳥懼，滿城驫散不敢住。鼓笳百里尚未聞，挈帶全巢預先去。預先去，將翱翔。國家資爾爲羽翼，士民倚爾安封疆。胡爲纍纍大印盡拋卻，煙霄側翅飛徜徉？問鳥不言鳥有意，上行下效習其智。朝廷法網久已寬，大小臣工競相試。況是零星邊地難周顧，小鳥不飛大鳥怒。

阿芙蓉悲中毒也。

阿芙蓉花花色紫，來自海西天竺市。名都子弟愛吸之，頃刻華顔變成鬼。康熙初年來我國，仁皇令嚴不敢服。爾後廣州市漸通，閟藏密室孤鐙紅。嘉慶中年誓禁絶，偶犯刑條中以法。吁嗟！國法嚴兮吸者死，國法寬兮不知止，國弊民貧至於此。

華而有序

華而，美利堅人，來滬犯法，逃郡城。李參將奇其才，薦統洋槍隊。同治元年春，寇逼滬，連破北高橋、王家寺諸賊卡，尋以克南青、嘉定積功除副將。其秋調攻寧波，會戰慈谿，中槍死。

青海飛來氣呑虜，華而本是人中虎。少年無賴晚建勛，豈獨江東有周處。奇才淪没胥靡痛，猿臂將軍識超衆。特選銀槍部一軍，飛渡申江掃零雺。巍巍大府建鼓旗，鴻溝畫守千熊羆。

拔劍斫案歌酣嬉，高官厚禄爾自怡。爾愛爾生擁朱紫，我擲我頭報知己。生長中朝爲君死，海外信有奇男子。吁嗟！波濤暗慘日色昏，雲車風馬歸忠魂。家山自鑿祁連冢，羞傍纍纍葬狗村。

雜感

黍禾巷陌起秋風，路少行人莽灌叢。半爲死亡游地下，幾曾轉徙入關中。荒江草木兵戈驫，滄海魚鹽版籍空。見説南糧裁舊額，可能真個慰飢鴻。

南東萬畝莽雲根，户籍收藏罕有存。但便田蚡乘勢奪，苦無蕭相按圖論。鱗塍舊劃分疆顯，蛙井新開鑿塹昏。一局清查支費巨，那堪哀怨起江村。

舊第秦山戰壘高，萬家回望涕蓬蒿。壁無古樂藏經固，桐是良琴入爨號。暫把箱衣售勺粒，更無陵樹斫重刀。石塘陰雨秋蕭瑟，薜荔魂歸哭海濤。

不曾略賣轉咸陽，家在長濠路渺茫。閩囝痛辭郎罷去，道民競作矮奴裝。牽蘿補屋蓬雙鬢，逐菟浮萍水一方。更有明珠無處賣，市門乞食幾傍徨。

褒忠破格詔書頒，異域勤王死節艱。幾見熟羌歸絶塞，能教瘴嶺削重關。風霆海艦傳諸將，龍虎江城戰百蠻。難得危疆全卜費，清名終古照塵寰。

滿目黌宫瓦礫場，舊時學校已頹唐。竹陰籬落書聲歇，花裏琴樽講塾荒。面壁十年遲甲榜，觀星終夜暗文昌。死生況是嗟疑似，哭奠天涯更渺茫。

雙童

蘭以火，桂以薪。七歲稼，九歲珍。兩美并，雙魂導。珍爲烈，稼爲孝。孝殉母，烈殉夫。行則古，年則雛。寶稼亡，三月廿。寶珍亡，六月七。生同行，死同穴。凛如霜，皎如日。

去思謡有序

子莊陳大令，任南邑一載去。後民思惠政，間采里詞頌之。

今日接縣官，明日接縣官，縣官微服嚴查盤。四鄉豪猾十識九，上任三日標朱單。星火衙差追捕速，立提巨犯置之獄。爾惟唆訟肝腸毒，爾惟武斷禍鄉曲。紛紛飾詐不敢驕，如神聽斷神明超。三尺童子播作謡，清官一到宿案銷。宿案銷除折獄細，爾民告官勿兒戲。

白山王氣積累厚，臣服諸羌效奔走。法蘭西將能殉身，效命中朝固應有。何以報之議建堂，歲時香火來瞻望。果然香火士民願，成之不日何周張。峨峨大屋巉空起，土木經年未能止。將軍本是甘心死，崇奉何須至於此。貧賣兒郎富賣屋，追繳民錢苦不足。澤門詛祝禍尤速，咄爾噤聲不敢哭。自經寇亂民已窮，閔茲大役難爲功。能恤民隱賴有公，以正國體昭公忠。

《三字經》成王伯厚。晨有司，夜有守，丱角小兒誦熟口。爾不讀書不如狗，不如狗兮要讀書。讀書無力將何如？城中大令方設塾，村中夫子來教讀。良玉不琢不成器，人不爲學不知義。公詔諸童勿游戲，教汝成名汝留意。童拜稽首遵所敕，朗讀朝朝不敢息。刺股懸梁吾所師，削竹編蒲奉爲式。他年雲路快飛騰，師有殊恩公有力。

我涉邵家浜，側聽童謡唱。童謡畫出開河樣，河局紛紛大烹嚼。公坐華筵閟難酌，一箸日費萬萬錢。民間膏血都銷鑠，銷鑠民間盡無用。臨河到此此心痛，吁嗟功德弗吾頌。萬民送纖怒弗受，卻向城隍共稽首。公堂上扁力拒之，諸紳靦覥皆無詞。我聽童謡正稱善，篙師又怨沙灘淺。

觀江濤，課書院。江濤翻空文百變，字字飛騰疾如練。往昔干戈學校替，庠序荆榛文掃地。我公下車普文治，比户絃歌好音嗣，父老聞之爲流涕。寶光陸離荷寵褒，申江南北多文豪。一經培養聲價倍，不復委棄隨蓬蒿。閉門讀書良不惡，硯田自足何貪饕。名利紛紛就中得，更有良言示之則：有文無行徒爾爲，勉爾諸生守清白。

官其地，飲其泉。汙我囊橐恥一錢，解任盡散千餘千。善舉派分各鎮聚，長養窮民得其所。清風兩袖登輕舠，鬱林載石亦不勞。嗚呼！人生阿堵殊無用，金穴銅山衹成夢。珊瑚八尺宦囊飽，轉瞬兒孫道旁凍。安得清心洗俗氛，孔方於我如浮雲。

毛女詩有序

女名鳳英，童養於王，死於惡姑。張司馬縉雲宰江山縣，訪實如律治之，爲之建墓立祠。俞太史樾作詩紀其事。

女有恥，姑無恥。命不辰，不如死。女貞烈，姑凶惡。生不辰，死爲樂。得死樂，致死酷。世間姑每惡者多，毛女之姑惡尤毒。姑聽鄰婦言，逼爲錢樹子。女堅誓不從，姑怒從茲起。抛棄五萬錢，姑恨女切齒。絶食三日餓不啼，不生不死氣慘悽。炮烙皮肉指皆斷，焦木成橛聲嘶嘶。翦舌縛綆沸湯灌，婉轉斃命如烹雞。嗚呼！貞女之死死本甘，百毒交并何能堪！冤深如海何從泄？父死母嫁控告絶。天公倘亦痛奇冤，六月江山令飛雪。堂堂張令執法堅，捕治毒惡不少延。一聲霹靂轟青天，械脰縶足鐵索牽，街衢遍示衆鑒旃。懲姦表烈森律令，築墓建祠重徽行。士女香花瞻拜盛，差慰從前死非命。縣官學博敬主之，作文紀實詳其詞。我所見聞止於此，闡幽賴有俞太史。太史刊詩爲表揚，鳳英千載姓名香。

打麥詞

大麥初乾小麥綻，忙急登場場不閒。麥田種禾不得慢，種禾要雨麥要晴。家家打麥喧耞聲，小家女兒汗似蒸，不怕赤日當空行。麥打一石分五升，罷場歸去衫兜盈。盡日忙耞夜忙磨，今朝無麥明朝餓。以麥煮飯粒粒難，餅餌雖香不敢作。去吁嗟！貧户蕭蕭磬懸屋，面瘦能磨麥煎粥。休嗟麥少粥不濃，更多無粥烏烏哭。咨爾勿哭且力勤，日日打麥日可分。況今江上田無主，願君往種休辭苦，明年麥熟當歌舞。

顧麟，字趾卿，自號雙紅豆子，舉人，居黑橋，晚遷周浦，著有《蛸谿吟稾》《臨池小草》《雙紅豆館詩存》。

張嘯山先生跋云：細膩熨貼，清麗纏綿，於近賢頗近芙蓉山館，其超邁處則儼然船山太守矣。昔人以温李並稱，然李之沈鬱頓挫，直入少陵閫奥，温所遠遜。作者乃兼有其勝。

丁時水明經題云：我邑僻處海曲，然自宋儲華谷後，代有騷人，至本朝風雅尤盛。吴日千之沈鬱高古，李舒章之瑰瑋雄奇，皆一代作手。僕私淑延陵，而《蓼齋集》君其嗣響矣。

平湖王雲卿方伯跋云：魄力沈雄，詞采雋邁，落落雲霞之色，淵淵金石之聲。集中如《石鼓》、《如意》、《武肅王祠》、《長干行》諸作，自是燕許手筆，華亭章韻。芝明經題云：「古體似劍南，近體似《浣花詩》中獨角麟也。」

華約漁茂才序略云：藻采温麗，氣韻沈雄。昔人謂李義山心源直接少陵，有志者任自爲也。近日，里中同志若丁子時水、朱子贊虞及君與秋巖昆仲，皆切劘古學，以著述自娱。海曲風騷行將稱盛，僕當執鞭弭從之。

《晼香留夢室詩話》云：昔年余主申報館筆政，抽箋紀事，日鮮暇晷。賓從雜沓，心頗厭之，戲作《謝客詞》曰：「玉臺曉起薄梳妝，妝罷偷聲語玉郎。不是郎來懶酬答，阿儂學製嫁衣忙。」獨聞趾卿孝廉至，則必倒屣以迎，蓋愛其清言霏屑，使人俗慮俱消也。趾卿少作，温麏綺麗，以温李爲宗；時或奥衍清奇，頗類昌谷。中年以後，僑居滬上，出其詩與海内外知名士唱酬，儷白妃黄，不免雕琢傷氣。然其運典之貼切，琢句之精工，究非時下詩家所能企及。是集選至七十餘首，此外佳句尚多，如「枕雲選夢梅花暝，囊露傳方柏葉香」；「飛丸緑溆催調馬，貰酒紅亭約聽鶯」；「旨參栩蝶南華夢，偈設翻詩北澗禪」；「玉茗香詞絃解語，金荃豔曲笛飛聲」；「飽餐松子斟雲液，冷抱梅花漱月魂」；「斧借吴剛劖月恨，盉貽倩女瘞花魂」；「是非劈衍波，箋賦天上曉」；「寒者未易有，此霞情月思」。其有激昂慷慨作變徵聲者，如「潦倒文章沈矮屋，亂離身世託長鑱」；「干戈涕淚籌邊策，文字因緣選佛場」；「遠道風花堆鬢雪，名山榛莽等身書」，則以身遭喪亂故，不禁觸目傷心也。

趙忠毅公鐵如意歌

黑雲壓日日無色，白晝陰森走鬼蜮。舉朝鼎沸附貂璫，太阿倒持收不得。趙公謇諤立朝端，抗論四害披忠肝。手持一柄鐵如意，鷹鸇搏擊風霜寒。二十六言題款識，籀文蟠屈螭虯字。河洛周圍太極圖，雲雷長護堅貞氣。一擊啼虎狼，再擊走狐狗。不爲朱雲之劍斬佞頭，即爲司農之笏碎奸首。噫吁嚱！茄花委鬼腥薰天，一網打盡天下賢。蜚語塞聽十罪刻，天威震怒投窮邊。邊風蕭條白日暗，九閽回望愁雲斷。天王明聖悟臣言，宽戍遐荒死不憾。黨籍未解九鼎遷，一枝瘦鐵霾寒煙。風霆入握尚怒吼，照人碧血苔花纏。鐵乎鐵乎不久人間住，會須化作青龍去。

避亂旅泊

暮色逼江濆，行人悵失羣。北風吹急雪，獨鳥下寒雲。書劍飄零甚，關河戰伐紛。中流頻擊楫，誰爲策奇勳？

山行

山行不厭遠，信步獨尋詩。寒溜帶潮急，溼雲歸嶺遲。路香樵弛擔，院静客停碁。欲訪赤松子，煙霞慰夙期。

閨思

琴聲一再弄，條脱冰如許。孤鐙照獨眠，門掩蒼苔雨。

虞美人歌

壞雲壓城刁斗澀，楚王夜起虞姬泣。帳鐙欲昏慘羅綺，兒女英雄今已矣。駿馬烏騅去不回，八千弟子蟲沙哀。虞美人，虞美人，楚宫鈿合埋荆榛，玉顔歇絶委寒碧，化作彩雲何處尋？彩雲飛，魂來歸。彩雲没，魂銷滅。憤濤吼雪天風秋，荒江月黑花魂愁。重華南巡瘗蒼野，二妃猶幸從湘流。君不見穀城山下一抔土，碧花斑斑啼血苦，摇風猶作當年舞。

登泖塔

長天無雲浄如拭，倒影明湖蕩空碧。振衣千仞上浮圖，隻手捫天星可摘。煙澹澹兮波溶溶，砯厓轉石酣笙鏞。水晶宮中試奇術，擎出九朶青芙蓉。芙蓉九朶參差起，隱現瑶宫彩雲裏。我欲因之訪仙人，仙人遥隔秋江水。水波直下轟如雷，銀山萬丈排空來。漁舟估舶不知數，峭帆婀娜驚濤催。須臾西崦紅輪没，暮色蒼茫暗林樾。笛聲吹起洞龍眠，醉引紅螺吸江月。

將進酒

畫堂夜昏張屏鵞，素華墮空揚纖阿。蠟光騰騰照綺羅，葡萄美酒流金波。美人如花紅繡韡，貂褕半醉朱顔酡。蓬萊盞，鸚鵡螺，爾爲舞，我爲歌，明星漸稀奈酒何！

行路難

石巉巉，水洶洶，瞿塘百尺如崇墉。前有據蝅之餓蛟，後有伏湫之頑龍。牽舟上峽日漸暮，打頭逆風風更怒。白浪如山高拍天，雙桅拉拉驚蓬顛。安得一時風恬浪亦息，使船如馬奔無前。嗚呼！瞿塘之險尚可避，人心風波起平地。

昔年

結伴尋春記昔年，烏衣裙屐盡翩翩。綺筵金谷梨花盞，曉騎銅街杏葉韉。短夢惺忪迷史枕，秋懷懊惱寄濤箋。情癡未化菩提果，枉聽維摩丈室禪。

有感

多少文壇拔幟雄，如椽大筆健摩空。鳳輝幾見齊飛起，貂敝徒憐十上窮。身世雲泥原隔路，功名茵溷只隨風。蕭蕭入夜秋聲急，愁聽寒螿落葉中。

城闕荒涼舉目非，漢家銅狄淚沾衣。撞琴空抱微臣悃，恤緯彌增老婦欷。道梗荆榛人窘步，山荒橡栗客愁饑。蕭閒羨殺漁家樂，長日絲竿穩釣磯。

石鼓歌步昌黎韻

岣嶁窮碑汾陰鼎，通儒往往争作歌。吁嗟石鼓希代寶，掞張其奈無人何？於赫周宣奮厥武，勝比夏后殲過戈。威服獫狁不敢逼，流彘垢辱咸湔磨。岐陽會獵簡徒御，飛走圍合紛投羅。帝咨太史筆之簡，勒石紀績森嵬峩。雍容揄揚頌神聖，梧桐翽鳳賡卷阿。埋沙伏礫不之毁，定有神物爲護呵。張生癖古獲搨本，細參精覈犂無訛。四百六十有五字，字體蟠屈沿蚪蝌。曙星落落隱深霧，抃鼇攫猰奔黿鼉。蒼龍折角虎脱爪，蝦蟇蝕桂留殘柯。遊車既好遊馬駘，古錦斑駁飛天梭。拏雲掣電勢百變，冰斯時體慚委蛇。誰將大車徧輦致？重如王屋負夸娥。尋文詰屈艱句讀，淋漓元氣俾滂沱。自昔喪亂法物盡，御府散軼悲永和。久經變故尚征戰，明堂未暇崇儒科。坐令三代古彝器，出世日少埋日多。詛楚有文世罕覯，并鮮殘本留亞駝。神物不受世掊擊，抱奇肯逐雲煙過。國有人焉事蒐緝，披叢拉莽争礱磋。千年物晦一朝顯，銅斗出冢鏡出波。況今寰宇慶清泰，文教四訖安側頗。東膠西序鏘磬筦，日月照灼耀自他。應詔博士歷年久，敢隨進退相婞娿。安得上言置太學，令我一日三摩挲。徧告諸生廣搜討，口角流沫喧咿哦。

漢武玩物不足數，尚存元鼎銅鈴鵝。世人趨異宗梵筴，此寶況勝書摩那。勘校疑謬加補綴，輪人操作鳩鉥軻。元精耿耿生怵惕，鴻文奥義流江河。二千餘年留法物，俯仰今古空蹉跎。

擬太白長干行

妾家長干曲，門巷芳草緑。君家長干西，盈盈隔青谿。兩小慣相狎，折花手同攜。良緣自天合，結髮與君齊。門前羞君過，無語雙鬟低。佳期一以圓，明月來深閨。鷁鵃共巢宿，鴛鴦不獨栖。八月涼風起，吹君渡江水。江水去復回，行人杳千里。千里送君遊，飛鴻飄遠洲。孤衾夜無寐，抱月眠清秋。天涯共明月，獨照離人樓。試問出門苦，何似思君愁。思君十二刻，汍瀾掩不得。枕屏玉筯痕，留待君歸拭。

短歌行

悠悠蒼天，浩浩黄河。吾生焉寄，逍遥詠歌。一解風吹短衣，雨雪其霏。壯遊雖好，不如苦歸。二解耳敝於聰，目疲於明。惟聾惟瞽，庶全吾生。三解犀以角斃，象以齒焚。富貴而危，孰與賤貧？四解田彼南畝，時還讀書。布衣疏食，焉往不如？五解浮雲變幻，隨風去來。古來英雄，今安在哉？六解

有所思

天孫久斷黄姑字，鸞鏡塵封蘚鱗翠。斷腸花發瑶砌多，仙根蟠雲種珠淚。梧桐葉落秋夜

長，簟衣未歇都梁香。玉蟲摇釭照寒雨，鳳簫瘦隔紅窗語。

秋日感興

平遠煙林暮色銜，入秋愁緒苦難芟。湖山搔鬢詩盈袖，風雨登樓酒滿衫。潦倒文章沈矮屋，亂離身世託長鑱。便須買隱西谿上，萬樹梅花月半巖。

贈金陵朱哲人

此地暫句留，浮蹤感客愁。生涯殘燒盡，心事大江流。莽莽烽猶昔，蕭蕭鬢已秋。不堪回首處，蘆雪滿荒洲。

讀朱雨蒼刻眉集

青鳥窗閒緑綺琴，嫩寒簾幕鎖春陰。枕留玉馬馱香重，屏拓金鵝障夢深。機錦九張絲合股，鑪薰百和字同心。長卿才調飛卿筆，舊集纏頭浪費吟。明鄔佐卿有豔詩十卷，題曰《纏頭集》。紺雪繽紛散九天，縷衣迦葉説情禪。玉臺綺製《紅桑曲》，錦瑟新聲《白苧篇》。花月三生狂子野，江湖十載滯樊川。碧城記築鴛鴦社，擬控煙鸞拜絳仙。

詠史

烽火三山動地來，俄驚海上骨千堆。西京圖籍埋荒草，南國衣冠冷劫灰。幾見鶤鴣飛越殿，可堪麋鹿上蘇臺。朝廷失策援回紇，枉費唐家老將才。

造士膠庠選擢勤，何因刀敕啖高薰？誰將漢邸輸銀價？竟作山公啓事文。賈董才華淪草莽，屠沽運會慶風雲。弁髦國典嗟如此，南郭竽聲不忍聞。

贈朱孝廉玉儒

筆花五色粲紛綸，萬里雲程桂宇新。不信大文光日月，翻令多難逐風塵。君真兵燹餘生客，我亦乾坤失意人。同是飄萍休悵惘，開懷且醉甕頭春。

木落清淮朔雁過，故園回首莽煙蘿。杜陵身世愁中老，庾信文章亂後多。夜月金笳新壁壘，秋風銅狄古山河。淒涼孤劍寒鐙雨，少壯雄心半折磨。

雨夜得青谿金縵虹丈書

世事蒼黄裏，生涯患難餘。那堪今夜雨，重展故人書。鼓角悲秋戍，關河感客居。一鐙青欲炧，風葉打窗虚。

離羣生百感，況乃阻兵戈。久曠平原飲，愁聞子野歌。鄉園蹂鐵騎，宫闕泣銅駝。羊仲如相晤，衹應淚更多。

贈金陵黄丈肖谷巘廷昆弟

風雪蕭條晝閉關，苦吟那惜鬢毛斑。未逢北海孫賓石，誰識南朝庾子山。越嶠烽煙驚羽檄，秣陵雲樹夢刀環。天寒歲暮無人問，只合漁樵共往還。

兄弟相依夜話稠，何堪往事溯從頭。浮雲白社思良友，殘照青門哭故侯。萬里羈愁悲伏枕，半生多難怕登樓。謝池春草年年緑，西望夔巫道阻修。時君弟篠原遠宦四川。

郭桐川丈新畫山石歌

夸娥年老童心倍，鞭策羣山走東海。鐵沙郭老奪之歸，攙入生綃勢嵬磦。叢篁怪木雜枯朽，小者粼粼大礧礧。虎豹伏莽怒欲號，魍魎攫人勢如待。五指拂拂狀難狀，元氣淋漓攝真宰。登攀踕蹇側足立，犖确嶄巖見者殆。先生少歲已精此，研鍊神工五十載。萬山風雪襆被行，管隨時生蓓蕾。一從兵火驚蒼黃，奇愁塞胸鬢華改。偶逢知己得揮掃，竹柏精神矜自在。捉筆一落千丈强，寫出平生堅磊磈。朅來懸向清齋中，四壁圖書遜光彩。下拜時欲學顛芾，飛去何甘解癡愷。況余善病足無力，牢策笻枝苦椳椳。行將持此作卧游，撫琴動操應響每。

山行

落葉滿亭皋，積雪斷行路。空山歸獨遲，夕陽在高樹。

贈日本使者金天游

喜從海外得知音，水月澄空寫素襟。重見前朝金叔度，澹雲微雨譜秋吟。

立夏後三日游滬家菉汀見過不值旋奉手書并示佳什次韻寄呈

彈指星霜五十秋，低徊往事不勝愁。家山榛莽淪兵劫，京洛風塵倦客游。菊井寒泉涵古味，竹林小社結清流。漫嗤老阮猖狂甚，載得桃根去蕩舟。

曉起口占

茅屋斜臨罨畫谿，竹陰深處鬧花畦。山翁曉起日初上，兩兩鵓鳩相對啼。

題周烺甫繪紅樓夢圖十二册

屏山吹徹銀簫鳳，青埂峰頭月華凍。媧鑪鍊石補情天，緑波暖沁鴛鴦夢。波馳不返春復秋，秋士傷春愁更愁。是耶非耶渺何許，香霧漫空隔花語。

訪舊登望海樓

秋氣澹氤氳，高城隱夕曛。漲沙盤鸛鵜，斷岸坼龍筋。海闊波浮島，天低樹入雲。訪君還有意，對飲酒微醺。

舟泊煙臺

道出登萊境，煙臺此暫稽。地臨窮島盡，天入大荒低。綿藺鄉風樸，魚鹽市價齊。扁舟呼渡急，啼遍午村雞。

春愁曲

東風吹緑蘼蕪路，血淚啼鵑濺芳樹。魯陽逐日空揮戈，無計留春不成暮。玉人春困呼雁孃，粉痕界破紅冰涼。楊柳青青作眉語，畫船愁聽横塘雨。

琴橋感舊

十二紅闌繡幕遮，依稀認得翠兒家。荼蘼庭院新飄蝶，楊柳池塘舊集鴉。夜雨魂銷《金縷曲》，春風夢斷玉鉤斜。重來崔護還多事，手擘鸞箋拂淚花。

春明紀游呈周友翹桓家香遠蓮唐亮餘乃勤諸同年

玳輪曉碾六街煙，二八春人百五天。紅杏暖薰香市醉，緑楊斜倚酒家眠。野狐羣築團新隊，司馬琵琶感綺年。重上金鼇認泥蹟，數行秋蚓墨痕鮮。

首陽辭

朝登首陽，暮登首陽，首陽有薇，永閟孤芳。一解 首陽之巔，有石卷然。我心匪石，同此確堅。二解 首陽之麓，食薇且禿。悠悠空山，乳之以鹿。三解 首陽之下，穀囊盈野。千載義聲，猶聞叩馬。四解

蔡子茀茂才以所訂花團錦簇樓詩見示即題其後

天風吹下司花史，手挈芝筐掇紅紫。雲霞爛縵高建標，照見君家魚網紙。君生海國蹤絶塵，少霞瑩骨鍾前因。飽斟鴦漿嚼瑶蕊，大千世界都成春。江南本是人文藪，芥子須彌羅萬有。墨花飛出噴作濤，吸盡滄溟水一口。華夷繡壤錯犬牙，九微鐙火七香車。鉛黄走筆室如水，客窗幾放青棠花。別裁踳駁精搜選，正始元嘉幾千變。蘭泥淘出紫磨金，慧眼無花爛銀電。紫桃

花下歌者誰？蘇辛樂府饒英辭。赤壁磯頭酹江月，手拍鐵板掀霜髭。綿連鄭驛衢交屬，雲雁傳筒紛陸續。鳳閣清才字字珠，龍標傑製篇篇玉。何處移來錦洞天？樓中風月總無邊。新詞秀奪淞波緑，留泊山陰訪戴船。憐予僻處鮨谿曲，帶水盈盈夢迴復。擬續張爲主客圖，浣薇細爇名香讀。得意經營種字林，萬株花盡翳清陰。夙締仙契證秋諾，勝布祇園滿地金。

放歌呈蔣劍人

君不見江湖散人甫里翁，筆牀茶竈撑詩篷。又不見隱師掛錫龍山中，松花荷葉栖禪蹤。人生到此樂何極，野蛾赴火悲爞爞。我昔馭氣游鴻濛，倒騎蒼鶴嬉樊桐。忽被風吹落海東，衣襟猶帶天香濃。縛茅跧伏藜藋叢，書破萬卷琴三終。登高長嘯驚碧穹，醉舞明月披清風。如是妾便了□童[一]，韋家花樹春釭紅。桃源絶境繚而曲，老漁鑿空槎難通。不夢雌龍夢雄蝶，日高懶卧蜷如弓。此樂問君同不同，掉頭不膺君豈聾？

書懷

壯游有願老無能，懶散差同退院僧。薄醉緩傾蕉葉盞，長吟静對柏花鐙。故園松菊招彭澤，客路風波感杜陵。約略前身是金粟，玉山佳處記曾登。

[一] 此句原脱一字。

海曲詩鈔三集 卷七

清

鍾斯盛，字際唐，舉人，居召稼樓，著有《漱石居吟稾》。

火星垣明經序略云：余自乙卯以來續抄海曲之詩不下千餘首，多少年才雋之作，而浦南丁子慈水尤爲傑出。兹讀斯編，才情横溢，詞氣激昂，實堪與之匹敵。丁時水明經題云：流逸如水面浮花，幽曠如江心印月，高古則松根鶴立，悲涼則山峽猿啼。作者既無美不臻，讀者亦有奇必賞。

擬陳思王美女篇

采采復采采，枝高桑葉稀。葉稀不足惜，所苦無相知。冉冉幽蘭佩，飄飄芰荷衣。盈盈秋水神，濯濯冰雪肌。不飾珠與翠，妖閑已如斯。誰知傾城色，命運多乖違。默默不自語，宛轉若有思。借問女何事，而無歡笑時？云是妾命薄，求賢良難期。昨日富家子，遣媒前致辭。明珠耀人目，白璧揚光輝。禮意已云厚，所慕不在兹。多謝富家子，殷勤亦何爲？歲月日以逝，風景日以非。梁鴻雖未遇，此志終不移。

題畫

溼雲如墨罨江鄉，望裏峰巒總渺茫。寂寞孤亭人去後，松花和雨落琴牀。

放歌行

我欲乘風破萬里浪，扶摇直到青雲上。我欲奮志讀萬卷書，下帷不讓董仲舒。筆則摇五岳，氣則淩太虚。鍊就女媧五色石，仰補天缺攀斗墟。丈夫處世當如此，安能鬱鬱人下居！印纍纍，綬若若，一朝得意膺高爵。白頭身著老萊衣，戲舞堂前恣歡樂。天豈奪人，命豈限人，一聲雷動出風塵。古來豪傑皆如此，寄語人人須立身。

題畫

霜葉紛飛滿路紅，驢蹄踏遍亂雲中。谿山深處無行蹟，一陣清猿嘯晚風。

寄丁字水

聽盡寒更夜未眠，孤鐙黯澹客窗邊。山河舉目添新恨，風雨聯牀憶昔年。顧我仍懷和氏璞，看人先著祖生鞭。别來情緒君知否？醉舞山香悶拂弦。

擬古

愁人怨夜長，獨宿空房静。皎皎明月光，照我羅帷冷。昔如鴛與鴦，雙棲總交頸。今如參與商，相對惟形影。征雁自南來，臨風發清警。欲寄一緘書，含意未能盡。昨夜夢見君，寸心私自幸。好夢不得長，幽懷徒耿耿。

村居雜興

柴門俯谿水，一徑緑陰遮。細雨籠纖柳，迴風舞落花。陰晴三月夢，桑柘萬人家。時醉淵明酒，高吟手屢叉。

金陵感事

一片斜陽畫角催，朱簾碧檻盡成灰。傷心莫讀蘭成賦，今日江南更可哀。

題畫

千林霜葉絢斜陽，兩岸青山駕石梁。行盡碧谿山更好，滿空嵐翠溼羅裳。

萬重山鎖萬重雲，古寺鐘聲隔隝聞。試向最高峰上望，下方煙雨正紛紛。

夏間客松江與約漁字水諸君遊得良夜一何寂長天空月明之句思久不續臘月十七夜風月清朗觸緒興懷遂足成之

良夜一何寂，長天空月明。照愁孤燭影，破夢亂蛩聲。雁過書仍杳，風高柝轉清。故人相憶否？擁被句難成。

題丁字水浦南白屋吟稾

我有生花一枝筆，煙雲揮灑逞奇逸。常將白眼看時人，獨抱孤芳對緗帙。自從得交浦南子，眼亦爲之青，筆亦爲之屈，一笑虞翻舒舊鬱。挑鐙覓句氣麤豪，把酒論文語奇崛。流水高山遇賞音，兩人從此結知心。暮雲惜别愁聞雁，寒夜相思獨擁衾。一年不相見，頓覺俗塵增滿面。一日得相親，勝讀十年書等身。浦南白屋一畝地，英雄無奈深藏器。示我錦囊詩百篇，語語都含不平意。我亦江湖落魄人，桃源何處訪迷津？葭蒼露冷一方水，與子相攜採白蘋。

陌上桑

陌上桑，何離離。執懿筐，將采之。歌緩緩，步遲遲，蹙雙蛾，有所思。登樓望遠道，芳草連斜照。良人在金微，夢魂飛不到。馬蕭蕭，車轆轆。伊何人，盛冠服？陳黄金，堆白玉，聘羅敷，禮云足。羅敷自有夫，使君何其愚！去去弗復道，請君聽鷓鴣。

題畫

青山宛在水中央，水色山光入望長。風露一天江月曉，扁舟摇夢過瀟湘。
竹籬茅舍野人家，古寺遥通一徑斜。步上最高峰上望，半山猶被亂雲遮。

湖上

木落萬山空，柴門曲岸東。寒流催短槳，斜日澹孤篷。水退露危石，樓高來遠風。憑闌舒晚眺，鴉噪亂雲中。

曉色滿湖煙，雲光隔浦連。月寒沽酒店，霜冷候潮船。古木蟠高岸，奇峰插半天。閣中人起早，倚檻看流泉。

莊俠君屬寫棧道圖感而題此

劍閣峥嶸插天半，秋風萬里客愁生。江南處處驚烽火，蜀道而今轉覺平。

題愛竹圖

生綃一幅森秋緑，萬個琅玕聲戛玉。簾波欲動晝生寒，湘江水碧湘娥哭。湘娥掩抑怨黄昏，灑上篔簹盡淚痕。借問蛾眉嫁誰氏？風流學士趙王孫。王孫筆妙高千古，慘澹經營傾藝圃。香閣偏逢老畫師，紅閨共訂鶯花譜。鶯花易老愁易生，風風雨雨難爲情。何似渭川千畝好，平安日日報卿卿。爲卿寫出干霄志，鳳尾參差緑陰邃。勁節虚心是我師，歲寒松柏常同翠。翠袖低徊意若何？渠儂生小最情多。願郎自保貞筠節，莫向臨卭酒肆過。

王晉階，字履泰，號醉六，晚號醒初，貢生，居航頭。

《邑志》略云：晉階，熙從子。少孤，從熙讀書。或以貧故，諷改業，笑謝之。性伉直，有幹才。居鄉常爲人排難解紛，訟以少息。好扶植孤寒，而嫉惡獨嚴。卒年六十八。

盟心古井圖題辭

飲蘗茹連苦守貞，諄諄誨子具深情。誓全白璧冰心潔，愁對青鐙夜杼鳴。幔設絳紗傳婉婹，詔頒黄閣荷恩榮。即今梧井三更月，猶照澄波一片清。

顧鏡海，字仙蓬，諸生，居邑城北門外。

訪顧黄門讀書堆

偶向亭林買櫂回，逢人便問讀書堆。《玉篇》海外曾留稾，石徑春來半是苔。當日才名吴會重，祇今古寺寶雲開。如何鶴唳華亭夜，二陸祠先化劫灰。

静聽雙燕語喃喃，猶似山窗事畢詁。風雨一廬開寶笈，煙霞深鎖望巉巖。空悲墨沼青龍去，時見祥雲白鶴銜。俯仰不勝今昔感，壞牆細認古碑嵌。

沈景福，字星巖，布衣，居川沙，著有《星巖吟草》。

《畹香留夢室詩話》云：我友祝少瀛亟稱星巖能詩，余未之謀面也。某歲，客授我里王春泉司馬家，開館之日，冒雨過訪，傾談移晷。旋攜余《握蘭吟卷》去，翌日詩筒至，則已題詩卷端矣。星巖之詩，質樸如其人，一洗浮靡纖豔之習。惜不多作，作亦不常録稟見示。兹之所選，蓋昔年留置案頭者。今歿已二十餘年，少瀛亦英年下世。眷懷舊雨，輒爲憮然。

重九節自古桐返棹次韻

一鐙旅館冷摇秋，秋雨秋風夜未休。那有新詩傳筆底，更無樂事到心頭。蜘蛛絲斷仍牽恨，蟋蟀聲淒易惹愁。舟子似憐歸思急，忙添雙槳劃寒流。

沓韻答寬夫少瀛友梅

争奈霜侵兩鬢秋，頻年作客未能休。無絃琴尚横牀畔，買醉錢忘掛杖頭。月影鐙光遊子夢，荻花楓葉旅人愁。何當翦燭西窗下，吟到深宵蠟淚流。

風掃相如四壁秋，妻惟椎髻子蓬頭。閒中嘯傲身猶健，月下推敲興未休。薄醉還須千日酒，新聲又觸四絃愁。適聞琵琶聲。那堪明日悤悤別，獨泝寒潮向北流。

題黄式權茂才詩稾

久違黄叔度，自覺吝心萌。聽雨懷良友，擕編對短檠。胸原富珠玉，人尚困柴荆。莫怪新篇什，愁多易不平。

贈胡公子

憶昔鄉閭袂共聯，翩翩慘緑正韶年。誰知琴劍飄零後，白髮侵尋到鬢邊。

陸樹滋，字聽軒，貢生，居川沙，著有《劫餘草》。

《畹香留夢室詩話》云：塤幼侍先大父通議贈公，每盛稱陸筠谿明經不置。明經蓋大父業師也。書法米襄陽，名重一時。間爲詩，亦蒼古無俗韻。聽軒先生爲明經喆嗣。工畫棧道及行押書，不輕爲人作，作則如獅子搏兔，必以全力赴之。兹者選詩之役，從先生從子蘅汀明經處得《劫餘草》一册，凡詩三十餘首，不盡録，録其蒼凉伊鬱、神韻獨佳者。蘅汀敦品誼詩，學足繼武前徽，亦近世未易才也。

庭芝朱君六合世家子也風雅多材藝庚申秋避亂至海濱悽惶半載已而吾鄉寇氛日逼遂轉徙江北於其去也詩以送之

紅巾突起逞凶殘，地棘天荆行路難。綺歲文章鳴鸑鷟，舊巢風雨泣鵷鸞。詩書莫脱秦灰劫，忠義徒從信史看。回首故鄉争戰處，鴒原碧血幾曾乾。

茫茫身世類飛蓬，金石盟聯客舍中。自有雄才誇倚馬，非徒小技擅雕蟲。庭芝善山水，兼精鐵筆。

半生蹤蹟憐王粲，四海知交孰孔融？畢竟天心終悔禍，驊騮此去快追風。

春日簡婁東朱湘舟刺史

草緑花紅又一春，滿腔心事向誰陳？客窗幾度聽風雨，苦憶平生肺腑人。

苦厭浮生歲月催，不堪鄉國首重回。幕巢傾盡家何在，滿目荒涼劫後灰。

華孟玉，字約漁，諸生，居撥賜莊，著有《百花草堂稾》。

《畹香留夢室詩話》云：南邑多詩人，而詞家獨少。奚君森伯、顧君佛花，生最晚而詞獨工。求之老輩中，則惟芷卿顧君及約漁華君乎？約漁與其婦趙瑣窈皆善倚聲，詩亦細膩風光，雅與温李爲近。同光之際，浦南丁時水明經方執騷壇牛耳，約漁與之賡唱迭和，雲龍角逐，時奪驪珠。顔其稾曰《滬瀆聯吟集》，同里李花卿序之，謂「如鳳毛麟角，光彩爛然」。其推許可謂至矣。惜客死淮南，全稾置行篋中，身後遂不可復問。兹所甄録，僅就友朋處抄撮得之，不及十之二三也。約漁所居曰撥賜莊，元順帝撥江南田賜其妹百花公主，故亦稱百花莊。

除夕守歲燈下書此

連番心緒亂如麻，卻喜鐙前换歲華。短鬢漸看添雪意，疎籬曾否放梅花？愁聽爆竹聲難纘，醉寫春聯字半斜。願祝來朝天氣好，茅檐日色滿貧家。

正月十二日丁時水招集同人讌於蟾香館次韻奉和

莫悵頻年笠屐稀，吟朋今喜聚沙磯。十年鬢影驚霜糝，一夜谿痕得雨肥。不律争拈花並豔，前程初展驥如飛。時君門下士杜悦棠、孫諤士、余少泉，皆新補博士弟子員。明朝好踐探梅約，潑眼裙腰緑到扉。

山塘野泊

連山一帶暝雲迷，小泊金閶西復西。酒舫鐙船不知處，滿湖煙月水禽啼。

雨花臺

一徑羊腸接翠微，廿年鴻爪認依稀。余於壬子秋來此，距今十有七年矣。南朝古蹟今安在，惟見秋雲片片飛。

金陵昭忠祠也園訪蓮因上人登來青樓

四圍煙水碧彎環，中有高樓杳靄間。把酒快澆千古恨，開窗好納六朝山。客餐空翠幾忘餓，僧住秋雲只愛閒。細雨濛濛促歸騎，暮林倦鳥已飛還。

燕子磯曉發

潮雞三唱曉煙開，西舫東船取次催。斜月滿篷風色好，曳將殘夢過江來。

登焦山作用蘇長公韻

獅峰形勝我所耽，一拳雄秀傾東南。漫山雲樹不知寺，樹間微露徑兩三。徑曲旋螺登絶頂，擺脱束縛如飛蠶。擬借仙人緑玉杖，凡骨未换心懷慚。雲廊霧閣構窈窕，飛甍岌岌凌江潭。江光穿射樹林罅，一輪紅浸斜陽酣。磨崖石刻土花蝕，類誇勝景資雄談。開山何人漢隱者，煙霞供養蒼藤龕。白雲堅卧詔不起，列鼎詎敵山蔬甘。蛟鼉窟裏來展謁，探奇歷險豈吾貪。十年烽鏑飛不到，金碧依然游瞩堪。撫今追昔久忘返，鐘聲一杵飛茅庵。

讀前明史閣部答清睿親王書有作

旌旄一載駐揚州，峻嶺梅花曉角愁。漫道前身文信國，那堪遺恨武鄉侯。天心已厭朝廷小，臣節惟將翰墨留。聖代町畦消釋盡，孤忠特爲闡潛幽。

秋夜有懷

病裏韶光速，秋風又一年。何人知獨早，顧我瘦堪憐。絶塞驚沙雁，高枝蜕露蟬。美人渺何處，新月自娟娟。

次韻丁時水六廉耕墅相宅賦贈沈挺芝秀甲兼送時水别

假我東齋榻，相從問字難。籤書排碧玉，架筆截紅珊。詩句驚神助，交情耐歲寒。庭前化龍樹，蚤晚撫盤桓。

丁掾誠佳士，相逢訴闊衷。形骸忘主客，談笑豁盲聾。屐曳梅花雨，門迎柳絮風。悤悤旋別去，後約訂詩筒。

南城晚步同丁時水作

荒城似村僻，與子手同攜。春色小橋北，夕陽高樹西。花深蜂引路，水没鴨知隄。會得悠然趣，詩成各自題。

舉杯邀月圖爲喬晴江題

太白當年愛明月，醒與交懽醉離别。一從采石去騎鯨，寂寞千秋自圓缺。誰與君繪邀月圖？狂想欲與天爲徒。君試奪取太白手中一杯酒，澆得填胸磊磊落落之塊否？澆罷還呼明月問，青天冥冥叫不應。古人往矣來者誰，誰把心期一印證？月乎月乎汝有知，竭來飲我酒一卮，與汝同爲萬古期。

清晨抵干山麓

近山不見山，但見連村霧。欸乃一聲中，舟横斷港去。

讀莊子三首

梅雨灑庭除，浮埃一以洗。衆草欣自得，炫緑照窗几。吾廬三四椽，乃在百花里。飾壁滿圖畫，充案雜書史。責逋不到門，沽飲偶入市。敢云林下人，聊適吾意耳。飽飯無所營，掩户讀

《莊子》。一蛙鳴草間，眼前皆生理。天地苟欲壞，鼇足焉能支。黄農苟欲死，丹藥焉能治。草木無嗜好，榮衰各有時。矧乃情情者，焉得常如斯。苟弗伐厥性，壽夭且聽之。所以《齊物論》，反覆千萬辭。吾今窺其奥，心曠而神怡。牀頭百壺酒，不飲復何爲！栩栩林間蝶，洋洋池上魚。物能忘其生，所以樂有餘。吾亦一物耳，寓形甚須臾。墮地即行樂，頭白且忽諸。畢生不得志，彭祖焉足娱。一息苟快意，殤子不爲虚。萬事付達觀，此身常自如。誰歟會其意？柴桑處士居。

百花莊八景并引

撥賜莊者，元撥賜百花公主湯沐地也。公主蓋順帝妹，下嫁丞相脱脱之子。按，史至正四年六月，賜脱脱松江田，爲立稻田提領使，莊以是得名。

野塘春漲鹽鐵塘自鶴沙來，西趨黄浦。

幾日東風暖，曲塘青草肥。鯊魚吹浪出，燕子逐潮飛。汲婦花堆鬢，園翁水繞扉。一帆微雨重，港口野航歸。

官隄秋曉隄南達奉賢，北達上海，俗呼東官路。

十里曉煙破，數聲啼老鴉。鐙光竹外滅，人語枕邊譁。荒草白團露，疎林紅散霞。一肩趨

我欲挈壺去，詩成斫白題。

近市，喚賣木棉花。

荒墳銀杏西南數十步爲淩家墳，有銀杏一，大數圍，蓋三百年前物也。

托根緣土厚，撐幹與霄齊。蒼翠連塍匝，榛蕪曲徑迷。蛇衝曉煙出，龍掛暮天低。我欲挈壺去，詩成斫白題。

毛灣鬬鴨鹽鐵塘自莊而東數十步，曲折處曰毛家灣，村人以養鴨爲業。

既雨平疇闊，東村乳鴨多。争餘鄰舍穀，踏破隔田莎。春水數家岸，桃花三尺波。豔陽周僻壤，物理驗如何？

斜橋步月西北里許，土斷川分，石梁跨焉，俗呼斜橋。

日落有餘興，谿橋幽趣生。野風吹酒醒，海月逐人行。獺狡魚知避，鴞啼鳥盡驚。誰家秋思起，長笛一聲清。

朝霽

清夢覺蘧然，小鳥喧深竹。急起開東窗，杲杲升紅旭。曠野氣若蒸，平林潤如沐。習習來南風，畦蘭散幽馥。晞髮臨谿橋，游魚相往復。即此悟化機，悠然念濠濮。

歲朝閨興

曈曈曉日上窗纔，翠羽啾啁好夢回。小婢也知新節屆，膽缾添水養紅梅。

秋日懷故表兄趙式君

君貌我能憶，清標誠足欽。於今成死別，自昔感知音。落葉黄滿地，夕陽寒一林。美人渺何許，凝望暮雲深。

鷺

願伴白蓮花，不作滄洲想。夜深披雪衣，悄立苔磯上。

薛澱湖同丁慈水作

萬頃煙波碧似油，順風飽掛片帆遒。水連歇浦浩無際，木落吴淞冷入秋。半角青山浮樹杪，一輪紅日墮船頭。此行未免功名累，心事何堪對野鷗。

湖村曉發

空濛煙霧失村曉，欸乃一聲清夢還。悄起推篷人不覺，船頭青對太湖山。

丹陽道中

丹陽城外人家少，繞郭藤蘿帶晚煙。柔櫓一聲秋水緑，兩三人趁罱泥船。

出京口作

鐵甕城頭秋色深，興亡滿目思難禁。南徐雲樹浮江面，北固樓臺倒水心。極浦冥冥沙鳥没，亂山黯黯夕陽沈。英雄盡逐東流去，悵望西風淚滿襟。

次北固山外

縱飲黄天蕩，開襟興更長。水光動空闊，山色現微茫。孤月照鄉夢，細風生晚涼。明朝渡江去，彌望白雲翔。

新河道中

三秋蹤蹟寄孤篷，把酒看山興倍濃。暮雨銜帆迷遠水，寒雲壓樹失高峰。近村漸露林間屋，古寺微聞嶺外鐘。安得柯亭一枝笛，大江吹起卧蛟龍。

自龍潭至攝山

鎮日坐船尾，傾樽紅上顔。江潮來蝕岸，秋靄去依山。一鳥破煙白，數峰返照殷。鄉園獨不見，只遣夢魂還。

莫愁湖偕馬少淵李花卿丁慈水余闐仙水亭小集

勝遊直到莫愁湖，列坐涼亭對畫圖。山色翠從簾外滴，花光紅向鏡中鋪。英雄亦已淘今古，女子何須問有無。不獨人生易衰歇，秋風吹老緑菰蒲。

歸途有感

傳聞烽火警關河，莽莽乾坤但放歌。白下勝遊餘感慨，青雲壯志半銷磨。荒江落日征帆少，大地秋風畫角多。獨倚危檣彈劍鋏，旅懷棖觸欲如何？

懷人詩

滄海無家雁自飛，高寒聊借一枝棲。寫來絶妙先生照，梅影横斜月滿谿。吴鋤雲常晉
病裏維摩避俗譁，好同遊客泛秋槎。晚來小泊毘陵驛，多買珠蘭茉莉花。陳雨蒼作霖
數載芝蘭一室薰，江天渺渺悵離羣。竹鑪獸炭頻添候，一度茶香一憶君。徐也慈則蒙
緑波碧草盼無邊，一度思君一惘然。恕我踈狂憐我癖，買春曾解杖頭錢。蔣芝巖國楨

唐汝觳，諸生，字及里居未詳，著有《二十四孝詩》。

棄官尋母

一肩襆被一行囊，抛卻烏紗訪北堂。敢以微官戀雞肋，不辭奇險歷羊腸。暮年菽水歡何極，絶域冰霜苦備嘗。獨我慈烏早殂謝，夢中尋覓總茫茫。

盛國元，字蘭垞，諸生，居大團。

洗硯

端谿一片月，常伴讀書人。爲是研摩久，因須袚濯新。特開真面目，凈掃舊埃塵。自是龍賓戲，飛揚活水濱。

蒲劍

莫輕葉葉水菖蒲，一拭鵜膏勝湛盧。虎氣漸看騰日月，龍身寧便老江湖。芒寒春渚盟前度，影淬秋霜作後圖。節近端陽試磨礪，青萍畢竟重當途。

楊廉夫小蓬壺

高閣淩空俯碧潭，江雲江雨望中含。瓜廬便抵壺公宅，芥孔偏容繡佛龕。豈是瓊樓開面面，恍疑瑶島列三三。一枝鐵笛清宵弄，驚起蛟龍舞欲酣。

顧匡籌，字酉山，諸生，八品銜，居邑城，著有《遣愁山房稾》。

《邑志》略云：匡籌居家授徒，品學交飭。好爲詩，至老不輟。粤匪陷城，脅降。駡賊，被毆不死，扃閉一室，旋自經。媳濮氏亦赴水死。

婁縣仇竹坪太史序云：余嘗讀杜少陵詩，而歎古人遭時離亂，其忠義鬱勃之氣往往見之於詩。蓋詩本性情，有性情然後有氣節。非平日見理之明、處事之決，一旦遇變故，鮮有不屈者。南匯顧君勤補，以其尊甫酉山先生詩屬爲之序。余不文，何足序先生詩。先生爲名諸生，其爲詩抒寫性靈，不以雕飾自炫，蓋深得忠厚之遺者。咸豐辛酉，粤逆竄擾，先生率其子婦濮，駡賊不屈，同日殉難。此非所謂本性情以成氣節者歟？南匯僻在海隅，顧其人物類多讀書，知大義。康熙中，葉忠節公督糧楚北，死裁兵夏包子之難。先生一介士，非有城亡與亡之責，即不死亦何憾。乃其志節皦然，不敢苟且偷活，卒與忠節公後先相望於百數十年之間，蓋不得以詩人盡之矣。《詩》三百篇，大抵皆忠臣孝子寄託之作，循環諷誦，令人油然勃然而不自已。其甚者，驚天地，泣鬼神，千載而下，懔懔乎尚有生氣。詩之益人，蓋如此。而顧以嘲弄風月、刻畫草木爲能事乎哉！先生之詩，可傳而不欲傳，而卒無不傳者，以先生自有其可傳者在也。余諾勤補之請三年矣，勤補書來將以付諸手民，余懼大節之久而弗彰也，亟書之以告世之讀先生詩者。

行路難

行路難，上不在峰巒之崎嶔，下不在江海之瀰漫。揮手出門去，兒女暗悲酸。牀頭早歎黄金盡，世上偏多白眼看。行路難，發長歎。依人長鋏總非計，雍琴羞向侯門彈。不如歸去亦大好，桃源深處無驚湍。嗟嗟！行路難，上不在峰巒之崎嶔，下不在江海之瀰漫。

旅夜

未慣辭親舍，良宵夢屢驚。一氈守儒素，廿里數遊程。孤館春無信，荒村海有聲。上元鐙月好，偏照别離情。

題超果寺

此刹名超果，雲間第一山。可憐香火少，翻使寺僧閒。枯木支牆壁，荒庭雜草菅。道旁名利客，無暇叩禪關。

放鷴亭懷李高士

勘破生平名利關，飄然遠引謝家山。獨憐人去同黄鶴，空憶亭前放白鷴。叩到禪宗原寂滅，消來塵慮亦清閒。李髯遺蹟今安在？西望城頭雉堞環。

張野樓集同社諸君於香光樓祀邑中已故詩人亦風雅事也詩以誌之

芙蓉小殿景清幽，聞有詩仙駕赤虯。昔已扶輪推大雅，今當酹酒祀名流。獨憐前輩都黄土，便是先生也白頭。風起迴塘秋瑟瑟，雲車可許暫句留。

岳鄂王

忽聞和議奏丹除，汗馬勳勞等子虚。奸黨冤成三字獄，忠臣泣望兩宫車。鑄來白鐵姦惟肖，哭到蒼天志未舒。獨羡蘄王幾早燭，征袍脱卻混樵漁。

滬城感賦

海艘排列矗帆檣，錦繡江山是此鄉。誰使孤城疎守禦？坐看羣寇恣披猖。重臣徒侈衣冠會，大節應争日月光。謂陳軍門。眼見華夷紛雜處，暮江愁思入蒼茫。

晚眺

寒氣逼孤村，人家早閉門。茅檐鐙火寂，天已近黄昏。

野望

偶探野景步遲回，遥望孤村霽色開。樹裏不知藏矮屋，被風吹出爨煙來。

沈樹鏞，字韻初，居川沙，舉人，内閣中書。

黄祉安明經《南沙雜識》云：中翰嗜書畫，辨金石，浦左收藏家首屈一指，生平考訂金石文字最精塙。爲俞曲園太史高第弟子。其卒也，曲園挽以聯曰：「一載卧沈疴，李賀牀頭呼阿嬭；十年問奇字，揚雄門下失侯芭。」子肖韻，能世其業，惜早世。

題六廉耕墅圖

半村半郭中，小結三間屋。隔谿繞漁舟，左右多修竹。摩詰隱輞川，子美吟杜曲。心蹟澹而清，於焉遠塵俗。

周祖垂，字漁艇，諸生，居十六保。

和丁時水師催妝詩

居然詩譜訂雙聲，徐淑秦嘉並有名。我是東風舊桃李，玉臺應拜女先生。師母姚亦工詩。

載酒元亭廿載餘，入時眉樣近何如？從今絳帳添新著，好讀東萊博議書。

宿蟾香館得讀時水師滬瀆聯吟集賦呈并質華君約漁

夜静程門雪滿天，喜從鐙下展吟箋。干戈大地争蠻觸，風雨江城急管絃。失路英雄憐阮籍，移情山水感成連。海濱自有雞林賈，莫歎斯文不值錢。

程大赤，字雲門，監生，居新場，著有《紅杏山莊詩鈔》。

小崑山

讀書亭圮草蒙茸，古墓猶存地數弓。步上山頭訪遺蹟，落花啼鳥亂春風。

黄薔薇

水精簾外露凝香，小朵居然壓衆芳。髣髴漢宫圖畫裏，曉妝仙子著鵝黄。

横雲山

意行獨上最高峰，脚下千巖黛色濃。雲掩草堂棲野鶴，水涵石洞起潛龍。重巒疊翠寒篁鎖，老樹成鱗碧蘚封。此日登臨猶未遍，他時期再策吟笻。

秋曉渡江

浪花如雪大江東，一望迷離曉霧中。帆影澹銜秋水碧，霞光濃染土岡紅。無邊風月吟懷壯，如此江山霸業空。幾度尋詩復懷古，濁醪誰與一尊同？

曉寒

黄鶯啼上緑楊枝，睡起梳妝故故遲。最是多情新燕子，勸人珍重曉寒時。

陳忠愍公哀詞

無端大海起鯨濤，志決身殲恨不消。三載運籌師武穆，九重揮淚失嫖姚。忠心未遂風雲變，大義還同日月昭。莫怨太牢貪賣國，巖疆依舊枕寒潮。

閔震，字西佘，雛鳳子，貢生，居閔家駁岸。

白桃花

此心原早謝紅塵，悮嫁東風亦夙因。明月前身曾濯魄，空山流水更無人。偶留色相參禪悦，浄洗鉛華見性真。莫遣韓秦門豐豔，虢姨素面最丰神。

採桑詞

楝花時節浴蠶天，相約條桑踏曉煙。風送翦刀聲不斷，一梯斜倚緑雲邊。

前村一路翠煙濃，采采歸來日下舂。急啓銀籤事梳掠，看蠶最忌鬢蓬鬆。

陸鳳苞，字一山，又字挹珊，諸生，居六竈。

得朱慧齋書

咫尺瑶華賁，魂銷話別晨。三生知己感，一棹倦遊人。鴻爪留痕淺，烏絲寫怨新。片帆無恙否？相送愧汪倫。

碧玉

汝南碧玉舊知名，公子延陵最有情。昨夜鐙前相爾汝，是恩是怨不分明。

答朱杏蓀

拔劍倚柱歌不止，天風吹下書一紙。中有蒼茫萬古心，人生知己當如此。眼空青史廿四堆，海上何處尋蓬萊？神仙富貴兩不樂，痛飲直須三百杯。朱郎年少才思清，風塵忽逢太瘦生。太瘦生，前生曾主芙蓉城。笑騎黄鶴下人世，鐵笛入破蒼龍驚。齊煙九點倦行脚，斗大江城一茅屋。胸中有書燒不得，煮字翻愁倉頡哭。與君判袂無多時，胡爲別緒悽心脾？雲龍變化互追逐，丈夫會合當有期。吁嗟乎，丈夫會合當有期！

婁東寓齋寄懷

酒邊況味又愁邊，不耐東風叫杜鵑。竹葉碧消名士酒，桃花紅悟美人禪。傷春怕種相思豆，結客誰爲俠少年？聽罷鸞簫聽暮雨，此中容易感華顛。

吴駿公故居

遥指荒村古道旁，年時於此盛壺觴。才人樂府傷心史，黨籍風流選佛場。酒社零星飄落葉，梅花消瘦倚斜陽。先生祇爲聲華誤，話到興亡淚幾行。

題泖東雙載圖

三月茸城有雉媒，扁舟和月共徘徊。樊英夫婦風流甚，親爲雲翹選壻來。蕩開波鏡照煙鬟，九點螺痕一水環。引得比肩人笑指，雲間如此好雲山。一枝柔艣蕩斜曛，捲幔篷窗漾水紋。看徧九峰何處好？鏡中眉黛學横雲。

題丹陽魏小野夫人練塘放鴨圖

阿儂家住水雲鄉，愛泛瓜皮看夕陽。莫引竹弓來射鴨，恐妨篷底繡鴛鴦。虹腰幾折鴨闌低，一帶垂楊映曲隄。秋色撩人無限好，蓼花紅到夕陽西。

陸應梅，字雪香，居川沙，濬淵子，貢生，著有《居易室詩稾》。

黄月波明經序略云：雪香先生學問淹博，爲人恂恂儒雅，無疾言遽色。工詩，不多作，偶一詩出，意在香山、劍南之間，固不食人間煙火者。

濮碧珊殉難詩

馬革男兒事，臨危氣激昂。孤忠垂史乘，一死振綱常。碧血埋深恨，丹心感上蒼。昭忠隆廟祀，俎豆自馨香。

不爲凶鋒屈，能將正氣伸。讀書明大義，報國誓成仁。奇節驚天地，精忠泣鬼神。可憐闒茸子，媚敵亦戕身。

擬王少伯塞上曲

西北烽煙多，頻年動鼙鼓。少小事長征，垂老猶負弩。玉關氣凛冽，誰憐征戍苦？同來諸健兒，半化邊城土。

擬王少伯塞下曲

將軍昨飛檄，赴敵宵銜枚。路歧敵不見，四野皆黄埃。繡旗翻落日，畫角鳴高臺。世無班定遠，誰是開邊才？

擬杜少陵兵車行

大唐天子稱仁武，鋭意興師拓邊土。將軍百戰未離鞍，壯士十年常負弩。羽書昨夜來甘泉，吐番月氏同寇邊。詔下抽丁赴榆塞，火急不許俄頃延。將軍尅期大點兵，軍符絡繹催長行。明知此行不復反，尚冀九死或一生。朝過咸陽橋，夜宿黑水驛。耶孃妻子互牽衣，哭不成聲淚沾臆。比鄰老翁鬢髮蒼，自言大兒戍朔方，去時新婚甫匝月，近得信在青海亡。古稱苛政猛於虎，長官孰恤斯民苦。塞外窮邊何用開，如今中國多荒土。

謝家樹，字心畬，貢生，五品銜，候選訓導，居新場，著有《澹然室吟稾》。

《畹香留夢室詩話》云：謝氏先世杭州人，以懋遷至新場，遂占南匯籍。先生封翁字稼軒，與先大父爲莫逆交，因結鄰焉。及余娶於謝，又爲先生猶子。然則能述先生行誼者，莫余若矣。先生性和易，喜爲人排難解紛，雖牧豎蕘夫，對之無不謙光可挹。閒作詩，亦和平温厚，適如其人。其殁也，余挽以聯曰：「千萬買鄰得聆謝庭柳絮詩訓和，七十杖國竟從漢代赤松子遨游。」當粵匪犯境時，闔家避禍至滬上，獨傭僕名保全者鋭身任居守，致被戕。寇退歸，先生哭而斂之，延僧超度，歲時必致祭。僕之忠，主之義，論者蓋兩賢之。

平原村懷古

濃煙仄徑瘦笻扶，閒訪平原宅一區。苔蝕壞垣餘薜荔，風生野水響菰蒲。劇憐人去猶聞鶴，應悔秋來未憶鱸。爲是才高易遭忌，祇今遺恨滿榛蕪。

題朱竹汀丈竹汀小隱圖

築室幽巖裏，雲深人不知。獨傳高格調，雅稱古鬚眉。玩月竹三徑，臨風酒一卮。汀洲煙浪静，抱膝且吟詩。

湖上晚歸

沿隄得得騁花驄，一鏡波涵夕照紅。半面湖山半城郭，人家宛住畫圖中。

白蕩遇風

欲往蘆墟路不前，滔滔白蕩望無邊。多情最是虹亭柳，暗借東風繫客船。

有感

名園曾記爪留鴻，三徑重來翳藋蓬。惟有牡丹依舊好，數枝花映曉霞紅。

題葉蓀伯敲鍼畫紙圖二首之一

分明棋格畫烏絲，繡閣拈毫妙入時。生怕郎君輸一著，夫人城已設偏師。

書懷

自慚少壯不如人，況已蹉跎六十春。差幸廉頗猶善飯，何妨原憲久安貧。書城但付仙尨守，宦海難求尺蠖伸。卻喜幽居遠塵俗，栽花種竹寄吟身。

陶健，字愛廬，諸生，居大團，著有《深柳居詩鈔》。

登攝山

棲霞名勝舊相傳，躡屐今來踏曉煙。舍利光騰千佛頂，蒼龍吼起九松巔。題詩石上多名士，採藥雲中盡謫仙。直上最高峰眺望，江南江北樹連天。

贈友

儒名而賈行，相尚以詐虞。世風日以澆，誰復守我愚？我友端木子，市隱東海隅。古心與古貌，落落違時趨。胸無俗慮牽，詩酒常自娛。青囊闡秘鑰，皓首味道腴。率真顔其室，名實洵相符。置之今人中，人皆笑曰迂。

顧迺懋，字德風，號脩梅，諸生，居邑城北門外。

申江秋泛歌

孤舟一葉翦江過，隱隱青山瑟瑟波。爲問九峰何處是，琳宫梵宇暮雲多。遠望江波萬頃連，葦花如雪白黏天。鷺鷥飛傍檮邊宿，欸乃一聲衝曉煙。風捲空江走怒濤，一舟破浪捷於猱。有人笑指帆檣影，更比雲間雉堞高。

風清月白水窗幽，有客秋江載酒遊。行過龍華灣十八，鐘聲飛出樹梢頭。

江花江鳥復江蘺，畫意詩情此地宜。十里漁莊連蠏舍，秋光最好夕陽時。

顧迺楨，字峙亭，諸生，居邑城北門外。

吕城晚泊用漁洋山人《吕城雪霽》韻

晚風吹客到，小泊吕城東。夕照危檣杪，人聲野市中。天圍平野闊，月落戍樓空。古巷尋遺蹟，題詩記阿蒙。

江行遇大風用漁洋山人《大風渡江》韻

盡日舟行疊翠間，西風獵獵浪潺潺。飯餘跂脚推篷卧，貪看長江兩岸山。

張錫卣，原名錫庚，字仲和，文虎子，諸生，居周浦，著有《覆瓿草》。

《晼香留夢室詩話》云：仲和性至孝。某歲，嘯山師病且劇，冒暑馳數十里歸省。及師愈，而仲和病暍，未數日殁。室人祁氏，吞鍼四十餘枚，誓以身殉，醫者皆言無救治法，而卒不死。今已白髮毿毿，嫠且老矣。節孝萃於一門，宜乎保世滋大，而竟無後，天之報施善人爲何如哉？余蓋聞之其内戚黄憲生茂才云。

賀年

揭天鑼鼓正喧闐，吉語紛傳到耳邊。齊説今年真可喜，大江南北靖烽煙。

約同人郊外探梅三絶

不信枝頭雪半殘，粉痕狼藉尚輕寒。拚教踏破尋春屐，野店荒村處處看。

散步尋芳到水涯，澹煙微暈數枝斜。橋邊添結三間屋，那減孤山處士家。

雅愛踈香撲鼻清，挈將幽伴溯谿行。癯仙見我應相笑，同是人間太瘦生。

野興

極目雲深處，斜陽在遠山。人行青靄裏，犢卧緑陰間。野鳥呼羣集，農夫挈伴還。柴扉當竹徑，未暮已先關。

朱景星，字菉汀，諸生，居新場。

《畹香留夢室詩話》云：菉汀先生劬學媚古，困於棘闈，同治初元始食廩餼，年已五十餘矣。《秋興》八律，爲芸香草堂課士之作，蒼凉感喟，直偪少陵。其時内憂外患迭起交訌，蒿目棘心，不自覺其言之沈痛也。其弟芷汀，與予善。工畫山水，初學西門子雲，得其形似，中年以後則清微澹遠，自成一家。偶題小詩，亦清婉可誦。而足不涉城市，名不出里閭，劈箋染翰之餘，惟以種竹養魚消遣世慮，亦高尚士也。

擬杜工部秋興用原韻

策策寒飆振遠林，江楓葉落景蕭森。西山殘霧開朝爽，北塞愁雲罨暮陰。竹雨滴成孤客淚，蘋風吹起故鄉心。永安城外魂銷處，萬户聲聲擣晚砧。

荒村黄葉夕陽斜，有客端居感歲華。屈子誓沈湘上水，張騫悔泛斗邊槎。獅鑪香裊穿疏幔，雉堞風來雜暮笳。試看今宵夔府月，淒凉照徧戰場花。

臕有疎林掛落暉，荒村寥落晚煙微。三秋歸燕還相語，萬里征鴻亦倦飛。出塞班生年已邁，下帷董子志偏違。如何多少青雲客，猶向長安競策肥。

黑白紛爭一局碁，静觀時事不勝悲。清輝玉臂懷人夜，鐵馬金戈出塞時。北極雲埋星彩暗，西京烽起羽書馳。滿江波浪魚龍隱，搔首風前有所思。

西望崤函萬疊山，鳳城迢遞碧雲間。渭川水曲圍秦殿，華嶽峰高拱漢關。玉佩聲和排鷺序，金閶日麗覲龍顔。一從鼙鼓漁陽起，驚散梨園子弟班。

浣花宴啓曲江頭，豈料狂飈捲暮秋。楣刻霓裳銷梵字，風催羯鼓動邊愁。沈香亭圮遊麋鹿，凝碧池荒宿鷺鷗。西北由來鍾王氣，咸陽畢竟是神州。

蕩寇争推上將功，英姿褒鄂畫圖中。鈴聲蜀道淒殘雨，笛韻陽關咽晚風。月浸蘆花谿口白，霜催楓葉岫腰紅。六飛何日還京國，重覩威儀慰野翁。

長天歸雁勢盤迤，月滿山樓水滿陂。寒蛩吟愁依古砌，歸鴉避弋蔽枯枝。春風修禊霞觴泛，秋月尋詩畫舫移。自昔繁華諸氣象，低徊冷想幾頭垂。

吴恩藻，字季筠，一字寄雲，拔貢生，選用州判，居新場。

閨中月

蟾光如水浸窗寒，可奈今宵只獨看。别恨無端怨紈扇，相思竟夕倚雕闌。霜碪冷擣人千里，冰鏡圓開影一丸。默乞嫦娥鑒儂意，花前好月永團欒。

塞外月

匹馬西風塞外游，月光寒照鐵兜鍪。一天星斗胡笳冷，萬里關山畫角愁。霜白夢回龍磧遠，風高聲斷雁門秋。刀環唱出從軍樂，要取人間萬户侯。

題清河節母盟心古井圖

夫沈痾，心如結。夫泉壤，心如鐵。飲蘗茹冰三十年，三十年心貞且潔。偉哉節母母氏唐，于歸京兆鴻桉莊。窗下畫眉添旖旎，廚中洗手作羹湯。忽驚天外罡風起，摧折一枝樹連理。善哭真疑城欲崩，多情願與夫同死。夫弟前致詞，尚有襁褓兒，一死誠不惜，一脈須留貽。鵠寡梟單歲幾更，始終與古井同盟。寒泉清澈照見底，此心更比寒泉清。吁嗟乎！吾聞共伯婦，柏舟矢誓久。又聞歐母賢，畫荻寒燈前。守節撫孤德誠大，令子成人深倚賴。表揚母氏期無窮，倩工敬謹將圖繪。題詩不獨匄名流，偉節行看史乘留。百尺源泉有時竭，冰心一片照千秋。

題葉佩卿把酒持螯圖

西風瑟瑟吹黃蘆，宵深椴火明江湖。丁拳甲腹芳且腴，爬沙郭索羣紛趨。老饕得此殊懽愉，饞涎零落如黃蝸。一醉直欲傾百壺，但恨獨酌無人俱。南陽公子閒且都，市隱最愛紅友呼。劉伶李白皆吾徒，無腸公子尤心輸。翩然一棹還故廬，叩門示我《持螯圖》。知我嗜好非殊途，促迫題句毋徐徐。我思步兵卧酒壚，少卿但願監州無。古人可作當同科，名韁利鎖何爲乎？松濤謖謖秋陰鋪，堆盤赤甲堪清娱。似聞彼美呼檀奴，如此佳興慎莫辜。飯香不羡炊雕胡，秋風何必思蓴鱸。安得繪我圖之隅，醉拍銅斗歌吴歈。吴歈歌成頭盡濡，三緘之酬誠無須。止求邀我同行沽，郭生幾輩供芳廚。

我師寄雲先生與先慈程太淑人爲中表行。早歲即能詩，蓋母教也。咸豐季年，髮逆陷杭垣，浙中諸名士如王瘦石、戚砥齋、孫次公、洪子安、洪宜孫、鄭廉卿，先後避禍至石笥里。花晨月夕，結社賡詩，先生每樂與之俱。斯時詩最工，亦最夥。後入潘琴軒中丞幕，磨盾草檄，日鮮暇晷，而詩興遂不復如前矣。顧先生不僅以才藻見長，其至性亦有非他人所可及者。太夫人程晚年患風痺，經歲不離牀褥。先生晝則舌耕以供甘旨，夜則侍牀側講解故事以娱之，宵寒蜷卧以温其足，中衣偶沾糞穢輒親爲洗滌，歷數年如一日。人皆以純孝稱之。喜豪飲劇談，然一聞戚友訃音，則竟日不親杯勺。每出弔歸，則危坐，移晷略無笑容。噫！此非所謂今之古人歟？我輩親炙有年，愧不能幾其萬一也。歿時子尚幼，詩稾多散佚。兹僅從友人處抄得三數首，亟登是選，以當一臠之嘗云。受業表甥黄協塤謹識。

倪金報，字肯堂，貢生，六品銜，候選訓導，里居未詳。

七十初度自述

虚度駒光七十春，不堪回首話前因。離巢乳燕棲無定，旋磨疲驢迹易陳。滿地荆榛遭世亂，一盤苜蓿稱家貧。殘宵自課孫雛讀，鑿壁分光賴比鄰。

痛抱皋魚已不禁，何堪錦瑟更銷沈。良時易下分釵淚，遠道徒傷負米心。差幸壎篪常唱和，偶逢山水一登臨。老夫耄矣全無用，飽飯聊爲擊壤吟。

顧祖基，字鏡花，副貢生，睢寧訓導，居二團。

黄祉安明經《南沙雜識》略云：鏡花先生工文藝，有幹才。與蔣犀林邑侯深相契洽，倡和詩甚多，惜稾佚無存。

和蔣犀林明府將去鶴沙留別士民韻

竹馬懽迎未幾時，秋來倏又及瓜期。治蒲正喜資調理，贈芍何堪話別離。判牘不辭雙管下，論文記共一樽持。紅亭日落西風冷，愁聽陽關《折柳詞》。

瀟灑何曾戀一官，兒孫繞膝有餘懽。天留此老文章壽，我愛閒居歲月寬。宦海波忘雞肋味，墨池香溢鴨頭丸。歸舟長物惟琴鶴，寫入丹青著意看。

香光樓公讌蔣犀林明府首唱一律依韻和之

新詩到處壁閒留，大手應推造鳳樓。此地昔曾題繡佛，有人相約續花游。涼生荷芰三更夢，雨過陂塘五月秋。卻話當年李高士，放鷴亭圮可重修。

香光樓席上蔣犀林明府用陸放翁城西接待院後林下作韻首唱一詩依韻和之

世人眼孔如錢大，擺脱俗塵有幾箇？陂塘五月涼於秋，我輩欣然繞花坐。荷花萬柄映日開，零亂珠玉隨風墮。熱客來將翠蓋擎，銀刀戲削甘瓜破。陋邦何幸得此境，招引名流一再過。開尊共作逭暑遊，歸向北窗跂脚卧。

顧忠建，字蓮甫，諸生，居邑城。

香光樓讌集步蔣犀林大令韻

喜爲騷壇更少留，聯吟同上水邊樓。約看畫舫三更月，暫作平原十日遊。簾外涼風消溽暑，尊前韻語入陽秋。明年此會知誰健，願借蘭亭禊再修。

香光樓席上蔣犀林大令用放翁城西接待院後林下作韻首唱一詩依韻和之

皓月當天明鏡大，舉杯對影人三箇。我公夙推詩酒豪，興酣落筆能驚座。紅塵插脚豈偶然，青雲奮翮忽中墮。如來金粟是前身，此語未經人道破。邇來重上思翁樓，良時美景肯放過？公之去矣盍少留，莫忘蒼生但高卧。

沈昌翼，字翼謀，號穀燕，大昕子，監生。

送春詞

芳草長隄騁玉驄，一番相別太悤悤。游絲欲綰春暉住，萬轉千回裊碧空。

濃煙如夢雨如絲，分手離亭日暮時。惆悵故園花落盡，更無人唱冶春詞。

沈喬，字葵臣，諸生，居召稼樓。

不倒翁

烏有先生無是公，紙糊泥塑儼成翁。任人顛倒惟含笑，與世周旋慣鞠躬。筋骨本無偏强，衣冠甚偉卻虚空。兒童戲染燕支汁，酒暈平添兩頰紅。

嚴祥桂，字辛楣，一字心楣，諸生，居嚴家蕩。

雜感

浪擲天錢十萬緡，羞擕牲玉禱明神。陳書枉發蘇秦篋，濟友誰貽魯肅囷？吾執御乎安用射，臣之壯也不如人。蕨釵折盡貂裘敝，歲歲憐余慣食貧。

酒酣狂嘯氣縱横，舉世争傳駡座名。無以爲家門下鋏，不遑將母小人羹。車甘再下羞馮婦，侯不求封謝蒯生。熱血一腔腸九曲，願酬知己表余情。

傅以康，字築初，諸生，居六竈。

亂後重建宗祠摹繪成圖敬題瞤首

鹿谿谿水抱村流，上有祠堂奕世留。豈料滄桑成變局，祗餘瓦礫積荒邱。率錢喜得雲礽聚，徹土從新棟宇修。付與畫師摹粉本，傳家也算是弓裘。

傅以銓，字蘭初，諸生，居六竈。

題拔釵沽酒圖

笑向花間細語商，酒兵十隊苦難降。年來薹篋都搜盡，爲乞釵頭鳳一雙。

拔將釵股付檀奴，儘爾壚頭醉百壺。只莫沈酣忘仄閏約，任情調笑酒家胡。

朱方來，字錦菴，號子巇，諸生，居瓦屑墩。

登西林塔晚眺

瞑色來天地，蒼茫入望迷。煙扶孤樹直，雲壓遠峰低。夕照留鴉背，遊人促馬蹄。歸與還自得，待曉再攀躋。

避寇滬城卧病口占

客館淒涼思黯然，故園回首莽烽煙。夜來怕有還鄉夢，坐對寒鐙不敢眠。

擬儲光羲田家詩

我生樂閒適，所志在畎畝。家世本貧賤，生不慕印綬。倉箱非充盈，而能罕逋負。種桑計飼蠶，種秫計釀酒。昨日往田間，植杖眺望久。東方來顯者，騶從擁前後。世路多崎嶇，云何事奔走？

嚴子陵釣臺

雲臺豈屑繪衣冠，緑篛青蓑亦自安。天上客星驚帝座，江邊釣叟戀漁竿。千秋碑碣祠堂古，七里煙波世界寬。且著羊裘享清福，富春山色醉中看。

登北固山放歌

羣山氣勢齊辟易，北固直前作江壁。江濤齧壁壁脚凹，下瞰洪流懾魂魄。劫火無情精舍灰，賸有擘窠舊題額。鐵塔撑空攲復斜，似倚蒜山一卷石。形勢原來天下雄，金屏焦障列西東。金焦倔强欲鼎足，反被鞭謫江心中。我遊恨值滄桑後，滿目荒涼呼負負。一嘯羣山應若雷，聲驅江底蛟龍走。

泊燕子磯

行舟此暫泊，帆影夕陽邊。草緑争新漲，嵐青接暮煙。幾家山作屋，到處水爲田。試上磯頭望，長江浪拍天。

東鄰老婦行

東鄰老婦向人哭，哭説連朝食無粥。夫殁兒亡無所依，庇身祇有三椽屋。屋基一畝連荒池，外有祖墳枕林麓。照籍升科二畝餘，一漕二白無盈縮。漕荷天恩已減徵，白仍舊額追逾速。追白兼追額外錢，云石塘捐與積穀。塘防水患穀防饑，不同暴斂無名目。憲典新頒秉至公，詎分鰥寡與孤獨。我田如石不可耕，即豐年亦無餘蓄。況復今年秋，淫雨没溝洫。争奈長官賢，迫令報大熟。官符一紙嚴催科，云若輸遲定敲撲。機頭匹布剛織成，急輸官賦不易粟。不易粟，那有粥？漫嗔老婦無端哭。

題海粟山人詩稾

落落乾坤孰賞音，歡場愁海總酸吟。若論大集雄當代，不合先生老一衿。風月荒涼沈壯志，江山杌臲碎詩心。伯牙去後無知己，莫向朱門再鼓琴。

出江遇風泊儀徵口憶内

荻葦蕭蕭攪客眠，客途情景總淒然。遊蹤倘入深閨夢，江雨江風夜泊船。

訪小倉山房遺址

莫爲園亭感廢興，江山如夢總難憑。朝陽門外曾停轡，衰草寒煙滿孝陵。

朱紫綬，原名紫佐，字贊虞，進士，刑部主事，居瓦雪墩，著有《寓園叢稾》。

丁時水明經跋云：明漪絶底，奇花初胎，此其詩境也。海濱僻陋，大雅不作，贊虞起而領袖之，吾道爲不孤矣。僕嘗有《懷人詩》一絶云：「莫將小技薄雕蟲，腹有詩書語始工。海曲風騷零落盡，得君才覺一軍雄。」今見大著，益爲狂喜。

《晩香留夢室詩話》云：余少時見硯友方滄洲茂才扇頭一詩云：「曉上幃鉤問縐眉，陳髯詞裏小楊枝。珍珠字豔簪花格，脆玉歌稱畫壁詩。好爲君來頻悵望，更無人處倚嬌癡。流蘇翠帶同心結，愁訴封家十八姨。」問之，曰：「我師朱贊虞先生所作。」爾時余與贊虞未識面，惟心賞其旖旎温磨而已。未幾，與余先後受業於張嘯山學博師，稱詩弟子。其入都也，師製序送之，勉以經術飾吏治云云。今者選詩之役，其戚顧冰畦明經遠自奉天寄稾二册，其中五古雅近選體，七律則於少陵具體而微。以視少年之作，蓋顯分上下牀矣。贊虞有兄錦莽，詩不多見。采其數章，亦頗風骨堅凝，優入作者之室云。

宿楊村驛

大風西北來，黄塵萬里餘。仲春慘似冬，峭寒襲吾裾。落日在高樹，游子思故居。故居亦已遠，南望重踟躕。鄉音辨同侶，客店供野蔬。宵深旅夢回，荒柝聲徐徐。

出都

吾家江之東，蒓鱸信肥美。菲材恥濫竽，歸思曷云已。乞假謁上官，祖帳飲燕市。同侶策蹇驢，僕夫肩行李。行行出東郭，紅塵一鞭駛。蕭蕭萬木號，原野秋風起。斜日照土壁，人行畫圖裏。回頭望帝閽，雙闕雲中峙。石道行犖确，登頓四十里。一宿通州城，水程明日始。

飲滬上徐氏園

名園盛遊宴，公子何翩翩。羽蓋會衆賓，珠履盡豪賢。觴詠足娱樂，紅燭羅長筵。秋涼浣葛衫，新月照華箋。泉落吴淞雲，石宿太湖煙。素心不可道，巾舄欣周旋。嘉會詎一時，金石同貞堅。

讀李廣傳

孝文嬖鄧通，謂吾能富之。武皇抑李廣，乃謂老數奇。結髮逐北虜，百戰功搴旗。號曰飛將軍，膽欲落胡兒。猿臂不封侯，千載爲嘘唏。何如終家居，射獵南山陲。

歸來曲

車歷碌，驢秃速，浪迹京華塵眯目。歸來好趁麥秋時，蠶豆青青盧橘熟。

西曹夜直

散衙方夜静，直宿正秋清。自笑居官晚，仍殷戀闕情。古槐高受月，嚴柝緊傳更。不寐憂時切，災黎觸法輕。

都中立秋寄懷故鄉諸友

一别數千里，懷哉日似年。涼風生薊樹，落日望吴天。客久貪鄉訊，官閒竊俸錢。素衣憂化盡，平子擬歸田。

射策金門後，宣名玉殿時。親承黃屋語，且領白雲司。出入關民命，哀矜有主知。平生無限意，袖手正觀棋。

夜長多旅夢，無夢不還家。總是宦游倦，其如客路賒。芳洲懷杜若，秋水溯蒹葭。世事今何似？滄浪有釣槎。

别時纔二月，芳草接天生。久滯長安道，終慚遠志名。江鱸秋正美，塞雁夜初征。問訊江南客，能無遲我情？

贈葛古心

匹馬出函關，秋風歷萬山。兵從秦地合，人自薊門還。鎖院千軍裏，飆輪一海間。滬濱重話舊，又惹柳條攀。

哭傅蘭初明經

嗚呼天不祚，之子遽云亡。豈是世途蹇，致令吾道傷？浩然竟騎尾，聞者盡迴腸。況復同心契，能無涕泗滂！

孝行吾不及，慈懷君更殫。可憐風雪裏，淒絶殯宮寒。噩耗驚心至，遺文掩淚看。成名翻愧我，徼倖捷春官。

都門寒食有懷

漢宫蠟燭散輕煙，鴻雪重尋已六年。南浦離情春百五，東吴歸夢路三千。豈能攬轡澄天下，敢喜栽花近日邊。射策金門忝才薄，投簪還擬種谿田。

懷座師周鑑湖夫子時緣事謫戍黑龍江

萬里投荒心膽慺，嫩江北去是龍江。故人遠道稀書札，上將行邊建羽幢。虜騎烽煙關險要，殊方畜牧當耕穫。京華邸第今無恙，萱茂芝榮共一窗。太夫人年逾七十，世兄才七齡。

金陵途次

羣山迎我入雄州，虎踞龍蟠此壯遊。隔嶺鐘聲蕭寺晚，滿湖柳色白門秋。長江萬里仍天塹，滄海千年變石頭。爲有元戎資坐鎮，清時不用杞人憂。

送吴縣吴子述之寧波

丹山赤水近如何？千里張帆駛若梭。海舶風濤飛蜃市，津橋霜月慘驪歌。一江烽火鄉心斷，兩浙河山戰骨多。記取四明山可隱，年來我亦畏虞羅。

常州道中

掃蕩江南仗帝靈，毘陵百戰亂離經。石梁圯雨寒潮白，金刹頽雲野草青。事往遺黎談浩劫，風來戰血帶餘腥。舊時户口今寥落，戍鼓鼕鼕入夜聽。

征夫詞

征夫語征婦，暫別會當歸。君恩如挾纊，不必寄寒衣。

醉月軒酒中放歌題主人壁

銅龍漠漠瓊筵開，醁醽酩酊紅暈頰。蠟炬熒煌漸無色，綺寮璧月穿櫺來。爾月爾月意良厚，邀入座中呼作友。手攜一卮酹爾前，我欲問爾爾許否？爾何缺時多圓時少？爾何中秋獨皎皎？爾歷古今億萬秋，何以不照歡樂祇照愁？迎霜玉兔正開讌，爾何深鎖廣寒殿？唐宮霓裳歌未終，爾何明鏡韜芙蓉？月不能言月解意，大開銀屏埽纖翳。是時興豪樂且多，主人連飛金叵羅。花冠喔喔天催曙，我醉欲眠月且去。約爾來宵來少遲，罰酒當依金谷數。

周孝侯射虎歌

孝侯有力大於虎，南山有虎孝侯怒。赤手彎開千鈞弩，腥風陡起裂萬竅。虎牙怒張孝侯笑，熱血淋漓餓鴟叫。吁嗟乎！孝侯殺虎虎便殪，孝侯殺賊事不濟。殺虎匪難殺賊難，奈何姦佞盈朝端。君不聞在山之虎尚可馴，豺狼當道愁殺人。

醉歌贈薛可藩

朱生愛酒如愛書，薛生好酒如好色。相逢同向酒家行，狂呼箕踞當壚側。我生會有愁如海，頭上雙丸肯相待。除是平原十日豪，那得胸中澆磊磈。千金之劍三寸錐，豪宕感激空爾爲。

不如杯中對賢聖，醉鄉境闊恣娱嬉。劉伶頌，淵明詩，願浮大白熟讀之。君寧犯金吾夜，我寧失尚書期。眼前有酒飲不得，五嶽應笑癡人癡。落日青山銜一角，是時霜楓張錦幄。金風催客解歸舟，朱生行矣不可留。悵然還與薛生别，後會豫約橋南樓。

避地滬上清明有感

兵火鄉關舊業非，虞羅滿地故交稀。依劉心事悲王粲，入洛年華愧陸機。長向夜深聞戍角，不關春盡典寒衣。何時歸向田園卧？朝日三竿閉竹扉。

裙腰芳草緑鋪氈，城外東風叫杜鵑。插柳已過寒食節，嬉春苦憶太平年。烽煙入夜明江郭，麥飯何人上墓田？花事闌珊愁裏度，棠棃開落野橋邊。

金粉樓臺錦繡墩，危營一角護軍屯。短衣匹馬功名易，大纛牙旗氣勢尊。鬼物不逢鍾進士，流民誰繪鄭監門？春來莫遣滄桑恨，且醉棃花酒一樽。

青鞵布韈欲何之？湖海豪情寄夢思。古有季心須作弟，世無德祖可爲兒。催愁怕聽花奴鼓，遣悶惟憑橘叟棋。節物不關人事感，畫檐閒裊緑楊絲。

徐兆楠，字梓卿，繼達子，諸生，居一團。

《畹香留夢室詩話》云：梓卿屢賦槐黄，未離席帽，牢騷抑鬱，托之謳吟，大有佳人倚竹之思，遂多騷客紉蘭之什，卒至迴腸蕩氣，夭其天年。嗚呼！《傷已稾》中佳句，如《梅花》云「香霏雪夜風初定，人立瑶階月正明」；《閒中遣興》云「過雨煙迷庭草緑，弄晴花媚夕陽紅」；《秦淮》云「三月煙花才子夢，六朝風月美人心」；《秋柳》云「栖鴉流水紅橋路，殘照西風白下門」；《閨怨》云「翠盤舞冷瑶臺月，玉笛吹殘畫閣秋」，皆名雋可誦也。

送友入都

秋風獵獵捲行旌，席帽黄塵上帝京。薊北雲山遊子夢，淮南風月故鄉情。侯門作客休彈鋏，絶塞横戈早請纓。莫便悲歌狂擊筑，要留鉅製頌昇平。

讀漢書

百戰臨洮萬骨枯，長城高築備匈奴。白蛇一斬黄圖定，始信亡秦不是胡。

寄友人金陵

簫鼓聲中擊楫來，天光雲影共徘徊。月明孤鶴横江去，風捲寒潮繞郭回。荒草斜陽尋舊院，禪天花雨賸空臺。多君攜得游山屐，醉墨狂題涴緑苔。

詠懷

乞食英雄事，風塵困不辭。文章期報國，勳業要乘時。舉世争如觸，何年夢兆羆？雄飛無復望，且自守其雌。

秋宵野泊

兩岸叢蘆叫水禽，野塘弭楫夜沈沈。西風古驛催征騎，落月寒林急暮碪。津鼓敲殘孤客夢，戍笳吹起故鄉心。呼童且貰蘭陵酒，蜷局篷窗獨自斟。

客窗風雨感成

風風雨雨困人天，紙帳梅花只獨眠。詩寫衍波尋舊夢，春遲錦瑟感華年。客窗對鏡傷潘鬢，平地看人著祖鞭。壯歲雲龍休角逐，銜杯且作酒中仙。

奚世杲，字雲芝，居召稼樓。

春草

露漸荒寒月漸低，殘宵野燒滿長隄。誰知枯葉凋霜徑，依舊新荄長雪泥。南陌踏青春澹蕩，東風吹緑雨凄迷。阿連日聚池塘上，好句何須夢裏題。

羊

春風緑上草芊芊，古道斜陽放牧天。仙客金華曾叱石，孤臣瀚海自吞氈。即今胡馬來邊外，慘見銅駝卧闕前。獨有村童最安適，笛聲吹破隴頭煙。

泛舟

幽谿曲曲路迢迢，行止隨宜逐晚潮。出穴魚龍驚欲避，忘機鷗鷺近堪招。乾坤浩蕩詩千首，風月清閒酒一瓢。莫話潯陽商婦怨，隔江楓荻正飄蕭。

海曲詩鈔三集　卷八

清

葉家麒，字蔭梅，自號東閣吟梅子，諸生，居太平鄉，著有《荷浄軒稟》。

元旦徐州難民至詩以哀之

爆竹喧淩晨，夢回已改歲。驀聞索米聲，譁然自遠至。西鄰負暄翁，柴門急嚴閉。余乃披衣起，向之問備細。一翁老且羸，未語先垂淚。云是徐州人，安貧守衡泌。去年忽大無，饔飧苦難繼。逮秋冬之交，水又溢平地。銀濤十丈高，中宵猝難避。茅舍半傾頹，荒村滿殘骴。我儕幸孑遺，漂蕩如萍寄。里正凫水來，星火催官税。官税何以償，餘生且待斃。日夜費思量，姑作求食計。叩門拙言詞，泥首求布施。半菽已沾恩，敢望殺與胾！吾聞此翁言，泫然欲流涕。相彼嗸嗸鴻，同是生今世。胡爲天降殃，獨使彼憔悴？回首去秋時，吾邑災亦逮。冰夷幸寬仁，越日水即退。不然江南北，同時奇祲被。相將作難民，登山歌佩繸。

白雞冠花

不隨羣卉鬥芬芳，洗浄紅妝換素妝。疑是窗前貪報曉，花冠飛滿五更霜。

舟行即景

不信舟行速，渾疑兩岸移。潮平接天遠，帆飽掠波敧。此際宜浮白，何人獨詠詩？回頭斜日裏，歸鳥去何之？

船首閒眺即景成詩

到此疑無地，蒼茫一望中。波光摇海日，霞影落江楓。天闊圍平野，帆攲敵勁風。高吟横槊立，釃酒弔英雄。

蘇春溶，字硯香，爵里未詳，著有《自娱書屋詩稾》。

秋日晚步

秋景日以佳，向晚曳屐出。微雲不成雨，晴皋澹落日。煙中宿鷺鷥，草際鳴蟋蟀。翹首暮霞紅，目送飛鴻疾。

秋晚谿上

淥水清且漣，夕陽澹秋影。意行過曲谿，涼飆吹酒醒。栖煙螢火微，浥露藕花冷。行吟幾忘歸，四顧人聲静。

王震階，字雨田，諸生，居航頭。

歸舟即景口占

收拾琴書趁曉行，丹楓如畫絢秋晴。隔村知有漁舟出，遥聽煙中欸乃聲。

數椽茅屋枕谿隈，谿上新篁翠作堆。行過小橋翹首望，竹籬笆外蜀葵開。

畫山

剔透玲瓏石不頑，淋漓潑墨倣荊關。九峰咫尺無人問，翻向圖中看假山。

鶴沙

古人乘鶴去天涯，此地猶存古鶴沙。閒向鶴窠村外望，蘆花涼罨鷺鷥家。

讀史

國政與民風，隱然相維繫。欲知强弱分，須觀唐宋際。唐之有天下，太宗甚英鋭。能懾突厥强，罔敢懷異志。回紇及吐蕃，帖服皆不貳。藩鎮縱稱雄，猶能振國勢。若宋則不然，朝政多淩替。文臣但恬熙，不復講武備。澶淵急主和，契丹議歲幣。西夏與女真，侵伐無停歲。厥後屢遷都，大綱更頽敝。是知開國規，歷久援爲例。開國能尚武，民心恒奮厲。開國苟尚文，民氣漸柔脆。唐宋元明清，後人誰爲繼？所貴謀國者，以漸濬民智。軍政日益修，富强綿弈世。

祝雲標，字少瀛，椿年孫，諸生，居川沙。

《畹香留夢室詩話》云：余之識星巖也，以少瀛；而余之識少瀛，以雪經。少瀛爲詩人碧崖先生曾孫，楚翹先生孫。年少多才，鋒發韻舉。與新場方氏有連，歲一至，至則必過余談詩。少瀛之詩，全恃性靈，使以學力充之，所詣當益上。惜芹香乍擷，薤露旋晞，繞膝無人，詩篇零落，僅於《延秋偶集》中選録其一，非精者也。至楚翹先生，大集觥觥高至尺許，訪之川人士，已無復有知其名者矣。

贈星巖丈

世味名心淡似秋，築亭應亦署休休。千鍾酒欲傾鴟喙，百幅箋還劈雁頭。吟到月中人忘去倦，醉餘雲外客同愁。率真咸仰天隨子，如水論交絶俗流。

朱應奎，字亞棻，景星子，諸生，居新場。

題遠浦歸帆圖

家住吴江東復東，歸帆斜背夕陽紅。扁舟一葉駛如馬，半趁新潮半趁風。

李榮錫，字逸廉，一字亦廉，諸生，居李家樓。

訪沈挺芝

言訪鄉居勝，清晨露未晞。攜笻來草徑，有鶴款柴扉。花氣香黏屐，蘿煙翠染衣。夕陽歸去晚，清興尚依依。

宋學祁，字秋亭，諸生，居四團。

丁巳春仲攜朋過碧落壺賦贈主人沈挺之

恍入桃源洞，居然別有天。水環村一角，樹蔭屋三椽。帆影前谿度，田歌隔岸傳。塵揮忘歲月，醉飲翠微煙。

迴殊塵世境，雅澹自成村。花寫斜陽影，苔留宿雨痕。芝蘭香入室，楊柳緑侵門。静向桑麻玩，詩情觸景存。

徐文藻，字墨君，諸生，居裕伯題橋，著有《鏡心室稾》。

漁父詞

蓼花楓葉繪幽居，蓑笠生涯得遂初。攜竹江干自來去，清名不釣釣鱸魚。

訪賜金園址橫雲尚書奉親之所

富貴爭如水上漚，漫思勳業炳千秋。賜金園址今依舊，無復尚書履蹟留。

輓馬健齋明府

早年才藻冠文壇，仙鼎今成九轉丹。曾接一言欣御李，比封萬户幸瞻韓。卻愁朝露晞何易，欲挽晨星聚竟難。此老存亡關運數，豈惟我輩淚汍瀾。

倪承瓚，字西林，一字壬雲，諸生，居竹橋西。

紗幔課經圖題詞爲朱潔甫茂才作

孟母斷機日，歐公畫荻時。嗚璜垂壺範，撰杖禮經師。苦志韋編絶，殘宵玉漏遲。昊天悲罔極，雪涕爲徵詩。

康逢吉，字田藍，貢生，居杜家行。

題朱節母紗幔課經圖

一幅紗幃裏，温恭仰令儀。鯉庭分教育，燕寢戒荒嬉。機杼聲停處，篝鐙夜永時。傳經懷母訓，莊誦白華詩。

陳世珍，字綱珊，後改望三，貢生，居邑城，著有《耕讀居集》。

《畹香留夢室詩話》云：君少工制藝，食餼後游於唐梅羹貳尹之門，習盧扁術。性喜五七言，雖求診者紛至沓來，而吟聲時出金石，殆今之薛白生歟。子祚昌，研樸學，能古文，説者謂足接武東廂。《耕讀居詩》，其手輯也。

客中偶成

散步東籬下，閒來就菊花。一庭秋意澹，半壁夕陽斜。鄉思柳邊笛，詩情江上霞。伊人渺何處，歸夢阻蒹葭。

題惜花小影

鶗鴂聲聲苦被催，簾鉤微動夢初回。春愁欲訴憑誰訴？立盡東風燕不來。

丁亥重午日同蔣犀林大令一桂嚴雋雲廣文崇德西門子雲師藻改再薌上舍蕡集香光樓小飲犀林步陸放翁城西接待院後竹下作韻見示走筆和之

梅雨漫天湖水大，紅綻園梅垂箇箇。著屐來登繡佛樓，香光樓上舊有董文敏公書「繡佛前」三字額，寇亂額失，大令手書補之。清談如侍春風座。淋漓醉墨潑金壺，石榴花底浮白墮。字法米蔡神與通，詩敵李杜的能破。大令善書，雅得米、蔡筆意。自是君身有仙骨，用太白句。風流文采前賢過。十畝荷池一鑑開，玉山頹矣看龍卧。

夏日即事

閉户非緣懶，蕭齋愛寂寥。緑陰涼入夢，青竹上干霄。小院雞鳴午，鄰牆犬吠宵。得閒多事外，用朱慶餘句。濁酒好頻澆。

歸自閘港舟中口占示姚抑夫茂才履謙

荻花風起響刁騷，柔櫓咿啞趁暮潮。橋似卧虹波似鏡，一輪明月送歸橈。

割臂行爲包烈婦作

烈婦，吴縣包明經祖同之室。明經爲茂才時，病劇，烈婦晝夜侍湯藥。病亟，刲臂肉和藥以進。明經服之，病良已，而烈婦竟以疾卒。明經悼之甚，援徐郙母王氏、陳源兖妻易氏例，請於朝，得旌。旋繪圖徵歌詠。陳子哀之，作《割臂行》。

婦氏嚴，歸於包。孝事尊嫜，德音婉娩鍾郝曹。一解 事夫以敬順，貞静嫺閨儀。生不願富且貴，但願生死長相隨。二解 夫病漸以革，婦持湯藥旦夕侍夫側。藥餌無靈救不得，呼天搶地淚霑臆。三解 淚霑臆，計無復之。抽刀割臂，臂血淋漓。此身已願爲夫死，區區一塊肉，忍痛何所辭。四解 肉大如掌，煎湯以進。夫一服病若失，沈疴忽起夫竟蘇。五解 夫竟蘇，婦竟死。臨殁諄諄勖夫子，望夫黽勉作佳士，立身砥行從此始。六解 惻惻復惻惻，宛轉蛾眉死夫側。瘡痕在臂血在襦，悲風淒淒月臨除。婦死年祇二十餘。七解大吏達之天子，天子動容。煌煌明詔下九重，命旌表以風天下。生當聖明世，曠典逢褒崇。吁嗟乎，列婦之烈天所鍾！八解

戊申正月二十三日同黄月波明經炳奎**陶賓初茂才**元斗**並大兒**祚昌**宴於族弟仲英茂才**錦柏**家即席賦此**

時局已如此，吾儕徒杞憂。杯盤且歡聚，裙屐盡名流。鉢爲催詩擊，宵宜秉燭游。忘機學鷗鷺，聊與世沈浮。

于鬯，字醴尊，一字東廂，自號香草詞人，拔貢生，居周浦，著有《香草文集》。

《晼香留夢室詩話》云：香草先生爲忠肅公後裔，承其家學，考訂六經，著有《香草校書》若干卷，手自校刊。時德清俞蔭甫太史方以經學鳴於世，先生每遇見解異已處，輒寓書齗齗争，太史不以爲忤，且服膺焉。性嗜酒。畫墨菊及山水，稱神品。詩學李太白，多古體。嘗言一作七言律，便有俗塵繞其筆端。顧獨賞余豔體詩，謂爲善於言情。然語及無題、香奩之分，則似不甚措意。余居周浦，可與談詩者，惟先生及張莘伊明經二人而已。莘伊甫及中年齎志以歿，未幾先生亦赴天上修文。風雨一廬，能無獨寐寤歌之歎哉。先生有孫曰干，曰千，皆從余游。前年，干游歷至金陵，撰《白門游記》。既而隨其叔已百赴浙中，展忠肅墓，又成《游杭日記》。皆洋洋灑灑，下筆數千言，誠

後起之秀也。千未弱冠，亦能文。

秋風

秋風颯颯，秋雁聲長。坐此涼夜，思君斷腸。餞君遠別，掩袖舉觴。朝爲鴛鴦，暮爲參商。蟲鳴我壁，月照我牀。飄遊不返，涕沾繡裳。

夢兮

夢兮非幻，醒兮非真。清流不見，祇見紅塵。陌路非遠，兄弟非親。堯舜爲僞，虎狼爲仁。何必懷舊，舊不如新。豈無後怨，亦有前因。我往從之，逢彼之瞋。秋風已飄，空懷芳年。

有鳥

芳草正萋萋，荒郊夕照低。有人傷往事，獨自立前谿。扇頭遮翠鬢，屐齒印香泥。春風不解語，有鳥替儂啼。

越水

越水向東流，吴花處處愁。君游芳草地，妾倚夕陽樓。惱人雙燕子，飛上柳梢頭。

波光

波光蕩夕照，旗影摇春煙。樓外飛蝴蝶，雲邊落紙鳶。小橋横柳岸，低花壓酒船。春風吹不盡，斜日照門前。朱闌回十二，簾中露翠鈿。

有樹

有樹新留蔭，無山祇看雲。自鳴禽得意，僻處鹿爲羣。青眼久垂我，紅鑪捧上君。書聲破江碧，隔夜定相聞。

春入

春入宜春院，佳人理豔妝。簾垂老欲笑，粉膩水生香。太覺眉尖瘦，端因情緒忙。蝶飛闌檻外，意亦爲君傷。

雲窗

雲窗枕石眠，讀畫思悠然。春花雖自好，秋蝶本無緣。偶憶青谿路，言尋黄鶴仙。相逢發一笑，强上蓬壺巔。

項羽

項羽頗嗜殺，何不殺沛公？苻堅頗嗜殺，何不殺慕容？不殺爲人殺，卒棄垂成功。范增朝辭去，王猛暮病終。負才無學識，傲睨徒匈匈。美人强歌舞，將士怯戰攻。可憐楚與秦，一夢江山空。

天下

天下多狐狸，室中藏虎豹。君看旛旗氣，上干圓羅曜。野人雖無事，安得坐長嘯。

君眼

君眼一何冷，君腸一何熱。獨立千載上，對此生民泣。衆人不知君，但謂君高節。豈知傲睨者，不忍與世絶。天下何滔滔，世事何屑屑。蒙垢六十年，我欲爲一雪。風雲謝草莽，河山成功烈。談笑而刀兵，英雄而豪傑。愚者相錯愕，仰望不可及。當年儔類中，此人頗無别。武夫七尺劍，儒生三寸舌。得意亦能伸，失意亦能折。

北冥

北冥有大鵬，高飛摩青穹。九萬方未已，翱翔大海東。戛然作長鳴，聲聞九霄空。歛翮忽旋轉，六合簸洪濛。山爲之跌蕩，川爲之騰空。然後知此鳥，莫測其神通。

俗子

俗子處華堂，楹壁皆束縛。幽人眼界空，斗室亦寬綽。一卷軒岐書，治身有秘鑰。能識古人術，何用長生藥。談笑終永夕，與君盡歡樂。世事不可問，何不自恢拓。仙人王子晉，飄然乘白鶴。

里居

里居近咫尺，相見亦甚疏。偶然談易理，消息辨盈虚。六爻無吉凶，視其人所居。君子行素位，僥倖實險塗。不義而富貴，不如草莽儒。

贈君

贈君一杯酒，我欲歸我鄉。君亦來作客，頻年何事忙？丈夫負奇行，愚者安可望。讀書豈徒然，羣犬吠我狂。談笑良非偶，離别不足傷。他日更相遇，記取園花黄。

髫年

髫年多意氣，出語頗驚人。命蹇空復爾，蠖屈不得伸。獨立天地間，四顧茫無垠。清風爲我友，明月爲我鄰。桃李雖爛漫，何似梅清真。當其破蕾時，一笑天爲春。

有才

有才頗多累，無名竊自安。得酒書可讀，會意琴謝彈。朝看岫雲出，暮見飛鳥還。推尋兩無迹，我姑作是觀。

山人

山人一壺酒，此外非所營。迹與白雲化，心隨流水平。談諧無俗語，詠歌有清聲。尚友晉以下，庶幾陶淵明。

百代

百代祇須臾，古人亦長逝。及時能行樂，乃不虚生世。落拓天付與，富貴不足繫。日月錦繡裳，倏焉緼袍敝。乃知芳草墟，舊日高門第。勸君莫停杯，一醉八千歲。

丈夫

丈夫貴倜儻，離別不相憶。即令有所思，思之復奚益？不如飲美酒，得意且大適。所遇即所安，胡爲長太息？

御風

御風駕黄鶴，逍遥乎九州。忽逢方外客，攜手話舊遊。舊遊蓬萊山，山上多瓊樓。仙人王子晉，招我驂紅虬。伸手弄明月，洗耳枕清流。脱身萬物表，何事紛營求？

怒濤

怒濤躍舟上，或言江有神。相逢游客來，先滌衣上塵。定慧寺前樹，心空能容人。古佛對我笑，似與曾相親。吾來值秋九，相從二三友。黄君興最豪，健脚向前走。登山復下嶺，歎賞不絶口。顧君更風雅，同步或在後。回首忽不見，相逢詩在手。

吾懷

吾懷彼君子，步上黄金臺。光耀争日月，志氣横崔嵬。夜分玉漏動，殿上金門開。上書指畫地，聲名動九垓。天子親執手，王公忌此才。賈生徒慷慨，已謫長沙來。行吟太瘦生，憔悴使人哀。

華亭

華亭今無鶴，唳久絶人耳。惟有機與雲，千秋不曾死。

昔我五章

昔我游帝京，日日見新政。模範海外型，頌揚天子聖。及今追往日，此世實稱盛。歸來未匝月，雷聲忽動聽。論義必不可，或謂事歸正。疾歌音正裂，短夢魂驚醒。家巢燕未孚，隔牢麟生定。環水望瀛臺，時聞一聲磬。

慷慨五六士，駢誅在一刻。血自我始流，喙使衆皆息。逋臣萬里走，大索不可得。一向西之荒，一在東之極。斯時行未敗，何弗暫默默？海外發狂言，猶不自修飾。内夷外中夏，春秋義不直。躍躍思蠢動，豈能免國賊。況爾視天顔，胡爲承霽色？

小醜弄干戈，夷兵奈我何。王公肯傾聽，糜爛血成波。幾見張角旗，能定漢山河。其術一何陋，其計一何訛。良不爲忠憤，仰承旨意多。天族已疏遠，無從假斧柯。但因孺子貴，恩眷時有加。一朝弄大權，宗社幾傾頗。只此半載中，事事堪呀嗟。

大沽口已失，天津郡何恃？雖經血肉搏，聞勝且勿喜。無何大城陷，萬户亂遷徙。步步至楊村，去京不多里。猛攻礮火紅，宫寢驚無已。背城拚一死，惟有將軍李。天子竟蒙塵，昨奉慈輿起。猶謂識先機，得免爲俘恥。

行行古太原，暫息且回顧。鬼已滿深宫，狐復填逵路。痛哭亦何爲？藎籌宜敷布。當時召相國，和戎轍循故。和戎豈良謀，暫使邦交固。昔者長平役，趙亡在旦暮。明歲戰邯鄲，秦兵竟卻步。虞卿頗可喜，平原亦足慕。奈何西入關，此計恐終悞。

子夜吴歌

去年江上柳，攀折曾親手。親手贈行人，臨别幾回首。今年到江上，依舊青青柳。親手又攀條，折贈何人受？

荷花十里圓，蕩出采蓮船。盈盈船上女，皎皎疑神仙。來往殊飄忽，時被花遮没。寄語岸邊人，可望不可即。

一色秋光白，雲開見月華。天涯無限路，何客不思家。星落楓江小，雁飛荻岸斜。不堪傾耳聽，商婦泣琵琶。

寒宵鐙火夜，素手縫征衣。縫成寄遠人，遠人何時歸？脈脈向鐙語，事事願常違。春風有時到，吹不入羅幃。

慈母

新年景物新，堂下祝長春。上堂見慈母，笑言逢誕辰。彩雲繞帷幄，東風吹河濱。前有舞萊子，鞠[illegible]捧上觴。後有椎髻婦，潔手羞瓊漿。賓客集衣冠，共思母德揚。母言淑以柔，母儀温且莊。母心盟古井，母節經秋霜。清歌席上起，雄文壁間張。一日盡歡樂，亦爲鄉里光。瑞雪及時降，佳氣凝曲房。韶華正無限，緑萼先含芳。

有子

有子述母德，母德足稱揚。夫亡日一蔬，撫孤心悲傷。厚愛兒孫女，訓之必義方。勞苦非所惜，逸豫非敢望。片言能決疑，衆材無棄長。持家五十年，冰櫱苦備嘗。家業日以富，母獨無完裳。但於世有益，千金屢傾囊。

有子述母德，母德有由始。母當爲婦時，正值亂初已。家徒四壁立，重闈缺甘旨。清晨出耘田，日日行二里。迨至輟耕歸，百事須經紀。姑老怡暮景，家政惟婦恃。一家數十口，井井有條理。金陵夫壻歸，對之亦色喜。

善行

善行所當行，行之必有倫。愛物儒者事，但須先仁民。仁民猶其次，厥首惟親親。由親以推暨，物我乃同春。墨氏昧其理，名教斯罪人。摩頂利天下，無乃喪其真。

采桑曲四章

漢之尾兮江之頭，有美人兮執筐求。緑隄紅陌春風柔，昨夜漁陽夢到不相逢。姊妹休采藍，生愁箔上飢春蠶。

漢之尾兮江之濱，有美人兮惜芳春。朝朝采桑南陌循，桃花灼灼葉蓁蓁，絲成新製合歡裙。

漢之尾兮山之陽，有美人兮采盈筐。鬢花紅落清谿旁，一春心事爲誰忙？

山之陽兮一抹煙，有美人兮攜筐旋。餧蠶那得教蠶眠，蠶眠四月新絲吐，一翻江上桑孃苦。

古調

古調已矣今莫彈，撥斷吴絃秋雨寒。明月落在黄河底，白魚飛上青雲端。嗟我扁舟一回去，問君名山幾度看。若遇故人攜手問，道儂近日學偷閒。

鸚哥

昨夜柳條春已洩，梨花含雨團香雪。美人細語人不聞，卻被鸚哥偷弄舌。

塞鴻

塞鴻飛兮滿地秋，使臣莅兮停華騮。單于貪饕似狼虎，使人畏縮如鯝觗。天山峩峩，歸路悠悠。和好不久兮終成仇，眼見狂飆之吹兮捲起長斿。天鼓隆隆兮勇夫挺矛，賴皇仁兮使爾休。

雉子斑

雉子飛在田，鳴聲聞九天。君不見顔生逞辯齊王前，終身不辱形神全。吴王昆弟延陵賢，富貴一霎如秋煙。閹人掩閤拒尚書，屈膝哀求劇可憐。太尉足何香，彭孫頗無顔。古來仕宦半如此，請君行歌《雉子斑》。

行路難二章

君不見大禹奇功奏千古，櫛風沐雨多勞苦。仲尼抱道不忘世，南北東西日月逝。人生事業何爲爾？自古以來止如此。百年苟得一日閒，願隨巢父棲深山。

志士不家食，食也曾無魚。志士不家居，出也曾無輿。撫劍空歎息，長鋏歸來乎？翦蔬可茹，安步當車，奚可碌碌而長驅！風波險惡，怪壁邪揄，豺狼夜伏，長蛇當塗，行路之難有是夫？

拋紅豆

拋紅豆，呼嬌婢。排五木，散九齒。笑聲之喧永一宵，蘭麝之香聞十里。燭搖影，花吐蕊，曙色紗窗明如此。與君語，君聽之，古來歡盡易生悲。燕巢畫棟將焚候，正是鴛幃醉夢時。

野花三章

春風吹罷秋風來，野花無主獨自開。有人經過對花悲，悲花淚盡還自悲。人老亦如秋花萎，花萎尚有儂替悲，儂老不知悲是誰。

不見東鄰貴公子，日日閒遊在街市。街上花農唱賣花，傾囊買得花還家。還家治尊酒，折柬邀良友。笑折花枝對客筵，此花顏色勝前年。顏色雖云好，似此名花今不少。可憐別有好花枝，月冷風凄人不知。

野花笑不支，笑君太情癡。君不見玉膽鉼中折花供，折斷花枝花心痛。朝插美人頭，暮拋階下愁。熱場如此何可留，不如清閒得自由。人生最苦是束縛，花獨何爲不自樂？

喬元達，譜名敬承，字佩蓀，號雲石，諸生，居二竈。

感舊

舊時門巷舊時莊，風月依然蔓草荒。小有樓臺非故主，尚留碑碣卧斜陽。池亭遍種瓢兒菜，玳瑁誰尋燕子梁？眼看青苔生玉座，衣冠榛莽亦何傷。

潘彝德，字樹百，自號入井餘生，貢生，居新場。

《畹香留夢室詩話》云：君與余結金蘭契，喆嗣時若又從余游，故集中唱和之作獨多。猶憶余下榻君家時，有燕巢於書館梁上，因分韻作《燕巢詩》，余後半首云：「觸我幽情雙宿處，護伊香夢倦歸時。落花銜得須重補，寄語珠簾莫便垂。」時余方失偶，君笑謂之曰：「言者心之聲，君殆有求凰之意乎？」余曰：「未能免俗，然餘哀尚未忘也。」相與一笑而罷。卌年影事，歷歷目前，而余已白髮頹然，君更墓有宿草矣。短夢輕塵，思之輒增悵惘。

登金山

攜筇直上妙高峰，萬里江天一覽空。檣影參差紅樹裏，鐘聲隱約白雲中。六朝人物隨波去，千古河山此地雄。獨倚危闌發長嘯，銀濤如練起鮫宫。

舟行遇風

萬頃狂濤浴日紅，輕舟一葉浪花中。推篷不覺添惆悵，眼見來帆是順風。

歸舟即事

十日閒身伴客舟，吴山越水儘句留。疾風捲浪連天雪，老樹延暉滿地秋。欲寄家書盼歸雁，且將心事付閒鷗。到家已近重陽節，斗酒先應與婦謀。

春宵有感贈紫仙

颯颯東風翦翦寒，蕭齋獨坐怯衣單。骨因多傲知音少，詩爲求工得句難。花事易從愁裏過，世情只合醉中看。年來勘破南柯夢，獨向江頭把釣竿。

贈同硯謝儀笙茂才

數載雞窗結契真，宣城器度自超倫。文章閬苑新詞客，風月杭州舊主人。水到江湖方浩蕩，梅經霜雪越精神。天池奮鬣須臾事，莫漫泥沙怨困鱗。

聞左帥收復新疆賦此志喜

凱歌聲起漢家營，萬里新疆已蕩平。戈壁冰霜疲士卒，雲臺冠履壯耆英。十年征戍軍儲竭，一體懷柔德意宏。畢竟天戈自神武，當年臂悔怒螗撑。

攻心上策勝攻城，擒縱先煩廟算精。四塞版圖收指顧，萬家鐃鼓慶昇平。軍威振處雷霆赫，兵氣銷時日月明。聞道皇仁恤民瘼，九重詔下省春耕。

許永清，字拙齋，諸生，居三墩鎮。

和蔣犀林大令留别鶴沙士民韻

一天梅雨麥秋時，聞道鳧飛已有期。花下鳴琴纔布政，水邊贈芍又將離。汝南月旦推名宿，海曲風騷賴主持。臨别驪歌且休唱，唱君新製《竹枝詞》。

才識恢閎氣骨蒼，如公繁劇儘堪當。傳家孝弟風敦樸，名世文章典啇皇。詩滿董樓雙管豔，花栽潘縣一春忙。政成報最朝天去，會見黄麻下九閶。

潘喜望，字企山，貢生，居川沙。

采棉詞

棉鈴采得滿筠筐，一笑歸來問阿孃，還是製衣還製被？兒家心事費商量。

絮花彈作雪婆娑，奇煖居然勝綺羅。相約鄰家諸姊妹，蠶神不賽賽黄婆。

葉洪源，字奏雲，監生，居四團，著有《邀翠簃詩稾》。

黄祉安明經《南沙雜識》略云：舅氏奏雲葉先生，少應童子試，以病輟。家藏書籍字畫甚富，自遭寇亂，散佚過半。先生收合餘燼，築邀翠簃貯之，晨夕婆娑其中。生平精鑑古，尤覃心畫理。晚年喜寫山水，意在迂倪癡黄之間。余之作畫，得先生指授爲多。年七十二，以微疾逝。文孫秀峰茂才，究心翰墨，能世其家。

述懷

平生慣抱採薪憂，今喜頑軀得漸瘳。顧影自憐癯似鶴，盟心祇覺澹於鷗。一籬黄菊耽清玩，四壁青山恣卧游。世事浮沈何足問，茶煙禪榻且夷猶。

贈黄月波

千頃汪洋是我師，紅亭落日别多時。殷勤丁屬南飛雁，莫寄梅花只寄詩。

看菊詶友人

泛罷瑶觥月正華，重燒銀燭照名花。相逢一笑成知己，君是詩家我畫家。

周世棻，字芷薌，監生，五品銜，居三竈。

蘇武牧羊

舉頭誓不戴胡天，海上羈身十九年。絶漠煙塵堅握節，孤臣風雪苦吞氈。匑求白草黄沙地，愁起哀笳暮角邊。獨上望鄉臺上望，鄉心還倩雁書傳。

秋雨

一夜瀟瀟雨，涼生枕畔秋。明朝紅樹裏，添個賣魚舟。

初夏村居

自與紅塵隔，蓬門晝不開。鳥啼人未起，犬吠客初來。稽古繙青史，澆愁倒緑醅。腹枵無好句，詩債莫相催。

雨後

夕陽微漏暮雲低，緑漲平疇雨一犁。閒立竹林最深處，一聲聲聽鷓鴣啼。

題畫

扁舟任往還，水曲遮紅樹。犬吠白雲中，幽人在何處？

送人

錦綴楓林兩岸秋，忽驚南浦動離愁。多情一片江南月，直送行人到渡頭。

冬日雜興

索居喜無事，日日掩荆關。何以破岑寂？山鳥聲綿蠻。課茶此静坐，寡欲心自閒。翹首望太空，白雲時往還。有時傾一卮，頹然夕陽殷。

寒意入踈林，風聲滿庭樹。日暮野老來，清談愜幽愫。時披種樹書，課兒學稼圃。稼圃何所樂？菜根皺能悟。

夕陽將西匿，田閒遇鄰父。行行到我門，並坐慰勞苦。酌酒互酬勸，有懷期共吐。所慮風俗婾，世情今不古。翩翩裘馬兒，争逐錐刀賈。酒酣言未竟，追呼吏敲户。

水漲

忽地狂瀾倒，奔騰萬馬驕。雨師朝聽令，河伯夜迎潮。波湧田無岸，人來市倚橈。沿村茅屋毁，露坐哭通宵。

新秋即事

輕煙澹澹月朧朧，凉入蕉衫葛帔中。置茗小窗閒佇立，荳花棚下聽秋蟲。

題畫

何福修來似畫中？文待詔句。江清月白萬緣空。煙蓑雨笠瓜皮艇，飽看青山趁晚風。

王保衡，字仲平，蓉生子，優貢生，候選教諭，居邑城。

題清河節母盟心古井圖

婦人重名節，尤貴明大義。存孤事始難，從死猶易易。卓哉張節母，秉性良獨異。黽勉事夫子，夫死兒尚穉。冰霜二十年，教養倍周至。兒身日以長，母心日以悴。迨兒得成人，欲伸反哺意。傷哉風木聲，慈母已見背。爰繪古井圖，細述盟心事。井水清且寒，母心矢不貳。井水清且澄，母心永無愧。鯫生數盥薇，敬題數行字。非徒表孤芳，亦以風當世。

王保奭，字召棠，蓉生子，進士，户部主事，居邑城，著有《雙薇吟館詩稾》。

敬題外舅耿思泉先生萸菴退叟遺藁

信得江山助，高歌筆有神。縱留篇什少，獨寫性情真。花鳥無窮恨，山林自在身。萸菴好風日，置酒賞穠春。

自依甥館久，時和短長吟。遊子秋纔返，謫仙星已沈。冰清成逝水，琴碎失知音。試展遺編讀，悽然淚滿襟。

唐汝鼎，字鼐卿，諸生，居四竈。

貂蟬

鋤姦巧用連環計，稗史荒唐姑妄聽。今日蛾眉何處去？白門樓畔草青青。

楊思義，字蜀亭，號次崖，諸生，居三團，著有《次崖遺稾》。

奉賢朱昂若孝廉序略云：蜀亭嶔崎歷落，至性過人。嘗奉母挾妻子往舅家弔喪，舟行遇風覆焉，蜀亭落水良久，抱其母而泅獲免，妻及子盡殁。其爲詩不雕琢蔓詞，不拍張才氣，而清言逸致，語語從性情中流出。

惡鳥

惡鳥不識名，來集東海壖。不飛亦不鳴，於今已三年。或曰是鵰鶚，驅之毋任延。或曰是爰居，祀之宜加虔。豈知惡鳥惡，如火燄益燃。饕餮乃其性，殘刻乃其天。爪長喙復利，高踞茂樹巔。下視小鳥過，攫食擇肥鮮。惡鳥愈飽飫，小鳥愈顛連。戾氣傷天和，風雨節序愆。哀鴻徧中澤，惡鳥獨怡然。我非善弋者，不敢挾矢前。惟願爾速去，微生庶保全。

和蔣犀林邑侯再集香光樓原韻

招得閒鷗日日親，宦遊隨處寄吟身。兩三點雨消離恨，百八聲鐘送晚春。五日傾觴泛蒲酒，一時列席盡儒珍。此邦風雅疇提唱，子美詩開世界新。

香光樓讌集步韻呈蔣犀林明府

雪鴻劇喜此間留，花滿方池月滿樓。東閣吟梅曾雅集，西園載酒又清遊。荷風入座堪消夏，竹韻敲窗已報秋。卻笑公門懶桃李，未經羔雉贄先修。

贈門人黃本初即題其模山範水圖

江夏有黃童，夙爲我弟子。愛結山水緣，繪圖索我紀。圖中何所有？山屏水鏡是。模之又範之，頗得雅人旨。我忝一日長，言當求實理。天地有真機，終古常流峙。動静無不宜，樂壽良有以。念子束髮時，受書侍杖履。倏忽三十年，年光疾如矢。我今窮且老，正合蟄鄉里。惟子年壯盛，無聞實所恥。丈夫志四方，努力拾青紫。山水非不佳，莫貪卧游美。

秋日村居雜興

雨餘暑氣已全忘，漸覺清風透體涼。載酒踏歌菱葉路，觀雲曳杖稻花莊。游歸埽榻神先倦，客去攤書味最長。得飽便無憂患事，田園況又慶豐穰。

荷花隖即景

方塘低與夕陽平，一水瀠洄似鏡清。疑有鶴來樓外聽，藕花風裏讀書聲。

曾説詩人載酒過，紅霞一抹映清波。椒邱已圮涪皤去，只覺荷花此地多。椒邱爲邑人黄氏别業。閔爲輪有句云：「試看一抹紅霞影，都付君家載酒船。」

酷暑

朝旭紅於火，晴雲白似緜。藤蘿半蕉萃，松竹尚清妍。稗子争園果，鄰翁覓井泉。飯餘且揮汗，跂脚北窗前。

秦兆熊，字子漁，諸生，居水月菴西，著有《淮海閒居詩稾》。

題畫

一蓑一笠一扁舟，夜宿蘆灘曉蓼洲。莫便垂竿釣明月，江心怕有白龍游。漁

遥望前山暮色饒，枯枝爛葉一肩挑。歸來市上論錢賣，誰惜良琴尾易焦？樵

鵓鳩聲裏過清明，插罷新秧雨乍晴。最愛斜陽芳草路，穩騎牛背數歸程。耕

秋風颯颯颭寒鐙，静對蒲編睡未能。讀罷《離騷》捲簾看，緑楊樓角月初升。讀

姜應熊，字子望，諸生，居航頭。

《畹香留夢室詩話》云：子望本浙之蘭谿人，其父蔭亭先生挾青烏術游浦東，愛其地民風淳朴，遂占籍焉。弱冠入邑庠，文名籍甚。其爲人也，恂恂儒雅，無疾言遽色。詞章之外，兼工鐵筆，能度曲，旁及星禽壬遁，靡所不精。予幼好游戲事，嘗浼其布筴卜今日有所遇否。卦成，詫曰異哉，午刻有一馬騎人而過我門。乃相與立門外候之。屆時有村農劍負一孩至，要而問焉，則孩以午年生，生肖屬馬。其技之神如此。惜年逾而立即赴玉樓，膝下無人，遺稾遂不可復問。今之所録，蓋猶是昔年唱和之作存之篋中者也。

秦淮感舊和夢畹韻

憶昔秦淮泛畫橈，翩翩裙屐共招邀。酒邊紅袖鐙邊曲，花外青山柳外橋。六代江山名士淚，一湖風月玉人簫。於今回首都如夢，閒與君家話寂寥。

閔曾福，字筍香，震子，諸生，居閔家駁岸。

古花朝即事

嫩晴天氣冶游辰，處處園林景色新。莫放花朝等閒過，十分明月二分春。

奚世榮，字子欣，諸生，居召稼樓。

《畹香留夢室詩話》云：余僚壻杜允甫，每相見必稱道子欣弗衰。蓋允甫研求許氏學，工大小篆，精鐵筆，與子欣有同好也。顧子欣亦能詩。幼遭髮逆之亂，避地至漢皋，縱覽大江之勝，登黃鶴樓，尋仙人解珮處，游屐所至，山川助其豪興，故能才氣奔放，不爲繩墨所拘。所作山水，上溯李思訓，下法趙吴興，高古清奇，落筆便超凡俗。惟頗自矜貴，不輕爲人落筆，故世鮮流傳云。

舟次赤壁

扁舟如葉蕩江波，月白風清奈夜何？故里滄桑增感慨，古人鴻雪半消磨。黄岡曙色催寒近，碧嶺砧聲向晚多。醉裏不愁歸路遠，篷窗獨坐叩舷歌。

倪繩範，字湛欽，諸生，居北莊，著有《經鋤草堂遺稾》。

倪斗枬明經題云：亡弟湛欽，秉性淵雅，早歲從余習舉子業，游庠後精研醫術，寒暑罔間。顧性獨嗜詩，雖求診者屨滿其户，而秋風破屋，時有吟聲出茅檐葦壁間，其志趣亦可想矣。兹從遺篋中檢得詩若干首，已蠹蝕不全，循誦再三，不勝姜被田荆之感。

過蠡篷從曾祖故居

舊日書堂谿水東，斷垣零落付秋風。老槐不解興亡感，儘立寒煙夕照中。

感舊

眉刷青螺鬢鸐鴉，鬱金堂畔是兒家。蜘蛛宛轉牽情緒，鸚鵡聰明記夢華。初蓓蕾花經雨打，未團圓月被雲遮。而今人面歸何處？愁見夭桃竹外斜。

寄友

連宵秋雨復秋風，翹首長天盼斷鴻。兩地樹雲迷朔雁，三更鐙火伴吟蛩。市中屠狗功名賤，酒後談兵意氣雄。獨有至交忘不得，寒窗檢點舊詩筒。

客中書懷呈舅父金玉堂

穉子纔黄口，哀親已白頭。獨攜琴劍出，苦爲稻粱謀。世事雲千變，鄉心月一鉤。與君且高酌，醉唱白符鳩。

陶慶洪，字怡雲，健孫，諸生，居大團，著有《酸窠碎墨》。

秋景

小立谿橋豁遠眸，煙憔柳悴不勝愁。西風吹得霜林醉，爲報江南已暮秋。

采蓮曲

泖湖之水清且漣，蓮花的的如人妍。吴姬蕩槳穿花入，臨波一笑殊嫣然。翠袖翩翻波映緑，風送蓮香襲輕縠。叩舷漫作《采蓮歌》，沙頭驚起鴛鴦宿。鴛鴦飛入海天霞，緩緩歸來日已斜。阿母迎門笑相問，湖中可有並頭花？

舟行口占

澹雲漠漠雨濛濛，閒掉扁舟趁晚風。帆影恰隨流水轉，人家多有小橋通。遠山樹色蒼茫裏，古寺鐘聲隱約中。行到煙波最深處，鷺鷥驚起入蘆叢。

盛爲翰，字雲屏，居邑城，著有《愛吾廬學吟草》。

輓陳雲亭

小别剛三日，驚傳病耗來。諸醫皆束手，二豎竟爲災。倉卒修文召，凋殘濟世才。彌留雙淚迸，令我肺肝摧。

廿載相投契，交憑道義深。縱談時抵掌，聞善便傾心。採我芻蕘語，銘君藥石箴。從今數同調，愴絶伯牙琴。

公事猶家事，如君有幾人？宣猷資指臂，佐治費精神。豁達由天賦，和平率性真。劫餘輿百廢，一一寓經綸。邑中宫廟祠壇、城垣橋道，次第興復。督工籌費，君咸任其責。仁者原宜壽，天何不假年？掬心盟皦日，齎恨赴黄泉。生死交情見，悲歌老淚漣。九原差足慰，有子一經傳。

日事憤言

無端鯨浪起朝鮮，頃刻狼烽燭九天。失律已聞誅馬謖，黄海之戰，方柏謙先遁，伏誅。聽歌猶愛召龜年。中秋夜讌，選舞徵歌。日人諜知，猝攻大屾。牙山勝敵功何在？葉軍諱潰，虚報戰功。平壤輿尸事可憐。左帥寶貴血戰陣亡。坐使寇氛驚御座，諸君何計策安全？遼陽兵敗，京師震驚。

陳光鑑，字燮經，後改雪經，諸生，居陳家行，著有《三友園詩草》。

《晚香留夢室詩話》云：予年舞勺，即與燮經交。燮經善畫工詩，而隱於醫家。有三友園，富圖書，饒花木。日以彈琴詠詩爲樂，無一毫俗慮攖其心。歲癸丑，陳鈕難發，南北交訌，因率其妻孥避地至杜浦。時則隔江烽火，徹夜驚心，礮聲隆隆，窗牖震撼，而燮經日與陳君采卿、倪君斗柟、張君雪洲及鄙人分題拈韻，刻燭鏖詩，若不知世上有兵革事。適有挾泰西攝影術來游者，遂攝成五老圖，互相題詠，一時遠近，佳話風傳。及亂定，燮經遽歸道山。越年，斗柟復攜硯他適。今之栖遲故里者，惟鄙人暨采卿、雪洲，然亦俗事牽纏，無復當時雅興矣。讀《三友園詩》，爲之悵惘者累日。燮經子燮生、孫拜庚，皆能以醫及書畫世其家。

聽鸝亭觀書

故園久已滿蒿萊，今日歸來徑暫開。架有詩書勞檢點，庭留花月足徘徊。鳥聲晛睆如相識，樹影參差記舊栽。掩卷沈思千古事，呼兒且覆掌中杯。

踏雪

一夜雪花舞，峭寒生被池。何來驢背客，野店獨尋詩。

看花

繞籬花半畝，歲歲發春紅。獨有看花客，今成白髮翁。

自題秋山行旅圖

得得騎驢去，秋風古驛中。寒雲千嶂白，落日半林紅。古寺濃煙護，長橋曲澗通。欲尋沽酒處，隔水問村翁。

謁袁將軍墓墓在周浦月河橋西

滬瀆壘高高，將軍此建旄。豐功垂史策，荒冢翳蓬蒿。大節昭千古，奇謀貫六韜。何時禁樵牧？立碣表人豪。

楊嘉焕，字步雲，一字補篔，號笛夫，諸生，居邑城，著有《晚香齋詩草》。

《晩香留夢室詩話》云：補篔嘗兩刲臂肉療母疾，孝子也，而耽於詩。某歲，余假館蒲西，主益聞館筆政，君與奉賢蔡菊生茂才屢寄詩筒乞登報紙，遂定交焉。君詩從宋人入手，樸實無華飾，雅近楊誠齋。時或撫時感事，俯仰低徊，則又如平子言愁，文通賦恨，蓋亦時地使然也。其家僦居城南隅，小庭雜莳花木，每當花之晨月之夕，巡檐覓句，意興翛然。架有奇書，門無俗軌，殆今之隱君子歟！中年度地香光樓之後，搆屋三椽，居未數年而溘然下世矣。文人無禄命也何如！菊生亦寒士，先君卒。其子小菊，業醫。

夜雪

長空夜半玉龍吼，吹下雪花盈尺厚。雪中梅花發滿枝，醉起巡檐開笑口。蕭蕭一片虚白生，静聽虬箭傳三更。急呼老蟾躍雲出，照徹世界皆光明。團團冷絮飄無數，莫辨前村沽酒路。祇燒石鼎煮寒泉，浄滌冰甌裁妙句。興酣忘卻布衾單，鐙影依依漏欲殘。枕上雄心渾未滅，夢擕長劍斬樓蘭。

晚眺

薄暮牛羊歸，落葉響樵路。清磬隨風來，杳然不知處。時有山中人，抱琴谷口去。數點飛鳥還，夕陽在高樹。

偶成

屋後竹成畦，庭角花盈墀。當其好春日，同受雨露滋。一矜顔色好，一見節操奇。顔色易憔悴，節操無改移。風霜一以至，品遂分高卑。乃知造物意，此中非有私。共葆金石性，千秋以爲期。

秋怨

金風起兮玉露滋，秋氣烈兮秋聲悲。彈清商兮理冰絲，懷夫君兮長相思。感流光兮去若馳，守孤幃兮淚暗垂。望刀環兮定何時？卜佳期兮不可知。攬明鏡兮凋芳姿，捐膏沐兮卻粉脂，嗟薄命兮將怨誰？

放歌

楊笛夫，咄汝謀生計太迂。汝亦堂堂七尺軀，何爲侷促如轅駒？廿年辛苦爲貧儒，不能騰躍遊天衢。荆州已死青眼無，讀萬卷書胡爲乎？世情往往惡貧賤，惟勢則慕利則趨。君不見龍斷居奇大腹賈，紫標黄榜多青蚨。又不見攀緣仕路附津要，侯門彈鋏争曳裾。貴可以比趙孟，富可以駕陶朱。汝無封侯之骨拜相之鬚，腰纏萬貫豈不羨如？風馬牛，途乃殊。長此一氈寂寞老，牖下路旁之鬼争揶揄。汝生今年三十一，飢寒累及妻與孥。既無田十畝，又少桑百株。

一家八口將安需？空囊瑟索徒踟躕。猶復詩一卷酒一壺，醉歌擊案呼烏烏，何乃賦性真糊塗！嗚呼楊笛夫，汝何不幡然改計謀良圖？故鄉輕薄薰勢利，冰炭不入有以夫！

春夜月下獨酌

花枝浸月花愈妍，詩人愛月夜不眠。一香一几一茗椀，捲簾獨坐心悠然。熱鬧場中非吾願，願挹清光照方寸。且傾竹葉浣新愁，況有嫦娥笑相勸。勸吾飲，伴吾吟，春宵一刻真千金。吁嗟乎！花落花開年復年，蟾輝能見幾回圓？月正圓時花又放，花前一醉亦神仙。

旅夜有懷次韋蘇州夕次盱眙韻

望望煙水遥，去去宿孤驛。美人隔雲端，相思日復夕。伏枕嶺猿啼，啓户江月白。寂寞數寒更，誰憐異鄉客？

醉歌

平生頗耽飲，一舉盡十觴。偶因瑶池宴，醉卧香案旁。大笑不顧天帝怒，拂衣直走來下方。偶然失足作儒士，臣朔從兹飢欲死。

結客少年場

結客少年場，手散千黄金。黄金散盡不足惜，但願爾我同一心。朝賡伐木章，暮作谷風吟，雨雲反覆盟難尋。人情之險有如此，請君莫駭瞿塘水。

寒夜即事用漁洋山人寄彭十韻

朔風吼寒林，圍鑪坐深夜。留客共清談，茗戰興未罷。凍雲宿屋角，燈光出茅舍。殘雪落松梢，一鶴翩然下。

聽雨書懷

風塵落拓百無成，總被儒冠誤此生。天與飢寒鍊詩骨，秋將風雨壓愁城。蕭蕭華髮悲春夢，落落晨星數舊盟。熱血一腔何處灑？壁間長劍幾回鳴。

庚寅仲冬申浦阻風

也作瞿塘灩澦看，何人砥柱挽狂瀾？濤衝極浦軍聲壯，冷偪孤舟客夢殘。拜浪江豚晨出水，失羣沙雁夜驚寒。倚篷更聽瀟瀟雨，咫尺茸城放棹難。

感事

恨無長劍手親提，慷慨徒聽祖逖雞。共向澤中爭鷸蚌，誰從海上斬鯨鯢？孤臣北望空流涕，上相南還悔噬臍。太息低碁差一著，坐令黑白局中迷。

茸城書懷

浮沈塵海願難償，燭下頻看寶劍光。啼笑是誰真面目，屠沽此輩竟冠裳。由來傲骨貧難貶，未必名心老漸忘。觸起閒愁眠不得，欲從詹尹卜行藏。

秋夜集句

蒹葭霜露滿汀洲，潮落空江急暮流。朔塞秋聲連畫角，斷崖晴月引孤舟。涼雲覆地苔黏屐，吹笛誰家客倚樓？夜半深廊人語定，嫩寒先到玉簾鉤。

日落青林石徑幽，白雲如雪亂谿流。疎碪殘月孤村夕，楓葉蘆花隔水秋。縈砌乳泉梳石髮，畫屏銀燭看吴鈎。數殘宫漏寒無寐，細雨疎鐙共一樓。

感懷

芳華回首廿年過，一事無成唤奈何。緑鬢彫殘春夢短，青衫淪落淚痕多。惜花舊癖因愁減，斫地雄心借墨磨。起舞中宵揮寶劍，淒風冷雨助悲歌。

白門有贈

幾度秦淮打槳過，秋風壯志竟蹉跎。黄金結客知心易，紅粉憐才巨眼多。花下歌喉珠共轉，酒邊豪氣劍新磨。板橋垂柳年年緑，可奈徐孃老大何？

和韻酬菊生

惜别悤悤感索居，雙魚迢隔又旬餘。荒唐涕淚君休笑，瀟灑襟懷我不如。舊夢煙雲添悵觸，豪情詩酒未消除。爲留風雨重陽約，遠道新貽尺素書。

題白門寓齋壁

西風冷透布衣單，夢醒南柯漏欲殘。蹭蹬名場書十上，蕭條旅館鋏三彈。飲逢犀首消愁易，路入羊腸涉足難。多謝窗前數竿竹，慰人日日報平安。

寒夜書懷步菊生韻

青林才子舊推君，海鶴常隨野鶩羣。多少秋風康了恨，白楊荒冢哭劉蕡。

湖上

曾挈吟朋賦冶游，攜尊重泛木蘭舟。横塘十里秋如錦，紅樹斜陽襯畫樓。

新涼

新涼習習透疏櫳，詩未吟成酒未中。試拓紗窗看秋色，一庭黄葉戰西風。

秋夜集句

玉宇澄清暮靄收，碧天如鏡月如鉤。高樓何處吹長笛？一夜涼風便覺秋。

耿耿星河雁半横，四山涼葉下秋聲。夜長月冷蟲鳴急，冰簟銀牀夢不成。

題畫雜詩

池塘雨過晚風涼，鼻觀微聞自在香。寄語蓮娃休打鴨，藕花深處有鴛鴦。

瑶臺月下露光寒，紅蕊心含一抹檀。成句。恰似銀屏最深處，太真斜倚玉闌干。

高懷落落絶塵埃，策杖穿林獨往來。寂寞空山人不見，白雲深處採芝回。

歲暮和菊生韻

欲賦新詩自寫真，無聊近況總難陳。祇餘幾點傷時淚，灑向蠻箋寄故人。

春日漫與

又是春回太液池，拂窗弱柳碧絲絲。憑誰挽住東風力，不遣楊花滿地吹。

綠波渺渺一舟輕，南浦離筵別感生。怨殺東風總無賴，歸程不送送行程。

自題三十四歲小影

儘爾泥塗辱，依然面自真。風塵雙短鬢，天地一孤身。熱血酬知己，狂歌避俗人。恥書干祿帖，卅載守清貧。

小隱

小隱煙霞窟，翛然俗慮删。秋隨征雁至，人共白鷗閒。烽火驚遼海，琴書樂故山。幽棲隔塵境，鎮日掩松關。

江岸晚眺

推篷吟眺處，天際亘明霞。落日人争渡，殘秋客憶家。亂鴉盤古木，一雁起平沙。今夜孤舟夢，愁心寄水涯。

雪霽

雨雪朝來霽，遥聞雀噪聲。檐迎冬日暖，窗映曉霞明。竹葉薰人膩，梅花入夢清。誰懷松柏性？好共歲寒盟。

春暮

回首芳華歇，成陰緑滿枝。落花隨水遠，新竹出牆遲。春老鶯無語，香殘蜨尚癡。韶光容易負，舊夢不堪思。

山行

一徑入深處，悠然清道心。亂雲扶古塔，斜日掛疎林。行客自朝暮，空山無古今。縛茅容小隱，猿鶴訂知音。

閒居偶詠

澗谷足徘徊，科名志已灰。星霜孤客感，花月一尊開。刻鵠思安拙，登龍愧不才。息機知我久，庭鳥漫相猜。

秋夜

檐馬一聲聲，空齋夜氣清。寒鐙伴孤影，長簟冷三更。樹挾風威壯，窗鋪月色明。美人顔縱好，遲暮若爲情。

形影且徘徊，愁來付酒杯。夜闌蟲語咽，秋老雁聲哀。話雨無人共，思鄉有夢回。階前幾株菊，獨自冒霜開。

秋夜懷人詩

憶昔論交日，班荆古滬瀆。可知文字契，自在性情深。蕭艾三秋意，苔岑一寸心。飄零同有慨，焦尾孰成琴？鄒翰飛弢

鸚鵡洲前路，思君欲往從。旅魂千里月，殘夢五更鐘。秋老啼飢鳳，時艱困卧龍。一江煙水闊，何日復相逢？陳吟鉢崇禮

空折陽關柳，難貽驛路梅。寒碪催月上，歸雁帶秋來。何日逢今雨，呼童倒舊醅。伊人溯洄久，夢繞白雲隈。杜晉卿求煃

懷君隔秋水，惆悵獨憑闌。螢火半階澹，露華深樹寒。風塵餘短劍，身世誤儒冠。應自孤芳賞，相看空谷蘭。屈柳谿采麟

秋蟲聲唧唧，故作不平鳴。對此凄清景，添余離别情。漁樵悲混蹟，筆硯老餘生。好富雞窗業，相期千載名。徐紫綬慶齡

珠玉新詞贈，神交結契深。相思秋脈脈，别夢夜沈沈。一水渺何處，閒雲不可尋。穿窗蟾魄冷，對影起長吟。俞調卿鍾詒

煙樹望蒙籠，相思兩地同。君才能吐鳳，我技愧雕蟲。按劍酒浮白，停琴花落紅。英奇偏屈抑，衮衮笑諸公。田杏農硯豐

簾外雨靃靡，閒愁縷縷添。論交能以澹，選韻不妨嚴。酬我惟肝膽，勞心爲米鹽。黄粱醒幻境，榮辱兩何嫌。陳樹珊藻

寂寞蕭齋裏，懷人别思深。霜高秋氣肅，月冷柝聲沈。舊夢驚塵刦，閒愁付短吟。何時聯一榻，相對話胸襟。楊蜀亭思義

雪霽登郡城晚眺

薄暮登城上，西風冷逼衣。遠山明積雪，孤塔戀斜暉。暝色村前合，炊煙木末微。長空雲捲净，歸雁影依稀。

晚香齋雜詠

流水板橋東，彎環曲徑通。竹窗新翠合，花隖晚霞烘。室小宜延月，簾疎不礙風。消閒無别事，濡筆注魚蟲。

石徑緑苔封，扶疎花影重。煙波招舊侶，猿鶴隱孤蹤。老去詩才減，貧來道味濃。到門谿色净，相對滌塵胸。

一雨漲清谿，垂楊緑過隄。簾櫳鸚鵡語，雲樹鷓鴣啼。留客竹間坐，吟詩石上題。有時閒

眺望，攜杖晝橋西。

松菊映蕭齋，雙扉静掩柴。寒蟲鳴破壁，落葉積空階。霜雪摧華髮，關河鬱壯懷。何當遊五嶽，竹笠與芒鞋。

春曉即景迴文

鶯啼攪夢殘，早起春寒薄。晴日曉窗紅，小桃香破萼。

秋夜不寐口占

斜月上簾鉤，殘夢醒寒蝶。倚枕一聲聲，空階墜梧葉。

秋夜即景

殘菊傲新霜，瘦損尋香蝶。荒徑少人蹤，西風舞紅葉。

施士奎，字庠伯，諸生，居大團。

秋夜書懷

翹首長天一雁過，經秋容易感蹉跎。沙場匹馬男兒事，醉拔龍泉月下磨。

唐宗義，字序賓，貢生，居四竈。

贈同宗子耘先生五古二十二韻

君面素未謀，君名耳早熟。家世溯桐封，與君本同族。安得一見之，渴塵消萬斛。乘閒訪高齋，風規得寓目。並坐敘平生，清言屑霏玉。自言十三齡，隨侍至滬瀆。欲慰二老心，竊效三餘讀。搦管學作文，聱牙苦詰曲。未深面壁功，浪向名場逐。幸入上之庠，藻芹采芳馥。無何科舉廢，時藝高閣束。旋且革命起，世變如棋局。熱客競雄心，老去甘雌伏。我本冷澹人，風味安饘粥。淩雲志已灰，覽鏡鬢漸秃。驀起故園心，黄鳥言旋復。身世等浮鷗，前程如夢鹿。蕉邱荷隝閒，選勝隨所欲。試繹君之言，知止誠不辱。委心付達觀，放眼空流俗。殊恨相見晚，又恨相睽速。别後長相思，寄君箋一幅。

顧淇，字緑天，諸生，居牛橋，著有《鴻緣詩譜》。

懷秦介侯涼州

書城昔拜小諸侯，負弩今爲出塞游。西去潼關萬餘里，計程今已到蘭州。

黄式權茂才歸自日本詩以贈之

四壁皆圖畫，閒中只卧遊。多君攜蠟屐，觀海到瀛洲。柳雪頻來往，櫻雲快唱酬。日本向島有櫻雲臺。莫言脣齒誼，徹土早綢繆。君撰《江户小志》，語長心重，殊切杞憂。

八夕鐵生招飲怡園感賦

重過怡園景不同，回闌半圮曲池東。秋蟬不管興衰事，依舊林間噪晚風。

葉秉樞，字志先，後改紫仙，諸生，居新場。

《晚香留夢室詩話》云：紫仙爲忠節公映榴裔孫，性伉爽，周知世故，急人之急，有朱家郭解風。少與余同讀書池上樓，余跳蕩不羈，紫仙每面斥之不以爲忤，蓋畏友也。中年隱於醫。詩不多作，僅於謝君企石處得《筍山十景題詞》數首，亟爲之選其一二。披遺編而悵惘，覩宿草之離披，不待聞笛山陽，已不勝黄壚重過之感矣。

谿灣石筍

人傑須知地亦靈，潮來歇浦此淵渟。而今人物都淘盡，水面空餘石髮青。

書樓秋爽

盛衰倚伏本無常，盛極難期厥後昌。一樣御書邀寵眷，湘湖今合讓南陽。

仙洞丹霞

丹楓幾樹絢秋晴，一片霞光洞口明。世界滄桑君莫問，臨風且聽晚鴉聲。

上方煙雨

虬髯怒磔氣何雄，青史曾垂殺賊功。惆悵英魂何處覓，只餘敗荻戰西風。

葉家模，字漢章，一字翼如，自號楷癡，貢生，居新場。

《畹香留夢室詩話》云：余幼時與葉君琮卿、凌君蓉洲、從叔静園及翼如同受業於吴寄雲師之門。課誦之餘，各習一技。琮卿精楷書，蓉洲工山水，静叔攻金石篆刻暨碑版文字，余專致力於五七言詩，翼如則詩及書法皆造極登峰，尤爲師所激賞。今三君已先後下世，静叔方粥書海上，余則鼎革之後杜門謝客，日惟以吟詠自娱。年來續選《海曲詩鈔》，遍索翼如詩，苦不可得。既斷手，始由其小阮貞柏茂才以近體數首見示，蓋幾成滄海遺珠矣。亟付棗梨，以志人琴之感。

紅蓼

不傍幽巖傍曲汀，嫣紅小朵影伶俜。瘦搖詩夢秋無迹，濃染脂痕露乍零。可有鵑魂栖水國，微添猩暈上銀屏。何當寫入丹青裏，著個漁舟月下停。

白蘋

莫誤蘋香喚小名，江妃標格最傾城。涼生荻浦鷗同夢，人倚蘭橈月正明。欲寄相思歌采采，那堪帶水隔盈盈。秋來無限瀟湘意，一夕因君白髮生。

謝起鳳，字儀笙，一字怡生，家樹子，貢生，居新場，著有《味芳館草》。

《畹香留夢室詩話》云：怡生爲余亡室謝淑人之從弟，年少多情，富於文藻，春衫慘緑，别具丰標，翩翩濁世佳公子也。室人鍾以急病亡，怡生哭之慟，繪《明月落花圖》以寄哀思。遠近騷壇題詠甚盛，自題八律尤哀感頑豔，情現乎辭。其殆騎五色蝶游芙蓉城而悞墮於情天恨海者乎？猶憶某年怡生薄游滬上，眷一伎字曰小紅，倩余屬聯贈之，余集成句曰：「小於幺鳳輕於燕，紅是相思緑是愁。」爲之擊節不置。今者怡生已華年齎志，黄土長埋，余亦雙鬢毿毿，早醒揚州之夢矣。追憶前塵，能無惆悵！

自題明月落花圖

鸞鶴笙簫去不還，衹聞仙佩響珊珊。更無蘭夢占佳讖，忍對菱花憶舊顔。錦瑟華年成别恨，落花流水隔塵寰。從今比目知無分，永夜長醒海上鰥。

病骨闌珊强自支，可堪永訣只移時。曾貽芍藥終留恨，欲誄芙蓉枉費辭。此去定知難瞑目，他生能否得齊眉？營齋營奠誠何益，祇惹安仁鬢欲絲。

白牡丹

萬花成陣錦成圍，捧出瑶臺一品妃。富貴自能敦素履，風塵應不涴緇衣。春回雪嶺宵無價，月滿銀墀露未晞。髣髴虢姨新賜譴，蕊珠宫裏醉扶歸。

懷夢畹

與君舊姻婭，少小憶隨肩。攜劍出門去，相思年復年。繁霜楓葉岸，細雨菊花天。相約理歸櫂，故園秋正妍。

張尚純，字心一，一字莘伊，自號花好月圓樓主。諸生。居周浦。著有《呻吟草》《蕉陰消夏詩》。

《畹香留夢室詩話》云：莘伊家貧少孤，露贅於姚，依外家居焉。母夫人爲吉仙女史之女兄，幼時因從吉仙學詩，漸工吟詠。里中于香草明經，嘗謂我輩西抹東塗終不脱頭巾氣，若莘伊者乃可稱詩人之詩。其推許有如此。惜年甫知命，遽赴玉樓。喆嗣紀芳，時未舞勺，楹書零落，遺稟遂亦散佚無存。噫！余之僑寄澧谿也，可與言詩者惟莘伊及香草耳。莘伊殁後，未幾香草亦歸道山。夜雨荒齋，寂寥誰語？秋墳聽唱鮑家詩，蓋與蒲留仙同兹悲感矣。

自壽

吾家有斗酒，藏之數年久。天氣晚來秋，泥飲招吾婦。婦來婉致辭，請爲君子壽。鋪席蕉窗前，左宜更右有。雖無蒓鱸羹，亦雪菱蓮藕。齊眉先稱觥，呼兒酌大斗。弱女歌《南山》，嫣然頌黄耇。黄耇非可期，人生要不朽。慘緑少年郎，倏忽成衰叟。昔恥家食甘，今倦風塵走。世事日艱難，白雲幻蒼狗。我本幼孤貧，瞻依失父母。成童舉茂才，逾冠得佳耦。食貧靡怨尤，宅心在仁厚。今爲我稱觴，如賓更如友。願得合家歡，時和民物阜。有子守楹書，弄孫開笑口。願畢向子平，杯酒不離手。酒酣發狂歌，遑計好與醜。再五十春秋，百齡同白首。

元旦

東風又送歲華新，燕語鶯啼盡好春。只合糊塗混塵俗，未經磨鍊出精神。天生傲骨難諧世，日擁殘編莫療貧。半百年華成一夢，空留薄醉冷吟身。

贈知白山人

祖餞鶴沙後，睽違十七春。何期飛舄地，來作濟時人。笑我音容舊，多君道誼親。相逢申浦上，慷慨説維新。

赤老虎謡

我家東海濱，民風猶近古。新正值人日，豆米煮瓦釜。兒女分餉之，名曰赤老虎。謂可堅筋骨，并以壯肺腑。吁嗟時局衰，桓桓尚英武。安得如虎臣，赫然整師旅。拔劍舞起劉，著鞭誓先祖。天子守四夷，還我舊疆土。

黄鎮廷，號祉泉，諸生，居煙霞閣。

鶴沙竹枝詞

聞説村中有鶴窠，荒原只見鶴婆娑。一從上海分新縣，廬井人煙日漸多。
鯨濤萬頃浩無涯，賴有長塘一帶遮。百里平陽開斥鹵，半栽禾稻半棉花。
荷花香滿夕陽天，谿北谿南一水連。養得魚苗三百箇，勝他菱芡種湖田。

奚世來，字雁賓，舉人，居召稼樓。

鶴沙懷舊

市闤西北隱僧寮，海月堂中塵障消。百八疎鐘敲不斷，聲聲催起暮江潮。
府海官山富一鄉，長門列戟最輝光。至今衰草寒煙地，猶話瞿家百客堂。

詩仙

鐵笛一聲秋，尋仙到十洲。狂吟碧城曲，醉别岳陽樓。蓬島飛鸞過，霞天跨鶴遊。還邀錦袍客，捉月泛輕舟。

詩佛

妙諦環中得，祥光頂上圓。前身金粟界，初地木樨禪。慧業成靈運，仙龕待樂天。夙根如我鈍，可許悟言詮。

詩鬼

謝卻人間世，泉臺鬼趣多。如何秋雨夜，猶唱漆鐙歌。舊夢醒蝴蜨，荒山被薜蘿。殘宵詩膽怯，魑魅莫相過。

詩妖

大好詩林内，何堪罔兩棲。殘星野狐拜，冷月怪鵂啼。争逐騷壇鹿，誰然牛渚犀？終當斬妖魅，蒲劍手親提。

盛瓻，譜名世大，字爾然，監生，居大團。

《畹香留夢室詩話》云：爾然性跅弛，使酒謾駡，旁若無人，人遂以癡目之，爾然亦自以爲癡也。丁巳孟秋，選詩事竣，徐君耐冰以爾然手稟數巨册見示，狂草亂塗，倉卒幾不能辨認。細閱之中，多至理名言未經人道，如讀崔子玉座右銘，頗足發人猛省。然則爾然果癡乎哉？特對流俗人而癡耳。閒作近體詩，亦頗純正。其有零星佳句未成篇幅者，如「試看問舍求田客，誰是經天緯地人」；「過眼煙雲能有幾，羅胸邱壑本無涯」；「枇杷巷口能通屐，楊柳谿灣好放船」；「紅友多情懷栗里，青衫有淚泣潯陽」；「久渴欲吞滄海水，多清曲護美人花」；「無限相思情急了，不勝清怨白頭翁」；「坐懷到底成疑案，藏筴無非暫飾觀」；「無情最是枝頭鳥，不管人愁只管啼」；「弓弓貼地鞵兜鳳，曲曲蟠雲鬢鞸鴉」，皆清婉可誦。爾然爲世所憎，獨于醴尊明經深相契合。嘗欲從醴尊學畫，醴尊答以小簡曰：「爾然從余學畫誠可嘉，然亦知于邕之畫不可學乎？爾有于邕筆性乎，則不必從于邕；爾無于邕筆性乎，則不能從于邕。」又曰：「爾然奇人也，然究是貴公子。爾然試自思：『有一能乎？有一能足以謀食乎？』爾然必曰：『不得食則死耳！』然死不必急也，徐以待之可至也。」醴尊規行矩步，動止不踰尺寸，而傾倒爾然如此。是則爾然果癡乎哉？然與流俗人言之，則必曰夢畹亦癡甚！

江行

卧聽舟人笑語聲，一帆風利翦江行。披衣起向船頭立，兩岸青山遞送迎。

偶成

不識炎涼氣，終年靜閉門。別開詩世界，小有酒乾坤。自得閒居樂，狂呼古月魂。觀雲因悟道，舒卷總無痕。

立秋前一夕客中作

久作温柔鄉裏客，獨眠旅館卻生愁。韶華轉眼真如夢，不道明朝已立秋。

思歸

颯颯涼飆響緑蒲，三更月落夜模糊。近來張翰思歸甚，不待秋風便憶鱸。

和濟川韻

壯懷豪蕩倍從前，猶是翩翩一少年。四壁雲山欹枕賞，三更鐙火抱愁眠。聰明畢竟難成佛，懶散由來可學仙。静聽游魚聲潑剌，滿池明月泛紅蓮。

失題

亂雲逐月月舒波，趺坐橋頭倒玉壺。長嘯一聲星斗動，蕭蕭木葉落平湖。

寶訓堂樓上昔曾集同志作文社忽忽五六年矣回想勝游感而有作

曾共洪崖笑拍肩，月明樓上會羣仙。論文夜翦西窗燭，鬥酒豪開北海筵。老我鶯花剛一瞬，賺人科第已多年。而今鴻爪痕猶在，舊事思量輒憮然。

病中作

冷眼看人唤奈何，欲揮寶劍斬情魔。昨宵反手平天下，高枕邯鄲唱凱歌。

題寒鴉古木圖

白楊風蕭蕭，古墓生秋草。下有百年人，長眠不覺曉。塤按，此詩甚佳，然與題不合，姑附於後，并以志疑。

馬樹濤，字枚江，里居未詳，著有《拱辰書屋詩詞草》。

春閨

春陰如夢雨如絲，懶對菱花理鬢絲。恰有一雙癡蛺蝶，背人飛上海棠枝。

壬午春暮袁翔甫大令祖志得小樓於滬北緑楊深處顔其額曰楊柳樓臺徵詩同人爰獻一律

簿書叢裏早身抽，相約吟朋上畫樓。一片煙波翦淞水，二分明月借揚州。閒情時復調鸚鵡，近局還堪約鷺鷗。此日冶春重結社，紅橋疎柳最風流。

七夕閨詞

銀漢迢迢亘碧空，紅牆一角隔靈蹤。良宵苦怨填橋鵲，只渡天孫不渡儂。

年年織錦爲誰忙？寂寞璿宫夜正長。到底人間勝天上，隔鄰夫壻已還鄉。

古花朝偶成

晴窗好鳥話纏綿，花到今朝分外妍。一院暖香尋夢地，二分春色有情天。緑楊映水搓金縷，紫燕銜泥落舞筵。莫放韶華過草草，夜來同看月輪圓。

海曲詩鈔三集　卷九

清

奚憲鏞，字頌南，一字吉金，自號靈華館主，監生，居新場。

《畹香留夢室詩話》云：頌南與余爲丱角交，貌不揚而詩獨清俊。喜繪事，初從上海錢吉生學畫。人物士女，莊巾老帶，霧鬢風鬟，意態如生，風姿絶世，今之改玉壺也。中年喜作山水，多臨摹宋元人真蹟。我友黄祉安明經《南沙雜志》中亟稱之。鼎革後，余作《雪痕辭》中有一絶云：「風流重見老奚岡，盡日煙雲點染忙。乞向夜臺圖一幅，殘山賸水冷斜陽。」蓋殁已十餘年矣。去秋屬其戚潘君時若蒐訪遺槀，迄不可得，僅獲題扇二詩，讀之亦如見其風流文采云。

畫便面贈葉貞柏

自結茅菴淺水濱，苦吟時復一鐙親。寒宵酒盡無沽處，踏月谿橋訪故人。

題畫扇贈静園即以志别

故人踏破蒼苔蹟，風月清談永今夕。握手言歡歡轉愁，鐙前各道顔非昔。開樽同敘别離悰，勞燕頻年西復東。春風别夢千般幻，秋雨懷人兩地同。春風秋雨都陳迹，往事何堪細追憶。聯牀話舊未成眠，乳鴉啼徹紗窗白。不知後會在何時，寫幅丹青寄遠思。他日樹雲凝望處，願君和我扇頭詩。

朱鳳藻，字潔甫，自號養晦生，貢生，居瓦屑村。

題梅村雅集圖

鶴沙城郭東南隅，竹籬茅舍風景殊。阿誰手種梅千株？花時匝地香雪鋪。巍然一老清且臞，看花雅愛笻竹扶。招引儔侶童冠俱，左挈酒榼右茗盂。鳳簫象板琴瑟竽，商彝周鼎瓴甓甗。清談雅賞好從吾，各適其適無牽拘。酒酣大笑拍掌呼，翻身躍入壺公壺。道逢橘叟攬我袪，邀我對奕烹雲腴。樂哉此遊洵可娱，高致不讓宋林逋。惜乎地小衹區區，不比孤山鄰西湖。興盡而返日已晡，忽來佳客閑且都。謂此勝會真仙乎，當以明鏡攝作圖。庶幾佳話傳三吴，莫令鴻雪痕模糊。瓠生自顧非俗夫，只慚詩思如井枯。明春倘再招吟徒，願負錦囊隨奚奴。

金陵記游詩

白下門邊柳萬絲，烏衣巷口夕陽遲。六朝花月今何在？只有青山似昔時。
文德橋西載酒來，畫船簫鼓競喧豗。儂家别有蕭閒趣，黄葉疎林曳杖回。
清涼山麓暮煙霏，山徑秋來草漸稀。步上翠微亭子望，長江如帶一帆飛。
幾番小劫歷紅羊，零落盧家玳瑁粱。我向鬱金堂下過，閒招燕子話斜陽。

陶元石，字衡初，諸生，居邑城，著有《静寄軒遺墨》。

友有自號酒鬼者與飲大醉戲作酒鬼謡嘲之

古有酒中仙，少陵寵以詩。今有酒中鬼，稱名亦大奇。我性耽麴蘖，與鬼時相隨。拉之入酒肆，飲以蕉葉巵。鬼曰器何小，傾甕我不辭。豈知三爵後，屢舞旋僛僛。鬼臉變青紅，鬼語雜侏儷。嘯類九頭鶬，跳若一足夔。蘭堂燭光暗，颯颯陰風吹。我無子龍膽，見之粟生肌。鬼忽搏膺呼，舌吐髮亂披。頗欲掬之啖，恨非終南葵。一笑姑舍是，且敬而遠之。

胡祥椿，字蔭仙，諸生，居新場，著有《怡紅吟館稾》。

《畹香留夢室詩話》云：君先世新安人，以經商至浦東，遂占南匯籍。少與余同受業於吴寄雲師之門。與人交儒雅温文，無疾言遽色，以故人多樂與之游。屢賦槐黄，依然康了。中年無禄，早赴玉樓。惜哉！ 詩不多作，《怡紅吟館稾》祇近體數十首，蓋殁後其嗣君硯鋤所編次也。

秦始皇

崛起關中一匹夫，埽除六國定黄圖。憑君收盡咸陽鐵，好鑄江山贈寄奴。

望揚子江

六代江山付逝波，英雄淘盡恨如何？雨花臺上憑闌望，兩點金焦似髻螺。

舟經黑水洋

極目渺無際，風煙接渾茫。日沈遠山黑，沙捲怒濤黄。海闊舟如粟，宵深月滿裳。長纓何用請，濯足有滄浪。

王曾穀，字穀伯，諸生，居三竈。

步吴廣文韻

今世誠何世？蜉蝣且託身。鶯花隨所好，筆硯暫相親。腹愧將軍負，飢憐季女貧。不才應爾爾，蜷伏肇谿濱。

白盡鬢邊雪，依人仍故吾。浮生厭塵世，理學契先儒。未脱毛生穎，頻叨阮氏廚。欲尋魚樂處，池沼亦江湖。歲晚仍羈旅，閒門少客過。餘生謝軒冕，此地即槃阿。客鬢搔逾短，檐花落更多。朝來攬明鏡，非復舊顔酡。

馬負圖，字應星，諸生，居六竈。

母喪除服述哀

子職何曾一日殫，麻衣雖釋淚難乾。私心怕觸椿庭痛，留著祥琴不敢彈。

陳錦柏，字仲英，諸生，居邑城。

奉和蔣犀林大令留别鶴沙士民之作即步元韻

學撫瑶琴未幾時，賞音何幸遇鍾期。正欣小草資培護，無奈長亭又别離。折獄全憑冰鏡照，程文曾見玉衡持。臨行不忍歌驪曲，聊獻襄陽播掿詞。

龍門捧袂亦前緣，蘿月軒中晉謁便。晨硯分題詩草麗，宵鐙判牘墨花鮮。偶開蔣徑因留客，暫别棠疆爲避賢。多少兒童騎竹馬，重迎郭伋待何年？

丁亥七夕香光樓雅集和司馬温公華星篇韻即呈蔣犀林明府

雲軿天上飛無迹，惟見白榆星歷歷。夜深瓜果設中庭，道是雙星會今夕。百尺雲梯倚碧空，置身疑在蕊珠宫。叨陪諸老樓頭坐，時雨春風杖履中。虯箭沈沈夜幽悄，未許天雞遽報曉。竹葉沽來月滿觴，荷花開處香盈沼。行世文章汰復洮，衹存精液脱皮毛。自愧巴人難屬和，陽春白雪曲彌高。作畫思摹黄子久，援琴還作松風吼。夜深秉燭恣清游，月落星稀杓轉斗。子雲相如把臂親，豔詞掃盡梁與陳。他年翰墨争藏弆，豈異今人視昔人。

顧金題，字耀楣，諸生，居四團馬路港。

香光樓

萬重煙水一危樓，中有尚書履蹟留。天遣沙城開勝境，誰攜玉笛泛清秋？殘鐙繡佛禪心寂，古壁題詩墨藻流。預約放鷴亭畔月，明年花發再來游。

沈景文，字雲階，諸生，居邑城南門外。

暮春凝翠樓即事

青苔布地如錢小，滿院落花紅不掃。静掩文窗讀道書，鑪煙細逐晴絲裊。紫燕黄鶯故故飛，柳絲無力繫斜暉。只聞夜半鵑啼苦，猶勸東皇緩緩歸。

程冀鶚，字映楓，諸生，居新場。

《畹香留夢室詩話》云：映楓年甫舞勺即游於庠，不屑爲舉子業。喜吟詠，與同里諸少俊結詩社，分題角韻，輒冠其曹。惜天不永年，未弱冠即以瘵疾殞。是豈佛國中優曇鉢花歟？《棹歌》二首，係社中課作，余所點定者也。

鶴塘櫂歌

秋風瑟瑟釣魚磯，兩岸蘆花作雪飛。郎采蒓絲儂打槳，扁舟載得月明歸。

打魚歸去趁秋潮，小小瓜皮短短橈。蕩破千秋橋下月，悮儂認作碎珠跳。

顧乃嘉，字績臣，諸生，居五團。

題秋雨讀離騷圖

湘花湘草不勝哀，獨對殘鐙古帙開。四壁亂蛩催夢醒，一天涼雨送秋來。垣荒薜荔啼山鬼，淚灑蘅蕪哭霸才。欲向荒祠薦蘭芷，碧雲望斷楚江隈。

顧金書，一名簡，字檢青，自號武陵漁隱，諸生，居邑城西門外。

自題桃村雞唱圖

明霞萬斛絢春晴，一徑斜通略彴平。魏晉風流今見否？沿村啼徹午雞聲。

自題畫菊

題罷花餻興更長，登高挈榼作去聲重陽。西風似解騷人意，吹綻疏籬幾朵黄。

唐時雍，字際虞，諸生，居七竈。

游福泉寺

挈伴來尋福泉寺，疎鐘隱隱出禪關。南朝古樹雲深護，可有仙禽日往還？

夏簾，字肆三，自號一介生，諸生，居邑城。

和陳賡甫遷居碧雲榭元韻

恨不生逢顧虎頭，圖成一幅壯吟眸。山亭修竹宜消夏，金井新梧又報秋。窗北常懸徐孺榻，橋西好繫范蠡舟。何當涼月横銀漢，相約攜樽作夜游。

庭階未上已眉舒，髣髴南陽一草廬。曾訪椒邱尋勝蹟，近鄰荷隖葺幽居。觥船泛月狂呼酒，竹閣留賓嫩翦蔬。即此塵中是仙境，桃源休問武陵漁。

王曾楙，字德甫，一字德孚，自號天壤王郎，蓉生孫，諸生，居邑城。

小極

經旬攖小極，息偃在匡牀。慚覺觀書懶，時聞煮藥香。家貧念親邁，僕去累妻忙。强起開窗看，楓林正夕陽。

葉俊生，字蔭軒，諸生，居周浦，著有《惜寸陰館遺稾》。

偶占

客去柴門鎮日關，偶攜樽酒出看山。酒酣重作京華夢，夢斷樓蘭劍血斑。

雁門嶺遇雨小坐雁來亭

渴龍吸水水飛空，且上危亭暫息躬。放眼直窮千里外，置身已在萬山中。泉鳴石竅聲何壯，岫立雲巔勢更雄。向晚歸途天忽霽，隔林遥見美人虹。

有感

豈必言愁始欲愁，飄然身世一虚舟。埋憂枉覓黃金窟，作賦空鐫白玉樓。騏驥有才難展足，英雄無命只垂頭。十年磨劍成何用，白盡顛毛志未酬。

朱紱，字組聯，鳳藻子，諸生，居瓦屑村。

西鄰女

西鄰女，貧無依。莧藜掘食不療飢，竹鐙掛壁宵鳴機。驀聞里正來，催租急如火。里正爾勿催，請聽奴訴苦。今年六月遭颶風，茅屋摧毀田禾空。阿耶老病阿弟小，賴奴十指供朝饔。且待機頭成匹布，半製寒衣半輸賦。即今連日斷炊煙，那有金錢完國課！里正聞言聲狺狺，叫囂隳突來東鄰。東鄰叩門久不應，逃荒四散家無人。

盛昌祚，字畹青，自號坦素生，甒子，居大團。

閒坐

閒坐藜牀抱膝吟，自家陶寫自胸襟。馮煖平無好猶彈鋏，中散多愁只鼓琴。入世不容生傲骨，論交畢竟重虚心。此閒大有埋憂地，何必桃源世外尋。

幽居

室小堪容膝，幽居歲月寬。身閒愈疎懶，客至且盤桓。鉢爲催詩擊，琴常對月彈。牀頭新釀熟，獨酌有餘歡。

留春

落紅如雨滿芳塘，塘畔羣蛙鬧夕陽。苦欲留春留不得，且呼紫燕細商量。

無名氏

《晼香留夢室詩話》云：漢無名氏《古詩十九首》，《蕭選》載之，推爲五言絶唱。唐韋縠《才調集》，亦殿以無名氏七言絶句。然則詩之傳也，豈在名之存不存乎？選海曲詩將竣事，鹿谿張道生明經以手抄詩一册見示，類皆南邑諸名流所作，間及一二名宦寓公。余最愛其《秋感》八律，雒誦不去口。蓋其撫時感事，俯仰低徊，誠不減少陵之《哀江頭》、漫叟之《賊退示官吏》也。亟援蕭、韋二家之例，選登卷尾，而以無名氏名之。

秋懷八首

涼風天末雁南征，蓬鬢新霜一夕生。葉落林間垂老别，泉流石上不平鳴。功名殘夢邯鄲枕，戰鬬登場傀儡棚。獨倚茅檐看秋月，欃槍猶傍將星明。

天涯朋舊素書稀，海内兵塵何處非？ 咫尺江津鳴戰鼓，尋常巷陌見戎衣。 中原治亂關元運，末俗繁華釀殺機。 仕路風波動歸興，蒓鱸水國正秋肥。

大將營旗落日斜，戰場新鬼泣蟲沙。 幾年東海填精衛，一角南天補女媧。 跋扈横江鯨有窟，飄零巢樹燕無家。 六朝金粉消磨盡，血染胭脂井上花。

山左初平畎畝荒，淮徐饑饉滿流亡。 黄河東決哀魚鼈，赤地南來畏虎狼。 草竊江頭遲掃蕩，苗民徼外猝披猖。 傷心四海無安土，征調兵車絡繹忙。

財力東南困漏卮，催輪日夕羽書馳。 藥窮并少三年艾，柯爛難終一局棋。 獻策紛紜蛇畫足，臨危幾輩豹留皮。 徙薪曲突謀應早，拯救徒勞事已遲。

蒼茫身世託悲歌，人事蕭條唤奈何。 征税農家生計盡，捐輸巨室隱憂多。 潔躬果有魚懸署，化俗何難虎渡河。 滿目瘡痍誰撫卹？ 早培元氣召天和。

野鶴閒雲物外蹤，歲時亦復恨填胸。 驕人富貴墦間祭，閲世炎涼飯後鐘。 空聽鼓鼙思舊將，未消兵甲事春農。 桃源即是神仙境，可許漁郎一再逢？

荒村茅屋長蒼苔，叢菊傷秋帶淚開。 慷慨王尼車上歎，間關杜甫賊中來。 談兵安用喙三尺，憂世難禁腸九迴。 道路烽煙愁遠望，那堪多病復登臺。

閨秀

朱影蓮，字□□，居周浦，會元錦曾孫女，崑山徐子羔室。

《邑志》略云：影蓮幼知書，工詩，善洞簫。適崑山貢生徐子羔三載，夫亡。每讀名媛詩，輒掩卷太息，旋亦卒。上海曹錫淑哭以十律詩，見《晚晴樓稾》。

即事

猊鼎香消篆影斜，一鉤新月上檐牙。按簫幾度徘徊立，不忍臨風送落花。

閔半霞，字□□，居新場，爲鈺女，黄家閣貢生黄知彰室。

《畹香留夢室詩話》云：《邑志》載二黄氏，皆素女。母氏新場閔瑋女，工吟。二女承母教，並能詩。又云：「黄固名門，姒娣姊妹俱嫻風雅。」塤按，煙霞閣黄氏，累代以詩鳴。素室閔氏，素女二黄氏，見《海曲詩鈔》初集。素孫大昕室閔苧，見《海曲詩鈔》二集。惟素子知彰室閔半霞，尚未之及。然攷《百幅庵畫寄》及《墨林今話》，俱稱半霞工詩善畫。今者網玉求珠，僅得七絶一首，雖曰片鱗半爪，亦藉見當時閨閣之秀與壇坫齊輝矣。

偶寫菊册戲題呈外

籬脚斜陽澹欲無，煙雲落紙半模糊。繡餘戲借生花筆，爲寫秋山偕隱圖。

陶文柔，字□□，青浦人，浙江天台縣教諭𣳚女，新場貢生葉永年室，著有《白雲樓詩》。

夢親

昨夜夢中見，依依繞膝時。牽衣嬌索果，拈韻學哦詩。夢醒親何在？梨花月滿枝。淒風啼杜宇，紅淚枕邊垂。

春日展蕙孃遺畫感成

殺粉調朱記昔年，今看遺畫一悽然。梨花謝盡東風懶，愁向深林聽杜鵑。

寄外

屢問歸期未有期，蕭蕭落葉動相思。黄花放盡無人看，簾捲西風瘦不支。

秋日東歸夜泊

玉露葦間浮，歸帆何處洲？人疑湘水夜，月照故鄉秋。短燭消殘夢，清尊破旅愁。别離難自主，淚向白雲流。

王氏，名字未詳，太倉人，原祁孫女，新場葉志學聘室，著有《世德樓詩草》。

初出京泊舟張家灣有懷二妹

葦白江清暮景澄，雁聲嘹唳客愁增。不堪回首分攜處，野岸疎籬一點鐙。

舟中重陽

客裏逢佳節，思親倍黯然。鄉園淥水外，京國白雲邊。秋圃花容瘦，江天雁字連。何時釀菊酒？獻壽畫堂前。

重陽日承書堂侍讌第二首

欲盡登臨興，還過别洞天。雨餘山積翠，雲暝樹含煙。落葉添秋思，流波悟逝川。所期人健在，常醉菊花前。

心如堂玩月次二姑韻

翹首長空望廣寒，瓊樓玉宇路漫漫。水光滿座星沈沼，花影一簾人倚闌。夜静羅衣微覺冷，話長蠟炬任教殘。只慚佳什難賡和，費盡推敲句未安。

己巳初春感懷用曾叔祖韻

卧聽衝煙叫塞鴻，曉妝猶怯捲簾櫳。雨添芳草三分緑，寒勒幽花一萼紅。辛苦營巢憐旅燕，殷勤釀蜜笑游蜂。衰年容易沾微疾，莫怨枝頭料峭風。
傷離歎逝十年間，鏡裏全非舊日顏。棧豆祇應供駑馬，囊錢誰暇買青山？遣愁只有宵浮白，習静無如晝掩關。欲禮金仙消障礙，卻憐雙鬢已斒斑。

送二姑歸即席口號

此夕一杯酒，宵深蠟炬殘。離情正無賴，窗外雁聲酸。
此夕一杯酒，秋聲滿碧空。感時兼惜别，容易醉顔紅。

葉魚魚，字湑兮，居新塲，内閣中書鳳毛第五女，華亭顧世望室，著有《鼓瑟樓詩偶存》。

葉秀華女史序云：古人云「死生亦大矣」，豈不痛哉！内甥誠之持妹遺藁來乞序於予，予閱之，感懷存殁，不禁淚涔涔下也。憶與妹居家時，習女紅外，吾父中書公以《三百篇》示之曰：「此非女子分内事，然《葛覃》、《卷耳》聖人不删，亦得其情性之正而已。」予與姊妹輩習而誦之，間有所作，妹頗能通其意。及于歸後，相去百餘里，猶以詩筒相往還。辛卯春，寄予詩曰：「興豈逢春減，情因兩地懸。關山原不隔，底事夢魂牽。」予即以《和外次韓致堯多情原韻》報之，取中有「愁到難堪且自怡」之語也。歷數年間，每有所託，未嘗不更唱迭和焉。嗟乎！以予與妹生長清門，夙事風雅，予歸譙國，妹歸武陵，壻皆喜文詞，嫻風雅，閨房静好，惟拈毫賦詩以爲樂，雖不敢矜爲藝林盛事，然亦與世之操箕帚、把鋤犁者異矣。甲午歲，妹壻亡，凡家事悉諉之妹。妹素弱，復遭生姑暨舅喪，得咯血疾，竟以是夭其天年。念數年來問遺贈答，猶歷歷如昨日事，而今不可復得矣。其爲悲痛當何如耶！妹遺藁僅若干首，其思深，其辭微，其意正而不流，殆吾父所謂得情性之正者。問其餘，曰偶存者此耳。予即以偶存名之，以見死者長已矣，未嘗無手澤留示後人也。時在乾隆五十八年中秋節前三日，姊金支識於安神閨房。

即景

楝花風老柳婆娑，無計留春奈若何。屋上鵓鳩啼不住，一庭細雨落紅多。

春日寄懷二姊秀華

話別妝樓晚，東風又一年。垂楊青裊裊，細草碧芊芊。興豈逢春減，情因兩地懸。關山原不隔，底事夢魂牽。

渡黄浦

北風颼颼捲枯葉，高掛蒲帆走龍窟。白雲不動大地無，雪浪高翻半天接。風波如許可奈何？縱有篙師不堪涉。移時進港潮正平，炊黍篷窗暫停楫。横塘一抹落霞紅，疎林露出娟娟月。

梅花

南枝向暖北枝寒，一樹花開兩樣看。只有春風最公道，滿林吹得白漫漫。

冬夜獨坐有懷四姊江津

默數更籌夜未央，蕭蕭落葉響空廊。愁多不敵千杯酒，衣薄難禁萬瓦霜。笛裏梅花飄客淚，曲中紅豆斷人腸。遥知孤館殘鐙下，也有新詩憶故鄉。

秋柳

槭槭空林烏亂啼，西風殘照晚淒迷。可憐往日風流盡，猶把長條拂古隄。

晚眺

落日下書樓，憑闌豁遠眸。飛花浮水面，高柳出牆頭。苒苒春光老，蒼蒼暮色幽。此心隨物化，世外復何求。

秋海棠

淒風苦雨冷芳晨，釵折鴛鴦鏡掩塵。十二闌干秋寂寂，斷腸花對斷腸人。

不寐

輾轉不成寐，披衣起坐時。心頭無限事，只有一鐙知。

紀夢

飛泉何處聲琮琤？插天怪石老樹横。樹旁橐橐有人行，諦而視之疑山精。雙眸四射光瑩瑩，高冠道服挾瓦甖。向余招手汝勿驚，甖中之藥屑八瓊。汝能服之憂慮清，余時拜受心怦怦。

半窗明月雞初鳴，醒來萬慮依然縈。

四月十六日得家書作

川路迢迢音問遲，夢魂常切故園思。一庭花木春歸後，四月清和雨霽時。得信已知親健飯，開緘尤喜弟能詩。父字云：「近日汝三弟學做詩，出筆不俗，異日不患其不能詩也。」欲書回字愁千丈，不盡經年離別悲。

菊

芙蓉幹老河之洲，小山叢桂香浮浮。籬邊秋菊有佳色，點綴三徑成清幽。朝光輝輝夜月皎，紛披一片常相留。對花寫照脱凡俗，山房四壁皆含秋。

冬日課兩兒

朔風觱發摧疎林，花飛六出嚴寒侵。擁鑪相與坐一室，豈容忽此分寸陰？須知學自三餘積，焠掌宵鐙傳古昔。人生世上宜有爲，除卻讀書復何益？吁嗟爾父弱冠時，志氣直與雲飛馳。雖當患病卧牀笫，猶且力疾攻文詞。汝曹當思承父志，莫憚辛勤甘自棄。潛心學業希古人，庶幾不貽識者議。

缾中梅花

辭卻羅浮夢，含情玉鏡前。一般清瘦影，未許俗人憐。

馮蘭因，字玉芬，居周浦，金伯女，王正路室，著有《静寄軒詩鈔》。

常熟歸佩珊女史序略云：乾隆中，墨香馮先生以沈博絶麗之才，爲吟壇祭酒。玉芬夫人，其息也。夫人之學，得於庭訓者深。幼穎悟慧解，常出諸弟子外。長歸王。王故名家子，好五陵裘馬之游，視夫人之氣味閒澹不相得也，以故歸寧之日爲多。嗣墨香先生捐館，夫人遷居府南僻巷中，獨居一室，庭莳雜花，左圖右史，書聲琅琅，鄰之聞之者疑是老諸生也。今年季夏，夫人以全集見示，受而讀之。其旨潔，其品芳，其思靈，其學贍，不拘拘於古人之形貌，而能得其精神。而境遇之坎坷，情懷之抑塞，時時流露於行間，令讀者悄然以思，油然以感，而不知涕之何從也。豈九峰三泖之靈秀特鍾於女士歟？抑天將厚以千古之名而特靳以一時之遇歟？

貧況

奴學牽蘿婢賣珠，天寒倚竹發長吁。欲將貧況閒中寫，索盡枯腸一字無。

久被人呼辟穀仙，未妨薪桂斷炊煙。近來自覺家貲富，梅雨新添百甕泉。

懷可庵姪倩

一覺遊仙幾度秋，暮雲春樹共悠悠。曾經福地三旬住，不數平原十日留。青眼相看承雅誼，白頭重晤慰離愁。拈毫未盡林泉勝，俚句深慚入選樓。

新秋

鐙暗銅荷夢乍醒，香銷篆字冷雲屏。風前鐵馬無情甚，只許愁人獨自聽。

夜寒

庭樹戰枯葉，暮鴉棲未安。殘編憑几讀，瘦影背鐙看。滴砌雨初歇，透窗風更酸。夜深貪覓句，忘卻酒杯寒。

春半

撚指春將半，光陰荏苒過。貧留琴未典，顏借酒微酡。裘敝憎寒重，年衰覺病多。此身原是寄，髮白且由他。

庭菊

爲誰消瘦不勝愁？簾卷西風韻獨幽。絕世丰標宜澹泊，傲霜骨格亦温柔。未容倦蝶窺蹤蹟，只合寒梅作侶儔。即此小庭看不厭，底須遠訪錦江秋。

冬夜

漸覺新寒欲刺膚，吟肩瘦聳夜鐙孤。儂家爲愛穿櫺月，窗紙條條尚未糊。

怡園雜題

才憑曲檻看紅蕖，又過幽人水竹居。最好夜涼深院裏，棗花簾捲月來初。

插槿編籬繞曲谿，聽鶯橋畔一樽攜。鄉村風景真如畫，半是瓜田半菜畦。
小亭跨水蓋茅茨，水面風來縐碧漪。閒倚文窗看魚戲，池萍分緑上玻瓈。
嚶嚶好鳥報花開，賺得詩人去復來。比似桃源猶未稱，只應唤作小蓬萊。

歲暮雜詩

陋巷清於水，閒居樂有餘。鑪添香裊裊，窗灑雪疎疎。佞佛聊從俗，干人只借書。寧爲寒范叔，莫作渴相如。

天女費工夫，天花散作珠。風來人面冷，雲去月情孤。戒飲酒腸瘦，狂吟詩膽麤。遥憐同病者，漂泊尚窮途。謂佩珊姊。

寄愛秋

聽雨消春晝，孤懷感百端。望雲詩未就，籠袖指猶寒。良友三秋闊，梅花幾度看。何時重把袂，話舊雜悲歡？

一樹

一樹桃初發，二分春已過。人閒知晝永，簾静覺風和。滌硯添吟思，攤書遣睡魔。似聞雙燕語，簾外落花多。

懷佩珊

夜寒萬籟寂，兀坐一鐙挑。命薄文章賤，途窮婢僕驕。懷人心耿耿，顧影鬢蕭蕭。衰老成疏懶，閒情久已銷。

意行

暝煙籠樹遠山低，細草蒙茸襯碧隄。貪看暮霞紅斷續，意行行過小橋西。

上元夜雨懷佩珊

衰老仍漂泊，疏慵少應酬。春來添薄病，人去抱離愁。脈脈情難已，蕭蕭雨不休。梅花應未落，晴日訪谿頭。

六十自述

筆花久未夢中生，且學寒蛩振羽鳴。病骨劇憐同鶴瘦，孤懷差喜比梅清。詩人偃蹇原應爾，路鬼揶揄太不情。賴有雲霞交耐久，十年前已寸心傾。謂佩珊、愛秋兩夫人。骨肉真同聚散萍，滄桑轉瞬歎飄零。菜羹澹泊羞彈鋏，茅舍荒涼學授經。忤俗任他雙眼白，傳家猶賸一氈青。中山美酒能賒否？但願沈酣不願醒。

怡園看菊用甲戌舊韻

偶過鄰園憶舊游，菊屏如錦月如鉤。小華胥屋看花影，屈指於今十二秋。

水邊亭榭紙窗明，悵觸閒情百感生。今日看花兼聽雨，塵懷差喜片時清。

哭棉莊弟

三年不相見，予弟猝然亡。道阻遥揮淚，離多易斷腸。人琴俱寂寂，仙鬼總茫茫。卧疾當炎暑，遲余尊酒漿。

病起歸來日，酸辛見汝難。蓋棺生死隔，撒手海天寬。縷縷吟魂斷，翛翛雁羽寒。池塘春草句，淒絶與誰看。

豪華一轉瞬，落拓廿年中。書畫承家學，衣冠尚古風。園荒吟侣散，金盡酒樽空。長物看垂盡，惟留詩卷叢。

太息遺孤小，能知風木悲。授經存手澤，雪涕拜靈帷。預計兒成日，還愁我就衰。白頭留望眼，待爾振門楣。

張蕙，字畹蘭，里居未詳。

和李吟香題蘇文忠公書王晉卿煙江疊嶂圖真蹟斷碑即次蘇韻

晉卿技善水墨山，興來一幅揮雲煙。雲容靄靄煙漠漠，層巒絶壁皆天然。東坡作詩題此卷，筆勢似挾千尺泉。又如鸞鶴空際舞，雄勁直欲無臨川。當時選工勒於石，珍藏不落凡人前。

不意婁東聞此詩刻於婁東王氏。失保護，得歸李氏純乎天。剔除古蘚寶光發，隋珠和璧應同妍。坡老遺蹟世稀覯，豈不喜動君心田。肯隨禹碑委山麓，塵劫歷盡無盡年。此碣雖然遭剥蝕，所喜神氣仍娟娟。君本詩魔更書癖，雞窗夜静常忘眠。數行相對一摩撫，恍見宋代之髯仙。精靈呵護慰嗜古，一雨作合由天緣。弱腕拈毫不自量，才拙難和此鴻篇。

王畹芬，字紉蘭，邑城監生李墀室。

讀怡園談諧集用集中家篆雲韻寄呈主人可庵

檐鐸丁冬響晚風，緑窗和韻擘箋紅。披圖不覺神先往，壁影湖西水榭東。

新詩吟寄北鴻還，秋暮楓林葉盡殷。此際園亭風景好，夕陽疏柳襯煙鬟。

和外子題蘇文忠公書王晉卿煙江疊嶂圖真蹟斷碑即次蘇韻

東坡詩題煙江千疊山，揮毫落紙生雲煙。當年真蹟各鐫石，其人已往書依然。平生愛慕惜未見，恰如久渴思甘泉。雨洗隱約露波磔，不同禹鼎終沈川。由來寶物鬼神護，詎肯煙銷雨滅苔階前。自宋迄今六百載，一朝驟獲信有天。移庋几案搨一紙，筆力遒媚神尤妍。朝夕對之共欣賞，勝卻得買陽羡田。昔聞婁東藏此本，如何淪落荒庭間？一百餘字雖殘缺，寶若璠璵與嬋娟。君不見虞公有奇癖，畫被摹撫忘倦眠。殘編斷簡傳世遠，蠹魚食字皆成仙。物之顯晦亦有數，歷恒沙劫還續文人緣。愧我苦吟才力淺，酬韻聊和徵詩篇。

任秀祺，字評芳，里居未詳。

怡園

園以怡爲號，幽居洵足娱。宅連三五畝，花乞萬千株。水石多明瑟，樓臺入畫圖。吾來嫌太晚，不見邵堯夫。

王頌椒，字篆雲，居邑城，誠女，六竈傅彩鳳室，著有《繡餘吟稟》。

春日遊怡園

絲絲楊柳颭春風，柳外闌干亞字紅。行到桃花最深處，曲廊幾不識西東。

書畫船停曲岸邊，米家虹月貫前川。隔谿試啓紗窗望，只少當時拜石顛。

沿谿穿過石谽谺，處處亭臺處處花。絶愛檐端緑鸚鵡，客來嬌語喚煎茶。

申元善，字清修，横沔諸生桂能室。

楊花

似雪如花一色迷，隨風飄蕩各東西。只愁著地無歸處，陌上人來踏作泥。

周雲英，字逸仙，寶山人，新場諸生徐陞德室。

《畹香留夢室詩話》云：階三本寒素士，舌耕之暇，惟以吟詠爲事。女史夙遵婉娩訓，事姑以孝，凡可以娱親志者，靡不竭力爲之，戚里咸稱之曰淑。詩不多作，然頗輕倩有致，如「舟穩常疑岸自移，詩到成家律轉嚴」，皆可誦也。予蓋幼時聞之先慈程太淑人云。

秋日病起作

史册披餘積半牀，輕寒薄病送流光。呼兒試啓紗窗看，幾樹疏楓映夕陽。

夏菊初，字閨英，吴縣人，邑城舉人海州學正王蓉生室，著有《棲香閣稾》。

楊花和夫子韻

纔看煙柳鎖芳津，又見飛花攪暮春。晴晝啼鵑紅板路，夕陽歸棹白門人。鶯邊摇曳煙同碎，驢背紛披雪未勻。最是無情傷别緒，東風愁殺暮江濱。

秋夜偶成步夫子韻

秋宇碧雲平，秋河耿耿明。短檠蛩四壁，長簟月三更。天浄煙無影，風微露有聲。宵深延佇久，吟詠若爲情。

初冬月夜訪比鄰汪媪口占

夜色涼如許，行行訪舊鄰。月光連隔岸，人影繞前津。林寂鴉棲穩，村深犬吠頻。相逢閒話久，歸路訝鋪銀。

白芍藥

檀心翠葉擅風流，珠户沈沈伴獨愁。杜宇一聲春欲去，二分明月夢揚州。

采菊與夫子分韻

西風老圃動幽思，高詠南村處士詩。聊爲霜螯謀雅集，卻先寒蝶到疏籬。香和宿雨侵衣袖，冷帶朝煙插鬢絲。歸去一筐分位置，銅缾瓦缶總相宜。

捕蟹步夫子韻

黯黯江村夜未眠，依稀人語隔蒼煙。路尋淺草清霜地，聲記寒雲小雪天。幾簖青横疏蓼外，一鐙紅閃敗蘆邊。得魁歸去輕鱸膾，笑指黄花費酒錢。

傅茱娥，字佩萸，居魚潭，□□□室，著有《玩花樓集》。

春暮歸舟即事

萬竿脩竹罨幽谿，時有春禽竹外啼。小坐扁舟忘打槳，隨風吹過小橋西。

春日舟行書所見

青谿一曲柳千條，雙槳如飛趁晚潮。愛看牧童牛背坐，横吹短笛過平橋。

舟行口占和妹佩環韻

春郊雨歇溼雲低，閒泛瓜皮小港西。恰在杏花村外過，膠膠隔水午雞啼。

蘭閨偶述遥同妹佩環韻

憶昔垂髫日，嬉游樂比肩。藏鉤酒闌夜，鬭草雨餘天。蒲質生原弱，冰心矢自堅。織縑儂落後，刺繡妹争先。庭畔花初放，簾閒月正圓。笙調茶鼎水，篆裊竹鑪煙。偶下留賓榻，因開問字筵。洗紅詞學製，退緑墨輕研。銅鶴沈香爇，銀虬漏箭傳。小名呼碧玉，大句傲青蓮。慧舌教鴝鵒，愁心托杜鵑。濃春棠欲醉，細雨菊新扞。翦燭宵同賞，敲詩曉未眠。回文蘇蕙錦，方勝薛濤箋。梅未傾筐摽，絲先隔幔牽。合歡金鏤枕，親迎翠圍軿。纔試調羹手，羞賡卻扇篇。泥郎匀石黛，唤婢檢金鈿。信約歸鴻寄，期休反馬愆。蘭閨重聚首，一笑綺窗前。

傅金娥，字佩環，佩英妹，□□□繼室。

秋夜偶成

香未銷殘酒未醒，綺窗已有露華凝。一簾花影三更月，四壁蟲聲半夜鐙。漸覺秋心多悵惘，每思夢境只瞢騰。枕邊偶得懷人句，强起拈毫寫剡藤。

某氏，姓名未詳，新場諸生潘家恩室。

寄外子

鸞箋難寄别來愁，一日情縈勝幾秋。獨自憑闌易惆悵，夕陽無語下西樓。

蘆花

應笑楊花逐水流，一生從不識春愁。月明古渡痕偏澹，潦盡寒潭影欲浮。南浦船迷千點雪，西風門掩萬重秋。潯江兩岸仍如此，可有琵琶繞客舟？

姚其慶，字吉仙，居周浦，浦南貢生丁宜福繼室，著有《吟紅館》《雙聲閣》《古井居》諸集。

華亭閔臣生上舍序略云：南匯姚吉仙夫人，吾師嘯山先生女弟子也。姊妹六人，皆以詩名，夫人次居三，名最高。其母周太君擇壻苛，年三十三始歸同邑詩人丁君時水。逾六年而寡，又二十三年而卒。余昔侍師案，嘗誦夫人詩，以爲能守禮而善言情，非雕鏤風月、組織鹽絮而已也。師亦許爲知言。今乃得讀全稾，有時而和愉，有時而幽鬱，境遇有殊，故舒慘異致。然而和愉之意有盡，幽鬱之情無窮，乃歎自古詩人多發憤之作，正不獨婦人女子爲然。而婦人女子之情，其沈摯肫切有更甚於男子者，範之以禮而尺寸不踰斯，發之於詩而正變合度。昔歐陽子謂謝女有古淑女風，吾於夫人之詩亦云。

《晼香留夢室詩話》云：吉仙執贄吾師張嘯山先生門下，稱詩弟子，與余有同門之誼，然未謀一面也。其歸時水也，事甚奇。先是，時水有故人子流離無所依，求爲道地，時水填《金縷曲》貽之。吉仙母氏周夙以詞翰著，讀而善之，曰：「此才子也，我其以女妻之。」遂由川沙陸雪香明經肸合焉。時水好以文言道俗情，所著《浦南新樂府》傳誦一時。吉仙之詩則敦厚温柔，雅有《三百篇》遺意。其閨房唱和之作，題曰《水仙庵聯吟草》，未及繡梓而時水已歸道山矣。女史佳句甚多，如《花朝》

云：「畫梁喧社燕，花徑聚游蜂。」《新秋》云：「耐人涼一味，遲我月中秋。」《春日懷佩仙妹》云：「年華愁裏過，詩法静中參。」《寄呈嘯山夫子》云：「離鸞曲裏幺絃絶，斷雁聲中落葉疎。」《秋夜》云：「蟲吟繞砌鐙如豆，花影移窗夜未闌。」《夏日偶成示外子》云：「竹窗排悶聊憑酒，桐院消閒共賭棋。」《夜坐漫成》云：「南山霧隱歸難卜，東海塵揚事未知。」皆舉止大方，不落纖小家數者也。

春日偶成

滿徑青青草似茵，風光瞥眼一番新。柳絲織雨桃含露，畫出江南二月春。

東風初坼海棠胎，蝴蝶翩翩去復回。知我尋春攜伴過，一枝紅出短牆來。

月夜

銀河如洗露華凝，倚偏闌干待月升。梧葉滿階深院静，一蟲相伴語秋鐙。

秋樹

聽鶯曾立緑陰中，轉眼秋光迴不同。黯黯疎林沈夕照，蕭蕭落葉響西風。何人作賦傷枯樹？有客停車愛晚楓。獨有後凋松與柏，依然秀色鬱葱葱。

曹昭續漢書

史筆蘭臺缺，深閨賴續修。高文繼南董，彤管仿《春秋》。八表綱維析，羅天象緯周。芳徽垂女誡，展讀每遲留。

李都尉從軍

攜手河梁日，身甘異域留。關山老鞍馬，雨雪敝貂裘。夜月胡笳冷，西風塞草秋。丈夫何所志？平虜取封侯。

秋宵聽雨

葉落空階夢乍醒，西風瑟瑟透疏欞。尋常一樣芭蕉雨，每到秋來最怕聽。

追感先大人

未識生離苦，應知死别難。恐傷慈母意，血淚暗中彈。

寄梅仙

迢迢一水隔西東，咫尺天涯萬里同。銀漢無牆星易渡，玉璫有札雁難通。重翻舊稾縈離思，欲託新詩訴别衷。滿目干戈何日靖？愁懷兩地共秋風。

避亂村居

竹籬茅舍野人家，秋草萋萋一徑斜。流水小橋人不見，憑窗極目數飛鴉。

遣懷

家業凋零盡，愁來欲問天。餘生烽火裏，歸夢夕陽邊。世界成滄海，饔飧仗硯田。妖氛今已靖，老屋幸巋然。

客中寄佩仙四妹

蕭條老境易辛酸，要使愁中得暫歡。珍重尺書無別語，累卿偏我勸加餐。

先大人忌日述哀時避寇滬城

地慘天愁日，回思倍愴神。干戈今滿地，祭掃屬何人？

歸舟遇雨追感周致齋舅氏

江上雨霏霏，江邊鳥倦飛。布帆風肯助，故土景全非。弱質偏遭亂，周親孰共依？渭陽悲永訣，同渡不同歸。

慈親以晚景蕭索愁懷莫遣賦此慰之

最難樂事敘天倫，蒼狗浮雲未是真。能守一枝猶是福，莫愁萬事不如人。籬堪種菊何妨瘦，屋可牽蘿豈礙貧。一度冰霜寒徹骨，東風轉眼又新春。

重過金宅憶女弟子秀儀

髫齡失恃最堪憐，問字依依絳帳邊。今日重來人不見，妝臺零落舊花鈿。

新秋偶成寄呈嘯山夫子

千里迢遥幕府留，炎曦轉瞬又涼秋。西風消息來鴻雁，南國文章映斗牛。時金陵書局校刊《十三經》及《史》、《漢》以下十四史。壯志無聊還作客，歸心未遂漫登樓。執經問字知何日，翹首雲天起別愁。

冬曉

晨光照檻卧難安，早起梳頭怨峭寒。忽聽小鬟簾外報，昨宵飛雪滿闌干。

燕

草木經秋落，衡陽雁早飛。不知簾外燕，何事未曾歸。

省覲將歸留别慈親

欲别難爲别，牽衣黯自傷。晨昏侍奉缺，風雨感懷長。此日一尊酒，高堂兩鬢霜。歸期難豫訂，煙水路茫茫。

和蕊仙大姊送行原韻

少小相依不解愁，一朝分袂動離憂。片帆已掛東風急，猶自牽衣半日留。

留别佩仙素仙憶仙諸妹

小别翻嫌相見遲，繡餘依舊共聯詩。團圞妝閣無多日，又是江頭送别時。

扁舟欲發悵睽違，别語無多只望歸。寒勸添女飢進食，北堂珍重護春暉。

得家慈書感賦

開函忽漫動離愁，翹望慈雲路阻修。自恨不如江上水，東流長繞舊妝樓。

送外秋試

轉瞬槐黄覓舉忙，秋風行李客途長。功名本是男兒事，莫爲他人作嫁裳。

九月八日與外子聯句

風雨連朝夕，時挑鐙思鬱陶。功名成畫餅，吉時節近題餻。病骨經秋瘦，時詩情斫地豪。黄花猶未放，吉相對讀《離騷》。時

元宵對月寄外

第一團圞月，如何不共看？良宵增寂寞，素影劇清寒。絲管鄉村静，音書客路難。夜深忘卻倦，凝望倚闌干。

題顧酉山先生遺愁集遺稾

人生天地間，所貴在立節。大節苟不完，詩文亦剽竊。煌煌酉山翁，氣概何雄傑。不履終南徑，不學計然術。高卧南城坳，萬事意不屑。烽火西南來，翻城在倉猝。十室九被虜，靦顔皆苟活。翁也獨不然，錚錚骨如鐵。氣衝藺生冠，怒奮常山舌。羣盗駭且嘻，舞刀肆屠裂。佳兒溝壑轉，孝婦音容没。慘慘號鬼神，昏昏暗天日。鴟狼俄遠颺，官民乃稍集。覆巢有完卵，歸來問家室。招魂葬衣冠，撫楹覓緗帙。窮愁何處寄？乃從劫灰出。鏗鏘金石聲，凛慄風霜筆。南山亦可摧，東海亦可竭。嗟此一腔愁，萬古不可滅。

春日憶外

隄柳成絲杏作花，東風到處便繁華。劇憐夫壻輕離别，兩度清明不在家。

得家書作

讀罷平安信，翻教淚暗流。深情憐姊妹，佳節負春秋。鐙火寒窗裏，煙波古渡頭。好憑今夜夢，飛上六宜樓。

暮春即事和時水韻

宿雨初收霽色賒，一竿紅日上窗紗。啼鶯無賴驚殘夢，芳草多情護落花。不用迴文傳錦字，且將月令譜田家。遠遊争似村居好，莫爲功名負歲華。

李易安填詞硯

漱玉填詞後，於今一硯傳。桑榆憐晚景，翰墨結前緣。骨自花同瘦，心尤石比堅。藝林珍重意，只是惜嬋娟。

七月二十二日喜慈親至

日日盼慈航，秋江路渺茫。不圖風雨裏，忽見卸行裝。執手心先慰，開尊話更長。别來剛半載，兩鬢又添霜。

阿瑫

弱女一齡餘，牙牙欲語初。聰明應類父，嬌小最憐渠。弄筆先沾墨，摇頭學背書。笑啼常不定，索抱解牽裾。

對雪

彤雲漠漠風蕭蕭，夜聞古木啼寒鴞。朝來啓户四野望，忽見遍地鋪瓊瑶。猶看柳絮穿簾箔，誰訪梅花過小橋？幾陣飢烏争覓食，一灣凍水不通潮。明窗寂寂護帷幕，對雪觀書洵可樂。晚來無計消嚴寒，酒熟新醅且斟酌。圍鑪撥火但微温，身著重裘尚嫌薄。卻喜詩成酲已消，雪月交輝照高閣。

題半身美人圖

誰替佳人妙寫真？丰姿宜笑復宜顰。分明散盡天花後，不現全身現半身。

次憶仙妹韻呈慈親

乍涼天氣好，纖月上簾鉤。美酒同斟酌，新詩互唱酬。承歡能幾日，話别又生愁。歧路難分手，重來要隔秋。

西堂行有序

甲戌仲夏，外子從禾中金蓮生先生處攜歸錢餐霞女史詩餘一卷，讀之芊綿清麗，情現乎詞。卷首有先生所賦《西堂行》，敘女史生平甚悉，因效其體。

南湖煙水清且長，其中比翼多鴛鴦。羽毛媥爛錯金翠，卻令百鳥羞文章。湖内鴛鴦交頸宿，湖上佳人美如玉。鐵券家聲赫奕傳，石齋衣鉢聯翩續。一自瑶光落舊家，聰明生小擅才華。愛填白石新翻曲，能寫黄荃没骨花。阿母鍾情阿父喜，隨宦官齋幾千里。寫韻還須住韻樓，吹簫幸得迎簫史。從此秦中又晉中，孟光日日對梁鴻。戟門月上修眉好，鈴閣風清選句工。塞雁南飛時節變，一夜鄉心等傳箭。話別應傷父母心，承歡好覿姑嫜面。湖上閒居年復年，評詩讀畫共流連。青衫落拓文憎命，紅粉偕臧福勝仙。世事升沈如轉轂，重到西堂愴心目。玉砌開殘姊妹花，瑶階伐盡翁孫竹。一度思維一斷腸，新詞譜出越淒涼。閨中瑣事渾如昨，夜漏迢迢積夢長。往事承平不堪數，戍卒西來無整伍。何處皋橋好寄身？漫天狂寇如風雨。萬斛愁裝一葉舟，春申江水自東流。山農已是罹山虎，海客猶然狎海鷗。鶴沙一角安如故，幕燕雙雙且同住。郎撥銅琶儂按歌，何心更念家山破。家山破後海波騰，滬上栖遲力不勝。寫就生綃晨换米，拈來弱綫夜挑鐙。他鄉蕭瑟羈開府，漸漸倉空惱飢鼠。寓客千金委白波，美人一病歸黄土。月府乘鸞去渺茫，黄門哀悼鬢添霜。餘香無計求安肅，片羽終須護吉光。一卷詩餘付刊刻，碧海茫茫恨無極。吟罷《西堂》宛轉歌，秺侯原是知音客。眼底滄桑萬事非，吟魂零落幾時歸？樓頭煙雨迷離處，愁見鴛鴦比翼飛。

雙聲閣納涼同時水作

緑陰不漏夕陽紅，煮茗焚香小閣東。倚偏闌干涼意動，桐花如雨撲簾櫳。

感悼

爲賦槐黄小别離，相逢曾訂菊花期。誰知千里歸來日，便是三生永訣時。疾革卧牀還强飯，神清倚枕尚談詩。傷心哽咽難成語，且任門人作誄詞。

回首前因萬念灰，卅年勤學困蒿萊。功名有志偏憎命，造化無私獨忌才。同穴他時完夙願，分飛片刻最堪哀。此身雖在心先死，忍爲黔婁擬謚來。

孤燕

來去花間路，孤飛亦慘悽。自從成隻影，不復羨雙栖。繫足絲空認，投懷夢已暌。傷心尋舊主，棖觸昔年題。時水有《巢燕吟》。

秋夜感懷

一夜西風萬緒縈，庭除落葉起秋聲。新詩愴悼傷離别，舊事凄涼隔死生。泉下也應呼負負，閨中猶憶唤卿卿。纏綿俄頃成惆悵，怕聽寒蟲訴不平。

鷗波館

鷗波才調迥超塵，翰墨紅閨亦足珍。何事團泥只相愛，不教夫壻作完人。

病裏思親苦四首

病裏思親苦，潛添兩鬢華。幾回驚節序，一别似天涯。魚雁杳無信，櫻桃又著花。夜深渾不寐，那有夢還家。

病裏思親苦，腸迴十二時。窗風鐙閃閃，簷雨夜遲遲。骨瘦慵支枕，春寒怯卷帷。愁懷徒展轉，只有寸心知。

病裏思親苦，擁衾淚暗零。誰憐雙鬢白，獨對一鐙青。醫藥終難效，塵緣早已醒。恩深懷罔極，風雨不堪聽。

病裏思親苦，離情兩地深。暖寒誰著意，湯藥孰關心？宵永添愁緒，鐙殘廢短吟。白雲親舍遠，一憶一沾襟。

吉仙女弟其慎，字憶仙，歸上海李梯雲茂才邦黻。梯雲篤志經學，爲我師張嘯山先生入室弟子。憶仙從乃姊學詩，雖才力稍遜，而婉麗過之，著有《六宜樓吟草》。余從其戚唐君應塤處録得數十首，蓋少作也。擇其尤者，如《春柳》云：「幾日東風轉物華，枝枝葉葉漸藏鴉。和煙低裊黄金縷，濯雨微抽碧玉芽。似我經春腰瘦損，爲誰作意態横斜？憑君且莫輕飛絮，尚有征人未返家。」《白牡丹》云：「前身曾住蕊珠宫，雅澹真宜賦洗紅。雪嶺夢回詩旖旎，瑶臺春釀露冥濛。銀鐙照座丰神朗，壁月穿簾色相空。略似唐家開秘殿，虢姨素面鏡當中。」《留别吉仙三姊》云：「花南硯北久相依，分手河梁又落暉。風笛數聲催客去，扁舟一葉載詩歸。幾時花底箋重劈？此別江干絮正飛。叮囑平安書兩字，早憑征雁寄庭闈。」《送李甥鍾秀》云：「春光似水去難留，楊柳依依動別愁。唱到驪歌不成曲，杜鵑催客上歸舟。」《春日次吉仙姊寄憶韻》云：「雨窗寂寂悶難支，悵望停雲繫我思。記得去年春正麗，碧桃花下共吟詩。」《花朝步吉仙姊韻》云：「曲闌倚遍鎮無聊，閒卻金罏篆字消。人在雨絲風片裏，最難排遣是花朝。」《初夏》云：「綠樹陰濃罨綺寮，日長春去思無聊。鴛鴦欲繡拈鍼懶，坐聽梁間燕語嬌。」《調吉仙》云：「骨肉相逢喜不支，無端又動別離思。浦南才子疏慵慣，爲促君歸特寄詩。」《繡罷》云：「瘦盡芳紅綠漸肥，熟梅天氣雨霏霏。蘭閨繡罷渾無事，半捲珠簾待燕歸。」

徐文貞，字□□，進士繼達女，監生潘應昌室，著有《蕉窗吟稾》。

黄祉安明經《南沙雜識》云：徐苑花太史歸田後，以文史自娱。喆嗣石卿、梓卿、夢卿，均列膠庠。文貞其女公子也，積學能詩，適同里潘雅巖上舍。潘早世，女史年二十餘，茹苦含辛，授徒餬口，卒年四十有八。楊蓉圃文宗頤給以「淑德流芳」匾額。

春晚即事

閒階雨過長苔衣，悵望江南景色非。蝴蝶不知春已去，落花風裏作團飛。

姜子望先生和余菊韻詩依韻答之

偶吟秋圃傲霜枝，青眼蒙君特地垂。豈有鴻篇驚座客，翻勞雁札寄新詩。紙屏香結高人夢，齏臼辛裁幼婦辭。從此碧窗添逸興，瑶箋三復月明時。

病中作

默數生平百不如，孤鐙寥落夢回初。三春花鳥傷時淚，萬疊雲山寄遠書。名利空留身後累，恩仇早見眼前虚。病來自覺疎慵甚，慚愧門盈問字車。

春晚客舟感賦

蒲葉纔青柳葉黄，篷窗斜倚恨茫茫。籠煙遠樹迷歸路，掠水孤帆帶夕陽。流水落花春夢短，暮雲征雁别愁長。金閨亦下青衫淚，何事飄零客異鄉？

夢見亡夫

十年鸞鳳痛離羣，夢裏何因又見君？正欲含悲話辛苦，鄰雞驚破夢如雲。

感懷

韶光荏苒幾曾還，歷盡窮途淚欲潸。惆悵十年人事改，不堪重話舊家山。

思從何處展眉尖，病爲愁深日漸添。卻值清明好時節，凄風冷雨獨垂簾。

秦始皇

慘見臨洮萬骨枯，長城高築備匈奴。寄奴竟得中原鹿，始信亡秦不是胡。

讀聊齋志異

幻想奇思入太虛，胸中記事有靈珠。誰憐一管春秋筆，只作荒唐鬼董狐。

贈女道士王雅馴

君向松窗習靜修，耽詩我自學吟謳。欲知何處神仙路，謝傅青山太白樓。

題山水畫

古木蒼茫石徑迷，危峰高與碧天齊。白雲深處結茅住，盡日無人山鳥啼。

題畫

松風梧月兩忘機，峰影參差接翠微。應是謝公遊不到，白雲深處掩柴扉。

採蓮曲

約伴城南去採蓮，緑波如鏡柳如煙。勸君莫打花間槳，怕有鴛鴦作對眠。

秋興

纔賦芳園消夏詞，又逢木落雁來時。數間茅屋臨江渚，半榻茶煙感鬢絲。秋水月明漁弄笛，板橋霜冷客尋詩。西窗梅蕊東籬菊，一種風情我自知。

秋夜客中懷弟妹

獨倚闌干曲，宵深露滿衣。月明人影瘦，風細竹聲微。弄笛幽思寄，吟詩逸興飛。眼看雲外雁，只是向南歸。

寫懷

自得貧居趣，翛然絶俗塵。排愁花解語，破寂鳥啼春。書是忘年友，風爲入幕賓。此心無障翳，明月證前身。

鸚鵡

畫廊宵冷夢回時，卻恨雕籠苦紲羈。莫向紅窗巧調舌，儂家愁聽葬花詩。

徐韻蘭，字□□，居魯家匯，奉賢孫贊君室，著有《韻蘭吟稾》。

夏日即事

萬朵榴花照眼紅，雨餘蜂蝶聚花叢。殘棊敲罷支頤坐，笑指長天掛彩虹。
水面圓荷疊似錢，薰風拂拂困人天。日長繡倦紅窗閉，信手將書作枕眠。
偶然撲蝶畫欄西，月樣團圞小扇攜。日轉花階時正午，村雞喔喔隔谿啼。
緑陰如幄罨牆匡，蛛網添絲趁夕陽。一路稻花香不斷，門臨幽澗水風涼。

康漪，本姓潘，字緑筠，號素月，居新場，杜家行張辰室。

《晼香留夢室詩話》云：女史父潘卯橋茂才，工詩，所作甚富。女史幼承庭訓，頌椒賦茗，夙著才名。卯橋殁，家中落，育於其戚康，遂從康姓。年逾二十歸張拱垣上舍。緑窗晝静，拈韻分題，夫婦間蓋自相師友也。拱垣初娶於朱爲雲逵明經、昂若孝廉女弟，女史因以兄妹之禮見。花前月下，此倡彼和，積稾盈尺，擇尤刊之，顔曰《絮庭訓倡集》，拱垣暨雲逵昆季詩附焉。余與女史居相鄰，憶假館滬上尊聞閣時，曾以詩郵登《申報》。今求其全稾不可得，僅就《訓倡集》選録數章，亦香閣中吉光片羽也。

送别雲哥次外子韻

落日依依景，西風渺渺程。琴樽愁促别，兒女戀多情。簾角停箏韻，街頭聽屐聲。陰晴還不定，雪意釀將成。

次韻寄吟薇

拜倒龍鬚筆一枝，功名須策少年時。鵬淩霄漢飛聲早，雁亘天涯聚首遲。仙律宛鏘雲裏鳳，明珠真得水中驪。會看金闕承醲露，好和紅箋及第詩。

次韻寄懷雲哥

入春離緒向誰論？悶對菱花當寫真。别夢同懷千里月，相思欲寄一枝春。治安賈傅須陳策，憂樂希文總切身。爲問錦帆何日到，東風吹浪正鱗鱗。

喜雲哥至次外子觀棋韻

卧聞四壁起蟲聲，起視天河一水横。何幸停雲慰離别，急呼翦燭話生平。敲棋夙抱英雄志，撫軫如傳山水情。最足傷心是時事，年荒況又未休兵。

疊韻餞别雲哥

菊花開後雁飛來，賭韻良宵擊鉢催。忽聽驪歌倍惆悵，迢迢南浦送君回。

次韻答雲哥

最難排遣是愁思，弱管晨窗懶更持。爲問故鄉春去未，番風吹過楝花時。

再疊韻答雲哥

悄對銀釭有所思，愁眉微蹙苦禁持。閒庭移過花梢月，正是懷人惆悵時。

立秋日寄懷雲哥仍用聯句韻

愁心捲疊似芭蕉，綺夢重温蹟易消。春水别離曾此地，秋風容易又今宵。花簾讀曲閒繙譜，月榭焚香懶品簫。爲有新詩待酬和，夜深猶自一鐙挑。

王才，字擷華，居下沙，新場謝璋室，著有《綴芳樓詩賸》。

鶯湖殷豫亭撰《事略》云：女士姓王氏，諱才，號擷華，鶴沙王硯莊司馬之女。幼有玉德，長多瑶情，年二十二歸同邑謝企石先生。先生騷壇健將，與女士同聲耦歌，窮日分夜，若珍鳥翡翠之在雲路而雝雝和鳴。女士自號綴芳樓主，著有《綴芳樓詩賸》。今夏遽以疾卒。嗚呼！蕣英早瘁，蕙穆猶馨。企石於是孑立單處，悅然如無戀於世者，天之阨吾黨可謂甚矣。余謂女子不可有才，才過人則不寡必夭折，否則或遭危險困厄，有非可以常理論者。漢徐淑，晉謝道韞，唐封絢，其較著者耳。女士與企石相莊者僅十八年，其生平自奉以儉，待人以厚，敬老憐貧，曲承親意。企石家中落，女士以刺繡補不足。益信天之所以阨吾黨者，不至於此極不止也。然則女士之早世，不可謂非企石之命之窮有以累之，而企石之命之窮亦未必非吾黨之有以累之也。而又何以釋之哉！然女士之志，嘗思有以自見，而不以境之窮達爲念，有非吾黨之士所可及者，世俗女子所爲更不足云。是則可傳也。

畢希卓《幾莽詩話》略云：女士王才，字曰擷華，吾友謝春柳德配也。秉性穎悟，工詩善畫。著有《綴芳樓詩集》，中多可傳語，五律如《鴛鴦》云：「雌雄三世夢，夫婦一生情。」《燭》云：「心灰秋咽血，眼淚夜彈綃。」七律如《棋局》云：「世途黑白原難道，人事縱横總不平。」工麗直似放翁。復有《落花》十首，置之龜蒙集中，幾不可辨真僞。因摘其句云：「小樓春夢剛三月，流水斜陽送六朝。」「崔護叩門南院雨，杜鵑啼血北邙山。」「燕子銜泥歸畫棟，楊妃扶醉弔秋棠。」「簾櫳春雨銷沈夢，陌路秋風落拓人。」其殁也，春柳傷之甚，遍徵哀詞，余有句云：「寄聲黄浦灘頭月，莫向鰥魚泣處圓。」

庚子秋寄懷外子

小樓獨坐夜如年，回首頻教別緒牽。遥問起居無恙否，祇今滿地是烽煙。

一回相憶幾迴腸，細數更籌故故長。生恨秋來太無賴，雨絲風片做淒涼。

爲外子題墨梅帳額

春風先放一枝開，夢醒羅浮惹溯洄。紙帳半明天欲曙，暗香拂拂破寒來。

白秋海棠用東坡《雪夜北壁》韻，二首之一

病餘瘦損玉纖纖，曉怯秋霜檻外嚴。蝶影寒依瓊玉圃，鵑魂冷化水晶鹽。更無人處珠拋淚，正是愁時月掛檐。獨立牆陰甘寂寞，敢將幽怨託毫尖。

史淑芬，字□□，廣東□□人，大團盛□□側室，著有《淑芬遺稾》。

敬和前明王蕉雪先生絕命詩

居然草野有孤忠，碧血丹心正學同。四百餘年名不朽，一亭高矗夕陽中。

獨留正氣在人寰，一死能令起懦頑。卻笑新朝諸俊傑，采薇曾上首陽山。

方外

覺堂，字雪舫，駐錫六竈城隍廟。

《邑志》略云：雪舫工書，亦能詩，尤善畫蘭竹。游蹟遍松屬，居浦東最久。《墨林今話》云：雪舫本詩僧借庵法嗣，故借公贈作甚多。《焦山送雪舫南歸》四律中二句云：「塵沙劫已成三世，書畫船應過一生。」紀實也。雪舫詩如《過焦山呈借庵老人》中有「心如山静應多壽，名以人傳豈在時」之句，亦可傳。

自題畫竹小幀

種竹不須多，竹多反成俗。只須三兩竿，清風自然足。

自題畫蘭

憶昔山中無至友，幽蘭結伴共晨昏。何時再向山中住，一路花開直到門。

題畫竹

夜來風雨打新篁，解籜抽梢百尺長。拂得紙窗窗紙破，亂穿清影照繩牀。

月下參差碎玉，風前宛轉青鸞。曾記酒醒茶熟，緑衣人倚闌干。

聖淵，字及駐錫處未詳。

宿大聖教寺

何須托鉢走紅塵，鐙火蒲團老更親。蕉雨一窗遲畫友，松風半榻禮茶神。時留玉帶來名士，静嗅梅花證夙因。竹外幽蘭雲外磬，蕭然十笏且安身。

修真，字曉霞，駐錫處未詳。

遊怡園别後卻寄可庵居士

一壑煙霞總絶塵，往來魚鳥亦情親。白雲嶺上如相贈，希夷先生語。願乞仙寰寄此身。

仁介，俗姓蔣，字嘯隱，駐錫大聖教寺，著有《法雨樓吟草》。

《邑志》云：仁介邑人，里居失考。工吟詠，亦能書。駐錫大聖教寺，日以詩字自娱。有《法雨樓詩》一卷，火文焕嘗爲序。

火星垣明經云：道人喜吟詩，工書法。居大聖教寺院，後植竹萬竿，庭中雜蒔花木。詞人韻士樂與之游。官斯土者如山陰何竹瓣、黔中温露皋諸司馬，時攜賓客過訪，竹裏談禪，花間聆磬，讀其詩，賞其字，目爲吴中第一高僧。

《畹香留夢室詩話》云：我邑不少方外畸人，然大抵杯渡錫飛，雲游無定。其有耽吟詠者，往往後嗣不能珍護，稾遂散佚無蹤。稽之邑乘，有清一代如元瓏字牧堂，以迎鑾賦詩稱旨，拜御書詩扇之賜；明智字文慧，著有《禪餘草》；智潛字慧劍，大定字覺空，皆以能詩著；元澄字蜃菴，著有《石香堂集》，其他智餘、仰盧亦皆工詩。迄今未及百年，而已無片紙隻字留存，僅嘯隱及雪舫二僧得存小詩一二首，豈文字之禪亦祇如優曇鉢花一現即歸消滅乎？雪舫工畫蘭竹，自稱水晶菴主，游蹟遍吴會，居六竃城隍廟最久。

游滬城也是園

樓閣巍峩煙靄環，置身如在畫圖間。初穿曲徑深深路，旋上横峰疊疊山。淺渚紅蓮猶未落，深林丹桂正堪攀。遊人莫羨蓬萊境，此處珠宫任往還。

遊李筍香吾園次郭石崖韻

如此園亭信可觀，客來儘許小盤桓。林間鳥弄千般舌，花外山添百尺巒。北海尊罍時宴賞，南樓風月數追歡。丹楓黄菊皆詩料，取次秋光好共看。

過宋詩人儲華谷墓

澧水潺潺遶墓田，夕陽衰草滿荒阡。當時兄弟俱風雅，此日滄桑已變遷。古柏幾株消劫火，殘碑三尺冷寒煙。閒來欲問前朝寺，隔岸疎鐘一悃然。

吴淞早發

星微月澹水溶溶，茅店荒雞野寺鐘。潮正上時風正利，一帆煙雨過吴淞。

宏濟，號仰廬，駐錫處未詳。

題沈挺之蕉窗月映圖

芭蕉濃蔭拂雲箋，緑影篩窗潑眼鮮。不用青藜來照讀，棗花簾角月輪圓。

海曲詩鈔三集 卷十

名宦

欽璉，字幼畹，浙江長興人，進士，南匯知縣，著有《虚白齋詩鈔》。

《邑志》略云：南匯僻處海濱，俗多强悍。公於雍正四年任縣事，下車後鋤强扶弱，惠威並行，歷九月謝事，民攀轅泣留。十一年復任，值潮災歲饑，爰築護塘一萬五千三百餘丈，以工代振，民賴以蘇。人懷公德，名之曰「欽公塘」。去之日，訓邑民之送者曰：「氣死不要興訟，餓死不要作賊。」父老至今道之。

築捍海塘紀事

雲間東環瀛海碧，洪波淼淼蛟蜃窟。開元天子廑東南，築塘捍海如山屹。遂令滄海變桑田，夏麥秋禾民樂業。迄今千載塘寖圮，齧足衝腰一綫窄。中間修葺亦時聞，東苴西補究何益。余昔剖符新造邦，目覩殘隄心懔慄。上書反覆數百言，當路悠悠置不答。未幾余亦解官去，荏苒星霜又四易。吁嗟天幸不可常，奇災一旦生倉卒。壬子七月十五夜，鯨噓鼇噫龍戰血。移山撼岳聲震驚，倒峽滔天勢奔突。頃刻横溢穿城闉，縱欲竄匿已無及。可憐海濱千萬户，夢中齊赴龍君宅。大吏驚聞奏九重，分遣僚屬遍存恤。余亦奉使南邑來，城郭人民感疇昔。遺民痛哭爲余言，吾儕生本傍海穴。田廬歲歲怕秋潮，隄防全仗一塘力。如何束手任廢傾，致使吾民遭異厄？微軀如拾暫偷生，兹塘不築終魚鼈。余聆此言一長歎，上聞不壅輿情述。輿情聽得復何疑，集議盈廷徒饒舌。漢陽徐君蘇州守，侃侃力贊數語決。飛章上達帝曰俞，金錢十萬何曾惜。正月始和鼛鼓鳴，丁夫雲集不須檄。乃知舉事從民欲，筋骨雖勞意歡悦。祇恐斯民事未諳，先期告戒頗歷歷。厥址惟寬厥巔鋭，坡須走馬背須鯽。老木爲杵堅築基，巨石如盤空際擲。層層椎擊土膏凝，注以清泉閟不泄。更栽嫩草護新壤，盡塞古崡彌舊隙。吾民奉令踴躍趨，奮力爭先如赴敵。汗日蒸雲肯少休，羣工次第胥底績。蜿蜒長隄三萬丈，百尺巍峩聳天闕。馮夷有怒不敢逞，海底怪物惴屏息。起看災黎喜色生，從兹痌瘝獲安帖。爾宅爾居長子孫，億萬斯年沐帝德。余忝董率日驅馳，幸藉諸公免隕越。作詩紀事代貞珉，增修勿墜望來哲。

管松年，字□□，上元人，拔貢生，南匯訓導。

《邑志》云：松年以乾隆五十六年任邑訓導，以先正程式提倡後學，亹亹不倦。諸生有小過，必示優容，謂讀書人須養其廉恥也。然遇有事不干己，必加痛斥，人以爲有古風焉。

和香谷年兄煙霞閣舊址落成原韻

傑閣曾經劫火餘，肯堂肯構竟何如？煙霞過眼成陳迹，水竹從頭理故居。萬里遨遊嘗抱刺，十年辛苦爲藏書。雞窗螢案新收拾，坐看閒雲自卷舒。

不用心期汗漫遊，虚齋偃仰等虚舟。歸田小賦從今續，種樹餘閒且暫偷。檻外依然環水月，樽前仍喜共羊求。郊居輸爾多清興，漫爲蜂糧鶴俸憂。

亭臺佳景一時增，海氣蒸霞入座凝。心在一邱於此信，樓高百尺共誰登？花光隱約簾深處，樹影蒙巃閣上層。二陸東西同住久，塤篪迭奏勝良朋。

一縣春開桃李花，名園競數故侯家。鶴亭已圮殘碑少，鸝館重新曲徑斜。西浦潮深憐夢隔，南沙氈冷愧君誇。含毫偏觸幽栖志，何日誅茅玩歲華？

張昌運，字雪舫，浙江仁和人，進士，南匯知縣。

《邑志》略云：昌運，嘉慶四年任縣事，政尚簡肅，尤愛造士。闢署旁隙地仿建闈號，值賓興歲，捐給供膳，集多士於中，一照場規課之。小吏張紘能詩，昌運資以薪水，俾竟其業，卒有詩名。

和張野樓絶糧詞

減盡廚煙到絶糧，轆轤終日轉飢腸。未成鼠獄慚刀筆，野樓作吏，不善文移。難望雞林市錦囊。樹底榆錢寧可拾，庭前書帶不須長。思量爲爾尋生計，牒上標名急救方。

伍有庸，字青田，廣東新會人，進士，兩浙三場課大使。

吾園主人招集一枝栖看菊用陳卧子秋夜韻

秋高菊放攢吟扉，瘦入詩卷香滿衣。吾園主人心獨遠，此中真味參淵微。招邀半是舊詩客，沈欣園止篴、祝碧厓在座。攤書餐英留未歸。塵容那許居客右，感君盛意戀清暉。醇醪對花高然燭，影上畫壁花相依。幽趣餉我我且愧，舉頭星燦白雲飛。

題春渚曉吟圖

海上藏書羡鄴侯，豪吟得句足千秋。名園曲水通花隖，曉起春深紅雨樓。夾谿竹外漏明霞，半帶游絲漾碧紗。如此林泉好延佇，何須攜具擬浮家。

馮樹勳，字筱雲，一字小芸，自號述翁，廣東南海人，舉人，南匯知縣。

《晼香留夢室詩話》云：我邑處渤澥之曲，地瀉鹵，人喬野，士之翹然負異者，惟以八股弋科名，從無有潛心於經史詞賦者。先生宰是邑，特建芸香草堂課之，甄録高才生，資以膏火肄業。其中堂之東曰「梅花吟館」，先生自題楹帖云：「看一樹花開，可似放翁畫得幾家團扇；動十分詩興，還如何遜吟成東閣官梅。」并令著弟子籍者一十八人，擇桐柏梅李之屬，就隙地各植一株，以寓栽培之意。時金陵大營新潰，大江南北風鶴頻驚，先生整軍經武之餘，依舊弦歌不輟，是真遠於風塵俗吏之所爲矣。迄今劫歷滄桑，草堂歸入縣立第一學校。所謂十八弟子者，已次第修文天上，存者惟倪君斗南一人而已。年華如女樹，可勝慨哉。

南匯縣新建芸香草堂落成招同學師陳桂伯司訓朝儀**幕中襄校友項揖青學博**兆蓮**及門黄熙虞茂才**樹庸**與諸文士讌集漫成三十四韻**

大塊孕秀靈，亘古恣盤礴。蒸爲瑰異材，鬱積撑巖壑。東魯璵璠輝，豐城劍氣灼。間出多畸才，探奇顯磊落。物色良非難，所期施礱錯。殊珍貴粹精，聲價雙南索。今我莅此邦，風淳俗無惡。吴中襟帶聯，文史盛猶昨。人傑禀地靈，媲美先民作。矧復濱海區，潮汐相噴薄。朝宗匯江漢，派别緣河洛。淵涵鮫鯷潛，變化魚龍躍。於兹證高文，積厚應沈博。成章溯昔賢，學海神功鑿。龍門砥柱延，粵嶠珠船泊。衣鉢鍾菁英，體裁準臺閣。阮文達公元總制吾粵，創建學海堂，月課經史詩賦，刊有《學海堂集》行世。鐵網珊瑚收，取精棄糟粕。雖予親炙慳，逢原自有樂。沿流尋脈真，源遠分杯勺。區區私淑殷，守此爲規矱。予與學海堂課時，文達公雖去任，尚幸在私淑之列。心香寄羣彦，道幸東南託。芳芸散天葩，盈階銜跗萼。古藻發清芊，鴻章侈丹臒。盛追江左風，秘得建安鑰。會當造高深，翼奮淩雲鶴。斯文喜在兹，光華彌炳爍。余南海讀書處，顔曰「芸香草堂」。今在南匯仿學海堂課式，每月命題列最，捐廉優，給膏火，即以芸香草堂名課。并於惠南書院東偏，捐廉創建草堂數楹，以爲諸生游息地。欣賞笑拍肩，秉燭蓮花幕。每得草堂佳卷，與幕中友項揖青學博、黄熙虞茂才共相欣賞。敢曰教化敷，賴振圜橋鐸。相與贊裁成，良材倩工度。謂學師陳桂伯先生。良材奚所資？杞梓楩柟各。培植因自栽，種樹哂駝郭。時與課諸生，擬於草堂前公植桃李杏梅之屬，人各一株。扶疏卜蔭長，滋榮猶百穫。嘉會羅椒漿，殷勤一酬酢。拋磚綴新詞，引盼和聲諾。

題三泖尋秋圖爲南匯學教官陳桂伯作

三泖蘆花開似雪，雁叫長空雲吐月。塔影湖心勢湧出，煙波浩渺景幽絶。遥天忽露赤城霞，湖壖紅樹染丹砂。菰蘆遠泛詩人棹，絲網高牽漁父家。蒹葭蒼蒼秋露白，船頭端坐吟秋客。所謂伊人水一方，彷彿浮家泛雲宅。中年作客記從頭，槖筆依人浪蹟遊。士龍翰藻同標榜，季鷹鱸膾供珍饈。松江申浦往還久，轉徙天涯能憶否？世路風波夢裏忙，壺中歲月人同壽。無端宦海作閒官，又向雲間訪古歡。學圃新栽桃李樹，設席甘餐苜蓿盤。泖湖今再尋秋去，蕩漾煙波不知處。晨星舊雨徒追思，問訊蘆花花不語。側身泖内一浮鷗，逼真情景圖中收。萬頃波濤湖半角，三更風露月當頭。當頭一片冰心境，懷人感舊傷萍梗。我家南海東復東，觸我思歸浮舴艋。何時得踐遂初約？泛棹珠江賞秋月。浮生尋得幾回秋，明朝秋月明如昨。

徐本立，字子堅，號誠菴，浙江德清人，舉人，南匯知縣。

《晼香留夢室詩話》云：故友黃瘦竹，工長短句，每爲余言：誠菴大令所箸《詞律拾遺》，攷核精詳，足爲堆絮園諍友。顧誠菴之詩，則未之見。茲從南海潘嶧琴侍郎《兩浙輶軒續録》中得近體詩二首，格高韻古，嗣響三唐，始知白石老仙固不僅以減字偷聲馳譽也。惜瘦竹已修文天上，不及與對花細讀、共賞名篇耳。大令宰南邑時，葺治明倫堂告成，手書楹聯，亦極正大堂皇之概。

望海烈婦廟

束髮觀書史，璇閨仰令望。貧難謀菽水，身可植綱常。於此瞻祠宇，重爲爇瓣香。貞珉高百尺，千載發幽光。

陰平早發

黃雞未唱啓行旌，鄒魯名區第一程。宿霧濃遮鐙影暗，曉霜涼逼月華清。塵飛大野吹無迹，冰裂長河聽有聲。爲道前途春色好，衝寒嶺上早梅生。

陳其元，字子莊，浙江海寧人，貢生，南匯知縣。

自題鶴沙重到圖

雪鴻豔説舊因緣，往迹重尋轉惘然。不信讖言成讖語，回頭二十五年前。

王其淦，字小霞，江西廬陵人，諸生，南匯知縣，著有《鄱陽湖櫂歌》。

鄱陽湖櫂歌

嬌憨每慣打鴛鴦，日日湖船學靚妝。聞道阿孃新許嫁，見人羞更説康郎。康郎山在餘干縣西北八十里鄱陽湖中，舊云康氏居之，或謂係抗浪之訛，言能抗風濤也。

春時攜伴步郊墟，見説番君此卜居。走馬埒邊郎走馬，觀魚臺上妾觀魚。觀魚臺在鄱陽縣西，番君吴芮至此觀魚。下有池闊九十步。池内有走馬埒，又名落照池。

橋邊茅屋枕谿斜，谿畔時停白鼻騧。叮囑郎來休錯認，幾株烏柏是兒家。鄱陽、餘干、萬年多烏柏樹，土人取油爲燭，販鬻甚廣。

紫電光中細網抛，含珠欲採試輕敲。請看今日蠙洲蚌，争似當年合浦鮫。鄱陽縣西有蠙洲，唐貞觀中嘗採珠於此，因名。

左蠡汪洋萬頃寬，重湖閣上倚闌看。袖中攜得楊妃笛，吹起蛟龍六月寒。重湖閣在南康府潯陽門外，宋知軍祖無擇建。前瞰揚瀾、左蠡，極目湖波，與天相接。

瀠洄水勢到龍塘，細束湖腰一帶長。掉入葦花深際望，錦屏風下月如霜。龍塘山在南康府城西北三十里，峰巒峭拔，環抱湖灣。西南爲錦屏山，又名屏風山，丹霞紫壁，宛如屏障。

荷陂深處阿儂家，慣採湖蓮泛缺瓜。但解妾心蓮子苦，未看郎面似蓮花。鄱陽湖極西至新建縣荷陂里。

歸舟覿面日西沈，生小長干放浪吟。鐵柱一莖是儂意，潯江九派似郎心。鐵柱所在，多有許公所植，以鎮蛟螭。

一從鴛渚結絲蘿，井水盟心矢靡他。只爲郎心多活潑，祇今浪井亦生波。《名勝志》：浪井在九江府庾樓側，世傳灌嬰所穿。

桑田緑偏南浦南，桑樹葉稀三月三。舟子莫沽桑落酒，提籃少女正祈蠶。桑落洲在九江府城東北五十里，昔江水泛漲，流一桑於此，因名。唐胡份詩：「莫問桑田事，今看桑落洲。數家新住處，昔日大江流。」

小舟當户採蒲菱，撥櫂無煩阿母教。十丈洪濤渾見慣，儂家生長水雲巢。瀕湖人家户繫小艇，雖童穉亦解操舟，一以販鬻，一以避水也。

蝴蝶篷長十幅飄，沙棠檝穩趁歸潮。願郎心似蝦蟇石，浪打風吹不動摇。湖口有蝦蟇石，低窪彭亨，遠望似蛙。

楊驤，字竹軒，東臺人，貢生，内閣中書，銜南滙訓導。

《晼香留夢室詩話》云：同光之間，我郡各學廣文先生，多以風雅著稱。如黄君宰平之詞曲，祁君文藻之篆隸，陳君譎之墨菊，無不名重一時。獨竹軒先生樸實精勤，一以興文教、振士風爲己任。其時粤寇初殄，絃歌罕聞，官斯土者大都勞心於撫字催科，學校盛衰，不復措意。先生首先集捐建文廟，修書院，士之負冤者雪之，嫠之守節者旌之，得以凋敝漸完，學風丕振。丁君時水作《新樂府》六章上之，曰《銷積案》，曰《清公田》，曰《建學宫》，曰《雪舊獄》，曰《監郡試》，曰《舉優生》，皆有事實可指，非諛詞也。初無子，六十後始舉一雄，今已倜儻不羣，年將强仕矣。

題六廉耕墅圖

跨水虹腰曲，編籬麂眼疏。柳邊元亮宅，竹裏輞川居。几案清風滌，琴尊劫火餘。孤吟蘿徑晚，澹月補窗虚。

雨過鱗原溼，村村布穀鳴。採薇甘抱節，望杏喜催耕。泉美鄰曾下，塵喧市不驚。何時逐蘭槳，攜酒款柴荆。

遥指城西路，層樓面碧波。灣消炎夏永，窗受夕陽多。曲岸迷楊柳，芳塘種芰荷。香光讀書處，幽意勝如何？

亦有吾廬在，羈棲笑冷官。雁砦需稻苦，鳩拙覓枝難。陋室蓬蒿徑，荒廚苜蓿盤。莫嫌詩句瘦，風味本清寒。

陳方瀛，字仙海，浙江海鹽人，舉人，川沙撫民同知。

《畹香留夢室詩話》云：先生以名儒爲循吏，簿書之暇，喜與文人墨客游，大有王新城「晝治官書，夕接名士」之風。嘗因公至南城，讌於香光樓上。時適涼風滌暑，池荷送香，銜觴賦詩，羣彦接席，先生手題長聯云：「明月上樓頭，最難忘勝國名賢，青燈滋味；奇香盈水面，還不負吾曹良會，白社閒情。」亦足於脚韈手版中獨著風流佳話矣。僕與哲嗣喆甫觀察交垂三十年。喆甫伉爽多才，詩尤清俊。其任駐日參贊時，適余游歷至江户。星使黎蒓齋先生設讌芝山紅葉館，首唱一律索和，中有蟠字韻，羣以爲難，喆甫援筆立就，云：「楊柳有人腰門輭，椰瓢如我腹空蟠。」蓋席間有伎人能反腰貼地作柘枝舞，而喆甫體素肥胖故也。於是合席皆擱筆，謂君已探驪得珠。今者蟄處荒江，頭顱如雪，飽經離亂，江管無花。鈔先生詩，不禁悵觸當年影事，爲之感喟欷吁已。

山行即景題翟家莊壁

四時風月最宜秋，況是齊煙九點浮。楓葉滿林天欲暮，夕陽紅上酒家樓。

疊嶂迴環石徑斜，兩三燈火幾人家。天然一幅倪迂畫，古木寒山數點鴉。

亂峰堆處石瓏玲，攲枕詩成酒乍醒。記得金牛湖上路，一般螺髻向人青。
已敝羊裘不覺寒，曉扶殘夢上雕鞍。可容暫向谿頭坐，借取鞭絲作釣竿。
不辨仙源何處尋，遥聽飛瀑響泠泠。在山泉已清如此，流到人間便作霖。
曾記芙蓉手自栽，罡風幾度阻瑶臺。行蹤應被山靈笑，又向長安道上來。

題清河節母盟心古井圖

鳳山張君令孝子，示我一幅宣和紙。觀者瞠目不能詳，願請張君言其旨。君乃聞之泣涕陳，吾何懷哉懷吾親。吾親不可作，吾以丹青傳其神。其神不可傳，吾以古井存其真。母有清心井中滌，母有血淚井中滴。倚井直學孫母教，不獨陶家截髮歐家荻。嗟乎！陶家截髮歐家荻，青史煌煌重撫孤。先澤當年忘不得，吾家曾有《繡鐙圖》。先大夫爲大母倪太夫人繪《繡鐙問字圖》。

顧思賢，原名國藩，字竹城，廣東新興人，舉人，南匯知縣。

七十生辰自述

鶴市羊城地勢連，囊琴載鶴往來便。曾栽潘縣花千樹，近得仇池石一拳。盤馬未能猶善飯，隙駒易過倏華顛。從今始識休官樂，浪蹟江湖作散仙。

袁樹勛，字海觀，湖南湘潭人，監生，南滙知縣，洊擢兩廣總督。

憶昔吴門聚首時，每將循吏互相期。公來南邑留遺愛，我正彭城惜别離。六載强臺無建樹，十年宦海共扶持。那知捧檄承君後，極盛何能贊一詞。

蔣一桂，字樨林，安徽無爲州人，貢生，南滙知縣，著有《金粟山房集》。

贈蔣犀林大令

閩葉大莊先生云：君少長兵間，目覩亂離之狀，其詩初摹陶、杜，多危苦激戾之音；中年以蘇、陸爲歸，復效南宋雜家，沖夷閑婉，令人意遠。

《畹香留夢室詩話》云：近卅年中，南邑令君之以慈惠稱者，推陳子莊觀察，風雅則樨林明府首屈一指。明府承蘅舫大令之後，繭絲保障煩劇紛仍，而鳴琴之暇依然不廢嘯歌。邑有香光樓，爲董文敏讀書處，下臨荷沼，近接李高士放鷴亭，水木清華，城市而有山林之致。明府擇勝日，召吟賓，觴詠流連，刻燭鬥韻，誰謂風塵俗吏中獨無風雅好事之彦哉！詩初學陶、謝，以疎澹明浄勝；中年後圭臬南宋，雅近放翁、石湖。其去也，士林多作詩送之，積至百餘家，裒集付刊，題曰《南沙贈言》。

傷亂去宣州

我生何不辰，無端遘陽九。顛沛憫厥躬，飢寒繼其後。不爲飢寒傷，但傷親白首。生兒各成立，顯揚一何有。日日望還鄉，鄉土奈氛垢。進既難爲容，退亦鮮所守。疾目魍跳梁，相持今已久。驚魂日夜飛，草木惡聲吼。此邦那可居，不若負母走。母身甘獨薄，兒身豈敢厚。常懷反哺心，依依奉左右。

雨後自遣

開軒宿雨過，秋氣生朝夕。涼風散綺帷，清泉戛白石。拭几染豪翰，琴書有餘澤。寓目歸空山，曠然樂安宅。每慨時務紛，祇覺形骸隔。仲子倦無營，頗憂生理窄。要知世道艱，獨念遠行客。功名會有時，人生貴自適。

述懷

十載雜流寓，頻年擾攘過。壯懷餘磊落，生意感婆娑。江上煙氛滿，山中狼虎多。行藏不可卜，天命竟如何？

感遇

伊尹重莘野，諸葛戀草廬。蟠身甘蠖屈，經綸斗室儲。豈不念民物，時至運方舒。人生事干謁，祇恐懷抱虛。一與世途親，遂於道腴疏。春花榮先萎，秋實垂歲餘。不見渭濱叟，八十載後車。

竹鴨

道旁隱修竹，園中鬱露葵。葵心向白日，但恐朝陽稀。倉卒驅我去，行行值路歧。行行復行行，蹙蹙安所之？朝遊麋鹿共，夜宿貍鼪隨。旋折轉層磴，高下循萬巇。豈不憂反側，路險心自夷。

感懷

老我長羈旅，年年詠式微。花開春夢覺，秋至客心歸。故國青山在，天涯薄俸非。平生慚建白，況未報庭闈。

隨營過黄皮湖贈陳舫仙太守

河山滿目草離離，故國新來十萬師。兩鬢秋風生白髮，一船明月過黄皮。江湖縹渺家何在？書卷飄零志未移。百尺高樓欣可倚，不才祇恐負朋知。

冬日感述

回首當年事已非，半生出處意多違。江湖滿地愁知己，又見青天一雁飛。

述懷

盛年不自持，老至成追惜。徒抱烈士懷，慚備虚官額。豈憂命數艱，但恐生理窄。食指苦煩殷，我身攖痼癖。明明世道中，枉尋而直尺。焉能從彼謀，倖邀此逸獲。不如安我貞，萬事隨所適。腐儒守鄉井，志士騁幽燕。自從軍興來，賢愚賦戎旃。我亦誤投筆，一去將十年。同經冒矢石，差幸一身全。事機嗟屢失，所患志未堅。由兹入薄宦，宦海何茫然。乏抱長民具，休言造化徧。胡不事歸耕，耕無南山田。

將出門作

溟海遊鯨鯤，遼天戲鴻鶴。俛仰兩大間，予身一何著。生平萬里心，徒以家室縛。鑄鐵聚九州，安能成此錯。十五事遠遊，悮插塵中脚。五十猶閒散，久繫下吏柝。欲止恥缾罍，欲行羞囊橐。風雨鳴匣中，夜半驚鐔鍔。時事正如此，焉能效沈閣。

黄歇浦夜行待潮

蘆荻響蕭蕭，扁舟人去遥。江雲低壓樹，淺水暗通潮。渡接萬千火，村連四五橋。歸橈風雨夜，溽暑已全消。

大水篇

陰霾之氣胡至此，四十餘日雨不止。偶見一日半日晴，頃刻溼雲又漫瀰。雨脚纏綿無晝昏，漏夜傾盆聲貫耳。秋禾告熟忽成灾，没盡東南數千里。我思陰陽反覆機，人事乖違象應否？上天示警非無由，其中要可尋妙理。六月我從田間來，坐看林梢鵲巢徙。羣鴉結陣水際盤，陰氣已伏亢陽裏。寒水司天溼疫行，十家五家患癥瘩。地方患膨腹結痞證，十居五六。八月又見茶花開，九月猶聞雷聲起。秋行春令物候愆，恐懼修省烏可弛。疊荒曾記道光朝，數十年中無此水。浙東况復蛟肆虐，合流泛濫屋廬圮。登城四望白滔滔，萬頃黄雲沈水底。已熟嘉穗付波濤，大家愀然撫耒耜。今冬積水不能消，來春菽麥胡耘耔。哀鴻遍野聲嗷嗷，待拯焉能須臾俟。我方解組閉閣居，小住江城憂抱杞。感召天和豈一朝，睹此惻惻心難已。

即事再疊前韻

客裏翻爲客，偷閒賦在公。對山安筆硯，引水滌花筒。酒以醇方美，交因澹有功。升沈何足論，未必拙非工。

長淮劃南北，千古水流東。海鶴老逾白，秋花晚更紅。峰奇蹲作虎，月小掛如弓。放眼谿山外，都歸圖畫中。

詠懷

治化本無爲，人事胡擾擾。坐使清虚府，變爲荆棘道。終身事形役，知機苦不早。可憐名利人，日日風塵老。愚者有一得，惟拙可勝巧。不如且息機，冥然還大造。

途中感述

方息征途駕，勞勞又據鞍。余懷嗟拮据，王事賦多艱。滋蔓鋤難盡，閭閻枕未安。萑苻何日靖？鑄劍衆情懽。

碌碌庸何補，恩恩不逮行。一腔餘熱血，半席負虛名。知己焦桐感，丹忱向藿傾。壯心猶未已，無計答昇平。

汪以誠，字蘅舫，山東菏澤籍，浙江仁和人，進士，南匯知縣。

《畹香留夢室詩話》云：自道光朝旂人富克精阿宰南邑，後官斯土者大抵皆南人，獨蘅舫明府來自山左。明府初筮仕贛省，得臨川令，以鉤距術破歐陽仂殺人案，大爲衡陽彭剛直所賞，有「州縣盡如汪某，天下何患不治乎」之語，推許可謂至矣。及以演劇被劾，改官江蘇，任南邑者幾十年。政尚和平，大異前之精明果毅。卒以觀濤書院公產事解職返杭州，未幾即卒。明府書法米襄陽。詩不多見，蓋非專門名家也。

六十述懷

汝陽最愛再來亭，更喜船開陸地廳。一水波光環堞緑，五峰嵐影接筵青。予補官臨川縣，前後綰篆六年。署之西隅，建有再來亭、陸地舟兩所。公餘憑眺，五峰、二水俱在目前，真佳構也。臨歧記植墻邊柳，卸篆時，環署牆遍植楊柳。薄宦同浮水上萍。賸有畫圖懸壁看，尚如憑眺倚吟屏。程雪笠畫師爲予繪《再來亭圖》一幅，懸之壁間，前景依依，低徊不置。

鶴沙斗大一孤城，地僻差欣免送迎。荷鴗最宜涼共納，荷花鴗在邑廟西，旁有董香光讀書樓。夏月荷風送香，頗可憑闌挹爽。棠陰只苦訟難平。邑人好訟。五年兩作還巢燕，計自癸巳春奉檄履新，乙未夏因案卸篆，丙申秋回任供職，丁酉秋又調充簾差，事竣仍回本任，五年中已再去再來矣。九月重聽報喜鶯。兩次回任，皆於菊月接篆。考績而今三載又，今歲又逢計典。心勞政拙愧無成。

平生宦轍總依劉，恩重如山未得酬。予於奉新勦匪案内，蒙劉峴帥保翎枝陞階，並酌補臨川優缺，兼邀密保。嗣因案被議，復蒙峴帥奏請開復，改官江南，補授南滙縣缺。前歲因觀濤書院案解任，峴帥方督師關外，旋奉朝命回任兩江，誠亦得藉返故巢。一生出處，皆賴提攜，洵所謂感恩知己矣。無志飛黃辜相馬，有懷坦白任呼牛。謗書盈篋寧辭辱，薦牘登名亦自羞。愧殺虛聲邀薦鶚，營巢只覺拙於鳩。

十年前事記楊橋，作客梁園恨未消。賈誼文章王粲賦，馮驩劍鋏伍員簫。孤蹤驛館三更夢，尺地龍門萬里遥。冒雪河干回首憶，鴻泥爪印一條條。丁亥臘，予由江右赴河南鄭工投効，屢謁李子和河帥，未獲一見。曾於楊橋客舍中，賦《五十初度》詩。撫今追昔，言之慨然。

時艱蒿目付悲吟，虎視鷹瞵直到今。割地已成瓜剖局，戴天徒抱杞憂心。廈危端仗牢支木，庫乏難求術點金。自忝微員材力絀，涓埃何以補高深？

營邱營奠悔遷延，燕樹齊雲各一天。先嚴暨先生慈靈櫬久厝濟南，先嫡慈葬保陽，均擬歸窆錢塘，未果。故里人多驚鶴化，舊時戚友强半凋零。新塋地喜卜牛眠。春間在杭州新購吉壤，擬於秋冬之間遣眷屬分赴直、東，扶先人靈櫬歸葬。蒓羹鎮日思鄉國，麥飯何時祭墓田？尚有鴒原身後事，千鈞重擔荷雙肩。時伯長兄暨慎齋二兄之柩，分厝江西及直隸，均待歸窆杭城。

洪文卿星使同年按試芝陽出示游石鐘山登鞵山兩作踵韻賦和其一

古人登仕途，寄情仍邱壑。而我綰塵纓，旋更十歲籥。詞章課漸稀，律書讀益博。判尾雖勤勞，盟心固澹泊。所恨吏事羈，登臨阻城郭。把筆朝訟庭，聽鼓暮官閣。遂令方寸間，混沌無竅鑿。俗障日以生，靈源日以涸。未能眉展愁，先使胸作惡。山鄉復水鄉，快游何處索？有時昂頭吁，空瞻天宇廓。不圖使節來，示我紀游作。山似鳥高騫，石如鐘空削。若考坡公《記》，李渤陋堪薄。倘吟小姑詩，《彭郎詞》或託。二者皆奇觀，遇此非落寞。惜未侍公游，脱帽共般礴。相與坐雲間，心目兩開拓。

嚴崇德，字儁雲，儀徵人，舉人，南匯訓導。

和蔣犀林邑侯再集香光樓原韻

高會樓頭笑語親，座中差喜暢吟身。荷筒前度曾消夏，蒲酒當筵共介春。坡老風流原不讓，思翁翰墨好同珍。片雲若爲催詩急，畫出天中句斬新。

陸炳焿，字子才，泰興人，舉人，南匯訓導。

舟中寄謝南匯諸君

薄宦真如夢，悤悤五閱年。暮雲瞻故里，祖帳戀羣賢。憶放三江棹，相逢十月天。膠庠循盛軌，詩酒結新緣。坐樹鶯喉滑，煎茶蠏眼圓。到門無俗客，論古幾癯仙。斯世漸馳騁，舊家仍誦絃。入吴寧是寄，思蜀豈非偵。一夕秋聲動，從今古轍遷。朝廷宵旰志，宰輔轉移權。老女羞重嫁，時流競著鞭。鄭虔官冷甚，張翰思翛然。謝病言尋樂，浮家又買船。自維無異政，多士敂離筵。入座羅耆彦，憑闌話雨煙。丹青工點染，毫楮寓纏綿。贈額旌風雅，捫心已疚愆。不圖嘉惠疊，頓使别情牽。厚誼三稱爵，隆儀獨設氈。返躬滋有忝，裹足竟難前。復見懷恩吏，仍期隔歲旋。衣冠紛道左，鼓吹徹谿邊。悵望愁千里，肫誠勝百錢。兹行原偶爾，此意敢忘旃。霄月長同照，郵書亦易傳。歸舟塵痞寐，深謝托鸞箋。

留别鶴沙學署

數載棲遲客夢清，桑間三宿豈無情。晏嬰舊宅原鄰市，謂江北故居。潘岳閒居此面城。幾樹雜花啼鳥日，一灣流水打魚聲。不然吏隱亦良得，多事蒲帆賦北征。

題漢宮圖

大澤一劍死祖龍，楚火蕩滌咸陽宮。真人提兵戰山東，長樂未央已摩空。太液遥與清渭通，屏風九疊終南峰。此時此地光熊熊，蒼龍據腹漢道融。丞相進璽宮庭中，君王御輦何雍容，笑頷言者惟汝庸，此時此地皆春風。茂陵天子才氣雄，天下困敝宸居豐。平陽謳姬配聖躬，邢姬尹姬不相逢。殿前閲馬金翠充，此時此地恩私濃。涎涎燕子來何從？春宮歌舞氍毹紅。昭陽阿妹更醉醲，私引赤鳳遊花叢，此時此地禍水鍾。噫欷戲！漢家宮闕原玲瓏，瀟湘經始新都終。轉瞬化爲驪山烽，毋乃主德有替隆。圖中春色何豔穠，興亡一代感我胸。

擬昌黎感春

東風浩蕩來，一例榮草木。寒梅挺秀奇，幽蘭散芳馥。幾行桃李花，穠豔亦悦目。夫何荆棘類，滋長更敏速。三日不剗除，爲患在心腹。譬之華與夷，中外無相瀆。華人爲嘉卉，秉氣自清淑。夷狄爲荆棘，荆棘不可觸。天心雖博愛，何必使並育。勖哉司花人，努力事鋤斸。

亭亭山茶花，當春發華滋。花葉厚且澤，怡玩恒經時。紅白有定色，賦名無可移。羅植數十本，往往呈異姿。此種古未有，新名即隨之。中原日多事，事事翻新奇。瞬息三十年，異聞不可稽。人心競奇巧，草木豈有知。

東北有芳園，暇時偶一遊。我來時苦晚，落英不可留。早開亦早謝，餘英尚未抽。名花兩三種，悴憔牆之瓩。西鄰誰家園？白榆出牆頭。婆娑一丈餘，此花處其幽。雨露不及潤，滋長不自由。貴賤殊倒置，造物亦悠悠。世事每如此，萬感不可收。

題蔡竹谿北堂夜課圖

父母生兒，父於兒嚴，母於兒慈。嗟哉兒無父，母也而父，母也而師。一解兒年未冠，已青厥衿。能讀父書，乃慰母心，乃悲我心。二解兒生五歲，所知幾何？甘脆食兒兒饜飫，文繡衣兒兒婆娑。買書兒讀，金不辭匱，書不辭多。三解春庭月夕，宵柝霜天。青鐙味苦，母未詔兒眠。兒學未就母之慭，以母兼父師逾三十年。四解採風使臣，入告帝閽。天子曰俞，詔旌其門。請於北堂，偏樹之萲。五解

擬陶靖節詠貧士

江天歲云暮，白鷺一兩飛。北風何荒寒，薄暮微雪霏。羽毛不能整，淒冷靡所依。水深不見魚，終日常苦飢。欲逐雞鶩食，恥與曠性違。蘆葦已零落，蕭然立苔磯。

翩然歸去來，舍酒寡所歡。三徑苦無資，忽念寒士寒。秋氣昨已深，葛帔抑何單。瘦妻汲寒水，聊復謀朝餐。檐茅續爨火，半雜溼與乾。生計未可問，霜雪歲已闌。

儒冠當餓死，拂衣欲從軍。憶昔有故人，手卮結殷勤。從軍十餘年，聞已策高勳。關山幾千里，難附飛雁羣。長途倚資斧，貂裘金百斤。卒歲尚無策，注目寒天雲。

東鄰誰家子，心計善懋遷。衣裳頗華好，父母稱曰賢。自顧無俗骨，此念未足牽。先人所貽我，長物惟青氈。道味自可樂，無事手一編。白日忽西逝，暮突寒無煙。

矯首望京洛，車馬如水流。豈無不偶士，難爲一枝謀。素衣徒化緇，避路色沮羞。自幸有敝廬，匡牀日憩休。所願素心人，與爲寂寞遊。但得繼疏水，此外復何求。

昔聞顔氏子，尚有負郭田。胡爲致屢空，簞瓢列其前？大抵明達士，慕道百念捐。從師得至聖，心性常怡然。所忘在温飽，所樂在誦絃。東周方擾攘，洙泗别有天。

子陵藐爵禄，伯鸞甘銷沈。富貴豈不華，志士意念深。富春與吴江，千載有遺音。豈必五鼎食，薄酒自可斟。時讀古人書，或撫無絃琴。士貧不爲病，保此歲寒心。

王學淵，號海珊，□□人，南匯訓導。

將去南邑留别諸舊雨

震旦乾坤啓，東來紫氣多。士皆大智慧，我獨病維摩。肺病經年未愈。所惜相逢晚，其如此别何？臨岐一樽酒，莫遣唱驪歌。

屢折搏風翼，文章與命争。秋闈三薦不售。名場艱一第，清俸老諸生。客久方言熟，年衰瘦骨成。南州冠冕地，慚愧寵斯行。

誰濟原思急，偏慳趙壹錢。叩門寒待庇，激石怒能遷。去年除夕，坐索歲脩者三四人，余函催始發。今正遂有裁義塾之舉。毀譽存鄉校，扶持賴後賢。本來鍾毓厚，珍重此蒙泉。

一室羅英俊，匡居勝遠遊。文昌輝斗極，學堂設文昌宫。世界等漚浮。顧君旬侯，首創肇興學堂。今歲忽有東游之志，而顧君次英冰畦著鞭在先。先生爲學堂所羈，未果行。暫屈先生駕，端因此席留。造車皆合轍，何必出門求。

善本與人同，胡爲百計攻？難防蜂蠆毒，直是馬牛風。世運伸羣小，天心屬至公。清流終買禍，復見兩陳翁。謂陳望三仲英昆仲。

淞泖多名宿，誰云大雅亡？吟詩逢謝眺，儀笙。把卷憶黄香。月波先生及文郎祉安。市隱非韜晦，村居足徜徉。蒼葭秋水外，惆悵玉山堂。元顧阿英收藏極富，著有《玉山草堂集》。顧君韻夔，工詩善書，故以相況。

唐序賓馬亦昂俱高士，徐君耐冰更崛奇。衆中驚爾獨，清極畏人知。避客長扃户，觀書屢下帷。眷懷三子者，天末起相思。

松菊開三徑，謂陶賓初。桑麻自一村。謂王賡九。儒林尊宿學，父老話清門。性定交彌永，神閒誼益敦。居家崇物望，直道至今存。兩君性情相近，賡九至城，必過賓初閒話。

豈謂儒冠誤，乘時自不羣。交游孔文舉，斯才好容，有北海風。風雅杜司勳。伯吹贈詩。胸本無城府，名先噪海濆。翩翩雙舞鶴，清響九霄聞。兩君皆以廣文候選。

飄泊風塵際，頭顱已二毛。安貧惟澹泊，擇術本清高。文史胸中列，方書肘後操。充閭徵世德，衣鉢付兒曹。益甫儒而兼醫，文郎亦有聲庠序。

自昔傳姜被，於今悌道馴。相期惟競爽，所寶在仁親。闔内資雙婦，堂前奉一人。弟恭兄亦友，庶以葆天真。謂姜渭漁。

冬柳未全禿，攀條尚似秋。兩邊紅葉樹，一路白蘋洲。海燕忽如客，江鱸還薦羞。舟至閘港，忽得鱸魚三尾，亦口福也。榜人殊解事，信宿肯淹留。

六十初度率成

皖國歸來已十年，戊子，吾鄉錢犀庵宗伯督學皖中，聘校試卷。永公門限踏將穿。丹黄未輟囊中筆，清白還餘座上氈。載酒題花謀雅集，停車問字話前緣。隔江昨夜占星象，南極光明耀日躔。予與犀庵先生及周子向丹，皆八月誕辰。是月爲日躔壽星之次。

擇地東皋許借枝，中年轉徙無定，丁亥始卜居邑東門。蕭閒頗與此身宜。水田防潦收常早，籬豆涵霜摘較遲。繞樹尚堪棲一鶴，先高祖有「繞鶴軒」，吴江葉士元先生爲泰州學正時所題，取「鶴羣長繞三珠樹」之意。視牲何幸卜三犧。自知守拙安吾分，雄劍看他影陸離。

豪氣銷磨結習刪，忽然一棹指雲間。淞波翦愛并刀快，霜鬢窺從泖鏡斑。化俗微權資木鐸，傳經遺範溯金山。先伯祖鄉賢公，曾任金山訓導。諸君夙抱澄清志，好副旁求濟世艱。

壇坫誰居最上頭？口碑人競説揚州。東亭楊君竹軒，真州嚴君雋雲，先後主是席，邑人至今稱頌。漫誇老眼經滄海，寶山、南滙皆濱海。竊喜文名附選樓。在泮藻芹新祓濯，當階蓉桂舊句留。釣竿已拂金鼇背，還戀鱸魚一味秋。

李超瓊，字紫璈，一字惕夫，四川合江人，南匯知縣，著有《石船居賸稾》。

《畹香留夢室詩話》云：昔聞湘鄉文正公深賞李君榕及眉生廉訪、芋仙太守之詩，稱爲蜀中三李，有「蜀東三峽題詩處，太白夢魂今尚存。遂有遠孫通肸蠁，時吟大句動乾坤」之句。何推許若是，其至歟！顧三君皆以才藻著，獨紫璈大令則純孝有不可及者。聞之我友陳雪經明經云，大令之宰南邑也，太夫人每以毋濫刑爲戒。偶笞一囚，太夫人輒愀然不樂，飲食爲減，大令則長跪謝過，至太夫人就寢而後起。遇封公忌辰，先三日必素服屏葷酒，對客慼然無笑容。及移烏江陰，太夫人已九旬矣。署後西園頗饒花木泉石之勝，春秋佳日，大令每親率子女以筍輿舁太夫人出游，合家嘻嘻，有孺子色。噫，如大令者豈可徒以詩人目之哉！然即以詩論，亦語語從至性至情中流出，宜乎一行作吏依然孺慕弗衰也。

再赴成都

家食曾無分，飢驅又遠遊。不堪銜恤去，更重倚閭憂。官道渝瀘合，春江內外流。錦城千里近，徒步日悠悠。

瞿唐峽

蜀江苦被蜀山束，奔流斗入山之腹。灩澦堆前勢更横，百萬轟雷走深谷。浪花噴薄夔門開，急溜倒射盤渦回。兩崖巀嶪一千丈，天光不到陰風來。陰風吼處舟如簸，左轉右旋飛箭過。猙獰怪石嵌空懸，欲落不落鬼膽破。何人鑿壁緣絙上，鐵鎖銷沈東去浪。荒唐争説孟良梯，不爲公孫一悲愴。公孫霸業今何有，逆灘疑挾白龍走。赤甲山高失險巇，封箱更爲誰扃守？絶壁上石形如箱，土人呼「封箱峽」。忽驚黑石江心立，黑石灘，峽中最險處。百夫狂叫飛橈急。一瞥安流下帶谿，回頭尚聽哀猿泣。帶谿，在夔州，下三十里即峽口也。

之罘島

大海驚魂汎不收，迴風北引入之罘。山從碧澥蟠三島，地鎖青齊控五州。連弩射魚嗤往事，扶桑濯足動新愁。神仙荒渺滄田變，親見蓬萊盡蜃樓。

感事

扶桑影裏鬱鯨波，東望茫茫發浩歌。大海鷁飛新互市，危城燕入内操戈。樓船師乍浮揚僕，須水功先報涉何？西向有人箕踞笑，坐看歲幣又增多。

析木城

山勢迴環合，千家起暮煙。地傳唐舊縣，人祀漢名賢。管姓自言爲管寧後裔。遠道嗟萍梗，斯鄉有菊泉。逆旅主人王氏兄弟皆耋耄。鐸鈴風正緊，鐵塔夜錚然。

茭山即事

寺藏古木深，門俯清流曲。竹下一僧歸，笠影翩然緑。

昨聞

昨聞瓠子動悲歌，楗竹淇園正塞河。大澤魚龍争北徙，中原鴻雁漸南過。通渠六輔兒寬少，平世三公蔡廓多。千萬金錢休太息，卅年填海更如何？

歲暮巡鄉舟中雜詩

輕舟乍轉葑門東，來趁黄天蕩裏風。行過車坊帆未落，又聽飛雪打孤篷。

返棹西循甫里塘，天隨游釣此江鄉。壽昌橋下閒停楫，無數魚罾曬夕陽。

王少谷同年念祖**之官梁谿用張子紱孝廉**祥麟**贈詩原韻送之即柬子紱**

大官瞵睨如秋鷹，小官如鷃噤不騰。溼薪一束把刺菱，吾曹氣冷逾寒冰。王郎已化北溟鵬，胡爲瀛門至弗登？倒持手版學謙稱，來百僚底同拜興。衆中不語心何澄，過我强飲酒一升。文愛廬陵詩杜陵，縱談搔短髮鬅鬙。梁谿積霧盼日升，不砦毒螫砦癡蠅。羶窟已見腹中癥，萬口呼天天不譍。君去蒼赤有依憑，清節既比苦行僧。内慈母愛外威稜，猘惡先檻豺豹鱐。莫問官符大府憎，屣視銅印百可勝。欲求同志我署能，張子未焚游趙簦。投詩約下笠澤罾，賤子輒以義相繩，豈特詩骨齊峻嶒！

回舟

回舟迎夕照，汎汎在中河。寒日晚逾澹，沙湖風正多。一官終歲苦，雙鬢兩年皤。輸爾魚蠻子，衝煙發櫂歌。

春夜

漏聲如咽夜沈沈，好夢無痕底處尋。花影滿窗人不寐，卧看斜月轉藤陰。

六月晦日偕惠師僑司馬榮詣勘金雞湖隄便約伯氏及子紱同舟而往於黄天蕩北觀荷暢游竟日乃歸

暇日多清興，城陰早放船。櫹聲醒昨夢，帆影破朝煙。橋密檣頻偃，林深港曲穿。葑谿行欲盡，涼綠滿湖天。

塘複香成海，隨風似作寒。花低波爲浴，蓋仄露初乾。便有浮家想，相期帶醉看。沙鷗還漸狎，對汝愧麤官。

八月七日喜廷獻姪至

蜀江水滿萬重灘，見汝南來舉室歡。頗怪少年如我瘦，也知生計比人難。解裝吴市鄉音少，對酒秋軒暮雨寒。苦訊家山纖屑事，似聞街柝報更闌。

打冰行

北風吹墮城頭雪，一夜江波凍成鐵。吴船千舸不敢行，水路縱横都斷絶。子胥潮落何時回？九日十日河未開。艨艟巨艦那能待，急鉦催集民夫來。民夫力盡船不動，大船還得小船送。小船打冰冰塞川，卻瞋津吏爾無用。

初秋感興

炎威滌盡暑風清，倒瀉天河作雨聲。北客又傳民苦潦，南郊新見帝祈晴。澤中嗷雁先秋集，橋上鷩鼉鼓浪行。聞道白登溝瘠滿，那堪災象到神京。

晚出横塘

出郭西風緊，横塘日暮過。水添新漲急，山雜晚煙多。野岸遥連市，谿橋陡作坡。塵勞方攘攘，暫泛太湖波。

文忠烈公祠以庚寅歲修復今夏始以同時殉難諸賢劉洙趙時賞輩五十四人設龕配祀祭告禮成系之以詩

家國危亡義士多，堂堂大節壯山河。艱難一髪厓山局，生死千秋正氣歌。戰血竟先柴市冷，靈旗應向泮林過。祠故長洲學宫，今猶呼舊學前。即今俎豆重馨潔，莫恨悲風動五坡。

八月杪得史文靖公乾隆庚辰所藏賜硯恭賦

小臣初任溧陽長，行縣數過紅泉莊。文靖所居曰夏莊，有紅泉書屋。相臣故居半榛莽，遺物漂失何由詳。賜書樓高付灰燼，矧兹一硯等秕糠。豈知流落地未遠，神物呵護存幽光。得之敢不致矜重，如捧大玉璆琳瑯。摩抄拂拭重薰滌，彷彿石上生光芒。有文在背深刻鏤，力出字外稜中藏。維臣貽直再入相，乾隆世正侔成康。二十五年十月朔，獲叨大賜出上方。一時榮遇極千載，恭書謹識期無忘。其質堅緻細且滑，其形橢削斜而長。良工雕琢具奇致，擬似鸞鷟疑鳳凰。翺首矯翼斂一足，修尾舒列森開張。石中鸜眼終錯落，前爲一目睛微黄。後十三點色紺緑，天然孔翠非嵌壤。腹寬二寸不凹凸，掌平肉膩如截肪。龍尾鳳咮安足道，似此真可輝文房。粤稽是歲定西域，天山南北收回疆。霍集占首走萬里，獻馘飲至開明堂。伊犁屯田既廣闢，立碑太學摛天章。綸扉定獻晝日筆，廟謨翊贊書旂常。是月朔日在丙子，六飛方駐灤河陽。山莊隨扈事清簡，此硯頒自金鑾旁。宣麻餘暇頓首謝，錦茵玉匣交輝煌。歷今百三十五載，猶見一德孚明良。什襲珍藏定累葉，何時遺失來江鄉？史侯食邑肇東漢，瀨江子姓滋蕃昌。相臣枝裔獨他徙，故里衰落吁可傷。魯公之後昔親訪，七世孫得童子郎。髫齡聰異篤嗜古，宗工見賞高州楊。何期掇芹甫及冠，未脱墨絰成中殤。瀨江史氏，自東漢溧陽侯史崇食采於此，迄今二千年，尚稱蕃衍。文靖之裔，則多徙外籍。余在任時，訪得其七世孫輔堯，年甫十四，勤學能文，時奬異之。後爲督學茂名楊公頤所甄賞，補弟子員。旋丁承重憂，服未闋，且殤矣。

哀哉！韋平闕閱不可問，搔首對天天茫茫。遑論賜物當護惜，重倍銅瓦逾香姜。研磨翫視三歎息，吾家得此知何祥。陳之座右發遐想，盛衰倚伏真尋常。硯雖善藏已再缺，世間萬事疇能當。前人寵遇既寂寂，太平盛軌徒瞻望。安得持此助草檄，欃槍浄掃驅天狼。犁庭逕到日所出，蝦蛦殄盡收扶桑。澄泥聞出海東産，隨繭紙貢臚天閶。樞垣諸公豈無意，曷傾葵藿襄吾皇？事平共拜内府賜，龍肝好庋珊瑚牀。

九日自戚墅堰山行

本爲勤民出，翻爲勝日游。天空澄曉氣，風急浄高秋。緑水谿新漲，黄雲稻正稠。蘅蕪芳未歇，注望極江洲。

路逐林塘轉，行行又一村。雨餘桑未落，風起葦先喧。野老争迎送，田功試討論。此鄉豐歉異，溝洫莫虚存。

遠近山争出，晴看暖翠多。橋隨蘆港入，輿掠稻畦過。村密都宜竹，谿迴尚有荷。還聞煙水外，斷續起菱歌。

遥指横山路，曾從禱雨回。龍湫空血食，雁户已花災。稼穡收何晚，兵戈息尚纔。明年幸無事，專爲菊花來。

十月望日至金陵作

昔游白門日，官道迷荒煙。今來度委巷，甲第相駢連。雕牆聳百雉，極望高際天。對街矗青瑣，棼橑釘金鈿。築山象二崤，絶澗通九淵。赫赫擬侯王，別墅藐樊川。問是誰家第，半自平梁遷。冀壽互誇競，崇愷爭輝妍。瑣瑣姻與婭，列宅青谿前。不見罣衡士，容膝無一椽。劫餘十萬户，破屋吁可憐。民窮官盡富，土木何足言。昨聞撤殿材，方待輸金錢。

滄浪霜鬢髭，頗記故人面。下榻意何如，離懷同感戀。雪涕論時艱，推襟暢文讌。終傷墨綬榮，不抵褐衣賤。籃輿眷嘉賞，曉徑緣荒甸。坐眄鍾山雲，林端横素練。清風澹舒卷，秀巘被蔥蒨。冶城有棲烏，噪晚如搏戰。分陣蔽長空，歸途目爲眩。趨府暮復朝，往還時一見。寒雨日淒其，客心益以倦。何時龍虎氣，更與風雲變？斯游欲自嘲，沈吟趙壹傳。

重檢遼友先後來書綜所述近事詩以紀之

平壤忠魂骨未收，花門戰血在兜鍪。傷心一死酬恩日，已報降旛立戍樓。高州鎮總兵左公寶貴，死平壤。聞其時葉志超已豎白旗於後。

蒲石河邊虜馬嘶，轟傳六甸付鯨鯢。誰知官去城猶在，鵲印還勞少婦齎。

忠義心肝性命輕，岫巖兩堡聚耕氓。横屍卅里無降卒，愧死防秋十萬兵。

遠走高飛逞捷才，竟無一士斷頭回。飛章正報臧洪死，又見轅門請謁來。

草間乞活半逃官，墨綬銅符獬豸冠。獨羨遼陽徐刺史，元宵鐙火萬家歡。署遼陽州徐瑱齋司馬慶璋，扼守障蔽之功，特著一時。

邊城廢將意牢騷，閉户終年看寶刀。聞道死綏翻一笑，報恩心事付兒曹。密雲李友泉游戎合春，以騎卒從將軍都興阿，積戰功至副將，爲東邊步隊營營長。近歲廢居，貧不能自存。其第三子慶雲，以把總爲馬隊哨長，從左軍赴防，死於平壤之役。友泉聞之，若甚慰者，亦可敬也。

贈成都舒博齋文學榕

羈宦情懷似結疴，連朝喜得故人過。江城翦燭芳春晚，石室横經舊雨多。久別漫驚人易老，壯游還趁鬢微皤。蒼茫萬里行蹤徧，吴楚江天入嘯歌。

浣花谿畔記偕遊，再別家山又十秋。訪舊半多新故鬼，感時同抱古今愁。獨看健筆餘豪氣，頗羨良工有遠謀。何日青城能共訪？期君遲我錦江頭。

題趙于岡觀察起**合門殉義録**

旄頭晝落鼓聲絶，毘陵城中路成血。登陴六日殺氣酣，生不徒生死更烈。慷慨拔劍鬚髯張，一身矢欲扶綱常。三十九人同日盡，江家沚水今餘香。姓名千古輝青史，時平祠廟巍故里。君不見前期連帥先遁逃，留得頭顱到西市。

斜塘夜泊

西風半日滯帆檣，莽覺吴淞水路長。猶識前年頻繫棹，一街鐙火是斜塘。

即景

堂前碧樹深，門外青蕪靡。朝朝破曉行，人在緑煙裏。

吴春棪，字遨甫，東臺人，貢生，南滙訓導。

枯坐冷齋索居無俚家書不至百感紛來拉雜成句即寄東亭諸舊好

豈爲鱸魚膾，閒官著此身。驚秋雙鬢短，寫影一鐙親。地僻能容懶，心安不礙貧。消磨豪氣盡，投老滯淞濱。

朋輩半凋落，浮沈尚故吾。身孤暱僮僕，飽死讓侏儒。花竹翳荒徑，齏鹽守敝廚。端居念飢溺，鴻雁滿江湖。鄂省水災。

城小無多市，谿環半是橋。西風撼高樹，昨夜長新潮。鷗鷺漸相狎，朋儕不可招。秋心共蘆荻，相對益蕭條。

幸息塵勞轍，稍留心蹟清。亂蟲催曙色，瘦蝶弄秋晴。遁蹟愚公谷，關懷晏子楹。擬攜兒子來南讀書。家書遲未達，難慰旅人情。

近海知秋早，閒門少客過。滄桑新世界，雲樹小槃阿。末俗詩書賤，層陰風雨多。無聊常獨酌，攬鏡醉顔酡。

題謝春柳所藏于香草明經墨菊

君真高士澹如菊，我早二毛悲素秋。遺墨猶新人已杳，重陽風雨怕登樓。

步王毅伯韻

閉户若幽谷，層陰誤好春。驚雷蟲起蟄，唤雨鳥鳴晨。幸有知音在，何須覿面親。卅年人事變，同邑楊丈竹軒司訓南邑時，延僕課其嗣君。到此悟前因。

歷盡艱難境，殘年憂患餘。雲山千里隔，書畫一船俱。身計嗟頻誤，詩名愧總虚。樗材藏拙好，欲學泖濱漁。

海曲詩鈔三集　卷十一

寓公

胡惟信，字仲孚，浙江湖州人，寓下沙，著有《菊潭稾》。

丁慈水明經《海曲詩話》云：宋詩人胡惟信，嘗流寓下沙，記問該博。吴郡人糜弇，吟壇名宿也。一日，叩所作詩，誦《無題》一絶，糜不覺下拜曰：「真天才也。」

無題

白髮傷春又一年，閒將心事卜金錢。梨花瘦盡東風輭，商略生平到杜鵑。

許尚，字及爵里未詳。

《畹香留夢室詩話》云：尚，未知何許人。《邑志》載有《過古前京》一詩，意亦流寓我邑者也。

按：王象之《輿地紀勝》：前京在華亭縣東南，梁天監七年築。其地合屬南邑，以地望準之，當在石筍里。

過古前京

廬落皆無有，依稀古堞存。登臨認遺蹟，林莽暮煙昏。

袁介，字及爵里未詳。

丁慈水明經《海曲詩話》云：元延祐七年庚申，大旱。浦以東地高亢，爲災尤甚。袁介作《踏災行》，迸淚流血不數，元結《春陵》也。

踏災行

有一老翁如病起，破衲毿毿瘦如鬼。曉來扶向官道旁，哀告行人乞錢米。時予捧檄離江城，邂逅一見憐其貧。倒囊贈與五斗米，試問何故爲窮民。老翁答言聽我語，我是東鄉李福五。我家無本爲經商，只種官田三十畝。延祐七年三月初，賣衣買得牛與鋤。朝耕暮耘受辛苦，要還私債輸官租。誰知六月至七月，雨水絶無潮又竭。欲求一點半點水，卻比農夫眼中血。滔滔黄浦如溝渠，農夫争水如争珠。數車相接接不到，稻田一旦成沙塗。官司八月受災狀，我恐徵糧喫官棒。相隨鄰里去告災，十石官糧望全放。當年隔岸分吉凶，高田盡荒低田豐。縣官不見高田旱，將謂亦與低田同。文字下鄉如火速，逼我將田都首伏。只因瞋我不肯首，卻把我田批作熟。太平九月開早倉，主首貧乏無可償。男名阿孫女阿惜，逼我嫁賣賠官糧。阿孫賣與運糧户，即日不知在何處。可憐阿惜猶未笄，嫁向湖州山裏去。我今年已七十奇，飢無口食寒無衣。東求西乞度殘喘，無因早向黄泉歸。旋言旋拭顋邊淚，我忽驚慚汗沾背。老翁老翁勿復言，我是今年檢田吏。

沈維四，字嗣宗，一字公常，浙江湖州人，寓撥賜莊。

《邑志》略云：維四，吴興世族，萬二、萬三從兄弟，多才識。初爲元丞相脱脱行軍參謀。脱脱遭讒死，遁歸，率族人散避海濱。時有脱脱舊屬，居邑之百花公主撥賜莊，因往依焉。後萬二、萬三均籍没，維四獨晏然。

兄萬三富甲江浙時天下多事作詩風之

錦衣玉食非爲貴，檀板金尊可罷休。何事子孫長久計？瓦盆盛酒木棉裘。

董宏度，字君節，蘇州人，諸生，寓周浦，著有《村居稾》。

《邑志》略云：宏度贅上海陸氏，嘗設教周浦，進士王鎬、詩人蔡湘皆出其門。博學多文，兼通醫理。上邑令史彩聘修邑志。後依門人黄嗣憲以終。

門人蔡湘竹濤年十八才高志廣敝屣妻孥北游七年今聞客死詩以悲之

江南幾度落花初，少婦高樓罷曉梳。金縷帳中香篆冷，玉梭機上錦文虛。賈生未與公卿議，司馬空遺封禪書。只恐旅魂猶戀北，不隨雁影下南徐。

織女歎

飢亦織，凍亦織。一梭一梭復一梭，日短天寒難成匹。豪户徵租吏徵糧，兩兩叩門如火急。丈夫欲催不忍催，向屋無言向機立。織婦宛轉訴可憐，自來君家已十年。嫁衣雖有豈堪著，布袴百結袒服穿。無朝無夜儉且辛，寸絲寸縷不上身。丈夫有志苟富貴，勿忘機上糟糠人。努力織成力況瘁，回頭忍淚聊相慰。猶勝鄰家賤且窮，布機賣卻賣兒童。

陸錫熊，字健男，號耳山，上海人。進士，仕至左副都御史。寓周浦。著有《篁村集》。

《邑志》略云：錫熊少娶會元朱錦裔孫大本之女，贅居周浦。讀書巽龍菴，夏夜苦蚊，插足甕中以避。《篁村集》之《東歸藁》中有《訪方廣菴僧道源》詩，殆是時作。

《晼香留夢室詩話》云：先生早年通籍，珥筆承明，凡《長楊》、《羽獵》之篇，《寶鼎》、《汾陰》之頌，一經大筆揮灑，莫不星輝雲爛，典麗矞皇。其以文章學業受天子特達之知者，自《四庫全書》、《通鑑綱目輯覽》外，如《契丹國志》、《勝朝殉節諸臣録》、《唐桂二王本末》、《河源記略》、《列代職官表攷》，奉勅編輯付武英殿刊刻者，多至二百餘卷，何暇更致力於詩。然詩亦高華翔實，胎息盛唐。信乎黃鐘大吕之音，足以鼓吹休明，潤飾寰宇也。《志》言，其子慶循，號秀農，博學工文，亦娶於周浦于氏，少又育自舅家。惜遺藁蒐之不得，致成滄海遺珠，否則寓公一門更足輝增蒲簡矣。

獨漉篇

獨漉獨漉，淖泥陷軸。雖則陷軸，畏我車覆。當門有柳，蟬鳴嘒嘒。蘭生於下，旋即鋤棄。入江知海，登邱知山。賢人弗交，有靦其顔。蒙茸之敝，猶稱狐裘。我雖廢棄，可以自修。朱門雙戟，焉知虚室。逢人夜行，焉辨良賊。爰爰者兔，來將九子。雖營三窟，終斃一矢。仙人者誰？姓王名喬。萬年可期，與爾逍遥。

行路難

珊瑚産於大海南，海水漫漫蛟龍蟠。明珠産於太行北，羊腸之阪高九曲。山可碎，膚海可沈，君何顧利不顧身？行路難！黄河如帶，孟門如關。彭彭者車，如上青天。行路難！今日在故鄉，惡人亦同堂。明日在天涯，善人亦虎狼。仰天悲歌，泣下霑裳。

舒谿歌别卞大與升

舒谿之水去悠悠，我促行裝君滯留。舒谿之山煙漠漠，離酒一樽出山郭。龍鱗皺水清風來，摇櫓鼓柁淩晨開。回頭重望金城路，遠樹蒼蒼隔煙霧。安得舒谿西北流，載我離愁向君處。

雜詩

嶧山有孤桐，託根青雲寒。上枝承墜露，下枝覆奔湍。良工枉回盼，斤鑿紛修刊。裁爲緑綺琴，纖手試一彈。迅商激天雲，操入雙飛鸞。時流無古聽，喧雜情所歡。疇聆幽籟響，佇足爲盤桓。匪獨鮮知音，傾聽良亦難。傷哉伯牙調，引領空長歎。

冥鴻負奇翰，困翮逢飊怒。鶺鴒宿叢榛，拾粒足自哺。至道尚沖寂，庸襟寡明悟。紆朱遵洛渚，握篆出芸署。四牡清且閑，輝光照衢路。得意復幾時，良非泰山固。霜摧嶺顛葛，風隕高塍瓠。空以百年身，而受槿華誤。田園未荒蕪，去去從我素。

鳳雛曲

丹山萬里桐花涼，鳳雛引吭清聲長。奇毛浴經弱水碧，仙骨瘦比蓬壺蒼。金莖有露不願飲，呼吸日月通精光。啁啾俯視同腐鼠，逸志獨與雲翱翔。漢家天子建柏梁，阿閣窈窕通芝房。琅玕萬顆大於斗，金實纍纍垂青黄。鳳雛有願何所將？願上君王白玉堂。羽儀須爲聖世出，際會不讓周虞唐。玉魚辭鑰啓未央，踏星肅肅羅鵷行。珊瑚高懸雉尾動，鳳雛鼓翼朝天閶。九苞之采燭霄漢，瓊樓十二皆文章。此時拜舞銅墀旁，天風吹落鑪煙香。卷阿復賡大雅什，内監跪進千年觴。史官握筒紀上瑞，盛事永永傳無疆。

讀史漫興

百川齊注海東頭，使者河隄借箸籌。豈有宣房沈白馬，但聞蜀水鬭蒼牛。地通鼉窟千尋浪，天入龍門萬里流。滿眼萑蒿淮泗上，至今遺恨武安侯。

黑河殺氣暗天長，荷戟新徵六郡良。萬馬夜窺邊月白，七星寒擁陣雲黄。尚書都護安西府，屬國分符日逐王。今古只看秦塞險，賀蘭千嶂接蒼茫。

旅舍對酒

樂酒當今夕，悲歌感昨非。爲儒生計薄，遠道故人稀。少壯行殊昔，田園胡不歸？誰能信漂泊，終負越山薇。

袁崧墓

多難隆安日，孤忠長合侯。黄雲滄海陣，白骨戰場秋。壁壘餘荒蔓，經過弔廢邱。孫盧前事在，立馬重遲留。

巽龍菴看秋色

禪院談深鳥散煙，樵蹤細遶緑波前。巽龍橋上重回首，十里紅霞欲暮天。

寄施硯齋甘肅

蕭條匹馬古涼州，城畔交河向北流。萬里音書青玉案，十年關塞黑貂裘。明鐙漏下看磨鼻，橫槊篇成賦遠遊。不道書生無燕頷，漢家新拜岸頭侯。

雜興二首

暝色來天地，茫茫下急流。歲窮風雪裏，心折稻粱謀。郡國思持節，關河有汎舟。寒雲低野哭，獨立迥含愁。

瀚海闌干曲，愁雲慘澹中。右軍亡趙信，前隊起田戎。都護師仍老，行人節未通。何時事春作？旌旆玉門空。

友仙亭

獨鶴一朝去，仙人殊未還。白雲吹不散，流影滿空山。風雨雙崖斷，鶯花萬壑閒。蓬萊何處是？亭下水潺潺。

哭族父西崖先生六首

跋扈飛揚氣，消沈奈若何？乾坤自寥廓，身世竟風波。路黑楓林晚，魂來夕霧多。萬年清處士，流恨向山阿。

到此思時命，茫茫未可論。風流一朝盡，生死寸心存。不爲儒冠誤，安知獄吏尊。秣陵秋暮雨，慘澹哭羈魂。

驃騎航頭話，真成死别離。何時聞唳鶴，無處逐斑騅。意氣空疇昔，文章付阿誰？猶疑舊顔色，明月動書帷。

萬古鍾山下，滔滔逝水聲。風雲鬱幽憤，肝膽累才名。世已疑公幹，書寧上建平。九原如再作，只合事躬耕。

縛屋西佘隱，前盟事寂寥。未須論白黑，終是負漁樵。吾道今仍賤，誰人意獨驕？可憐故山桂，回首颯風飆。

白眼阮從事，平生有阿咸。大名君不朽，貞石我應鑱。昔夢思題燭，前期誤落帆。採蓴亭下過，涕泗溼青衫。

讀史雜感

地陷天崩樂未窮，石家父子自英雄。淩霄觀外漫山火，忘卻妖星下鄴宫。

良家都統少年名，高笑江東草木兵。不得昌明爲僕射，可憐枉自殺陽平。

玉柱歌殘阿得脂，尾長翼短意誰知？君王不信魚羊讖，五將飄零愧此時。

萬安陵草鬱葱葱，麥飯孤兒恨未窮。若問與夷竟何處，九原應愧宋宣公。陳文帝即位，詔云：「若問與夷，無愧陵寢。」

建康宫殿莽榛蕪，白土岡前戰骨枯。江左衣冠道應盡，不須苦怨任蠻奴。

阿麼奪嫡太心長，辛苦當年絶色荒。若遣麗華留禍水，不教搥榻誤文皇。

登横雲山放歌

吾生不能赤手坐跨琴高鯉，又不能鳴鏑横穿玉門壘。如梳翎鶴負殻蝸，側足風塵困泥滓。此生當著幾兩屐，蹴躡騎驢吾衰矣。青童玉女笑向人，那不餐霞飲石髓。横雲之遊吾游始，昔訝《圖經》偶遺此。古人不以名廢山，長借頭銜陸内史。乃知洞天福地往往留仙蹤，不然亦是抑塞磊落奇男子。阿童復阿童，浮江奪天璽。平原兩瓊枝，能令武皇喜。東吴丞相妻侯孫，可憐但貴洛陽紙。南風傾城八王死，與人家國區區耳。華亭鶴唳那復聞，日落空山嘯山鬼。野夫弔古興未已，蹋泥卻上層霄裏。丹梯十步九曲折，數峰秀出芒鬆底。鶩毛一點團泖潮，中湧地肺朱陵似。墨痕杳渺漁舍浮，彷彿柴門亂葭葦。仁王塔頂三百六十風鈴懸，黑頭浪翻一一遥見沙禽起。白雲逢逢漲巖觜，倏忽千林漫紅紫。夕陽墮地青天空，但有井車參旗昴鉞東西指。境幽神愴難久往，腰脚彎環更倚徙。金箱五岳空爾思，如此江山豈非美。吾笑歲星精殿前執戟長安米，吾愛謝安西東城别墅東山妓。蹉跎難鑄六州錯，婚嫁那無十口累。明年入海掉頭去，息壤吾知應在彼。有田不磽屋不圮，去山一里水二里。田栽三畦兩畦菘，屋繞十株五株李。手擊竹如意，坐隱烏皮几。梅花白酒釀百缸，臘甕青魚泔千尾。更須餘貲買斷吴江鴨嘴三板船，日弄煙竿泖湖水。

寄施上舍光祖廣西

玉鱸筵下惜分攜，度嶺浮湘去不迷。八口飢寒故城北，一身涕淚大荒西。桄榔驛暗宵防虎，斑竹祠深午報雞。遥憶逢春初卸馱，滿天風雨郭公啼。

木蘭扈從二十首之十

哨門千嶂似肩排，片石淩空鏡面揩。天遣奇峰表靈囿，赤文緑字首磨崖。哨門地名石片子，青壁峭立，御製詩勒其上。

萬馬蕭蕭寂不鳴，巡籌傳警月三更。軍中號令風雲肅，不用清宵鼓角聲。御營舊例以鼓角警夜，上特命罷之。

滿山輜重似雲屯，路近移營趁曉暾。齊候九霄張御幄，一時卓帳繞和門。每日置頓，俟御營安設行幄，扈從者方得支帳。

幔城周戟護金鈴，蓮漏丁丁響未停。騎馬黄昏望行帳，萬鐙如雨亂春星。

數聲箠策五更秋，雲際遥看纛影浮。催動一千三百騎，雁行妸隊下山頭。

分翼雙旗會看城，長圍合處月同盈。御驄安吉騮閑吉，飛上千峰赭蓋明。

蒼莽平川曉霧開，佽飛踴躍氣如雷。寒光一片槍頭白，已報前山殺虎回。

廣場什榜繡氍毹，鞠歷年年奉睿娱。馬上少年齊結束，繞山飛鞚捉生駒。

柳陰深處飲明駝，宛轉羊腸一綫河。記得上番留寵眼，又移氈帳下平坡。

僧機圖嶺湧青蓮，别是仇池小有天。不及捫多高萬仞，白雲常鎖翠微巔。僧機圖者，漢語玲瓏也。

其山洞穴交通，最爲奇秀。捫多，亦嶺名，險峻尤甚。

韓莊閘口望微山湖

眉痕澹埽夕陽邊，獨倚危橋望楚天。引起江湖十年夢，亂帆如葉水如煙。

徐州渡江

開船打鼓日初曛，千里中原極目分。山勢尚圍西楚國，河聲常走武寧軍。重城煙樹浮晴刹，戰地沙蟲没亂雲。稍覺吴歌近鄉國，客心迢遰不堪聞。

濠梁雜詩

鳴雞村巷問居人，煙火東西少比鄰。枉徙豪民實關内，劫灰回首怨黄巾。

合肥龔端毅公故宅

祖帳都門願竟違，故山松桂儼林扉。身前出處煩青史，海内聲名感布衣。杜老詩篇終古在，醉翁賓客到今稀。蛾眉寂寞俱黄土，空愛叢蘭墨瀋飛。

廬山謡九江道中作

我聞廬山高高横絶攙青冥，南斗墮地流星精。瑶光破碎不復上天去，化作九疊春江屏。重跗複萼互包裹，四面轉側無常形。晴天雲霧不解駮，深護窟穴藏真靈。其間佛刹開幽扃，棟宇彷彿齊梁營。平田如罫敞深谷，把茅亦有耕夫耕。瓜牛之廬一區耳，乃令千巖萬壑皆得蒙其名。洞天福地莽寥廓，翠壁丹梯望如削。黄昏日月會高頂，白晝雷霆走懸瀑。書生只解鑽故紙，誰似飛猱插雙脚。不知遊人足蹟多少不到處，山草山花自開落。徐凝惡詩洗難盡，周續遺文世誰作？中主書臺付礓礫，顛仙御碣空陊剥。可憐此山千載飽廢興，只有太白東坡尚如昨。我來浩蕩乘白雲，南遊興發尋匡君。夢中手執緑菡萏，半天鸞鶴徑接扶摇羣。昨宵問渡潯陽口，人事蹉跎一回首。既無門生扶侍舁籃輿，又無候吏逢迎送樽酒。腰間黄綬足下韡，翻笑形骸太孏醜。此時潯陽太守卧掩關，合眼不看城頭山。螟蛉蜾蠃爾何物，那識窈窕青螺鬟。江州已無醉司馬，清泉白石抑鬱爲摧顔。玉淵潭水挽秋雨，遣洗塵俗山寧慳。吁嗟乎！遠公社中舊相識，曾約歸來未頭白。放歌因續廬山謡，記我他年不生客。

萬安縣

縣牆圍薜荔，陰色上眉初。山翠衝檐落，江濤射枕虚。梟藏林月黑，螢定竹風疎。不見桐鄉葬，中宵拭袂餘。姊壻淩君應蘭，嘗宰是邑。卒已數年矣。

登八境臺

城角交流章貢水，檐頭平對鬱姑臺。蒼涼萬里身初到，突兀三層眼忽開。雪捲灘聲驅石走，雲扶塔影截江來。戰場指點傷遺劫，漠漠秋原塌井苔。

喬鷗村刺史甫莅岷州而石峰堡回民搆變奉檄守城賦詩紀事從鄄中見示因和此章卻寄

橫槊城樓發浩歌，令嚴鼓角夜如何？秦中地合詩人住，隴上風還壯士多。羌落萬家團白馬，蜀山百道走黄河。潢池偷息嗟羣盗，草檄知堪盾鼻磨。

富春江行即事

喜將晴色破愁顔，不負江湖獨往還。留住秋光莫教去，白雲紅葉富春山。

無多茅屋枕江壖，隔崦依稀有爨煙。斗覺新寒上衣袂，數株衰柳驛門前。

九江雜成

前度含香畫省郎，乘軺萬里有輝光。白頭又作潯陽客，風雪啼猿一斷腸。

門户荆襄極望遥，上游鼓角鎖江潮。祗應桑落洲前水，曾向斜陽送六朝。

十二月四日

灑血身猶在，承顔夢永違。艱難空藥餌，想像只裳衣。敢望三牲奉，終虚駟馬歸。養雛毛羽大，誰道各天飛。

從宦三千里，成人五十年。曾難報絲髮，翻遣累鼜饘。學豈他師授，家無長物傳。餘生負門户，何以見黄泉。

白髮辭京邸，前番暗愴魂。關心問中饋，蓄眼望諸孫。風雨先廬計，邱山易簀言。相從九京骨，終傍鳳凰村。

慘慘衣如雪，栖栖水泛萍。再期真倥偬，一子獨伶仃。讀禮傷除變，安貧墜典型。祥琴不成調，江雨颯淒冥。

武昌月夜

大别山頭月，三更上客樓。樓前漢江水，遥下石城流。寒漏催還急，哀鴻響未休。空憐夜帆影，葉葉是歸舟。

金剛夾阻風

江上風兼雨，悲心日未央。人生幾殘臘，遊子獨他鄉。攬鏡看顏改，聞雞覺夜長。鄰船更吹笛，淒絶怨伊涼。

開壩謡

今日喚開壩，明日喚塞壩。壩開壩塞誰得知？太守行河但瞋駡。賦功尺寸官行下，今何聰明昨聾啞。君不見華堂絲竹圍花叢，太守半醉春顏紅。可憐畚鍤開河卒，夜夜號寒向朔風。

道遇范吉夫入都口占贈之

送我纔南浦，逢君又白溝。悤悤一揮手，黯黯動離愁。遠道行人節，寒飆客子裘。勞薪互來往，相看雪盈頭。

趙維熊，字渭崖，上海人。進士，官翰林，轉户部主事。寓周浦。

《邑志》略云：維熊贅周浦姚氏，奉母同居。好讀書，夜每不寢。母勸無太自苦，則曰：「母尚寄居，兒非自奮何以爲家！」

辛酉仲秋乞假旋里得晤怡園主人忽忽已三年矣重到園中漫吟二絶選一首

春暉閣畔喜相尋，小别駸駸歲月深。忽向名園重見面，十年湖海證琴心。

蕭長齡，字亞史，福建長清人，河南歸德府經歷，寓周浦。

《邑志》略云：長齡父國瑞，爲三林司巡檢，後卒於任，眷屬遂居周浦。長齡性疏曠，能詩，工畫，并善隸書，精篆刻。所刊詩稾今已燬。

宿怡園湛然巢與藏山夜話

坐來小室自清澄，無限知心話不勝。風戰葉聲驚夜榻，霜侵花影冷秋鐙。十年舊事憑君訴，幾處名區記我曾？明日湛然分兩地，故巢回首碧雲凝。

和李吟香題蘇文忠書王晉卿煙江疊嶂圖詩真蹟斷碑即次蘇韻

高人買石勝買山，玲瓏隨意堆雲煙。豈知碑碣失形勢，不若硉硉能巉然。況經捐棄六百載，殘缺何足供林泉。其中顯晦固有數，精英無復埋山川。爾乃混蹟入階砌，踐蹂幾度當人前。致教光燄應時發，土花碎雨春陰天。一片淋漓數行影，摩挲忽地呈清妍。依稀元珠離赤水，髣髴白璧出藍田。剜苔剔蘚識真本，珍藏一旦移壁間。千摹萬摹莫彷彿，刊來毫髮皆娟娟。字雖首尾半脱落，蜿蜒猶作龍蛇眠。令人三日廢寢食，風標想見蒼髯仙。從兹人石同不朽，古今文字成因緣。安得米顛借我書畫舫，也來拜讀《煙江疊嶂》之詩篇。

汪百禄，字桂山，浙江桐廬人。進士，四川名山、三臺知縣。寓周浦。著有《抱經書屋詩文稾》。

《邑志》略云：百禄以父經商至周浦，遂家焉。嘉慶戊辰舉人，庚辰進士。任四川名山縣，以卓異調任三臺。所至有德政。卒之日，士民爲之感泣。

春暮舟中即景

雞啼犬吠野人家，修竹遮門影半斜。可慨故山舊寒食，惹人腸斷杜鵑花。
夕陽深處理雙橈，趁得晨潮又暮潮。忽覺腥風吹舵尾，賣魚翁立小紅橋。
沙鷗沙鷺每交飛，一片閒情與俗違。正是晴村多畫景，牧童橫笛跨牛歸。
雨沐山容似浸油，緑涵天影鏡中浮。東風吹得楊花落，數點輕萍逐水流。

正月二十三日游吾園登紅雨樓率成四律呈筍香主人

躡屐市喧外，曠然諧遠心。疏籬圍別墅，略彴跨清潯。款户無尨守，留人有鳥吟。引來真入勝，此地即山林。

小軒清氣集，巖洞闢幽蹊。上砌苔如毯，登樓石作梯。村邊長堞抱，天外萬檣齊。紅雨留題額，晶輝照眼迷。

忽地穿雲下，灣灣景獨幽。人能閒似鶴，屋更小於舟。讀畫懷山郭，聞鐘想寺樓。誰爲賦招隱？我欲枕清流。

指點桃源境，漁船繫岸東。鴨媒浮暖漲，鶴子唳和風。魏晉誰論世？羲皇但識翁。四圍流水合，占取畫圖中。

胡志堅，字眉亭，安徽休寧人，布衣，寓邑城。

《邑志》云：志堅新安人，能書善畫，浪游至邑城，以酒家自寄。性静逸，日得百錢足用外，惟以法書名畫自娱。文士與游者，座恒滿。程曰壽嘗贈以詩。終老邑城。

游吾園登紅雨樓

四面玻瓈嵌碧空，一樓高出萬花叢。竹梢風過錯聽雨，林際葉飛疑落紅。名士襟懷千古上，仙源臺榭五雲中。笑儂落拓登臨罷，重向園丁問主翁。

和李吟香題蘇文忠公書王晉卿煙江疊嶂圖真蹟斷碑即次蘇韻

家住三十六峰之黄山，出門一路走風煙。扁舟直下八百里，恍若煙江疊嶂一幅圖。天然天都蓮花倏不見，猶聽隱隱鳴流泉。作客十載歸未得，往往蘸筆貌出家鄉山與川。今年適來東海李氏宅，吟香主人摩挲古石坐花前。一見石刻乃是東坡先生題畫作，模糊百字龍遊天。首尾不見已夭矯，就中波磔點畫精且妍。三句梅雨剛洗出，濃磨大墨肥硯田。左圖右史室虚白，争搨萬本堆其間。羨君賡罷蘇老句，半窗竹影雨過風娟娟。因思峴山石鼓本皆贋，此石合共食與眠。君不見君家鐫石有李坦，又不見君家吟詩有謫仙。吟香好古真不負，一朝得此翰墨緣。此碑亦在皇宋禁時物，或者神雷轟斷此詩篇。

沈嵩，字駿堂，上海人，諸生，璧璉子，寓六竈西，著有《鍊秋室稾》。

寄暢園

遥愛蓊然色，前行褰素裳。屐穿松徑過，秋滿石亭涼。大壑起虚籟，平潭聞藕香。心閒境俱寂，翻笑鳥歸忙。

舟行遇雨

一棹指谿橋，空濛細雨飄。煙深荒寺閉，客至酒帘招。水國涼初覺，秋林葉未凋。蘋花漾汀渚，欲采意迢迢。

秋夜詞

長庚垂芒逐蟾足，金井牽絲汲寒緑。梧桐百尺清蔭涼，不知葉下銀塘曲。秋聲疑挾宵雨來，空階無人凝青苔。流螢入窗幽幔卷，瑶瑟罷撫繁絃哀。不因零露栖禽警，羈雌自是愁孤影。千里星河鵲杳然，銀鐙背擁香衾冷。

酌酒

竹素擁寒几，深鐙照酒瓢。霜明殘夜月，風助半江潮。玉具誰相贈？芝童未可招。若爲解沈寂，醉起見盤鵰。

懷吕二

煙樹海天曉，别君方此時。超然紫鸞翼，飛飲白鵝池。樹密連村暗，波平放棹遲。西齋坐無語，幽意緑楊知。

幽居晚興

微吹轉煙徑，拂簾澄碧羅。庭虚殘照下，樹密晚陰多。便欲尋雲竇，因之揚浩歌。清川不可越，命駕意如何？

答呂梅坡

西窗翦燭話深宵，卻憶吟蹤未寂寥。欲拾寒香寄流水，蘋洲風急夢迢迢。

春曉曲

蓮漏初沈餞殘月，星娥共逐冰輪歇。千點愁紅露未晞，膏餘碧燄金釭爇。玉釵委地氍毹鮮，雲屏不展留春煙。沈沈幽夢欲辭曙，東風吹送雕闌前。犀梳僥幸親鬟鳳，一夕香痕襲衣重。莫怨鶯啼繞緑楊，私將鸚鵡窗前弄。

短歌

鯨魚可膾海水涸，紛紛衆口詎敢諾。支機石自河源來，始知博望真仙才。秋槎一去已千載，雲錦亦復隨飛埃。紫霞縹緲蓬萊渡，玉顔羽帔空回顧。安得撫劍事孝侯，斬蛟更獵南山頭。

高閣

高閣俯松顛，濤聲驚晝眠。雪飛千仞瀑，花妥一谿煙。曲浦輕帆轉，春祠羽蓋旋。是日賽城隍會。藥闌閒倚徧，蒼潤數苔錢。

二月十七日舟行作

游山未辦一雙屐，撥棹且尋清淺谿。向暮東塘見潮落，蘆芽剛欲透春泥。

彩霞

彩霞深護曲闌西，消息紅薔一丈低。並載幾曾催畫鷁，留香且自爇金猊。偶繙蓮偈鶯初囀，頻理筝絃雁未齊。滿帚落花親埽處，不教飛燕誤銜泥。

伍相國祠

破楚鞬新復，沈江恨未消。眼看烏喙入，怒蹴海門潮。故國餘窮士，靈旗赴大招。巫歌紛按節，猶似市中簫。

寒林

寒林向晚影蕭蕭，卻伴孤吟未寂寥。細雨疏鐘催落雁，回風亂葉趁盤雕。山中舊有探梅約，籬下誰同載酒邀？夢繞西湖殘夜月，鶴聲飛過段家橋。

春愁曲

綠煙染草平如織，墜地游絲起無力。香車不碾陌頭塵，但有烏衣似相識。金塘珉甃含清漪，魚鱗紅映花參差。春風動影鬢蟬薄，湘絃彈徹紅蠶絲。夢逐楊花去千里，猶約湔裙臨上巳。彩霞消盡曲闌西，芳月空教伴桃李。

暮入郡郭

岸曠夕容澹，帆飛孤鳥先。寒潮吞廢驛，疎鐸語荒煙。夾水紅闌曲，聞歌白苧妍。當時曾送我，南浦緑波前。

河兵謡

守河隄，隄高與城齊。鑿河冰，冰積如岡陵。河工剛畢嚴武備，什什伍伍習擊刺。名隸尺籍轅門趨，終歲辛苦同役夫。役夫有時或聚散，河兵終歲隨火伴。曩時水來搶護勤，似捍强敵應策勳。此時清水又須蓄，豫計明年飛輓速。水來水退頻運籌，官司點赴敢少休！兒郎身手亦大好，露宿泥行備旱潦。一生飽食官家倉，幸無遠調臨邊疆。邊疆之苦苦難狀，翹首河壖若天上。

沈奎，字見亭，長洲人，舉人，寓邑城。

放鷳亭弔李辰山

放鷳亭子委泥沙，賸有垂楊傍水涯。南渡詞人都入冢，西臺處士久無家。異書贈友三千卷，餘韻留香萬柄花。待得秋涼蘆瑟瑟，蛩吟如話舊煙霞。

和李吟香題蘇文忠公書王晉卿煙江疊嶂圖詩真蹟斷碑即次蘇韻

平生愛看海外山，遥望齊州九點煙。竭來海曲有三載，未見蓬瀛三島心茫然。忽聞斷碑得自隴西宅，字如怒猊抉石驥奔泉。坡公翰墨光燄長萬丈，至今照耀東西川。此詩題畫飄飄有逸氣，宛如置身岷江萬里峰巒前。熙豐元祐紛紜事，可詫二惇二蔡欲以一手障青天。豈知文字萬古不磨滅，此老胸中磊磊落落不求研。干將莫邪神物那可遏，終勝岐陽石鼓置野田。著手摩挲重洗濯，何異宣和鑄金填行間。我思作書貴雄勁，子昂姿媚逞連娟。寧與鳳舞龍躍同變化，詎學春蚓秋蛇徒偃眠。惜哉儋耳北歸留數字，無從長覩書中仙。吟香前身或是四學士，蘇門本有香火緣。亟搨萬本留傳徧海内，俾知華嚴法界有新篇。

改琦，字七薌，自號玉壺山人，華亭人，寓陳家行。

十三日攜尊吾園餞北江先生同集者子瀟祁生文洲雙樹鐵舟晴湄影蘭也

宫袍天許作游仙，浄海冰山憶往年。詩骨健撑千古雪，酒星飛落萬家煙。美人坐對梅花衲，野老門停春水船。此别何須折楊柳，草堂只在白雲邊。先生居白雲谿上。

小憩吾園春渚同主人筍香作

露桃豔豔竹娟娟，紅泛晴霞緑泛煙。一晌曉寒清似夢，墨香飛上衍波箋。
煙梢露葉碧氤氲，凹凸花光染活雲。水底鷺鷥波上雪，分明仙錦鬬回文。
詩成體度彩鴛鴦，鏡裏花來濯錦香。點筆數峰青欲笑，一泓泠翠翦清湘。
西湖三月桃花浪，曾載笙歌到半山。十里紅雲天上坐，春船聽唱《竹枝》還。

聽子木彈四絃

谿亭看暝色，一鏡落紅霞。花雨資談麈，梅風過笛家。有人如玉立，卻手響銅琶。驚起雙栖鶻，團團舞碧華。

寓樓清曉聞鶴唳

花陰舞罷見梳翎，清唳翻從枕上聽。寄語風前雙白鶴，有人家住古華亭。

以恬攜酒吾園招同小山漱菴耕瑶諸子飲緑波池上醉後放歌同石林作

桃花落後春雨多，誰家捲幔望平纖阿？美人傷春纏病魔，紅妝難遣細馬馱。朝來乾鵲噪高柯，晴光豔豔明綺羅。春風滿園鶴語和，娟娟蘭葉緑一坡。清池漾碧看影娥，雙鬟照水池上過。一鬟微步去淩波，花陰卻立褪紅鞾。一鬟曼聲叩舷歌，竹闌點拍斂翠蛾。團頭座客此婆娑，愛玆野酌尋煙蘿。一飲能傾鸚鵡螺，豪情擊碎紅珊瑚。闖籬不妨笠與蓑，底須袍帶冠峩峩。或談渡海跨黿鼉，或見洗盞辨官哥。或學面壁如達摩，昂然努目趺盤陀。或學兒戲手提戈，嫣然百媚生黎渦。醒復能狂醉復哦，起舞脚踏庭中莎。春光百五一刹那，探梅又見貼水荷。烏飛兔走疾若梭，勞勞胡爲鬢易皤？勸君痛飲休蹉跎，手拍銅斗三摩挲，酒酣卻欲喚奈何！

居停慈雲樓一春極朋友文酒之樂四月下弦將歸華亭賦此留别主人筍香兼示同人

客中春盡懶登樓，樓外行雲似水流。樹入牀頭眠近月，烏啼城上鬢先秋。無端醉我非關酒，未必游仙不帶愁。借幅布帆歸亦得，滄江尚有舊盟鷗。

袖攜謝句首頻搔，西望羣峰興轉豪。大海瀾迴詩境闊，華亭地古鶴聲高。淒迷聽雨人雙鬢，慷慨談龍酒一袍。莫便悤悤揮手去，重來定約醉仙桃。

辛未九日爲吾園主人畫竹於夕陽疎影迴廊壁上并系以詩

泠泠二分水，娟娟數竿竹。秋聲何處來？飛繞臨谿屋。眠琴對此君，夜涼山月緑。

吾園開名蕙一本觀者如雲余因對花寫照并題小詩

瑶草豈無根，奇花自有胎。杜蘭香未嫁，仙夢鶴馱來。

聞香心已醉，止酒被花惱。不惜畫叉錢，春風買蘭笑。

清露滋芳草，光風被國香。湘絃澹無語，飛下水仙王。

歌青吹玉煙，繪素調珠粉。拂拂香滿襟，倚窗看蘭影。

劉樞，字星旋，號鴻甫，上海人，舉人，福建安谿、福安知縣，寓新場。

《上志》略云：安谿積匪謝蘭截劫客商，樞至，捕置諸法，並焚其巢。福安瀕海少文，創修書院，購地置號舍，課邑之秀者而充其膏火，民漸向學。時有海警，倡捐修復城垣礮臺。道光癸卯、甲辰、丙午，三充同考官，舉卓異。旋引疾歸。首建宗祠，祭祀必敬。同堂兄弟之無後者，以子若孫分繼之，猶自教督，先後游庠者七人。年七十六卒。

罛舟招飲吾園次韻

路趁裙腰踏碧蕪，幽人來伴鶴巢孤。綠經雨後三分染，春在壺中一例沽。清沼籢開中婦鏡，朱櫻香熟步兵廚。誰將一卷《蘭亭序》，寫入雲林水墨圖？

又次子冶韻

萬朵明霞百首詩，幾重仙錦奪邱遲。人披霽月琴三弄，天潑濃雲墨一池。時值雷雨。許綰春風留綺座，好尋雨夢到花枝。蘭言已是醇醪飲，況復瓊漿倒玉巵。

寄酬潘莖卿

潭水桃花感已深，未須翦燭始傾忱。昨宵夢與君相見，雨後長空皓月臨。

芮森，字松濤，安徽當塗人，諸生，寓北蔡。

江村即事

籬編麑眼映朝暾，瀲灩波光綠到門。一葉小舟三畝宅，生涯常在水雲村。

龔兆銘，號新翹，上海人，諸生，寓周浦。

秋夜

倏忽秋將半，小庭荒草深。蟲聲涼客夢，河影澹詩心。皎皎中天月，淒淒何處砧？關山行不得，無語倚鳴琴。

吴淇，字竹循，安徽歙縣人，寓邑城。

春日感興寄張藝甫

一卷新詩遠寄將，江雲江樹兩茫茫。杏花時節仍春雨，芳草天涯又夕陽。縱酒放歌無事日，寶刀結客少年場。逢人笑攬青銅鏡，猶幸毿毿鬢未蒼。

程恕，字道甫，安徽休寧人，寓川沙。

歸舟

浦江潮上客回舟，新漲連橋緑似油。已少楝風生海曲，漸看梅雨暗蘇州。蘆洲雨過羣蛙噪，秧渚煙濃一鷺遊。眼底物情感勞役，無田且亦賦歸休。

楊懷新，字初篁，一字蹉惶，婁縣人，寓川沙。

秋懷

葉落秋風生，河山起寒色。節序忽已改，遊子不遑息。征雁暮南翔，有書寄不得。入門還獨坐，悲來填胸臆。明月照我前，寒蟲號我側。所思不得見，中夜長惻惻。願飛歸故鄉，安得淩風翼！

美人在何處？蕙草生巖阿。流水杳然去，白雲空復多。平生抱奇節，歲月嗟蹉跎。日夕涼風來，離思當奈何。相思不可極，悵望徒煙波。

不寐同從弟恪生賦

村柝轉三更，愁心對短檠。池塘涼客夢，風雨變秋聲。暫住飄蓬蹟，還深杕杜情。匡牀兩兄弟，抵足話平生。

送關静叔還滇

長亭楊柳未堪攀，時正月未盡。風笛聲中送客還。我有相思托明月，比君先度七星關。

周南，字荔軒，青浦人，諸生，寓周浦，著有《漁煙鷗雨軒稾》。

《邑志》略云：荔軒，青浦珠葭閣人，爲趙秉醞壻，依居周浦授徒，自給不足，間以醫佐。性和而介，得酒輒醉。雖貧，無憂戚意。工詩，體近吴梅村，尤工填詞。肄業芸香草堂。沈樹鏞中書延課其子，甚相得。遭寇被掠，爲火夫。同治元年逸出，疫死滬城。

《畹香留夢室詩話》云：余與故友朱雨蒼明經談詩，亟稱周君荔軒，意者君亦雨蒼之畏友歟？《志》稱君詩學梅村，兹讀《漁煙鷗雨軒稾》中《雜詩》二十首，風骨遒上，直逼少陵，恐梅村當亦望而卻步。惜兵火之餘，所箸《香東》、《琴泛》等集已散佚無存，末由得窺全豹耳。又聞張君補山云：「荔軒貌甚寢，被賊所擄，問以操何業，則曰：『我向爲人擔水執爨。』賊遂迫令作火夫。閲三月餘，備嘗困苦。蓋恐賊知爲文士，必强之司僞文檄，未免筆墨被汙也。」若是，則君之風節高不可階矣，區區詞賦云乎哉！

褒忠祠落成恭紀六十四韻

黍稷名臣祀，風雲上將營。人亡思大樹，日吉拜前楹。鳳紀元書亥，龍躔歲遞庚。八埏星並拱，九域砥皆平。圖録無裴矩，馳驅有灌嬰。肯教前轍蹈，力杜漏卮傾。中外方欣慶，華夷孰戰争？偶稽鯨觀築，竟至豕心萌。烏弋剛浮賁，蚩尤反鑄兵。烽狼連堠直，帆鷁接雲横。勢久蚊雷聚，功難虎穴成。羣心憂大廈，萬命倚長城。帝曰疇先後，公惟竭志誠。自天承一柱，逐電走雙旌。楊僕樓船著，袁崧滬瀆名。順昌旗颯沓，光弼壘峥嶸。月影孤彎彩，河流鼓動聲。合圍風雨疾，決蕩鬼神驚。侃甓消閒日，遵壺鎮俗情。吹骹嚴夜警，肅隊勸春耕。直許餅醪徧，還辭簞食迎。錦袍當饋起，畫舸入宵偵。饟已關中乏，籌先閫外精。賞功寬祜帶，獲儁請終纓。運肘多支絀，殫思極拄撑。言簧雲靉靆，宸鑒日光明。僕射如兄弟，元戎信榦楨。神威伸斧鉞，大力掃欃槍。笳板《蘭陵曲》，冠纓子玉瓊。鮫函晴雪絶，鴦銃怒雷轟。湯沸悲螻螘，羅張待蜊蜻。滑師馳突兀，秦諜甦俄頃。活仗憑狐搰，微軀若羽輕。軍誰監佐治？盜欲殪元衡。矢未摧陳谷，機先失宋泓。珠槍飛海鏡，玉律誤風鉦。七萃冰同踞，偏師鏑自鳴。斷難蜂旆捲，猶抗角弓觲。瘴霧埋金氣，晨星墮玉英。敗真隨解系，命早絶侯嬴。豹死皮原貴，魴枯尾尚赬。定教巡作厲，終見軫如生。駢首歸龐櫬，傷心卜魏塋。哀呼騰越市，慟哭遍吴傖。魚疾尋焦爛，鷹揚奈獨惸。九原餘愴痛，三詔感恩榮。特許專祠建，欣邀聖澤宏。文螭盤砌石，綵鳳舞雕甍。桂棟丹翬簇，蕉窗翠瑣縈。肆筵堂曠朗，度几地深閎。檻曲翻紅蘂，庭脩列紫荆。賭碁花似幄，行矢錦爲棚。羽箭瞻圖畫，鴻儀挹秀瑩。賽神聞鼓疊，報蜡薦粢盛。珠玉霏英俊，《褒忠詩録》。筵篝兆泰亨。靈昭河嶽壯，氣抑海波清。柘社庥常被，桐鄉茂幾更。瓜綿傳棨戟，樾蔭及宗祊。伊我欽公烈，來遊值月正。陣氛消蠮螉，山雨泣貍鼪。巍奕雲垂幕，鏘洋樂奏韺。撒花看市舶，翦韭亭編氓。紀實輸椽筆，陳詞奠酒觥。千秋雄保障，國史有公評。

春曉曲

馮夷捧月歸海宮，絳綃拂天魚尾紅。林花含雨柳煙溼，流蘇帳暖愁朝慵。嬌倚薰籠慵不起，緑蟬委墮春煙裏。蝦鬚不捲雲母深，金雀丁星颭秋水。

春夜曲

露絲飛織桃花煙，瓊窗半掩愁不眠。銀釭熒熒玉釵冷，瑤華影射明璫圓。泥金貼地雙鴛溼，手抱雲和花外立。咽盡銅龍第幾聲，催起流鶯喚白日。

雜詩二十首用杜文貞公秦州雜詩韻

束縛憐常調，蕭閒散浪游。詩篇聊遣日，酒力不禁愁。暮色千家雨，松聲萬壑秋。招涼應有地，惆悵此淹留。

雲接蓬萊近，名園倚絳宮。橤珠宮外牓曰：地近蓬萊。波光翻夕照，石色冷秋空。鶴夢松間月，蟬嘶柳外風。漫愁人面隔，移屧曲池東。

向晚灘頭步，翛然鷺聚沙。入雲千萬樹，臨水兩三家。人語江船雜，樵歸石徑斜。滄浪歌一曲，煙月儘堪誇。

猛雨橫江閣，迎梅五月時。擘箋蠻語穩，攲枕越吟悲。地喜塵氛隔，花隨節候遲。懷中短長策，漫滅亦安之。

小邑環煙水，重闉百雉强。卸帆江浦遠，弭棹海門長。草夢迷蝴蝶，花遊駕驌驦。舊時同賞客，相望又葭蒼。

看月移松隙，虛堂待燕歸。屏開銀燭冷，簾捲篆煙微。心事鷗同潔，音書雁共稀。加餐雖努力，漸漸減腰圍。

別夢繞蒼山，相思十載間。撥雲尋竹嶺，望月啓松關。地暖花常發，天空鶴自還。重遊應似昔，只是損朱顏。

鐵牝嚴關迥，奔濤去復回。雲排山勢出，潮挾市聲來。故壘憐將圮，愁城慘不開。長呼遺烈在，壯士總銜哀。

一樽還盡日，跂脚水邊亭。雨氣連江白，巒光落几青。蚊吟偏瑣瑣，螢陣亦星星。爲憶丁儀久，將軍出遠坰。

但覺羈愁積，猶無俗累繁。栽花移瘦石，穿井得靈源。竹色橫煙圃，荷花接水村。端居聊自適，終日閉柴門。

明河才賦罷，星影拂檐低。悵望盈盈水，愁行滑滑泥。身隨雲去住，詩和瀼東西。差喜眠鷗穩，頻年息鼓鼙。

碎紋誇白芨，小盞酌紅泉。恍覺清風至，須憑活火傳。澆書蘿徑外，行藥石牀邊。了不侵炎暑，披襟一快然。

有時過別墅，隨意到鄰家。看竹經深院，垂綸坐淺沙。涼沈黄字李，《雲仙雜記》。香戰緑腰爪。《清異録》。秋意今番早，新開指甲花。

茉莉花争發，筠籃賣夕天。雪膚憑枕貯，香氣隔簾傳。分種黄瓷斗，頻澆緑玉泉。一般清趣味，不似鬢雲邊。

漸覺炎熇甚，簾波澹宕間。一樓陳郡月，數尺米家山。涼倩冰絲引，風兼泊棹還。還思河朔飲，列坐錦苔斑。

蠟屐堪逃暑，偕行待結羣。笛涼三泖月，鐘動半山雲。風日嬉游共，漁樵事業分。誰教羈鳳轄？寂寞不堪聞。

晚涼追柳外，霞綺散林光。香暖芙蓉水，陰濃薜荔牆。亂螢流廢井，野蝠上深堂。歸去松窗静，清樽引興長。

蕭寺還尋勝，閒行未擬歸。汲泉金井冷，拂樹火珠煇。時聽山猿報，晴看野鴿飛。枯碁憑遣興，差幸卻炎威。

乍寫來禽帖，千珠餉木難。儘教歌管住，不放酒杯乾。樹古朝陰敞，池深夜氣寒。更邀詞賦客，同坐禮星壇。

譜偏思歸引，難教俗客知。詩成常供佛，癖甚每謍兒。歲月銷繩屩，煙雲漲墨池。萍飄成底事，有鳥感棲枝。

雜詠五首

入冬天氣尚温和，玉檢欣拈插架多。萬里看山心惝怳，十年磨劍事蹉跎。相思未許安紅豆，浪飲真教捲白波。記得楚游當此日，青楓浦上一帆過。

風前未減次公狂，手把芳樽酹夕陽。兩度明河聞鵲語，一條愁路繞羊腸。春迷荳蔻梢頭月，緑暗芙蓉葉上霜。記得樊南新句好，本來銀漢是紅牆。

行行行藥碧谿灣，我與谿雲一樣閒。祇有琴書堆竹屋，更無車馬到柴關。昇仙好覓丹砂井，消瘦真來飯顆山。唱遍客中新樂府，幾時重唱大刀環？

憐山愛月暮登樓，鴻雪天涯幾度留。獵史漁經尋舊課，椅妻影妾入新愁。閒將敗管書紅葉，自顧塵羈愧白鷗。擬訪故人南浦去，孤篷吹笛古沙頭。

霜橋明月客來遲，談藝挑鐙一展眉。結習未忘金鑿落，新聲都付玉參差。詩窠偶託甘蠶縛，文陣偏攻笑虎癡。只有道人無愛好，不憂障礙不支離。

感遇三首

駕言登高山，虎豹蹲其旁。下臨百丈谿，欲渡谿無梁。屏足日已晚，徘徊以徬徨。仙人白雲裏，玉佩緋霞裳。引我崑崙巔，飲我紺瓊漿，教我冶金術，示我扶劣方。招手雙青鸞，乘之共翱翔。清風振六翮，倏忽歸故鄉。區區慚冥報，中懷何時忘？

青春忽已逝，白日豈常好。金石尚不壽，形骸焉能保。耄而求神仙，雖仙亦醜老。敬謝世上人，驂鸞當及早。

翩翩王子喬，導我登蓬萊。岧嶤列仙闕，璀璨金銀臺。白虎夾雙戺，蒼龍蟠庭隈。南斗理朱瑟，麻姑斟瓊杯。流風迴西歙，弦管清且哀。王母顧我笑，幾度桃花開。

秋江引

醉中走上臨江亭，水天一色摇空青。長風吹浪雁聲急，蒼然秋滿蘆花汀。蘆汀深處棹歌發，蕩破秋煙弄秋雪。金蛇一道落滄溟，散作波閒無數月。我向江流浣素纓，瀟湘回首不勝情。淩風便踏白黿去，閒伴王喬吹玉笙。

君馬黃

君馬黃，臣馬白。君馬白，臣馬黑。飽食芻，鳴不得。太行山，困銜勒。伯樂死，無人識。飢驅朝暮不能息，枉卻桃花好顏色。

夜

秋氣已盈袂，吾行猶轉蓬。鄉雲怨猿鶴，江月静魚龍。草閣客復去，瑶塘花始紅。相思渺何許，惆悵曲闌東。

不倒翁歌

皤其腹者誇兒童，胸中一竅原難通。卿等數百那可容，胚胎甫具皆稱翁。大者盈尺尤癡聾，小者如指形從同。隨人播弄如旋風，指揮一昔迷西東。有時列坐華筵中，輾轉反側殊悤悤。疑是女媧摶土工，化身千億隨沙蟲。道旁桃梗時相逢，合招紙鶴騎泥龍。焉能矍鑠稱英雄，吁嗟皤然乎一公。

四至南園

水西雲北净無塵，一日花源一問津。近水亭臺皆入畫，到門魚鳥便相親。孱顔石號清虚子，禿頂松如偃蹇人。對此自能忘熱惱，數椽還欲寄閒身。來歲約居此。

玫甫王大屬校近集題以長句

紇干山雀凍不飛，寒雲瘦日沈荆扉。開緘忽得故人訊，明珠顆顆生光輝。錦囊方寸欣入手，朗誦頓忘寒侵肌。古義莊思本騷雅，噴薄元氣酣淋漓。有時組織出新意，一花一鳥窮雕劘。亂頭麤服態自好，紛紛鞶帨誠奚爲？我曾握槧事幽討，荒塗脩阻嗟疲羸。鳳樓百尺修不得，窮檐索寞愁朝飢。黄金鑄印大如斗，古人識字今人非。焚書而舞豈宿志，但恐章句埋鬚眉。君今嗜兹不自省，書來教索毛中疵。宿疣見愛自古有，力弱何補天人衣。還君新詩三歎息，草書未暇情依依。

武陵兩孝女刲肱圖

榮者蕙，馥者蘭。長者鳳，穉者鸞。一蘭蕙有根，鸞鳳有母。母康則愉，母疾則否。二紫石不可得餌，白石不可得鎮。亟引刀割臂，熟烹以進。三不畏創苦血性堅，伊誰相之毋乃天？四孝能格天，良已厥病。厥病莫瘳，不自爲政。五天聽聰明，或醉或醒。女心皆誠，女非爲名。六

赴川沙

浦口經年戍，鄉原戰伐中。饟輸原不匱，師久竟無功。賊聚多於蟻，民飢化作鴻。那堪羈旅客，米價問江東。

聞牡華閣梅開欲往看

朝晴聽話黄綿煖，暮冷能消白墮春。聞説寒香近窗户，欲拖雙屐過東鄰。

早秋

高秋蘇肺氣，野望慰羈情。海雨狂收暑，江雲緩送晴。夕陽高樹影，流水暮蟬聲。卻傍軒窗坐，觀書眼倍明。

海曲詩鈔三集　卷十二

寓公

蔣敦復，原名金和，字純甫，一字劍人，自號江東老劍，寶山人，貢生，寓邑城，著有《嘯古堂集》。

《邑志》略云：敦復自道光中游學來南，肄業惠南書院，才情富有，而性行殊僻。歸後再來，已爲僧，改號鐵岸，住荷花隖知止庵。後又去，蓄髮應童子試，學使張芾奇其文，補諸生第一。晚客上海道署。著有《嘯古堂詩文集》，尤工詞。

周儀暐先生云：魄力沈雄，詞采雋邁。落落雲霞之色，淵淵金石之聲。老境頹唐，山城淒寂。讀之不覺色飛眉舞，復成二十八字以志傾倒：「久無片石語韓陵，忽見中宵虎氣騰。滄海日輪光五色，笑他天禄杖頭鐙。」

《畹香留夢室詩話》云：余嘗戲謂，黄子祉安《海曲續詩鈔》中所選寓公詩，如陸耳山之博大，金縵虹之雄奇，蔣劍人之名雋，皆非邑人士所能企及。劍人行事已見《邑志》及近人記載，不贅言。請言其配靈石内史之才。内史氏支名機，靈石其自號也。詩才高曠，不類閨閣中人。《送外應秋試》云：「緑瘦垂楊柳，絲絲又送行。人間重科第，夫子最才名。影寄天邊月，心隨白下城。蘭舟望容與，臨發若爲情。」偶爲長短句，亦哀感頑豔，神似納蘭頻伽。《鷓鴣天》《寄外》云：「垂柳垂楊滿畫樓，誰家夫壻拜紅矦？水流別恨花飛淚，金鑄相思玉琢愁。春渺渺，夢悠悠，自憐臨鏡怕梳頭。天涯芳草知何處，一點靈犀不自由。」《浪淘沙》《附家書寄劍人》云：「鶗語最分明，唤夢誰醒？有流鶯處有春情。花底閒關啼不住，可是雙聲。絲雨入簾輕，鐙外愁生，小鬟低怨説三更。紅暈鏡潮羞病頰，幽思盈盈。」惜全稾生前秘不示人，僅附刊一二於劍人集中，未免遺珠之憾耳。

贈富山人

攜鉢飄然出，茫茫天地身。西風雙客鬢，秋草一詩人。余亦傷心者，江湖多苦辛。狂歌來酒市，劍氣合龍津。

自題懺華辭後

石門文字認休差，一串流珠送琵琶。往日春風紅豆子，今生明月白梅花。閒愁黯黯濃於酒，綺語綿綿豔似霞。辛苦維摩耽結習，自拈寶露滴靈芽。

稽首楞嚴十種仙，無情眷屬有情禪。可堪芍藥將離酒，尚説桃花未嫁年。春夢半牀鸚鵡地，秋孃一曲《鷓鴣天》。當時人面羞崔護，不爲重來也惘然。

對影聞聲惜未逢，滿空雲雨去無蹤。秋波四壁生瑶想，神女三年禮玉容。緑酒獻僧花獻佛，青樓聽雨寺聽鐘。相思海樣愁天樣，盡日魂銷藥店龍。

華鬘世界妙鬘雲，孤負香鐙已十分。金粉未能空色相，人天原合住聲聞。遥岑眉樣修蛾黛，芳草天涯化婕裙。直到靈山參一笑，平生筆硯總宜焚。

壬寅春感

蕭蕭短鬢問年華，萬古傷心賦落花。烽火連天春入夢，江湖滿地客無家。蘼蕪細雨兼愁長，楊柳東風盡日斜。搔首蒼茫成獨立，高原夕照噪寒鴉。

昨歲朝廷賜尚方，元戎千騎出鷹揚。金貂翡翠飄晴雪，玉帳蒲桃進夜光。八陣風雲思上將，萬方日月奉天王。艱難自是籌兵食，早晚功成告廟堂。

九重綸綍下求賢，帝爲蒼生廢食眠。唐室徵兵先保甲，漢家納粟重輪邊。朱雲請劍争奇節，賈誼陳書感少年。將帥即今開幕府，有人捫蝨隱江天。

南陌行春路阻歧，采蘭拾翠寄相思。天邊消息龍鸞近，海上風煙鷗鷺知。食肉何人羞燕頷？入宫有女妒蛾眉。欲憑青鳥傳芳訊，開落蟠桃第幾枝？

從弟子建敦禮**至自兵間**

相看疑入夢，爲客倍傷情。身在憐吾弟，門衰愧爾兄。風塵難覓食，江海未銷兵。併作今宵淚，朝來白髮生。

晉中詠古和袁中甫翼大令

陰地關

桃花馬上雪花飛，女子和戎計總非。但使軍中來尚父，不教塞外去明妃。三秋白草花門戍，一騎紅妝葉護歸。可惜蛾眉真將種，陰山回首陣雲圍。

王官谷

自呼麋鹿與同羣，朝局如棋不忍聞。生託罪言狂杜牧，死官諫議惜劉蕡。才人末路悲青史，詩品空山贈白雲。他日清流遘奇禍，淒涼拄笏看斜曛。

野史亭

京洛衣冠委逝波，茫茫野史恨如何？愁看故國沈遼海，忍送降旛下汴河。南渡兩朝和議失，《中州》一集正聲多。《雁邱》樂府傷心甚，老淚青衫付短歌。

擬三十六體

瓊華遥駐七香車，芳草城南日又斜。碧月幾時圓好夢，黄金情願鑄名花。曲中絳樹春人怨，洞口緋桃玉女家。不分相思復相别，鬢絲容易感天涯。

墨會靈簫定幾生，芳犀脈脈復盈盈。白描鴛翼疑無色，紅懺蠶絲尚有情。金粟如來空説法，玉巵孃子自呼名。畫堂南畔聽春雨，第一銷魂是此聲。

鶼盟鯽誓記悤悤，依約銀灣路未通。春水工愁名士鯽，菱花吐氣美人虹。荒唐雲雨青樓遠，飄泊鸞皇碧落空。修竹蕭蕭愁日暮，越羅衣薄不禁風。

香草前身總可憐，空山誰與致纏綿？愁生西月東星外，人在南花北雪邊。蠟燭明明如此夜，霓裳疊疊奈何天！瑤池亦有三青鳥，不信東風只杜鵑。

別徐浩然瀚

尊酒忽言別，落花相與愁。風塵雙短鬢，雲水一孤舟。共此鳳鸞嘯，難爲鴻雁謀。茫茫感人事，春盡獨登樓。

姚石甫觀察瑩**以詩文全集見贈奉酬一首**

天風琅琅歌不止，山雨颯颯破窗紙。中有湘纍萬古心，憂時白髮今如此。海內風煙未靖時，據鞍顧盼生雄姿。書生禽賊誓報國，宦海風波豈所知。從古蛾眉有謠諑，蒼蠅大笑蒼生哭。萬死功名聖主恩，百全富貴庸奴福。小謫蠶叢蜀道難，臺洋回首陣雲寒。黎風雅雨征程倦，又繞黃河出塞看。蠻爭觸鬬紛紛起，天戈指處皆披靡。兜鍪一擲貴人嗔，安用譚兵任國是。君不見麻姑霜海鬢毛斑，才許班超入玉關。謂林少穆尚書。蜃蛤樓臺終變幻，星辰劍履未闌珊。萬事蒼茫煙水外，是非莫問盧龍賣。歌舞當場翠袖空，英雄退步青山在。我欲尊前竟此歌，美人香草奈愁何？ 白門一夜垂楊柳，摇落空江木葉多。

題蕃釐觀壁

煙月揚州鶴夢稀，雲仙飄颯五銖衣。西風吹冷蕃釐觀，不見楊花日暮飛。

秋夜讀書

華雲吐月秋羅羅，銀灣影落天無波。草堂夜静泠碧蘿，美人揚袪發浩歌。今我不樂愁思多，海上白日鳴妖鼉。霜飆戰葉飛庭柯，山鬼哀怨啼巖阿。安得萬里揮天戈，讀書閉户將如何？

有所思

有所思兮在洞房，流蘇寶帳芙蓉牀。瑶釵錦瑟紛兩旁，明珠翠羽梳華妝。蠟燭熒熒照臉光，麝煤曉墮鑪煙香。鑪煙不結同心篆，盛年空抱鴛鴦券。

仙人引

瓊窗夜雨桃花黑，百幅龍綃淚絲織。憶昔初彈神雪寒，天風影蕩紅闌干。淩華回語上元笑，芙蓉翠尾珠鸞叫。歸去攜琴緑玉囊，銀灣延睇無津梁。

録别

好讀《前谿》《子夜》歌，江紅海緑奈愁何？ 人間錦字回文少，天上瑶花受劫多。容易風情黏落絮，最難心事託微波。自從青鳥西飛去，消息無因問絳河。

恩恩燕子話離襟，湖上黄鸝舊日音。花影紅根先種淚，篆痕青字未灰心。仙居樓閣雲何杳，秋在瀟湘水更深。莫憶酒醒殘月外，漢南楊柳又淮陰。

懷古詩八首

吴中

吴會衣冠上國來，中原尊俎霸圖開。山河氣王簫吹市，歌舞魂歸鹿走臺。尚有魚腸沈水冷，可憐烏喙卧薪哀。恩恩竟抉東門目，枉費當年破楚才。

燕中

蕭瑟寒風易水秋，狗屠意氣祖龍愁。能銷白日虹精貫，未抵黄金馬骨羞。縱酒悲歌三斗血，入關生死兩人頭。圖窮督亢真成讖，一劍能亡十六州。

楚中

暮猿啼罷楚妃宫，遷客江南楚國空。《小雅》詩删留正變，大王風起問雌雄。峽間雲雨沾香草，天際瀟湘怨落楓。千載黄陵祠下過，《竹枝》哀唱月明中。

秦中

長城白骨葬如麻，誰許華戎錯犬牙？天地奇觀三月火，風雷疾卷一椎沙。蒙恬北去銷嬴業，蜀道西連啓漢家。愁説秦時舊明月，咸陽宫闕自棲鴉。

洛中

九鼎新遷洛邑開，梯航玉帛萬方來。帝王家世中天下，嵩洛河山出霸才。鐘簴幾經兵燹在，神州誰使陸沈哀？黄旗青蓋須臾事，旋見銅駝卧草萊。

沛中

一亭泗上舊山川，尚有微時父老傳。天子故交屠狗輩，英雄陳迹斬蛇年。萬家湯沐高臺酒，四海風雲猛士煙。魂魄不教來葬此，長陵抔土事堪憐。

蜀中

偏安王業起堂堂，多難乾坤再造忙。兩表《出師》追《誓》《誥》，一朝入廟配高光。益州將相荆州失，赤帝山河白帝亡。太息炎劉天不祚，錦官祠下柏蒼蒼。

鄴中

百萬黄巾埽賊氛，十年征伐漢將軍。奸雄氣數三分鼎，亂世功名九錫文。鐵槊大江歌樂府，銅臺老伎弔夫君。漳河寒食東風急，知上曹瞞第幾墳。

歲暮吴門客感

殘臘關河客思遥，天涯無那鬢蕭蕭。詞場跌宕呼青兕，酒市悲涼换黑貂。畫閣一鐙簫語隔，湘簾三尺劍花飄。故園回首真愁絶，鹽米光陰意氣銷。狂名鬼亦笑胡盧，未敢人前道博徒。碧海尋鷗詩夢冷，青山捫蝨霸才麤。迢迢冰雪梅花瘴，滚滚風塵駿馬圖。寂寞吾生怕孤負，千秋償得此心無？

雜詩

城東桃李花，灼灼輕揚葩。眷彼懷春女，窈窕出誰家？明璫步容與，曉日生光華。芳菲一以暮，妖豔紛相誇。歸來理明鏡，徘徊徒自嗟。

我有冰蠶絲，纖手織機杼。瑶箱十二疊，持此竟誰與？迢迢西北樓，粲粲舞白紵。一曲千黄金，羅袖妙迴舉。君聆貴家樂，慎勿輕貧女。貧女不炫飾，絶世渺獨處。

涼露起遥夕，結帶期所懽。華釭澹流素，翡翠沈衾寒。空庭石榴樹，房中常苦酸。不惜黛眉損，念兹羅衣單。云何采蕭艾，棄捐荃與蘭？微軀妾自保，幽賞君獨難。

憂來浩無方，日月何堂堂。壯士出門去，拔劍心徬徨。今日斗酒會，賓客盈東廂。黄金爲母壽，白璧爲兒裝。鴻鵠舉四海，羽翼生輝光。浮雲曷有極，仰視天蒼蒼。

曰余好畸服，佩之明月刀。赤精薄巖電，白雪横秋濤。道逢虬髯客，無乃并州豪。意氣一朝合，謂余非蓬蒿。從君縛袴褶，開邊樹旌旄。還當拂衣去，嵩華長遊翱。悠悠萬里心，揮手風雲高。

題黃仲則少府仁景兩當軒詩集用集中後觀潮行韻

洞庭微波下木葉，一碧天空瘦鶴立。誰將明月置君懷？題詩忽挾仙心入。仙之人兮雲中停，靈旗翠蓋紛相迎。掉頭竟去人間世，天風浩浩江流聲。白日走匿黃河折，心折冰雪骨折鐵。長嘯還驚天地秋，狂名祇博關山雪。驟綱病鐸車遥遥，荒村鬼語明星高。丈夫生既等牧豎，頭顱一擲應飄摇。并州黃沙慘欲暮，九疑三湘渺何處？萬古身登太白樓，一官魂斷秦川樹。丹旐西風愁復愁，青天依舊寒雲浮。封侯未出蜻蛉塞，埋骨須鄰鸚鵡洲。我讀君詩長太息，鐵虹光燄難銷得。君不見敗紙如山冷劫灰，飛作斑斑土花色。

遊徐生庵少府珠霽峰園

芳辰步曲沼，名園倚修竹。夕曦下林臯，迴風散蘭薄。宛彼茄之華，當秋媚初馥。幽人盟素襟，與鷗上高閣。泠然彈古琴，峰霧四天緑。

送鄭餘卿慶之還吴門

鄭生抱琴不肯彈，一彈六月飛霜寒。美人嬋娟隔明鏡，十指凍裂誰爲懽？蔣生拔劍座中起，太白離離夜如水。那得胸中斗血凉，只逐蒼蠅而已矣。兩生十年不相逢，大江日夜流萍蓬。兩生一日忽相遇，上下追逐如雲龍。雉臯城頭漲塵土，朔風蕭蕭破窗户。官齋爇炭擁不眠，冷縮黃紬鷺鷥股。東西之屋兩頭藏，如蠶裹繭蜂蟄房。蔣生好奇鄭生懶，鄭生狷者蔣生狂。乾坤偪仄不得意，男兒到此消豪氣。白腹何妨據上頭，烏衣且勿矜門第。不如鄭生之琴彈向空，山青日暮定有哀猿聽。蔣生攜劍伎堂去，梨花舞促雙鬟醒。鄭生行矣歌且止，作歌者誰蔣生是。蔣生蔣生胡不歸？一聲雁叫霜天起。

題鄺露石海雪堂集

亡命餘生破國年，瘦騎北鶴拜瑶仙。華鬘眷屬天魔隊，銅鼓河山赤雅編。香草易鋤吟古怨，枯桐獨抱失君絃。蛇槍鴆箭蠻荒裏，愁絶《離騷》廿五篇。

芙蓉湖上作

一帆鷗際飛，涼煙白縷縷。萍末浪花香，散作衣上雨。不見涉江人，芙蓉渺秋浦。

舟泊閶門

青山如夢隱參差，柔櫓聲中玉笛遲。一夜西風吹鬢短，金昌亭外柳絲絲。

作讀離騷樂府將合之神絃酹酒靈均之靈而告之

絮酒商量酹一巵，夫君惆悵獨醒時。山河故郢無人物，雲雨高唐有夢思。香草前身都命薄，文章小雅此才奇。删詩可惜秦風在，獨向天南寫楚辭。

後感事

高歌樂府《野鷹來》，海水蒼茫酹一杯。天壤即今猶落魄，江山從古不宜才。芙蓉北渚佳人怨，苜蓿西風病馬哀。夢握龍韜建奇策，燕然萬里勒功回。

棱棱仙骨幾生修，肯放梅花第二流。學佛願除才子習，讀書先替古人愁。名心未死千秋在，綺恨難消一哭休。故態狂奴應改否？仰天笑指鏡中頭。

子陵臺

淮陰亦有王孫蹟，誰似先生得自由？一卧不知天子腹，再來難覓故人裘。風雲劍履歸諸將，江海星辰在釣舟。愁擊西山竹如意，魂飛朱鳥夕陽幽。

呼鷹臺

呼鷹臺畔臕斜曛，樂府清商不可聞。名士畫來同一餅，此州天下竟三分。祇餘豚犬看兒輩，惜未英雄共使君。枉説將軍能好客，淒涼鸚鵡弔遺文。

賦詩臺

五官文士意從容，立馬湖山感慨中。弱弟傷心甄女賦，乃翁横槊大江東。一家詞賦黄初盡，三度旌旗白下空。天塹古來飛渡少，徐方築室幾成功？

冰井臺

石趙高齊兩劫灰，香姜片瓦出莓苔。馬牛風走降王傳，龍虎天生亂世才。父老神州空隕涕，英雄鄴下幾登臺。繐帷寂寞分香冷，銅雀興亡更可哀。

禮斗臺

難忘皇覺舊袈裟，一炬河山一刹那。叔父此來誠不易，大師於意更云何？真龍遯蹟江湖遠，病虎參禪劫運多。留得蒲團遺迹在，從亡野録未全訛。

寓齋題壁

蕭蕭寒雁下横塘，酒醒關河玉笛涼。獨與離人訴摇落，西風殘柳古斜陽。

海上秋興

對酒蒼茫不可歌，天涯物候近如何？高城鼓角三更動，大海風濤七月多。健鶻當空盤朔漠，飛鴻入夜滿關河。側身太息今寥落，十載青霜一劍磨。

長歌一首奉懷廉泉師

去年客唱《江南曲》，側身江北羈秋翼。今年卧病江南春，卻恨浮雲阻江北。人生自古多别離，天下何況知音希。江湖滿地遇矰繳，安得飛鳥常相依。往時范萊蕪，作宰來吾婁。賤子正年少，獻詩堂下趨。先生愛我置座隅，謂我不合長菰蘆。千金散盡不得意，男兒到此消豪氣。直掛西風八尺帆，過江便是吹簫地。官齋相見復相憐，一領青衫負十年。已經射策蘭成誤，尚許傳經鄭氏箋。西園賓從陪文讌，東閣梅花攜鐵硯。對客頻誇弟子才，論詩每得旁人羡。就中吴質最風流，吴梅孫山長。更有元龍百尺樓。陳月卿孝廉。明月泥人吹玉笛，青鐙繡佛掛吴鉤。雉媒春草城南路，杯酒親澆冒家墓。一曲吴孃换别愁，暮雨瀟瀟隔江樹。此時意氣如雷顛，此日狂名滿酒邊。誰知青眼高歌地，又是黄楊厄閏天。布衣草屩還鄉井，肯望車塵學造請。刮目何須問吕蒙，譚兵早已輕王猛。上書謾駡欲何求，狹路真逢官長愁。身世空山頻刖足，文章矮屋一低頭。生不英雄便宜死，碌碌那得長如此。腰間尚有玉鹿盧，報恩忽憶風胡子。岸柳江花昔送行，師門回首不勝情。吴淞夜雨青琴老，彈盡天風海水聲。

吴脩之，字梅史，上海人，諸生，寓邑城。

題清河節母盟心古井圖

母氏唐，嬪於張，年二十八悲早孀。姑未葬，夫猝亡，呱呱者孤啼空房。西去東飛鵠不雙，誓欲身殉兒牽裳。身未殉，心已死，湛然不波古井水。米鹽餘力更丸熊，卅載光陰一彈指。兒既成，母心喜。茹蘖飲冰婚嫁已，而今含笑九原矣。賢哉母，義哉叔。無母既靡依，無叔將焉託！寸草春暉罔極同，遺言在耳時三復。

贈上海沈鏡珊明經

渡江尋瘦沈，一徑入寒林。風鶴連宵警，萍蓬此夕心。孱顔懷昨夢，世事托悲吟。且把閒愁埽，持杯論古今。

海會寺看晚菊

結伴尋香圃，西風欲雪天。我來秋已老，花瘦影逾妍。僧雅能迎客，詩清不礙禪。夕陽歸路晚，黃葉冷秋煙。

金玉，字縵虹，一字曼鴻，青浦人，貢生，寓邑城，後移寓周浦，著有《猶存草堂詩鈔》。

《松江府志》略云：玉少穎悟，長入吟花詩社，與熊其光、俞廷颺、李繼賡、莊世驥諸人唱和，有青谿七子之目。馮樹勳令青浦時，奇其才，稱之不去口。晚歲遭亂，上書中丞某，凡三千餘言。中丞怒，幾不測。上海令劉郇膏力救得免。抑鬱以終。

《晼香留夢室詩話》云：縵虹少時即以詩受知於青浦令馮小芸明府，及明府量移南匯，青境被賭寇蹂躪殆遍，而我邑尚晏如，縵虹因挈眷而來。時與朱雨蒼、周荔軒、朱菉汀諸君，詩酒流連，賡唱迭和。《鶴沙集》上下卷，蓋斯時作也。迨庚申、辛酉間，戎馬倉皇，萍蹤無定，撫時感事，憔悴憂傷，又成《海曲集》一卷，而《新樂府》二十四章附焉。先生之詩，古體才氣浩瀚，洋洋千百言，於太白爲近；近體則沈鬱蒼涼，直足繼武少陵《夔府》諸什。曩嘗服膺劍人詩才兀奡，今以縵虹比之，覺《嘯古堂集》中雖多矜才絶豔之篇，終不免描頭畫角矣。縵虹曾上書大府，大旨以逃官多擁厚貲，請勒令捐輸以充軍饟，幾爲薛覲堂制軍所殺。然則如縵虹者，殆今之縱横家也，詩人云乎哉？

雜感

匱中有片玉，機上有尺絲。玉堅不可磷，絲白不受緇。鴻鵠舉千里，鷃雀巢藩籬。蛣蜣甘糞壤，清蟬睇喬枝。蕭艾當路榮，空谷挺蘭芝。終朝蕣英謝，松柏貫四時。真賞匪易覯，流俗每見嗤。悦外而遺内，物理安可知。

擬古

涉江采芙蓉，波雲動寒緑。有懷同心人，采采不盈掬。同心渺何許，其人温如玉。願言持贈之，物微情自足。

東城高且長，重垣互隱伏。靄靄黄雲平，疾飆厲枯木。四時遞相嬗，流景嗟迫促。歲寒霜雪深，日暮天地肅。良時去難追，曷不快傲逐？言有邯鄲女，全身被綺縠。明妝耀四鄰，宛轉理絲竹。一彈再三彈，清商往以復。曲罷復徘徊，睞轉横波目。願以緑綺琴，寄貯黄金屋。

客從遠方來，遺我雙玉佩。遥知故人心，思我不下帶。拂拭白無瑕，瓌奇逾珠貝。佩結不可解，玉堅不可碎。喻兹委曲忱，銘感徹五内。

門有車馬客行

門有車馬客，服物麗且都。見我性迂拙，爲我策良圖。侯門有捷徑，曷弗争馳驅？一揖卿相歡，得官不必儒。入佩黄金印，出控紫騮駒。張蓋逐大吏，光寵溢里閭。不然作巨賈，往來川粤途。鮮衣爛如火，策從皆豪奴。金錢不足貴，手握明月珠。歸來鑄銅穴，豪富淩陶朱。我聞啞然笑，客見真區區。貴游豈不羨，弗能效時趨。致富亦足樂，羞較錙與銖。謝客毋多談，太璞還真吾。

長安有狹邪行

世路皆狹邪，豈獨長安城。惟兹佳麗地，歧路尤縱横。長安古大都，俊客争揚旌。九衢會交錯，六府開平明。綺羅塞委巷，簫鼓喧長棚。朱門當路啓，麗日輝雕楹。時有邯鄲倡，列坐彈秦箏。對客一啼笑，雪後鳴春鶯。杯酒致富貴，豪名一時傾。顧兹豈不樂，咫尺疑登瀛。胡爲古君子，捷徑誓不行？

長歌一首贈莊俠君世驥

我欲上從神仙游，倒騎白鳳驂紅虯。珊瑚爲節兮玉爲鞲，流蘇之旌懸珠旒。淩碧落，躡丹邱，捫霄漢，瞰斗牛。矞雲摇摇不可極，琅風吹上瓊華樓。迴顧崑崙之山十萬八千里，方丈蓬壺環一水。三素之城日下開，九靈之房雲外啓。就中忽見一鶴飛，鶴飛漸近牽我衣。招我遠跨長離騰廣野，飄然直款黄金扉。稽首拜木皇，回身謁金母。淮南招八公，商山延四叟。赤松從爲師，黄石結爲友。洪厓笑拍肩，浮邱時挹袖。八仙十種皆似舊相識，争從花外相招手。東方曼倩偷桃兒，薜荔林間羞卻走。一時仙侶何其多，兩行侍從皆青娥，低鬟掩笑顔微酡。左鬱嬪，右婉羅。帝錢十千聘織女，霓裳三疊偷姮娥。攬鏡飛瓊舞妙舞，吹簫弄玉歌長歌。神摇兮恍有慮妃之步珊來遲，背癢兮即有麻姑之爪爲掻摩。爲我宣寶籙，紫府真函戛琳玉。爲我鍊丹砂，上清金液淩九華。爲我具珍饌，麟脯羊珠雜白粲。爲我拂錦衾，來夢之枕遺瑶簪。月窟爲我家，雲林爲我室。終老此鄉一萬年，誰云神仙之樂不可極！然而方家雜説亦妄哉，秦皇漢帝非仙才。況乎我輩高雅士，何必幻想金銀臺。不如橐筆入詞苑，秋月春花時染翰。二三知己同倡酬，不讓香山詩酒伴。嗚呼！蘭亭蓮社邈無聞，晉唐而後無名文。浣花已老青蓮死，能不狂吟叫俠君。俠君俠君名下士，跌宕風騷貫經史。袖中出示新詩篇，一朝貴盡洛陽紙。有時酹酒呼青天，淩雲志氣飄飄然。腰間不懸斗大印，自有五色之筆巃如椽。趁此盛氣當華年，讀書萬卷詩千篇。臨風咳唾翻雲煙，錦囊花帽何蹁躚。會見上登芙蓉之闕蘭桂省，才子有樂同神仙。

杪秋雜感

檢書意不懌，茫茫傷古今。披闥試凝佇，迴飆蕩重陰。寥廓望安極，寒雲深復深。畹晚日將夕，搔首徒悲吟。古人亦有言，憂足傷人心。何如延素月，中夜彈瑶琴？砌蟲若相和，即此爲賞音。

靜參萬物理，要貴全天賦。錯雜玄與黄，不如守其素。甘爲時所棄，勿爲俗所慕。木槿一朝榮，灼灼耀當路。菉葹巧延緣，叢生浥零露。何以秋蘭芳，不惜天遲暮？

卧游五嶽圖爲寶山程伯喬作

奇青落兒雲氣濃，颯然四壁吹琅風。神光摇摇不可定，聳身不覺騰其中。洞天福地隨所適，入壺不必邀壺公。穹壤非大室非小，五嶽要自羅心胸。天門軼蕩望不極，介邱遥在滄海東。神房阿閣矗雲際，俯窺日觀光曈曨。恒山北折連碣石，黑牛青尾開洪濛。其高乃有四千丈，巨桃誰獻明光宫？西嶽嶢嶙在咫尺，迴顧太華撑三峰。玉女之盆水猶滴，菡萏涵碧懸秋空。更聞岣嶁有玉牒，南浮湘水波溶溶。珠塵圓潔墮靈雀，露壇月觀遥相通。側身四望猶未足，峻絶自古稱高嵩。神清洞古閟太室，玫瑰花碧香蒙茸。五方之嶽各相鎮，真圖或聞傳李充。其間仙靈多窟宅，軒轅上古留遐蹤。雲中少君渺何許，蒼水使者時相逢。落雁峰頭氣呼吸，昇天欲駕茅君龍。素女下招驂白鹿，披圖笑折青芙蓉。不謂千年落君手，淮南仙枕將毋同。我生好奇性偏懶，僵卧一室悲秋蛩。君示此圖躍然起，餌芝棲素行相從。尺幅偏有萬里勢，遠極拗折高嵸巃。靈運徒復作山賊，向平何待婚嫁終。獨念名山偏寰宇，饕餮每欲兼魚熊。巨觀一朝盡諸嶽，探奇豈特誇登封。太行西去接王屋，通天有臺淩九嵏。終南太白互相向，昂首北望懷崆峒。還入青城采靈藥，峨嵋雪積春光融。瀑懸匡廬吼珠玉，九疑煙雨幽蘭叢。羅浮仙蝶巨如扇，天台大小蒸霞紅。武夷佳處勝雁宕，括蒼到眼彌青蔥。然而此皆在人境，崑崙之勝尤難窮。金臺玉闕偏珠樹，王母所居城九重。羽衣翩翻結鸞駟，仙之人兮方青瞳。靈妃列屋諷真誥，竊窺朱鳥窗玲瓏。逍遥游戲無不可，直教瞬息周瀛蓬。十洲三島駕五嶽，狂歌聲起摩青穹。

岑楓薌鍾陵**出友石圖相示作歌贈之**

神交積十年，詩債懸半載。披圖宛見嶔崎人，不假酒杯澆魂礧。東坡夢想南宫顛，嵌空怪石拏雲煙。大癡潑墨入於化，雲林可招偕石田。此圖得未有，此石殊耐久。開徑益有三，入壺華列九。或呼爲丈或爲兄，君也一一與之友。人願友君惟恐遺，君獨友石人轉疑。補天況擅筆五色，區區龍精虎口安足奇。衆且紛然評，君自囅然笑。韓陵一片堪與言，落落千秋寄同調。嗟！我既不能遇黄石公，授書一卷追高風。又不能遇白石老，山中白石煮以爲糧供一飽。頑鈍如我難琢磨，君不我棄惠已多。而乃相視稱莫逆，叩石且爲君作歌。歌也有思石玭玭，石之介兮似君子。石乎石乎，爾獨不如脂如韋，而爲礪爲砥。既能點爾頭，尤足漱我齒。契合在三生，可交莫逾此。嗚呼！世人結交須黄金，君友惟石知君心。

楓橋夜泊

江干木落晚蕭蕭，不見吴孃蕩畫橈。涼月滿船秋夢破，雁聲三兩落楓橋。

壽黄硯北先生仁**八十**

乾坤清氣不易得，間世一出能詩人。香山眉山並老壽，才詫仙鬼非其倫。我鄉靈秀鬱峰泖，惜哉二陸忘秋莼。杞盤茶竈善頤養，天隨獨釣江之濱。松雪雖老那足數，鐵崖流寓稱遺民。書畫雙絶詩未健，後有香光兼仲醇。厝堂老人擅作手，白髮著書家益貧。至今芳馨播海内，先生繼之重扶輪。一家獨出兩詩老，詞壇廣闢披荆榛。朅來八十骨逾健，杖扶緑玉飄荷巾。談詩獨愛東佘叟，古梅霏香冰雪晨。先生吟罷無一事，忽聞剥啄來衆賓。紛紛載酒争介壽，瑕詞疊奏何彬璘。或稱少年盛才氣，看花屢踏京華春。或云壯歲留宦蹟，絳州一路棠陰新。或喜更番賦《鳴鹿》，或頌八千垂大椿。先生聞之逌爾笑，意不甚喜終不瞋。古歡獨抱聊酌酒，陶然一醉如率真。雲間壇坫必有主，天留此老非無因。香山眉山今鼎足，回看秋月疑前身。

擬韓昌黎石鼓歌

晴天無雲霹靂起，蛟螭蟠鬱飛半空。隨風吹墮几席上，堂前何故垂彩虹？四顧愕眙詫光怪，咄哉片紙靈可通。古文史籀不易辨，尚疑丹篆吞夢中。張生笑言君勿訝，此文此石難磨礱。不知何年遺十鼓，得毋古簡留崆峒。其文四百有十七，二百餘字皆朦朧。蟲書鳥蹟魚貫柳，我車我馬攻且同。深嗟古器久湮没，千載剥蝕隨雨風。野人視之等甕臼，牛羊衰草埋秋叢。瘢胝手剔半漫滅，土花錯繡纏青紅。今得搨本補刓缺，珍逾球寶昭發矇。我聞斯言重太息，古今轉眼如飄蓬。湯盤禹鼎已僅見，孰知此鼓傳岐豐。周宣當日循典禮，大備法駕巡河東。明堂受朝薦玉帛，中興天子殊明聰。鏘鳴劍佩争拜舞，諸侯就位台階崇。屬車扈從出行狩，渭陽遺事追非熊。禮成宴饗被殊寵，錫以秬鬯兼彤弓。𧦝梲樂備稱其職，豈惟鼉鼓聞逢逢。卓哉煌煌勝封禪，大書勒石銘鴻功。一時重臣誰載筆？得非方叔偕召公。迄今已越千百載，誰歌周雅懷高崧？漢時去古猶未遠，表章無力嗤揚雄。典午風流競相尚，清談靡靡耽虛沖。自茲文衰閱八代，吁嗟才薄惟雕蟲。我今作歌竊有意，願將典物陳學宫。鴻都虎觀鬱相望，石碑三體堪比隆。遺文亦可補魯薛，考擊不數滇池銅。大昕警衆識古意，庶挽末俗驚頑聾。共知國家尚文德，瓌寶必顯由天工。河圖洛書文並古，傳諸億紀無終窮。

擬杜少陵諸將五首

丹詔頻聞出漢宫，羽書再見十年中。井蛙本屬幺麽類，汗馬誰收上將功？共望衛青能破敵，漫云魏絳善和戎。君王自擴如天度，閫外諸臣合効忠。

平蠻尚憶武鄉侯，談笑神機運馬牛。卿月重明回絶塞，將星忽隕阻炎州。連年帳下屯千騎，幾輩車前擁八騶。獨念至尊常旰食，何人善解廟堂憂？

蔓延疆埸孰專城？千萬軍貲一擲輕。不信緑林遲受撫，遂教赤縣阻歸耕。虎頭食肉空言狀，螳臂當車尚弄兵。果否輕裘有羊叔，健兒未敢薄儒生？

方面争看擁羽旄，備邊策上敘勳勞。渾河秋汛遲填塹，遼海雲帆急轉漕。深願蕭曹扶鼎軸，恐煩桑孔計錐刀。闢門偶報征旂捷，幕府偏裨恩盡叨。

笙歌滿地唱吴歈，獨立悲秋笑腐儒。遠望烽煙思節鉞，近嗟糞土易金珠。豈容盜跖游都市，猶慮孫恩伏海隅。自古七旬苗可格，羣公努力佐唐虞。

烏目山人雁宕山全圖歌并序

咸豐戊午夏日，於小芸馮師衙齋中，獲覩烏目山人王石谷所繪《雁宕山全圖》。圖共十二幀，繪雁山名勝殆徧。造化供其雕鐫，神工助其皴染。諦觀不已，神游畫中。師自作小跋云：「圖懸齋壁，權作卧游。他日懸車南旋，當策笻躡屐，攜茲圖一一印證。」師之興高矣。特丹崖翠嶂間，相從必有猨鶴，未審可以挈之偕游否？解衣起躍，作爲長歌。

我昔夢游天台卅六峰，春行如秋，晴行如雨濛。石梁飛瀑出林杪，赤城霞起山盡紅。洞天金庭闢，小憩桐柏宫。蝸旋而猱掛，欻又騰半空。瓊臺雙闕淩罡風，直造華頂開心胸。南望雁宕雲蓬蓬，混淪一氣呼吸通。惜哉！天雞一叫不得探奇蹤。今來鶴沙作吟客，平川百里少山石。白日正長信非夢，駭覩千巖突齋壁。此山識我恍如舊，雁宕奇峰辨歷歷。伊誰狡獪作此圖？烏目山人幻留迹。我不見畫惟見山，神游一日窮躋攀。幽險峭削猝難以名狀，萬象羅列供雕剜。或峩如寶冠，或跨如馬鞍，或負如屏扆，或垂如髻鬟。俱巖名。鬬者如雞駭，望者如犀躡，聽者如詩叟。俱石名。立者如古賢，如瑞鹿千佛，如玉女雙鸞，如盂復如鉢，如蓉又如蓮。俱峰名。造物弄奇搆靈詭，得毋女媧錬石遺此間？謝公暫到猶落屐，謝公嶺有落屐亭。後人豈易徧歷諸峰巒。然而諸峰雖奇非特異，靈芝一峰孑立渺天際。上豐下削中欲斷，目久睇之心轉悸。三峰插天復如翦，修羅舉手日光蔽。一隱一見瞬息變，諸形忽張，石帆忽矗，天柱八面窮擬議。翦刀峰，又名石帆與天柱。嶂落峰回，猝聞奔雷。山腹裂罅，洞門中開。熊咆虎嘯，啼猿尤哀。灌莽糾錯，飛梯懸階。惟五百之羅漢，或踏肩而能來。天聰穴若耳，厥形尤怪哉。窺之色正黑，終古藏陰霾。蝮蛇晝卧苦不醒，日漏孰將天窗排？天聰洞，亦名天窗。更有玉龍勢飛動，尾卓雲表首垂隴。鼻懸如瓠穿兩孔，我疑此即爲龍湫。滴水成珠走盤汞，豈知龍湫飛來寒氣聳。盤旋太虛白浪洶，轟雷濺雪恣騰踴。咄咄懸瀑從何來？行空出奇特神勇。到此歎觀止，山靈若相呼。境不造其極，此行胡爲乎？感彼靈響神轉旺，乘興直欲觀雁湖。然聞雁湖淩絶頂，高山仰盂疑有無。百年以來人蹟絶，削壁萬仞難著趺。攀藤刺，撥榛蕪，縱如鶻，懸若狙。徑路絶復通，羊迹紛模糊。瞥見一羣雁，飛去冲天都。湖光忽蕩漾，濃緑摇菰蒲。雲陰陰兮襲裾，水澹澹兮涵虚。苔若繡兮土可鋤，仙之人兮劚煙蔬。螺作舟兮鸞爲車，妃之靈兮擷紅蕖。山頂有湖兮叫奇絶，飛仙往還不啻登蓬壺。煙雲滅没極變化，懸崖欲墮神鬼詫。白晝對此摇心精，況值虚堂風雨夜。飛泉古塔二寺名猶在眼，髣髴瞿曇笑相迓。諦視良久神識移，不信奇山落奇畫。芸師笑曰生且休，茲山可到非遐陬。畫中之山尚如此，山中有畫重探幽。作宦不妨自崖返，高處多險難停騶。爲學不然當直上，奇觀必在高峰頭。觀畫即可參物理，豈獨疊翠撑吟眸。他日迴車道東甌，夙願定可青山酬，胡不芒鞵竹杖同遨遊？我聞師言心怡投，足底恍聽風颼颼。霞城石城仙蹤求，碧霄古洞名堪留。雁山碧霄，尚有唐賢題名。況乎雁宕南去多丹邱，嶺嶠奇秀之氣淩中州，我將更捉仙蝶長嘯登羅浮。

八月二十二日登君山頂眺大江還入梅花書院觀石刻東坡詩

不見長江已八年，登山縱眺興超然。半空滃翠浮城郭，千里渾潮接海天。瓜步帆低懸白日，秣稜樹遠隔蒼煙。詩成未敢輕題壁，爲讓風流玉局仙。

早雨過嘉興

早發嘉禾道，蒼茫起客愁。碧波明遠渚，黄葉滯殘秋。失侶憐孤雁，忘機愛野鷗。南湖煙雨重，惜未一登樓。

穿呼猿洞望鷲峰

飛來天半插奇峰，洞壑幽沈闢異蹤。石聳千盤迴迅鳥，天窺一綫睡癡龍。靈風壇肅翻迦葉，落日林深翳古松。咫尺翠微亭在望，好登絶頂埽雲封。

自段橋移舟至葛嶺訪賈秋壑半閒堂遺蹟

出郭看山興欲狂，舟行畫裏晚煙蒼。明湖夾岸開菱鏡，峭壁當軒閟藥房。泉石只今歸抱朴，園林終古弔平章。神仙富貴難兼擅，蟋蟀聲中又夕陽。

自二月至五月賊連陷江浙大郡傷時感事拉雜書之

錢塘久擅好湖山，醜類跳梁視等閒。古佛一朝齊墮劫，賊焚湖上諸寺，并移五百尊者散置湖岸，以作疑兵。將軍七日獨當關。賊於二月二十七日攻陷外城，將軍瑞公率滿兵死鬭七日。援兵至，城得復完。羣公不愧紆簪笏，大義何嘗激市闤。自撫憲以下，布政司王公、鹽運司繆公及一府兩縣，俱死難。士民多闔門殉義，婦女死者尤衆。又有捶錫匠千人，助將軍巷戰，自成一軍。差幸寇氛能迅埽，逋仙亭畔鶴應還。

鄉團屹立聚丁男，力守危城死亦甘。常州鄉兵最爲得力。四月初一日，制府出走，諸軍皆潰，獨民兵守城，猶能日與賊戰，殺賊頗多。初六日城陷，民無噍類矣。獨有張巡能血戰，張副帥疊受重傷，歿於丹陽城下。豈知何晏僅清譚。紅巾直闖毘陵驛，繡纛難遮制府驂。何制軍退至蘇州，又由常熟、崑山至上海。一部梨園數尊酒，坐看寇盜滿江南。

遇寇四律有序

七月初二日辰刻，賊自盤龍衝至蔡家巷，忽西掠過觀音堂，復北走黄渡，凡菴港、顧施浜、陸家圩、蔣家角一帶，無不被難。是日黎明時，囑畫山弟先率戚屬六七輩到菴港，趁馬氏船去，又令内子挈兒女附嚴家船。及送老母附范船，而賊已至鎮，倉卒隨家大人及老姊北走，幸遇馬船，得與弟輩併一處。途次聞范船被掠，老母登岸奔走，不覺五内如裂。晚到賢母涇，訪董晴翁父子，承彼留宿。質明聞賊將過張堰，移舟入管浦避之，旋遥見賊旗次白鶴江，遂折而東。下午仍返顧施浜，母已徒步先返，未幾内子輩亦返。幸一家重聚，而衣服之殘毁，無暇計矣。

疊礮城垂破，羣黎仰首望。鼠窮猶據穴，蜂擁漫稱王。火燎横原野，川崩決大防。紛紛趨滬瀆，賊勢愈猖狂。六月中旬，官兵攻青城，將破。忽於廿四日，僞忠王率大隊至，青圍遂解，賊且分塗竄滬。

百里遭蹂躪，倉皇盡出奔。泥深衝急雨，港斷隔遥村。履錯牛争道，舟移寇及門。中途驚失母，頃刻墮心魂。

飄泊沿塘去，離羣雁競呼。連村煙未熄，隔浦日將晡。乞食真窮士，留賓賴我徒。謂董晴翁令郎梧門。高堂猶兩地，遑復念妻孥。

詰朝重理楫，浦口見旌斿。問訊紛無據，歸途近轉憂。痛深言屢斷，喜極涕交流。舉室皆殘毁，青氈一片留。初二日黎明，家大人祈武聖籤有「定須還汝舊青氈」句，至是惟書卷及一二舊衣存焉，靈應若此。

寓引谿周氏三味閣寫懷簡倪丈小雲王君紀臺

孤飛一雁自南來，木落西風首屢回。縹帙且驅羈客悶，閣多藏書。黄花猶避戰場開。江關烽火牽吟抱，海曲帆檣落酒杯。摩詰雲林皆老宿，棲居愧我乏仙才。

金鴻佺，字蓮生，浙江秀水人，貢生，寓邑城。

《邑志》略云：鴻佺好古善書，尤工詩，邑中名蹟題詠幾徧，其《放鷴亭懷李辰山作》更擅勝。

放鷴亭懷李高士

坤靈宫中驚戰鼓，銜香金鶴没敗堵。宣德時，鑄銜香金鶴以定時刻。見《宣德鼎彝譜》。危亭日落叫鵂鶹，尚占官家乾净土。李郎嬌嬌人中龍，隻手直欲擎蒼穹。請纓年少苦無路，恨殺冠佩假伶工。福藩庸懦天奪魄，半壁東南輕一擲。靖江重建小朝廷，桂王繼起真英特。荷戈萬里邁終童，獻策驚倒瞿文忠。飛書走檄愈頭風，印懸肘後磨青銅。是時諸臣同戮力，天塹長江重開闢。毁家紓難脱釵環，况有英雄出巾幗。桂林戰守三月，劉承允所遣援兵索餽，瞿文忠式耜括庫不足，妻邵氏捐釵珥助之。朱絲掛頸悲烈皇，可憐不繫平西王。鑾邦手縛真龍種，猶是天厄非人亡。歸來高隱茅亭築，閒放白鷴非行樂。感憤時彈皋羽琴，憂來惟向西臺哭。我朝碩學重鴻詞，遺老聯翩趨丹墀。雄飛不羨沖霄鶴，雌伏甘爲斷尾雞。明知仙佛皆如夢，被體黄絁亦無用。香積厨充義士薇，何曾迷入桃源洞。家亡國破賸閒身，埋骨東湖塔尚存。藏書奚必傳嬌女，遺藁還同付故人。我來弔古尋陳迹，荒亭盡圮堆瓦礫。長隄衰柳鳥呼風，愁殺蘆花頭雪白。君不見投荒窮老沈太僕，沈文光。吟魂飛渡澎湖曲。又不見遺民尚有葉與熊，棄官削髮空王宫，銷聲匿蹟將毋同。

鄭鈐，字廉卿，自號拜鵑詞客，浙江嘉興人，諸生，寓新塲。

《邑志》略云：鈐工小楷，尤精八分書。詩喜效温、李，而有疏爽致。特拙於治生，流離中愈難自振，卒殁於筍里。

中秋偕同人玩月

今歲中秋好明月，皎潔冰輪迥奇絶。人生能得幾回看，月是主人人是客。況復良朋常聚散，月有陰晴有圓缺。難得佳士相逢十一人，會合不期同雲萍。興酣踏月出門去，銅街一條盡瑶素。直上河梁發狂嘯，恨不能到玉宇瓊樓最高處。仙斧借吴剛，斫取桂花樹。姮娥體態許平視，仙樂霓裳引歸路。或聞此語詫太奇，或有啞我爲狂癡。君不見明月知我不我憾，依然照我步步相追隨。噫吁嘻！人生世上貴適意，傀儡登場本游戲。不見朝如青絲暮成雪，胡爲役役勞形徒自累。屈指開闢洪濛千萬年，達者無過李青蓮。錦袍捉月歌游仙，金斗盛酒吸長川。豪氣如虹誰能及，一飲便吟詩百篇。古人已往豈可作，我輩要不被塵縛。此生此夜未孤負，玉露泠泠清詩魂。恨少葡萄美酒三百斛，醉倒不知扶桑海上升朝暾。

六廉耕墅分詠

雪霽梅香

雪滿江天斷釣船，野梅香逗竹籬邊。紅衫烏帽西風裏，畫出詩人孟浩然。

深林雲護

鬱鬱松楸鎖翠煙，佳城深護妥牛眠。題詩我有天涯感，寒食年年聽杜鵑。

乙丑春仲偕次公杞南過六廉耕墅主人沈君挺芝款留下榻即席口占

沈約聞名久，相逢蓋便傾。雲萍成小聚，雞黍見深情。兵燹傷前事，他鄉重友生。感君留信宿，裁句訂鷗盟。

顧作偉，字韋人，晚自號無住老人，華亭人，貢生，寓新埸。

《晚香留夢室詩話》云：韋人爲葉渭兮女史之孫，荻洲徵君之子。徵君舉孝廉方正，辭不應辟召。工寫墨梅，家居惟以詩畫自遣。有女名作琨，字佩環，適奉賢周氏，嫻吟詠，工渲染，韋人女兄也。曾爲先太淑人作《臨谿老梅》小幅，著墨不多，别饒逸致。上題一絶云：「雲階月地近如何？古幹婆娑映碧波。瀟灑最宜三兩點，好花清影不須多。」予幼時頗愛誦之。韋人詩格蒼老，於唐酷似許丁卯。晚遭赭寇之亂，避地至笥里，依其戚葉氏以居。老境頹唐，飽經烽燧，不復如昔之吟壇酒社意氣飛揚矣。詩稾多散佚，僅從葉振百茂才處得近體一首，蓋亦非經意之作也。

梅嶺表弟設夢蝶之牀挹浮蛆之甕投我以盧橘飼我以香菇揮麈評詩漫笑鍾嶸之陋翦鐙談藝定懷祖逖之雄樂矣平原之敘白首如新宛然廣廈之居青山依舊行將判襼率爾賦詩相見良難再圖後會

又作平原敘，深談樂不支。世難遺獨立，人自貴相知。佳膳羅盈案，香醪酌滿巵。老饕思報德，臨別贈新詩。

王□□，字若愚，婁縣人，寓北六竈。

《邑志》略云：若愚工星相術。咸豐十年，郡城陷寇，流寓北六竈城隍廟。年過六旬，鬚眉皓白，而吐屬風雅，無術士氣。比寇連陷奉南，歎曰：「浦左又如此，我將安歸？」夜遂自縊。

絶命詩

生爲大清人，死作大清鬼。一死立人綱，忠烈希千載。

費延釐，字芸舫，吴江人，寓杜家行。

杜曲紀事

經歲淹兹土，觀風偶出門。禾棉連畎畝，蘆葦作牆垣。地僻衣冠少，民愚吏役尊。近傳兵燹後，華屋半無存。

絶好桃源景，天然入畫圖。寒宵勤紡績，大澤少萑苻。遷客鄉音雜，鄰翁野服麤。隔谿有村店，沽酒且提壺。

贈盧品珊

門望巍峩舊藎臣，君爲前明忠肅公後。風流文采美無倫。誰知筆埽千軍手，竟作蓬飄萬里身。貧未到詩非澈骨，生能安命肯求人？眼中落落誰真賞，仗爾扶持大雅輪。

贈杜月棠

不見杜陵叟，空留杜曲名。伊人信翹楚，與我契平生。啜茗風盈座，談詩月射楹。窮途憐國士，猶有昔賢情。

盧□□，字品珊，宜興人，寓杜家行。

題張江栅護海公廟壁

苦恨風塵老客蹤，生涯寥落等飄蓬。窮途羞托門前鉢，枵腹愁聽飯後鐘。誰贈濁醪澆塊壘？全憑滄海蕩心胸。年年彈徹馮生鋏，至竟田文未易逢。

社前一日與杜月棠小飲

社鼓聲中又一春，依然席帽困風塵。卅年半作游仙夢，百鍊仍餘歷劫身。天地有情留此會，江湖何處認前因？他時葬我糟邱上，市石須鐫酒國民。

賃屋

誰國蝸之角，居然牓字題。竹牀容膝窄，桑户打頭低。儘可安茶竈，還堪闢菜畦。知非荆棘地，聊借一枝棲。

廣廈思工部，高軒賦退之。廓然大宇宙，渺爾小茅茨。合有詩人住，無令俗客窺。箇中天地闊，衡泌樂忘飢。

杜曲諸君招飲席上賦此

酒龍詩虎聚江濱，舌有風雷筆有神。作客三年無此會，讀書萬卷合長貧。塌來海内知名士，半是天涯失意人。惆悵有家歸未得，梅花休話故山春。

擊碎王家玉唾壺，酒酣耳熱唱烏烏。自慚流俗呼才子，天遣英雄作酒徒。富貴偪人花照眼，文章賺我雪盈顱。一腔骯髒憑誰訴？駡座聊師莽灌夫。

沈汝楫，字勉齋，浙江歸安人，寓□□。

擬杜少陵諸將

殘秋木葉下天山，眼見驕胡入漢關。萬里鼓鼙驚日下，二陵風雨哭殽間。賊臣負主心難赤，壯士捐軀血易殷。誰是淮陰稱善將？埽除强虜慰天顔。

西風落日慘孤城，十萬熊羆盡偃旌。大將有時師失律，小戎何自女知兵。干戈到處嗟蹂躪，朝野於今待廓清。多少提封要收復，急須奇計出陳平。

中宵四處起狼烽，回首鄉關隔幾重。焦土可憐遭楚炬，名山無復識秦封。已看鴻雁嗸嗸苦，猶索薪芻日日供。國本未培民命竭，立朝誰是大司農？

頭銜兩字侍中標，奉使須令跋扈銷。大地風塵何擾擾，淩煙功績太寥寥。問誰此日宣黄詔，愧我他鄉敝黑貂。鄭重官家推轂意，辜恩何以答皇朝。

夔州夜月照人來，劍閣秋風畫角哀。持節已非嚴幕府，寄身還憶蜀琴臺。軍書依舊馳千里，凱至何時飲百杯？禦侮有人思將帥，任官自古重賢才。

伍大夫廟

眼看鴟夷泛五湖，故宫秋冷葉飄梧。屬鏤敬拜君王賜，不忍生前見沼吴。

讀史至南宋有感

痛飲黄龍志未酬，金牌宣到事全休。賊臣肺腑忠臣血，青簡分明一樣留。

錢樹恩，字巽甫，元和人，寓□□。

冬日村居即事

海上天寒早，霜花點客衣。潮催殘日落，風攪亂雲飛。遠樹排鴉陣，晚煙鎖竹扉。幾家烏柏下，鐙火夜鳴機。

矮屋兩三間，門前水一灣。畦荒尋野菜，葉落掩柴關。宿霧不成雨，暮樵相與還。寒梅消息早，夢繞故鄉山。

步韻贈孔文川

回首故鄉事，傷心淚暗拋。已無親弟妹，那問舊衡茅。夙訂苔岑契，今爲患難交。天涯共漂泊，怕聽暮鐘敲。

顧修，字敏叔，浙江錢塘人，寓□□。

嵩山夜遊

偶乘清興入嵩山，奇境幽蹤靜夜探。風送寺鐘過絶巘，月排松影落澄潭。半天星斗垂平野，一道秋河掛遠嵐。直上高岡聽猿嘯，支禪何處共清談？

塞上歸

榆塞雲開落照殷，雁門雪後北風寒。回頭一片平沙路，無限邊山馬上看。

毛祥麟，字對山，上海人，監生，浙江候補縣丞，寓周浦。

《晼香留夢室詩話》云：對山避紅巾之亂，挈其孥僑澧谿。時隔江烽燧，徹夜通明，而酒琖詩筒，酬酢仍無虚日。與邑中朱雨窗、王泖秋二君交尤摯。所輯説部名《墨餘録》者，雨窗實臂助焉。今墓草已宿，求其集不可得，祇就《墨餘録》中得詩卅餘章，亦足嘗鼎一臠矣。

題雲起樓圖爲婺源齊玉谿學裘作

山光靄靄山峰青，山雲朵朵環山生。先生有樓當其處，即以雲起爲樓名。捲簾朝向樓頭坐，遥看雲影連山鎖。習静還來樓上眠，絮團入牖飛綿綿。壓樓忽覺窗紗暗，山雨欲來雲更亂。晴旭時留樓角紅，游絲一縷飛長空。陰晴變幻一彈指，纔見雲沈又雲起。浮沈聚散本無端，世事從來類如此。巖下老人歲月寬，棄置軒冕棲山巒。長嘯一聲天地迴，白雲留得此身安。

還山歌送齊玉谿歸婺源

新安之山繚而窅，中有詩人玉谿老。玉谿生負瓌異才，天涯閲徧知音少。憶昔與君參翱翔，詩酒頻年旗鼓張。河梁分手幾廿載，停雲落月心茫茫。日斜鳥自憐飛倦，片帆小駐申江岸。展畫殷勤屬我題，請留別後相思券。乍慨中原簸劫塵，何緣復見故園春？籃輿快舁還家客，猿鶴情親舊主人。幾輩京華長作客，浮雲願捧從軍檄。孰若圖中自在身，山泉洗盡風塵色。星江之水清復清，波爲鏡兮山爲屏。自君之去我復歎，故人落落如晨星。

題谿山訪友圖贈吴中陸孟啓

踏遍空山積翠痕，遠尋山客到山村。林深徑曲知何處，記取臨流白板門。

殷勤訪友白雲谿，坐久渾忘日影低。怪底小僮催我去，夕陽已墜半山西。

題某姝照

一庭花影夜迢迢，人爲憐春瘦損腰。儘有相思忘不得，緑天涼夢又今朝。

芳草萋萋襯緑波，困人天氣是清和。休言水國無紅豆，拾得飛花恨較多。

初遇二律

天風吹我度藍橋，若有人兮隔水招。麝月射衾紅浪灩，檀雲委枕翠痕消。漫將幽恨酬團扇，好把閒愁寄洞簫。儂笑不如鐙下影，依依猶得伴深宵。

枇杷花裏掩門窺，正是斜陽欲下時。十二闌干雙影齁，萬千情緒兩心知。卿如踐我三生約，我定酬卿一念癡。擬託鳩媒報消息，阿嬌金屋可相宜。

鄉居題壁

數點青山近水涯，緑楊深鎖野人家。小橋半日無人過，啼鳥一聲日已斜。
曉雨絲絲鳩亂啼，春殘庭院落辛夷。山齋獨坐無聊甚，澹墨疎林學大癡。

和陸春沂

修竹千竿繞屋，晨曦遲上窗紗。自埽一庭落葉，呼童敲火烹茶。
午睡醒來無事，攜笻漫步前谿。偶遇鄰翁閒話，夕陽已過橋西。

作畫册贈滇中劉季香明經各系以詩

寒梅幾點著疎枝，又是清芬欲吐時。花不負人春訊早，負花鎮日未成詩。
垂隄柳色遍汀洲，緑意陰陰隱畫樓。日暮歸來雙燕子，一簾絮影話春愁。
微茫雲樹遠村孤，不斷谿山入畫圖。記得錢塘好風景，曾緣薄宦住西湖。
積雨連宵漲碧谿，模糊樹影接天低。一聲欸乃曉煙裏，十里寒山望欲迷。
緑樹陰陰抱一村，小橋春水漲新痕。自攜藤杖看雲去，日暮歸來未掩門。
西窗半啓竹風涼，睡鴨新添幾片香。寂静晝長無一事，閒調水墨學倪黄。

黄本銓，字沐三，自號海上漠鴻，上海人，諸生，寓黄家樓下。

輓嚴孝廉宗熙

獄吏尊猶昔，儒生坑到今。文章修怨府，聲色失儒林。不爲衣冠悮，安知陷阱深。同仇何處覓？相與淚沾襟。

鍾毓誠非偶，奇文枉擅場。未須論黑白，終是負青蒼。世已無公道，神宜返帝鄉。紅塵如再歷，莫復逞肝腸。

黄增淦，字麗泉，上海人，諸生，寓黄家樓下，著有《醉香草堂稾》。

西施歎

若耶谿水流涓涓，若耶人去不復還。西風嫋嫋歌《白苧》，歌聲吹入吴宫去。吴宫臺榭轉眼亡，可憐鳥盡良弓藏。嗚呼！范蠡行，文種死，況在區區一女子。蛾眉爲國亡其身，妾心空負吴王恩。

明妃怨

美人倘受君恩早，寂寂長門春色老。不如和親出漢關，美人名氏留人間。莫道妾忘君，妾死深宫君不聞。莫戀妾顔色，妾嫁單于是長策。三千里路胡塵飛，琵琶一聲聲慘悽。妾雖去漢妾心悲，妾心終古如月皎。君不見，至今冢上青青草？

梅影用于沖甫次雷約軒韻

幻出瑶臺第一枝，每從隱約見丰姿。小橋流水消魂地，冷雪孤山入夢時。悟到仙心春不管，修成清品月能知。空空色相難描寫，水部何郎得句遲。

秋日舟中

木落蒼波萬里流，青山未改六朝秋。舟人一唱《江南曲》，愁殺蘆花盡白頭。

消夏

半籬涼雨豆花肥，幾點流螢草際飛。隔著珠簾疏處望，一星秋影上羅衣。

戚士廉，字隅伯，號砥齋，浙江德清人，貢生，寓新埸，著有《穎香樓詩稾》。

仁和洪宜孫大令傳略云：隅伯孝友，敦品行。所作詩古文辭，具有根柢。臨終有「一第艱難黏上竹，半生辛苦鼠搬薑」之句，懷才不遇可概見已。

酒酣拔劍圖爲廖梓臣明府宗元**題即送歸楚南**

詩才八斗酒一石，豪氣十丈劍三尺。濁酒澆胸礧磈消，長劍倚天鬼魅辟。身軀鶴立勢軒昂，神光炯炯雙瞳碧。手種河陽一縣花，君宰德清，有善政。腹藏賈誼千言策。撫時太息獨沈思，磊落英姿露眉額。君今襆被歸故鄉，干戈滿地阻行迹。匹馬長驅不可留，安問山程與水驛。我歌一曲送君行，且舞青鋒浮大白。

題六廉耕墅圖

柳陰鶯語

垂楊萬樹曉煙迷，上坐流鶯恰恰啼。記得鴛鴦湖畔路，攜柑小立畫橋西。家居鴛水閲六十年矣，亂後屋舍都付灰燼。

蕉窗月映

澹雲薄霧嫩涼天，孤枕難尋鹿夢圓。孤負夜深明月到，曲闌小榭化秋煙。舊宅後別搆書室，顔曰「寶硯」。秋月當空，開軒四望，饒有幽趣。

比鄰煙曉

茅屋人家碧水臨，客中易惹故鄉心。村墟零落炊煙斷，惟見寒鴉集暮林。舊居四鄰遷徙殆盡，三四里間絶無人煙。

深林雲護

氤氛雲霧護佳城，披閲琳瑯涕欲横。何日歸與重祭掃？殘衫烏帽拜先塋。不親祖墓五年矣，展披是圖，曷勝愴感！

書懷

宇宙何遼闊，難安七尺軀。身憐巢幕燕，心羨浴沙鳧。檢點詩千首，消除酒一壺。達觀聊自得，且莫泣窮途。

已悟盈虚理，繁華一瞬休。棋危須著眼，甑破莫回頭。白水纖鱗活，叢篁倦鳥投。枝栖如可托，飲啄更何求。

一水杳然去，孤雲自在行。會心真不遠，與物本無爭。風過閒花落，雨餘幽鳥鳴。勞人何草草，我已澹忘情。

破巢驚宿燕，撒網竄游魚。境已浮雲過，心還止水如。汲泉晨滌硯，翦燭夜攤書。身外無長物，陶然樂有餘。

孫瀜，字次公，浙江秀水人，貢生，寓新塲，著有《始有廬詩稟》。

《兩浙輶軒續録》摘鄭竹南《筆乘》云：次公與于源齊名，並以詩鳴。禾中沈愛蓮續輯《梅里詩》，次公多所襄助。次公所刊《鷗盟集》，皆其朋好之詩，劫火之餘頗賴此留存一二云。

鴛水餞行詩爲薛慰農先生作

藝祖重宰相，須用讀書人。令尹亦當爾，與民情最親。學道在君子，絃歌化以新。衆動貴使靜，風澆宜返淳。即遇時勢艱，經至權乃申。千古理不易，眼前望更殷。斯論似迂闊，得毋俗吏瞋。

藐躬苦飢驅，頻年去鄉里。今秋返故都，風俗漸仁美。羣言邑侯賢，父老色然喜。時方值歲荒，女魃虐未已。侯本慈父母，愛民如愛子。鴻嗸雖遍野，口碑仍盈耳。鄰邑咸蠢擾，我邦庶有豸。

下車甫一載，牛刀方小試。傳檄來省垣，及瓜已云替。里閈聚如麇，老穉共鼎沸。典衣爲斂錢，去去叩大吏。願言借使君，我儕心以慰。詎知事難挽，如綆紛涕淚。斯民固蒙蒙，良出至誠意。

侯本鳳池侶，枳棘難久巢。昆仲嫻翰墨，藻采翔九苞。樂育遍黌序，拔士連茹茅。賤子好吟詠，偶涉風與騷。侯亦忘勢分，往來文字交。一言以爲餞，持詩走芳郊。世事姑弗論，且共傾醇醪。

乙丑春仲偕廉卿杞南過六廉耕墅主人沈君挺芝款留下榻即席口占

海角論交日，扁舟約伴行。同心忘異地，見面勝聞名。燭爲新詩翦，樽從別墅傾。相逢兵火後，努力重餘生。

乙丑孟夏挈眷還浙偕同人走别沈君挺芝

卅里南塘路，扁舟溯澥濱。言尋馬路港，來别瘦腰人。棉稻憂時歉，壺觴見性真。天涯一揮手，何日復相親？

戚人鑑，字塵仙，浙江德清人，舉人，大挑知縣，寓新場。

驛亭

灞陵橋北渭城西，客舍青青柳拂隄。月落離亭千里夢，鐙昏古驛五更雞。多情芳草羈塵蹟，無主飛花逐馬蹄。惆悵芳時歸不得，那堪重聽子規啼。

戚人侁，字鶴年，浙江德清人，舉人，寓新場。

戎帳

静聽刁斗夜漫漫，天迥秋森塞草乾。擊柝聲嚴千里黑，枕戈夢醒一鐙殘。歌高漢帝風雲壯，魂斷虞姬夜月寒。軍士各懷故鄉意，玉關生入聖恩寬。

洪昌燾，原名恩綬，字子安，自號煮石山傭，浙江仁和人，貢生，寓新場，著有《煮石山傭詩》。

《畹香留夢室詩話》云：子安爲張伯給諫之從弟，生長華膴，而志趣泊然。避粵寇難，僑居我里最久。某歲，自淮上歸，訪余滬江客舍。時余撰《粉墨叢談》成，自題七律卷首，中有一詩云：「曾住蓬萊最上層，謫居意氣尚飛騰。閒情紫陌春調馬，奇想蒼旻曉駕鵬。書劍飄零塵夢醒，鶯花泛濫鬢絲增。誰憐跋扈詞壇客，哭倒歌場淚欲冰。」君讀之，激賞不置。蓋與余天涯淪落，同抱傷心，故不覺臨風擊節也。《煮石山傭詩草》，歿後不知流落何處。我友杜晉卿明經《茶餘漫録》中載其斷句云：「美人太潔疑妨福，才子多情易惹癡」；「文能造福生何憾，錢果通神死亦豪」；「親逝始歎憐我少，家貧常覺負人多」；「憂患功名翻覆易，亂離身世笑啼難」；「瓦鼎瀹泉晨煮藥，風窗糊紙夜抄詩」；「骨有媚姿諧俗易，胸多奇字治生難」。讀其詩，益不禁悲其遇矣。

題朱雨蒼刻眉别集

豔吐江毫織綺紋，詩魂酒魄互氤氳。選聲合配雌雄笛，録夢同參牝牡文。梅影半簾呼若士，桃花一扇寫香君。斯人游戲通三昧，會結情天兜率羣。

一笑時人領略差，十年春困壓烏紗。熱心待賦音聲樹，冷眼先評月旦花。兒女瑣言清北夢，神仙幻影補南華。故鄉聲伎誰能憶？留待文山傳裏誇。

洪衍慶，字宜孫，浙江仁和人，舉人，丹陽知縣，寓新場。

詩龕

題來石上墨淋漓，藉爾深藏絶妙辭。詩骨不妨埋佛土，吟魂儘許到蓮池。焚香名士參禪意，得句老僧入定時。中有化機兼妙理，那堪説與俗人知。

塞外月

蠻煙瘴霧霎時收，夜色荒涼雲路悠。冷逼關山千里夢，吹殘鼓角一天秋。蒼茫漢帝白登道，朔漠明妃青冢頭。軍士思鄉獨不見，幾回歎息憶高樓。

蕭承蕚，字棣香，上海人，監生，光禄寺署正，寓新場，著有《擷紅詞館吟鈔》。

《畹香留夢室詩話》云：老友朱雨蒼明經，時爲余道：「棣香先生豔體詩，冠絶一時。」蓋咸豐之初，紅巾亂滬，先生挈家居石筍里，適雨蒼客授里中易氏，以故花前月下，時相擊鉢聯吟也。及余橐筆出游，館於滬城同心蘭室，課其文孫鶴儕，則先生下世已廿餘年。哲嗣卿臺，以縣令需次在贛。室中書籍歷亂如麻，欲求向之刻翠裁紅、香籢佳什，已渺焉無存。僅於同社程君棣華處抄得古近體詩若干首，一鱗半爪，殊足珍已。鶴儕性和易，能文章，聽鼓杭垣歷十餘載。鼎革後，久無消息，不知尚在宦海浮沈否也？

刻眉别集題詞

頻諧⿰車奚夢賦《游仙》，妙語如珠顆顆圓。千朵蓮開香世界，五湖水縐畫嬋娟。描成天上初三月，浴到人間第一泉。合付小紅低按拍，曼聲唱徹玉臺前。

無題

畫樓斜月又黄昏，無復當年笑語温。蝴蝶一雙游子夢，鴛鴦卅六美人魂。雲屏粉褪消鐙暈，鈿盒塵封繡唾痕。飛絮滿天紅滿地，更誰替設護花旛？

紅蘭花館即事

晶簾低捲綺筵開，銀箭聲中漏點催。今夕玉簫吹不得，碧天怕引鳳凰來。

三五盈盈正綺齡，燭花扶影上春屏。就中有客多情甚，絮語零星倚醉聽。

寒夜感興

聽遍嚴關擊柝聲，昏鐙如豆夜三更。山中舊與丹楓約，江上誰尋白鷺盟？詩到情深難率直，酒緣量窄費支撐。何時高唱江東去，萬里天風一笛横。

北風振野動星河，斗室盤桓足放歌。漫想文章身後壽，絶憐歲月夢中過。雲泥蹤蹟升沈異，蕉鹿功名感慨多。差喜椿萱强健在，膝前團聚樂如何。

送别顧春洲登衍

送子婁江去，依依十里亭。年華雙鬢白，身世一氈青。雲水無邊闊，驪歌不忍聽。潮生催棹去，煙柳暗前汀。

題金山姚譜苹以煌梅屋祭詩圖

梅花屋外花如雪，梅花屋裹人如月。陳詩吹笛譜迎神，呼出詩魂伴花骨。詩人本是姚武功，胸中奇氣如長虹。渡河香象擘海翅，淋漓濡染才何雄。鑄金卻愛師賈島，琢腎雕肝句生造。費盡精神暗自憐，坐對梅花祭詩稟。詩乎詩乎汝生伴我將廿年，窮愁落寞常相牽。名山俎豆非我分，人間煙火無我緣。今來酹汝一杯酒，願汝端然笑開口。一年已去一年來，汝我真成不速友。冰雪寒香引路時，朝天鸞鶴莫遲遲。明朝獻歲無他祝，還爲梅花索好詩。

焦山

烽火連天暗，江山滿目秋。哀猿吟絶壑，警鶴下滄洲。風挾墖鈴語，月隨寒澗流。蝸廬無處覓，懷古不勝愁。

題江樓晚眺圖

蕭蕭木葉下寒波，極目高樓奈晚何？一片碎雲零雁外，江天如夢遠山多。

題顧韻香校書小影

仙雲縹緲月團圞，鈿笛無聲夜倚闌。卻羡江南姜白石，指蟫生。紅樓翦燭話秋寒。

鏡影團圞暈翠華，妝臺人去粉塵遮。輸他畫史風流甚，親寫吳宮第一花。

吳勉齋中順**來游海上有年近將束裝北上觸緒增懷用成二疊**

行藏千里志，離合百年心。吾道在天地，斯才無古今。鳥飛先擇木，雲出會成霖。憂樂蒼生繫，端居屬望深。

不盡傷心事，幾人還故鄉。泉南、冀野先後言別。山程楓葉赭，水驛荻花蒼。揮手成千里，相思各一方。鴻書何日到？極目海天長。

酬青浦祭又山自申

大筆真橫絶，高名世所推。乾坤留道氣，人海老奇才。前輩風流近，先生壁壘開。何緣苦寒候？十日託岑苔。

壬子臘八日大雪時楚粵方用兵

凍雲幂壢雪婆娑，遥望長天喚奈何。露布幾時聞奏捷，閉門我輩獨高歌。天涯朋舊音書斷，亂後文章感慨多。頗欲從戎投筆去，此生已自悔蹉跎。

謝□□，字叔愚，上海人，諸生，寓新場。

閨中月

清輝如此耐誰看？未下庭除且倚闌。細語避人方寂寂，回頭見影故珊珊。蛾眉斂拜釵旋鳳，蟬鬢輕梳鏡對鸞。少婦不知離别恨，清宵也解憶長安。

李東沅，字芷汀，自號酒坐琴言室主，浙江慈谿人，布衣，寓周浦，著有《酒坐琴言室吟草》。

《畹香留夢室詩話》云：芷汀幼孤貧，隨鄉人航海至周浦，爲酒家傭。釀造之暇，輒著犢鼻褌，倚黄壚，手一編，吟諷不去口。人笑之，不顧也。久之，能爲韻語。又久之，學作古文，才氣雄渾，派近陽湖。粤寇之亂，衡陽彭剛直督師江上，客有以君才薦者，被徵入幕。飛書草檄，主賓相得甚驩。剛直喜畫梅，君每以雋句題之。余《逝水吟》中有一絶云：「戟門人静起寒笳，十萬貔貅擁帥牙。官燭兩行宵欲半，醉磨盾鼻賦梅花。」蓋爲君作也。事平，授以官，君不受，拂衣歸滬上，依粤東某巨賈司會計，意鬱鬱不樂，則益縱酒悲歌。夙精壬遁術，有浼其占休咎者，酬以金，笑卻之；以一鴟餉，則喜甚。其風趣如此。生平不畜妻子，殁後詩稾無人收拾，殆已化爲濛雨飄風矣。惜哉！

洋涇浜雜詠

地火

活火然千朵，明鐙燭萬家。樓臺春不夜，風月浩無涯。欲奪銀蟾彩，真開鐵樹花。登高遥縱目，疑散赤城霞。

電綫

電氣何由達，天機未易參。縱横萬里接，消息一時諳。竟竊雷霆力，誰將綫索探？從今通密意，不藉鯉魚函。

紅梅

誰將一斛胭脂汁，灑遍江鄉萬樹花？疑有玉人歌絳雪，最宜仙子醉流霞。空明色相超塵界，綺麗文章屬大家。畢竟幾生修得到，居然凡骨換丹砂。

易晉三，字樨庭，上元人，貢生，寓新場。

懷亡友吴菉洲

憶共芸窗日，輸君穎悟姿。論文頻翦燭，聽雨偶聯詩。綺歲馳名譽，泉臺永別離。今翻遺稾讀，雙淚對花垂。

懷亡友嚴韻泉

曾約嚴夫子，辭家負笈游。英年叨上第，健筆軼時流。詎料才爲祟，羣嗟命不猶。九原應慟哭，悮與虎狼儔。

西門藻，原名文藻，字子雲，上海人，諸生，寓邑城。

《畹香留夢室詩話》云：子雲書法簡古，詩亦雅澹無俗塵，而名皆爲畫所掩。其畫初學趙鷗波，以秀媚勝；至晚年一變而沈著蒼勁，喜以青赭作秋林小景。昔人評我家大癡，謂「以篆籀入皴法」。如子雲者，庶幾近之。性喜詼諧，我里朱丈雨蒼，見必以西門大官人呼之，無忤也。殁後無子，詩稾散佚無蹤，惟畫本流傳收藏家，每珍如拱璧云。

題自畫山水贈黄月波先生

飛泉百丈破雲煙，老樹蒼涼曲徑邊。有客尋秋過橋去，滿山黄葉夕陽天。

松柏參天霜葉紅，凱歌新唱大江東。只憐多少南朝寺，盡入荒煙蔓草中。甲子年畫時，髮逆初平。

題自畫秋景

數椽老屋葺茅茨，竹樹蕭疎夕照時。報道山中秋已至，臨窗無事學填詞。

鄭烺，字星聯，自號梧陽老人，浙江歸安人，貢生，寓新場。

《畹香留夢室詩話》云：星聯避粵匪之亂，僑寄石筍里。工行押書，學蘇眉山而得其神髓。尤長於醫。詩不多作，作亦隨手棄，其稾不復留存。其爲人也，恂恂儒雅，一洗劍拔弩張之習，殆今之隱君子歟！嗣君羲川，幼從余遊。書亦精妙，意致蕭閒，無紈袴氣，人咸謂其有父風焉。

題螟巢園主人鏡中小影

曾從客舍契苔岑，今又披圖證素心。鏡裏獨留真面目，春來記訪舊園林。任他蝸角名場戰，只合螟巢樂國尋。卻笑鯫生太塵俗，欲題詩屢費沈吟。

改蕢，字再薌，華亭人，琦孫，監生，寓邑城。

《畹香留夢室詩話》云：浦左風雅士最多僻姓，詞賦則有閭邱香萸、火星垣，丹青則有西門子雲，再薌又其一也。再薌爲玉壺山人文孫，世居華亭。新輿顧竹城大令宰南邑時，聘之入幕，遂家焉。畫承家學，花鳥、人物雅近南宋苑派。書法甌香館，秀媚絶倫。富收藏，精賞鑒。僦居城北隅，入其室，商彝周鼎，古趣盎然，望而知非塵俗士。嘗出《曹景完碑》殘本示余，乾字左旁直畫未通，的係明時榻本。余欲以古書相易，未之許也。詩不留稾，僅蒐得《香光樓讌集》一首，蓋亦詞壇中之碩果晨星矣。

香光樓讌集和邑侯蔣樨林韻

暫息風塵鞅掌身，鏡天魚鳥許相親。涼生荷沼忘庚伏，禊祓蘭亭繼癸春。銀蠟浮光書繭紙，紅虯擘脯飫仙珍。明朝佳話流傳遍，團扇家家畫本新。

蕭其俊，字寬夫，浙江秀水人，諸生，寓川沙。

沓韻答潤生

身如蛩蚷善鳴秋，心事從君訴不休。作客久思騎鶴背，封侯豈屑爛羊頭。江天風月儲詩料，海市樓臺起旅愁。歲月悤悤緣底事，大江東去日西流。

沓韻簡少瀛

香霏黄菊已深秋，三徑荒蕪敢退休。詠斆洛生惟擁鼻，醉逢狂客每濡頭。袖中刺滅誰留盼？江上舟輕只載愁。躍衢方遊申江。卻愛新詩風味好，幾回吟誦口涎流。

贈星巖

詩入吳江冷帶秋，那堪多病又多愁。宫商孰辨琴焦尾？風雨偏侵屋打頭。才似東陽腰未瘦，别經南浦恨難休。一時倡和蘇梅盛，定有詞源倒峽流。

韓柳文，字申甫，浙江蕭山人，諸生，寓三墩。

黄祉安明經《南沙雜志》略云：申甫先生枕經葄史，尤精宋學。肄業上海龍門書院，爲山長鮑花潭太史所器異。與余共硯席者三載。時方著《周易彙解》，蒐諸家易説四百餘種，分録經文下，末加按語，期以十年竟其業。乃天不假年，甫五十有三而卒，所纂僅及《泰卦》。士論惜之。

寒食澆山詞

杏花天氣雨如絲，正是家家祭掃時。引起思親兩行淚，杜鵑啼上海棠枝。

經年風雪走天涯，每到清明苦憶家。兒女不知游子恨，笑提筠榼摘山花。

顧晉，字嶧亭，上海人，諸生，寓八團。

贈丁鷺塘

握别雲間記昔年，重逢不覺雪盈顛。奇文共賞宜呼酒，古硯閒耕且作田。眉樣已非新格調，泥痕還證舊因緣。良宵莫便輕孤負，賭韻西窗快劈箋。

洪樹聲，字雅娱，奉賢人，諸生，寓黄家閣。

黄祉安明經云：雅娱從家君游者數年。工詩，精篆刻，刊有印譜行世。尤邃於輿地之學，測繪奉邑全境圖，精細絶倫，大爲戚太守揚激賞，于香草明經亦亟稱之。詩數章，蓋二十年前舊作也。

荆軻

枉遺於期頸血流，藥囊一撲事全休。酒酣燕市徒任俠，柱擊秦庭未報仇。劇有雄心探虎口，終令遺恨飲烏頭。荆卿匕首漸離筑，總惜當年少遠謀。

毛遂

怒拔腰間佩劍看，早拚熱血濺盟壇。書生穎乍囊中脱，霸主心先席上寒。叱咤風雲能變色，輝煌槃敦强言歡。如何十九人俱往，只是從旁袖手觀。

沈景賢，字少泉，華亭人，諸生，寓新場，著有《緑秋吟館稟》。

《畹香留夢室詩話》云：君與余同游於吴寄雲夫子之門。其先蓋浙之鄞縣人，操和緩術游浦左，遂家焉。少泉性聰慧，喜憨跳，工八股文。弱冠即入華庠，秋闈屢薦不售，年未三十悒鬱以亡。惜哉！喆嗣魁百，能讀蟹行書，習泰西醫學，今挾其技懸壺滬上，亦無忝所生者也。

憶友

別我已經歲，思君猶未來。窗因看月啓，户愛對山開。病久疎茶竈，愁多近酒杯。停雲歌一曲，吟望苦低徊。

古松

歷盡塵中劫，修成世外身。自堅柯磊落，漸覺影輪囷。僻處權藏拙，冬來始見真。莫疑遲變化，遍體已龍鱗。

懷友

別後沈魚雁，離懷積未伸。無緣奇字問，空想德輝親。煙樹愁中景，雲山客裏身。相思何處訴？惆悵爲芳辰。

吴保庸，號雲樵，浙江錢塘人，寓□□。

過張心淵慶善齋中留飲走筆奉贈

愁外復何事，相尋不厭頻？誰將詩客愛，兼諒酒徒貧？懷抱原同感，性情衹率真。似君知我者，眼底恐無人。

落落悲身世，途窮奈命何。已成飄泊慣，翻悔結交多。心緒花同悴，年華墨共磨。不如攜手去，垂釣好煙波。

抱膝廬中好，繁華夢早空。情深卑薄俗，才大釀奇窮。眼自憑人白，鐙因課子紅。相知逾廿載，誰及老成風？

喬木蒼煙起，長吟獨倚樓。雲山幻奇態，風雨錬新愁。得句聊相贈，思君不自由。幾時還翦燭？沈醉看吴鉤。

錢斐仲，字餐霞，浙江嘉興人，德清戚士元室，寓新塲。

《畹香留夢室詩話》云：女史生自華膴而賦性澹泊，與其夫曼亭明經偕隱南湖，讀畫絃詩，互相娛樂。咸豐十年，以避寇僑居石筍里。家貧甚，粥畫以佐饔飧。尤工詞，出入玉田、草窗間。殁後，曼亭刊其《花雨盦詩餘》行世。詩不多作。余幼時酷愛誦其《女游仙詩》十二首，幽秀絶倫，大有嚼雪噙梅，不食人閒煙火之概。今祇記其一矣。

女游仙詩

風姨月姊苦要遮，同過西池阿母家。行到樓臺最深處，一雙青鳥啄桃花。

吴怡，字歡佩，一字紉萱，自號玉青館主，武進人，莊炎繼室，寓邑城，著有《玉青館詩草》。

送孫錦秋東遊即題劉淑儀及家姊纕蕙錦秋齡女合照小影

暮春天氣晴，觴詠集佳客。清譚紛四座，狂論周六合。錦秋志激昂，英氣溢眉睫。淑儀秀絶倫，落落罕儔匹。女嬃意真摯，同懷誼尤切。雛鳳發清聲，慧解殊超逸。握手共聯裾，此樂復何極。何期轉瞬間，勝事成追憶。淑儀羈廣寧，迢遞企天末。嗟予雁影單，分飛每惻惻。勞燕各西東，賸此雪鴻蹟。風潮動地來，宇宙皆異色。錦秋投袂起，扶桑覘曉日。六翮搏穹蒼，淩風勵標格。臨歧一揮手，使我淚沾臆。忍淚作達觀，更爲進一說。惜別亦奚爲，毋乃滯形質。相知貴以心，萬里即咫尺。題圖示孫子，孫子毋戚戚。離合豈有常，聚散本飄忽。相期互勉旃，前途各努力。

題桐江漁畫五色梅花卷子永福李次星善畫梅，别號桐江漁。

化工忽入老漁筆，活色生香腕底集。展卷疑探鄧尉奇，横斜疏影霏晴雪。虯枝老幹信有神，夭矯屈曲蛟龍伸。老漁寫此有深意，我今一一爲具陳。老漁畫梅五十年，鉤花點蕊曾精研。興酣落筆紛五色，高低位置皆天然。天生萬物類化合，草木與人本同質。梅花亦具人性情，古怪清奇羅一席。一花孤潔如高士，獨立嶙峋風雪裏。一花嫵媚如美人，酡顔綽約酣穠春。一花並肩開絳靨，宛似禁風雙蛺蝶。一花俛首顰娥緑，日暮天寒翠袖薄。一花顧影還自憐，玄裳素帔仙乎仙。一花殿坐意落落，似笑諸君太塵俗。同傍孤山處士家，何論枝南與枝北。我觀此圖有深意，雙苞單蕚皆同氣。一卷能和大地春，癯仙從此忘猜忌。

山游同翰君作

落日陀臺畔，晴空一雁歸。平蕪極天遠，野鳥掠波飛。金井淒寒綆，秋碪擣客衣。故園松菊好，偕隱莫相違。

答姊病中秋感示扁善

小山叢桂暗香浮，極目平蕪起暮愁。示疾維摩時戀榻，倦遊王粲怯登樓。身如病燕仍爲客，心似孤桐易感秋。何日蓴鱸遂歸思？五湖偕隱狎閒鷗。

秋日登越秀山懷古

蒼茫弔古獨登臺，極目天南瘴霧開。一代興亡悲黍麥，千秋霸業賸蒿萊。塍荒禁苑耕殘瓦，潮落珠江冷劫灰。回首玉鉤斜畔路，斷垣零落鎖莓苔。

荔枝灣尋南漢故宫遺址

南漢園荒黯夕曛，蒼涼霸氣久沈湮。兔絲吞骨傳妖讖，鸞鏡消魂媚貴嬪。半壁河山猶未改，六宫花草已成塵。祗餘一片珠江月，曾送降旛到水濱。

素馨風暖翠華臨，寶幄深沈見舞裙。中禁詞臣推碧玉，南薰春讌號紅雲。龍飛天上繁華歇，鹿逐河山蔓草紛。廢苑夕陽餘燕麥，花田何處覓遺墳？

鹽城縣公署有牡丹一本載之而歸舟中步翰君感懷韻

滿地江湖合見幾，小園櫻筍正初肥。杜陵詩句傷時易，坡老襟懷與世違。四月南風催客去，一篷涼月載花歸。從今且遂棲遲願，莫逐楊花到處飛。

海曲詩鈔三集附録　香光樓同人唱和詩

香光樓祭南邑詩人記

顧忠宣旬侯

丁巳季夏之望，黄子夢畹選《海曲詩鈔三集》既蕆事，爲位於邑城香光樓祭邑先輩之以詩鳴者，蓋告成也。我邑雖濱海彈丸地，然騷壇吟社代有聞人。清乾嘉間，邑人馮墨香先生爰有《海曲詩鈔》初、二集之刻，距今百餘禩，夢畹乃踵而行之。時則荷風送香，湘紋如水，輕衫團扇，裙屐偕來，名香始升，鞠躬成禮。其祭也，屏胾肴，捐酒醴，惟陳列古彝鼎及名人手蹟，媵以冰桃雪藕、茗椀鑪香，不欲以腥羶葷穢瀆詩靈也。其閨媛之工詩者，則位於樓下西南隅太乙蓮舟，别延徐女士素娥主祭。張君侶笙，古疁風雅士，是日欣然攜琴至，撫《平沙落雁》一曲。此外黄君祉安，徐君耐冰，陶君賓初，謝君企石，唐君志陶，費君芝田，顧君堂鈞、佛花，胡君幹生、滌仙、硯鋤，或敲詩，或讀畫，或垂釣，或下棋。夢畹則按譜填詞，爲迎神送神之曲，哀感頑豔，俯仰低回，尤不勝今昔之感焉。夕陽欲下，賡甫陳君攜洞簫掉瓜皮艇，入荷花深處，臨風三弄，與水禽格磔聲相應答，雅人深致，益令聽者移情。入夜，就樓上下設筵款客。酒半，急雨驟至，萬荷跳珠。未幾，即雲破月來，水天一色，而客亦歌緩緩歸矣。聞之墨香選詩時，邑先哲張君野樓，李君吟香，顧君澹園、西山，陳君雲莊，曾相約祭詩人於兹樓。韻事流傳迄今，猶有道者。今則文獻凋零，詩教墜地，我不知詩鈔之選，此後尚有人焉？賡續成之否？更不知今日致祭詩人之舉，尚有人焉？踵而行之否？尋墜緒之茫茫，增余懷之渺渺。誦企石「請看今日祭詩人，他年更復憑誰祭」之句，輒不禁悲從中來，臨風隕涕已。是日與祭者卅有一人，約而未到者二十八人。錫山秦君振卿、蘇君仲齋，適有事於南，因亦邀之入座云。

香光樓同人唱和詩

夢畹先生續選海曲詩鈔成訂六月十五日擇香光樓公祭邑中詩人藉賞荷蕖韻事也率成一詩以誌良會

黄報廷退盦

吾宗有叔度，生平最耽詩。采詩遍海曲，三載神弗疲。闡發及幽隱，滄海珠無遺。先哲馮墨香，選樓何巍巍。迄今百餘載，惟君實繼之。丁巳夏六月，甄綜斷手時。言約同心友，嘉會毋徵期。古人不可作，設祭禮所宜。黄蕉與丹荔，清罍共碧匜。爲位董樓上，登降肅容儀。祀畢展文讌，裙屐相徘徊。卻看酒盈斝，況逢花滿池。歌咢隨所適，濡首亦不辭。斯會非尋常，豈曰耽娛嬉。芳軌企前哲，韻事昭來兹。風雅道日微，賴此稍維持。

香光樓即事

胡世楨 横秋

盛夏苦炎暑，深居不敢出。門前熱客來，呼僮咸謝絶。忽聞顧虎頭，旬侯丈遺我雙魚札。臨風盥薔薇，花間試開帙。上言《海曲詩》，續編事已畢。下言諸同人，薦芷祀前哲，地擇香光樓，期爲十五日。輒生夙好事，讀罷神飛越。及期放棹行，渾忘赤日烈。摳衣逕入門，香氣萬花溢。座盡東南美，清談霏玉屑。案上何所有？書卷兼紙筆。壁間何所有？好句聯珠密。在昔邑詩人，位向當中設。祭儀删繁縟，雖簡禮無失。樓西祀閨秀，同奠椒漿潔。執事來進士，姗姗都不櫛。祭閨秀於太乙蓮舟，請城南女校師生行獻禮。兩處爵已獻，豆籩猶未撤。徐聞理絲桐，琴韻悠揚徹。一曲《平沙雁》，雝雝羣聲迭。䁭城張侣笙明經，鼓《平沙落雁》曲。能詩便揮毫，無須擊吟鉢。能奕便敲棋，簾静鑪香爇。或觀書與畫，寒具隨意齕。或談詩與文，金敲復玉戛。或步垂楊岸，風前角巾折。或泛采蓮舟，花底游鱗活。不愁夕陽盡，滿湖皆皓月。蔫惹雨師妒，急點跳珠疾。雨餘涼風來，憑闌心目豁。屏翳頗解事，吹開黑雲冪。月殿鏡新磨，分外清光澈。主人命開尊，紛紛羅肴核。孰主孰爲賓，初筵序秩秩。行酒過三巡，拇戰豪情發。唐謝儒雅流，子耘、企石。

飛花句飄忽。當筵詩未成，不拘金谷罰。銅龍漏頻催，豪興愈勃勃。問我醉矣乎，掉頭曰不不。

海曲續詩鈔選既竣祭諸詩人於香光樓上不佞得參末席賦此紀之

胡祥清庸莽

高情屬雲天，騷情寄蘅芷。離情歌陽關，柔情織文綺。賦詩都緣情，情深自清靡。我邑四朝間，紛紛建詩壘。亦有詠絮才，不櫛稱進士。頻年歷兵烽，十室九遷徙。滿目球琳瑯，棄擲同敝屣。黄子夢畹發宏願，珊瑚網海底。誓繼墨香後，編排付雕劖。嗟嗟詩教衰，大雅將淪矣。賴茲藝苑英，扶輪從此始。月明化鶴歸，詩魂應不死。相約香光樓，虔肅苾芬祀。荔丹與蕉黄，左圖更右史。翩翩萃裙屐，蹡蹡奠觥觶。祭罷一憑闌，芙蕖豔芳沚。忽聞古琴音，悠然入玄理。雝雝鳴雁聲，似落平沙裏。松下閒敲棋，簾疎捲湘水。大好一神州，殘局亦如此。晚有吹簫客，蘭橈蕩清泚。鷗夢忽驚醒，拍拍羣飛起。柳煙冪歷中，一竿釣紅鯉。驟雨忽跳珠，綠蓑急料理。凡此眼前景，莫非詩中旨。無何新涼生，開筵浮綠螘。觴政行飛花，酒數金谷比。嫦娥隱雲端，令人空延企。他日祭思翁，風光補清美。

丁巳六月之望同人集城南香光樓開祭詩社踵張野樓先輩韻事也基以小極未赴盛筵孤負良辰惆悵累日偶成俚句付之詩筒

秦始基亮臣

去年六月荷花開，今雨舊雨攜尊來。花間團坐歡竟日，走也惜未相追陪。轉瞬今年又六月，《海曲詩》成待剞劂。招得吟魂薦藻蘋，催詩屢擊筵前鉢。擊鉢催成絶妙詞，紅情緑意最相思。滄桑世事何須問，且與君浮金屈巵。酒酣驀聽琴聲起，瞍城張侶笙明經工琴，是日彈《平沙落雁》一曲。幽咽流泉柔繞指。茗椀香鑪清絶塵，有人對奕修篁裏。春柳詞人與客對奕。此樓傳自董香光，繡佛楣前墨瀋香。樓爲思翁讀書處，楣間「繡佛前」三字，其手書也。聞道風流張子野，祭詩曾此泛瑶觴。邑先哲張野樓，曾於樓上祭已故詩人，蓋嘉慶年間事。盛筵難再徒搔首，作歌聊爲詩人壽。夜深煙月滿湖中，鷺鷥飛起窺吟牖。

香光樓祭詩歌

倪繩中斗枏

鶴沙詩人誰鼻祖？前有二儲華谷昆季後二王。玠右昆季追清竹濤蔡湘氏，雲龍追逐相翱翔。乾嘉之際墨香起，馮南岑遍獵詩海羅球琊。上下七百有餘載，詩仙詩佛名同揚。自是兵火屢遭劫，宵烽匝地煙飛狼。高門大宅盡灰土，遑論竹素兼縹緗。心肝嘔盡世莫問，秋墳鬼唱聲悽愴。夢畹主人雅好事，廣蒐殘帙貯錦囊。大開選樓細甄綜，壽之棃棗勤收藏。丁巳六月月之望，萬荷花正舒芬芳。董樓特啓祭詩會，招集勝侶陳壺觴。供以芸帙薦蘋芷，三獻百拜來冠裳。滿湖明月玄鶴唳，吟魂髣髴雲旗颺。張君古瞍老名士，侶笙獨彈古調諧宫商。慘緑少年有胡硯鋤顧，佛花飛箋潑墨歌激昂。其餘或棋或詩畫，各出一藝皆擅長。陳髯戲鼓木蘭枻，醉石狎鷗遁入雲水鄉。緊余憚暑蟄鄉曲，盈盈隔水徒相望。遥寄俚詩紀盛事，蛙吟蚓唱殊慚惶。辱承東召，以畏熱故，未及趁陪。黄君黄君今老矣，他年此社誰主張？

丁巳六月望日夢畹黄君以續選海曲詩鈔告成集同人於香光樓致祭邑中已故詩人韻事也賦此誌之

謝其璋春柳

南城舊有香光樓，下臨荷隝旁椒邱。於此間得少佳趣，一天風月銀塘幽。銀塘一曲張瑶席，結夏花間萃裙屐。忽聞古調發朱絃，静倚風前情脈脈。百年盛會幸躬逢，白髮詞人興更濃。酒酣擲筆發高唱，珠璣散作紅芙蓉。芙蓉雖好不常麗，人亦如花易蕉萃。可憐今日祭詩人，不知他日憑誰祭。

式老續編海曲詩鈔成祭告邑中前輩詩人於香光樓上華鐙既張盛筵斯設即席拈韻以志鴻泥時丁巳六月望日

王榮黻菊人

香光讀書處，雅集趁芳時。三絶詩棋畫，滿樓竹肉絲。琴尊留韻事，山水寄相思。莫話當年景，流光去若馳。

香光樓雨中即事

胡洪湛一廬

城郭晚蒼蒼，濃煙鎖緑楊。雨來天欲暝，風過竹生涼。鶴避茗煙溼，鷗貪花夢香。芳時且行樂，莫問世滄桑。

丁巳季夏之望鶴沙名流雲集香光樓致祭吟壇前輩爲續選海曲詩鈔告成兼設盛筵作消夏之舉率成長律以侑清尊

常德 費毓麟芝田

思翁讀書處，遺蹟訪沙城。柳色映波綠，荷風入室清。冠裳聯雅集，絃筦聽和鳴。一瓣心香薦，千秋大集成。華筵備珍錯，勝友半耆英。已盡東南美，何來霹靂聲？劍光飛四座，漏點報三更。切合席間本事。歲歲荷開候，追陪杖履行。余宦游沙城六年，每值花開，輒蒙招飲。

香光樓記事用佛花韻

胡洪湛一廬

招引羣仙集網軒，荷香風送入金樽。瑶琴逸響音摹古，玉麈清談理悟元。大地河山歸酒國，一湖煙月蕩詩魂。不圖時局蜩螗裏，翰墨猶留雪爪痕。

丁巳夏日夢畹詞人集社友於荷花隖上祭海曲前輩詩人率賦一律

徐守清冷髯

平生幾度得清游，策杖來登百尺樓。草莽中原多戰血，桃源此地集名流。古人太息皆黄土，我輩相將又白頭。文社悠悠千載事，醉中回首不勝愁。

夢老續選海曲詩鈔事竣丁巳六月十五日祭詩人於香光樓上因病未赴賦此寄呈

葉壽祺狎鷗

招得吟朋聚一樓，翩翩裙屐盡風流。傷今弔古惟清淚，刻燭分箋幾白頭。四壁騷魂蘋藻薦，半簾花氣芰荷浮。海濱此會何年續？笑問江干卅六鷗。

題續海曲詩鈔 朱家讓志蘋

文字因緣契合真，詩篇東筍細陶甄。東南壇坫歸江夏，今古風流盛海濱。手澤尚堪摩往哲，心香端合奉才人。九原可作應增感，願爲先生撰杖頻。

丁巳六月之望夢畹先生選海曲詩鈔成招集闔邑知名士設席香光樓致祭前輩詩人用賦小詩以誌盛事 奉賢宋家鉢靜葊

茫茫今古不勝愁，老去詩人蹟尚留。文字有靈風雨合，煙波無際荻蘆秋。香焚檀几紘初撥，珠走荷盤露未收。聞有酒邊人説劍，蘭堂燭暗電飛流。指席間本事。

同人集香光樓祭董思翁及邑中已故諸名士率成一律 嚴惟式又廉

招得吟魂祀典修，羣賢聯袂共登樓。青浮竹葉宜名士，紅憶椒花發故邱。樓與椒邱接近。幾輩騷人下兜率，一丸涼月掛簾鉤。不圖風雨催詩急，驚起灘頭宿鷺鷗。是夕雨甚急。

祭詩禮畢同人張讌香光樓即席復成二律 胡洪湛一廬

招惹詩仙興欲狂，祭詩纔罷又飛觴。杯浮竹葉心先醉，人近荷花語亦香。四座清風消溽暑，一湖涼月浣愁腸。酒酣驀聽琴聲起，一曲《平沙》雁正翔。是夕張君侶笙彈《平沙落雁》之曲。

莫説江山變戰場，眼前風景亦滄桑。放鷳亭圮餘荒草，繡佛樓高賸夕陽。只有幾人詩入選，得令千古墨留香。我今視昔無窮感，後視猶今更可傷。

丁巳長夏香光樓宴集兼祭邑中前輩詩人賦此記事　顧憲融佛花

繡佛樓頭啓綗軒，清流滿座共傾樽。庶羞再拜諸靈笑，沙雁孤彈此味玄。竹葉杯澆名士冢，藕花香顫女兒魂。可憐鴻爪千秋會，記取銀塘舊月痕。

香光樓即席作　陳　撖醉石

纔從蕉下理絲桐，又向樓頭倒碧筩。詩思恰如秋水澹，酡顔相映藕花紅。百年盛會逢今日，舉世狂流賸古風。爲語羣公須盡醉，好看月色滿湖中。

同人集香光樓致祭往代詩人賦此以誌景仰　陶元斗賓初

危樓百尺俯煙潯，爲祭詩人偶一臨。美景良辰宜鬥韻，高山流水得知音。座中賓主苔岑契，浦左人文藝苑欽。聞有思翁留妙墨，碧紗籠處細搜尋。

尚書履蹟久銷沈，遺構流傳直到今。小有亭臺聚泉石，居然城市亦山林。清風入座朱絃撥，素月迎筵緑醑斟。掉入荷花最深處，叩舷高唱水龍吟。

續選海曲詩鈔成設席香光樓祭告先代詩人因疾未與賦此遥呈　唐斯盛奏緑

續成《詩鈔》傳千載，特薦時蔬告九原。千帙零星宜作家，三更明月爲招魂。編陳檀几心香奉，夢斷吟窗手澤存。先曾祖宇春公遺詩數首，蒙選入集。他日詞壇訪遺逸，何人重與奠清尊？

書續海曲詩鈔後　前人

劫火焚餘幸保存，蒐將珊網細評論。續成今日新詩本，得證前生宿慧根。風雨三更頻翦燭，推敲一字亦尋源。憑君青簡留名姓，銜結應知到九原。

續選海曲詩成設位香光樓上祭告入選諸詩人事阻未及躬臨賦此遥寄　王紹祥懷冰

翰墨靈光肸蠁通，手持杯酒奠臨風。詩人幾輩留名姓，韻事千秋證雪鴻。古寺鐘聲疎柳外，夕陽花影小樓中。夜深唤起吟魂問，可與當時景色同？

社結團香豈偶然，好留爪蹟記前緣。一時騷客聯翩至，數卷新詩次第編。感昔傷今餘涕淚，坐花醉月亦神仙。祇慚石筍灘頭客，未爲先生拂几筵。

董樓祭詩紀事十四絶　徐守清泠髯

韻事流傳判後先，前塵如夢渺雲煙。野樓墓上青青草，回首時光已百年。前輩張野樓，曾祭詩人於此樓上。

涪皤老去最風流，管領騷壇事校讎。又向城南萃裙屐，萬荷花裏碧篙浮。此舉由夢畹發起，時適《海曲續詩鈔》選事告蕆。

留得紅羊劫後身，恰逢美景與良辰。我今且把詩人祭，莫問他年祭我人。謝春柳作長歌，有「可憐今日祭詩人，不知他日憑誰祭」之句。

蓮舟精舍浄如揩，棐几湘簾位置佳。招得隨園新弟子，今裙釵拜古裙釵。祭閨秀於西軒，執事者皆城南女校師生。

青蘋碧藻有餘馨，俎豆何須再薦腥。聊設香花與瓜果，宛如七夕祀雙星。祭品不用殺胾，昭清潔也。

俗禮紛繁夙未諳，形骸拘束有誰堪？書生長揖原來慣，此膝何曾一屈甘。祭時行三揖禮，不拜跪。

按譜填詞綺思多，偷聲減字費研磨。倚樓少個人吹笛，孤負旗亭一曲歌。式老製《北商調曲》，惜無小紅爲之低唱。

《平沙》一闋滌凡襟，有客焚香静撫琴。君是婁江老名士，獨從古調覓知音。嘉定張侶笙先生善琴，席間鼓《平沙落雁》一曲。

坐看簾前日影移，楸枰相對静中宜。寄言南北紛争者，此事原同一局棋。春柳與客下棋池畔。

誰向玻璨鏡裏游，瓜皮艇子蓼花洲。笑他豪士陳同甫，也約吴娃學弄舟。陳君醉石蕩舟采蓮。

百杯滿泛紫葡萄，賭酒傳箋興倍豪。人面花光紅一樣，酡顔合賦醉仙桃。日暮開筵，賓主盡歡。

當筵雅謔本尋常，忽地驚雷起阿香。特寫牢騷非使酒，灌夫駡座亦何妨。指趙將軍事。

池塘雨過夜凄迷，客散堂空月影低。爲問盛筵能再否，荷花無語立谿西。薄暮驟雨，迨酒闌人散，已星月交輝矣。

文士生涯在酒樽，董樓佳話續梅村。座中不少丹青手，好寫鴻泥記爪痕。煙霞閣主、雙松館主皆工繪事，擬乞合寫一圖傳之。

香光樓下荷花盛開同人相約設祭詩社爰成俚句以和瑶篇　顧家瑩

芰荷香裏會羣仙，小閣臨流敞綺筵。繡佛樓前翹首看，思翁遺墨尚鮮妍。樓爲董文敏讀書處，前楣額以「繡佛前」三字，其手書也。

詩人相率歸黄土，設祭依然禮意存。祭罷憑闌遥指點，夕陽已掛古梅村。梅村在荷花隝東，相距數十武。

紅閨詠絮擅才華，别啓蓮舟設絳紗。夜半月明玄鶴降，吟魂應繞白蓮花。是日設席太乙蓮舟，以祭邑中閨秀。

翩翩慘緑盡詩人，容我當筵墊角巾。多感天公解人意，催詩雨過月華新。傍晚雷雨交作，移時即霽。

丁巳長夏致祭前輩詩人於香光樓勉成二絶句　唐其寅甓廬

攜尊挈榼上樓臺，臨水軒窗面面開。明月一天花四壁，詩魂應化鶴歸來。

千枝蓮炬燦銀釭，酒滿金卮月滿窗。忽地催詩來急雨，萬珠跳入小吟艭。

丁巳六月之望祭邑中詩人於香光樓上一時騷人韻士杯酒聯歡選韻賡詩焚香讀畫洵可樂也率成七絶四首紀之　胡祥清庸葊

從古詩人即散仙，霞情月思各翩翻。百餘年後知音遇，一瓣心香萬選錢。

招得吟賓聚一堂，菱蓮堆案酒傾觴。滿池花亦同人意，爲薦詩魂特送香。

楊柳樓高映晚霞，湖光如鏡浄無瑕。騷人酒後饒清興，分付樵青泛缺瓜。

椒邱藥圃久沈冥，此地今猶聚德星。相約明年逢上巳，再將禊事續蘭亭。

嘉定張壽禔侶笙

香光樓即事

繞隄楊柳暮煙昏，十畝荷塘緑到門。一片香光樓上月，不知幾輩葬詩魂。

豔説蘭亭修禊篇，流觴曲水集羣賢。試看此日登臨客，敢道風流遜昔年。

名區文讌足徘徊，況復親承大雅才。吟到曉風殘月句，買絲特爲繡君來。

丁巳六月十五式老約諸同人設位香光樓致祭海曲詩人晚復開尊花下即席成詩

顧金佩堂鈞

榜題繡佛仰思翁，百尺樓高一鏡中。人立荷花深處望，鷺鶿肩帶夕陽紅。

荷風香送碧筒杯，水影花光入座來。前輩詩人剛祭罷，一樽又爲晚涼開。

知止菴前草色新，荷花隝外聚游鱗。酒酣戲把筠竿釣，驚起鴛鴦淺水濱。

椒邱如甑水迴環，亭子荒涼孰放鷴？相約同人訪遺址，萋萋芳草緑波閒。

歲丁巳萝畹先生續選海曲詩鈔竣事爲位於香光樓祭告詩靈不佞幸瞻斯盛詩以詠之

張學義近鷗

月波蕩漾鏡中天，人集高樓繡佛前。盛夏蓮塘花怒發，六郎含笑侍瓊筵。

策杖無心到水隈，恰逢觴詠幸追陪。野樓韻事何人續？白髮翛然叔度來。

秋墳唱出鮑家詩，姓氏沈埋世孰知？網布珊瑚搜海曲，不教才鬼泣珠遺。
今詩人祭昔詩人，後事茫茫渺若塵。但願後人師我輩，蘋蘩再祭苦吟身。

丁巳六月之望同人約集香光樓祭南邑前輩詩人歌此以代神絃曲

上海黄協塤夢畹

北商調新水令　猛無端，乾坤龍戰血玄黃。眼睜睜，看神州板蕩。殘春啼杜宇，敗壁絮寒螿。酒社詞場，一例的草蔓煙荒，增滿眼淒涼況。

駐馬聽　鶴渚波涼，萬軸牙籤淪宿莽。琴軒草長，一編《心史》泣斜陽。幾家錦繡好文章，只落得，馬蹄蹴踏蛛絲網。真悽愴，聽青楓夜雨，哭秋墳上。

沈醉東風　俺呵！采靈珠招來象罔，撥殘灰檢出縑緗。有的是清才玉筍聯，有的是豔體金荃仿。更有那唾絨窗繡罷鴛鴦，七字吟成翠墨香。都收入珊瑚鐵網。

折桂令　趁今朝暢好時光，月滿銀塘，露滴銀牀，燒一鑪篤速名香，曲奏《霓裳》，杯奠椒漿，邀天上詩仙，鸞降向人間。酒國相羊，花也麽芳，風也麽涼，管甚麽世界滄桑，且消他花月壺觴。

離亭燕帶歇拍煞　亭臺歷劫仍無恙，天付與閒人暫主張。莫懷古，憑闌惆悵。你看那招鶴軒琴尊歇，放鷴亭瓦礫高，狎鷗池煙波漾。只香光一角樓，有繡佛疏寮，敞容我輩詞人跌宕。便月來時弄蕉陰，笛風來時披柳外，襟雨來時打花邊。漿瓜浮碧玉，缸茶淪青瓷。盎上虹月，米家詩舫。製一曲弔吟魂，向荷花深處唱。

海曲詩鈔原參訂助梓姓氏

王　誠四峰
顧成順澹園以上參訂
張良友澄懷
方鵬翼芷香
王會圖秀墀
李　根懋齋
蔡　鋼實華
李　翰桂堂
于□□□□

黃大昕碧塘
于世燦東巖
唐大桂聽松
祝悦霖碧厓
王祚昌鼎如
傅應蘭鹿圃
徐熙玉修如
馬清瑞如江
淩秀松聲濤

奚桂森秋垞
喬培熊應周
唐大樑偉齋
胡宗煜確堂
祁介福嘏亭
顧祖明香圃
陳麟書研雲
馬福基德符
朱宗蕃茂之

張大經秋山
張良璧勤畬
唐大楨鑒月
周兆蘭瑞園
張操存誠齋
張　鈺蘊香
王惟謙受堂
顧天祿受之
馮應麟趾仁以上助梓

郭士瀛西塘
張良貴充園
王鼎桂廷華
周國蕃申甫
奚□□鏡湖
張貽穀嘉蔭
朱光耀裕垂
葉省三信誠

助貲同人姓氏

黄月波、顧韻夔，各助洋壹百圓。

馬翔聲，助洋肆拾圓。

周浦市辦公處、張拱垣、胡幹生，各助洋叁拾圓。

周静涵，助洋貳拾肆圓。

新場鄉辦公處、市西鄉辦公處、西聯鄉辦公處、陳贊平，各助洋貳拾圓。

鄭羲川，助洋拾陸圓。

張菊園、楊無我，各助洋拾貳圓。

杜行鄉辦公處、陳橋鄉辦公處、六竈鄉辦公處、大團鄉辦公處、二團鄉辦公處、四團鄉辦公處、五團鄉辦公處、六團鄉辦公處、七團鄉辦公處、城市兼市東鄉辦公處、朱子灝、潘時若、馬亦昂、顧堂鈞、鍾崙三、盛希伯、許庸盦、丁正藩、顧綿澤、胡滌仙、胡硯鋤、宋静盦、王用霖，各助洋拾圓。

遠北市辦公處，助洋捌圓。
橫沔鄉辦公處、三墩鄉辦公處、顧旬侯、秦亮臣、徐耐冰、陸秉淵、顧漁冰、金韞冰，各助洋陸圓。
坦直鄉辦公處、計蘊珊、杜慎之、陳燮生、盛晴生、潘伯廉、王鎮垣、瞿牒僧、陸仲昂、陳賡甫、劉紫升、龔星五，各助洋伍圓。
秦禮耕、鍾彬儒、瞿汗青、顧頌禧、唐志陶、王通久，各助洋肆圓。
朱錫蓀、于今我、謝企石，各助洋叁圓。
太平鄉辦公處、馬晴峰、沈子仙、顧鐵生、奚待雲、蘇錫泉、朱雨人、黄月江、朱梅溪、沈叙彝、潘安百、顧齊洲、張履方、顧梅臣、淩秀千、顧甄伯、傅祥百、陶賓初、張雪洲、奚德潤、徐梅泉、王契華、火品芳、康慵僧、程展成、黄順庭、葉慶濤、葉楚珩、葉貞柏，各助洋貳圓。
陸少盧、陸蘅汀、周憩封、蘇局仙、倪楚翹、宋友禪、蔡頌堯、顧珠浦、沈念椿、沈素生、錢蔭紳、孔志怡、華成章、火楚卿、火鳳威、馬吉祥、顧品均，喬梟仁、和仁、發仁、裕仁，濟永源保源會隆恒、隆信、隆元、昌裕、昌均、和祥、和泰、順匯，豐公平，各助洋壹圓。
國光印書局，助洋拾叁圓貳角。
張少泉，拾圓。

傅佐衡、謙吉堂，各肆圓。
謙益堂，貳圓。
共助洋玖百柒拾捌圓貳角。

圖書在版編目(CIP)數據

海曲詩鈔/(清)馮金伯,黄協塤輯;陳旭東整理.—上海：復旦大學出版社，2018.9
(浦東歷代要籍選刊/李天綱主編)
ISBN 978-7-309-12476-7

Ⅰ.①海… Ⅱ.①馮…②黄…③陳… Ⅲ.①古典詩歌-詩集-中國-清代
Ⅳ.①I222.749

中國版本圖書館 CIP 數據核字(2016)第 183161 號

責任編輯　張旭輝

(浦東歷代要籍選刊)
海曲詩鈔
(清)馮金伯　(近代)黄協塤　輯
陳旭東　整理

復旦大學出版社有限公司出版發行
上海市國權路 579 號　郵編：200433
網址：fupnet@fudanpress.com
http://www.fudanpress.com
門市零售：86-21-65642857
團體訂購：86-21-65118853
外埠郵購：86-21-65109143
出版部電話：86-21-65642845

浙江新華數碼印務有限公司印刷

開本 890×1240　1/32　印張 37　字數 675 千
2018 年 9 月第 1 版第 1 次印刷

ISBN 978-7-309-12476-7
I·1012　定價：168.00 元

如有質量問題,請與承印公司聯系